虚构是真实的衍生，是锻造灵魂史诗的淬火。

彩裳

唐堂 著

中国出版集团
研究出版社

图书在版编目 (CIP) 数据

彩裳 / 唐堂著. -- 北京：研究出版社，2021.3
ISBN 978-7-5199-1005-1

Ⅰ. ①彩… Ⅱ. ①唐… Ⅲ. ①长篇小说 - 中国 - 当代
Ⅳ. ① I247.5

中国版本图书馆 CIP 数据核字 (2021) 第 047098 号

出 品 人：赵卜慧
图书策划：张高里
责任编辑：张　琨

彩裳
RAINBOW CLOTHES

唐　堂　著

研究出版社 出版发行
（100011　北京市朝阳区安华里 504 号 A 座）

北京汇瑞嘉合文化发展有限公司　新华书店经销

2021 年 4 月第 1 版　2021 年 4 月北京第 1 次印刷
开本：710 毫米 × 1000 毫米　1/16　印张：34.5
字数：520 千字

ISBN 978 - 7 - 5199 - 1005 - 1　定价：98.00 元

邮购地址 100011　北京市朝阳区安华里 504 号 A 座
电话（010）64217619　64217612（发行中心）

版权所有·侵权必究

凡购买本社图书，如有印制质量问题，我社负责调换。

序
《彩裳》的经纬线

张抗抗

好友唐堂在微信里告诉我，她反复打磨了十年的长篇小说《彩裳》，终于要出版了。

我不觉得太吃惊，而是欣慰和高兴，为她多年来对文学的热爱和坚持。

"彩裳"，多么美好的书名。彩裳——彩线、彩练、彩陶、彩云、彩霞、彩虹……眼前呈现出无数五彩缤纷的画面和图像，都是美缎华服的代词。

唐堂写彩裳，是因为她来自中国纺织业的重要生产地和出口地——绍兴。唐堂爱绍兴，所以爱彩裳；唐堂爱文学，所以最后拿起笔写彩裳。

一切自然而然，水到渠成。

这是一部描述中国民间民营纺织品，在改革开放后如何走出国门、开拓海外市场的故事。从20世纪70年代浙江乡镇纺织企业艰难起步，到21世纪中国纺织业美丽的"火凤凰"终于在国际舞台起飞翱翔，整部小说的时间"经线"贯穿近半个世纪，区域空间的"纬线"广度，跨越中美欧大半个地球。作品通过觋来与双胞胎姐妹的爱情故事和四个结拜弟兄共同创办纺织厂期间的恩怨情仇，展现了中国改革开放40年间，中国轻纺走向世界的艰难历程和一代人成长的命运。一系列真实的历史大事件贯穿全书，向读者展示了风云变幻的世界大环境中人与人之间的关爱友情、背叛伤害以及和解与救赎。情节真可谓惊心动魄、跌宕起伏、精彩纷呈。

中国精细柔软的棉麻绒呢、轻盈飘逸的绢纺丝绸锦缎，搭乘太平洋的季风走向海外，吸引了世人惊艳的目光——《彩裳》是一部闪耀着江浙商人智慧的营销经典、一群底层衣食男女与命运抗争的实录、一代草根企业家的成长历程、一阕凄美绝艳慑人心魄的爱情悲欢、一场知识产权学习认知的演练、一名富二代在国外的传奇经历、一段误入歧途的官员的心路历程、一代走向世界的中国子民，与海外多族裔文化的摩擦冲突及融合共存的真实记录。美丽的彩裳下，掩藏着残酷的竞争和血腥残戮。小说结尾处，富二代小鹿在海岛上试验杂花野草色彩的互溶，用于天然植物染色的研发，创造着中国"彩裳"在国际服装业舞台上云霓般绚丽的美好未来。

一部《彩裳》横空出世，裙裾悠悠、衣袂飘飘，散发着浓郁的中国乡村气息和民间色彩，文化源头来自中国古代服饰和各民族衣料服饰的审美精华。书中的故事一波三折，细节精彩纷呈，潜藏的文化密码由浅入深。从乡间最简陋原始的织布机、奶奶当年的乞巧布、两头尖尖的织机梭子；到织物的涤丝、原色纱、玄色纱、落纱到先进的压烫技术和精美绝伦的现代时装设计，一道道扎实的纺织工艺，有如青山崖石间的滴滴清泉，涓涓细流，从上游奔泻而来，在峡谷渐次汇拢，聚成波涛汹涌的曹娥江、新安江，最终浩荡奔流入海、漂洋过海……

这是一部脚踏实地的现实主义小说，却传递出强烈的理想主义色彩。书中的人物身着彩裳，心在云端，引发读者对人生的反思：除了金钱我们真正需要的是什么？除了身上的彩裳，人性内心的善恶何去何从……

担当完成这样一部为民营纺织业梳理源头的书，恐怕非唐堂莫属。

唐堂来自浙江绍兴，资深记者，改革期间派驻美国，与纺织外贸企业一起经历了各个时期的大事件，也经历了国际商界的血雨腥风。她想为绍兴的"彩裳"立传写书的愿望，已经"蓄谋"已久，对江南乡镇企业锐意进取百折不挠的四千精神（千辛万苦；千难万险；千言万语；千方百计），对他们的喜怒哀乐感同身受，发自内心有了记录这段历史的夙愿。因为她曾经是一个痴迷写作的文学青年。

这才是《彩裳》背后另一条不为人知的隐秘经纬线。

我应唐堂之邀为《彩裳》作序，因为唐堂曾是我母亲特别关爱的"学生"。二十多年前，母亲朱为先在浙江《江南》杂志社当编辑，唐堂是一名记者，经常下乡采访报道农村的真实生活。其间写了不少优秀的新闻报道，间隙写了一个短篇小说《乡村厂长》，投稿给《江南》杂志社。我母亲与唐堂素不相识，收到稿件后竟如获至宝，好像从一堆待扔的垃圾中终于发现了一朵金蔷薇。那时没有手机，作者除了留下地址，在稿件上没有任何其他联系方式，为了证实小说的一些细节，母亲竟坐火车跑去绍兴找作者。素昧平生，见到作者本人，母亲说的第一话是："你的人物那么鲜活，好像站在我面前，那么善良，心灵那么美，把我吸引住了！"从此，她们便互相吸引了，后来又一起参加浙江日报的文学笔会，成为莫逆之交。

记得母亲生前对我说过，唐堂身上有一种"作女"那样敢说敢干、天不怕地不怕的劲头，让她格外喜欢。那时唐堂在绍兴的报社工作顺风顺水，有一天却突然跑到我母亲那里告别，说自己要去美国闯荡了。母亲说："写作的人离开母语国，怕是对成长不利呢！"唐堂去意已决，说自己无论走到哪里都不会放下手中的笔。我母亲长舒一口气，理解地说："记得我会牵挂你，等你的新作品。"

唐堂一走多年，母亲的期盼也是一等多年。唐堂每次回国探亲，总会去杭州看望我母亲，母亲最关心的当然是"你还写不写东西？你笔下的人物我还记得呢！"唐堂回答说，她每天都会写，挑选一天中碰到的有性格特色的人物，花十几分钟速记下来，已经速记了几大本了……我能想象母亲眼里欣慰慈爱的眸光，如冬天的阳光，温暖地、远远地关注着她！

也许这就是唐堂内心执着编织《彩裳》的动力源之一。她坚持几十年的文学理想和梦想，是《彩裳》背后那条银色的隐秘经线；而母亲年复一年凝视着、等待着她新作的目光，也一直陪伴并激励着唐堂在海外的奋斗与坚持。亲情、友情、师生之情紧紧牵连，是镶嵌在《彩裳》华服中的金色纵线。经线与纵线的交叉勾连，编织成唐堂五彩的文学之梦。

人生路远，有许多人，走着走着就迷路了，走着走着就失散了。慈母的手中线，牵着牵着也许渐渐松手了。人生是多彩的衣裳，人人都在编织自己的人生，人人都在绘制自己的图谱。唐堂是幸运的，她的生命里有一股优质的原色双线，始终跟随她、嵌入她、引领她，直到《彩裳》翩翩起舞。

有缘的是，这部打磨了十年的大长篇《彩裳》原初的起点，就是唐堂早年发表在《江南》上那个短篇小说《乡村厂长》。多年来，作者一直追踪、探寻着这个特殊人群的踪迹，它像一粒具有优质基因的种子，早早蛰伏于她心底。几十年过去，时代浪潮波涛汹涌，那些草根农民已成长为一代成熟的民

营企业家。他们用血泪与汗水编织绘制着"中国制造"的宏图,他们用洪荒之力掮开国门,开拓出一条中国轻纺走向世界的新丝绸之路。

一位敬业的老编辑,当年无意中为那粒小小的种子浇下了一瓢清水,若干年后,种子终于发芽生长开花结果,然后衍生为一部大容量、多看点、多彩多姿的长篇小说。

受唐堂之嘱,以此告慰母亲朱老师在天之灵。故为序。

目录
CONTENTS

引子　悬在空中的灾难 / 001

第一部　七十年代

奶奶的乞巧布 / 012

涤丝的故事 / 017

旗幡翻飞 / 031

此织物彼织物 / 055

第二部　八十年代

枪声 / 076

原色纱　玄色纱 / 099

出发 / 159

走远的　来临的 / 182

第三部　九十年代

交织 / 196

T台 / 220

风雨 / 242

落纱无数 / 266

那叫配额的东西 / 282

梭子两头尖 / 301

压熨 / 318

世纪末的日子 / 332

第四部　千禧年：九一一前后

千禧年 / 354

华尔街 / 380

九一一，那天那人那事 / 431

刀 / 445

阻燃 / 460

火凤凰 / 469

时尚密码 / 507

下轴 / 517

尾声 / 529

[引子]

悬在空中的灾难

~1~

如来乘坐的开往上海的飞机刚升至5000米高度，突然，伴随着刺耳的轰响，机身剧烈地颠簸颤抖，随即开始了自由落体式运动。

起初，机舱内响起了一阵高过一阵慌乱的尖叫，随之便静寂得如同墓冢，塞满了死亡的气息。

还没收购樱河染织呢！如来按着隐隐刺痛的胸口。他刚做过心脏搭桥手术不久，此刻他感到支架随着飞机的剧烈震动，在体内扩张变形爆裂，瞬间，将他的五脏六腑、鼓膜，连同脑内额极、枕极、海马体等内在有形的、无形的器官，乃至思维和逻辑颠簸得支离破碎，搅成了一团黑色的晕眩。

他机械地将手伸进口袋，摸出救心丸，将整瓶药倒进了胃囊。他的手指剧烈地颤抖，几粒黑色的药丸滚落在颠簸倾斜的地面。

终身遗憾！他圆睁着眼，面部扭曲着，像掉进陷阱的困兽，倨傲地挣扎拒绝死亡。

突然，哐的一声巨响，飞机与地面剧烈撞击，搏击和摩擦了几个回合后，像一只精疲力竭的鸵鸟，歪歪斜斜地趴在地面呻吟。

机长第一时间出现在乘客面前，用略带幽默的语气安抚惊魂未定的乘客："一只小鸟躲进了机翼！"

随后，机长安民道："现在飞机降落在新泽西纽瓦克机场。整修需要一些时间。"

又一次有惊无险！如来感到耳底有实实在在的胀痛，他解开安全带，站起身，举起双臂，伸展出又一次的幸运欢呼。老天没有收走我，是因为还要留着我完成收购呢！他畅快地舒出堵在胸口的浊气，打开了手机。

一条短信将他打入了真正的地狱："Bad guy（坏家伙），你也走私！你的工厂将被封闭！Edi。"

走私？他全身一凛，一块巨大的黑布，劈头盖脑地裹挟着他，直接将他推进了黑色恐怖。

怎么可能呢？虽然自己满世界布局跑销售，可是工厂就像手中高放的风筝，不论他奔跑在哪个方向，他始终紧拽着那根线。

他反复读解着这条短信传递的信息。走私，封工厂？艾迪的用语像是黑帮老大的判决，无厘头地将你绑架了，丢进了麻袋。

他拨起Edi的手机号，心底如同火山涌动，愤怒的岩浆噼里啪啦炸开在脸上。他在心里恶狠狠骂道：你凭空捏造！有什么证据怀疑我们走私？更有什么权力到中国来随意封工厂？

无人接听！他不甘心地一遍一遍按着重拨键，电话那头的忙音不慌不忙。

他愤愤地打了一个美国国骂"Shit！"。他盯着这几个字母，手指悬在半空像发潮的子弹。他晃了晃脑袋，长叹一声，将"Shit！"抹去，无奈地换了一条短信："请拿出证据！"

~ 2 ~

如来习惯地看了一眼日历：2001年5月22日，下午2点20，此刻距他离开肯尼迪机场才40分钟。

国内工厂正在赶制Jmart 88个货柜的服装,准备发往美国新泽西伊丽莎白港。这是工厂首次接Jmart的订单。似来把出口流程重新在大脑里走了一遍,从接订单,到打手掌样、送产前样,直至套色活版印花,开裁,生产,缝纫,质检,打包装箱,准备配额,装货柜……工厂职业培训已成为制度,他相信制单员,出口手续完全按国际标准进行,不会有任何差错。

真相不明。担心如同稀薄的空气,抽干了他的每一次呼吸。一个个集装箱就是一座座山,做美国贸易如同扛着大大小小的山走在冰川上。

会有谁背着工厂走私?他的脑门锁成几道深深的沟坎,小豆眼眯缝起来。在他眼前跳动的是红蓝格杀的股价走势图,如波涛汹涌的海洋,既能载舟又随时覆舟。

公司是一年前上市的。那天他站在纽交所大厅,为了这个敲钟的时刻,他特别挑选了一条大红色的领带。上市的钟声在他手中敲响,纽交所大厅,齐刷刷的眼光,发红发绿发蓝,盯住他看。他独独看见了一只火红羽毛的凤凰,在血色的朝阳中俯冲向他。他全身被酒精点燃了火一般打了个冷战。欢呼的浪潮淹没了钟声,当日IPO涨了30%。借助金融杠杆,工厂走上了快速发展的通道。他分明又看见了这对血色凤凰的眼。他不寒而栗。谁背着他走私?工厂因查禁而被封,坏消息传出,股价会像飞机失事,除了震荡颠簸,更有可能跌入悬崖,摔成一地残骸。

他机械地掏出手机,上面没有任何信息。他又拨起了艾迪的手机号。这次电话里传来了关机的声音。与艾迪交往多年,这是他第一次不接手机。

必须采取行动!他咬着唇,歪着脑袋,在机舱内来回快速移动,如同一只被追杀的麋鹿。

"先生,飞机很快就会起飞,请坐回座椅耐心等待!"曼妙的英语在耳边响起。他探头看向窗外。这里离曼哈顿不到20英里,隐约还能看到纽约帝国人厦的尖顶。

检修车停在机翼旁,穿黄色背心的检查人员正钻在机翼下敲敲打打,像一位麻醉师给病人施行催眠术。浑蛋,这根本没有起飞的迹象!他烦躁地走向吧台。

他向空姐要了一杯葡萄酒,红色的浆液并没有安抚他的情绪,却激醒了卧在他血液中的一头火红色的狐狸。

一位穿裙装的乘务员从他身边擦过，他把酒杯往吧台一推，说："我要退票！"乘务员是位年过四十的黑肤色女人，惊讶地问："为什么？飞机很快就会起飞的！"

如来摇摇头："这飞机一检修就没点了，我……"他伸出手掌连连摇晃。

乘务员耸耸肩，张开手臂，做了一个无可奈何的动作，扭着臀走开了："抱歉！你已经上飞机了，不能中途离机。"

如来不甘心地跨前一步，"我要退票，下飞机。"他脸一拉，黝黑肤色的脸面便如同一把铁锤。

乘务员瞪了他一眼，叫来了机长。机长横在他面前，摇着两根手指，说："No, No, No, 飞机已经起飞了的, 中途不能退票！"

如来指着窗外，"这叫起飞吗？如果这是意外事故，我也有意外！"

机长摇了摇脑袋，叫来了一位说中文的空姐。"我叫June。上了飞机就不能退票了。这是美国的法律！"乘务员细长的媚眼上下打量着如来。他四十开外，中等个子，穿一件黑色T恤，瘦削的身材，长长的脖颈挑着黝黑却清秀的脸，脑门上方一缕天然鬈发，像是黑天鹅头上的一顶鹅冠。

乘务员微笑，"您是舞蹈学院教师？"

如来没好气道："我是做纺织的，这有关系吗？"

乘务员收了笑，认真地说："哦，企业家吧，更应该明白了，这不是在中国，美国是法治国家，按照法律，除非旅客遇到生命危险，才可以中途把旅客送下飞机！"

机舱大屏幕正播放着电影《绝地搏击》。如来灵机一动，锁紧双眉，扭曲了脸，气喘如同紧急迫降的飞机，声音断断续续："我有心脏病，经历了一场空中灾难，无法继续航行了。"

他掏出装救心丸的空瓶，虚弱地说："瞧，我刚把这一瓶药吞了。虽然管用一阵，但是谁能保证飞机再次起飞，颠簸起伏，我不会心脏病再发，窒息死亡，迫使飞机下降呢？"

他将写着救心丸的空瓶摇晃了一下，递给航空小姐，重重地叹气道："临上飞机前，医生还建议我戴上起搏器呢！"他眯缝起眼，"你们不是讲人权吗？"女乘务员连连点头，盯着他，捏起话筒，呼唤起机长的名字。

机长皱着眉重新站在如来面前。空姐简短地报告："这位先生心脏做了支架,继续乘坐航班有困难!"

机长怀疑地侧过脑袋。June捕捉到机长的疑问,补充道:"这是位企业家!"说完讨好地朝妣来挤了挤眼。

"飞机上没有抢救设备,我随时爆发的死亡风险极有可能拖累大家。我可以不要这个退票款!"妣来显得有气无力,边说边捂着胸口喘气。

机长斜他一眼:"不行!"语气决绝犹如面对一个正向他伸手要酒喝的醉汉。妣来的呼吸愈发急促了,嗓底发出呼呼的喉音,像蛇一样身体扭曲起来,面色绛紫发青。他向机长伸出止不住颤抖的手,示意机长号一下自己的脉搏。

机长用疑窦的眸光盯住他的脸,命空姐搬来航空法律条款的书。空姐搬来一本厚厚的黑色烫金法律宝典。机长迅速翻开,找出相关条款。他的手指还在书页上滑动,耳旁便响起呼哧呼哧如同破旧的风箱报废前的声音。

机长抬头,见妣来扭弯着身体,窝着脑袋,双手死死抓着胸口。没等他疑问,只听砰的一声,妣来倒在地上,蜷缩着身体,如被劈成片的竹篾,渐渐展开,僵直,不大的眼窝内大片眼白翻滚,像行将断气的鱼。

机长的面色如被一阵强风掀飞的纸片,脑门上沁出一层薄汗。他将法律书往地上一掷,抓起微型话筒,声音如没有停稳的机翼微颤:"M141求救,机舱有乘客心脏病突发,请迅速派担架急送医院!"

两位牛高马大的黑肤色壮汉推着担架车到了飞机口。机长取下妣来座位上方的提箱,亲自帮扶着将妣来抬出了机舱。

妣来努力克制着自己的呼吸和喘气的速率,不断给自己打气:坚持,坚持,你在表演一个心脏病骤发濒临死亡的旅客!

两位黑肤色壮汉迅速抬起妣来往机场出口处飞跑。急救车的鸣叫由远而近。妣来忽地从担架翻身坐起,迅疾跳下。担架像被波涛撞翻的船板,两位担架员的面色刚要劈出雷电,妣来抱拳躬身,满面歉疚,"对不起,让你们受累了,刚才飞机出故障,我的心脏也随之出了故障。现在离开事故场地,看,我没事了。"他掏出两张十美元的绿色纸币,递向两名担架员。

两名担架员惊讶地张着嘴,还没发出"呃"声,妣来已提起小提箱,钻进了路边一辆敞着门的出租车内。

他一边向担架员挥手告别，一边命司机："纽约华尔街！"

~ 3 ~

"请务必在4点前赶到！"如来皱着眉，对司机说。经历了一场与心脏故障的搏斗，与机长的纠缠，他依然感觉心前区的刺痛，心慌、乏力、气短，不过这些他并不在乎。只要还有一口气！他捂着胸口，盯着路两旁不断退后的树木。

司机是巴基斯坦裔，性格不急不慢，英语发音有些口齿不清，他嘟囔道："先生，现在交通拥堵时段，荷兰隧道正堵着呢，不一定能按时赶到。"

"从白石桥走！"如来的声音闷闷的，疼痛正向肢体蔓延。

火凤凰织造在纽交所上市，代号FNX，近来股价一直在高位徘徊，如来虽然不是股票操盘手，但是他知道，美国的股市没有涨停板，一个利好消息，操盘手可以将股价飙抬至天价；同样，股市也没有止停，一个利空消息，股价会跌至谷底。

抢在艾迪的信息没有成为事实前采取行动。走私，工厂被封，股价崩盘，被逼退市，像一群青面獠牙的恶狼追杀过来。他唯一能做的是，追赶时间逃离被吞噬的险境。

9号公路上货车像移动的丛山连绵不断，他催促着司机："超上去！再超一辆！"

司机不耐烦地转过脑袋："先生，你还没有给我准确的地址呢，华尔街长不到数英里，宽不过十来米，我把你丢在路口吗？"

如来拍拍脑门："Walnut Street 21号。"那里正是火凤凰证券代理商摩力总部所在地。

车到目的地，股市正临近收盘。接待如来的是摩力公司中国部副总裁詹姆斯，他嘿嘿笑，"来打探工厂股票行情？"

如来苦笑着摇摇头："救火来了！"

詹姆斯不明其意，将鼠标点向火凤凰股价图："高位盘整一周了，红色和绿色在这里胶着厮杀，从盘面看，市场看好中国经济做买入呢！1992年中国自'复关'谈判进入实质性阶段始，与WTO的谈判反反复复进行了几十个来回，终于有了获得通过的迹象，一旦通过，中国股票都会有一波多头行情。你应该展望利好。"

"赶上好时候了,偷着乐吧!"他的笑声添了春风的透迤,希冀带给客户财富。

如来声音喑哑,"我从飞机事故现场跑回来,情况并不乐观!"说着掏出手机,亮出艾迪的短信。

詹姆斯探过脑袋,瞄了一眼,不以为然:"你转发给我就行了,还用专程跑来?飞机事故现场?你坐的航班出事故了?"

"飞机出了点小事故。不提它!"如来挥了挥手,像赶走一只苍蝇,"这短信,我能随便转吗?这里电话都是被监听的,你永远不知道天上地下哪里还安全。碰到这种大事,我还不得赶快跑来面对面商议对策?工厂这么大的盘,又有千千万万持股者,我能不豁出命跑来求解?"

詹姆斯乐了,"说中国浙商是水鸭子,一点没错。东坡先生说'春江水暖鸭先知',你老兄倒是'冬水未寒鸭先觉'!还没发生的事,只是个警告而已,急什么?FBI从立案调查,到采取行动,中间的过程不知道多长呢!"

如来沉着脸,"虽然真相不明,但是哪个企业家不是提着脑袋在刀尖上过日子的?一旦大水冲到龙王庙,什么都晚了!"

詹姆斯笑容不减,"我是湖北人,要说规避风险,天上九头鸟还真不如江浙的水中鸭!"他指着椅子示意如来坐下。

如来脖子一扭,顾自往下说:"越是有危机,就越想着往前赶。"他牙方肌紧咬着,能听见牙齿咯咯碰撞的声音,"占领了足够的高地和地盘,就难以被撼动了!"他的眸光聚焦在桌上的电脑屏上:"我想趁股市好行情,出手部分公司股,提前动手,把樱河染织收购了!"

股市已收盘,红蓝两军定格在绞杀战场。

"面对不可控性,不如豁出去,即使撞南墙也算拼过一回。"他盯着股价图,双眼布满血丝,一道青色的血管,刀锋般穿过山脊似的鼻梁。

"有意思,洪水未来,先找高点筑堤!走,咱们去听听总裁沃克的意见吧,他今天正巧在办公室。"

摩力总裁沃克是德意志与犹太裔的混血,瘦瘦高高的个子,推得光光的脑袋头骨峥嵘,像顶着角的公牛。他的脸面棱角分明,阔大的鼻子如一只蛰伏的山鹰,一对蓝得发绿的眼睛看向你时,好像一只秃鹰正俯冲而下抓取猎物。

詹姆斯附在沃克耳边，将如来此行的目的向沃克报告了一遍。沃克捡起桌上的笔，绕着指尖把玩，笔在他手上划出一轮轮漂亮的弧圈。

他放下笔，问："你就是因为这个原因从事故停机场赶到这里？"他唇角牵动，咧出一个笑意。

如来莫名感觉全身发冷，沃克的每一丝笑，投给对方的只是冷寒。他似乎将万千股民视为猎物，他只为捕捉猎物而生。

"我记得你作为公司董事长，在公司上市时，占的股份很少，没记错的话是1%吧。当初给你们公司代理证券发行的时候，我一直想问，你一直对你的公司没有信心？"他绿色的眸光伽马射线般在如来脸面上扫射。

如来端起脸，詹姆斯笑着抢先替他回答了："中国人喜欢平均！"

"错！"如来脸一拉，瞪了詹姆斯一眼，"我占股少正说明我对工厂太有信心了。只是我们中国人跟你们美国人的思维方式不一样，你们的思维方式是先个人后国家，我们是先有国后有家。"

他摸了一下发烫的脸面，轻咳一声："我赶过来的目的是跟你们商量一下，是不是尽快出售部分工厂股。"稍顿，他抬起眼，"我们有一个收购樱河染织的方案！"

沃克大笑，肩膀一耸一耸像跑动着的狼："我就知道你有这个野心，早晚会收了那家日资企业，但是我没想到会这么快！"

詹姆斯看了一眼如来，弯腰对沃克说："如来接到FBI探员的短信，担心工厂被封，怕利空消息传出，股价大跌，收购受影响，故提前行动！"

沃克蹙起眉，拿起电子笔，将红色的箭头指向正在高处盘桓的火凤凰走势图："现在股价在高位盘桓已一周了，一有风吹草动股价便会如凤凰高飞，或成为一条被打晕的蛇掉至谷底，你想在这个价位做企业并购，倒是利好的时段。但是要套出现金做收购，必须提前三个月向证监所提交申请。从谈判到完成交割，也要一段时间吧！"

沃克丢下笔，逼视着如来："你确信没有走私？如果这期间FBI完成取证，会向中国政府发出封工厂的指令。美国人对中国走私和盗用知识产权非常敏感，好像家里进了贼，市场会做出抵制或厌恶性抛售的反应。股价跌到底，证监会会逼你退市，那可是破产的问题！"

如来盯着屏幕："不做亏心事，不怕鬼敲门！我堂堂正正站在这里，不就证明了我对工厂和股民的坦荡与负责吗？收购优质资产，是我们将公司推上市的目的之一。我始终认为,规模更容易碾碎卵石,可以借此让企业站上无可撼动的高点。"

沃克冷笑:"没人跟你讲理想与目标。我问的是,你能保证你自己没有走私?你能保证没有人利用你的工厂走私?"他迟疑了一下,组织着中文词句,斟字酌句地说:"企业家都会有敌人,除了那些公开的竞争对手。听说你长期与爱人分居,也许她就是你其中的一个敌人……"

如来扶住桌子的一角缓缓站直了身体,好像烧红的马达停机前的剧烈振动,他控制着身体的颤动,涨红着脸,嗓音嘶哑:"工厂被封?股价崩盘?被迫退市?破产倒闭?不可能,不可能……"他攥紧着拳头,使劲摇晃着脑袋。

[第一部] 七十年代

奶奶的乞巧布
涤丝的故事
旗幡翻飞
此织物彼织物

奶奶的乞巧布

姒奶奶把绕着蓝色棉纱线的梭子装进纬线盒,又把绕着红色麻纱的梭子装入经筒,开口、引纬、打纬、卷取、送经,一切有条不紊,蓝红相间的棉麻交织土布,便一寸寸蚕儿吐丝般从这台木结构的织机间流泻下来。

这是一间50平方米的堂前屋,墙上悬挂着一幅青铜雕像画,画像中的男子披一袭蓑衣,头顶斗笠,脚踏草鞋,平凡伟岸,与不远处禹陵山下耸立的治水英雄——大禹皇帝的青铜雕塑一个模板。画像下是一对中年男女的相片,镶在黑色相框里,左右两边各挂一面锦旗,绛色的血一样的颜色。四围张贴着各类奖状。堂前屋里,手工织机占了一半空间,织布机有节奏地发出咔嗒咔嗒的声响。

姒奶奶几乎不剩几根眉毛的额头舒展着,她哼着调自语:"这乞巧布可是城里人专门来订的哟……"

突然门外由远而近传来叫骂声:"这没爹娘教训的家里有人吗?"

她放下摇把,掸了掸身上的线头,蹒跚着迎了出去。

一位妇人虎背熊腰,拽着一个细细瘦瘦的男孩已堵在了门口:"你家孩子不入调,才回乡里几天,竟敢劈我儿子巴掌!"

她一把将儿子从身后拉到奴奶奶面前。奴奶奶赶紧赔上笑，招呼："是邻村的罗师母啊。如果我没记错，你家儿子叫干干对不对？"

罗师母肥厚的手掌捋了捋儿子的头发，大声说："谁不知道伢罗干干聪明，小小年纪知道很多事，今遭却被你家这没爹娘管教的打！"

罗干干身材细瘦，十三四岁，鼻孔下留着两道黏糊糊的血印，脸面青肿。他左右挣扎着，企图甩掉他的妈妈像紧箍棒般牢牢拤住他胳膊的手。

罗师母叫骂着："你教训不教训你那小鬼化蛋（鬼发ju的音，当地骂小孩的土话）？"

奴奶奶一头白发细细碎碎地夯立起来，她看了一眼鼻青脸肿的罗干干，额头上横横竖竖的纹顿时紧蹙了起来，她眯缝起眼，举目张望，一眼看见了奴来，自己的孙子，正一步一跳地朝家走呢。

罗师母声线绷紧了："今天你不教训，就别怪我动手了！"

奴奶奶连连应答："息怒息怒，我打我打！"边说边走至屋檐下，抽出一根竹枝，当地称虎啸丝，长约丈把，粗细如指关节，小孩不听话时，家长常用来抽打孩子的家什。

奴奶奶抓着虎啸丝，朝奴来颤巍巍地走去。虎啸丝随着她的脚步，幸灾乐祸般一颤一抖地跳。

奴来今年刚满14岁，长得瘦小，肤色黝黑，长长的脖颈上顶着圆圆的脑袋，脸面虽黝黑却清秀，高耸的颧骨上一双乌溜溜的豆眼。远远瞧见了奶奶，他一步一跳奔向奶奶，像河中扑腾着翅膀戏水的小鸭。

奴来虽然去年刚被奶奶从上海带回村，但是他对这里没有隔阂感，相反觉得自己是去过大城市，见过大世面的人，更何况村里人从来都对外来和尚敬三分，便理所当然成了村里的孩子王。

奶奶举着竹枝，一副大打出手的样子，朝奴来摇晃晃地走去。

显然，她被土坷垃绊了一下，跟跄了几步，所幸没有摔倒。

她往后瞅了一眼，邻村的妇人抓着挨了打的儿子，乌梢蛇一般不依不饶地尾随着她，看她如何惩戒孙子呢！

她长长地叹了口气，加快了速度，朝奴来移步而去。

奴来站定了。他眯起眼，凶狠地朝罗干干和扯着儿子的妇人剐了一眼，然后瞪圆眼，迎着奶奶。

方才姒村和邻村的孩子在池塘边玩红队蓝队的游戏，姒来把衣服脱得精光，只剩下一条裤衩。他将身上抹满了泥，学着大禹陵前穿着草鞋的治水英雄禹皇帝的样子山立着，他的身边是一圈村里村外的孩子。

他眯起豆眼，想出了红队蓝队的游戏，当然姒村的是红队。他钦点着他的士兵，不容置疑地说："我们是姒姓皇帝家族的，我们是红队。"

邻村罗干干比他小一岁，个子细瘦，抻长脖子，不服气地说："凭什么你们是红队？什么皇帝家族？姒姓只不过是给皇帝看坟守灵的下人，这也叫皇帝后裔？"

姒来一时语塞，面孔涨得发青。他停顿几秒，随即醒悟过来，虎起了脸，煽动红队道："他在羞辱我们！"

他刚刚过了变声期，嗓音沙哑，带着轰轰的重音："不是后代会看坟吗？我们怎么不给你爷爷去守灵？"

他大声喊叫着，跳下石磴，抡起石头蛋一样的拳头朝罗干干脸上击去。姒村孩子便一哄而上，围住了罗干干你一拳我一腿。

罗干干显然没挨过打，抱着脑袋就往家的方向逃跑。姒来带着伙伴追到村口，叫骂着：胆大搡年糕，胆小做乌龟。几声欢呼后，便鸟散了。

姒来攥紧拳，胳膊支棱着，英雄站立的姿势，迎着奶奶。

走近姒来，奶奶朝后看了一眼，邻村妇人抓着儿子，已几近跟前。

她高高地举起了竹枝，朝着姒来的身体蛇一样甩了过去，"你……你……又给我闯祸！"

随着竹枝的起落，姒奶奶有节奏地数落着："我织乞巧布呢，你不在家帮我绕线，在外面野玩，才回村几天，竟敢欺负人家了！"她喘着粗气，竹枝在她枯瘦的指间，呼呼地发出虎啸般的声音。

姒来瞅着竹条朝自己抽来，身体一抖，被抽中了一下，他在上海跟着弄堂的孩子学过跳摇滚，他马上发现，奶奶的竹枝抽打完全有节奏可循，他可以顺着节奏起跳摇摆，不至于让竹枝抽到自己。

果然，他随着竹枝起落的节奏弹跳起舞，一鞭一鞭的抽打化成了风，擦肩而过，甩落在地，掀起细细的尘土，然后竹枝又腾空飞了起来。姒来随着节奏起落，像一个机灵的舞者，竹枝的抽打成了舞者的道具。

奶奶抽累了，大口大口喘气，姒来却舞得起劲。他咯咯笑着："奶奶加油！"

奶奶扔掉竹枝，一屁股坐在石礅上，流下了眼泪："你没爹没娘的，还去打人家，我一个孤老婆子怎么保护你啊！"

见奶奶流泪，似来慌了，他伏在奶奶腿边，气哼哼地说："奶奶，他们骂我们不是大禹皇帝的后裔，只是给皇帝看坟的下人，我这才揍他。你说如果不是后裔，谁会给人家守灵看坟呢？"

说话间，邻村妇人扯着孩子跟了过来，见似来毫发无伤，便对着似来叫骂起来："你这个小鬼化蛋，看把我儿子打成什么样了，我回你几个巴掌，让你也尝尝被打的味道！"说着放下儿子，气咻咻上前，一把拽起了似来的衣领，摆开了抡掌的架势。

似来风一样将衣衫顺势一脱，往前一蹿，好像被拔了几根羽毛的水鸭，扑腾着羽翼逃离了捕捉人。妇人徒然地抓着衬衣，摇晃了一下，笨重的身体摔倒在地。似来站在不远处拍着掌，笑得前仰后合。

妇人爬起，张着胳膊要扑上前去，似奶奶挡住她，说："你别作弄自己了，这小孩鬼机灵，会瞅机会找空子，你根本打不到他。你看我这抽了上百鞭了，老命都要绝脱了，他几乎鞭鞭都能逃开。"

妇人拊着掌骂："听这奶奶的口气，还夸赞他呢，真是个没爹娘教训的！"似来乌溜溜的眼像冒着青烟的眼镜蛇，瞪着妇人又扫向罗干干。罗干干腿一软，膝盖几乎挨地，他妈妈一把拉起他："别怕，人家没爹娘，你有爹娘给你撑着呢！"

奶奶扶着石礅站了起来，皱纹满布的脸面有两行泪簌簌地滚落："没错，伢似来没有爹娘，但是他的爹娘都是救火英雄。去年，他们工作的上海棉纺厂发生火灾，他爸爸是做工厂保安的，一次次冲进大火，就为了抱出那一堆堆棉条，最后被大火吞了。他妈妈是细纱车间的挡车工，也不幸在火灾中牺牲了。儿子媳妇双双殉职，大红奖状还挂在我家堂前呢！"

她拉过孙子，摸了一下似来的脑袋，说："本来他可以在大上海读书成才的，村里的算命先生说他八字里有块大木头，是大作料，可怜成了孤儿，我只能把他接回乡下来。"边说边撩起衣襟擦了把泪。

她抬起头，温和地说："你看见的，我打也打了，只不过打不着而已，这不，你也没打到他，反而跌翻了？这样吧，咱们绍兴人，作兴跌跤坐坐顺势而为。"

似奶奶把似来往身边拢了一拢，贴向自己的身体，继续道："咱们邻里乡

亲的,看着你儿子鼻青眼肿的,我也难过,我今天刚织出几米乞巧布,纯手工织机摇出来的土布,还是红做经,蓝做纬,红蓝相间,做衣裳可好看啦!城里人专门找到我这里来订织的,送你一块衣裳料,算我赔罪了!"

邻村妇人听说此,瞪了一眼妸来,顺水推舟道:"看在他爹娘也是为救火死的,你们好歹也算烈士家属,我们就吃亏一回,以后可不能再让我看到这个小猢狲打我家干干!既然你拿乞巧布赔礼,我就给你老脸一个面子!"

妇人眼神铁锤般砸向妸来,足足盯了1分钟,这才拉起儿子的手,扬声道:"走,拿布去嘞!"

妸奶奶将妸来的手挽进自己温热的腋下胳膊里,轻轻拍着孙子的手背,说:"别怕别怕,咱们回家!"

她紧紧挽住妸来的手走在前面,边走边哼哼:"乞巧布乞巧布,没有伊办不到的事,没有伊走不通的路……"

涤丝的故事

~1~

似来猛然惊醒，直起了腰板。

他前来应聘，空荡荡的招聘办公室有些阴冷。他将申请表放在长条桌上，随手拿过桌上一条长方形的木条，压在上面。

他是在报纸上看到招聘广告的。有半个时辰了吧，他独自在这里翘首等候，可是几条长板凳上始终只有他一人，面试官姗姗来迟，好像压根儿不相信会有人来应聘似的。

他坐下，不甘心地抱着脑袋：等吧。很多时候熬一熬果子就由苦涩变熟了。

一个带地方口音的普通话正呼喊着他的名字。

方才他迷迷瞪瞪地做着白日梦，奶奶从棺木里探起身子，笑眯眯地看着他，说："乞巧布，乞巧布，讨生活的布……"

他抹了一把额头沁出的冷汗。奶奶的葬礼刚过，他没有听奶奶的话继续考大学，却来应聘了。河塘纺织厂招供销员。奶奶看着我呢！

面试官终于出现了。他面容依然饱满，五十开外，却满脑袋白发，像扣了一顶纺织女工的白帽。

旁边一个女职员递给他一沓面试问题列表，称他："徐厂长！"他伸出掌，推开纸，眼神焦虑，嗤鼻道："看题能招到好的销售员？"徐厂长的眸光落在如来面上，这位应聘者正肃然从空荡荡的屋里空荡荡的长凳上站起。

看着好像在哪里见过？徐厂长很快记起来了，上个月路过大龙市场，正是这个小后生在路边卖猪肉，猪肉卖得比市场价便宜，几十号人一边围着翻检，一边七嘴八舌地怀疑："病猪肉吧！""这猪肉皮上怎么没有盖蓝戳？"那小后生急了，瞪圆了眼，一把撕下一块五花肉就往嘴里塞。眼见他抻着脖，鼓着腮，脸孔憋成了绛红绛紫的猪肉色，生生地吞下了差不多1斤肉。众人无不诧异。小后生一抹嘴，气急地说："病猪肉我敢这样生吃吗？"他面红耳赤地争辩。"这是村里的五保户托我帮忙卖的，要不是看人家实在困难，我哪有这闲工夫在这里吃肉给你们看！"没等他话音落，人们一哄而上，不到一根烟工夫，足足一头猪的肉就被抢光了。

徐厂长脑中的画面刚闪过，如来已站在了他的面前。

如来笃定地打开了一卷锦旗。锦旗有两面，分别写着他的爸爸和妈妈的名字，锦旗里还卷着一沓奖状，有爸爸妈妈的，也有他上学后历年所得，其中还有舞蹈大赛冠军奖。这些都是如来从奶奶的堂前屋的墙上取下来的。他又从口袋里掏出从奶奶的织机上扯下的丈把长的乞巧布，摊在桌上。

他抬头看了一眼面试官，语气急于求成："我的祖先是大禹，治水英雄，夏朝开国君王。我的父母双双是上海棉纺厂的烈士！奶奶一辈子都织布。"见面试官向前探着脑袋，满面好奇，如来放大了声音："我不会让前辈失望！"

徐厂长欠了欠身子，朝摊满一桌的锦旗、各种奖状和乞巧布扫了一眼，扬起眉，将唇角拉平了，讽喻地说："你当这里是卖场啊！"抓起笔，二话不说，在招聘表上写下牛大的名字：徐福来。

放下笔，他这才仔细读了一遍应聘者简历，高中毕业。特长：好社交，口才出众，爱好文艺。他在如来名字下重重地画了两道杠，丢下笔，站起身，说："明天就来上班！"

如来隔着桌子向厂长倾过身去，热辣辣地想把自己再推销一遍，让对方看到自己真的与一般人不同，比如说，他虽是乡下人，但是与生俱来有英雄情结……

他张了张嘴,还没等他开口,厂长已推开椅子,头也不回地离去。

如来撸平锦旗,小心地把它们卷起来,这是他父母救火牺牲后,上海棉纺厂专程派了四个工会干部送来的,四人把锦旗恭恭敬敬地交到奶奶手里,还对着锦旗喊了几句口号。奶奶说,锦旗是太阳光织的,爹妈会像太阳一样罩着你。

忽然听到有人唤道:"大哥!"这声音有点耳熟,分明是在唤他。如来转过头去。

"干干!"他惊呼,"你也在这个厂啊!"

长大后的罗干干背稍驼,细瘦得像一根风中的细竹。罗干干低着脑袋飘摇着晃上前来,见桌上的招聘表,便凑上脑袋。供销科,还在名字下画了双道着重线!他脸上掠过一丝复杂的表情,酸溜溜地说:"迟来和尚吃好粥,一来就进科室,厂长很看重你呀!"随即把他拉到一边,压低了嗓音说:"因为咱们是发小,我得提醒你,这供销科的活可不是好差事!工厂最近买不到涤丝,急着招采购员,来一个开一个,因为市场上根本见不到一根涤丝的毛。记住了,这个工厂可没钱养搞不到货的供销员。听说厂长放话了,不管谁搞到涤丝,都有重奖!"

如来方才还踌躇满志,听此说,脸一黑,不再言语。他低下脑袋,将锦旗奖状一股脑儿塞进包里,听罗干干喊:"阿发过来!"

一个壮实的小伙小跑着过来,肤色黝黑,平顶头,一张圆乎乎的娃娃脸。他一眼见到如来,便快步上前,捶了如来一拳:"你也来啦!"

如来笑出了声,原来是说书瞎子的儿子阿发啊!儿时,这个叫阿发的经常跟着瞎子父亲来村里说大书,有一次,阿发牵着父亲的手来村里说大书,邻村的孩子便扎堆儿围着这对父子。说书瞎子手中的笃板一响,便说开了治水英雄禹皇帝的故事。如来看罗干干在场,便故意冲着罗干干大声地问说书的:"我们如姓就是禹皇帝的后代,对吧?"他将就字说得很响,说书的连连点头,还当着一众孩子夸他:"这后生哥有出息,起码记得自己是大禹的后裔。"

"你们都在这个厂啊!"如来看看罗干干,又转向阿发,"我来晚了!"

他有些遗憾,奶奶在世时,总说他机灵,可以上大学。他其实并不向往上大学。第一年没考上,奶奶让他继续考,还说她织乞巧布供得起他上大学。他真正喜欢的是去看外面的世界。奶奶去世,他孑然孤身,没人看紧他考不考大学了,正巧河塘纺织厂招聘供销员,来得早不如赶得巧呢!

阿发问:"几时来上班?工厂没涤丝,我保养的机台都停着!去采购可别忘了带上我啊!"

阿发伸手帮妞来拿包,妞来推挡,说:"别看你块头大,力气没我大。"说着挽起胳膊,秀出几何形的肱头肌。

罗干干悻悻地走在前面,快到大门时,阿发冲着一门卫招手:"有才,来新朋友了!"

被称作有才的身材魁梧,穿一身褪色的军装,腰上扎着皮带,他四方的脸面像关公,粗黑的眉,厚厚的唇,有着牛大的鼻子。他参加对越自卫反击战时受了伤,提前复退后,便到了工厂保卫科。有才朝妞来点了点头算是招呼。

罗干干走到有才面前低声问:"今天还是没有涤丝车进来?"

有才皱了皱眉,表示消息正确。罗干干转身指着妞来:"介绍一下,这是我们徐大厂长亲自钦定的供销员,就靠他给我们买到涤丝,带来财运了。"他的话音未落,阿发已把妞来推到了有才面前。

罗干干提高了嗓门:"新来的兄弟,咱们都是赤脚朋友,找到涤丝,可得带上我们一起玩,厂长承诺有重奖呢!有财一起发,奖金大家分!"说完冲着妞来嘿嘿地笑。

有才牛大的眼瞪着妞来看。妞来被他看得心里发毛,摸了摸头皮,看来这供销员不好当!

~ 2 ~

已过了正月灯、二月鹞、三月吹麦哨的节气了,鉴湖边,河塘纺织厂依然像静卧的一方朽木。

太阳刚出湖面,就有三三两两等活的工人聚在厂外。有人骂:"停产都快十天了,还没闻到开工声。这杀头坏厂长,没金刚钻揽什么瓷器活?害大家饭碗都端不稳!"

旁边一人打抱不平:"厂长年纪大了,怪不得他。市场上没货,黄牛(当地对投机倒把人的称谓)又多,换了神仙太子也没用!"另一人说:"外面的世界敲锣打鼓放鞭炮了,这里死翘翘一点动静都没有。"

一位稍年长者看着河面来来往往的驳船,叹道:"这年头发财的发财,发呆的发呆!我们没本事的只好给人家打工,眼看没有原材料,连打工钿都赚不到!"

一阵摩托车响。他们让开道,不用看他们就猜到是厂里那些年轻后生。

似来骑着摩托进了厂。他刚从福建采购回来,显然没有带回好消息。他双唇紧咬,黑着脸,憋气地将摩托车踩出轰轰出气的声响。

那年长者指着他的背影:"伢徐厂以为招了个金元宝,能搞来涤丝,哼,有啥花头?"

另一扛粗纱的工人叹:"你看你看,他黑着脸,一定是接到卷铺盖走人的通知了!"

"活该!"另一人往地上啐道,"这种拗青花(当地对不争气小青年的称谓)自己的村里不待,跑到伢村里来抢饭碗!"

如同支支冷箭从后背射穿心肺,似来牙齿咬破了唇,满嘴是死鱼的味道。他懊丧地推门进了办公室,满屋的潮闷仿佛将他塞进了剖开的鱼腔。他皱皱眉,抓起桌上一份传真。"无货!"他将纸撕成鱼鳞似的碎片。

乞巧布乞巧布,没有伊办不到的事,没有伊走不通的路。奶奶正看着呢!在福建,他听人说,江苏与安徽交界有一个半洞山黑市,进去的不是钱被坑了,就是活人进去,再不见人影出来。有个目标冒险总比封闭在死鱼腔里强!他抓起了电话:"厂长,给我带一笔现金去半洞山看看!"

电话那头,有片刻的停顿,稍息,声音亮了起来:"你可要想好,风险和机会各一半,办得到,稻田绿油油,饭米不用愁。一定有大大的红包等着你!办不到呢?"

老厂长的音调像生了锈的发条:"你年纪轻还有本钱冒险,我这把老骨头,留着命也许还有机会翻本,命丢了就是句号了。"

厂长的话就像饥肠辘辘时给你端了一大碗加了芥末的面条,辣着麻着却通气。似来脑袋一扬,声音便敲锣般畅亮起来:"我担保,拿不到货,钱原封不动带回厂,丢了钱,我赔!"

厂长追问:"人回不来,命担保是个球!真金白银丢了,你光腚一个赔得起吗?"

妣来急了："我有奶奶留下的一个堂前、一台织机加半爿瓦房，还有……"他犹豫了片刻，没说出口，我还有父母用命赚下的两面锦旗呢！奶奶说了，那是太阳织的，会时时罩着我。

老厂长一听，不以为然："乡下的房值几个钱？织机好进博物馆了，那锦旗？"

呻吟片刻，老厂长手朝空中一劈，做了一个他活了大半辈子最冒险的决定："龙生龙凤生凤，乌龟王八窝蹦不出独角兽。这样吧，到财务科领上现金，不要忘了留个借款字据！"又关心地说，"一人去那个地方我也不放心，你带几个人同去吧！"

妣来站立着，一条腿搁在椅子上，高兴得直拍大腿，"好啊，让干干、阿发和有才一起去，他们反正都闲着！"

厂长哼哼："倒也是，独脚板凳立不起，不如让他们一起去，办成货回来一起打赏！"末了不放心地嘱咐："把厂里那部大哥大带去，遇急事有个呼叫！"

~3~

太仓远郊，江苏与安徽交界的山区。烈日炎炎，照得林影生烟，发白的道上蝉儿都干哑了嗓子歇了声。

妣来提着一只奶奶留下的用乞巧布缝制的包，包里装着买货的钱，钱用汗衫包裹着，算是遮掩。

有才看着妣来手上的包，说："等我一会儿！"

半根烟工夫，有才回来，对妣来说："把包给我！"

妣来眉心打了个问号，犹疑着，还是把包交到有才手里。

有才从裤袋里掏出一把手掌长短的匕首，压在了纸币下。他重新将纸币外缠上汗衫，不露一丝痕迹，这才把包交还给妣来。

妣来提着的心落了下来，暗自责怪自己，太不应该了，连同伴都怀疑，面上带着愧疚，舒展开笑容："你考虑太周全了，虽然我跟你年龄差不多，看来我得叫你大哥！"

有才摆手："不敢！我这是从部队出来，多点警惕罢了！"

一路上罗干干、有才和阿发将妣来护在中间，四人紧挨着，走成一排。不知不觉,日头升高,不见有车辆经过。

如来闷着头,踢着脚下的砾石,尘土扬起,他抹了把脸,说:"八成是我们目标太大,这一带不安全,司机远远看见四个大男人走在一起,怕被劫呢,车就绕了道。咱们不如趴在地面,司机从远处看不到我们,车近,我们一起跳起来将其拦住。"

如来面向有才:"你觉得是不是这样?"

有才点头:"当然了,近距离拦敌成功率高,但是也有风险。万一车不停,碾过我们逃走,也是有可能的。"

如来脑袋一别,说:"风险不怕,就怕没动静,空手回去!"说完,便鸭子般噗地趴下,胸窝压着装着钱的乞巧布袋。

大家一起趴了下来,手拉着手,像一排门闩,锁住了路面。有才的耳朵贴着地面,不一会儿,悄声说:"有震动声!"

果然,由远而近传来驳车的突突声,他们趴在地面大气不敢出,直至驳车近了头顶,他们齐齐地一跃而起,前后堵住了车。

"知道半山洞吗?"如来问。

驳车主车前车后扫了一眼,歪开车头。四人张着臂拦住车。

驳车主脸色变了,四围都是大山,除了四个汉子挡道,唯有大山狰狞。他挤出苦笑问:"大兄弟,有话好说,那地方?可不敢去!"说着猛踩油门,试图冲过去。

如来眼疾手快,猛地拉开车门跃上车,按住方向盘,声音不高却不容违拗:"停车!捎个道而已,何必惊慌!"

车身晃动了几下停在了路边。阿发招呼:"快,跳上去!"挨着阿发的是有才,他跃上车,把后面的罗干干拉了上来。

驳车主万般无奈地踩动了引擎,行至别山,驾车人转头看一眼如来,刹住车,再不肯往前走。

罗干干慢条斯理说:"不要四顶大轿抬不起,我们搭你的车是看得起你。"

阿发笑笑说:"就算求你开趟车不行吗?我们这四条大汉,还不能当你的保驾?"

有才一直没吭声,见对方没动静,他跳下车,拉开车门,沉着脸:"下来!"那语气像闷雷,蓄着劈顶之力。驾车人一愣,僵在驾驶座上。

如来说:"你坐后面指路吧,有危险,我们挡着,你怕什么?"说完从口袋里摸出一张百元票子往车板上重重一放,"带到目的地车钱双倍!"驳车主取过大红纸币,快速地爬到了车后座,探出脑袋看着有才驾车。

车开出一段路,驳车主和四人热络起来,便唠叨说:"你们算是碰对人了,我真知道半山洞黑点。据传老板叫金大彪,在全国有上百个黑点,别家断货,他那里从来不缺货。他来无影去无踪,谁也没见过他,可一提他的名字,那些黑点的人像老鼠见猫似的。谁犯了他的规矩,那手段不是凶残二字可形容的。"

如来心下一惊,哼哼回应:"只要能弄到货,管他姓金姓银。"

半晌,驳车爬上了足有十米高的山坡。车主指了指上方,说:"就那儿!"

黑压压的山耸在眼前。四人刚跳下车,驳车主掉转车头一溜烟不见了踪影。

所谓"黑点"就设在一座劈了一半的石头山的山洞内。山洞顶上树木交错缠绕,巨大的树冠覆盖着半边山洞,密不透风的树墙间劈出一条道,这条道足够两辆货车并排进出。

猛不丁从树墙间跳下一大汉,横着枪,脸面如一柄发绣的铁盾,拦住四人,问:"带现金没有?只带支票的别进去!"

如来配合地举了举手上的包。

又钻出两个男子,一身迷彩服与树同色,喝道:"放下包,张臂。转过身!"

如来面色紧张,除了钱,包里还有一把刀呢!便说:"明说吧,这包里是现金,不是要拿现金提货吗?你们退后一步,我把包打开给你们看。"

一位身穿迷彩服的说:"来这里都带现金,就你们特别?"不由分说,将手抓住了乞巧包的提手。有才见状,上前,将对方枪口掐住,趁对方手麻,便一一摊开钱币,说:"看清了吧!"随即快速收拢了纸币。

罗干干、阿发相继掏出口袋里的打火机、火柴,往地上一扔。阿发轻描淡写地说:"你们不就是要搜这东西吗?"

没等迷彩服者开口,他们径直往山洞走去。

洞口,指头般粗细的铁条打成的闸门与山体一色。闸门一合,便将洞口封得严严实实。有三三两两的人推抬着涤纶丝包从洞口进出。

跨进山洞，阴气逼来。如来一眼看见了沿着山体岩壁堆成山高的涤丝包，好像阿里巴巴叫着芝麻开门闯入了四十大盗的财富山洞。他气促起来。

有才正要撕开一个角看看里面的货，一裸着膀子的中年男子横着脸，朝他们走来，吆喝着："放押金了吗？就动手！"

有才瞪着眼没吭声。罗干干打了个冷战，堆出笑，小心翼翼地说："没带钱敢来这儿？"一边用眼的余角四下里观察动静。

如来低声嘱咐一直跟在身边的阿发："就怕藏着什么猫腻，你配合罗干干检查货物！"然后大声问道："哪位是老板？"

一矮胖的男子腋下夹着一架算盘踢踏着脚步走来，哼哼："先放押金再看货！"

如来问："买货总得先问价吧！"

那人乜斜他一眼，随即在算盘上打出一列数。

五万三！如来心下一惊，这价果然黑！他皱起眉，不能总停产，老厂长算得没错，停一天的损耗是无法用数字计算的。如来从腰里取出一摞钱，往桌上一拍："这是押金，完秤后付全款。"

胖男子看一眼钱，不动声色，随之举起算盘有节奏地摇晃了几下。随着算盘子儿的哗哗声又走来两男子，一男子取过钱，唰地绽开，一五一十数完，把钱丢进抽屉，便走去摆弄磅秤。

另一男子虽瘦，却个子高大，面容粗糙，他走到货物旁，扯开麻布包一角，露出白亮亮的丝。他挖出四轴，分别递给四人："看好了，就这货！"

如来举起丝筒，对着灯光，只见丝通体晶莹透亮，价钱虽贵却是上品好丝。那男子取回，原路塞回，拖过货包。

如来抓住包一起往秤上抬。怎么这么重？他憋足劲儿掂了一下。

那男子挡开他，喝："站回你该站的地方去！"随即哼哧着将沉甸甸的货挪到秤上。

矮胖男子叫道："230公斤！"

如来皱眉，这每包的毛重比通常高出许多。他向罗干干使了一个眼色。

罗干干会意地盯紧货物，双眸上下扫描。他很快发现涤纶丝包的左侧角裂着一小洞。仔细观察，便见小洞处探出一个拇指般粗的塑料管口。他会意地一笑，捅了一下阿发，趁那两男子搬物件的当儿，用手指在阿发大腿上画了个小圆洞。

阿发心领神会,若无其事般绕着涤丝包走,眸光扫向每一个货包。称完第一包,那男子又搬过另一大包,重复了相同的程序。阿发发现,每一包的侧面都有一小破洞,更奇怪的是每个洞都掩在侧角,一支塑料管隐隐地掩在洞口。大汉憋足劲儿抓起涤丝包时,那包便如待宰的母牛瑟瑟地颤抖。

有鬼!阿发打了个冷战,他深吸一口气,让自己镇定下来:"包里好像有什么动物!"他凑近如来,用方言悄声说。

称完最后一包货物,称货人叫道:"共三吨四!"

掌算盘者拨着珠子,直着嗓子喊:"十六万三千二!"盯着如来的脸,"付钱搬货!"如来揣着钱袋,显然,不付清全款对方绝不允许开包。罗干干堆出笑脸,问:"有没有打包带,山高路远,重打个包,弄结实了再走,要求不过分吧!"算盘者横起脸,不耐烦地说:"先付钱,不付钱滚出去!"

有才不动声色,一步跨到货包前,一把捏住隐在洞口的塑料管不放。货包开始颤动,随之传出呼哧呼哧的喘气声。有才毫不松手,包内传出呜呜的哭声。

称货人扭头一见,抢步上前,粗粗厚厚的手扣住有才的手腕,大拇指死死地掐住有才的掌根。

有才感觉手腕像被刀切割一般,一阵钻心的疼痛后,是被电击的麻木。掌秤人凑前一步,有才手腕处承受的压力增强,疼痛和麻木持续加剧。掌秤人将他一推,他踉跄着,腿一软,几乎摔倒在地。有才佯装倒地,趁对方不注意,鹞子翻身,猛地起身将对方掀翻在地,重重地踩上大脚。

趁双方交集,阿发飞速跃至磅过秤的货包前,张开双臂,将货包挡在身后。如来飞身上前,抽出乞巧布内压在钱币下的尖刀,割开布包,货包里魔术般蹦出一个小男孩,面色青紫,见到亮光,小男孩拔腿往闸门口飞跑。

尽管猜想包里有异物,但没想到这异物却是活人,如来四人惊得目瞪口呆。如来使出浑身劲扯开了第二个货包,叫道:"出来,别委屈了孩子!"果然,包里战战兢兢又爬出一男孩,探头见到亮光,撒腿就朝大门跑去。

算盘人见势不妙,按动岩壁上的电钮。"哐当当",大铁门隆隆合上,将洞口封得严严实实。他抓起算盘朝如来头部砸去:"看你要货还是要命!"

如来身子一躲,算盘棱角砸在脑门上,头发根部飙出血来。

有才朝如来移步,趁男子专心对付如来,他憋足劲,拎起男子后衣领往石壁甩去。男子脑袋撞墙,即刻鼻血如注,瘫倒在地。有才迅速从口袋里掏出纱布，替如来包扎头部伤口。腰间随带救护用品是他自当兵起养成的习惯。

如来摇晃一下脑袋，说："没事，擦破皮而已。"说着将尖刀塞进乞巧布袋，一并交给有才，自己朝算盘人走去。

有才走到货包前，麻利地割开其余的货包。顿时，装着涤丝的货包一一裂开大口，随即包里蹦出一个个男孩，男孩们一色偏胖，面色如菜。好像受过训练，惊慌失措的男孩见到光亮撒腿就跑，跑到大门处碰壁后，一一机械地抱头蹲下。瞬间，岩壁下蹲了一排圆圆的小脑袋。

阿发摆开弓步对付围上来的大汉。他左右开弓，喝道："我随老爹走南闯北也算有功夫，今天权当练手了。"随即发功点中掌算盘人的命门。那面目粗糙的男子一声尖叫，软软地跪倒在地。

罗干干环顾四周，岩石壁立，出口处被铁铸的大门堵死，一排小男孩石碓般齐齐抱着脑袋对着山壁蹲着，浑身筛糠似的发抖。四壁连缝都没有，看来插翅难逃。他走到如来面前，小声提醒："好汉不吃眼前亏，好像这里人不少，咱们必须尽快撤了！"

如来皱了皱眉，陡然记起驳车主一番话，他灵机一动，跳上桌子，厉声喝道："咱们的老板金大彪在全国设100多个点屯货，虽价高，可从没叫你们往货里放个活人当秤砣！你们这是瞒着老板赚私钱，命要不要了！"

他扫眼一干人，见这些人无不显现出诧异、惊恐或慌张的神色。还真蒙对了！如来窃喜，声色凌厉喝道："早听说半洞山货里藏私，今天我们四人奉金大老板命令前来私查，临行前金老板特意交代，要我们扮成买主，扛回证据。你们倒好，真是一查一个准，贱命要不要了？！"

罗干干见事态正往有利的方向走，趁机跳上桌子，亮开脆生生的嗓门："来山里前，金大哥还特意请我们喝了酒，对查出问题的……"他停住，做了一个砍头的手势。说完捅了一下如来："戏不要做过头，言多必失！"

如来见掌算盘人面露诧疑张嘴想问什么，便跳下桌，走到算盘人面前，搭着他的肩，放下脸说："这事不全赖你们，谁的责任我们自会向老大报告。报个实际重量，我们钱照付，回去向老大交差，大家图个平安无事。"

说话间，有才已找到石壁上的铁门按钮。他重重按下，铁闸门徐徐开启。蹲在门前的男孩们争先恐后朝山下鸟散，顷刻，消失得无影无踪。

掌算盘人将信将疑，有才捏住他的命脉，牛大的眼铁球般投向他，他一哆嗦，便对如来哼哼叽叽地说："就按每个男孩20公斤算，减去140公斤还有

实货2吨。每吨四万八,这九万六千一分也不能少了。"

如来轻笑,将缚在腰上的钱袋解下,兜底摔出:"就这些了,给你们买个教训!"说完,招呼阿发帮着将布包扛上肩头,左肩右扛背起两包涤丝往门口走去。有才、罗干干和阿发纷纷扛、拉、驮、背,将买下的货拖出山洞。

走在前面的如来放妥了肩上驮的,返回支援。如来一眼瞧见一把亮晃晃的飞刀正朝有才的心脏后背飞来。他惊叫一声:"闪开!"一边腾空跃起,单腿横扫尖刀。

尖刀斜斜地插入了如来的腿部。如来发出闷闷的呼叫,有才回头,见如来正将一把尖刀从腿部拔出,血流如注,如来拳着腿拱腰捂着伤口。有才大惊失色,要不是如来挡着,这尖刀正从后背刺向他的心脏!他瞪眼望向半洞山,两迷彩服者一高一矮,一前一后地跟在他们身后。那飞刀正是从前面那个稍矮的手中飞来。有才双眼瞪成铜铃状,摸出腰间的尖刀,对准那矮个子飞去。他在部队时就是警卫班的,投射百发百中,不等对方发出尖叫,他已背起如来,直往山下奔去。

一路上,如来捶着他的背,挣扎着要下地:"我没事的,没事的,先把货弄下山去!"有才双手铁爪般拢紧他。挣扎无果,如来的脑袋无力地伏在有才背上。有才的背宽宽厚厚的,如来记得儿时父亲就是这样背着他在会稽山上转悠。山间开满了各种小花,父亲一边颠着他,一边说,别踩了这些小花小草,它们浑身都是宝呢!

雀儿们归家了,山里只有风儿摇动树枝的飒飒声。有才放平如来,褪下身上的旧军装,麻利地撕成布条,缠在了如来的伤口上。

天色擦黑,风起,四周黑峻阴冷。他们终于将货包一个个滚下了山。

此处正是安徽与江苏的交界处,马路两侧是苏南典型的农村村落,村口一洼池塘水波不惊,一片树林茂密得不见天色。他们将货物一个个移至林间,这才坐了下来。

罗干干看着一包包涤丝,笑:"刘氏变狗,铜钿到手。厂长的大红包笃定拿到了!"阿发看向有才,叹:"要不是有才想得周到带着刀,这么快割破包装,我们不可能将孩子全都放出,那冤枉钱就大了去了。"

有才半天没吱声,他站起,走到如来面前,噗地跪下,说:"我林有才爹娘是老曼街捡鸡毛的,家里穷,后来去当了兵,在越战中差点死了,捡回一条命来,命虽不值钱,也是一条命,今天你为我挡了一刀,救了我一命,从此后,你就是我大哥,请受我一拜!"

如来赶紧将他扶起,说:"还不知是谁救谁呢,咱们同船合一命,都是兄弟!"阿发、罗干干见状,起身,和有才一起,将如来围在了中间。罗干干接过如来的话,说:"同船合一命,也要有个撑船头脑,以后你就当我们的大哥吧!"

如来笑:"既然我们在一条船上,你们叫我大哥,大半年几个月的也是大,我就不推。现在我们这条船有了四支橹,但是撑船头脑只有一个,以后你们都得听我的了!"

有才起身,解下腰间的一只白色的搪瓷杯,这是他退伍时带回的,每次外出,他都会挂在腰间,一是习惯,二来确实有用。他从池塘舀了满满一杯水回来,将满杯的水递给了如来。

月亮挂上了树梢,稀薄的月华给树林添了淡淡的暖意。如来高举起水杯:"今天月亮公公做证,我们以水代酒,四人结为兄弟啦!"说完仰头倒入满嗓子的水,吞下,又将水杯传递给有才,四人说着笑着,你一口我一口,将水杯见了底。

如来摸出大哥大,腿上的疼痛开始向全身蔓延,沁出一身汗,他的声音却像喝了整壶热老酒:"徐厂长,速派车来接应……"

~ 4 ~

回到工厂,已是周末的午后。

厂长摸着亮晃晃的白厂丝,眉头舒展,声音就像浸了老甘蔗的汁:"这个月就重奖你们四人!"说时盯着如来腿部看。

如来的大腿部用褪色军服缠得像个圆圆的粗纱筒,湿湿干干的血依然不断往外渗着。徐厂长并不浓厚的眉拧成了一条倒卧的蝉蛹,心疼地问:"受伤了?"

如来三下两下除去包扎物,露出一个瘀着黑红血迹寸把长的三角口,他拍了拍伤口,疼得咧了咧嘴。他不好意思地看了一眼厂长,轻描淡写地说:"比起我的祖先,这点流血算什么!"

厂长记起面试时,如来说过他的姓氏是源于禹皇帝姒姓家族,便由衷地点了点头。他俯下身仔细地检查如来的伤口。伤口足有寸把长,中间裂着一个三角口,上面扑了些消炎粉,盖住了血肉模糊的洞,看着让人心底发瘆。他见

如来满不在乎，便宽下心来，嘱咐有才："快送去医院，缝几针放心！"

月底，厂长亲自来到供销科。供销科的业务员都在外地销售，厂长很郑重地把一只印着凤凰图案的红包递到如来手里："这是你们四人的奖赏。"他停顿了一下，眼睛始终没朝红包看，"我记得面试时你带了锦旗来的！就当你赢了一面锦旗。"他嘴歪了一下，笑得很尴尬。

如来刚去医院做了伤口拆线，回到办公室。尽管拆了线，伤口却依旧一揪一揪地疼，这只红包像麻醉剂一样让他忘却了疼痛。

他站得笔直，直至厂长的脚步渐渐远去，他才叫来有才、阿发和罗干干。

罗干干欢呼："厂长终于兑现了承诺，重奖我们啦！"他从如来手里一把抢过红包，颠了一下，红包并不重，他的脸拉成了一张鞋底。

"一定是百元大票！"阿发从罗干干手上拿起红包，急着要拆，有才夺了过去，交回到如来手里："没规矩！"他瞪了阿发一眼。

如来举起红包，大家一齐喊："一 二 三！"

他们青春年少，人生第一次拿到奖金。如来撕开红包的动作像阿里巴巴敲开了四十大盗的山门，有一种仪式感。

四张崭新的20元纸币飘了出来。他们瞪着这单薄的蓝色纸币，你看我我看你，空气变得稀薄起来。

罗干干终于打破沉寂，从如来手里抽过一张，一边塞进衬衣胸袋，一边气哼哼道："你这挨一刀，命都扑上了，就……这厂长真是狗匕倒糟（土话，抠门）！"

阿发从裤兜里掏出钱包，把蓝色纸币认真折叠了一下，放进钱包，轻松一笑："好过没有！"如来把20元纸币交给有才时，有才把它塞回到如来手里："你刚拆了线，买点火腿肉，帮助愈合伤口！"

如来举着蓝色面的纸币在手中抖出哗哗的声响，说："我建议大家都拿回去，把它镶在镜框里，挂在墙上。它是一面锦旗呢，上面写着四个字，合伙挣钱！老厂长说得没错，独角板凳立不起，我们组在一起不光是一条四脚板凳，还可能是一辆冲击国际大赛的四轮赛车呢！"

大家自嘲着，哈哈大笑。

如来脖颈一抻，脸面朝天："今天老厂长欠你们的，都算在我头上，日后我一定给你们补上！"

旗幡翻飞

~1~

温州纺织零件市场其实是个封闭的大棚,一眼望去,绿色的棚顶下,各种小摊挤挤挨挨像爬满龟的养殖场。摊位旁堆满了纺织配件,梭子、纱锭、罗拉、皮辊,摇车的把手,人们几乎把所有能想到的部件都搬来赚差价。

如来第一次来这里采购细纱机配件,他跨进大棚,绿色的棚顶下,各摊位乌泱泱像是一座挤满龟的池塘。他被各种叫卖声和燥热的空气夹攻着,大口地喘气。他往里移动了几步,便瞄上了一排罗拉,这正是他来这里寻找的目标物。

有一道细细的声音像清泉,拨开喧闹,流淌在他耳边:"我猜你就是来找它的!"

不知从哪里冒出一个姑娘,手里抓着两只罗拉,出现在他面前。她盯着他的眸光,热辣辣地燃烧着一种执拗。显然,自如来跨进大棚那一刻,她就盯上了他。

她把他引到了自己的摊位，正是妞来瞄准的有着罗拉的摊位。摊位整齐有序，像龟山中的一洼清清的湖水，湖底卵石排列，整齐有序，每种零件都明码标价。

姑娘开门见山："你需要了解这种罗拉的特性吗？"她递给妞来一瓶矿泉水，扯出一张纸巾递给他，莞尔一笑，"这里太闷热了！"

妞来拧开瓶盖，倚在柜台旁。

姑娘侧着脑袋，笑眯眯问："你知道什么材质的罗拉耐用，棉花条缠死也不易着火吗？"

姑娘身着小碎花蝙蝠衫，紧身的健美裤包裹着运动员般细长的腿，利落而干练。她说话的时候，一双丹凤眼弯弯的，像弯弯的月亮锁住天空。"你能说出皮带盘带动纱梭时罗拉每分钟的转速吗？"

妞来向她翻了个白眼。她这种豁出心推销的劲儿倒与自己有几分相像。

没等妞来回话，这姑娘便抢答道："罗拉最好的材质是纳米，就是我手上这种，它能承受每分钟1120圈的转速，在粗纱条不慎卷入的时候……"

"你是老板？这么卖劲！"妞来好奇地调侃。她对所销售产品的熟悉程度令他惊讶，她这种柔软的韧劲像一把皮筋套住了顾客的脚踝。

"现在我给人打工，谁知道明天谁给谁打工呀！"姑娘脑袋一歪，"谁不想当老板啊？"她的双眸盯着他，甩出碎芒片片，在他心湖漾起涟漪。

他歪头饶有兴致地看了她一眼，掏钱买了罗拉的全部存货。

"河塘？"她写着发票，"我们是半个老乡呢，我家阿舅就住在河塘！"

她把发票递给他时，他感觉她纤细的指尖有意无意地滑过他的掌心。妞来说话有些气喘了："河塘人？你的意思是早就见过我？"她扬起脸，不置可否，抿嘴笑："我叫阿凤，凤凰的凤！"

妞来眼前飞扬着厂长递给他的红包，红包上印着一只凤凰，靓丽的羽毛旗幡般翻飞。他突然觉得生命就是由一连串的偶然连接成的必然。

爱情是经线纬线的同质交织。他们定期约会了。

~ 2 ~

"我想办一个纺织厂呢！"妞来见阿凤瞪大了眼看着他，便拍了拍她的肩，"别认真，要是奶奶在世，一定会敲我的额头，说'不晓得自己的斤两，半两棉花，免弹。'"他叹了口气。今天他路过百货店，看到人们正在疯狂抢购的确良布。这种面料挺括,经得起搓衣板上的百般搓揉,但是舒适度远不如奶奶织的乞巧布,如果自己办纺织厂,一定会设计一种介于的确良和乞巧布之间,又舒适又方便打理的布。

好像深藏的宝葫芦秘密被如来打开了,阿凤兴奋地抱着如来的胳膊摇晃:"你怎么知道我心里想的呢?"

如来好奇地看着她,笑:"鸡啄啄,鸭呷呷,咱俩本来就是一家嘛!"

阿凤神秘地一笑,仰头问:"你手头有多少积蓄?"

如来脸红,支支吾吾着:"跟你说了,半两棉花,免弹。算上奶奶留下的……"他翻了翻掌搪塞。

"给我!"阿凤的口吻有些撒娇又有些执拗。

如来锁起了眉,搬开阿凤的手,退后一步,打量着阿凤,好像第一次见她。

阿凤委屈地蹲在地上,脑袋埋下说:"看你敏感的!好像我拿爱情跟你做交换似的!"她秋水明澈的眸子蓄满了泪,一碰就会像断了线的珍珠滚落。

如来心头一软,忙蹲下,扳起她的脑袋,扯开笑说:"别在意啊,我从小就没了爹娘,凡事敏感。"又说,"算上奶奶留下的,我有两三千元钱存款,你全拿去吧!"

阿凤拍拍他的手背,一跃而起,眸光闪闪,说:"不准反悔啊!"

如来把抽屉里的钱,连镚子都掏出来,一共才两千五,他把钱装进一个大信封里给了阿凤:"拿去买身衣裳,多余的给你妈,我一直想去见她的。听你说,你还有一个跟你长得一模一样的妹妹吧!"

阿凤答非所问:"我们一定会有自己的纺织厂!"

如来摸了摸她的脑门,大笑:"比我发烧还厉害!"

~ 3 ~

转眼就是1984年的夏天,灼热的日光烘烤着温州小镇永嘉。

小镇模样依旧,却不复平静。

白日在这里无限延长。当夜空投下第一缕青灰色的阴影,有小太阳之称的街灯就骤然亮成白灼的一片。小山般堆起的一个个橡胶鞋摊儿,间隔着一堆堆的纺织配件,把空气搅和成一口热气腾腾的炼胶般的大锅。

随着一阵摩托车的轰鸣声,一辆红色的幸福摩托车运动怪兽一般劈进街

市,飓风般闪过一对姑娘的身影,往离镇不远处一座旧祠堂飞驰而去。

"阿调,抱紧钱袋,我们很快到了!"阿凤驾着红色幸福摩托车,她腾出一只手,拍拍身后紧抱着她的腰的阿调。

阿调侧过脑袋贴着阿凤的背:"阿凤,我好紧张!"

阿凤转过头,大声说:"有我在呢!"俯身,圆瞪起眼,铆足了劲,放开油门,往前冲去。

阿凤、阿调是同胎同卵所孕,绝对一个模子:不算宽的脑门,单凤大眼,小葱鼻,圆实的下颌微微上翘,高高扎起的马尾辫。她们身着相同的蝙蝠衫,紧身健美裤,彰显着酷傲与不羁。

祠堂前坑坑洼洼的水泥地上挤满了车。阿凤好不容易把车塞进了两辆拖拉机之间的缝隙间,她歇了车,抓起阿调的手就往屋里冲。

门前,两持枪的汉子拦住,其中一个中指与拇指撮着,问:"带这个了吗?"

阿凤转身从阿调胸前拽过一只布袋,沉甸甸的,长长方方如同内藏金砖。她将布袋高高举过头顶,哼道:"狗眼长哪儿了!"

持枪者忙收起枪,谄媚一笑,拖长语音喊道:"一对双胞胎!"话音没落,阿凤扯着阿调早不见了踪影。

旧祠堂未经改造,青石板地,中间露出原色的柱子,斑驳的墙,木栅栏的窗儿,四周屋顶密集着炽白的大灯,把人们的脸刷成青白。

祠堂里挤满了人,依然有人源源不断地进来。屋的正前方留有舞台大小一方地,墙根处横七竖八堆着数不清的大麻袋。四个精壮汉子端着上有刺刀的来复枪在场地间走动。

场地正中央一精瘦的男子举着喇叭扯着嗓门喊:"只出3000元马上就能到手30万!3000元变30万!"

人群开始推搡拥挤。

他提高八度音喊着:"30万要攒多少年?恐怕一辈子也攒不起,现在一次只出3000元就立马变成了30万!"

"3000元变30万,发财梦想成真,机会就在眼前,走过路过不要错过!"

汉子挥舞着胳膊声音霹雳:"30万!30万可以买10栋房买10亩地娶10房媳妇,分分钟赖窝鸡娘变成凤……"

一个矮小的男子挤在人群中,踮着脚尖,举着胳膊扯起嗓门鼓动:"入会,抢头会啊!"

人群板结,往台前涌动。

阿凤好不容易挤到前面几排,她攒足力量趁人们还在犹豫观望的当儿,毫不犹豫地举起钱袋,瞄准目标,屏足气将钱袋往场前桌子上抛去。啪的一声,钱袋不偏不倚地落在长条桌的正中央。

长条桌前坐着两个男子和两个女子,男的着紫色印有"福"字的中式短袖装,女的一色的大红织锦缎短衫。桌上摊放着一个硬皮大本,一个红色的印泥盒和一方大印。

阿凤使出浑身的劲儿,以压倒大喇叭的声音尖声叫喊:"许凤!要头会!"她满面通红,咬紧牙,扒开挡在她前面的人,拼足力挤到桌边。

她一把抓起方才扔过来的钱袋,捧到穿紫色"福"衣人的面前,气喘吁吁,急切地喊:"言午许,凤凰的凤!"

男子麻利地接过钱袋,掏出纸币一五一十地数,数完色眯眯地瞟她一眼,"满屋的人就数你财貌双全,果然抢得头富。"

阿凤急切地笑着,一边已将右手食指伸向了红印盒。她举着红红的食指,掩笑问:"在哪儿画押!"

另一穿紫衣男子一脸严肃,挡着她的胳膊,说:"咱们说清楚了,抬会抬会就是老鼠会,拿头会的要扣除十年的利息,利息按银行当年利率的一倍算,30万扣去利息,你实拿到的钱应该是213900元,然后你每个月还要交3000元的利息给后面的尾巴!"

说话间那男子已数完了钱,将皮筋捆扎好,一把丢进了张着大门的麻袋。见阿凤眼神有困惑,男子不紧不慢地说:"你要急用钱哪里去借?银行可是天下雨只会从你手上收走雨伞的吸血鬼!做头会这机会被你抢到,不知你祖宗三代积下多少阴德。让一部分人先富起来,我第一眼就看出你面相是个大富婆,是先富起来的那一个!"

阿凤抿嘴笑。正等着坐着的女子写完票据,后背忽被飞来的钱袋重重一击。她皱皱眉,忍着痛,拿起票据一个字一个字读:213900元,兑现日:1984年9月29日。地点:镇西信用银行。

阿凤冲着开票人甜甜一笑,指日可待!那是一座金山,承载着她与妲来的梦想,这座金山化身为纺织厂,她甚至听见了纺机蚕儿吐丝般飒飒的声响。她重新将手指伸向印盒,饱蘸上大红色,将指印满满地留在印章的下方。完成这些,她才感觉被钱袋误击的后背隐隐作痛,这疼痛老鼠似的钻到了胸前。她咬了咬牙,收起票据,紧紧地揣在手心,转过身去寻找阿调。

她的面前是依旧疯狂拥挤的人们,他们仿效着阿凤,争先恐后地扔过钱袋,高声喊着:"入会!入会!"

不到一顿饭工夫,地上的麻袋装满了钱,一个个扎得结结实实,鼓鼓囊囊地挨着墙根密密实实排列。举着喇叭的男子,嗓音早已嘶哑,但叫声不绝:"发财梦成真,一辈子就这一次机会,走过路过不要错过,只要分秒,赖窝鸡娘变成凤……"

又进来两个端着来复枪的汉子。执枪者晃着带有刺刀的枪在麻袋前来回走动,吆喝着,不时拉开被推挤到麻袋跟前的人。

夜已深了,月亮透过厚厚的云层,窥视着地面。祠堂前的灯下,飞蛾萦绕不散,人们依然疯狂地涌入……

汹涌的人潮涌向大堂中央,报着名字,喊着:"登记!"

阿凤被不断涌上来的人挤压得透不过气。她试着踮起脚寻找阿调,几次都被推倒。她终于瞅准一个间隙,钻到了柱子旁。柱子旁站着一个中年男子,正皱着眉望着汹涌的人潮一筹莫展。

阿凤向那男子求助:"我找不到妹妹了,借你一下肩膀,爬到柱子上找一下好吗?"

男子看她一眼,立即惊羡地呼道:"你就是抢得头会的那个女子吧!我见你把钱袋甩出去,真是胆大吃肉,胆小吃屎!"他感叹着一边蹲下身去,"秀脚尽管上来,也让我沾沾喜!"

男子用肩驮着阿凤站起身来,阿凤便在高处抱紧了柱子。阿凤终于望见了阿调。阿调正站在墙根处,抻着脖子四处张望。

阿凤双手做喇叭状喊道:"阿调,我在这儿呢!"于是哧溜着滑下柱子,钻进人群奋力往阿调的方向挤去。

阿凤双眸炯炯,面颊绯红,浑身血流如幸福牌摩托车奔突。她的双手终于够到了阿调,她拨开众人,紧紧抓住了阿调的手:"阿调,我们成功啦!我抢到头会了！可以第一个拿到30万！"213900元。她暗暗矫正了一下。

阿调捧着阿凤的脸。她们四目相对。"梦想成真了？"她满目崇敬与希望，那么说我们远远地把万元户甩在了身后？她抱紧了阿凤，将脸倚在阿凤的肩上，流下了热热的泪。姐姐永远都是她的希望。

虽说阿凤只比阿调从娘胎中早出来10分钟，可是她处处都听阿凤的。遗传学说，同卵生育的双胞胎从同居一个子宫时就有相互的生理感应，发生在某一个胴体上的病痛，另一个也会感到疼痛；神经元上也像有一根无极线，将某一方胴体的喜怒哀乐迅速传导给另一方。

"我早感觉到你抢到头会了！"突然来到眼前的财富数字像被雪山反射的北极的太阳光，她眯起眼不知所以，忧心地问："你会丢下我和妈妈跟如来去开纺织厂吗？"

"如来？他要知道我抢了头会不知道会高兴成什么样呢！"阿凤抿嘴一笑："看你傻的，咱俩注定生死在一起，我还能把你丢下啊！你知道30万能做多少事吗？除了开一个纺织厂，还够开一家面料门市部呢！咱俩就像面料和衣服，谁离得开谁啊！"

"我们成功啦！"她们胳膊圈在一起，面贴着面泪水交融，分不清彼此……

~ 4 ~

温州开往绍兴的长途汽车上，阿凤坐在前排第二个位子。车上的喇叭播放着崔健沙哑的呐喊：

> 我曾经问个不休，
> 你何时跟我走，
> 可是你总是笑我，
> 一无所有。

她把抢得头会的大额票据缝进了贴身衣袋，大红色的票据像崔健的歌声直击她的心扉，她的眼前晃动着江南的桃红绿柳，蒙蒙月色的湖边，如来激情摇滚的舞步。"城里人和乡下人的区别是什么？"他没等阿凤回答，抢答道："跳舞，知道吗！乡下人从不跳舞，我在上海时，不到七岁就会跳摇

滚了!"

河塘镇到了。她没有给觋来打电话。觋来还没有下班,她要给他一个惊喜!她摸了一下腰间,大面额钞票就像祥云一般,安然依附在她的身体上。自爸爸去世后,每年妈妈都会带她和阿调一起来舅舅家过年,舅舅总会好客地请他们在镇中心的酒店吃一顿团圆饭。

她喜欢这个酒店,酒店里里外外的地面都由青石板铺就,酒店门前排列着十来张条凳,不管春夏秋冬,总是门庭若市。听舅舅说,自元明清初酒店开张以来,镇上的人们就习惯聚集在这儿听莲花落。

如今开唱莲花落的是远近小有名气的琏邦邦,还有镇上几个年长者。琏邦邦像个打擂台的寨主,一年365天驻扎在这里,其他年长者则隔三岔五地跟着琏邦邦一起说唱。他们头顶一色的乌毡帽,穿着同一款式的蓝色衫儿,一把古老的二胡和着几块笃板,随着琏邦邦一声:"有道是……"胡琴和笃板的声音便伴随着莲花落的节拍,有韵有味地荡漾开来。

阿凤在小店前,挑了张长凳坐下。她突然听到了一阵摩托车声,好像有第六感应,她的心如河中的鲤鱼一般跳跃了起来,双眼不由自主地朝向摩托车声的方向。

酒店对面是一片空旷的晒谷场,摩托车在这里戛然止住。打头跳下的正是觋来。他后背笔直,浑身黑黝黝的,着一件白色的确良衬衣,浓密黑发如峥嵘山峰上一片修剪得整整齐齐的草坪。

只见觋来麻利地架好车,取下缚在车座上的一只塑料桶和两根削得毛亮毛亮的柳枝棒,招呼着:"阿发,动作快点!"

阿发坐在有才驾驶的摩托车后,没等车停稳,他就已跳下车来,从车旁扯出两根纺纱车间用的经纱棒握在手上。有才跨下车,从车上取下一只羊皮鼓慢腾腾地跟了上来。

后面那辆摩托车上的小伙子就是罗干干了。他停好车,打开车后座盖,取出一面小铴锣,一边细细碎碎地敲打,一边口中念念有词:"我罗干干要么不出手,出手就来个锣鼓喧天。"一边唱着念着,一边快步走到觋来身边。

他们站在酒店对面的晒谷场,一字排开,铴锣声清脆响亮,羊皮鼓的敲击声一如击鼓传花般散开,那经纱棒便如大雨小雨般清脆地落下。

酒店前，听莲花落的观众纷纷扭头，将脑袋齐刷刷转向这四人队阵。如来见有了关注，便一个筋斗跃出列队，三下两下褪去白色衬衣，赤出筋条般的双臂，斜刺刺举向天空，他单脚腾空跃起，旋即双腿叉开，一字形落地。

酒店门前围观莲花落的人群哗然散开，转身朝对面的晒谷场拥来。如来旋转，鼓点刚落，他已鱼跃而起，几个后空翻，腾空而起后稳稳落地。

惊呼声四起，不断引来过路人驻足观看。不一会儿，酒店前唱莲花落的场地上，长条凳已经空空如也。琏邦邦面色愠怒，情急中叫出酒店老板，拿出扩音喇叭，不依不饶地对着喇叭继续唱道：

外来和尚吃后粥，
这疯狂的后生不入调，
不安分做工却来这里螺蛳壳里翻筋斗，
有道是……

喇叭里突然炸响的莲花落古调召唤着观众，人们朝着琏邦邦纷纷扭过头去，还没回过神来，却见如来鲤鱼打挺般，十几个连空翻越过人群，从晒谷场翻到了酒店前，在青石板地上稳稳落下。

他张臂仰天笑着，踩着莲花落的节奏和韵味，围着琏邦邦，舞动起自编的山地摇滚，还不时地在莲花落的稍息间隔中，穿插进摇滚的呐喊：

释放出你的激情你的欲望，
这是山地摇滚，
舞出无限的能量，
……

他的呐喊时时被莲花落嘲讽揶揄的调声阻隔，郁郁的胡琴声渐渐清晰而高亮起来。这时，阿发、有才和罗干干跟到如来身后，羊皮鼓、小锑锣和经纱棒敲击的声音加入了对决的阵营。鼓声、锣声、击棒声与笃板胡琴声交杂在一起，在扩音喇叭的大功率音响中，显得丰满而激情四射，彰显着山地摇滚的风采。

琏邦邦面红耳赤起来，原本平声调的说唱也变得节奏紧凑，他前伸后展

扭动着身板,探出脑袋,试图摆脱包围着他疯狂舞动的摇滚。他的喉结在干枯的颈项间极速地鼓动,二胡的声音不绝如缕。突然,二胡的声音断了,他感觉天旋地转被架上了白云间,如来正将他高高擎起,绕场一圈后,将他轻轻地放回到竹椅上。

全场发出惊叹,扩音喇叭传出琏邦邦放大了的呼呼的气喘。如来趁势围着场子连翻了十几个筋斗。人们狂呼起来。

如来腾空跃起,紧接着又鹅毛般落地轻舞起来,在人们疯狂的尖叫和鼓掌声中,他稳稳地站定,抱拳,弯腰向琏邦邦致歉,又转身向人群致谢。

阿凤好像被如来带动着起舞,"再来一段!"她举起双臂跳跃呼喊。

如来一眼看到了她,他朝她飞奔过来,有观众差点被他撞倒,埋怨:"像杀报头胎!"

~ 5 ~

位于浙东运河的古纤道,路基是用石条砌成的一个个石磴,石磴高出水面半米。磴与磴之间,用三块长约3米、宽约0.5米的石板平铺而成。281个桥孔均匀地错落其间。古纤道蜿蜒百余里,在向前延伸中,一座座横跨运河的石梁桥、石拱桥错落其间,自唐建成以来,这条纤道就举世无双,是古今桥路结合的奇迹。

如来骑着黑色的摩托车,径直把阿凤带到这里。他喜欢这条古纤道,按他的话说:这条古纤道经历了万千次的潮起潮落,至今仍然独一无二。他喜欢它的亘古不变,喜欢这样的延伸与扩张,喜欢它伏在水中时隐时现的那份神秘。

摩托车驶近双拱桥,如来点着脚尖刚要歇车,阿凤伸出柔柔的手在后背蒙住了他的眼睛:"不许偷看,我数一二三!"

阿凤从贴身内裤兜里小心摸出红色的票据,高声数着:"一、二……"

没等她数完,如来反手握住她的手腕:一张红色如人民币色彩的大面额票据在阿凤手上旗幡般展开。

二十一万九!大额存单!如来惊愕地盯着这张大票。

"怎么来的?"如来皱起眉,歇了车,放倒在地,满腹怀疑地盯着阿凤的眼。他给她的只是2500元,想让她添置几身衣裳,再给未来的丈母娘送一份小小的见面礼。

"我抢了头会了！咱们有钱办纺织厂啦！"阿凤很激动，声音像挣脱了线的风筝，顺风翻飞，不规则地跳跃。

她扳起指头数着，算来算去，她摆摊的那个大棚里应该有四个万元户了，"我们一下就把那些万元户远远甩在身后了！"

如来小心地接过阿凤手中的大额票据："你去参加抬会了？"

"二十一万九，足够办起一个比河塘纺织厂规模更大的厂了！"他的声音好像从云层挤出的雨丝，感觉太不真实了。

天幕间投下了一抹晚霞，将河面浸染成一片赭色，岸边，绿柳桃红黑瓦白墙的人家屋倒映在水面，轻风摇曳，河面波光粼粼，宛如海市蜃楼，在水中摇曳成碎芒片片。

他们挑拣了一方细软的泥土地坐下，如来捡了根柳树枝，描画着未来工厂的模样。"应该安装无梭纺机！"如来说，"现在纺织厂普遍用的丰田织机，振动大、噪声高、车速慢，早该淘汰了。"

"装消音器吗？"阿凤想起去织布车间找如来时，"踢踏踢踏"的声响震耳欲聋，她不得不捂着双耳。

如来很认真地说："等你当了老板娘，我一定专门研究无噪声纺机！"

"我当老板娘那一天啊！"阿凤低下脑袋好像有什么心事，"必须给阿调开家面料门市部！"阿凤喃喃。

阿凤抬起眼，抓起如来的手放在自己的胸窝口，盯着如来，"我对妹妹有承诺，到哪儿都带上她的，从今以后，这就是我们俩共同对我妹妹的承诺。你能做到吗？"

如来知道阿凤有个比她晚10分钟出娘肚的孪生妹妹，两人如一个模子刻出一般，便嬉笑着问："到哪儿都带上你妹妹，你们俩长得一模一样，万一我拉错手怎么办？"

阿凤抓起一把泥朝他身上砸去："叫你胡说！"

俩人扑打起来。阿凤打累了，坐在地上忧悒地说："人说长女如母，我妈妈胆小，自我爸爸去世后，我真像当了阿调的爸。我俩好像天生有心理感应，她要哭的时候，我在千里之外都会隐隐有感觉，毫无控制地先流泪了。她常常犯小脾气，做事比我更不计后果。我时常替她担心。"

如来说："以后有我呢，你就不用那么累了！"

夏日的风抚在脸上，微微发热，月光虚贴过来，罩着他和她的脸。阿凤的心被暖流填满，明澈的双眸，莹动着泪花。

如来怎么看阿凤都像从天而降的仙女，他一把将她拥入怀里紧紧搂着，好像生怕突然降下天兵天将随时要将她带走。

阿凤轻轻地推开他，叹了口气，望着河面出神。

这次离别不知是不是有预兆，他们缱绻缠绵，彼此的心都隐隐作痛。如来和阿凤顺着古纤道一直走，四周空旷无人，如来扯着嗓子吼着自己随口编的歌：

> 这世界上谁都可以没有谁
> 只是你不在，我再也快乐不起来
> 这世界上谁都可以离开谁
> 只是你在我身边，我再也舍不得离开
> 这遥远工厂的模样
> 是你我的童话
> 这童话的主人
> 是你是我细细密密织造的幸福未来

阿凤依着如来，心被温暖包围，感动得流泪。如来说："别哭别哭，又不是不见面了。"他搂着她，一手抹去她的眼泪。

阿凤拍打着他的胳膊委屈地说："咱们又得分开了，你不难过呀！"

"咱们不是很快就要见面吗？"如来说，"我明天要外出采购，你回温州后，把这笔头会的存兑票兑现了马上过来。咱们开始筹建纺织厂，从此咱们再也不分开了。"

第二天，如来把阿凤送上大巴。阿凤坐上车，探出脑袋，流着泪，使劲向他挥手，哭着就从车窗里将带着泪痕的手绢抛给他："带在身上，记得我在想你！"

车启动了，如来没接住，绢儿顺风飘走了。

如来感觉脸面痒痒的，他抹了一下，湿漉漉的。再抬头，车摇晃着，卷起漫天尘土，阿凤的影子裹着尘埃渐渐消失了。

~ 6 ~

阿凤竭力让自己冷静下来。

那张大额存单说好月底就可以兑换现金的,可是坊间流传着一个可怕的消息:整个温州,卷入抬会事件的人数多达30万,资金链有可能崩溃。说是一个月兑换现金,可是已经连着几星期找不到发起人了!

她不停地抚摸着藏在裤衩兜里的那张兑换现金的票据,极度的惶恐与不安折磨着她。

夜晚,她躺在床上瞪大眼睛搜肠刮肚地回忆,那天台上的四个人中,那个给她写票据的人斗大的字不识几个,是她隔壁东岸村的,何不去找找她呢!

早上,妈妈刚刚给鸡窝里放进拌着米糠的饲料,她就驾着轻便摩托出发了。她找了一个村中必经的道,停好车,蹲在路边,眼睛一眨不眨地盯紧每一个出村的人。夜色很快降临了。她眼睛盯得发涩直流泪,根本就没见到这抬会组织者的一点影子。

她沮丧地骑着摩托车回到家里,捧起饭碗,又轻轻地放下。

日复一日,抬会资金链断裂的消息像瘟疫一样在各个乡镇蔓延。

阿凤彻底绝望了。

她在东岸村伏击的收获是,村里人告诉她,那个抬会发起人之一的妇人叫阿萍,与镇上做地下钱庄的丁家早攀亲了。她像一只无头苍蝇,骑着摩托车在镇上搜索,从已知的地下钱庄跑到她猜测可能的地下钱庄。

屈指数来,已是第九天了。

这天傍晚,阿凤筋疲力尽又尿急,正在寻找公共厕所的当儿,她瞥见从厕所对面的巷子里闪出一男一女,那男子推着一辆纯黑色的大摩托车,那女子手捧着一个包裹紧跟着车,不时探着脑袋四处张望。那男的好像怕摩托声惊动了路人,轻手轻脚地推着车,出了巷才踩响引擎,那女的一抬腿跨上了后座。

阿凤一眼认出那两人就是抬会现场给她票据的家伙。她眸光发绿,顾不得尿急,跨上摩托车紧随而去。

出了镇,大摩托车开始加速向前驶去。阿凤屏足气紧随其后。她知道自己

的小摩托车不是对手,唯有震慑对方,使其慌张。情急之中,她朝着前方大声呼喊:"抓强盗,有人抢钱了!"一边喊一边奋力追赶。

发现后面有人追赶,前面的摩托车开始不顾一切地狂奔起来,很快就出了城,上了乡村土路。

乡村的泥土路,路面多有不平,到处是坑坑洼洼的大小坑洞。显然摩托车撞入了凹洞,车轮打着转发出闷闷的声响。

阿凤的小摩托车此时显出轻便的优势,她轻而易举地绕过坑洞,拉近了与摩托车的距离。

阿凤怒目圆睁,扯着嗓门用尽全力喊叫:"把头会的钱兑现给我!"摩托车驾驶人扭头看了她一眼,加大力踩动油门,车嘶吼并颠簸着猛地蹿出了坑洞。

夜幕降临,夜色很快覆盖了乡村。

阿凤眼看对方行远,拼足力向前追赶。显然前面的摩托车遇到了一个更大的坑洞,传来引擎的轰响和车轮原地打转发出的刺耳噪声,驾车人气急败坏地对身后妇女喊:"抱紧了!"

阿凤的轻便摩托追近,能清晰地见到对方黑色的狮豹摩托车的形状,阿凤甚至看到了那个男子凶蛮的脸、牛大的鼻子和女人惊慌失措的面容。

阿凤将上身趴在车把上,使出吃奶的力冲上前去。见阿凤的车接近,那男子使出蛮力踩动摩托车,摩托车剧烈地颠簸、上下震荡着,眼看几乎要冲出坑洞又陷入其中。妇女手上的包裹滚落到地上。驾车人停下车来,一只脚跨在地上,摩托车引擎空转着轰隆隆作响,那妇女跨下车俯身拾捡包裹。

阿凤见机猛踩油门全力冲上前去,靠近摩托车的右侧,眼见离摩托车只有1尺的距离,她弃车向前一跃,徒手紧紧抓住对方的车把,对着驾车的男人喊道:"把我的钱兑现给我!"

驾车人一脚踢向她的手腕。她感觉一阵撕心裂肺的疼痛,手一松,摩托车趁机向前滑行。阿凤死死抱住了摩托车的油箱。

那女的拾了包裹快步向前,爬上车座。阿凤拼力抱着摩托车油箱毫不松手,大声喊着:"把我的钱兑现给我!"

摩托车车轮飞转,阿凤的手臂被卷进车轮。尖烈的哀号扩散在夜空中:"把我的钱还给我!"

乡村的夜晚空寂得如无人的棺木。驾车人弯腰从摩托车侧身拔出一把刺刀,一把插在来福枪上的刺刀,反手朝身后阿凤的胸口刺来。尖刀斜斜插入阿凤的左边胸膛。鲜血从阿凤的胸襟处大片渗出,阿凤忍着剧痛拼力喊叫:"把我的钱还给我!"她泪流满面,"这是我和如来的命钱啊!"

土路对面隐隐传来卡车的声响。

那摩托车上的妇女对男人说:"把身上的钱给她吧,看她死死缠住咱们的样子,怕走不了了!"那男的狠狠地说:"甩了她!"那妇女从衣兜里掏出一个布包儿往地上一扔,发狠地叫道:"还给你!不就3000元嘛!"

阿凤双手一松,摩托车轰轰地离去。阿凤艰难地朝那包钱爬行过去……

没有月色的乡野,放眼望去是青褐色的鬼影幢幢,偶尔有一辆车经过,将夜幕割开,又匆匆合上。空气中有血的腥气。

在风的摇晃中,村口的老榆树挺着老背,伸展着百年虬龙老枝。阿凤踉踉跄跄地走来,疼痛在她四肢百骸荡开。她拱着腰,一手捂着胸口,大滴大滴的汗从脑门跌落。

她艰难地扑向榆树,一把抱住树的枝干让身体有一个倚靠。靠着树干,她大口大口地喘着气,稍息,她挺起头,村落处灯火明明灭灭,她嘴角牵动出一丝笑意。

她做了一个深呼吸,积攒了些许能量,然后试着重新跨出脚步,朝那灯光的方向走去。

胸口剧痛,她的腰越弯越低,脚步越来越艰难,泥土路上一丛小草轻易地把她绊倒在地,她挣扎着爬起,但是没有成功,又倒在地上。

她再一次挣扎着抬起头,灯光正在前方,离她越来越近。她憋足气,哼哧哼哧匍匐着往灯光方向一寸寸爬行。

她听到了路边的蛮吟,河水拍击桥墩时的节拍,见到了湖面上被风揉碎的海市蜃楼,织机欢快地喷吐出一片洁白的世界。眼看已靠近村西头那半边泥瓦房,她低头看了看胸口,血早已浸染衣衫,依然不断滋滋流淌。她从路边揪起一把小鸡草,无力地堵住胸口的创口。徒劳无益。她放开青草,挣扎着支起身来,加速朝那半边泥瓦房的家爬去。

她终于靠在了涂着黑色油漆的木板门上,用手肘敲碰着门。门吱呀一声开了一条缝,露出阿调的半边脸,她尖叫一声,门随之发出吱呀的惊叫。阿凤跌进屋里。阿调蹲下身,抱住阿凤,哭出了声:"阿凤!你怎么成了这样?"

阿凤将手伸进衣襟，触摸到一个鼓着物，她奋力地拽出，抓举着它。一只布袋，浸染着血，沉甸甸的。她的手剧烈地颤抖，费力地说："这，这是我抢回来的钱，数……数一下！"

她大口大口喘着粗气，断断续续地说："咱们同一胞胎出来，恐怕我……我要先走了……"

她闭着眼，气若游丝，用生命的最后一口气挣扎着一字一顿地说："把它交给似来！"

一滴滚烫的泪从她眼角滑落，她用尽全身的力气扒下无名指上的戒指，颤颤抖抖地试图套进阿调的手指上。戒指无声地掉在水泥地上，她的脑袋歪向一边。

"阿凤！"阿调惊恐地哭喊起来，"不要丢下我！"她的脸贴着阿凤，泪水江河般直落，肆意在阿调与阿凤的脸面爬行。这两张脸完全相似，椭圆的脸蛋，突兀的脑门，小葱鼻。她们几乎难分彼此。

一老妇闻声从床上下来，战战兢兢地走到两姐妹身旁。她惊恐万状，感到天旋地转起来，靠着墙，喘气声如无力拉动的风箱。稍息，她扶着墙，挪步至同胞姐妹身边，俯下身，耳朵贴着阿凤的胸口。

阿凤的心脏已不再跳动。她抱起阿凤的身体哭出声来："凤啊，咱们安安稳稳打个工多好，去参加什么抬会啊，惹来这杀身之祸！现在你们双胞胎只留下一个了，叫我怎么向你死去的爹交代啊！"

阿凤的眼微张微合。哭声炸开在乡间的夜晚……

~ 7 ~

哐当！闷闷的声响，抬棺工合上了黑色的棺盖。阿调凄惨地号啕大哭，朝装着阿凤的棺木扑去。

随着抬棺工推起棺木，阿调跪爬着，跟着车哭喊："姐姐呀！把我带走吧，我们俩一起来到世上，为什么独独把我一人留下……"

参加送别的邻里拉住她，抹着泪："可怜！双胞胎都是有心灵感应的，走了一个另一个怎么受得了！"

取回骨灰盒已是傍晚，阿调与妈妈相互搀扶着，捧着骨灰盒回到了半边墙是水泥抹成的小院。阿调坐在板凳上，呆呆地盯着姐姐的照片。整个心都随姐姐走了。

妈妈颤颤巍巍地捧着一个布袋过来，这布袋大半都被血染红了："都是这钱惹的祸！"她哽咽着："咱们平常百姓有点小钱挣，吃个安稳饭就满足了，做什么……"

阿调从妈妈手上拿过这布袋，双手机械地打开。布袋里的纸币散乱，沾满了血，纸币被血黏合在一起，结成了干硬的痂块一样的东西。

阿调拨弄着，突然被电击了一般，倒抽一口凉气说不出话来：全是小票，别说21万了，恐怕连零头都没有！

她紧张地把布袋里的所有纸币一股脑倒在桌上，仔细地揭开被血粘在一起的一张张纸币。大多都是1元、5元的面值，还有许多1角和5角的票。

清点完毕，阿调又气又恨又悲伤，眼睛好像被电击穿，流着血刺痛而干涩。阿凤至死也不会想到，她拼死命抢回来的这些纸币加在一起才2500元，比她们参加抬会时拿去的3000元本金还差500元！

阿调凄苦地咬着唇。2500！这地狱的数字，夺走了她的生命的另一半！她的手抓起纸币，又无力地放下，纸币血淋淋地散落在桌上地上……

她无声地恸哭起来，扑倒在这堆血淋淋的纸币上！

~ 8 ~

如来出差了两周，将一批积压的三合一布卖到了哈尔滨。

从哈尔滨凯旋，有才、阿发和罗干干为他接风，他们在镇上酒店要了几盘菜和四瓶绍兴酒。酒热耳酣，如来尚未尽兴，提议："久没'山河皇帝'了，今儿乘着高兴摇滚一下如何？"

说是大家摇滚，其实只是如来的单人秀而已，三人站在后面敲敲锡锣，击几下经纱棒，如果场面气势不够，再搬一台废旧的穿筘来，齐出飒飒的声响伴舞。

三人你看看我，我看看你，就算默认了。

"山河皇帝"是如来自编的一种另类摇滚的名称。如来年少时，常有剧团进村演出，他场场不落跟着看。剧团里有个大佬，扮演猴子活灵活现，功夫也了得。他跟在后面一招一式模仿，居然学得七分像，后来他觉得猴子太"逊"，没劲，转而喜欢上了崔健的摇滚。

他把绍剧的灵动和功夫，与摇滚的动感、节奏和激情结合在一起，独创了

一套动作舞,他管这种舞叫"山河霹雳",别称"山河皇帝"。山指嵇山,妣姓祖先禹皇帝下葬的地方,河就是鉴湖了,是禹皇帝治理过的水系。

妣来起初自己跳,与阿发、有才和罗干干结成把兄弟后,他问:"咱们将来要一起办纺织厂是不是?是不是都想做地地道道的城里人?城里人的一大特点就是会跳舞,有身份的人都去舞厅跳;怕花钱的就在公园、广场跳。但那跳的是啥东西?三步四步地扭着,还贴着面,纯粹是娘娘舞,不如跟我跳山河皇帝带劲。"

阿发不喜欢跳舞,但他不抵制当城里人。既然跳舞是城里人的标志,既然要一起办厂,不妨就像城里人那样学会跳舞,况且"山河皇帝"挺雄风的,比城里人跳得带劲多了。有才把跳舞当成了能合伙挣钱的项目,每场表演都当作战斗任务完成,一丝不苟。罗干干呢,仰着脖子看着天,"随便,你们说好就好!"

从此,山河皇帝就成了他们的特色项目。

四人甩下一桌的狼藉,在饭店前的晒谷场拉开了演出。

今天围观的观众不多,妣来的眼锋扫向观众席,竟一眼看到了阿凤。是幻觉吗?他揉了揉眼,心旌神摇。

"阿凤!"他大声喊着,不顾一切地朝"阿凤"冲将过去。

罗干干在身后喊:"今天的场次休了?"

妣来摆摆手:"没看到吗?谁来了!"

他拉起了"阿凤"的手,目光定格在"阿凤"脸上。"阿凤"的神色不对,皱着眉好像生他的气,神色哀怨,眼窝里满满的泪,悲愤而诧异地盯着他,好像与他世纪相隔……

~ 9 ~

阿调哀怨地盯着妣来,攥紧着钱袋,袋里装着阿凤抢回来的那一张张血迹斑斑的夺命钱。这钱折断了她的精神支柱,夺走了她生命的另一半。她对这些血色的纸币又恨又怕又怨又痛。这些情绪转嫁到了妣来身上,她怨恨地对着妣来,双眼瞪出道道血丝。

阿凤下葬后,阿调从阿凤的电话里,找出了妣来的电话号码,她拨了几次,电话那头都是嘟嘟的无人接听的声音。她又翻出河塘纺织厂销售科的电话,接电话的人语调阴阳怪气,阿调问了好几遍,才说:"去买材料了。什么地方?我又不是包打听!"

反正舅舅家就在河塘,不如亲自去一趟。如果如来出差还没回来,她可以先到舅舅家住着,一直等到如来回来。

阿调路过河塘镇酒店时,正好赶上如来和他的几个兄弟吆喝着拉开场子,如来还自报了节目,叫什么"山河皇帝"。

唱莲花落的琏邦邦这会儿已收了场。酒店里散散落落的堂客还没有散席。摇滚的场子刚摆开,没几个观众。

阿调站在稀稀落落的人群中望着喜色的如来,原本悲痛欲绝的心便如浇了一桶汽油,灼心灼肺地燃烧起来。

如来刚鞠躬,抬头向观众致开场白的时候一眼就看到了"阿凤"。他丢下伙伴,向她飞奔而来,不由分说地拉起她就往场外跑,一边跑一边气喘吁吁地说:"你太狠心了,怎么跑到河塘了都没打电话给我!"

阿调咬着唇憋着泪,甩开他的手停了下来,撸下袖子,露出挽进袖笼的一朵小白花和卷进袖子里的黑布条。如来大吃一惊,问:"妈出事了?"

阿调满腹的冤屈终于如混浊的黄河水泛滥:"你再也见不到阿凤了!"

如来一把将她搂进怀里,安慰道:"你哪里受委屈了,是我没来接你吗?不怨我啊,你总是玩突然袭击,可别开这种玩笑!"

阿调有生以来第一次被一个男人搂抱着,还是她的准姐夫,在那种悲伤幽怨的时候,这拥抱给了她些微的暖意。

暖意稍纵即逝,丧失孪生姐妹的痛,犹如从她的身体中割走了整整一瓣心叶。痛和恨重新回到她心上。她用力推开如来,双目圆瞪着他。命运太不公平了!办纺织厂不是他与阿凤的共同梦想吗?他在这儿又跳又玩又乐,阿凤却在那里为两人的梦想拼出了性命。

如来愣愣地看着阿调。阿凤从来都不是这样啊!他捧起阿调的脸,放柔了声线问:"别这样生气,到底发生了什么事?"

阿调推开他,带着哭腔吼道:"我不是阿凤,我是阿调。阿凤死了!再也回不来了!你再也见不到她了!"

如来呆呆地看着她,这个阿调简直就是阿凤的复制品,只有仔细看,才能从眼神与面部的神态,分辨她们的不同。阿凤的目光多是火辣辣的,阿调

虽是流着泪，还是能看出那种顾盼的眼神，流盼的、怀疑的、带着些许狡黠与固执。

他盯着她臂上的小白花，像失足跌入了一个满是迷雾的谷底。

阿调开始哭泣，哭得稀里哗啦，失去阿凤的痛苦，对未来的担心一股脑儿化成泪水滂沱。

如来显然被这突然的噩耗打晕了，他面色惨白，一把抓着阿调的胳膊问："她，她上个月离开这里还好好的，怎么怎么会……说走就走了呢？"

男人的悲伤是一种咬牙切齿的自我折磨，他揪着自己的头发，往墙上碰撞，悔恨不该把那点零花钱交给阿凤去参加抬会，更不应该让她独自去实现这个泡沫似的梦想。他的双唇咬出了血，不断地举起拳头，似乎要声讨什么，最后重重地捶打着自己的脑袋。

当痛苦被其他人分担时，这痛感就不再那么尖锐。阿调镇定了下来。这是她第一次跟如来单独在一起，第一次如此近距离地看着他，他虽然算不上高大英俊，却面目清秀，腮边细细密密的胡茬显出硬汉的摇滚风格，瘦削的身材挺得笔直，彰显着桀骜不驯的个性。

阿调的眼眸闪现出同病相怜的温柔。她张了张嘴想要安抚他几句，开口却又哽咽起来。

如来把阿调带到了一条僻静的石板道上，找了块石磴坐下。阿调抽泣着断断续续地向他叙述着阿凤的绝命惨剧。

"阿凤跌进门里，血依然不断地往外渗，知道自己不行了，她摘下手上的戒指哆哆嗦嗦地往我手指上套……"阿调哽咽着说，把戒指从中指上拔下。

姐姐的订婚戒！她犹豫了一下，咬了咬唇，把它交给了如来。她感觉自己的手指在剧烈地颤抖，几乎把持不住。

如来接过戒指，呆呆地盯着。这是他自己设计，找工匠打的。他与阿凤曾谈婚论嫁，他从奶奶的抽屉里翻出自己出生时奶奶给他戴在手腕上的银手镯，便用它打了一对银戒指。戒指的形状是细纱机上的罗拉，纪念他们的初次见面，罗拉结缘。

如来将戒指放在手心摩挲着，定定地看着眼前的"阿凤"。阿凤没有离去，她分明就在眼前。阿凤在痛苦或生气时，面部神经总是牵扯着左边的唇角向下弯曲，像一艘风浪中高低不平的小船。眼前的阿调秀眉紧锁，正将嘴角牵扯出颠覆小船的模样。

他小心地把戒指重新套回到阿调的中指上。"留着做个纪念吧,这是阿凤搭建的神殿!"他双手捧住了自己的脑袋,不让阿调看到他流泪的模样。阿凤明明是把夺钱看成了一场爱情保卫战,一场捍卫俩人梦想的搏斗!他的心在悲痛地呻吟。

阿调从口袋内掏出那包锈色的,沾满了血迹的钱袋,双手捧着递给姒来,抽抽搭搭地说:"这是……阿凤临走前……交代要我交给你的!"

姒来接过钱袋的手剧烈地晃动,钱袋"啪"的一声掉在地上,他发出闷闷的哭声。阿调弯腰抓起钱袋,这是她好不容易才带到这里的。

~ 10 ~

天蒙蒙亮,阿调轻轻起床,准备去绍兴。

她蹑手蹑脚地跨出房门,怕惊动妈妈。跨出房门,却见妈妈呆呆地坐在堂前的条凳上。她轻轻咳了一声。

妈妈背对着她说:"娘不准你再把钱拿出去!"

她退回房去,定了定神又走出屋来径直走到妈妈面前,手臂环绕着妈妈的脖颈,脑袋顶着妈妈的脑袋,悲伤地说:"妈,昨晚姐给我托梦了,问我把钱交给姒来没有。"

妈妈抬起脑袋,眸光直直地定在阿调脸上。她知道阿调比阿凤多一点心机,这话肯定是她现编的。但是在对钱的问题上这对孪生姐妹如出一辙,没有太多经验。阿凤已经走了,为母的必须拦住阿调,避免她再干出什么傻事来。

妈妈慈爱地看着阿调说:"钱是不能随便交给别人的,原本不坏的人拿着别人的钱在手里都会起贪心,更何况那是你不够了解的外人呢!"

阿调反驳道:"妈,那可不是别人,是准姐夫,他们就要结婚了的!"

妈妈皱着眉打断了她的话:"左手都不会相信右手的,左手的钱不会放进右手袋里去,右手的钱也不会放到左边口袋去。钱总是捏在自己手里放心,用起来也方便。在这个问题上夫妻俩都不能相信,更何况他们还没结婚呢!"

阿调沉思了一会儿,抬头问:"这点钱放在家里能干什么?"

妈妈握住她的手说:"咱们平平安安过日子不行吗?妈不能再失去你!"

阿调看了一眼妈妈,妈妈的脸上布满了苦瓜皮一般的皱纹,每道皱纹仿

佛都在诉说着生活的贫乏与艰难。她咬了咬牙,语气坚定:"您过了一辈子清苦日子,我可不要!您看现在《一无所有》唱火了,每个人心里都燃烧着一把梦想发财的大火,我可不愿意就这样守着贫穷!"

"发财发财,谁都想着发财,这社会乱糟糟成了什么样,你姐姐把命都搭进去了也没捞回本来,你还想着发财!"妈妈愠怒地敲敲桌子,声音渐渐响亮。

阿调瞟了一眼妈妈,语气悲悯:"妈,抛开咱们是不是甘心过苦日子不说,难道姐就这么白送命了?这钱躺在家里,姐的遗愿不能实现,她的灵魂不天天来闹啊!"

见妈妈神情又现茫然,阿调凑近妈妈的耳边悄声说:"妈,看着我吧,我一定让这钱生出钱来,让死去的爹和姐姐九泉下都发出笑声,将来把你接出去过好日子!"

"靠你?钱那么好挣啊?"妈妈摇摇头说,"没听说吗,早起的鸟儿有虫吃,早起的虫儿被鸟吃,这有没有钱都是命里注定的。生在普通百姓家咱就认命吧!"

阿调摇摇脑袋,双眸莹莹闪光:"正因为咱家普通,没有什么人可依靠,连个男人也没有,我才想利用准姐夫赌一把呢!你当我傻啊,真把钱送给人家?这里面有一大半是准姐夫的钱!阿凤为了这钱命都丢了,他会有歉疚感,没理由抛开我们!"

见妈妈低着脑袋再想不出词来,阿调亲了一下妈妈的额头,转身提起早已准备好的行李出了门。

车过了勤奋河,上了望江东路,很快就进了天姥山道直奔绍兴而去。汽车在崎岖的山路间摇摇晃晃爬行,阿调把放在座位下的行李袋往身边拢近了一下。昨夜她把钱扎在衬衫里,又把衬衫两头绑住,装进了塑料编织袋,又压上一些纱锭皮辊罗拉之类的纺机小部件。最近常有抢劫大巴士的消息,她听有经验的人说把钱藏在不起眼的地方反而可靠。

她正这么想着,迷迷糊糊的,忽然听见喝响:"不许动,打开各自的行李!"

真的遭抢匪了!阿调惊悚地抬起脑袋。

半山腰的公路上,出现了四个蒙面黑衣人,张开手臂,在地下躺成了一道墙。车被迫停了下来,拦车人一跃而起,跳上车来。四个壮汉一个举着手枪,一个把着门,一个堵着司机,一个正朝旅客座位走来。

莫不是命里注定老天要把我和姐姐先后收去?阿调猛然记起关于双胞胎同病同命的话,浑身筛糠一样发抖。她夹紧双腿,死死地踩在编织袋上。

一个满脸横肉的劫匪从前一个位子上的旅客包里搜出了一沓红颜色的纸币,一边往腰包里塞,一边快速地向阿调这边移动。

保住钱逼退抢匪!阿调紧盯着劫匪,劫匪正一步步向她逼近。她紧张地低下脑袋,一眼瞥见了自己衣袖上给姐姐吊孝用的黑袖套,突然生了主意。她把黑袖套整了一下,使它凸显出来,然后做了一个深呼吸,使出全身劲儿爆发式地号啕起来:

"我姐姐刚死啊!家里穷得买不起棺材呀!姐姐的葬礼还没办呀!我妈妈要我去讨点救济啊!救救我们一家吧!"

她这一连串的不间断的哭喊悲天呛地,喊出了她对冤屈死去的阿凤的悲哀,对早年逝去父亲的怀念,对清贫日子的怨怼,对前景不可预测的担忧。她的泪水爬满了脸,衣衫湿了一大片。

全车旅客被突然炸响的哀号震惊,站成了一片怒吼的树林:"连个奔丧的也不放过!"

"不许哭!再喊把你扔出车外去!"抢匪慌了,晃着手中的枪威胁着,一边扯住她的胳膊。

不能离开装着钱的编织袋!阿调死死地抱住抢匪粗壮的大腿,仰着脸号哭:"我要去讨点棺材钱!你能不能布施于我呀!"抢匪依然弯腰拉她的包,她的号哭变成了尖叫:"救命呀!"

守在车前部的抢匪急忙赶过来,帮着拉开死死抱着抢匪大腿的阿调。

车身晃动,脱离了抢匪的司机猛踩油门。车飞速地朝山城公安局驶去。

~ 11 ~

绍兴,科桥,三角道地一瓦房。如来领着阿调回到了自己的宿舍。他翻箱倒柜找出了一只透明的水晶盒。他打开阿调交给她的钱袋,把这些血迹斑斑的纸币一股脑儿装进了水晶盒,用胶带细细密密地封存了起来。

放下钱袋,如来一眼看见钱袋上粘着一张10元面值的破碎的纸币,这角纸币呈多边形,晕染着鲜血,鲜血早已干枯,血渍的形状竟然有几分像阿凤

的丹凤眼。这对丹凤眼正楚楚可怜地看着他。

如来记起,去年过生日时阿凤曾送给他一把心形的带锁扣的挂件,打开锁扣,是阿凤一抹灿烂的笑容。

如来找出这枚心形锁,把这片"血眼"放在了照片的另一面。他将它捧在手心,双眼微合。这枚心形锁正发出一波波低频信号,传递着阿凤的声音,阿凤的信息。阿凤款款来到身边,向他诉说着她的心愿,建一个没有太大的噪声的纺织厂,她为之拼出了性命。他把这枚心形锁挂在了腰间。

"阿凤,我要为你建造一座最现代的纺织厂,为你赢得整个世界!"他双眼圆瞪咆哮着,像山谷里被饥饿与仇恨刺激的野狼。

阿调记不清多少次听阿凤描述过这间小屋,墙上贴着崔健摇滚的大海报,那是《一无所有》的呐喊。海报下有一张供桌,这张供桌古色古香,阿凤说是跟如来去乡下一个农民家用极低的价钱买的。

阿调默默地站在如来身旁,眼睁睁地看着他把阿凤夺回来的仅有的2500元钱封存进了水晶盒里。

阿凤走了,抢回来的一点钱又被封存了,真成了崔健歌里唱得一无所有了,怎么回去见娘啊?她越想越无助,止不住抽抽搭搭哭泣起来,泪幕中是姐姐鲜活的面容。她哭出了声,抖动着肩膀,像一棵被暴雨击打的小树。

如来闷雷一样的声音在她耳边轰轰响起。"别怕,以后我就是你大哥!阿凤的愿望我会替她实现。"

屋里黑了,阿调渐渐止住哭声。她有些不知所措,跟如来去办纺织厂?姐姐的临终嘱咐与如来闷雷一样的声音交织成一道雨后的彩虹,悬挂在她的天空。

纺织厂,纺织,这陌生又熟悉的词语,推到她面前,像温州的五峰山,云雾锁住青峰,虽然近在邻乡,她却从没有去攀登过。

此织物彼织物

~1~

琏邦邦二胡咿呀,说唱着莲花落。见姒来、罗干干、阿发和有才正向酒店走来,他声音一扬,唱道:

草遮不住鹰眼,
水遮不住鱼眼,
光说不练假把式,
光练不说真把式,
连说带练全把式,
有道是……

四人没理会,闷着头,径直进了酒店,挑了靠里墙的桌坐下。
四仙桌上,一壶温热的加饭酒,茴香豆、小鱼干、一碗霉菜梗蒸豆腐。
姒来满腹心事:"听说过海宁的步鑫生吗? 做衬衣成了大款! 那衬衣什么

面料？不过是的确凉而已，咱们这里是天然的纺织之乡，再去外面的世界看看，找找新品种，还不能成就10个步鑫生？"

罗干干听姒来这么说，眯起眼笑："我知道大哥想什么了！只要能赚钱，我就跟着你干！"

有才低着脑袋，用眼的余光瞥了一眼姒来。姒来神色如暴雨前的天空，灰暗发青。一定出了什么事！姒来孤儿一个，一定是女朋友那边出了状况。他扶墙站起，好像要将手里的酒杯捏碎，"别怕，我在！"

阿发左看右看，急了："你们说啥呢？大哥到哪儿我到哪儿！"

"去深圳，那儿离香港近，信息灵机会多！"姒来宣布了自己的辞职和南下计划。

"卖布去？本钱呢？"阿发自卑地摇摇头。

罗干干笑他："你这脑子！孔乙己都会赊账讨酒喝，我们几个谁不认识个把织布的？"

阿发恍然大悟："正好我们三个给你跑腿！"

姒来神色凝重，给每人斟了酒。

姒来回到自己的小屋，刚收拾行李呢，阿调推门进屋。她快快地看着他，随后便低下脑袋，怯怯地问："你决定了？"

姒来抬眸看着阿调，声线柔和："你回去照顾娘吧，阿凤刚走，我不能同意你跟我去卖布。"

阿调声音如断线的风筝："我……就想替阿凤……把钱挣回来！"说着便落下泪来。

姒来心头发紧，怜爱地说："你看见了，我把阿凤夺回来的钱封起来了，这是命的教训，留作纪念吧！"

他像哄一个任性的小妹妹："我给你买了回温州的票，明天送你去汽车站，女人就不该为钱奔命，我赚了钱拿来给你和你妈！"

阿调斜了一眼汽车票，泪水涟涟地盯着姒来，执拗地摇摇脑袋："我不回去了，我就要跟你去卖布，自己去挣钱，以后有钱了把妈妈接出来！"

姒来心头堵得慌，他一咬牙，斩钉截铁地说："不行！"把车票塞进阿调衣袋，"你走吧，明天我去送你！"

绍兴汽车站。绍兴至温州的大巴，陆陆续续坐满了人。如来把阿调的行李放上行李架，安顿阿调坐定后才跳下车。

阿调紧盯着他，咬着唇一声不吭。如来向她挥挥手道再见，她脑袋一扭，双眼直直地看着前方，不理睬他。

绍兴火车站。罗干干、阿发和有才前来为如来送行。

阿发扛着两匹印花尼龙布跑得贼快，有才推着小车紧随其后，罗干干稳笃笃地走在最后，掮着最被市场看好的雪白的一卷的确良布。

如来早早赶到火车站排在前面，做好了车一停靠，冲上去抢座位的准备。

火车还在喘气，如来就从车窗爬进了车厢。车厢内挤满了人，别说座位，落脚都困难。他趴在窗口，探出脑袋，让有才把布匹传给他，阿发、罗干干就当二传手。有才刚把最后一卷布塞进窗，车轮就哐当当地启动了。

好不容易塞好布匹，如来到车门口找了个空地儿，望着窗外飞驰而过的田野，点燃了一根烟。

忽听耳边传来怯怯的声音："哥，我在这儿！"

阿凤？如来咬了咬唇。这几日几乎天天梦到阿凤。他眨了眨苦涩的眼，无奈地晃晃脑袋。

"哥，是我，阿调啊！"有人拉扯着他的衣背。

他猛一惊，扭过头去。阿调头顶着一块靛青印花布头巾，正噙着泪，楚楚可怜地站在他身后。

他压住惊讶，脸一沉，问："你？你不是回温州了吗？什么时候上来的？"

听如来的语气并没有真正愠怒，阿调放下心来，脑袋一歪，调皮地说："我没长腿啊？昨天你前脚走我就跳下车了。知道你今天走，我买了张站台票上来，躲在座椅下，就不让你看见！"

如来的表情复杂，像季节变换时不知该换哪件衣服。这姑娘鬼马精灵，果然比阿凤多一个心眼！他镇定了一下，伸手掸去阿调满身的灰："你呀你，比阿凤心眼多多了！"

绿皮火车从广州中转后到达了深圳，广播员举着小喇叭喊人们次序排队出站。简陋的车站，闹哄哄的空气裹挟着汗臭夹鱼腥的味道，阿调怎么看都觉得跟温州没什么两样，她皱着眉，"这里能……"

姒来望了一眼拥挤的人群，安慰道："没听说吗，金罐就埋藏在人群拥挤的边界地带。"

他们在吉布街租了店面，两人的分工是，姒来主外跑业务，阿调留守小店。

每天的百无聊赖中，阿调终于等来了第一笔订单，不过在阿调眼里，那个给她带来第一笔订单的人，怎么看都像个浑球。

~ 2 ~

大陆改革，板块撬动，那可是淘金的机会！冷小雷早就想到大陆寻找机会了。此行他随身带着一块一尺见方的白色样布，还有他所能随身带的现金。这块样布质感像白菜，手感像白棉糖，冷小雷找遍台湾的面料市场才找到。

冷小雷那天去酒吧，听邻座的两个商人模样的人在谈论购买面料的事，虽说他们是亚洲人面孔，却互相用欧美名字称呼对方。

"Andy，你一直做市场，能发现有这种结构的面料吗？"问话的是一位叫Willy的商人。Willy从拎包里掏出一块白色的面料给Andy，说："威尼斯酒店要换床上用品，特别要我找这种面料，数量不是一般的大！"

Andy接过面料，从包里拿出一管手电，照了正面又照反面，说：这好像是45×45双股高支纱，手感像绸缎却不是用桑蚕丝织的，这种质地比蚕丝更耐磨抗皱，大陆做蚕丝出名，织蚕丝的机器一定能织这类布。"

Willy说："那这单生意就交给你了，不光是我要，大名府也需要大量的这样的面料呢。"

Andy面露难色："大陆是有机会，听说布的价格只是我们的十分之一，可是我进不去啊，大陆'文革'时，我被老蒋派去过那儿，怕有记录。现在虽说大陆改革开放，但跟台湾还没通航，有台湾通行证也直接去不了，怕没入关就被……"他做了一个抔脖子的动作。

Willy赶紧伸出食指按住双唇，发出"嘘"声。

冷小雷在旁听得清清楚楚，他一向认为所谓机会就是那种走着走着，见到地上有个钱包，弯腰就能捡到的东西。天赐良机，该到你赚钱的机会，想推也推不掉。45×45支纱双股，他默默地记了三遍。

他自来熟地向两位搭讪："两位贵人，我正要到大陆去呢！"像路边一只散走的小鸡，随意啄到了小虫，他漫不经心地说："我表妹在那儿开纺织厂，我可以帮你们进到这种货！"

那两个人好奇地看他一眼，并不理会。冷小雷凑近一步，神秘地说："我表妹的纺织厂什么布都能织，你们把样品给我，我保证给你们把货运来。"

"你在偷听我们讲话啊！"那个戴眼镜的不屑地扭过头去，不客气地说，"真是下三烂！"

冷小雷脸一横："嘿，人说赌气不赌财，听你这口气，可不像生意人。别说45×45双股了，就是100×100双股也没问题，你们只要把样品给我，我保证一个月给你们交货！"

Willy窃笑："听你说数字，就是外行！你要是真有表妹在大陆开厂，找到货到大洋布庄来找我。"随即，Willy大度地扯下一半样品递给他。

冷小雷对市场进行了一番大搜索，这种面料在台湾奇缺，而且价格昂贵，谁能运进来一定发财。

他雄心勃勃，带着一码样品和在香港换得的人民币出发了。

他将现金缝进内裤兜里和腰带内。内裤沉得直往下掉，他隔着长裤往上提了一下，觉得还是拽不起来。男人只有钱夹里装满现金才有雄赳赳的感觉。他又在鞋底塞了几张大额人民币。

火车穿过罗湖桥就到了深圳，铁丝网密密匝匝地布满在湖面。他掏出衣袋内的香港通行证，暗自发笑：为办这本香港通行证，他可没少花钱。

进关时，一个海关警察盯着他的护照对着他的脸看了半天，他提了提裤子站直了，眼睛都没敢眨。过了关他赶快找厕所，把随身带的现金检查了一遍。

终于被海关放行了！这是成功的征兆！他从包里掏出笔记本，布吉路??号。这是他在香港打探到的信息，听说那个布店不大，却品种多，价格也不错。他把这个街名记在纸上，随时拿出来念一遍。

一辆淡绿色的车过来："Taxi！"他朝迎面驶来的出租车高声招呼。出租车很准确地把他送到他要找的地方。

店面不足40平方米，却堆满了布，他一眼看到了门对面竖着一匹雪白的布。他走上前去，掏出样品比对，看上去布面虽然没有样品那么细腻，但差别不大。他抬头问："这是多少支纱？什么价钱？"

"40×40，幅宽55，每米两角五！"声音从上方传来，一个姑娘穿着蓝色布裙子，正爬在梯子上整理搁板上的布。

他仰头望去，阿调俯身笑望着他，音容轻盈恬柔。

他透过阿调的裙摆，看到了她的大腿，她的粉色内裤。他干咳了一声，把目光移到她的脸上，讨好地笑了笑，指着白色的布问："有没有45×45双股的，你报的是码价还是每米价？"他把"码"和"米"字分别加了着重音，生怕阿调听错。

阿调眨眨眼，诡谲地一笑："当然是每米价啰！"她跨在梯子上，居高临下。

这品质虽然略有不同，可是价格却太便宜了，运到台湾可以卖到10倍的价格，香港可以卖7倍。这笔账让他算得脸热心跳："你们这儿有45×45双股吗？"他的双眼飞速地搜了一遍店面的各个角落。店里仅有一匹白色布。

他遗憾地往门外走。突然一匹匹布从天而降，噼里啪啦地堆在他眼前，店门被堵得严严实实。

阿调站在阁楼梯上，叉着腰，傲气地问："品种还不够多吗？"话音刚落，她已飞身跳到他面前，举着一块白色布在他眼前一晃，肯定地说："这就是你要找的！"

冷小雷惊得目瞪口呆，大陆妹个个是红色娘子军呀！他从包里掏出样布，写上纱支数45×45双股，交给阿调："你今天就拍电报去问，我明天再过来！"

阿调咯咯笑着，弯腰为他清出了通往店门的道。

妱来跑了一天，回到小店。

今天他去了沙头角，看拐角那家布店在卖走私布，这是一种面料极其柔糯的尼丝纺，可以做高档家纺，也可以用作各种高档服装的衬里，如果染上图案，可以与真丝面料以假乱真。国内的机器宽幅不够，后整理不够，肯定还无法织造。

他递一根烟给店主："店家，来一尺！"

店家看了他一眼，把烟挡回去，说："看你是买样品，偷技术的，我这儿只卖大客户！"

妱来气哼哼地趴在玻璃柜台上。"卖水货也这么狠！我是头一遭遇到一个不知自己姓什么的店主！你怎么不认为我是神探呢？"如来眯起豆眼盯着对方，"我料你撑破胆也运不来多少货，你说吧，这架子上还剩多少？我都要了！"他直起身来，倚着柜台，一手叉着腰。

店家软了下来，万一这真是个便衣呢，起码他不是个做小买卖的。于是点了点架子上那轴布说："百把米吧！"

"百把米？"如来鼻孔里嗤出笑，心下盘算，这布买去做样品吗？有点多，买1米，对方又不卖。放小店撑门面吧，怎么也可以显摆一下我们是做高档面料的，正好还可以一边接散户单一边放样。

他把绍兴所有纺织厂出的产品在脑海里走了一遍，最有能力织此类品质的面料怕只有樱河一家。樱河是与日本合资的工厂，听说他们染织一体，已经用上喷水织机了。何不买一些回去，给他们下单，走通批发的路呢？

他抬起脑袋，端起竖在地上的布板，一拧脑袋："我都要了！"

店家犹豫了一下，绽开笑："好啊！记得以后常来啊，我这儿海上来的货多。"

如来背着布轴回到店，天已擦黑。阿调正在做饭，她正煎着一条大鱼，满屋弥漫着烟雾和鱼的腥味。

见如来，她不动声色，说："嘿，哥，我今天钓到一条大鱼呢，咱们好好吃一顿。"

如来闻着鱼香，"这儿的海鲜虽然不错，但是我总觉得没有咱绍兴的葱花鲫鱼入味！"

她看像有什么喜事没告诉他，轻轻叹了一声，并不追问。跟阿调在一起数月了，看到她的脸，她的身影，总会自然而然地想起阿凤。他和阿凤有说不完的话，可以放纵，可以毫无顾忌。爱到最深处就是那种可以在对方面前无须遮掩和隐藏的细细密密。尽管阿调几乎与阿凤长得毫无二致，但是那颗爱的心是可以替代的吗？思念阿凤的痛苦在每天见到阿调时只会更加深重。他深深吸了口气，这种痛苦恐怕要伴随自己终生了！

阿调听他长叹，便逗趣道："这条大鱼吃不吃啊？"

如来苦笑："是猫哪有不吃鱼的！"

把鱼端上桌，阿调取来半码布样，兴奋地说："这才是真正的大鱼呢！"

如来接过阿调手上的样布，反复摩挲，抽出几根丝，用打火机点着燃烧，

火苗滋滋地蹿，摇曳了几下就灭了，落下粉尘。

他肯定，这是一种天丝一样的材料，技术上不只是45×45双股，后整理还带了加捻，绍兴目前没有这样的布。

阿调不甘心地问："你就不会带着样品飞回去找吗？说不定就能找见呢！"

似来看她比自己还着急，宽慰道："放心，我今天正好买了一轴类似的布，你先拖住客户让他放了订金，我就去找！"

这顿饭他们吃得很香而且吃出了艺术，盘子里躺着完整的一副鱼骨架，俨然一件远古雕塑。

~3~

冷小雷下榻的饭店临街。不到10点，他推开酒店大门，一阵清凉的风吹得他好惬意，他伸了个大大的懒腰，抬头却被刺眼的太阳晃得什么也看不到。倒是好天气。他自言自语："那个漂亮美眉会给我消息，这可是暴利啊，如果这单生意做成就可以去美国开公司啦！"

阿调果然没有让他失望。她取出一卷布，大大方方地递给他，笑得真诚和动人："昨天你走后，我翻出所有库存，终于找到了这匹卖剩下的布！"

冷小雷薄薄的唇咧成了一片飘落的树叶。他接过布样做对比，翻遍他随身带的公文包，忽然记起，昨天阿调从他手上一把拿走了整块样品。

他急得出了一身冷汗，便觍着笑脸问："还不知道漂亮美眉的芳名呢？"

"免贵姓许名调，大家都叫我阿调！"阿调眼角掠过一阵春风，直把冷小雷的寒意驱散。

"哦，阿调，这布跟我那样品一样吗？你能把样品还我一半吗？"他摩挲着阿调递给他的布，这布跟样品没什么两样。他不懂纺织，只对投机有感觉。不过这卷布的手感确实不错。

阿调莞尔一笑："我清早赶上头班邮差，把你要的样品全都寄给我姐了。放心，她的厂什么面料都会织！这就是她的工厂生产的布啊！"

冷小雷歪着脑袋看阿调，满脸狐疑，问："你怎么会把样品全部寄走，自己不留呢？"

阿调一板一眼地说："看来咱俩一样是傻帽，你怎么自己不留一点样品呢?"

见冷小雷面容沮丧,阿调赶紧说:"你算是幸运啦,我姐的纺织厂被县里评为织布大王呢,你看看手里这布样,这就是她的工厂织的!"

冷小雷被她说得云开见日,赔着笑脸问:"几时能把货运来啊?"

"哦,你真是碰上了好工厂啊!"阿调的声音发飘,显得底气不足,她起身给冷小雷倒茶,掩饰自己的紧张。

"你今天必须下了单,放上订金,才可以锁住货源。要是不放心,你可以把这轴布都扛走!"她紧张地盯着冷小雷,声音如抛向钓鱼竿上的鱼饵,微微发颤。

冷小雷掂量着手里的布,这轴布也值不少钱呢,机会来了真是想不要都难。有这轴布做样品,他起码可以再找厂家。

他撕下一张纸,迅速写下订单:45×45双股,10万米,总金额25万元港币,交货日8月28日。又备注:逾期交货,双倍赔偿!

阿调看他终于拿起了笔,心怦怦地跳,这是她第一次接到这么大的订单。整个店面仿佛都闪烁着阿凤赞许的笑意。昨天妪来还说,类似品质的面料怎么也可卖到1元一米。

她红着脸问:"先生,这……这白菜和海参能是一个价吗?"说罢便去找那种白色的确良布与它比对。

冷小雷追在她后面,挑起眉问:"这不是你报的价格吗?"

阿调把两种面料拿在手上让他比较,他歪着脑袋看了一眼,又用手摸了一下,还真有那么些许不同,便问:"那我要的品相什么价格?"

"1.5元/米!"她镇定地说。这价格比妪来要她报的高了5角。她躲开冷小雷怀疑的目光,双眼直直地落在堆成山的布匹上。妪来告诉她,布匹是有生命的,你胆怯时盯着它们看,会给你注入不一样的能量。想想看,从*丝丝缕缕*的纱线,成长为一泻千里的布匹,这是一种什么样的生命过程!

冷小雷双眼在阿调脸面上扫荡,心下盘算,就算每米1.5元人民币也要比他拿到的订单每码1.5美元便宜太多了。如果品质不够,他可以跳过中间商卖给直接用户,那利润空间更大。这些乡巴佬根本不知道外面的世界,把布卖得这么便宜!怪不得那个香港布商,卖大陆布不到一年就买进了香港大地产。

"好,我先按每米人民币1.5元下订金,如果品质不合格,订单自动取消,交货逾期,罚款双倍。"冷小雷拿过订单,写下备注,潇洒地把它交给阿调。

阿调扫了一眼他的衣袋，涨红了脸，问："订金带了吗？"

冷小雷嘲笑："你们大陆人没见过钱啊！"他从衣袋内抽出纸币，唰地绽开，数出声来："一萌二萌……"（台湾土语一元两元）。数到两千五，他手指发干，抬起脑袋，暧昧地看一眼阿调，"能帮我手指上喷点水吗？"

"免贵姓冷，名小雷，叫我冷先生！住临江饭店！"临走时冷小雷张开双臂拥抱她，阿调感觉他的手臂如铁耙一样，将她拢向他的胸前。他紧紧地搂着她，一只手拍着她的背。她闻到他烟臭的呼吸。他的肋骨挤压得她胸疼。要是阿凤一定会扇得他满地找牙呢！她又羞又恼，鱼一样拱起背，钻出了冷小雷马桶箍般的臂弯，揣着现金凤似的上了阁楼，将滚烫的脸埋进了布堆。

如来刚跨进店，阿调就跳上去，用双手蒙住他的眼睛："我们要发财啦！"她一边拿出订单在他眼前晃。

这双手似曾相识，让他想起了阿凤的手。家乡的河塘边，阿凤蒙住他的眼，松开手，秀给他一张红色的大金额票据。他将这双手轻轻挪开，眼底纷乱，时光梭织出相同的画面。

阿调重新举起订单，小旗般挥舞。

如来看了一眼订单。没错5个"○"整整10万米，现金交易。他怀疑地问："你确定他是认真的？他相信那匹买来的走私布是我们生产的？"

"是！"阿调肯定，学着冷小雷的口气说道："我住临江饭店。随时来找我，准时交货哦！"

"你不高兴？"阿调看着如来机械的表情，委屈地努起嘴。

如来轻轻拍拍她的背，怜爱地说："加上这笔利润，我们的积蓄差不多可以回去搏一把纺织厂了。我怎么会不高兴？只是……"他长叹了一声："我觉得所有钱都应该是我挣才对，我一直不能原谅自己当初任阿凤去为钱拼命！"

如来抬手间触碰到腰间的心形物，阿凤就在他身边，一双血的眼凄苦撩人。

如来搜遍了深圳大大小小的布摊，虽说都是白色布，可是每卷的纱支不一样，就连白色都各有不同，更离谱的是一匹布中每米间都有色差。他必须找工厂按订单的要求织造。问题是冷小雷口口声声说要租大卡车亲自押货去香港,如果不能按时交货就会按违约处理,双倍罚款。

"拖住他!"如来对阿调说,"我今夜就出发回绍兴!"

"又留我一人看店啊!"阿调双目低垂,像潮了电池的手电光,幽暗地一闪,"快去快回啊,要是时间久……"

如来怜爱地说,"你不是阿凤吗?我还记得你拖住抢匪的故事呢!"

阿调心头一颤,如一道夏风掠过湖面。

~ 4 ~

一缕风穿过门的缝隙,撩拨着她的脚心。她起床,看见两只乌鸦在树枝间聒噪。她对着窗户出神。如来走了一星期了,来电说,恐怕一时回不来。

天气有点阴,阿调出门去银行,刚关上店门,转身冷小雷不知何时站在她的身后。

冷小雷百无聊赖的样子,耸耸肩问:"我可等了一个星期了,布啥时到啊?"一边伸手搭上她的肩。

阿调如芒在背,抽了一个身,没甩开那只咸猪脚般的手。她尴尬地回头一笑,冷小雷像条皮绳,她挪开一步,皮绳便逼近一寸。

"我可是写了交期的!"冷小雷斜睨着她。

目前能拖住他最好的办法恐怕是把他送进医院,让他没办法离开。她眯了眯眼,面容便如充了蜜,"正想请你去吃饭呢!到深圳来不吃海鲜就亏大了!"边说边领头往不远处的水背塘路走。那里有家小餐馆是温州老乡开的店。

冷小雷兴奋起来:"台湾都是男生请客!"

"那是我朋友开的店,你想吃什么有什么!"阿调加快脚步,挺着胸顾自往前走。

水背塘路口排着一长溜活口:象牙蚌、鲍鱼、鸡腿螺、红口螺、毛螺、白螺、杧果螺、海瓜子、扇贝、蛏子、生蚝、海胆、海蟹、龙虾、海虾、青衣、海鳗、乌贼……

冷小雷弯下腰一盆盆看过去早已饥肠辘辘,垂涎欲滴,他直起身找阿调,见她正与店家说着什么悄悄话。他刚要喊她,阿调已拿着一只竹筐朝他走来。

阿调把筐递给他，甜甜地说："个个鲜蹦活跳，尽管挑。"见冷小雷蹲下身子，捞着一只只活虾，她略显紧张地说："我上趟厕所，马上回来！"

阿调惶惶如怀揣着一只扎人的刺猬，脚步飞快。她气喘吁吁，在一个写着繁体字的药店门口停下。就是这家小药店。刚才路过时她特别看了又看。她顾不得擦一把冷汗，便掏出钱，"要一包泻药！"她的手剧烈地颤抖，问"你，你能保证这泻药吃不死人吗？"她脸面不自然地抽搐了几下。

店员把药递给她，好意地问："你是用来减肥吗？她摇摇头，又赶紧点点头，药没接住，撒了一地。店员瞪了她一眼，她赶紧掏出钱又要了一份。

赶回饭店，冷小雷正直着身子四处探望。见阿调，他嗔怪道："怎么这么久！"阿调不自然地抿了抿唇，接过冷小雷手上的小筐。

她要了瓶绍兴加饭酒，招呼服务生打开，背过身去，放进泻药："麻烦把酒温一下！"她用温州话说，心怦怦地跳，举瓶的手剧烈地抖动。

"老乡啊！"服务生的话吓了她一跳，"怪不得知道黄酒要温着喝！"

月亮从云层钻了出来。

两瓶黄酒下肚冷小雷早已扛不住了，他趁着酒劲，赖倒在阿调身上。阿调好不容易把他拖到路口，拦到一辆出租车，"临江饭店！"她面色通红，指挥着司机。

好不容易把冷小雷扶上车，刚坐下，冷小雷喊胃疼，一边拉过阿调的手往他小肚上放，阿调毫不客气地把他的手甩开，问："喝多啦？"

冷小雷咕哝着："美女相陪……"车身猛地颠了一下，冷小雷"哇"地呕吐起来，脏物喷了阿调一身。

阿调心提到了嗓子眼，忙招呼司机："快，找一家附近的医院。"

果然，车还在转着找医院时冷小雷已开始大喊："大号大号，快停下来，憋不住了，妈呀，肚子疼！"喊着叫着又开始呕吐起来。

冷小雷住院了。

"都是毛蛤惹的祸。"医生说有的蛤类含甲肝病毒，"还好他只是中度中毒。"

妠来走了这么多天，该回来了。阿调默默数着妠来走的日子，每天一早赶到医院照顾冷小雷。

冷小雷抱怨："大陆的水产是不是加了避孕药啊！"阿调不回应，愧疚地低着头，帮他洗脚擦身有求必应。拖住他，别让订单跑了。如来的话像是一帖镇定剂。

住院第五天，冷小雷恢复了元气，他装着要摔倒的样子一把抱住阿调，将双手往她的柔软处摸去。

阿调感觉浑身如蚂蚁爬满全身，她咬了咬牙，猛地直起身子，转身使出全身劲将冷小雷朝墙壁推去，眼神清澈如水，再无愧疚："我伺候你这么多天了，还不够赔偿吗？"

冷小雷猝不及防，摔倒在墙根，摸着脑袋，不知所以："你……原来你……不是喜欢我？"他捂着撞痛的脑袋，咬牙切齿地哼着："我就怀疑是你下了泻药！"他翻身而起，一把将阿调推倒在床上。

10万米布完了！他怀疑我给他下了泻药！阿调茫然地盯着手忙脚乱褪着她的衣衫的冷小雷，脑袋像堵住了一团废纱。

她茫然地抓着头发，泪奔涌而出，怎么办？怎么办？阿凤啊，请来到我身边教教我吧！阿调心底习惯地呼喊着姐姐。姐姐骑着摩托车，载着她往祠堂驶去，那里人山人海，抢夺头会的声音掀翻了屋顶。姐姐浑身鲜血，抢回的钱袋跌落在地……

我不能像姐姐那样，为了钱失去了自己，甚至丢了性命！她使出全身劲拱起背，往后一顶，将冷小雷拱翻在地。

~ 5 ~

如来静候在一片黑暗中，他又气又恼又恨，像被耍的猴子。他咬牙切齿：樱河染织，狗日养的！这口气我总有一天要出！他不甘心地愤愤然离开了这个围墙四周布着铁丝网的全日资染织厂。

刚下火车，他就拿着一码冷小雷的样品布到了离河塘纺织厂10公里外的樱河染织厂。

他一路都在盘算，除了樱河有喷水织机可以织这种高支纱的布，有特殊的染整技术，可以做后处理外，当地恐怕真找不出其他工厂了。

厂门口，保安拦住了他。

"我给你们厂送订单来了！"如来觉得送订单上门的客户应该得到礼遇。

果然，保安赔了笑脸："我有眼不识泰山，失礼了，这就通知部长下来！"

一个中年男子到传达室见了他，自报家门："本名顾长根，业务名悠西，产品部长！"

悠西个子不高，带着本地口音，小分头梳理得精光闪亮。他接过布样，看一眼如来，眸光冷静诡异，稍作分析，说道："我们厂可以织门幅63寸的面料，这种高支纱蚕丝手感的面料正是我们在开发的产品。"他的语气轻描淡写。

如来窃喜，问："今天下单何时可以交货？"

悠西竖起两根指头，咧开两片薄唇笑："两周不算长吧！"

"10万米布要生产两周？"如来双眉耸成了箭状，问道："两天能看手掌样吗？我这订单很急！"

悠西满口答应："行行行！今天周五，你下周一过来。"一边做着送客的手势。

如来急了："我能进厂去看看你们的产品陈列室吗？"

悠西抬起手腕看表，说："今天董事长来工厂，我得去接他，你周一来找我拿手掌样，我再带你参观吧！"一边说，一边把如来送出了大门。

周一大清早，如来如约来到樱河染织。保安把他挡在了门外，说："悠西部长昨天随董事长去日本了，什么时候回来没准！"

不是开玩笑吧！如来怀疑地瞪他一眼，压住怒火，好言好语道："我有订单下在你厂做，是悠西部长约我今天来看手掌样的，你让我进去吧！"

保安别转脑袋，眼睛望向天空回答："告诉你了，部长跟董事长去日本了。"

不祥之兆袭来，就怕他们根本没这种产品，正好拿了样品去放样试验。那就惨了，等产品开发出来不知何年何月，罚款产生，订单早飞了。如来瞪着保安，一字一句道："你们如果拿了我的样品去做试验，这跟偷有什么两样？我要求见你们厂长，拿回我的样品，去别的工厂做不行吗？"边说边往门内走。

保安动了动腰间的电警棍，放了狠话，"听口气你也是本地人，说话干净点，你自己送上门来的样品，怎么叫偷？"

见如来顾自往内冲，保安抽出电警棍横在他面前，喝道："厂长是你想见就能见的吗？悠西部长走时特别关照过不能放你进厂！"

如来被驱赶着离开了铁铸的大门，像一条找食的流浪狗，狼狈、颓败而屈辱。接连几天，他披星戴月，潜伏在樱河染织路边的树丛里，紧盯着那堵铁门，那位销售部长悠西的影子好像从地球上消失了一般。

他约罗干干、阿发和有才到小酒店商量对策。

阿发连连叹："兄弟，你这几年远在深圳有所不知，这个工厂有个规矩，不卖新产品给本地客户，更不会允许附近乡村的工厂去参观了！"

罗干干肯定："你拿给他们的那新鲜货他们根本没有，肯定拿到日本采样分析去了！小日本啊，学习能力强，也许个把月真能拿出手掌样来。"

有才紧咬着唇，一根根扳着指关节，拳掌间发出咯咯的响声。

如来双眼瞪得像炒红的豆子："越王勾践还能卧薪尝胆呢，这回吃瘪了，吞下这口恶气来日非报不可。拜托各位分头找相似的替代品吧！"

他们一起白天接着夜晚在各纺织厂地毯式搜索，总算挑到了没有色差，结头又少，纱支相对细，手感相对柔糯的10万米布。价格只是订单价的零头，如果冷小雷可以接受，降些价，直接跳过中间商卖给直接用户，将会是双赢的一单生意。

将布装上车后，如来连夜赶火车到了广州。

广州铁路，没有到深圳的车皮。如来搜遍广告，好不容易租到一辆大货车。他把布从绿车皮的火车上卸下，装上大卡车，竟是一座高山。他小心地将装满布匹的卡车，严严实实地盖上大油布。担心路途颠簸，布会被甩出车外，他干脆坐在布堆上押车。

南方的阳光烈，一路暴晒，如来全身晒脱了一层皮。

终于，他远远看见了那条河，还有那道刚刚修固过的铁丝网。

深圳到了。他长舒一口气，跳下车，舒展了一下酸痛的腰，禁不住仰天吼唱：

  如今我不再一无所有
  我拉来了整车布
  我问我的心上人
  你跟我走不走

《一无所有》是他过去常唱给阿凤的歌,他暗自笑,那时他一边唱一边舞,唱到最后阿凤就会一把抱住他的腰,仰着头,眸光热烈地看着他,说:"别吼了,这辈子就跟定你了。"

深圳的天气说变脸就拉下了黑脸,刚刚艳阳烈照,热得天地生烟,顷刻便刮起了雨,雨丝斜斜密密打在盖着布匹的绿色油布上,竟勾勒出了一幅春田图。办一个自己的纺织厂!眼看阿凤为之拼出性命的春色就在眼前。

他没有通知阿调,今天会回到深圳。他想出其不意地站在阿调面前,给她一个大大的惊喜!他对着天空哼着小调。

如来将车停在医院门口,跳下车,甩着臂膀大步往医院肠道病房走去,阿调告诉他,她将冷小雷拖进了医院,"我每一分钟都在等着你满载而归!"阿调电话里对他说。

阿调总是比阿凤多一点心机!如来会心一笑,加快了脚步。

肠道科问询处是一张圆形的台面。他问年轻护士:"那个台湾商贩住哪个房间?"

护士看了他一眼,眼神怪异,阴阳怪气地说:"左转弯靠右第一个门,医院病房的门是不能锁的哦,你推门就是了!"

楼道里弥漫着消毒药水的味道,气氛诡异。如来微蹙起眉。按照护士的指点,在靠右第一个门止了步。他狐疑地看了一眼正对着的这个病房。这是一间单人病房,阿调告诉他,她特地要求医院按港澳同胞的特殊身份,给冷小雷安排了单人病房。

门紧掩着。他轻轻旋动把手,并没有上锁。他想起护士的话,医院的门是禁止由内反锁的。他拧了几下,毫不费劲地推开了门。

进门的一瞬间,如来如同走在黑夜的巷道,懵懂地被人狠狠地捆了一记耳光。他呼吸急促起来,浑身的血滋滋地往脑门上涌。冷小雷与阿调正在搞着什么鬼名堂!

两人衣衫不整,阿调头发凌乱……

如来这一刻好像被细菌弹炸醒,他雄狮般冲进屋,双手钳子似的紧紧掐住了冷小雷的脖颈,将冷小雷的脑袋骑在裆下一阵猛打,边打边怒吼着:"打死你这臭流氓不偿命！"

冷小雷毫无防备，抱住脑袋喊："你跟她又不是夫妻，她这几天是我女朋友啦，你凭什么吃醋！"

如来浑身燃烧着怒火，根本没有听清冷小雷叫唤什么。

冷小雷哪是如来的对手，他上气不接下气，恳求道："如果她是你女朋友我这就还给你，并向你道歉。"

如来终于听清了冷小雷的话，他的拳头举在空中，软软地垂了下来：我这是吃醋吗？我凭什么吃醋？有什么权力打人家？我爱上她了吗？我真把她当成阿凤保护了？我会娶她吗？

阿调朝他爬过来，抱住他的腿，泪如雨注，动情地叫："哥……别打了……"

如来定定地看着阿调乞求的眼神，别过脑袋。眼前这张脸明明是阿凤，可是他根本就不认识！他将牙磨出了咯咯的声音，面色像青黑色的榔头，放下冷小雷，喘着粗气快速离开了病房。

阿调整理好衣衫紧随其后，带着哭腔喊道："等等我，听我说啦……"

如来跨上大卡车，他脑袋发蒙，不知该往哪里走，该把这满车的布拉往何处。他挥挥手，招呼司机快点离开。

司机问："到底开往哪儿？"

他手指向左，又指向右，不知不觉他发现前面就是熟悉的布吉路22号，他们的布店。

打开门，他颓然倒在布堆上，满脑满眼都是阿凤身影，有水滴样的物事，顺着脸颊滚落在布面上。他抹了一把，眼前模糊一片。阿凤与阿调交替站在他的面前。他无法分辨她们俩谁是谁，他不能忍看有人欺负阿凤，更不能忍看自己心爱的女人在别的男人面前褪了衣衫。爱屋及乌，是不是自己对阿调有了一份别样的情感？阿凤！他内心凄苦地喊着，你为什么要把阿调送到我面前！

他迷迷糊糊地合上了眼。他听见了抽泣声，斜过脸，阿调正伏在他身上。

他撑起身体，嘴唇发颤，说不出话来。他伸出手哆哆嗦嗦地对着阿调的脸分明要掴出一掌，只听啪的一声，那一掌重重地落在自己的脸上。如来反手狠狠地抽着自己，高颧骨的脸颊顿时浮起齐刷刷的五个指印。

阿调哭着抓住他的手。

如来甩开她的手，抱着脑袋，蹲在地上，心底闷闷地喊：阿凤你为什么走得这么突然，为什么要让阿调送来你的夺命钱！

阿调半跪在如来身边，全身像被水淹了的粗纱，听着如来滚雷一般闷闷的呼喊，心底泛起苦涩、心酸还夹带着丝丝的醋意。

如来对女人有那种与生俱来的吸引力。他外形灵动笔直，性格幽默，敢担当，经常出个新点子逗人开心，一双小眼睛深深地陷在眼眶，总是闪现出幽默与机智。阿调常感到整个魂被他牵走似的。如果阿凤不是自己的同胞姐妹，她会对时常将她唤作"阿凤"的口误产生嫉妒和愤怒，可是她很清楚自己是替逝去的阿凤来挣钱的，这是源起的"错位"她不应该与他计较，应该让自己表现得更像阿凤一些，才有可能让如来带着她一起挣钱。

阿调向如来扑去，抱住他，摇晃着他的肩，委屈地哭诉着："哥啊，我是阿调，听我解释，根本没人能欺负得了我，我只不过是为了拖住他而已。我……"她脱口说道："我会跟阿凤一样，非你不嫁！"

她突然住了口，"非你不嫁？"她默念着方才脱口而出的决绝，真心嫁给他吗？自己能像阿凤那样，爱这个她只熟悉了不到两年的小伙子吗？如果不是，自己的出路在哪里？泪眼蒙眬中，妈妈在那个半堵青灰色的小院里向她招着手，苦苦等待着她满载而归。她承载着母亲与阿凤的双重希望，和阿凤与自己合二为一的金钱梦想。委屈和酸楚的泪水肆意地爬满了她的脸。

如来睁大了眼，阿调哭得梨花带雨，每一句哭诉都像夏天的阵雨，叩击着他久旱的心田。

他的脸面柔软起来，支起身，伸出掌，抹去她脸上的泪，说："我不怪你，只怪我自己无能，把这等事交给你，我怕，怕又走一个阿凤啊！"说到阿凤，他哀伤地沉下头去。

阿调坐下，倚着他的肩膀，悄悄说："哥，我把订金都拿到手了！"说完，她起身去拿她的红色包包。

如来瞪大眼，惊讶地看着她，冷冷地说："做人是有底线的，咱们再没钱也不能没了尊严！"

阿调紧紧贴着如来的身体，用她柔软的胸脯蹭着如来肋骨分明的胸膛，她双手环着他的腰，仰着脸热切地望着他，使劲地点着头。

见如来依然铁着脸，阿调说："哥，你相信我吗？跟你上火车那一刻我就想好了,我会像阿凤一样跟定你!"

阿调仰着脸对着他,满头青丝如瀑布般奔泻,将她的身材映衬得玲珑有致。她胴体的柔情、温暖与魅力占领了他的全身。

"阿凤!"他脱口叫道,青春的血液正在他的体内狂烈地奔涌,他全身发热,火烧火燎得不能自已。"我们结婚吧,让我有权利保护你!"姒来的手指轻绕着阿调挂在耳边的青丝。

"真的?"她俯下身去,将脑袋伏在他的肩膀上。她从小依傍着姐姐。姐姐从来就没有离开她。滚烫的泪顺着她的脸颊流进了脖颈,滴落在胸前,她将脸深深地埋进了他的胸膛。

下午,一辆40尺仓位的大货车停在门口。姒来赤着膀子,与几个临时请的马路工正在装货。冷小雷跳上车又爬下,不时抖出一匹布仔细查看。

装完最后一包布,姒来抹了抹身上的汗,对冷小雷说:"去小店内付全款!"

阿调正在柜台内整理布样,听见冷小雷的声音,她浑身像爬满了毛毛虫,正不知如何面对,冷小雷已踏进店来。他从阿调面前经过,好像压根儿不认识,头往高处一扬,高声喊:"谁是收钱的?"

阿调咬着唇刚要接茬,却见姒来已跟进屋来。姒来拿过一只布筐,丢在冷小雷脚下,斜眼看着他,居高临下地说:"把钱放在筐里,点清后跟我去银行验钞!"

话这么说,姒来思忖,这好歹算是一笔利润不薄的收入,不能让到手的鸡飞了。于是他皱着眉口气渐缓,说:"第一笔业务难一点,以后你不用过来,一纸传真,就直接给你发货了。

冷小雷豪气地从口袋里抽出一沓沓钱,唰的一声,票子已在他手上呈扇形打开。他拍击着说:"要验钞?你们大陆人都是穷鬼吗?我家有几栋房产呢!"

他瞥一眼阿调,气鼓鼓地说:"笑死我了,这辈子没见过钱吗?还要验钞!"没哼完,见阿调怒目瞪着他,他躲开阿调的眸光,蹲下,脑袋一低,一五一十地数起钱来。别让到手的金子飞了。这批布虽可能与样布不是一模一样,但看着差不多,却给他打了大大的折扣,转口到台湾能卖出高十几倍的价格。

数完钱,他冲妪来一笑,说:"当然当然,以后就成老顾客了,我们有缘,一定后会有期!"

冷小雷打开卡车的副驾驶车门,跨上车时,有意无意地冲阿调一笑,然后像对着空气说:"人生开挂,说不定能到美国开布店做大老板呢,金山银山,谁跟谁啊!"

车门发出哐的声响。

[第二部] 八十年代

枪卢

原色纱　玄色纱

出发

走远的　来临的

枪　声

八十年代　初春

~1~

啪啪啪，枪声捅破了包裹着厚厚棉絮的夜。

阿发猛地从被窝里跳出，爬上屋顶。枪声从鉴湖方向传来，那里，中国第一家轻纺市场几百个摊位正待开拍，明明暗暗的灯光打在湖面上，随风摇曳出满湖迷幻与玄秘。

那里隐聚着上千人呢，好像来我们这里掘金矿。阿发白天去那里观察行情，等着抢号的人比摊位多出上百倍，温州话、乐清话、宁波话、福州话、广东话、闽南话、东北话、新疆话嘈嘈杂杂分不出东南西北。

有才戳他额头："我看你锣鼓响脚底痒，没钱买摊位，去凑什么热闹？"

阿发甩了甩脑袋："咱总不能看着别人发财，我们发呆吧，抢到一个摊号说不定转手就能倒出几万元！"

阿发溜下墙去找罗干干。

街上,警笛鸣叫着朝枪声响起的地方呼啸而去。果然,罗干干正骑着摩托车跟在警车后。

阿发一把拽住他的车后座,压低嗓门喊:"你不要命啊?"

"谁不要命?管得着吗?"罗干干停下车一脚踩在地上答道,"咱们得盯着市场的一举一动,随时把尕来叫回来!"

"他肯回来吗?好像他被小姨子黏上了!"阿发小声说。

"他必须回来!"罗干干盯着前方一片警车,文绉绉地说:"梭子带动纬线在经线上来回穿梭。当然啦,需要框架,织布就这么简单。这叫组合。赚钱一样的道理。尕来是我们中间的梭子,更重要的是,他有这个……"他撮起拇指食指,做了一个数钱的动作,随即踩响了引擎。

阿发满眼佩服:"叫你师爷真没错,什么事都能说出个子丑寅卯来!"纵身一跃,上了摩托车。

晨曦逐渐掀开夜的面纱,科南路,600个摊位,挂着绛色的帘儿,如待嫁的新娘。枪声过后,整个区域,像一条猛狮跌进了猎人的陷阱,没有动静。

一队带枪的公安干警火速向这边聚拢。一位威严的声音喊道:"把现场所有人都叫到派出所去,一个也不能漏!"

罗干干和阿发懵里懵懂随一干人被带到了派出所。

"胡亮!"罗干干眼睛一亮,正在维持秩序的警员是同村人。

胡亮脸一沉,惊讶道:"你们糟温糟主(方言:昏头昏脑),深更半夜去市场凑什么热闹?"

罗干干摸了摸脑袋,歪了歪嘴:"听说市场要摇号,我们本地人总不能眼睁睁看着自家土地上的黄金都给外地人掘走吧!"

"摇号?你是老皇历了!早改成竞价开盘了,县长要亲自坐镇!"胡亮一脸不屑。

"不摇号了?"罗干干鞋底脸拉得更长了。

"县里肯定要留些摊位给本地人啦!"胡亮显得漫不经心。

正说着,另一名警员进屋,神情严肃:"死了一人,是外地的。"

胡亮板起脸,拿起笔,低声对罗干干说:"我得公事公办了!"随即拉黑了脸厉声喝道:"快说,半夜三更到市场干什么去了?"

清晨,送报车。地方报头版头条通栏标题:"各路人马会集轻纺城抢摊鱼龙混杂人命案发公安积极侦破"。

天放亮,出了派出所,罗干干拉着阿发直奔邮局电报楼:市场摊位竞拍,火速归来!!!!!!!!

收报人:妸来。每个惊叹号要5角钱,他一连写了八个。

~ 2 ~

电报送到店里时,妸来与阿调正出完一担货,他们扳着手指计算手头积攒的资金。

妸来拿起电报忙招呼阿调:"打包准备回家!"

钱还没焐热呢,就要回那个河塘边晒谷场大的地方?阿调忐忑地问:"回家?这儿不是家吗?"

妸来刮了一下她的小葱鼻:"到底不是阿凤,你忘了阿凤嘱托你办纺织厂的事?"

阿调面色沉了下来,想反驳什么,妸来已哼着小曲走开,站在柜台后,拿起账本检查库存。

阿调快快地走到他身边:"我们还没度蜜月呢,这儿离香港这么近!"

妸来为难地看她一眼:"每分钱都得用于办厂,这样才对得起阿凤,对吗?"

又是阿凤!原来他是跟阿凤结婚呢,我只是替代而已。阿调脑袋一低,扯着衣角,一种酸酸楚楚的东西在四肢百骸荡开,渐渐浮上了脸面。

妸来翻着账本问:"咱这些库存还够装一车皮的,得处理完再走。"

没听见回应,他转头找阿调,阿调正蹲在墙角,愁容满面,好看的丹凤眼蓄上了两汪清水。他蹲下身,拍拍她的脸,问:"怎么了,哪儿不舒服?想阿凤啦?"他心底沉甸甸的,好像堵着什么,原来是自己想起了阿凤!

阿调抽了抽鼻,猛然抬头问:"回去?不会把我一人丢家里吧!"

妸来黯然,那只封存着血币的水晶盒是永远的痛!不能再让女人为钱去奔命!他在阿凤的遗像前发过毒誓。

阿调扯扯他的衣襟:"你说话呀!"

妸来长长叹了口气:"唉,阿凤啊!"

阿凤!阿调松开手,一脸茫然和空洞。

~ 3 ~

如来与阿调刚下火车，罗干干、有才、阿发开着摩托车把他俩迎到了镇上的小酒店。

坐下，三人都朝阿调看。阿调穿着新买的黑色蝙蝠衫，瘦腿牛仔，圆圆的脸，开阔的脑门，脑后盘了个发髻，俨然一个精干的少妇。

三人唏嘘了一阵，纷纷叹道："到外面去过就是不一样，咱镇上还没这种气质的。不过……"三人互相使了个眼色，显然不想让阿调介入他们的生意。

罗干干看一眼如来，见如来端坐着，是鼓励他说话的眼神，便轻咳一声，低下脑袋，目光游离在地面，说："嫂子，按辈分我没叫错，你是我们的嫂子。按年龄你却是妹子，你这一路辛苦，是不是回去休息休息！"

阿调挑眼问："为什么？我和如来是一起的！"说着身体往如来身边挪近一些，期盼地看向如来，张了张嘴。

如来搂过她的肩，对有才说："把阿调送到我螺蛳畈的屋里去吧！"然后拍拍阿调的背，他眼神怜爱，什么也没说，只是眨眨眼，示意阿调回家。

阿调白了一眼如来。见有才起身，坚持着请她上路，她便极不情愿地扭了扭身体，高高地昂起头，踩着高跟鞋，随有才出了酒店。

他们要了一盘罗汉豆，八只螃蟹，一罐五年陈加饭酒，直至有才回来，才动箸。小酒店里坐了不少外地人。他们猜想这些都是来抢摊位的，便压低了嗓门说话。

如来说："这些年，我在深圳看了不少店铺，咱们要做一个前店后厂的模式出来，就是前面是摊位，后面是工厂。"

阿发接茬："这模式好，可是关键是怎样弄到摊位？听说第一批放出600个摊位出来，你没看到几千号人赶到这里来抢这600个摊位，僧多粥少，还闹出人命呢。这好事能轮到我们？"

大家不语，一口口喝着闷酒。

罗干干突然一掷酒杯，站起来说："不是将摇号改成竞价了吗，县长还亲自坐镇！这显然是政策向当地倾斜的信号。我有办法！"

有才横他一眼："别瞎吹牛！"

罗干干神秘一笑，从口袋里掏出一张纸递给如来，压低嗓门说："大哥，这事只有你能干成，咱这几个人中，你小时候在上海生活过几年，像城里人，情商比我们高,见过大面面,能随机应变……"

~ 4 ~

清晨,解放南路,县府大院2号楼。有才挑着寸糖担歇在大门不远处,不时朝院内探望。妞来正笔直站在那儿。

一个中年男子从楼里下来。妞来迎上去:"张县长,早上好。"那男子忙躲开,说:"神经啊,我哪是县长。"

10分钟后,又一男子出来。他上前,鞠躬:"张县长,早上好!"那男子瞪了他一眼,高高地昂起头走了。

一个中等个子瘦瘦的男子出来,穿着夹克衫脚蹬布鞋。这不像罗干干描述的模样,宁可认错也不要漏掉。妞来跨上一步,毕恭毕敬地弯下腰,谦恭地喊:"张县长,早上好。"

那人嘿嘿笑,说:"这么早来找县长啊。"讥讽地朝妞来摇了摇头,跨上自行车按响了一串铃声。

第六个男子出来,只见他面容整肃,穿着蓝色的卡其布便装,准是县长。妞来清了清嗓子,双腿立正,响亮地喊:"张县长,早上好!"

那男子好奇地问:"等张县长?他出差还没回来吧!"

县长出差了。今天再等也没用。傍晚,星星出来了,妞来咬咬唇,不情愿地离去。有才挑着寸糖担闷着头,跟在他身后。

第二天一清早,他们又出发了。妞来一整天站在楼前等候,直至两腿支撑不住了,还是没有人说他期待的那句话:我就是县长,找我什么事?

县长总要回来的,宁可认错也绝不让机会错过!妞来去鲁迅路,在路边摊头买了一套做木偶戏用的表演工具,接着又回到了楼前。

他拿着木偶左手表演自己,右手表演县长:"你好,张县长!""我就是,什么事?"

有才索性把寸糖担歇在他跟前,向围上前的孩子派发起寸糖。顷刻间,他们身边围起了一群孩子。

一个十来岁左右的男孩说:"我爸爸就是县长,人们都这样叫他的。"

妞来大喜,忙把手里的木偶戏道具送给男孩,问:"你爸爸还没回来吧?"男孩接过木偶道具,一边玩一边说:"我爸爸没出差呀!"妞来一下愣住了,县长根本没出差,会不会自己一不留神错过了呢?

有才拉过男孩问:"你家就住在这楼吗?"

男孩抬头看了他一眼,说:"不告诉你!"边说边玩着木偶飞快跑开了。

傍晚,机关的人们纷纷回到大院。如来目不转睛盯紧每一个进出的人,凡是中年男子进出他眼睛一眨也不眨,马上走上前去,笔直地面对,然后恭敬地弯下腰去,问候:"张县长,晚上好。"

终于一个中年男子指着他的脑袋呵斥:"你是不是这儿有问题?去兰亭精神病院看看!"说完鄙夷地进了楼。

罗干干溜过来看他们,如来皱着眉问:"你搞错没有,张县长真住这儿吗?我们像傻瓜一样等了五天了!"

罗干干拍拍胸脯:"没搞错,包在我手里,张县长就住在这楼里!"

有才嗔怒:"你来站几天试试!"

罗干干急了:"真的,我朋友拿脑袋保证的!"

如来叹口气,抖了抖站得肿胀的腿。

罗干干探过脑袋:"明天就开盘了。派出所胡亮准确消息,县长亲自坐镇!"

午后,如来让有才盯着,自己跑解放南路的百货公司买了条领带,他对着镜子比照了一下,果然精神很多,他自信满满地又回到了楼前。

学生放学了,有才照样向孩子们派发糖果,如来掏出一对木偶刚要表演,忽听警车声由远而近。片刻间,警车歇了,打开门,跳下四个民警,向他们快速走来,其中一个喝道:"干什么的,天天扎在这里,搞什么鬼?走,跟我们去趟公安局!"边说边上前,扭住了如来的胳膊。

有才竖起扁担,正琢磨着能不能还击,见如来身体一歪,挣脱民警的臂膀,又挺直了腰板。一个45岁左右的干部模样的人正从大门处进来,他皮肤白皙,教师模样,旁边跟着一个戴眼镜的年轻人。

"张县长好!"如来大声叫着。他直觉这人一定是张县长!他浑身绷紧了皮筋般,将身体拉得笔直。要是他被当作骗子抓起来,送进看守所关几天,或被送进精神病院住几天倒没什么,错过明天抢摊位的机会就前功尽弃了。

教师模样的人停下步,迅速扫了他一下,问旁边的民警:"怎么回事?"

民警立正报告:"这人在此地站了五天了,见人就喊张县长,楼里举报,

他们不是神经病就是来上访闹事的。"

教师模样的人看了一眼姒来，转过脑袋，对民警说："稍后把他带到我办公室！"说完，头也不回上了楼。

~ 5 ~

没错，此人正是县长。

一清早，姒来与罗干干，有才和阿发早早地占了最前面的位子，等着市场剪彩竞价开拍。

阿发不无敬佩，问："大哥，你怎么把县长搞定的？"

姒来神采飞扬，声音渐渐高亢："张县长虽是教师出身，却是温州人，调来不久，只知道大禹治水途经这里，三过家门而不入，死后安葬在此，却不知道我们姒村人都是大禹的后裔。大禹的后裔是姓姒的。"

姒来用手比画着，眉飞色舞，道："张县长问我：'你叫什么名字。'"他学着张县长的口吻。

"我说姓姒，姒禹皇帝的姒，名来，后来居上的来。爷爷的爷爷的爷爷的爷爷就是禹皇帝。"

"张县长一头雾水，他还真不知道姒姓的故事，让我把姒字写到他的本子上。一边说这个姓很稀少。"姒来乐得哈哈笑，"一开始他把姒念成了'以'，后来还连连道歉呢！"

罗干干一脸得意："让大哥直接找县长说情，我这主意不错吧！盘古开天地哪个皇帝像咱们的大禹那样是赤脚治水英雄！"

阿发说："好了好了，就数你墨水喝得多？好像比县长还懂似的，你去当县长？！"

姒来不理会他们，满面云开雾散："我还讲了我们怎么千辛万苦到深圳卖布，拼死拼活地走南闯北，就是为了攒下钱买摊位，自己办纺织厂！我把我们卖布的故事，像琏邦邦说莲花落一样说给县长听，县长乐坏了，临走时，一直把我送到楼梯口，说：'我听说过这里的四千精神，今天我是亲眼见证'。"

阿发打断他故意问："什么四千精神？这精神值400元？不少钱呢！"

有才扯扯他的衣袖："少说几句好不好？"

姒来眼睛一眨不眨地盯着主席台，解释："走遍千山万水，不惧千难万险，不惜千言万语，不怕千辛万苦，这四千不知是哪个秀才编的，还真是一帖老膏药（土语：精准）。"

9点整，领导入座。走在前面的正是张县长。妞来兴奋地站起来，手搭成喇叭状喊："张县长！"张县长似乎听见了他的招呼，远远地向这边摆摆手。

妞来对坐在旁边的罗干干说："你看我们成朋友了！昨天要不是正好碰到县长回来，我差一点进看守所了。他还说，我将来有问题可以直接去找他呢。"妞来的声音高了八度，黑黝黝的脸面泛着阳光色。

"我们可以直接拿到摊位不用参加竞拍？"阿发问。

"哪能这么明目张胆地开后门！"妞来白他一眼，一边拍拍随身带着的皮箱，"摊位的本在这儿呢！"

昨晚，趁阿调熟睡了，妞来将这些年积赚的钱一股脑儿装进了公文箱，大约10万吧！他扣上按钮，才安心地上床。

"我们跟那些外地佬一起举牌叫价，但是最后一定会有摊位留给本地的。留给本地我们就有机会了，要不我们费那么大劲找县长干吗？"罗干干眉开眼笑，拢着胳膊坐下。

百子爆竹欢跳着，在天空噼里啪啦炸响，竞拍剪彩开始。几百名小学生将手中的气球送飞空中，彩旗飘舞，乐团奏起了国歌。

当县长举着扎着红绸的剪刀开彩的时候，坐在前排的妞来使劲鼓掌，当县长剪刀落的时候他大声地叫好。他知道县长随时都能看到他，他一定关照了负责竞拍的人。

果然，县长经过他旁边时，朝他点了点头。

妞来更使劲地鼓掌。

竞拍员大声喊，最后一个摊位：88号。五千起拍。

人群骚动着，又一轮叫价。

六千。

八千。

一万。

一万五。

"三万三！"妞来没等别人竞价，迅速高举起牌，以无人能敌的架势高喊着。

人群肃静，没等他们回过神来，竞拍员锤子落地，大声喊道："成交！"

四人举着臂,从座位上跳了起来。

"所有成交者到后台付钱!"大会主持人喊。

雄壮的军队进行曲荡气回肠。如来挺直腰,手上拎着黑色的公文箱,昂头走在最前面。罗干干抿嘴笑,紧挨着如来,阿发和有才雄赳赳保镖一般左右相随。

交钱处就在主席台后,两边八面彩旗,一溜长桌上摆满了鲜花。信用社的储蓄员直接在现场服务,收了现金就开一张票,镇长捧着大红的摊位证书坐在正中。

县长与前来付钱的人一一握手,预祝他们成功。

如来见县长,抢前一步与他握手。

县长拍拍他的肩背,笑:"如愿拿到摊位了吧!钱准备好了?"

如来高高举起皮箱,满面骄傲之色。

"88号,如来!"

如来响亮地回应,走到桌前,神满气足地打开公文箱。

咦!钱呢?如来心下一惊,惊惶之中,他把所有箱子内物事一股脑倒了出来,那一沓沓整整齐齐用大红纸包着的钱不见了,代替的是一沓沓杂志报纸。

钱不翼而飞了?他浑身像冻成冰棍,双手机械地在公文箱里翻弄。

"会不会被人调包了?"罗干干的脸拉成了长条苦瓜。

如来把箱子合起正反看了一遍又一遍,双手机械地翻动着,面色由绯红转成青灰,然后惨白得像一张写满了黑色字体的纸。他不断把箱子打开又合上,软软地说:"这上面还插着我的名片呢!"

见鬼。他双手机械地反复捏摸着公文箱内每一张纸甚至纸屑。

全场人的目光各不相同,像不断飞来的箭参差不齐地落在他身上。

他慌乱地抓着什么,像在众人面前被扒了皮,唯有扎在身上的箭悠悠地颤动。

突然,好像意识到什么,他的手在半空僵持片刻,随即他重重地合上公文箱的盖,飓风般飙出会场。

~ 6 ~

如来像头脖子被枪子击中的狼,恼怒而羞愤,脚底如踩着火轮,飞速移动。

螺蛳坂,三角地23号,向湖的小屋安静得像只龟巢。如来虽说和阿调在深圳领了结婚证,却没有办过酒席,回乡后他们就栖身在这里。人心隔肚皮,这年头连自己的女人都不可信了!他鼻梁上横过的一道青筋,鼓突着像一枚即将爆炸的雷管。

湖边有风掠过,吹乱了他的头发。临近家门,他有了些许的冷醒。会是阿调吗?她哪有这么大胆?可不要再错怪她了。自己从小失去父母,不安全感常常让自己预设怀疑的闸门。深圳与冷小雷纠缠的事就让她受了委屈。自己曾答应过阿凤,要保护晚她10分钟出世的双胞胎妹妹!

他重重地呼出郁闷的浊气,又把昨晚数钱放钱的过程仔细回忆了一遍。没错啊!他蹙起眉,伸手刚触及门环,门就像被十级台风忽地刮开了。阿调扑向他,雨一般紧紧地贴紧在他胸前,双手环着他的脖颈,樱唇细细软软地啄着他的脸、嘴、脖子、耳朵,一边用无比悲悯的口吻说:"哥,我每一秒钟都在等着你回来。急得我成了夯毛小鸡了!"她倚在如来胸前,仰头望着他,双眼如一汪湖水,甚至倒映出如来愠怒的脸。

就是她把买摊位的钱调包了!如来躲开她的脸,嗓音低沉:"把钱放回去!"他的眸光阴沉而决绝,脸面好像被撕了一层皮的鸭子。

惹大祸了!阿调松开手,心一点点往下沉,直至沉到了井底,全身冰凉。她倨傲地抬起头:"这钱有我的份!"

昨夜,如来与罗干干、有才和阿发开会回来,月亮已躲进了凌晨的雾霭里。阿调已经入睡,她听见门响,听见如来坐在阿凤像前的条凳上,像与阿凤对话,更像在整理自己的思绪。

她听如来对阿凤说,吸取教训,不让阿调再为钱奔命,他要和他的兄弟们一起完成阿凤的遗愿,建一座没有那么大噪声的纺织厂。

阿调凝神屏气地听他讲完,又见他把所有现金放进了他的公文箱,将公文箱塞进了床底下,然后蹑手蹑脚地上了床,还在她脸蛋上轻轻吻了一下。她猛地翻身坐起,抱住了他,说:"不行,办厂这事必须有我的份!"

如来被困意席卷着,拉上被子蒙住了脑袋。

阿调将他的被子掀开,喊道:"我才是替阿凤实现梦想的那一位,你不能把我撇下!"

如来重新拉起被子，以同样高的声音喊："让我睡会儿好不好？我不会犯同样的错误，让女人去拼命！"透过被子发出的声音，像乌云裹挟的滚滚雷声。

阿调听着如来鼾声渐起，听着窗外的虫儿窸窸窣窣地蠕动，听着谁家夜半的闹床，她抽动着肩膀，眼泪爬满了脸。

四更时分，谁家的公鸡发出了嘹亮的啼叫，她蹑手蹑脚起了床，一把拖出了如来塞进床底的装着一摞摞钱的公文箱……

阿调放开如来，从架上扯下毛巾，擦拭着如雨般喷薄而出的泪，一边委屈地数落："哪个地方的人像你们这地方的人这么精明？那罗干干明摆着一副空手套白狼的架势，要你拿咱们的钱，竞拍摊位，他们共同做老板？如意算盘算错了吧！"

她抹了把泪，赌气地将毛巾往地下一扔："凭什么单单把我抛下，由他们与你合成一伙去买摊位做生意开纺织厂？阿凤为了挣到开纺织厂的钱把命都丢了，我跟你走南闯北就是为了替阿凤来实现凤愿的，看罗干干昨天打发我那模样，他眼里哪有阿凤，哪有我阿调啊！"

阿调哭诉着，像春雨中被开垦的稻田，泪水横七竖八爬满了脸："这些年我总想着阿凤，记着她的临终托付，如果把这个钱放到了别人口袋里，我阿调怎么对得起阿凤啊！"

阿调哭得梨花带雨，惹人生怜，偏偏这般痛哭又唤起了如来对阿凤的追悔和思念，他又气又恨又恼又怜又自责。"要做大事的人，哪能这么小心眼算计！"他指责阿调，语气已像切断了的藕连着的丝没了筋骨。

如来话音刚落，阿调已跪在了长条桌前的蒲团上，对着阿凤相框，低俯着脑袋请罪："今天是我对不起哥，让他丢面子了。阿凤，我知道这世界上你是最理解最体贴最包容我的人，我们从来没有分开！"

长条桌上那只封闭的水晶盒上落了点点灰尘，水晶盒内，阿凤用命抢回的血币闪着铁锈的光，频频发射出和解的电波。

如来心软了。他走上前去，拉起阿调。他尽量压制住自己的气恼与悲愤，软软地说："阿调，你需要钱吗？多少钱由我去挣，多少苦由我去受，这挣钱养家糊口是男人的事，你去把妈接来，在家照顾她。将来咱也会有孩子，你带好孩子，管好家，就什么都有了！"

他顿了一下："我当初要是能够阻止住阿凤，她就不会……"他抬头看一眼定格在相框内的阿凤，不能再让女人去为钱奔命。他眼眶发红，却是铁了心。

阿调拧着衣角，一字一句地说："我反正不当家庭妇女，阿凤活着也不会甘心的。开店必须有我的份！"钱必须捏在自己手上，左手还不放心右手呢！这是临行前妈说的话。

她站起身，紧紧抱住如来，仰起脸，将泪脸贴着如来高耸的颧骨，楚楚可怜，"哥，你不会把我关在家里，对吗？你不会像如姓老祖宗那样，只管为众人治水不管自己家里被淹，对吗？我就是要跟你一起开店，办纺织厂，你不会拒绝我，对吗？"

如来心底像摊雨后的泥塘，叹了口气，拉起她，说："夫妻反目，家道跌扑。把钱拿出来，放回公文箱去！"

~ 7 ~

600个摊位很快一扫而空。张县长满意地宣布："大会圆满结束！"

圆满？那个88号呢？离开会场时他记起了如来，追问派出所长："那个姓，姓如的小伙子找到钱了吗？如果是治安问题，小心你的脑袋！"他面露愠色。

"问题搞清楚我立刻向您汇报！"派出所长丝毫不敢怠慢。

县长跨上车，重重地合上车门，回头补充道："市场繁荣，要治安在先，不破案不要来见我！"

派出所长尴尬地呆立着。稍息，他回过神来，冲身边的警员厉声叫道："把那几个没钱来竞拍场的捣蛋分子带到派出所去！"

如来提着重新装满钱的手提箱大步往拍卖会场走去。阿调小跑着紧跟在后面。

喧闹的会场已空空荡荡，好像瞬间地球完成了大搬迁。完了！如来的心往下沉，面色阴暗。阿调咬着唇呆呆地站立着。如来转身往市场走去。阿调提心吊胆，拧着衣角。

"走啊！"如来回过头来喊。

中国第一家轻纺市场——中国轻纺城，缸大的字迎着阳光血一样鲜红。市场人声鼎沸，各种各样的布匹横七竖八地堆挤在各店面前，拥挤的

弄堂间不时蹿出满载布匹的板车,南腔北调各种乡音闹哄哄的几乎掀翻绿色的顶棚。

他们绕去88号摊位看了一眼。还好!似来悬在半空的心落了下来。

店门紧闭着,门面上挂着的大红绸缎纹丝没动,门楣上方88两个数字如同一对孪生姐妹紧紧相拥。似来回头找阿调。阿调正跨过一匹布,一个看似店伙计模样的人跑出来,指着她骂声连连,她边跑边回头用温州话气愤地回怼着。这女人随时有一种不安全感,得让她安下心来,家都搞不定怎么外出打拼世界!似来看着她的背影摇了摇脑袋。

他大声招呼着阿调,拉着她朝市场办公室奔去。

市场办公室门敞开着。工作人员正在整理文件,头也没抬,爱搭不理地问:"88号摊位?"

"交钱!"似来抬高嗓门。

工作人员抬起头,上下打量着似来。他认出了似来和他手上的皮箱。还挺狠的!刚才派出所长叮嘱,88号摊主来了叫他去派出所教训教训!转着眼珠,沉着脸,说:"先去派出所吧!"

科镇派出所并没有想象的那么威严,相反却像个民宅,不同的是,每个窗户都上着防盗的钢筋铁杆。

罗干干透过窗户,一眼看到疾步前来的似来,阿调紧紧抱着公文箱,小跑着跟在似来身后。果然是这婆娘干的好事!他长舒了一口气,放下心来,拢起袖,将头扭向一边装作没看见。

似来拎着皮包,面色歉疚跨进屋。

阿发、有才异口同声问:"大哥,钱找到了吧?"

似来诧异道:"怎么把你们叫到这里来了?"

罗干干转过身来,瞥一眼阿调,慢条斯理地说:"人家大所长挨了批,还不找个垫背的出出气!"说完,袖手,背过脸去,一边低下脑袋,从下方斜眼观察阿调的表情。

似来眉峰紧蹙,愧疚地说:"这是我的责任,不关你们的事!"

阿调望一眼似来,迟疑了一下,落落大方地走到罗干干面前,弯下腰,道歉:"罗大哥,我阿调敢作敢当,是我把钱藏起来了,害你们进了派出所。"

罗干干扬起头,"哼"了一声。

阿调讨了没趣，又走到阿发边上："发哥，出去后，小妹拿酒赔罪。"

阿发看看罗干干阴沉的脸，赶紧说："人总有做错事情的时候，跌跌坐坐，平时想来派出所做客还没有理由呢，来这儿见识见识也挺好！"

阿调看了一眼如来，如来眉心渐渐舒展，双眸已闪烁着赞许。

阿调又走到有才面前，索性抓起了有才的手，说："才哥才哥，我赔罪了还不行啊！"

有才忙抽回厚厚的手，说："不敢当！不敢当！"说完抬头冲着罗干干说："戏别唱过头！"

罗干干扫了阿调一眼，缓缓起身，踱步到阿调面前，说："藏钱？这是开玩笑的事？这种行为不叫家贼也叫心怀叵测！幸亏你碰上咱大哥这样的男人。"他讨好地看了如来一眼，又回过头，手指点着阿调的鼻尖，"咱大哥看到女人流泪就心软，碰上我？把女人赶出门去算是轻的！"

阿调脸涨红："你……你……算是师爷吗……"刚要往下数落，见如来面色微愠，她灵机一动，头一扬，抬高了嗓门："听如来说找县长的经过了吧？县长可是我们温州老乡呢！我早知道，我们肯定能拍到好摊位的，这摊位给了我们怎么也该算是内部照顾，特地留的！"她把"温州老乡"和"我们"几个字说得特别重。

罗干干心下一愣，节骨眼上敢把钱藏起来替自己挣利益的女人绝对不简单，这会又拉出县长的老乡关系来，如来这么容易搞定县长，一定有那么点关系！他抬头看一眼阿调，堆出笑说："师爷哪比得上温州大嫂有胆有为！我罗干干甘拜下风！"他把"有胆有为"加了重音，一边用眼的斜角又瞟了一眼阿调。

如来不耐烦地摆摆手，道："什么时候了还斗嘴皮子，赶快把摊位弄到手是大事！"说着迈腿朝门外走去。

四人随着如来刚跨过第一道门槛，两干警拦住了他们："想走？所长不放话，你们谁也不能走！"

~ 8 ~

派出所所长跳下警车，唤出一条苏联红犬。此犬体形高大，皮毛乌亮，双眼乌黑如洞，两耳竖得笔直，吐着红红的舌头。

"知道你有'神探'之称，今天看你的了！"所长慈爱地拍拍犬的脑袋，拿一块干肉塞进它口里，说："去，那几个嫌疑犯中必有一个是贼！"所长说完眼一瞪，喊道："找钱去，冲！"

"如果是治安问题，小心你的脑袋！"张县长的话如五雷劈顶。他哼了一声。如果钱真被盗了，极有可能是内贼，"苏联红"准能捉出这四人里的鬼。

苏联红跳下车来，高高地昂起头，警觉地竖起双耳，没待片刻就锁定了目标。它鼻孔发出哼哼的吼声，迈开四蹄向派出所内狂奔而去。

胡亮紧随所长跳下车来，见犬凶猛无比，所向披靡的模样，不禁倒抽一口凉气，他瞄一眼所长铁青的脸，小心翼翼地说："早听说这条苏联红缉毒出名，也会抓贼。但是，这几个人都是我们田畈里摸螺蛳一起长大的，熟门熟路，不可能……"

胡亮没说完，所长一抡手臂制止了他，粗着嗓门边走边吼，道："这年头，'一无所有'疯了，谁都想快快发财。古人云'利器在手，歹心自起'。你能担保他们中没有见钱起贼心的？孔乙己满嘴'之乎者也'还偷茴香豆呢！正是因为怕老乡面子磨不开，才找个畜生来撕脸呢，真是贼别想跑了！"

所长话音刚落，忽听苏联红的狂吠声，同时炸开的是女人惊慌的呼喊。

所长得意地朝胡亮一笑，三步并两步循犬声而去。

所长踏进临时拘留间，只见苏联红犬正越过围坐着的五人，凶猛地扑向竖在中央的公文箱，狠劲啃咬着皮箱的锁扣。

阿调紧张地抱着如来的胳膊，面如菜色。

如来瞪着眼要上去踹犬，罗干干和阿发赶紧拽住他，有才撸起衣袖做好了与犬格斗的架势。

所长快意地看着犬的出色表现，只听"咔嚓"声响，箱锁应声打开，一捆捆一扎扎的纸币暴露在众人面前，苏联红犬低头迅速把钱叼出皮箱，箱口空空朝天，百元面值票子撒满一地。苏联红对着如来一干人凶狠地狂吠。

所长见如来膀子上吊着一女郎，气不打一处来，喝斥道："你们这是干什么来了，成什么体统？"一边抚摸着苏联红犬脑袋，温柔地说："嗯！又立功了，不愧'神犬'称号！"说毕喊胡亮，"带它出去奖励奖励。"

妣来忙跨前一步，道歉："怪我，一早往拍卖场赶，没来得及与媳妇招呼，不知道媳妇昨夜把钱挪了地儿。给大家添麻烦了！"

　　所长难以置信地横一眼一直站在妣来背后的阿调。阿调赶紧站出来，弯下腰，向所长鞠躬，连声说："对不起！对不起！"

　　"温州人？！"所长听出阿调的温州口音，从鼻孔里哼了一声，昂昂然教训道："入乡随俗，当绍兴媳妇就要学绍兴妇道规矩，绍兴女人都很本分，不会碰老公做生意的钱，更不会闹出今天这样的笑话。"

　　"我……我是有原因的……"阿调刚开口，所长挥了挥手斩断了她的话："家长里短到老公枕头边去吹风！"

　　"撤案！签字，走人，别在这儿丢人了！"所长手臂上劈下斩，雷电般闪身离去。

~ 9 ~

　　吼山，距轻纺城不过5公里。称其为山，其实是一尊磐石，2500年前它就冲天而立，站成一个男根的模样。因着大禹曾来这一带疏河治水，秦始皇在这里停车喂马，春秋吴越之战又流传着越王勾践在此卧薪尝胆的故事，这里早成了远近闻名的景点。

　　妣来提议开业前来这里小会，实在是为了借着先人的古训，有个警诫。

　　钱付了，摊位明明白白地写在妣来和许调的名下。阿调放下心来，这一路有说有笑。

　　"我们终于有自己的地盘啦！"妣来铆足劲儿，一跃站定在山顶的磐石上。他指着山下那片水网交织一望无际的平原对跟在身边的阿发说："你看见那片厂房了吗？看见这条通天大道了吗？那将是我们的工厂，我们要从这条通天路把面料、服装出口到全世界！"

　　阿发瞪大眼睛使劲看，问："哪条路啊？"

　　妣来哈哈大笑："用心看，就看到了！"

　　说笑间，有才、罗干干气喘吁吁地跟了上来，最后一个上来的是阿调。

　　妣来打开一瓶水，从脑门上浇下来，又往自己胸口倒，边倒边说："我心里好像燃烧着一团火，这团火越烧越烈，好像要烧透胸膛。"

　　罗干干附和着："你这是财火旺，要成大事的先兆啊！"

如来瞪他一眼："什么你你你的,是我们,我们抱团取火,一起成就!"

大家坐定,如来环视着大家,自嘲道:"沙家浜胡司令一支队伍有七八条枪,我们新四军总共五人,不足七八条枪。记好了,我可是司令,新四军的司令!"

他语意未尽,站了起来,手指从一干人脸上划过:"从今天开始,我们是一个团队,是干纺织的团队。纺织,没有粗纱就出不了细纱,没有细纱就织不出各种布。这是一个整体,一个流程。我控制开关,大家分工不同,如果谁有个小肚鸡肠别怪我刹车无情。"

罗干干瞥了一眼阿调,转头对如来绽开笑脸,"这还用说?大哥是老板,你分活儿吧!我们四个是拜把子兄弟,四根柱子抬屋顶,金殿银殿都抬起来了。"

哼!他还是没把我算在内!阿调敏感地起身,对着罗干干:"亲兄弟都要明算账,何况你们是把兄弟呢!"

阿调见罗干干将脑袋扭开,一脸的不屑,声线便拉高了八度,对着有才和阿发说:"你们也看见了,这摊位是写在我和如来名下的,我也算个老板,当然离不开兄弟们帮忙!"她憋足气,面色绯红,有些结巴起来。

如来摆了摆手,说:"瞎紧张什么,咱们都是水乡出来的,是一群水鸭子,水鸭子要过江,就得抱团,什么你呀我呀的!"

他看向山下,一脉鉴湖水绕过错落的桥墩,圈出一片片图案,一群水鸭星星点灯似的顺着水流,划出一串多彩的人字形波纹。

他收回目光说:"水鸭的特点是敏感,快速,淹不死。咱们做纺织的,尤其要有水鸭的精神,对市场、对时尚要敏感。另外,大家要明白,水鸭和水的关系就是船和水的关系。水就是政策就是大环境,是我们生长的土地和衣食父母。没有水,鸭子会像船一样搁浅,无用武之地,甚至干渴而竭。"

他伸出胳膊,"我们在这座古老的山上,面对祖先,面对鉴湖水,来拜个天地吧!"

罗干干点头,附和道:"水鸭精神?好!杜甫还有诗呢,'羽毛知独立,黑白最分明'。"

阿发横他一眼,一边伸出胳膊:"就你墨水多!"

有才意味深长地顿顿硕大的脑袋。

五人手挽着手,伏下身去。

拜天地完毕，坐定。阿发笑着说："我们有了一个店，已不是空手套白狼了，该给咱们的公司取个响亮的名字吧！"

"对！四两拨千斤。"如来接过话题，"用小资金撬动大资金。用小店面汇集百家工厂的产品为我们开道。咱们公司得有个叫得响的名字！"

如来抬手举起胳膊的瞬间，触碰到拴在皮带上的心形盒，阿凤正频频向他发出电波。

"叫火凤凰纺织吧，不是说凤凰涅槃吗？我们从来都面临着危机与重生！"他面向鉴湖水，豆眼眯成了缝。阿凤正驾着彩云飞来，在他身边轻轻坐下，捡起一条树枝儿，倚着他的肩，在地上画着未来工厂的模样。

有才见如来半晌没言语，问："咱们举办开业大典吗？"

阿发看看如来，说："当然，又有龙船又有会，又有菖蒲又有艾，还能趁机结识各路纺织人马，何乐而不为！"

罗干干笑："办台戏钱不少，就怕同行脚踢脚，吃得你的酒，还出你的丑，到时候借了塘柴敲脚骨，自找竞争对手！"

"上，自己组织戏场！"如来看着河面，一场开业告白，吸引无数眼球，没有比这更能刺激自己，保持高度活力和张力的了。

~ 10 ~

所长扫一眼胡亮，把电话搁下，说："他们不就拍了个摊位吗？摊位开业也要我们捧场？这种生意人一抬举他们，就把胡萝卜当人参了。"说完不耐烦地摆摆手，又抓起了电话。

胡亮赶紧附和着说："是是是，所长所言极是，这些人脚刚从田埂里拔出，就不知道自己姓什么了！"边说边悻悻然退下。

出了门，他不耐烦地对等在门外的罗干干说："当官的要政绩，给领导锦上添花的事再来找我帮忙吧！"

罗干干叹气，"请你们出场，无非借张老虎皮，向乡里乡外显摆一下，我们是有背景有靠山的，让那些工厂主放心把货物交给我们！"

胡亮眼一亮，附在他耳边说："市面真做大就好说了，我们出场保护，是防止闹事、是政绩。最好请个把大领导出场，不邀请所长他还不高兴呢，我们呢更是名正言顺了！不过生意做大别把兄弟忘了！"

罗干干嘿嘿一笑："那还用说！"

挂了电话,如来的担忧越来越深。火凤凰开业大庆其实是纺织厂的大聚会,绍兴人重脸,先做朋友再做生意就比较容易了。如果把远近纺织厂都叫来,至少要请上百桌。他一直想请崔健的七合板乐队来演一场,这些费用加在一起,烧掉所有的积蓄也不够。

阿调坐在如来旁边,不时用眼瞟着他:这好事本该属于阿凤,现在落在自己头上。这庆典怎么说也要办得风风光光的,替阿凤还个愿,替自己挣个脸。

如来抚摸了一下阿调的肩,宽慰她:"放心,圆阿凤的梦,不会让你丢脸。"阿调抬头瞥他一眼,幽幽地问:"你怎么知道我心里想什么啊?"正说着,罗干干、有才、阿发相继进屋。

罗干干跨进门就说:"我刚去了科桥大酒店,在那儿办庆典挺气派的,我们要让那些工厂主乖乖把货拿出来,还不得装气派啊?这世上没人肯把钱借给穷酸的人!"

如来为难地摇摇头。沉思片刻,眼锋骤然闪过火花,"记得咱们一起摇滚'山河皇帝'吗?咱们就到镇上的小酒店办吧!"

"小酒店?十张桌都摆不下!"有才闷着脑袋。

"外面有一片晒谷场啊!"如来提醒。

阿发附和道:"大哥的意思是,我们主持一场演出?这主意不错。省下请乐队和租酒店的钱,把酒席办得像样些,每桌都上双甲鱼,让大家吃好喝好,胃舒服了,出手便大方!"

罗干干起身,食指点着阿发:"想不到你也有脑子开窍的时候。"他转过头,坏坏地眯眼笑,"当地人的脾气是宁可在家喝腌菜卤,也要在外敲锣鼓。我们何不搭个戏台,让大家来风光呢?这叫小铜钿唱大戏,正好将所有厂家全部捋进!"

如来反问:"再小的工厂也有上百人,咱一个罗汉豆大的摊位开业,有什么好主意把大家请来?"

罗干干慢条斯理地说:"这里的人喜欢赶热闹,有个好事谁也怕落下,我们何不来个虚张声势,声东击西!"他看了一眼四周,伏在如来耳边,用手捂在嘴边悄声说。

听他说完,如来直起身笑:"叫你师爷不假,你这一招保证一个也落不下。"

随即,如来招呼:"各自负责一个区域,简单传一句话:三月三,'火凤凰'宴请大客户有大行情,谁去谁得利!'这句话从城头传到城尾,一定越传越神秘,越传越夸张,大家只管传不要解释。分头行动吧!"

河塘镇,笔直的东海水系在这儿折了个弯,派生出纵横交错的河道,古纤道在水的拍击中似隐似现,像吴带当风的水中仙子。河岸边柳枝垂绿,人家屋前后,各色花儿绽放,油菜花儿抱团结伴,绽开片片耀眼的鹅黄。春风吹来又远去,斑斓的色彩起起伏伏。

三月三,好节气。如来搬用了孔乙己的赊酒法,从一无所有赊别家的库存布,远赴深圳卖布,几年光景就赢来了店面。成功竞拍的价格是三万三,今天又是三月三的喜庆日子。

阿发走到如来边上,说:"三三金子堆成山,这一定是一个成功秘符呢!"

如来推他一把:"快去搭台!"

戏台由20块一米八长的门板搭成,上方横批着大红色的条幅:"火凤凰"开张大吉。台前两只桶般大的扩音器,仰天而立。酒店向晒谷场延伸,拉开了整整百张八仙桌。

如来、阿调、罗干干分别在东南和西北两入场口迎候宾客。如来穿一件崭新的雪白的确良,长长的脖颈下一条鲜红的领带,衬衣塞进铁灰色的裤腰内,挺拔了身材。阿调穿一件丝绸绣花旗袍,披一缕丝巾,轻罗叠袖,衣袂飘扬,竟是秾丽潋滟。罗干干着一件中式开衫,平添儒雅之气。阿发、有才身穿保安制服,场前场后招呼来客,维持秩序。一行干警,全场巡逻守卫。

阿调的妈妈也来了,与温州布商坐一桌。

一个少发者说:"温州人与绍兴人做生意,一定是温州人厉害。温州人抱团,绍兴人好单干,单干总斗不过抱团的。"

另一个稍瘦的纠正他:"别弄错了,这温州人的女婿一伙就挺抱团的。"

阿调的妈妈跑去厨房问:"准备了多少海鲜?温州人喜好吃海鲜。"

第一个到会场的是金彩纺织厂厂长,他长得脑肥耳厚,伸出肥厚的手

掌,向如来摇晃了一下说:"听说今天有什么大好事,传得神秘兮兮的,赶来打探打探。"

他刚落座,红花纺织厂、彩坊纺织厂、华芳纺织厂相继而来。不多时,华沙、钱青、兰亭乡远近纺织厂的人马到来时,见早有各乡镇纺织厂到来,纷纷抢着,占了桌子坐下。

未到日落,100张桌子已坐满,有的桌还添了长凳。

有人看了台上方的大横幅嘀咕:"不就是个摊位开张吗?起课弄穷的(土语,折腾)来这么多大佬!"

有认识如来的纠正道:"这可是大生意人,刚从深圳回来,背景可深呢!没见拍卖现场,县长专门向他打招呼,让镇上多关照呢!"

大禹乡来的厂长啧啧感叹,"伢大禹乡出来的人,就是沾皇气。看,场面做得这么大!"

七彩染坊一名供销员说:"越传越神了,县长可不是专为他才去参加摊位拍卖会的。不过今天有酒席,咱也别白吃还嫌淡。"

华芳纺织厂长小心落坐,四处探头寻找,问:"哪里有洋人啊?我听到传说,今天海外大品牌来挑选纺织厂,到会的厂家都能抱着金元宝坐上顺风船呢!"

旁边一采购的说:"一定有好事,你看派出所都来了,没大人物公安会出动吗?"

太阳渐渐西斜,月亮隐隐约约钻出云朵,露了个脸儿,红彤彤的晚霞将月的光尽收了。

酒店内内外外,晒谷场四周拉亮了临时安装的荧光灯柱,耀眼的灯光把周遭打造得如同白昼。

一阵锣鼓响,"孙猴"翻滚着跃上台面,"猪八戒"随后出场,一唱一和充当主持人请出了如来。

如来抱拳绕场一周,作揖道:"今火凤凰开张,本不打算惊动大家,但是想到我们是靠把乡亲们的面料卖到香港、台湾起家的,喝着鉴湖水长大,这条大船必须带上大家,把我们各厂的面料卖到全世界去。"

人们瞪大眼正琢磨着这话的虚实,忽听锣鼓喧天,的笃板响,一群"小猴子"翻着筋斗跳上台面,全场顿时叫好声一片。

随之,粗瓷坛加饭酒上桌,鲫鱼、甲鱼、盐水虾、霉干菜焐肉、霉千张、菡菜梗……绍兴八碗头一一上桌，色香味地道，令人食欲大开。

杯光交错，酒正酣，忽地柔婉越曲空中缭绕，越剧小百花一群女孩靓丽上场，清唱一曲《楼台会》，酒桌上众人无不停箸静听。

曲罢，主持人"孙猴"搔耳，提议："今天群贤毕至，我们来个群英赛好不好，各个工厂自报曲目晒晒自家的拿手好戏。"

场面冷却下来。许久，有人脑袋一别，开腔："有什么不会的，三分人才七分扮，一扮扮得像花旦！"

"孙猴"冲着话者说："好啊，来一段！"见对方没动静，便提高嗓门报幕："欢迎'火凤凰'队上场，开场表演'山河皇帝'！"

妞来正应声，华芳纺织厂老板摆摆手，自告奋勇说："主人家慢来，我们华芳有人才。"说完，便招呼一桌男女："机会难得，显显咱们的实力。"

华芳众男女上台，拿起话筒唱的是工厂厂歌《华芳之歌》。台下鼓掌的、起哄的、声音四起，一时场面火爆。

红花纺织厂那一桌叫起来："我们的厂歌比他们的好听。"

没等"孙猴""八戒"报下一个节目，一帮人闹哄哄上台，抢过话筒……

阿发说："这架势像大伙憋久了，好不容易有个露脸的机会显摆来了！"

罗干干纠正："这叫斗气场！"

妞来提醒道："这年头局势变化太快，我看各工厂也有来探行情之意。"

河塘纺织厂厂长上台，说："这四人都是我们厂出去的，他们自己开门市部，我不反对。但是，我要说的是，哪天发了，可别忘了，是谁给他们开了方便之门！"

话刚完，金蛇纺织厂有人叫起来："我们厂出去的人更多，谁有本事谁上嘛！这年头跳槽的比河里的王八多，自己没本事，撑不起大树，留不下人才，怪不了王八！"

一时各家说长道短嘈嘈杂杂。

温州人那一桌憋不住了，吵嚷着："温州有瓯剧，不比越剧差。"他们互相推搡着，拉扯着上台。

"孙猴""八戒"瞅着场子空当的机会不失时机地提议："大家酒也喝了，歌也唱了，戏也看了，最后让'火凤凰'来一段好不好？"

话音刚落，妞来拉着罗干干、阿发、有才跃上台去，嘱咐阿调："一起上，跟着节奏摇摆就是了。"

"火凤凰"队登场。妱来举起双臂,十指直指天空,山河皇帝摇滚舞步上台。

丝丝缕缕生长
喜喜飒飒聚集
轰轰隆隆织造
人生大缸绘染
我们是火凤凰
涅槃中重生
成长为时尚
展开梦想的翅膀
剪裁成自己的模样

《火凤凰》,是妱来早年不知不觉中哼出来的词曲。此时,这乐声如金属与细纱的混合,彩云追月般在天际追逐起伏。

妱来带着五人团队狂烈地摇摆鼓荡,推土机式的激烈情绪,冲击震撼着人们的心灵。一时,观众席静谧无声。

见台上没了动静,河塘老厂长回过神来,牙根发酸,拊着掌喃喃:"这世上真没有后悔药!放这采购销售员出去,怕是给自己树了竞争对手,这可是个一手擎着老祖宗的锦旗,一手抓起生猪肉,眉头都不皱一皱,就敢往嘴里塞的人,这种人什么事不敢做?"

原色纱　玄色纱

~1~

轻纺城，火凤凰纺织门市部。门面不大，各种印花尼丝纺、雪纺、涤纶梭织布堆放得整整齐齐，每一种面料前都摞着样品本和色卡。

门市部前放着一台14寸东芝彩色电视机。

阿发拍拍电视机对妠来说："大哥，真难为你从深圳背这么台新鲜玩意儿来！"

妠来嘿嘿笑："这比敲锣打鼓揽人气效果好多了！"

妠来用遥控机打开电视，《新闻联播》正报道着风云人物"马承包"的故事。一个叫马胜利的农民横扫中原，承包濒临倒闭的工厂，不出五年，旗下已拥有近百家企业，名震整个中华。

电视机前围满着来看热闹的。有人指着马胜利，嫉羡地感叹："看人家空手套白狼！这本事！"

妠来出神地盯着电视机，承包？他还在深圳时，就听人说起过这个词。

人越聚越多，人们推搡着往店堂里走。

有才特意为门市部开张穿上了一身部队带回来的旧军装，军装的上衣和裤腿间都有子弹穿过留下的痕迹。这是资历的象征，资历是岁月和牺牲换取的。他吆三喝四，把那些拥挤推搡着来看热闹的人拉扯成秩序。

　　阿发故意逗他："看，看，你穿的这件军服右边有个洞，皮肉露出来了！"

　　有才横他一眼，肃然道："你不知道这是件福衣？大难不死必有后福！你知道那场对越开战，杨司令员亲自指挥……"

　　阿发接过话茬："广宁至莱州整个北部边界全线对越南发动大规模进攻！咱们的林有才带着一个班往前冲……"阿发点着他的鼻子，"这故事我听得耳朵都成蜗牛洞，起壳了！"

　　有才佯装生气："知道还故意问！"说完对正推挤着往店里涌的人群喝道："挤什么？又不是抢萝卜白菜！"

　　如来扯扯站在电视机前的罗干干："看中央电视台的新闻了吧，'马承包'，那才叫出山户头呢，我们连他的智商都没有的话枉称师爷之乡了！"他指指里屋，示意去里间商量点事。

　　"咱们必须承包一家工厂，往办厂的大方向靠！"如来压低了嗓音。

　　罗干干凑近如来耳边："你看这样行不行……"他的声音低得像盘旋在耳边的牛虻。

　　出店门时，如来下方肌紧咬，豆眼细眯着。

　　罗干干满脸神秘，招呼阿发："跟我走，去湖水宾馆包个房！"

　　阿发一愣，问："包房？师爷又有什么主意？"

　　罗干干附着他的耳："走三家不如坐一家！"说毕，哼着小曲顾自往前走："跟着师爷走处处有先机！"

　　湖水宾馆沿轻纺城大道而建，三层楼高，屋不豪华，空心砖构建，隔音不好，却每个房装有座机，极利外地商客进出联络。因着得天独厚的地理优势，这儿常常宾客满盈。

　　罗干干懊丧地看了一眼服务台前的小黑板，上面写着"客满"。他讨好地递给客堂经理一根烟，划上火柴递上去，问："能不能腾个房给我们？"

　　经理叼起烟，等着火，指指"客满"的牌说："房都被湖北的、四川的、福建的、温州的客人按楼层包了，仅有几间散客房，也基本每天爆满。"

　　说话间，门口有一戴草帽的男子正弯着腰，哼哧哼哧着，吃力地将一个大麻袋推进店堂。

值班经理拔下烟,快步走上前去吆喝着:"找谁?这里不是市场,是酒店,早客满了!"一边伸手阻拦。

推麻袋者直起身,抬起头,扒下草帽。只见他长满横肉的脸上,散布着黄豆粒大的水痘疤。见客堂经理挡道,他放下麻袋直起腰,重重地喷一口粗气,伸出手不容分说,挥拳朝客堂经理脸上狠狠揍去,一边解气地用一口浓重的湖北口音说:"老子三个月前就在这里包了房,不长眼啊!"

客堂经理一愣,摸了摸被打的脸往旁一闪,自言自语道:"什么时候包的房?真没见过。"让开身,狠狠地将手中的烟拧灭了,折成两截,一截放在嘴里使劲地嚼,另一半夹在了耳朵上。见扛麻袋者在楼梯拐角处消失了,他这才愤愤地吐出咀嚼的烟丝,招呼保安,一起尾随着跟了上去。

罗干干悄声对阿发说:"别小看这些打短工模样的人,他们可都是我们的敌人!"说完朝服务台走去,点燃烟,倚在前台,朝天吐出烟圈,慢条斯理地问服务员:"什么时候有房腾出来?"

服务员是个精瘦的女生,拿出登记册,查了一下,说:"下午应该有个退房的。"

罗干干扯开笑脸说:"看你一脸福相,我就知道你会给我们带来好运,这房好像专为我们退的。"转头对阿发说:"我在这儿等着,你回家去换件精神点的衣服再过来。"

阿发侧过脑袋问:"真住下?这酒店挺乱的。"

罗干干瞅一眼服务员,压低嗓音说:"看你头里顶萝卜,木迟迟(土话:反应迟钝)!没听伋来说嘛,我们在市场里做生意,先得摸清同行都在做什么。看人家公司,包个房专门用来打电话,三天挪个窝,声东击西的,谁也摸不清公司到底有多大,我们这刚开办的罗汉豆公司,不得学着点?"他伸出萝卜干样的手指,朝阿发的太阳穴戳去。

阿发晃了晃脑袋,躲过戳来的手指,不语。

罗干干又说:"说不定还能钓条美人鱼上来呢!"说完坏坏地笑。

阿发换上吃喜酒时才穿的枣红色香云衫回宾馆,推开门,罗干干正在打电话:"喂,你是红光服装厂吗?我是杭州百货公司采购部,你那里有没有火

凤凰纺织门市部卖的那种七彩尼丝纺？他们卖得断了货，我们紧缺这种面料做女款夏装，能不能匀一些给我们。"

那头电话问："哪种七彩尼丝纺？我们有的确良！"

"的确良？什么年代了还做的确良！我们早做了市场调查，今年将要流行七彩尼丝纺。不知道吧，快去轻纺城88号门市部看看，那个门市部好像叫火凤凰，如果你足够幸运，还能看到样布呢！"罗干干搔首弄耳的，好像站在台上演戏一样。

阿发抿嘴笑，叫他师爷真没错！

罗干干见他，忙招手："快来，学着点。"说完又拨通了四方服装公司的电话。

"有七彩尼丝纺女装吗？哦，听说这种布料轻纺城88号火凤凰门市部有，快去看看，买点布打件样衣，过几天我们过来订货！"

傍晚，阿发去了趟门市部，回酒店时对罗干干说："你这招还真灵，门市部来了好多服装公司的采购员，专来挑七彩尼丝纺的面料，还有好多问起订量的。"

罗干干嘿嘿笑："咱绍兴话怎么说来着，锣鼓耳边响，脚底开始痒！古老十八代，从来没过时！"

啪啪啪！子弹声就在头顶闷闷地响。罗干干一骨碌从床上翻起，趴到了床下。他看一下手表，才夜半2点，他浑身禁不住筛糠似的发抖。

枪声过后，见没什么动静，罗干干探出脑袋往阿发床上看。

阿发拉着毯子蒙着脑门，有节奏地打着鼾。

罗干干爬出床底，拉下蒙在阿发脸上的毯子，推醒他："嘿，你没听见枪声啊！"

阿发霍地坐起身，瞪大眼睛问："什么？枪声？"一边穿鞋一边说，"走，出去看看！"

罗干干说："使不得，咱们好汉不吃眼前亏，就在头顶上发生的事，可别像上次那样无厘头卷进去！"说完，轻手轻脚走到门前，耳朵贴着门，听外面的动静。

阿发不理，唰地拉开了门。

楼道昏暗，没有人影，只听楼上传来男人的喝声和女人的尖叫声，夹杂着拍击桌子的声音。

阿发对罗干干说:"没什么大不了的,早听人说这儿有抢地盘、抢客户的,也有抢'鸡'的,说不定哪个山头的人拉错了女人!"

罗干干松了口气,说:"看来市场的人有不少枪,要不怎么好端端的又有枪响?手上没几把枪说不定哪天被人干了,还手的武器也没有。"

阿发顿首:"弄几把枪还不好说?我听有才说过,他在云南当兵那阵正赶上对越自卫反击战,那里好多村民都到战火后的地方捡枪支,每家每户多多少少都捡回几把。"

罗干干小声说:"咱得跟妪来说说,弄几把枪备着!"

阿发讥讽地问:"你敢摸枪?"

罗干干反问:"师爷是幕后策划的,要你干什么?"

阿发正要反击,听隔壁屋传来男人的哼声和女人猫叫春似的嗲叫。两人屏息听着,直听得面红耳热浑身鼓噪起来。

阿发慵懒地拖着长音:"咱找不起女人,还是继续做梦吧!"

~ 2 ~

枪声后的宾馆好像什么事也没发生。第二天清晨,宾馆清扫工刚竖起梯子准备擦玻璃,阿发就出了屋,到大厅打探动静。

阿发在宾馆入口处的椅子上坐定,不一会儿,果然听见有嗒嗒的皮鞋声。他抬头,眼前一亮,一个靓丽的姑娘走进旅店。

姑娘大约20岁不到,学生模样,踩一双半高跟鞋,平烫的短发,披一件风衣。

阿发故意不去看她,只是低头侧着耳朵注意听她说话。只听她对登记的女服务员说:"古时候,人们管这儿叫东方威尼斯,名不虚传啊,这儿的河流就是比其他城市多!"又问,"住一星期,有房没有?"

服务员说:"不好意思,这一星期全客满。"

姑娘失望,愣了半响,几乎用哀求的口吻说:"帮帮忙看能不能挤出一间来,我从美国飞来,来这里看纺织厂。这儿不是纺织之乡吗?"

服务员说:"真变不出房来!"

阿发竖起了耳朵。美国,纺织厂?他赶快走到服务台跟前去,讨好地对姑娘说:"我们那个房可以让给你,我们正好今天下午退房。"

姑娘闻之,脸上笑成了花,伸出手来,"You know,我叫于美文,太好了,谢谢你!"

阿发赶紧用双手紧紧握住这只伸过来的手,兴奋地摇晃着:"于小姐,不不不,该叫你于老板吧,我们有纺织厂,正好我们的罗副总也在这里,快,先去屋里谈谈!"

阿发把于美文带到房间,罗干干正要给光明服装厂打电话,见阿发领了个陌生人进来,又是个女的,心下大喜:真钓了条美人鱼来!却故意板着脸,装出毫不在意的神情。

阿发向于美文介绍:"这是我们罗副总。"又对罗干干说:"这是美国的于小姐,到这里来就是找我们的。"

罗干干不动声色,抬起头,伸出三根指头,微倾身,向于小姐道:"识荆!"

于美文一愣,这地方还有人文绉绉说"识荆"的,真是文化古城啊,笑吟吟答:"Thank you,谢谢你们把房让给我了。"

罗干干还是第一次这么近距离地听人讲外国语。都是黄皮肤,到我们面前说什么洋泾浜!心下虽嘀咕,却是喜上眉梢,这真是美国来的呢!

罗干干双眸转得飞快,抬起脑袋时主意已定。他用食指点着阿发的鼻尖,指责道:"你看你看,差一点让你误了大事,今天我们不是要来个大客户谈面料吗?你怎么把房间说让就让给这位小姐了呢?"

阿发一愣,脸一红,刚要说什么,于美文忙抱歉地说:"这位先生是好意,我只是想找个饭店住下而已,你们既然没房,我去别的地方找找吧!"边说边提起箱子往门外走。

罗干干见她真要走,急了,忙拦住,动作过大,几乎抱住了她。于美文往后一退,碰到了墙,面色尴尬。

罗干干赶紧堆起笑,道:"再忙也要为国际友人腾出时间来,再没房也要给美国来的小姐解决问题,我们老板说了。我们就是地球工厂,你到了这里就是到了家,你的问题就是我们的问题。"

他歪着脑袋,苦思冥想的样子,随即一拍脑门,说:"我怎么忘了呢,鲁迅纪念馆内就有客房,挨着百草园,安静优雅极具古城特色,对于远道来的客人，真是个不错的落脚之地。"

于美文皱了皱眉，问："离这儿远吗？我是冲着这儿的轻纺城来的，我手头还有纺织厂都紧缺的货呢！"

罗干干听她这么说，语气更笃定了："咱这城市小，到哪里都是抬脚就到，今天能有机缘碰到，说明咱们500年前是一家。这样吧，我们把你送去那儿，明天一早再去接你。这里鉴湖八百里，十里湖塘七尺庙，三山十堰廿眼桥，处处是风景。你远道而来，做生意看风景两不误，岂不美哉！"

于美文略作沉思，领首："也好，鲁迅故居、百草园，还有三味书屋都是我在小学课本里读到过的！"说着背了一句鲁迅散文中的句子："院子里有一棵枣树，还有一棵也是枣树……"背诵完问："当年的枣树还在吗？"

阿发忙说："在在在，绍兴文物保护得好，当然在，我们这就领你去参观！"

罗干干乘势抢过于美文的箱子，说："咱们一起走吧，顺道领你看看徐文长故居'半间东倒西歪屋，一个南腔北调人'；还有鲁迅故居斜对面弄堂的沈园，那可是大词人陆游与唐婉相遇，陆游写下著名的爱情词《钗头凤·红酥手》的地方。"

于美文惊喜道："是那个青藤画派的开山祖徐渭吗？纽约大都会博物馆中国古代十大书画家作品的展示中，单绍兴的名人就占了四个，其中一个就是徐渭！"她好像捡到千年珍珠，兴奋地随阿发跨出了门。

路上于美文看见卖荷花莲蓬的担，好奇地蹲下来问价，一边挑选着。

阿发悄声问罗干干："我不太明白你葫芦里卖什么药，把房让给她有什么关系？我们本来就是临时租的，晚上又不住。"

罗干干瞟一眼于美文，见她蹲在地上挑着莲蓬，便压低嗓音说："说你呆你真呆，把她关进鲁迅纪念馆宾馆她就是我们独家的鱼了，那地方只有游客进出，哪碰得到做纺织的？这不就是咱独吃的大鱼吗？咱俩把她送到那儿，你陪着她参观鲁迅纪念馆，我赶紧去找妞来商量商量，看怎么把她的生意套到我们手上！"

罗干干说完，小碎步走到于美文身旁，掏出一把钢镚儿丢给了卖莲蓬的。

于美文赶紧拦着说："我自己来！"

罗干干粲然一笑："咱们已经是一家人了，你付我付不一样嘛！"

晚宴设在小咸亨酒店,鲁迅笔下,落魄文人孔乙己常在这儿赊账讨酒喝。阿发拍拍孔乙己塑像,孔乙己戴一顶绅士帽,穿一身长衫,正端着酒碗,弯着腰赊账讨酒呢,他呵呵地笑,自言自语:"套路一样!"

于美文问他笑什么,他指指八仙桌,说:"这里的酒最正宗了。"

~ 3 ~

像"马承包"那样,办厂没本钱吗,从承包入手!妞来提着手提箱几乎小跑着去了科桥大酒店。

酒店经理毕恭毕敬地领着他,在几个包厢间转悠,最后妞来选定了名叫"柳暗花明"的包厢定下了晚餐。

安排好包厢,妞来径直往河塘纺织厂奔去。逼老厂长让位,把工厂交给我承包!

厂部办公室设在靠近厂门的一排平房里,供销科长、财务科长、质检科长,正扎堆家长里短说着闲话。

供销科长说:"库存太多了,也怪了,原来卖得好好的布现在就是卖不动!"

财务科长水娥说:"没听工人们唱'喀塌塌(机器声的谐音),亏透透,口袋憋塌塌。这老布机天天这么唱把工厂都唱穷了。"

质检科长说:"你们真是闲人说闲话萝卜开淡花,我们着急有什么用,钞票掌握在厂长手里,他说了算!"见妞来进屋,便把话题转了,拉长了调说:"哎哟,看谁来了,真难得,发大财了吧!看你那酒席办得多热闹,把镇里镇外都震翻了。"

妞来抱拳:"久违了!咱不能做独脚蟹,大家一起干才能八只脚横行天下!怎么样?咱们大家去大酒店搓一顿?老厂长呢?"

水娥说:"刚看见他在车间呢!"

妞来说了声:"回见!"扭头风似的直奔车间而去。

车间离厂部仅几条石板路的距离,大棚似的厂房里,100台老丰田织机震耳欲聋。

这三合一混纺化纤布还有销路?妞来伸手摸了一下正在源源卷入轴的布

面,布面发亮,滑腻而粗糙,穿在身上发涩,下水就发硬了。这种面料以前供部队做被子用,自大规模裁军后,这种产品早就没销路了,况且部队用面料也正发生着革命性的变化。

厂长正在车间查看织机。如来辞职经年,老厂长面上如蜘蛛做窝,织了细细密密的皱纹,腰背也弯曲了,工人们背地里称他皱皮虾。看来老厂长这几年做得太辛苦!

他抬眼看见了如来,触电般扭开了脑袋,心里骂:真被我猜中了,他们四个开公司定是要夺我的饭碗!

如来小跑着上前,一把搂住厂长的脖子,贴着他的耳:"厂长,小如拜访你来了,有好事要与你分享!"说着不由分说拽着厂长的胳膊就往外走。

到了车间门口,机器声渐小,如来对着厂长的耳朵神秘地说:"我小如保你发财保你安享晚年!"

厂长的胳膊被如来夹着,甩了几下没甩脱,便往地下一蹲,老树桩一样杵在地上,没好气地问:"你今天又有什么新花头?"

"真有大好事!"如来笑容如晨间的阳光,纯净而温暖。老厂长眨巴着老眼盯着他。如来不由分说地拉起他,抱着他的胳膊半拉半拽地往厂办走去。

老厂长甩了几下胳膊,没甩动,索性任由如来拖着拽着他。

到厂部,如来招呼:"弟兄们,科桥大酒店,走喽!"

科桥大酒店装饰得古色古香,穿过前庭,一方小院卵石铺地,游廊上方有藤蔓盘绕,深翠阔大的藤叶后便是"柳暗花明"包厢。

水娥赞:"听说大酒店开张,还是第一回来,这柳暗花明真是名副其实,外面看也看不见。"

如来笑着招呼大家坐下。一张大圆桌,连他一起正好七人,他把老厂长请到中间,自己挨着厂长坐下。

坐定,斟上茶,他招呼服务员:"上礼!"

服务员应声端上一景泰蓝盘子,盘子里齐崭崭六艘帆船,六人六双眼齐刷刷往盘子里看,这六条船全用百元港币叠成,船里放着一色的上海名表。

如来站起来,抱拳向全体作揖,说:"弟兄姐妹、老厂长,我如来离开工厂不下三年了,在外赚了点小钱,今天特买些小礼品给大家表表心意,祝工厂

'一帆风顺'。"

不知妣来葫芦里卖什么药，大家一致惊讶地"哦"出了声。

随即，妣来从盘子里拿起第一只船和表，双手捧着，走到老厂长面前，他单腿"噗"地跪下，双手将船举过头顶，极其真诚地说道："老厂长，请接受我妣来的'表表心意'。我妣来当年抛弃大家，远赴深圳卖布发财愧对工厂，向老厂长请罪了，请接受我三拜。"

老厂长忙将他扶起，说："这么重的礼不敢当。你发财是你有本事，工厂做不好是运气不好，加之我也老了，做不过年轻人。"

妣来仔细听老厂长的每一个字，听厂长说完，心下大喜，赶紧说："年轻人本来就该多干！"

说完，妣来又从盘子里取了第二只船，走到副厂长面前，隆重地把船举过头顶，双手捧至副厂长面前。

副厂长接过船赶忙把他拉起来说："何必跪下，你又没欠大家什么。"一边说着一边迫不及待地拿起表翻过来，辨别真伪。

妣来挨个儿要拜，都被拉起，质检科长说："这香港钞票还是第一次见到。"

妣来分完盘中之物，回到座位上，声音高扬起来，"我知道工厂这几年做得不好，大家受苦了，我妣来为了报答大家，决定回到老厂来，把我的关系和客户，我的才能和我的所有家当包括我的生命都贡献给工厂。从今以后，与大家有福同享，有难同当！"

他环顾众人，双眸如定盘的星星，"河北出了个马胜利，一个人救活了100家濒临倒闭的厂，我们绍兴为什么不能出个妣胜利呢？"

说到这里妣来自嘲地笑了笑，见大家纷纷摆弄着手中的表和港币，并没有在意他的话，便提高了嗓音说："我郑重其事地向老厂长提出承包工厂的要求，今天摆个宴席请大家来就是希望大家支持我。"

他脸面发烫，紧张地盯着老厂长如皱皮辣椒般的脸。六个人不约而同抬起了头。

老厂长被妣来突如其来的要求弄得不知所措。这明摆着是逼退，逼我让位！老厂长的脸面呈青黑色，手发颤，像握着一颗正要爆炸的飞船。

他猛地把船和手表往地上重重地摔去，脑袋转向左边又转向右边，嘴唇翕动着，半晌说不出话来。

财务科长水娥忙站起，弯腰捡起手表和船，她将手表放进纸币船，轻轻地放回老厂长面前。

老厂长出了气，便铁着脸开了口："我早就料到你这一招。我还没到退休呢！"说完捂着胸口，大口大口喘着粗气。

副厂长摆弄着手上的手表，头也不抬地问："你承包工厂，我们喝西北风？"

如来没等他话音落，说道："公平竞岗，如果你愿意，大家也同意，你依然是副厂长。"

随即如来转过脑袋，满面真诚，对老厂长说："你永远是我们的厂长，所不同的是，你只需坐在办公室动动手指当总指挥，重活累活交给我们干就行。"

如来见大家面有疑色，随即拿起脚下的公文包砰地摔在桌上。

只听啪嗒一声脆响，如来打开箱，一沓沓整整齐齐的钱丢到财务科长面前，说："这是我的承包款，如果我不能让工厂每年挣个十万百万的，把我的钱全没收了。这是我的所有家当，我把它连同我的命一起交给工厂了！"

包厢里没了一点声音，服务员小心地拿起壶给大家续水。

终于，财务科长水娥瞟来一个冷眼，声音辣辣地问："你承包的标的是多少？"

"第一年扭亏为盈，第二年争取100万利润，全归工厂！"如来语气决绝而自信。

听他这么说，六个人眼神互相交换着，默不作声。

"你到底在外面赚了多少钱？"副厂长仰起脖子问。

"不多不多！"如来翻了几翻手掌，"买了摊位，剩下的钱还够个把工厂运营！"他轻描淡写地笑，"只要有大家支持，将来我让工厂赚上百万千万应该是小事一桩。"

听如来这么说，餐桌上齐齐发出"呃"的声音。

"老厂长，照如来这么说，你享享福回家抱孙子，每个月来工厂拿钱算了。"供销科长笑嘻嘻地对厂长说，一边朝如来会意地眨眨眼。

质检科长附和道："别的厂的一个挡车工都比我们厂做管理的挣得多。"

财务科长水娥早就有换个有钱的工厂干干的想法，她一把拢过如来抛在桌上的一沓沓钱币，说："我来数数吧，这押头到底是多少！"

~ 4 ~

讪来终于成功说服了老厂长将工厂承包给自己。他叫了辆出租车,将老厂长送回家,顺便撂下了两箱陈年老酒。

老厂长说:"酒搬走!我有!"

讪来笑容绽开,连声称:"这是喜酒,哪有拒绝的!"搬下酒,挥了挥手,作了个揖,一溜烟离去。

他哼着小曲,刚要跨进轻纺城门店,罗干干就赶到了。

罗干干难得有激动的时候,见到讪来,他一把抓住讪来的胳膊,就往外走。

走出市场大门,他停下来,附着讪来耳边说:"今天钓了条大鱼!那条鱼在咸亨酒店等着咱们宰呢!"于是,绘声绘色将如何拦住于美文,并把她引进鲁迅故居酒店住宿的故事讲了一遍。

讪来赞道:"到底是师爷,点子多。"边说边拔腿与罗干干一起往咸亨酒店赶去。

于美文酒喝多了。起初她想把讪来灌醉,称:"女人喝不醉的,我去美国多年了,虽在美国不常喝酒,但在国内时曾有过喝半斤老白干的纪录。"

讪来听她这么说,便问:"于小姐哪里人?"

"黑龙江齐齐哈尔人。"于美文略显醉意地答。

黑龙江人喝白酒,哪知道黄酒的后劲。讪来、罗干干、阿发和有才开始轮番敬她。

三瓶15年陈加饭酒还没见底,于美文便醉眼蒙眬打开了话匣:"我是做大宗贸易废铁生意的。这行当的人就像猴子捞月,中间人一个套一个接起一串长猴阵,眼看月亮就在眼前,攀呀攀,永远也够不着。我这五年夹在猴子攀月的队列中,都快穷成月亮上的一块裸石了,租了帝国大厦办公室好在国内人面前撑面子,可是谁知道还能撑多久!"她说到这里眼圈发红,面容忧郁,一如降临的夜色,灰暗地期盼着天明。

罗干干乘机追问:"你说的手里有纺织厂都紧缺的货,是什么宝贝?"

于美文笑了起来:"严格说这货也属于大宗贸易,废机器,可是这些废机器在美国被淘汰了,在国内还算新技术呢!"

如来聚精会神地听她说着每一个细节，很快判断出，眼前这个女人生活窘迫；她说的纺织厂紧缺的废铁一定是二手织机了。美国虽然称不上纺织大国，但是美国的机械设备比中国早了一个世纪，美国在用剑杆织机的时候，国内还在用声音震天响，一人一看台的丰田织机呢！听说国外被淘汰的二手机价格便宜，比本地纺织厂用的织布机产量高多了，织出的布门幅宽，纱支细，花型新，还可设计出多种提花，国内现在远没达到这个水平。这几年美国人把订单拿到第三世界国家去做，那里人工成本低，美国本土工厂价格没有优势接不到活，不得不倒闭关门。如果真能以废铁的价格买到这批货那就可算是淘到金元宝了。

如来很亢奋，好像大哥哥关照邻家的小妹妹："你放心，我们是直接用户，没有中间人，你就当我们工厂的代表，在美国帮我们找货源，砍价格就好了。"

于美文心头微暖，话越说越多，眼底便噙了感动，说："可，可不是吗，在国外的华人谁不想靠着祖国坚实的墙做生意啊……"

于美文真醉了，走路像踩棉花，软软的，走出咸亨酒店，跨石门槛的当儿，要不是如来扶着，早就绊倒了。

如来和罗干干一边一个扶着她，遇到石门槛和不平的路，几乎把她架起来，她朦朦胧胧听如来说："看她真醉了，我背她吧。"她感觉双手搭在了如来的肩上，身体随意地趴在了如来的背上。

跨进鲁迅故居旁的这家台门式宾馆时，昏暗的灯光晕出暗暗的光环，他们几个把青石板地踩得咯噔咯噔响，她依稀听见如来不断提醒着："小心小心，可别把于大小姐摔着了。"

进了房间，三个大男人七手八脚把她搬上了床。

床是老式的中式床，床周雕着花，床上悬着蚊帐。他们轻轻地为她放下蚊帐，将蚊帐边塞在了棕绷下，轻声细语向她告别，轻脚轻手出了屋，轻轻地关上了门。

于美文离开这片土地五年，像一头漂游的小船拢在了港湾的船桩上，头一回感觉到稳定和安全。她竭力想睁开眼说声谢谢，她嘴唇翕动着，扯出一丝甜蜜满足的微笑，随即便沉沉地跌入了梦乡。

~ 5 ~

承包仪式很简单,妘来在文件上签了字的第二天,妘来和罗干干、有才、阿发便堂而皇之地回到了河塘纺织厂。

妘来把办公室设在老厂长办公室旁边的转角处。这里,原来是工厂的样品陈列室。办公桌面对河,妘来用一排木屏风把自己和陈列室区隔开来。这样更方便了解客户信息。

不时有工人从窗前走过,对着他的办公室指指点点。没有客户,办公区静谧得像没有水的游泳池,尴尬地空对着蓝天。妘来望着窗外的河流,心像装满气的足球,恨不能抬脚就能射中球门。

几条满载涤纶丝的船正从眼前缓缓摇过,船明显超重,河水几乎没过船帮。

他打电话给罗干干,问:"你知道这些船都是哪个工厂的货。"

电话那头,罗干干没有回答。他放下电话,径直来到妘来的办公室。进门,罗干干随手关紧了门,神情诡异。

妘来面上堆着乌云:"招不到技术员,开发新产品从何说起?"

罗干干神秘地说:"我观察好几天了,这船靠岸后,几个装卸工就把弹力丝往一辆解放牌大货车上装,车是往萧山方向驶的,据说是全日资企业樱河染织订的货。我有朋友在那个厂打工,据说他们正生产一种仿真丝面料,手感特别柔糯,赛过真丝。"

妘来眉头一紧。时间的风可以让记忆中的面孔像沙雕般崩塌剥落,心头的恨却如塘边的泥越踩越实。当年樱河染织厂的销售采购部长吞没他的样品,骤然消失的欺诈行为,成了驻在他心底不灭的恨。

不知卧薪尝胆,十年报一剑者枉为越人(绍兴古时称为越)。妘来双眼死死地盯着窗外卸货的船只,眼眶瞪得发痛。他狠狠地拔出一根烟,点燃了打火机,火苗颤颤巍巍地灭了,他重新点燃,没吸几口,掐了烟,丢在了一边。

当年被樱河窃走的样品就是仿真丝,几年过去,这种产品一定成熟了,把它的纱支数据和染整技术弄到手,先做复制再在它的技术上进行加工改造。妘来与罗干干四目相对。两人会心地点点头。

"你当年去过樱河,应该知道吧,那保安管得特别严,工人进出都得搜口袋搜包,怎么混得进去?"罗干干问。

如来踱步到窗前，又折回来，他盯着罗干干的眼，眸光一亮，"我有主意！把有才叫上，再多叫几个民兵！"说到民兵，他问："手续上报人武部了吗？"

罗干干手一摔："这点小事！政府鼓励地方组建民兵。有才前几天就去登记了。"

如来抬腿："今天这事我得亲自去，一来报仇雪恨，二来别人也干不了！"

罗干干凑近他耳边说："你现在是总裁身份，亲自去做这事儿传出去会不会……"

如来脖颈一扬，抬高了嗓门："传出去又怎么了？作兴他们偷我的样品，不兴我拿回来？那时我就发了誓，君子报仇十年不晚。今天，我必须把这口恶气出了，越王还卧薪尝胆呢！"他双目圆瞪，豆眼弹出一片寒光，"走，事关工厂生死存亡，我顾不得那么多了！"

运河东岸，一条水泥船拢在岸边，掌船的坐在船头，手捧着紫砂壶呷着茶，看着搬运工卸货，一边与邻船的摇橹人海阔天空地聊天。

一辆大货车歇在岸边，货车门上的赫然大字"樱河染织"闪着纱线白的荧光。

司机尿急，去树林边解决问题，完事后远远地站着，点燃了一支烟。四个装卸工正背着弹力丝，一捆一捆，费力地往大卡车上堆。

有才领着四个民兵，站成一堵墙，掩护着如来，一边帮衬着搬运工把大包大包的弹力丝往车上送，一边与工人搭讪着。

如来隐在其后。他示意罗干干帮着转移视线，趁机钻到了汽车底部。

钻进大货车底部，如来暗笑自己，穿着黑衬衣，皮肤黑黝黝的，像极了一条滑溜溜的乌鲶鱼。他猫着腰把卡车底观察了一遍，这车前有方向轮四个，后有驱动轮八个，共四桥。底盘够高，藏身车底毫无问题，只是这种最大耗油可达35升的大货车排气量太大，身处其中，如同蜷缩在燃烧的烟囱中，又闷又热，更有呛鼻的汽油味令人难熬。

他试着用手抓紧车底的千斤顶，脚蹬在车轮的钢圈上，肚子紧紧地贴紧车身，憋足气，一使劲，就把自己126斤排骨样的身子紧紧地挂在车底了。

罗干干走到车沿前，用脚轻轻踢了三下车身，意思是"看不出"。如来把手伸出车底举起两根指头，意思是"可以"。

稍息，装载完毕，司机走回车旁，拉开驾驶室车门，跳了上去。

罗干干故意上前问："师傅，打听个事，樱河厂招不招工人，我有个亲戚想过去！"

那司机砰地关紧车门，踩响引擎，哼道："这关我屁事！"

车摇摇摆摆地上了路。

樱河厂距运河东十来里路程。如来的手紧紧地抠着车下的排气管，车底渐渐发烫，他试着用一只手抓着，这样可以两个手轮换，另一只手便可稍微轻松一下。

车行驶5公里光景，他的手开始生疼，然后便麻木起来。稍后，疼痛加剧，双手失去了知觉，抓着困难起来。更糟糕的是，这辆老牌解放牌大货车好像有些漏油，呛人的汽油味熏得他嗓子发痒，直想咳嗽。这辆平头大货车驾驶位就在自己的身体上方，他担心咳嗽声惊动驾驶员，便使劲憋着，不让自己咳出声来。

车底的热度足能烤熟一只鸭子，他浑身火烧火燎，脸憋得通红，呼吸急促起来。他开始用嘴呼吸，车底下不断扬起尘土，直往他嘴里、鼻孔里钻，嗓子奇痒，继而发干。火烫的车底除了汽油味找不出一滴与液体相关的可饮品。他不断吞咽着早已发干的唾液。

终于旁边有隆隆的铲土车驶过，趁着剧烈的声响，他得以放松地咳出声来。铲土车驶过，他又闭紧了嘴，憋足了气。

大货车哼哼着上了一个土坡，斜交轮胎碰上了一块毛石，车身抖地震荡起来，把他的腰腿狠狠地甩到了地面。他的双手死死地抓紧着发烫的横梁。腿和腰晃荡着刮到地皮，磕过时而出现的毛石上，麻木的腿脚由车拖着，裤子被磨破了，腿上蹭出一道道血痕。

他暗自骂了句娘，挣扎着将腿重新挂上了车。好不容易挂住双腿了，他的肚皮和瘦削的胸牢牢地贴紧在滚烫的车底盘上。

猛地，车挡挂了急刹车。对面有一辆大卡车擦身而过。司机摇下车窗，大骂："转弯也不打转向灯，找死啊！"

如来暗自庆幸没有出车祸，否则前功尽弃不说，他会被拖出车底无处藏身。

可是，这一刹车不打紧，他的额头撞上了车底横梁，双眼直冒金星，泪液不由自主地滑下脸庞,夹着汗顺着脸颊往下淌,脑袋上不知什么时候早就鼓出了大包,这个大包正滋滋地冒出血来。他腾出一只手抹了一把。满手血和汗的混着物。他贪婪地伸出干得发黏发烫的舌头舔舔,好像沙漠里见到一丝水的骆驼。

好像到工厂了,如来听见司机按了几声喇叭,铁栅门缓缓地移开,司机向保安打了个招呼,车径直往仓库驶去。

眼前一片阴黑,车已驶入了仓库。没有开灯,借着自然光,如来从车底望去,仓库好大啊,货品堆放得规整而方正。

他听到了仓库管理员苍老的声音:"卸货点数!"

司机应道:"猴急什么,尿急呢。"

随之,如来看到了驾驶员迈下地面的脚。车门在他头顶上方砰地合上了,周遭有了片刻的安静。

乘着仓库管理员回小屋拿什么物件的当儿,如来悄悄地钻出了车底。

如来找到了厕所,对着水龙头喝足了水,又冲洗干净脸上的血和泥。他低头看了一下衣衫,裤腿早已擦破成丝丝缕缕,衣服也摩擦出一个个破洞!他歪了歪嘴自我嘲笑了一番。抬头,他对着镜子照了一下自己,脑门上鼓着一个大包,脸上横一道竖一道满是血痕,整张脸通红通红的,唯有一双豆眼,像下山寻食的狼,闪着饥饿的绿光。

他重新抖擞起来,转身去找技术科办公室。

南方的初夏,这会儿还是晴天,顷刻,天就黑压压像裹了厚厚的棉絮。远远滚来雷声。

如来沿着仓库迅速往前走,拐一个弯就是织布车间了。织机的声音不大,像春天的雨,哗哗哗地响,整齐而清亮。

车间门敞开着,他索性走了进去。车间里一式的剑杆织机,织布机的门幅、机速和断头率都是河塘纺织厂的老式丰田织机不能比的。挡车工用得不多,一个人看好几台车呢,女工不慌不忙地穿梭在布机间,检查着流水般哗啦啦往下卷的布面。

如来心凉了半截,这不是技术所能解决的,这里更演绎着一场机器的革

命。他咕哝着,自己也听不清讲了什么,径直去找技术科办公室。

如同河塘纺织厂,樱河染织厂厂部办公室也设在一排老式的青砖瓦房内。正午12点不到,各科室人员去食堂吃饭了,科室的门大都半掩着。

如来轻而易举找到了技术科办公室。他扫了一眼四周,没人注意他。他闪身进屋,关紧了门。

他仰头望,屋子白墙高顶,屋顶横梁和橡子间吊着一层塑料材质的顶,如果有个万一,跳上房梁隐身其中不容易暴露,这与河塘纺织厂裸露的梁橡大不相同。

他一眼搜见了靠墙角的那张桌,厚厚的样品本排列得整整齐齐。

他快捷走近长条大桌,翻开一张张串成大本的样品本,每一张样品页面都用薄纸板做成,每一页都像照片集,正反两面插着布样,布样上编着号,每一块布面上都写有纱支数和染整方式,活性染,或者是丝网印,等等。

他双眸放光,心跳加速。他从笔筒里拿起剪刀,抽出样品,嚓嚓地剪了几块手感特别柔糯的,记上纱支指数。

他以一个摇滚舞演员的动作快速地行动着,在不到10分钟的时间里已搜寻记录了几种布样。

他看到了与当年悠西从他手中窃取的相同材质的布样,只不过这种材质已经衍生出了多种印花。他狠狠地骂着,随手操起剪刀,咔嚓咔嚓剪下几块塞进了裤兜。

他刚将剪好的布样揣进裤兜,猛然听见门口有脚步声。

稍息,他听见有人停在门口扭动门把手。又听门口的人抱怨:"门怎么锁上了?是风刮得吗?"随即是稀里哗啦掏钥匙的声音。

如来情急之中跳上桌子,使出全身的劲移开一方吊顶,攀住梁,猴似钻进了移开的窟窿跃上了梁。

乌云密集,天空昏暗,雷声渐紧,进屋的人咕哝着:"这天说变就变!"说时随手按亮了屋里的灯,坐到桌旁。

屋子霎时被灯光照得通明。如来暗自着急,万一这个技术员打开样品本发现样布被剪去一块就糟糕了!他俯身透过窟窿往下看,此技术员少发,年龄不到五十,循规蹈矩的一张浑圆的脸,将来一定把他请到工厂去。姒来思忖。

那技术员并没有拿靠墙排列的样品本。他打开桌子的抽屉,从抽屉里取出一摞面料,抽出其中的一块。

姒来看着他手中的面料心怦怦直跳:这正是罗干干说的那种好似真丝胜真丝的新雪纺面料。

这位技术员抖开布,用放大镜细细地看,然后摊平,用碗大的一个切割器,切下圆圆的布面,然后用一把量尺,横着尺测量纬线,又竖着测量经线,再在纸上记下数据。记完数据,他又把这块碗大的布放到一个小秤上称重量。

姒来趴在梁上看得清楚,除秤以外,这些工具都是河塘纺织厂技术科没有的。

雷声轰然炸响。姒来被这猛然劈在头顶的雷声吓了一跳,紧接着瓢泼大雨冰雹般砸在紧贴着脑袋的屋顶。

姒来看看表,不知不觉过了两小时了,刚才灌了满肚的水,现在尿急起来。他盼着技术员赶快出屋,他可以跳下地面解个急。

但技术员好像丝毫没有走出屋的意思。他全然不顾外面的雨声,全神贯注在面料的测定上。

只见他检测完那块雪纺后,又从柜里取出另一块布来,重复着同样的动作。那是一块黑底的烂花布,目前国内还没有这样的面料出现,姒来听说这是日本人刚放出的样。

此时,感觉完全被尿急所占据,姒来使劲屏住气,好让尿憋得时间长一点。

技术员重复完烂花布的测试后,开始写报告。

姒来感觉前列腺隐隐作痛,他实在无法再憋住这满腹的水。无可奈何,他终于不得不小心谨慎地捏着自己的男根,让尿一点点、淅淅沥沥地排出来,并设法让它们均匀地小声地洒落。

尿液不听话地滴滴答答地往外走。姒来紧张而无可奈何地用手掌接住,然后让它们有控制地流出手掌,无声地滑落。

那技术员听见了滴滴的雨点似的声音,那水正从屋顶掉下来,一点一滴地落在桌子的样品本上。他抬头往梁上看了一眼,一眼瞧见了黑洞洞的窟窿。他失声叫道:"出大事了,大水冲了龙王庙!"一边说一边挪开样品本,迅速出屋去喊修理。

如来翻下梁跳下桌,快速往厂门外移步。

雨疯狂地打在身上,他全身湿透像一只从水里爬上岸的耷毛鸭,双手紧紧地捂着口袋里的样布和记着数据的纸张,满心洋溢着复仇的快感。

厂门口,一名穿着草绿色制服的保安拦住了他,一个严厉的声音冲着他吼:"站住,干什么的?"

方才瓢泼的大雨说停就停了,空气潮湿而闷热。

如来若无其事地冲着保安微微一笑。这位保安长一对很厚道的眼睛,肉厚的鼻子趴在宽宽的脸上,是典型的浙东农民的脸。他上下打量着如来,满脸狐疑:如来身着一条浅色牛仔裤,裤腿撕裂出大大的口;上身穿黑色T恤,T恤上印着摇滚击鼓,鼓面磨出了一个大大的洞,露出精瘦的胸肋骨,额头鼓着大包,脸上划痕道道。

保安仔细盯着如来的脸,咦,哪儿见过?但他记不清具体在哪个场合,他们同在一方土地上生长。人说一方水土养一方人,这片土地上,人们的脸大同小异而已。

保安刚要张口盘问,如来从裤兜里掏出仅剩的两根烟,给保安递上一根,又帮他点着,自己也点燃一根。

如来长长吐出一口烟雾,没等保安开口就说:"大哥,刚才这雨真大,我从台阶上走下来一不小心狠狠地摔了一跤,差点没把我摔成脑震荡变傻了。"

保安不解地看了他一眼,问:"这一跤就能摔成这样?我怎么没见你进厂?"

如来笑笑说:"我进来时也没见到你,你们中午进行过交接班了吧!"

保安点点头,倒也是,早班4点上班,中午就换班了。他刚要张口继续问话,没待出声,如来笑嘻嘻地接过话茬:"你们厂董都是日本人吧,管得倒真严,防贼似的,走进走出都拦着看包。你们厂的布品质好,在国际上都有名气,我这是慕名来看样品的!"

如来一边说一边大模大样地从裤兜里抓出几片布样,伸到保安的眼皮底下,晃一晃,说:"这布多柔糯啊,我下次再过来就直接下订单了。"

保安笑笑:"我们管大门的只管把门,谁给我们发工资我们给谁干活。管他厂董是谁,厂里生产什么面料还真不懂。不过我们厂生产的布就是品质好,只是不卖本地人,客户都是外国人。"说到这里,他狐疑地竖起眉。没等他再问,妕来早已飞步出了大门。

妕来回身向保安挥挥手,高声说:"大哥,后会有期!"转身扬长而去。

夜擦黑,有才和阿发骑着摩托车在三岔路等妕来。远远看见妕来,两人踩动车轮快速迎了上去。

有才一把将妕来抱上了车,心疼地说:"等了大半天了,怎么才出来啊?还以为你被逮了呢!"

妕来沮丧地说:"没辙!这个厂的布都是剑杆织机织的,咱那破机器做不了。"

阿发叹气:"我是机修,咱们厂的这些破机器啊,陈年18代早该淘汰了!"

"说说容易,一台机器要好几十万吧!"有才闷声说。

妕来没吭声,突然问:"于美文有消息吗?"

~ 6 ~

于美文离开绍兴后又去了趟上海。她最终得出结论,二手纺机的市场在绍兴这样的三线城市,而不在上海或者北京等一、二线城市。回纽约后,她决定紧盯住这批废弃的机器。

她坐在办公室,心情好极了,她的办公室在帝国大厦58层,窗户正对面就是自由女神像。当年五月花号偷渡船只驶近女神像,蛇头正庆幸终干到达目的地时,突然被FBI盯住了,那个第一个发现这只可疑船只的探员就是Edi。这位"二战"将军麦瑟的次子,如今是这批机器的主人,他掌管的格林公司位于美国南卡。她跟Edi相识还是在57街一大道一个小型而高档的国际贸易展会上。

于美文是从同大楼的Herry那儿拿到展会的入门券的。这是在帝国大厦租用办公室偶尔拾得的便利。想到这里于美文抿嘴窃笑。近水楼台先得月,帝国大厦驻扎着来自欧美各国的大公司办事处,于美文与这些大公司代表近

距离接触，常常可以意外地得到一些法拉盛、中国城等华裔集中的地方无法获得的信息，接触到华裔很难接触到的人士。她清楚地记得自己是怎样敲开Herry办公室的大门的。

"能租给我一间办公室吗？"她绽放出她特有的纯如甜薯的微笑。她在这座大楼转了两个星期了，对这里的公司做了大概的分析。

她观察到这家来自以色列的公司租了偌大的办公室，却只有寥寥几人上班，公司的目的好像只是撑门面、获取信息、陈列产品、接触客户，办公室好多都是空着的。由于历史的原因以色列人通常不会拒绝中国人。兴许自己运气不错，能掏少许的钱分租到一间帝国大厦的办公室呢！她大学毕业后来美国读研究生，对美国人的凡事必要尝试的观念深深认同。

Herry上下打量着她，像是面对一个烈日下突然举起伞邀他遮阳的人。他慢吞吞地走回到自己办公桌前，坐下，继续打他的电话。

于美文跟着他，站在他的办公桌前，双眼明澈如水，充满期待地注视着他。

也许就在她毫无挂碍地看向他的那一瞬间，Herry完成了对她的审查。他抬起头缓缓地说："我无法拒绝你，我的祖父"二战"时期在上海，面临法西斯的大屠杀，眼看必死无疑，那时候是中国人挺身而出冒着生命危险保护了他们，保护了我们一大批以色列人。祖父临别时特别嘱咐我们，中国人对我们家族的延续是有恩的，我们以色列人是有恩必报的民族。"

于美文不断地点着头，好像自己参与了保护犹太人之战，她无比真诚地说："中国人以色列人本来就是一家人呀。"

"你租办公室做什么业务？"Herry突然停住，一双青灰色的眼如利刃，直插进她的心里。

她打了一个寒战，但坚持瞪大眼睛无畏地看着他："我读了研究生，想学着做点大宗贸易而已，看看有没有什么铁呀矿的可以介绍给国人，中国正在发生变化，很需要这些物资！"说完，于美文一抿嘴，甜甜而怯怯地问，"这个业务跟你没有关联吧？"

Herry将眼睛移向窗外，喃喃地说："确实，机会常常像野兔一般来到你眼前，你的猎枪举得慢一点它就跑了！"

他转过脑袋，看着于美文说："好吧，也许我们能一起发生点什么事！"

他又嘱咐道，"平时我们这儿没几个人，没人时你就帮着收收信件快递什么的，遇到中文文件帮着翻译翻译，看看我们这儿陈列的产品能不能对接到中国去，人多的地方才有钱赚啊。租金嘛，就免了，全当我请了个不用付薪的文员！"

于美文就这样成功地免费入驻了帝国大厦。

此刻，她手中捏着的这张国际高端展会门票，正是Herry临时紧急回国而转手给她的。

这个设在57街的国际贸易展会在紧邻哈德逊河的岸边，说是国际会展，却极具私密性，在三三两两的人群中，于美文没有见到一张同胞的面孔。整个展会是一座透明的玻璃小楼，厚重的磨砂玻璃大门，与车水马龙的街面隔成两个世界。入口玻璃大门是一种"可变性悬浮粒"装置，当来者到大门前，把手掌按在玻璃门上轻轻滑动，这道门上的可变性悬浮粒马上自动散离，玻璃上自动显示出来者的姓名及身份。自动识别后，这道玻璃便实现了透明与不透明的无痕迹转换，里面的人会清晰地看到来者的音容笑貌。

于美文学着前面进入大门的与会者的样，将自己的手掌放到玻璃门上，大门始终紧闭着，更没有她的名字出现。

时光飞逝，她急得满头冒汗，手变换着各种形态在玻璃门上滑动，这道磨砂玻璃的大门始终纹丝不动，冷冷地将她阻隔在外。

她着急地拍打起厚厚的玻璃，刚拍打了一下，警报骤然响了起来。她正不知所措，一双手钳住了她的手腕。

"谁邀请你来的？"一个声音阴冷而有力。

她浑身一哆嗦，如果是警察就得举起双手，接受检查。她一动也不动，眼角斜向身旁，那个捏住她手腕的男子个子不算高大，他的双眉中钻出几根长长的银色眉毛，出卖了他的年龄，至少五十有余了。于美文放下心来，问："你是保安？为什么我有票进不去？"

他哈哈大笑，放开了紧钳住她手腕的手指，说："你知道今天来的都是哪方人士吗？都是服饰界时尚领域最顶尖的大师级设计师，他们的个人数据早就输入电脑，这扇大门整个就是电脑屏幕，识别出身份便会自动开门。今天的展会展示的都是国际顶尖的面料服饰科技，会务组经过严格的筛选才对参会者发出邀请。"

"你是从中国来的?"他斜觑着她。

于美文瞪了他一眼,他的目光让她浑身不舒服,有歧视嫌疑。

对方微微顿着脑袋,像是自言自语:"中国?我有批二手机器,那倒适合中国!"

他直直地看着于美文的眼,微笑着说:"姑娘,什么名字?我叫Edi!"边说边向于美文伸出了手。

于美文有些眩晕,她下意识地摸了一下刚才被这个叫Edi掐疼的手腕,不情愿地回答:"我叫May!"

Edi迅速从口袋里抽出一张名片递给她,脸上绽出笑容:"很高兴认识你,May,我那儿有批淘汰的纺织机,肯定能让你赚到钱!"说完意味深长地看了她一眼,闪身进了大门。

于美文愣愣地站着,心灰意懒又无可奈何,她反复琢磨着Edi的话:被淘汰的纺织机……密码……赚到钱。

这道编着程序的玻璃大门轻松转变着透明与不透明,将她阻隔了。

~ 7 ~

于美文盯着Edi给她的名片看了很久,让她错愕的不是这张名片上的头衔:Green公司董事局主席,而是那天这位董事局主席的行为,就像FBI的线人,藏在某个角落,随时对可疑的人发难。

回想那一幕,她的手腕依然隐隐作痛,不是经过专业训练的人绝不会有这样的动作。

她打了个寒战,如果真是FBI的线人,她宁可不做这笔生意。可是"二手机器"几个字实在太诱人了,她虽然不知道这是怎样一批机器,但是正如Edi说的,中国会有巨大的市场,它们的吸引力绝不亚于伊甸园对亚当和夏娃的诱惑。她稍犹豫,便鼓起勇气,拨通了Edi的电话。

"May,好极了,我知道你一定会打电话给我。"Edi的声音有些苍老,"为什么不呢!一大笔钱等着你去赚呢!"他呷了一口咖啡。

"我忘了问你,你是工厂的代表吗?我们只卖给直接用户。这批机器是工厂刚下线的,运到中国可是抢手货呢!可是要注意,它们可不是废铁价哦!"Edi叮嘱。

"当然啦,我是工厂代表,直接客户。"于美文回答道。

传真机嘎嘎作响,随即吐出一张白纸黑字:

机器名称: SOMIT

出品: 1970年

引纬率: 500M/MIN

转速: 300R/M

织机幅宽: 60"

价格: USD30,000.00/台

数量: 50台

总算有眉目了。

她兴奋地扭开录放两用机,传来Michael Jackson的摇滚: *BEAT IT*。

妦来请长话接线员拨通了纽约的电话。

于美文激动地说:"妦总,我还以为您把我忘了呢!我介绍的这批货就是您要的剑杆织机啊!"

于是,她拿起涂改液在Edi传来的报价单上把30000,改成了35000,拿起计算机,快速计算着利润。如果成交,她单笔获利就是25万美元。她把改过价格的传真纸复印一遍,为了让妦来相信她确实传过去的是第一手价,她特地留下格林公司的地址,而把电话和传真做了改动。

妦来双眉紧蹙,手里是于美文刚传来的报价单。尽管这价格只是新机器的一半,配置也不错,可是要175万美元呢!这175万乘8.85的美元兑换率,就是上千万人民币了,就是卖掉工厂所有家当也凑不起这个数呀!

~ 8 ~

妦来正为钱愁肠百结,接到阿调电话:"快来啊,有大事!"

常说祸不单行,这钱的事儿解决不了,又冒出什么祸?阿凤的遇难,让他对生死更加敏感。他二话不说,撒腿朝轻纺市场狂奔。

妦来跑得上气不接下气,大口地喘气,阿调见到他,丢下手上拿着的色卡,欢呼:"你终于来了!"

她双手钩住妦来的脖子,嗲声道:"你怎么也不问候我啊!"随即附着他的耳边说:"中大奖啦!咱有儿子了!"

如来悬着的心放了下来，又惊又喜，问："你……有了？儿子？"

阿调使劲点头，双颊染了霞光一般："今天医院化验报告出来，是一个温州老乡帮我从医院带来的。温州老乡还拿把钥匙丢在地下让我捡，说从钥匙根部捡起是生儿子的，从首部捡是生姑娘的，拿在中间会是双胞胎。我捡在根部，一定是儿子！"

如来皱了皱眉，不是商量好的，等纺织厂办得像点样了再要孩子吗？那天她不是说安全期吗？他看了一眼阿调，自从那次藏钱事件后，她好像没了安全感，言语中不外乎是要把孩子作为稳定婚姻的桥墩。

阿调委屈地噘起嘴："怎么？不奖励奖励我？"

如来咧了咧嘴，轻轻抚摸一下她的肚子，说："别急，好日子在后头呢！我得找钱去。"说完轻拍她的脸，急匆匆地走了。

如来刚挤进公交汽车，车门就在他背后哐当合上了。车进市区，透过车窗，他远远看见了搭着脚手架的证券交易所建筑工地。

他跳下车朝工地奔去。那个比着手势对民工说得起劲的人正是他要找的老王，筹备证券公司的老总！

"哈！资本终于苏醒了！"老王摘下头盔，得意地笑，"它是一头恶魔，看，它把你整得穷途末路，四处乱窜，终于找上门来了。"说着笑着，他把如来拉进了就近的一家茶舍。

"真缺钱了！"如来眉宇间拧着深深的皱纹，闷着头说，"无事不登三宝殿的。"

"世上最难的就是两件事，"老王笑眯眯地看着愁眉不展的如来，划着火柴，点了一根烟，慢条斯理地说，"一是把别人大脑里的东西挖出来，二是把别人口袋里的钱放入自己的口袋。"

"所谓资本运作就是一种把别人口袋里的钱掏出来，以小搏大的手段。"他对空喷出一个烟圈，继续说，"纽约证券交易所主席约翰·范尔森最近访华，邓小平接见了他，送给他一件特殊的礼物，一张编号为05743，面值50元的企业股票。"

如来抬起头，嘴唇拧成一团疙瘩，摇摇头。抬会，民间圈钱，阿凤就惨死于那场残酷的金钱游戏。

老王扫了一眼如来，掐灭烟头，继续着范尔森的故事："据说那外国人回纽约后把那张股票展示在陈列室,并断言中国的企业总有一天会在纳斯达克上市!把企业用一纸契约抵押给民众,这是资本运作的一个绝顶聪明的手段,可别把地下钱庄洗钱非法集资与它混为一谈,它们的本质区别在于:一个公开透明接受监管,另一个却是黑箱作业违法操作!"

如来注意地听着,感觉自己浆塞的脑袋渐渐开了一道缝,心脏有力地捶击着胸膛好像要把他某个沉睡的角落捶醒。用一纸契约把企业抵押给民众!他双目炯炯,霍地站起身,说:"等我的好消息吧!"

他急匆匆地往回赶,思绪的波澜一圈圈荡开。把前不久刚成立的那支中国第一支时装模特队邀请到当地走台,告示天下,当场向观众发行企业内部股票500万股,每股1元。在民间展开第一轮集资。如果这样的集资模式成功,连续走五个城市,所集的款项足够工厂购买20台剑杆织机了!

大龙农贸市场。这里是胜利路、鲁迅路、人民路的交会之地。

清晨4时,市场就醒了。卖水鸭的是第一个见到三岔路口搭起了戏台的人。随之卖菜卖豆腐卖鱼卖虾的都像发现了新大陆,这戏台搭起来演什么好戏?

7点光景,有才拉来了民兵,他们挂起了深绿色的平绒布幕幔,扯开一条大红横幅,几个金色的大字便成了人们的期待:火凤凰时尚模特表演。

如来带着模特队到场时,戏台四周已围满了看客。磨剪刀的阿三,横着长条工具凳坐在第一排,有的索性端来板凳,一边搓着麻绳一边等着开场。

绍兴人好看热闹一点不假!如来轻咳一声,自信如装满了水的桶,溢出脸面。

绍兴虽是历史文化名城,但是模特表演还是有史以来第一次。几个民兵吆喝着给模特们让道。来了几个警察自动在戏台周围来回巡视,帮着维持秩序。

走在如来旁边的模特高挑、细腿、瘦胸,人们指指点点地议论着她是好看还是不好看。

如来说:"夏红,不好意思请你们到菜市场外来走台,舞台虽不够豪华,但是这儿人气旺。"

夏红细声说:"姒总开口,再破烂的地方都上了。"她的身后跟着十个模

特，六女四男，女的几乎高矮胖瘦如同一个模子里挑出来的，男模特虽高矮不一，却是一样精瘦。

一个模特说："这个城市太有特色了，回去买顶乌毡帽，那是不错的道具呢！"

如来还是挑选了崔健的摇滚乐做背景音乐。

夏红说："我也喜欢崔健，他那撕声裂肺的声音直捣得你跟着节奏疯狂。"

9时正，音乐声起，幕幔徐徐拉开，人群欢呼起来。报幕的正是当地电视台的第一女播和第一男播，电视主播如此零距离站在市场面前还是第一次。

播音员款款地把模特儿引介出场，十名模特袅娜走来，好像一道彩虹横跨在半空。

女主播的声音清亮而甜美："亲爱的父老乡亲们，现在模特儿展示的都是本地生产的、我们自己的产品。"

男主播浑圆的声音响起："让我们看看这些面料的变身。"

"超模夏红出场！"男女播音热烈激情。

在激荡的摇滚乐中，夏红穿着蕾丝上装，黑色的仿真丝缎短裙，性感而凌厉。她款款地走到台前，摆出各种姿势。

男女主播混搭的声音："在纺织机的轰动声中，蕾丝与绸缎有了一场全新的邂逅……"

男模特出场，他身穿画有绍兴风景的T恤，一条全白色紧身裤，头上扣一顶乌毡帽。台下发出一片哄笑。

男主播走到台前："强烈的运动感加上典雅的绍兴元素，让我们全场鼓动！"

全场欢呼起来，过路的汽车、三轮车、脚踏车纷纷停下，加入了欢跃的人群。

如来在幕后看得清楚，他对销售科长说："我激情鼓动后，你就把集资箱捧到台上去，收1元钱发一张股票。"

供销科长说："没问题，这1元钱单是看表演都超值了，更何况还给他们工厂股票呢！"

如来穿着黑色的西服带着一条黑白相间的丝绸领带，向观众致意着走到了舞台中央。他深深地弯腰鞠躬，然后挺了挺原本就板直的身板，开始介绍工厂的发展愿景。他张开手臂做了一个凤凰展翅的手势,激情地说:"感谢父老乡亲拎着菜篮子来捧场! 我们一定会让家乡的布走出国门,让全天下的人穿上我们的面料做的服装!"

台下的欢呼声鼓掌声渐渐安静下来。如来继续激情地说:"乡亲们,世界正在发生巨大的变化,你们听说了吗,前几天纽约证券交易所主席约翰·范尔森访华,他从中国改革之父邓小平手中接过一件特殊的礼品——中国发行的第一张股票。回到纽约后,约翰·范尔森就将它珍藏在纽约证交所的陈列室。他期待着中国股票有一天会在纳斯达克上市。咱们的纺织业正展现一个辉煌的前景。大家想象一下,我们自己就是纺织工厂的主人,是工厂的老板之一,股东之一,哪一天我们的企业在纳斯达克上市,你们手上的股票再也不是1元人民币而是10美元,甚至价值更高……"

万千火炬在胸中点燃,如来的声音足以将干柴点燃,他大声宣布着工厂发行企业内部股的消息。

人们迅速安静下来,面面相觑,随即闹哄声起。供销科长不失时机地捧着集资箱上场。

集资箱方方正正,四周裱着龙凤祥云图案,罗干干、财务科长、技术科长等一一走上台去,十个模特一字排开站在后面有节奏地鼓掌。

男女主播起劲地鼓动着:"拿出你的热情,拿出你赚钱的勇气,从你的菜篮子中省出1元钱来做企业的主人……"

方才热烘烘的气氛渐渐冷却,人们慢慢地往后退去。终于有人打个尖锐的呼哨,大声说道:"我说呢,哪有白喝的粥,白看的戏文,原来是向我们讨1元钱!"

磨剪刀的阿三占着第一排位置,他立马起身对坐在凳上的人说:"还不走? 讨钞票的,晓得这样就不看了。"一边说一边抽凳子。

如来看得心急,眼看自己嘴说破血也没能阻挡住散潮的人群,情急中他让罗干干、阿发、供销科长、财务科长、技术科长等上台与他一起齐声高喊:"我们承诺,今天你们买工厂1元股票,来年翻出十倍,没有十倍拿这张股票到工厂来换回十元!"那声音石破天惊,厚重的幕幔在喊声中微微颤动像临盆的母牛的呻吟。

还没喊完第三遍,人群却像潮水一样退去,有人边走边回头喊:"不要再拿时装模特表演来骗钱了!"

姒来眼巴巴地看着人群散去，拿着话筒，单腿跪下，声音诚恳地要磕出眼泪，"父老乡亲们，为什么你们就不能相信？为什么你们就不能省出菜篮子里的一元钱来试一下？为什么……"

　　一个三十来岁的人走到台前，往地下啐着口水，恶狠狠地说："为什么为什么，为什么要骗自己同乡，为什么怕自己骗得不够力还把模特引来一起骗？"骂完怒冲冲扬长而去。

　　姒来直起身，他的面颊通红，一种从未有过的羞辱感涌上脸面。他想冲上去揍对方一拳，他想对他请来的模特队说声对不起。

　　一个老太太走到面前往桶里放了一元钱，同情地看着他，"罪过！罪过！"在空荡荡的筹款箱里，小心地投入了孤零零的一张发黄的纸币。

　　供销科长抽出一张股票递给她，她连连摇手："不要不要！这东西有什么用，拿回去当废纸扔掉的。"

　　姒来僵立在台上，嘴唇嗫嚅着一时语塞。忽听有汽车喇叭冲着这边鸣了三下，有人远远地喊他的名字："姓姒的，大禹的后裔！"

<h2 style="text-align:center">~ 9 ~</h2>

　　汽车的喇叭声分明是冲着他而鸣。仿佛摔下谷底的登山者听到了救援队飞机的螺旋桨在脑袋上方盘旋。他抬起头往那个声音张望。

　　一个戴眼镜的教师模样的人一手搭在车门上，一只手向他挥动着，顺风传过来他的叫喊："姓姒的，犯什么难呢？"

　　他记起来了，这是张县长的秘书。他几乎冲下台去，跌脚绊倒的，下台阶时差一点摔个大跟头。

　　"小伙子！"张县长钻出汽车，微笑着站在他面前，拍拍他的肩，"我在这儿看了好久了。不容易啊！"

　　他的眼泪一下子控制不住，他抽了一下鼻子，将万般艰难往肚里吞，使劲摇了摇头，说："没多大事，筹点钱罢了！"

　　"筹钱干什么？"

　　"买机器！机器太老了，与欧美差了一个世纪！"

　　"需要多少钱？"

　　"怎么也得上百万美元。"姒来沮丧地摇摇头又点点头，求救似的看着县长。

张县长转过身对秘书说:"把工商银行的黄行长叫来,商量商量。这事交给你了,必须完成!"说完坐回汽车。

秘书对如来说:"明天等我电话吧!"

引擎声后,汽车走远了。如来愣愣地驻了桩似的站着。

许久,他回过神来,中了彩票似的蹦回台去。一边跑一边高举着双手唱着崔健的新摇滚:

呵呵呵呵呵,一二三四五六七。

中了!

他一步跳上台去。

模特儿们,"罗干干们",维持秩序的民兵们正垂头丧气地坐着,蹲着,站着。

一男模特说:"这个城市的人太精明,不好骗。"

罗干干白他一眼,眼移到别处,慢条斯理地反问:"精明?这叫吃陌生食料,谁也不吃第一口。"

阿发冲着那模特儿问:"这叫骗啊?臭词滥用,你出台费要不要了?"

夏红忙阻止道:"别吵了,看如总都快哭了,你们还不同情着点?"

见如来眉飞色舞跑着跳着回到舞台,大家面露诧异,你看看我我看看你。

如来一步跃上舞台,兴奋地指挥后台:"来一段摇滚乐!"又激情地对着模特儿们喊:"敞开你的心灵,摆动你的身躯,释放出你的激情,让我们舞起来!"说着就来了个霹雳升空。

乐声大作。市场又重新热闹起来。下班的人们骑车经过,停下来观看,一些年轻的索性丢下车,跟着舞曲在场地上扭起身子。

一路人问:"这儿干什么呢?"

有早上就在菜场看热闹的,说:"咳,变着花样讨钱呗!"

一老头驳斥:"胡说,哪像!"

一曲摇滚毕。夏红对如来说:"我跳不了摇滚,能不能来段桑巴啊!"

如来看看大家,模特队的人齐声说:"来段桑巴,我们走台很少配摇滚的。"如来点点头:"既然大家兴致那么高,咱们再来曲桑巴吧!"

夏红来了精神,她抿唇妩媚甜笑:"咱们搭一段?"

如来说:"好啊,我还是在舞蹈大赛上看过,不知会不会呢?"

夏红兴奋地抓着他的手臂点起了舞步，如来很快跟上了节拍。夏红贴着他耳边轻轻说："我做模特也有两年了，还没见过一个企业家像你这样会跳舞呢！"如来兴奋地说："办企业就是跳迪斯科！"

河塘纺织厂的贷款方案没通过。银行负责贷款的主任手拿着调查报告显得很为难。"除非把门市部和工厂捆在一起用同一个名！这河塘纺织厂，要产品没产品，要销售额没销售额。倒是火凤凰门市部还值几个钱。"

县长秘书摊摊手对如来说："你该知道银行是借钱给富企的地方，想想办法描绘点前景做点题材出来吧！"

早上老厂长照例来到工厂，巡视了一圈车间后，刚跨进办公室，如来就跟了进来："我们改名吧，与门市部统一叫火凤凰集团。"

老厂长狠狠地横了他一眼，摔了门，把如来晾在了办公室。

如来向县长秘书求救："你把县长的001号牌照的车开过来，在工厂兜几圈，什么也不需你说！"

县长秘书很快把车开进了工厂，在工厂内转了几圈，然后把车歇在厂办门前。工厂里的人围着车看，猜测这001号车牌是县长的车还是市长的车或者是省长的车，不管是谁的车001号一定是个大头橡。

老厂长见状，知道改名这事扛不过去了。他把如来叫到跟前，盯着他的眼，问："这名如果改了，我还是厂长吗？"

如来拍拍胸脯："改成七姑八婆的名字这厂还是你的，你还坐在老地方，还是叫你厂长，钱还是一样拿，我到年底还是一分不少上交工厂。这不为了借钱买机器吗？"

老厂长点了点头，咬着唇，扭着脖子走开了。

如来偷偷一乐，跑上前去搂着老厂长的脖子动情地说："我如来为这个厂赴汤蹈火，为你效犬马之劳在所不惜，这工厂不就改个名字嘛！"

老厂长搬开他的手嘟嚷着："卡死我了。"

如来依然不松手，笑着说："老祖宗不发话，在下怎敢动啊！"

老厂长搬开他的手，哼哼着："随你去折腾吧！"

"要贷500万?"银行贷款经理说,"我们反复核算了,门市部、工厂合在一起连带库存面料做抵押贷款,资产也不到400万。这样吧,县长发话了,就批给你们400万吧。"

如来软缠硬磨:"如果那机器2万美元一台,这钱只够买20台机器。"

贷款经理不耐烦地别过脑袋:"又是办家家呀,讨价还价的!"

这400万也是不小的钱啊,罗干干扯了扯如来的衣角,低声说:"戏别做过头,先拿下再说吧!"

县长秘书说:"帮忙只能帮到这儿了。"

夜的湖塘,蛙儿使劲地聒噪着,蝉儿躲在柳树间鼓着翼高声歌唱。三角道地,如来与阿调的家,布置得热烈与温情。

阿调头枕在如来的胳膊上,让他把脑袋伏到她肚子上听听胎儿的声音。

如来把脑袋伏下认真地听了一会儿:"哪有胎音,沙沙的声音好像有只火凤凰在里面做窝。"

阿调拍拍他的脑袋:"你想什么呢,明明是条小龙。"

如来面朝天花板,说:"我们赢了,工厂和门市部合在一起统一名称为火凤凰集团。咱也对得起阿凤了。这好事还是模特儿表演带来的。"

阿调噘起嘴:"你不提也罢了,说起那个模特儿表演我就生气。"

如来不解地问:"好端端的,生哪门子气啊?"

"我听民兵队人说,你跟那个模特儿跳舞时贴得可紧呢!"

如来说:"不就一起跳了段桑巴嘛!那会儿,县长答应帮咱贷款,实在太高兴了,夏红说她摇滚跳不好,让我陪她跳了个她会的。这有什么呢,大庭广众下,没什么见不得人的。"

阿调拿手指堵着如来的嘴:"以后不许和女的跳舞。"

如来摇摇头:"这可能做不到,有时候请不到合适的模特,或者价钱太贵,我脚一痒就会上场,T场嘛,总是女的多。"

"做时装表演秀一定要你亲自上场啊?你强词夺理!"阿调好像真生气了,背过身去不理他。

如来扳过她的肩哄:"我这一生就这么个爱好,咱做服装,还真需要的,宽容点行不行!"

阿调转过身来,手指戳着如来鼻子,娇嗲地说:"男女间不吃醋就证明

不爱。"

灯光暗下。

明天就去办美国签证了。清晨,姒来歪着脑袋半合着眼自言自语。

阿调失声喊道:"什么?要去美国?你自己去?"

~ 10 ~

纽约曼哈顿唐人街,虽然在大公司工作的华人鲜少光顾这儿,但是无损人气,游客到曼哈顿,总会到这里,吃顿地道的中国餐,买些中国的小文化物件,挤挤挨挨的,总是像过中国年。

东百老汇25号的报恩寺,更是心灵无处安放的美国华人的精神家园。心灵郁结?障碍难度?去那里,匍匐在慈眉善目的观音像前,倾诉衷肠,然后求个签,看一下神佛给了自己什么暗示。有时候运气不错,也许就是张上上签呢。

于美文提了十几个鲜亮的大苹果,摆上供桌,虔诚地跪在观音像前。叩拜了观音后,她急不可待地拿起签桶摇晃起来。

她的双手颤抖,生怕抖出一个下下签。她相信,冥冥之中总有什么主宰着命运,要不然她抽到这个签而不是别的签?

一笔二手机器买卖能拿到25万美元中介费,还不得抽个上上签?

签筒在她手中发颤,她做了个深呼吸,让心平稳下来。

第一次,签筒蹦出了四五根签。她赶紧收起,镇定了一下,又开始摇晃。这次更不妙,签支像长了脚,蹦出一地。

她安慰自己,好事多磨,这么大笔订单,这么丰厚的利润即使有点挫折太正常了。她小心翼翼地捧着签桶,控制住瑟瑟发抖的双手。终于签筒里抖抖索索地挤出一根签,斜斜地落在她脚边。她鼓起勇气,捡起:56签,中签。

她松了一口气。这事八字刚一撇,运气总是由中往上走的,这签挺准。她小心翼翼地把签纸折叠好,放进了钱包,向观音像叩首道谢,在化缘箱里投下10美元。

感恩完毕,她哼着小调,坐上N号快线,回曼哈顿。

终于等到晚上7点,这是中国的早晨。她迫不及待地拎起电话,拨通了罗干干的号码:"你们拿到签证了吗?"

电话里传来罗干干打哈欠的声音:"刚递进去,哪那么快啊!"

于美文又问:"你们帮我印一张工厂的名片带来可以吗,就写驻纽约办事处主任。"

罗干干说:"这事要问妳总,我可做不了主。"又问:"那卖机器的公司在什么地方……格林?"

于美文咯咯地笑:"发给你们的传真上不是有地址吗?你号称师爷,没把格林公司看成格林童话吧!"

罗干干不紧不慢地说:"谁知道你发过来的洋文名字叫什么,你怎么不用中文注音呢?"

于美文笑得更响亮了:"用中文注音?哪个老外听得懂啊!不用担心,我会带你们去的。"

罗干干轻轻地哼了一声,这可怜的曼哈顿女人,把印有卖方地址电话的传真发过来,就注定完成使命了。加了你的优厚的中间费这买卖还能做成?

电话那头于美文依然喋喋不休:"那地方离纽约要坐几小时飞机呢。"

"你不是说好了带我们去吗?"罗干干伸了一个懒腰。

听罗干干这么说,于美文一颗悬在半空的心落了下来,喜滋滋道:"你们先来纽约,我带你们去看百老汇演出,妳总不是爱跳舞吗?我带你们看踢踏舞,那大河舞,全场用踢踏步,太提气了。"

罗干干悻悻地笑:"你这不在引诱我们吗,我恨不得一步就到呢!"

~ 11 ~

妳来召集大家开会,他面色严峻:"机器共有20台,要求必须整批买,我们的钱不够,怎么办?"

老厂长急了:"不买机器就不需向银行借钱,不借钱这个厂名要改回来,不能叫火凤凰,还是我那老名字河塘纺织厂接地气。"

罗干干不紧不慢地说:"向卖方讨价还价呗,我看这价钱里一定是加了中介费的,把中间人斩了,不就可以买下这批机器了嘛!"

妳来拿过计算机,按了几遍,抿着唇没吱声。

销售科长朝罗干干挤挤眼睛:"还是干干的办法好,只要有地址就好办。我去外贸公司时,那个女业务员英文很好,让她带我们去美国,最多只付一个飞机票钱和食宿费,他们外贸公司是吃皇粮的,出差还可以报销机票呢,我们

只管饭钱就行。"

罗干干拿着于美文的传真指给如来看:"写在最上面的应该是公司的名字和城市,这个大概就是地址,这个数字当然就是电话和传真了。"

如来凝眸,一挥手,"棋边不言真君子。小卒子过河,吃下车马炮再说!"他眸光斜向销售科长,"明天把那个外贸公司业务员请到工厂来,叫食堂买几个大螃蟹,蒸一只甲鱼。"

~ 12 ~

Edi给于美文打电话:"你订的那批货如再不来看货,我们就要卖给孟加拉了。"于美文急了,赶紧说:"别别,我们确定要的。"

Edi的口气很严肃:"我们美国人向来以信誉为重,说好了留给你就留给你,你说你是工厂代表,可别撒谎啊!我再说一遍,我们不跟中间人签协议。卖二手机器后续问题会很多,夹个中间人,会很麻烦。"

于美文想起临别绍兴前,如来无比诚恳的话语,你将是我们驻纽约的当然代理,她甜甜地笑,真诚地回应:"当然啰,我就是工厂在纽约的办事处。"

Edi笑出了声:"就算相信也会有谎言,你能付点订金吗?"

于美文急了:"我担保一定要买,但我们不付订金。"

Edi也抬高了嗓门:"既然是工厂为什么不能付订金呢,买了机器后从货款里扣嘛。不付订金?我们不能保证一定卖给你们。"说完就挂了电话。

于美文看了一下表:下午3点。这正是国内的后半夜。她拿起电话又放下,犹豫了很久,一咬牙还是拨通了如来的电话。

如来正睡得昏天黑地,没听见电话铃响,倒是吵醒了枕边的阿调。

阿调抓起电话,一听是女的声音,就琢磨着是不是那个女模特打来的。她看了一眼歪在床上的如来,抱怨了几声毫不犹豫地挂了电话。

于美文听见电话那头叽里呱啦爆炒豆子般的嘟囔声,她无奈地长叹:机会总是留给有储备的人!不甘心一手好牌打飞,她鼓起勇气又拨通了Edi的电话。

Edi很讲原则,"孟加拉的工厂正在这里看货,你不放订金,他们要看中,我没办法再给你留货!"

于美文盘算了一下,自己虽然钱不多,但是手头有1万美元正准备付信用卡,何不拿来先垫一下,明天就叫工厂把这钱汇过来,再则自己还要带他们去南卡呢,有舍才有得,先垫付1万美元,日后交易成功拿回的钱是这个垫付的几十倍呢,财富的机会就在眼前,怎么能让它说溜就溜了呢?

她想起如来、罗干干、有才和阿发心头就漾起暖意:如来浑身浸染的是艺术与激情;那罗干干之乎者也,简直就是个教书先生的样子;阿发呢,虽然听罗干干说他像拔毛鸭,脚底抹油喜欢到处走,但倒是忠厚的可爱;有才呢,活脱脱是鲁迅笔下的闰土,一句话不说两遍,句句顶真!这个团队的人哪会说话不算话呢,再说工厂确实急需机器啊!

她横下心,跑到楼下的美国银行去汇款。汇完款,又急忙把凭证传给Edi。一阵忙活,已近4点。她急不可待,又拨响了如来的电话。

电话那头传来如来警醒的声音,问:"是吗?谢谢你了,我们马上过来!"

她还想跟如来说,今天付了押金,机器购买成功,可别把她甩了。刚要张口,电话那头换成了一个女子的声音,那声音疑虑重重像早晨被嫉妒激醒的乌鸦。

"我叫许调,也算半个老板,有什么事也可以跟我说,不必非得半夜,还摽着如来非去非去的!"

电话被如来夺了回去,传来一声无可奈何的气恼的喝声:"你疯啦!人家是美国!"

~ 13 ~

小琳刚从外国语大学毕业不久,靠了爸爸的关系分到了外贸公司。接到火凤凰销售科长的电话,她青蛙扑水般跳了起来。放下手上的活,叫了辆出租车,直奔工厂而去。

如来亲自到厂门口迎接她。远远见到一个女孩,走路蹦蹦跳跳的。近跟前,如来问:"我等的就是你吧!"

小琳跳着说:"对啊,我叫小琳!"

如来亲自把小琳领进办公室。示意她坐下后,如来拿出他们跳摇滚和模特表演拍下的照片,一张张翻给她看。

小琳一边翻照片,一边很崇拜地说:"哇,企业家还会跳摇滚呀!我可喜欢摇滚啦,那次崔健到广州演出,我还专门坐火车赶去看呢!"

如来说:"跳舞归跳舞,我可是请你来谈正事的。"

小琳扬起头说:"当然啦,要办什么事如总一句话。"

如来定定地说:"请你去趟美国!"

"什么?"小琳往前凑了凑身体,生怕听错了。

如来卖了个关子:"去阿没里卡(America)。"他这句洋话还是从于美文那里学的。

小琳查了半天也没查到公司地址,按着传真上的号码打过去,一串洋文说"请核对号码再拨",倒是城市和州的代号是真实的,城市Greenwich,州的代号NC,是南卡罗来那州。

如来说:"这样吧,我们直接到这个地方去,到当地问,这么大的公司哪会查不到?!"

如来交代罗干干:"有才、小琳跟我先走,我与卖方谈判,谈好价格看一下货,你等我消息,再带人过来验货、装箱,换我回工厂。"

~ 14 ~

于美文打电话给如来,是忙音。她又拨通了罗干干的电话。

罗干干跟她开玩笑:"大姑娘性这么急要生囡的。放宽心来,下辈子我在绍兴城开个美国大使馆。"

于美文亦玩笑道:"师爷真是稳笃公,坐在小划船里优哉游哉的,等着鱼儿咬上钩来。"

说完两人都在电话里笑。

如来、有才和小琳三人到了旧金山,寻找中转南卡的美国航空公司的登机口。

旧金山机场,他们碰到了一个华人面孔。小琳追上去,试探着问:"你们知道南卡有这个公司吗?"边问边用手指点着Greenwich几个字。

那人一愣,随即摇了摇脑袋说:"我讲广东话,国语不好。"他消瘦,小个,满面疲劳。

小琳听不懂广东话,倒是如来接过话茬,问:"贵姓?我们到这个公司去,你听说过这个公司的名字吗?"

那人回答:"免贵姓方,名贵。你广东人吗?去那儿干什么?"

如来答:"早年在深圳住过几年,会些广东话,现在去这地方看机器。"

方姓听说买机器,眸光霎时亮闪起来,问:"要不要我带你们去?我儿子在这里长大的,英语跟当地人没两样。"

如来刚想说再好不过,转眼一想,再来个于美文,这中介费就逃不掉了。赶紧把话题引开:"先生来这儿多少年了,美国多富啊,国内很多人都想过来呢!"

小琳扯扯他的衣角,催他:"咱们得赶紧找登机口,这里的机场比我们国内机场大多了,可得费时间找呢!"

如来刚转身,那广东人拉住他,从口袋里摸出一片纸,写上自己的名字和电话号码,递给如来,道:"今后有类似买机器的事一定找我,我能找到好的货源。"

多个朋友多条路,说不定哪天用得上。如来把纸条揣进兜,连声说:"谢谢,谢谢!"

如来刚拔腿走。方姓又追上来:"我再看看你们要找的地址,说不定我知道的。"

如来赶紧加快了脚步,逃似的离开。跑到拐角处,他问有才:"那方姓追上来了吗?"

方姓站在原地,正怔怔地往这边看,憔悴的脸,若有所失。

有才扯扯小琳的衣袖,催促:"快走吧,这人也想当中间人呢!"

南卡,Greenwich城市不大。如来一行刚步出机场,整片的绿色便铺天盖地扑入眼帘。

如来感叹:"这么多树,咱们好像掉到绿色的染缸里了。"

小琳附和道:"人家环保好、人口少。"

有才不以为然:"这跟咱们农村没什么两样。"

小琳叫了辆出租车,拿出公司的名字,递给司机:"拉我们到这地方去吧。"

出租车司机是巴基斯坦人,赶紧伸出手来,握住小琳纤细的手,用带口音的英文,说:"中国人是巴基斯坦的老朋友。放心,我一定找到你们要找

的地方。"

小琳把话翻译给妞来听,有才在旁,疑虑地瞪着司机。妞来拉拉他的衣角:"人生地不熟的,不信也得信,不行也得行。上吧!"

~ 15 ~

于美文在纽约等得着急,给Edi打电话:"订金收到了吧,机器别卖给别人哦!"

Edi说:"你就放心吧,尽快把工厂的人带过来就是!"

于美文拨打妞来电话,电话传来嘟嘟的忙音。于美文心里犯疑,妞来会不会已经到美国了?她心下一凛,额头沁出薄汗,赶紧拨响了罗干干的电话。

罗干干依然慢条斯理,拖着长调,说:"妞来趁等护照的工夫去新疆出趟差,很快回来了,你要是不相信,可以飞过来等啊,跟我们一起走。"

于美文一颗悬着的心落了下来,都叫我一起走了,还会出错吗?接茬道:"不急不急,我订金都付了,货跑不掉。"

巴基斯坦人没有坑人。他把妞来一行领到叫格林的公司,对方说他们不做二手机器,他又转去另一家叫格林的公司,当再次碰壁后,巴基斯坦人问:"你们确定,叫格林?"

小琳不置可否,点点头又晃晃脑袋。于是,巴基斯坦人又把车开向了与格林名字相近的公司。

天擦黑了,还是没有找到一家卖这批二手纺织机的公司。

巴基斯坦司机耸耸肩说:"这么多家都不是,我无能为力了,你们应该付我一天的包车费了!"

妞来问:"包车费多少?"

巴基斯坦人伸出四根指头。

小琳说:"他要400美元!"

有才瞪着司机:人民币好几千呢!

妞来对小琳说:"让他帮我们拉到安全的旅馆先住下吧!"

车在黑压压的树林间穿梭,车轮与地面摩擦发出沙沙的声响。妞来抿着唇,这一天寻找卖家的经历匪夷所思,整颗心都如在黑压压的森林里穿行,茫茫然失去了方向。除了纸上打印着的不经确认的地址,没有任何特别的细节,可以指引他们走到正确的地点。他第一次意识到:每一个项目的实施都像工厂的一条流水线,每一个环节和部件都有特定的作用。要不是资金不够,绝不应该把中间人甩了。

唉,他对着铺天盖地青黑色的森林叹了口气,钱啊钱!他垂下手去,触及腰间的挂件,那是阿凤的一只血色眼睛,正电波一般沿着腰际线向他的胸腔大脑频频发射着信号。这批机器上线可以实现产品的升级换代,产品走出国门就有望了。他耳边又响起了奶奶的话:乞巧布,乞巧布,没有伊走不到的地方,没有伊办不到的事。他歪了歪嘴,脸上有了笑意。

小琳低声问:"你在想什么?"

他苦涩地咧咧唇,摇了摇脑袋。

这家叫"红色角落"的旅店安静而整洁。灯光柔和,像森林中的驿站。三人拿出从国内带的方便面,找不到开水泡面。

旅店的服务生说:"烧开水的壶没有,旅店附近倒是有麦当劳。"

有才拧开厕所的自来水开关,惊喜道:"有热水!"

小琳怀疑:"这水不开吧?"

如来满不在乎:"美国的水,生水都能喝,何况是热水了,怕什么,就拿它泡面了!"

小琳第一次出国,听如来说得有道理,也拿出缸子来,接了盆热水把方便面泡上。

清早,司机还没有来,如来三人在大堂等得焦急,不时地到门口张望。

打扫清洁的过来,如来赶紧"Hello"一声,把她叫住,招手小琳过来给他当翻译。

如来笑嘻嘻地问:"你知道这里有纺织厂吗?"一边说一边竖起大拇指,赞扬清洁工很勤劳。

清洁工笑着回应:"我老公原来就在一家纺织厂做,那个厂现在倒闭了,他正失业在家呢!"

如来赶紧问:"能把你老公找来吗,领我们去他做工的工厂看看?"

清洁工摇摇头:"我现在上班,晚上回去问吧!"

妃来从皮夹里取出20美元，递给她，小琳翻译："我们老总请你帮忙。"
那清洁工收下钱，连声道谢，一边小跑着去打电话。

一个墨西哥汉子开着车到了旅店。清洁工说："这就是我丈夫。"
妃来刚要递烟过去，那汉子忙摆手。妃来又递上100美元。
墨西哥人收下钱，说："好。但是工厂让不让进不敢肯定！"他比画着："我只负责把你们带到工厂门口。"

车绕过一个小镇，上了95号公路，过了近20个出口，才出了公路，到了一座方方正正的水泥房前。房子的墙全是白色的，好像一座大仓库，厂房门口堆着些铲车和起重车，显然已经关闭很久了。
墨西哥人停了车，待三人跨下车，便挥挥手，说："再见，祝好运！"
妃来刚想招手让他回来，有才拦住他，说："留不得，这么带过来都收了100美元，这留下来又要我们包车，还不又是四根指头的数吗？"
妃来算了一下，已经付出120美元了，合着快1000元人民币了。他挥挥手，用中文标注的英语对墨西哥人说："Thank You！"

三人在废弃的工厂前等了许久，终不见任何人影。有才叹气，道："这地方真不如咱绍兴乡下，在这里像被关在鸟笼子一样，不自由。"
小琳笑："我在书上看的，美国人还喜欢住乡下呢！"
妃来深以为然，道："其实住哪里都一样，只要能卖布做服装赚钱，就是好地方！"
三人正无聊地斗嘴，忽听汽车声响，一辆马自达正朝这边开来。
没等车停稳，三人便迎上前去。
一个留着小胡子的人推开车门出来。小琳跨前一步，期待地问道："先生，你叫什么名字？"
那人迅速地扫视了他们，说："Edi。"
妃来大喜，抢步上前，像见到久别的亲人，握住Edi的手，使劲摇晃着说："总算把你等到了！"
小琳递上于美文传给工厂的报价单，说："我们是直接的工厂，早就收到你们的报价了。"

叫Edi的侧过脑袋，看着如来，好像被弄蒙了，连连摇头，然后接过小琳递上的纸，说："美国人叫Edi的多了去了，这里可不是格林公司。"

如来真抓瞎了，这格林公司到哪里去找啊！

~ 16 ~

Edi接到工厂经理打来的电话，他迅速走出办公室，驾车上了95号公路，以90英里的车速朝工厂方向驶去。

一辆警车紧随其后，鸣笛闪灯逼他靠边停下。

他职业性地拿出他旧时的工作证，将手伸出车窗高高地摇晃了一下。

警察逼近，查看证件，完毕，向他行礼，让开了道。

Edi刚过55岁，却已服务FBI整30年。FBI与警察局一样，满30年就自动退休了。他的职业优势很快被公司重视，这家专业从事二手机器买卖的龙头公司将他聘为副总裁。他很清楚，二手机属高机密行业，必须随时跟以敲开这个新任职的金砖。

如来、有才和小琳听见了一声刺耳的刹车声，一齐将脑袋贴向工厂传达室的玻璃窗户。

工厂的Edi说："现在来的才是你们要找的Edi呢，得到工厂关门的消息，格林公司立马就定下这批机器了。"

Edi步出他的林肯车，职业习惯让他远远地就能读解这三个中国人。他们正迎着他走来。他断定那个瘦瘦的，个子不高走路高高地昂着头的是个领头的，便伸出厚厚的手掌，径直走向如来。

如来稍显惊愕，Edi比他高出一个半脑袋，双眉密密匝匝，还跳出几根白色的长寿毛，鹰隼似的眼睛一眨，就被灰白色的睫毛覆盖了。第一次与一个别样肤色的人种直面接触，他的心像高悬起的击鼓的槌，激跳着落在鼓面。他用手扶了扶领带，以使自己镇定，然后迎着Edi伸过手去。

"那个姑娘没来吗？"Edi微笑着，轻描淡写地问候于美文为何没有同来，以缓和一下对方的紧张。

小琳把这话向妃来翻译，妃来更紧张了，抿着嘴，双手紧抱着胳膊摇了摇脑袋。

那个纽约的是个中间商，Liar（说谎者）。Edi从妃来的肢体语言中得出了判断。

这几个中国人是怎么直接找到了工厂？看来这些中国人鬼得很，不好对付。他一心下嘀咕，一边利索地打开车门说："上车。"

"看机器了吗？还剩30台，都在这儿。"Edi用眼的余光扫了一眼坐在副驾驶位的妃来。

妃来点点头，说："粗粗看了一下。"

Edi伸出两根指左右摇晃，"No! 没经过允许就看机器了？这不是我们允许的行为。"

妃来忙解释，"我们出示了你的传真，好说歹说才说服了门卫，放我们进去。"

Edi努了努嘴，"这么说你们决定买这批货了？"

妃来渐渐平静，鸭子戏水般点点头又摇摇头，反问："没有认真地看过货，你会下决定吗，这可是上百万美元的交易。"

Edi不由分说地说："先进工厂看货，然后去镇上希尔顿饭店午宴，下午直接进入购买程序。"

~ 17 ~

一定有什么环节出了问题。于美文不断地拨打妃来的电话。电话里总传来"请留言"的机械回复。

第四天，她实在忍不住，又拨打了罗干干的电话。

罗干干不耐烦地抱怨："你怎么老打，肉骨头吹喇叭，昏嘟嘟的。他是老板，到哪里去用不着向我报告。"

时间像轻飘飘的羽毛毫无声响地随风飘远，不知落在何处。下午5点，中国的凌晨时分，于美文忐忑不安，又拨响了罗干干的电话。

这次，情况更糟糕，电话那头连"请留言"的录音回复都没有。

她慌了神，握电话的手不由自主地颤抖起来，悬着的心，便直落落地跌入了无名的黑洞。

她开始打Edi公司的电话,前台服务生总说:"Edi不在办公室,请留言。"

她留言无数,重复着同一句话:"我是May,工厂代表,请速给我回电!电话6466513344。"她的留言淹没在飘忽不定的空气里。

他们会不会把我这个中间人跳了?她在屋里来回走着,一遍又一遍敲着胸口问自己,哪里做错了?我把电话和传真号都改了几个数字,只剩个城市名是正确的,这些乡下人能找得到?

无数可能的理由在她脑海里翻滚,像一朵黑色的浪花,她跌坐在椅子上,颓然伤神到海洋的距离与不可捉摸的变化。

我被跳了!我的订金!我的25万美元的潜在利润泡汤了!她惊慌失措,从座椅上跳起,夺门而出。马上出发,去南卡!

"Taxi!"她举手叫了辆出租车,直奔机场。

~ 18 ~

希尔顿会议室。谈判已经持续了三个半小时,Edi不时地抹擦着脖颈处湿漉漉的汗。浑身燥热难耐,他几次试图把领带解开。这个价格谈判,极大地考验着他的忍耐力。眼前这个瘦瘦的中国人太能坚持了,眼看陷入僵局了,他话锋一转,谈起了中国工厂的故事,Edi以为他同意这个价格了,他又转回到了他一口咬定的价格。

谈判无限制地拖长。Edi第一次看到,中国人在一分一厘上锱铢必较,有这么大的耐力。

Edi终于忍受不住了,抛出了底价:"2.5万美元一台是我们的底线,是或不是如此简单的一个回答,为什么你们要拖这么长时间呢?"

他挪开椅子身体往后倾,左脚已经往门的方向伸去,再僵持下去,他随时准备抽身离去。

似来看出Edi终于没了耐心。他换了口吻,说:"你知道我们已经检查了机器,那个机器到中国是不能用的,机器是给美国纺织厂用的,它的电压是500伏,而我们中国只能用380伏电压。我们需要进行改造,而改造需要时间成本和Money。"他刚刚学会英文"钱"这个单词。

Edi瞪大了眼睛,耸起肩,脑袋探向前,惊讶地问:"是吗?"有电压问题?

他皱了皱眉，很快他又用满不在乎的口吻说："你别拿这个当你杀价的理由，你们不买我们可以卖给孟加拉。"

"先生，别忘了，孟加拉和中国的资质是一样的。"说完，如来站起身，向Edi伸出手去，逼视着他的眼："卖不卖是你的权利，接不接受价格是我们的权利。有哪个国家哪个纺织厂会像我们这样用全现金付款？悉听尊便！"

如来扬起头，昂昂然离开会场。

谈判不欢而散。

有才附在如来耳边，说："于美文报过来的价是3万美元，现在实际价格是2.5万美元，这比买新机器价格便宜多了，再加上我们刚才看了这批机器还八成新呢！"

如来横了他一眼："你知道什么，这个老狐狸精明得很，但是他哪懂纺织机？说个内行话出来，他就拿不准，你没见他不断抹汗心慌了吗？现在用这种机器的大都是中国工厂，什么孟加拉？那穷地方谁买得起整批的货！"

南卡的月亮像个绕线盘，绕出一圈五彩光晕，缠上了树梢又下沉了，星星镶嵌在青灰色的布底上，组成一幅碎花图案。如来整夜都没有合眼。万一Edi真不卖，这趟美国就白来了，更可悲的是，工厂根本没钱买新设备。

~ 19 ~

于美文赶晚班飞机到了南卡。她在靠近格林公司的旅馆住下，她抬腕看表，凌晨1点，再熬几小时就可以赶到格林公司找Edi了。

谈判一结束，Edi与公司销售部技术部的人连夜赶去工厂。他们仔细检查了每一台电压数，确实都是美国的资质，亚洲没有一个国家用这样的电压。

清晨9点，Edi按惯例到办公室来走一遭。刚停下车，他就从车窗看到了于美文，从她背部的肢体语言看，于美文情绪冲动。

Edi没有下车。这个说谎者！他嘀咕着，迅速驾车离去，一边打电话给前台，叮嘱道："她根本不是工厂代表，别告诉她我在哪里。她如果闹得凶就叫警察。"

交代完毕，Edi加快油门，直奔希尔顿酒店而去。

当姒来把价格咬定两万一台，全现金支付时，Edi敲敲桌面直接说："Done！"

他不愿意再节外生枝，"公司同意买方的价格，2万美元一台。"

他挪了一下臀下的座椅，略显疲累的眼睛上方，几根长长的眉毛不自然地抖动了起来。

从于美文3万美元一台的报价到2万美元一台，这个路程像唐僧带着徒弟赴西天取经，死亡之境后否极泰来。姒来在合同上签字后，与有才、小琳互相搭着手欢呼。

有才叹："可惜没有绍兴酒，否则今天四瓶也不够。"

姒来说："我今天就得赶回工厂去，换罗干干来监装机器。"

有才和小琳随出租车把姒来送到机场。

有才叹道："你看你才待一星期就已经青皮寡血（土语，脸上无肉感），瘦了一圈。我呢，在这里就像坐监狱一样，人都待傻了。"

姒来拍拍他的肩："我们在这里受多大的苦都值，你看现在我们贷款的钱能买回这全部30台机器了，原来就怕去掉中间费还买不下来呢。"

小琳的眼神是满满的崇拜："多亏了姒总英明，成功地发现破绽击破对方的心理防线，用原本只能买20台机器的钱买回了30台机器，还巧妙地省去了中间费！"

姒来忙摆手："中间人的费用是逃不得的，资金松动时一定要加倍补偿人家，我们不可做过河拆桥的事！"

小琳帮姒来办好登机牌，她挨着姒来的肩，低着脑袋依依不舍："原本想跟着你来美国好好走走看看，没想到在这里乏味地待着，好像在孤岛上一样。现在……"她低下脑袋，含情脉脉："连你也走了！"

姒来见她楚楚怜人的模样，叹了口气，说："以后有机会的，你们赶快回宾馆去吧！"说完头一低，扭头朝登机处走去。

于美文在格林公司旁的旅馆足足住了四天,她实在无法再等下去了。格林公司的人几乎都认为她是骗子,说谎的人。

前台小姐说:"你再这样天天来这里找Edi,企图骚扰他,我们要报911了。"

真叫来警察就麻烦了,她懂美国的法律,在别家地盘就是不能任意。她心窝里像钻进了无数米虫,恶心得想吐。先回纽约再想对策吧!她拖着随身小箱,手掌捂着眼,泪水在掌心流转,她一把甩了,抬腿一脚高一脚低地走。

到了机场,飞机晚点。她没精打采地坐在候机处,心里一遍遍地咒骂着如来、罗干干,用他们的土语说:斯文一脉的,却是过河拆桥的小人!

Greenwich机场小,候机和到达都在一个大厅,飞机延误,登机时间还早,她两眼发呆,两行泪无节制地往下落,她浑然不觉。

突然,她眼前一亮:罗干干和一干人正走出机场到达处。这不会是做梦吧!她又看到了有才,虎背熊腰,正等候在机场到达处。一个20岁出头的女孩紧挨着他站着。

他们分明是来接站的,接的人或许就是如来和罗干干!

于美文像在殡仪馆等来了抬尸的车,脸面僵白。她拽紧双拳,眼窝里分明蹿出了两条吐着火焰的蛇。

新到达的旅客正络绎不绝地朝出口处走来。她看见了夹在人群中的罗干干,他拖着一只黑帆布箱,朝等在出口处的有才和那个女孩招着手。

没错,正是他们。她深吸了一口气,给自己增添能够冲上去的勇气。

有才与罗干干搭了一下肩,互相击着掌。

一大盆带冰碴的水浇透了她的全身。她浑身颤抖不能自已,面色由玄色转成原色,又从原色翻转成青色,然后灰白。

眼看有才、罗干干一行有说有笑地向门外走去,她终于运足了力,不顾一切地冲上前去,一边尖声叫喊:"坏蛋,你们终于被我逮住了!"这喊声释放出了她全身积压的怨气、等待与无奈。

她死死拽住罗干干的胳膊,喊道:"过河拆桥的坏蛋!"

机场几乎所有的人都停了下来。人们的目光不约而同地盯着这个近乎发疯了的中国女人。

有人拿起电话拨打了911。

罗干干熟知，动物在走投无路时会发动超出自己体力的蛮力。于美文此时的行为完全像家乡俗话所称的"跛脚梗"。

于美文冲上前去，拽住他的胳膊，用尽全身的力，尖声叫骂着："有你这样的师爷？你完全就是个'出拨头师爷'！"

"出拨头师爷"的称谓是阿发开玩笑时对罗干干的戏称。当时正在小咸亨酒店，于美文不明其意，便问："什么叫出拨头师爷？"

阿发解释："就是专门教唆坏主意的师爷。"

见到于美文，罗干干大吃一惊，本能地往机场里面退去，恨不得拔腿就跑。好汉不吃眼前亏，这陌生陌地的。无奈他的胳膊被这无畏无惧的女人生拉死拽着动弹不得。

他像临终的病人祈求亲人原谅他生前的过错那般，歉意而宽容地笑，双眼可怜巴巴地盯着眼前这位比他更可怜的女人，软软地说："好说好商量，都是中国人，何必这么大动干戈的！"他抓紧于美文的手腕，试图把它从他的胳膊上挪开。

"请你放开好不好，听我好好说，我也知道你受委屈了，可是没办法呀！"他的语气充满怜悯与哀求。

于美文听他这么说，蓄满眼眶的泪水，如同雨天屋檐的水，直落落地滚落下来，她松手抹泪。

罗干干趁机挣脱了她的胳膊。有才和小琳走上前来，将他挡在身后。罗干干就势往后退了一步。

意识到已没有任何危险，罗干干身体稍往前倾，一只手扶着拉杆箱，另一只手指着于美文的鼻尖开始骂战："天下有你这种强讨钱的女人的，把中国人的脸都丢尽了。听清楚了，有钱宁可丢进太平洋也不会给你这种破脚梗。我是奉命来办事的，委屈吗？不公平吗？钱赚不到吗？找我们老板去啊，别到我这儿来撒泼！"

于美文面对如此变脸，一时竟找不出言辞应对。

停顿瞬间，罗干干响亮地招呼同伴："走！"

有才、小琳、罗干干和工厂同来的一行人快速离去。

穿过观看的人群，罗干干不解气地骂道："这种中间人真不要脸，棺材里

伸手死要钱,让她搅进来,这机器还买得成吗?真丢中国人的脸!"

一干人马刚跨出机场大门,就见一辆警车呼啸着,在候机厅门口停下,车内跳出一干荷枪实弹的警察。

罗干干赶紧拉着小琳,加快脚步,逃也似的钻进了一辆早在机场外等候的出租车。

有才不放心地朝于美文的方向张望,瓮声瓮气地说:"这女人也挺可怜的,看看她要不要帮忙!"

罗干干回头喊道:"用得着是个宝,用不着时便是草。这是生意场,发不得慈悲!"

警察跨进机场大厅,人们朝于美文这边指指点点。

警察甩着臂膀大步朝于美文走去,其中一个从裤子后口袋抽出拍纸本,问:"你没事吧?发生了什么?"

于美文茫然地盯着大厅出口处,指着罗干干一行远走的方向,嘴唇颤抖,许久没有说出一句话。

机场广播传来去纽约方向的旅客最后登机的呼叫声。

于美文掏出机票,有气无力地对警察说:"对不起,打扰了,我乘坐的飞机要起飞了。"

她颓然地拖着行李箱,跌跌撞撞地往登机口跑去。

~ 20 ~

南卡机场一场争执后,于美文心有不甘地回到了纽约。她知道就像天上的彩虹,太阳如饥似渴地追求辉煌的时候,彩虹就完全被天空抛弃了,只能依靠自己的奔跑、快闪来实现和完成互联的使命,而它绚丽的光彩还需要雨水的滋润和太阳的反射。

说自己是中美贸易之间的桥梁,其实这桥梁比彩虹更虚无缥缈。一旦买家和卖家联手甩中间人,她只能哑巴吃黄连,咬破舌尖,满嘴的血往肚子里咽。好在自己从来都不甘心当伏地的小鸡,等着被人宰。她怎么也要把这个理争回来。她记起了奴来的老婆,那个一把从奴来手上夺过电话的女人。

阿调所打理的门市部每天的营业额都在5万元以上。她请了两个温州老乡一起打理店面。

温州老乡问她:"老板娘,你发了财自己独立开个厂吧,可别把钱都让绍兴人拐走了,想着点我们温州老乡。"

阿调笑笑,指了指已日渐隆起的肚子:"什么绍兴人温州人的,我儿子就是绍兴人温州人一起播下的种。我和如来早给儿子取好了名,就叫瓯越,这可是两个地方结合的别称。"

温州老乡说:"瓯越名字太拗口。"

阿调笑:"叫单名姒瓯也行,姒姓是大禹皇帝的姓呢!"

温州老乡调侃:"嫁给皇帝老公不如嫁个挑担的实在,一只筐挑老婆,一只挑儿子,讨饭也温馨;嫁给皇帝老公,三过家门都不入,跟没老公一样。"

阿调捡起一团废布头扔过去,骂:"叫你嚼舌头,不怕烂牙根!"

正闹着,门市部的电话铃响。阿调顺手摘起电话,随着电话里传来的消息,她的脸色渐渐地由微笑至尴尬,继而满面通红,像被激将的鸡娘。

她不断地问对方:"你就是那个美国的于小姐吗?你有证据吗?你哈里哈搭(温州语:乱说)地不要造谣,造谣你是畜生……"她开始蹦出满口的温州粗话。

电话正是于美文打来的。

阿调与于美文电话交锋已不是第一回了,于美文一开口就是洋泾浜英语"你知道!"

于美文打电话都是急事,急得不能过夜,电话打来,每次都被阿调无厘头地挂断。今天,于美文的口气特别,指天指地,以祖宗的名义保证。

阿调满面通红,她丢下电话,捧着肚子,颓然倒在布堆上,无数的可想见和不可想见的画面在脑海间翻旋。她的双眼开始流泪,渐渐地转为抽泣,她抽抽搭搭着呼唤伙计:"你们给我去把杀头坯姒来叫来!"

姒来不知道于美文打电话找他。他正在织布车间。

一位女工忙得不可开交,经线断了一大片,她抱怨这老掉牙的织布机早该淘汰了。

姒来把手拢在嘴边对着女工的耳朵说:"咱们很快就要换新机器了,你一人挡四台还可在车弄里摇滚呢!"

那女工手做喇叭状大声问:"摇滚筒吗?"
如来用手势做了几个翻筋斗状。
那女工笑了,大声回复:"真那样就谢天谢地了。"

门市部温州伙计到车间才找到如来,他气急败坏地说:"不好了,不好了,阿调出事了!"
纺织机咔嗒咔嗒的轰响声山摇地裂,如来听不清楚他在说什么,扯着嗓子问:"你说什么?"
温州伙计对着他的耳朵又喊了一遍:"阿调出事了!"
如来大吃一惊,拔腿往门市部飞奔而去。

到了门市部,如来见阿调坐在布包上哭得稀里哗啦,忙蹲下,双手拢住阿调的肩问:"受什么委屈了?别把咱的儿子哭傻了!"
阿调抬眸,喘着粗气瞪着如来,见如来还在她面前装傻,她气不打一处来,眸光喷火,怒声责问:"你跟谁去美国了?你骗我说只带有才去!你说呀,你到底带谁去了?!"
如来被这"骗"字激怒,想抽身而去,又觉得不对劲,这阿调可不像阿凤那么善解人意,她火性上来刀山敢上火海能下,万一有个好歹呢!他重新蹲下,柔了嗓音,"发什么小肠气呢,咱到外面去说吧,这儿人来人往的多丢人啊!"
他这一说,勾起了阿调的无限委屈,她带着哭腔责问:"你还知道丢人啊,你丢脸都丢到大西洋对岸去了!有人在美国机场亲眼见到,你带着一个女孩子,还住一起呢……"
"谁跟你胡诌?你也信?"如来陡地站起,面色铁青。
他双手发颤,哆哆嗦嗦地从腰间解下一个心形挂件。透明的小盒内一面是阿凤的笑容,一面是一沓血币,这是阿凤一弯干枯的染血的眼。
如来的手微微颤抖,他紧紧拽着这个心形盒:"我不敢有一分钟背叛阿凤!"他像捏着一把时刻监督他的铁锁,这锁硌得他心底出血。他缓缓地说:"你不用时刻监督我,有阿凤的眼呢,她随时都在向我发送电波,提醒我,她为什么死去,我们有共同的使命要完成!"
阿调的眼泪像被狂风卷走的雨滴,她呆滞的眼神,没有了方向。听如来赌气地说:"你也别总是觉得不安全,我是常记着阿凤的话,走哪里都会带着你的……"

阿调回过神,她眯起丹凤眼,盯着如来手掌中的心形盒。这只心形盒是如来跟阿凤的生死定情物,如来从来不曾离身,即使洗澡时,他也会把它小心翼翼地放在干燥处,穿好衣裤又把它挂在腰上了。他们的这份生死情,像是荒漠上筑起的城堡,阿调的进入像是额外拾得的怜悯与开放。

如来不止一次对她说,这只心形盒太重要了,如一方魔咒,让他记住办纺织厂的生死搏命!

尽管自己是他的现实妻子,可是始终像一头被施舍的,放进城堡求生的稚嫩的骆驼。如果如来始终只爱着阿凤,阿凤不在了,他当然可以去追求别的女人,我跟阿凤长得一模一样又有什么牵制力呢?更何况爱是用心来表达和实现的,日子久了,面容已不再起作用。

于美文的声音又在她耳边响起。

"你,你,你骗我……"阿调抱着脑袋,泪水打湿在布面,晕化成一圈难解的图案。

生长于斯的这方百姓本来就爱看热闹,见门市部有吵闹声,门前渐渐围满了人,有指手画脚的,有撇嘴的,有嘲笑的。

如来恼怒极了,这阿调虽然长得跟阿凤一模一样,为什么没有阿凤的理解与宽容?为什么如此简单任性?为了阿凤的这份情我都跟她结成夫妻了,她对自己根本没有自信,更不要说对老公有信任了!他声音嘶哑,奔着脸:"你给我冷静点,告诉我,发生了什么?是谁在你面前挑弄是非?"

阿调抬起头,收住了泪,声音如被阳光收进天空的雨丝,"你必须说清楚,你带谁去美国了?"她紧咬着双唇,让自己不再流泪。

围观的人开始起哄,有人叫道:"打呀,上去打呀!"

这当众争辩太丢面子了。如来拔腿想走,看阿调这没完没了的样子又犹豫了,她气不消不知要哭到什么时候,还怀着孩子呢!

他铆足劲,抱起阿调,扛上肩,往外走去,一边吼道:"让个道,我背上扛着两人呢,夫人和孩子。看什么,这是看吃人血馒头吗?!"

阿调捶着他的肩,嚷着:"谁病了!谁病了!"渐渐没了力气。

电话铃响，妣来接起电话，一听是于美文的声音，他砰地将电话摔了，一边骂着：拨弄是非的贱人！

电话铃又响。他横了一眼抖动的电话，心下骂道：就不接！

电话铃又响了，丝毫没有停止的意思。他点燃烟，闷着头，计算罗干干一行回来的日子。老厂长推门进屋，抱怨："你怎么不接电话，税务局找你，电话没人接都打到我这儿来了！"

老厂长刚说完，电话铃又响。妣来接起电话。这回不是税务局却是于美文打来的。

于美文的语调像没有把握住方向盘的汽车跌跌撞撞："你们号称师爷就这样做生意？你们是要做国际贸易的，还没起步呢，就跳中间人，以后怎么发展啊？再说，这批机器我是放了订金的，这订金你必须连我的差旅费和损失一起付给我！"

声音撞得他耳膜生疼，妣来皱了皱眉，将电话拿开丈把远，又怕漏听了什么信息，便对着电话，说："别把做生意的人都往师爷的名字上扯。读书不知意，不如啃树皮，我看你对师爷的称谓理解有问题。"

听于美文喋喋不休，不肯停下来，妣来忍了忍性子说道："你读书读到美国，也算一类英雄了。但是，会写不会算，英雄只一半。你还是好好去算一笔账，如果按你的报价单买这批机器，我们这点资金能买回什么？轻船装不了重货。翻了船大家都得落水。现在好歹我们活着，拉回机器来。船通水活，要怎么补偿你都可以。"

听电话那头顿了下来，妣来想起阿调的歇斯底里，便警告道："刀伤易治，口伤难医，以后可别让我再听你用言语去毁及他人！"说完便撂了电话。

挂上电话，妣来点燃一根烟，望着窗外。河面上船只来来往往，昔日的摇橹已由电动机替代。船儿驶过，卷起深绿色的水浪，与青灰色的烟雾连在一起，在河的上空交织成一幅氤氲缠绕扑朔迷离的水彩画面。

吃葱吃心，听话听音。于美文的言语间除了愤怒忧怨，更有一种渴求。他掐了烟，走回桌边，这才发现老厂长一直在门旁站着。他忙招呼老厂长过来，抓过笔在纸上画着，他一边画着图，一边对老厂长说："我是销售出身，知道做市场是企业生存的重中之重。工厂要做大做强就看如何在全球布局了！"

厂长歪着脑袋，看了半天，说："我土生土长，就怕海马屁打实仗，你地图画这么大,不要弄到头,空捞捞就好!"

如来嘿嘿一笑:"世上无难事,只怕厚脸皮。咱们不厚着脸皮说点大话出来,谁看得到未来,谁跟咱们走啊!"

见老厂长一脸不屑,如来摇摇头,问:"你不是有整仓库的军用三合一面料的布压货吗?何不从这满仓库的压仓货做起,让资金流动起来呢?"

老厂长挺了挺腰,直起脑袋:"这是军改前被取消的订单,现在都啥年代了?要是能出手,我还把工厂交给你做啊?"

如来嘿嘿笑:"嗐,我只知道这世界上有拉不出屎被憋死的,还没听说过有卖不出的货呢,就看你怎么卖。"

如来神秘地看一眼老厂长:"我们乘上东风了呢,看看这时代多好啊!八仙过海就看你是神是仙,还是没出息的倒霉蛋。走在西天取经路上,懒猪跟着悟空也能一起过得火焰山!你记得阿发他爹前两年来这里说大书吗,他就专门说唱过这一段!"

~ 21 ~

今天属于那种可以轻松去镇上,听琎邦邦唱莲花落的早晨。罗干干刚来了电话:"所有机器验收完毕装上船,20天后就可到达上海港了!"

"辛苦了,带上小琳去纽约玩几天吧!"如来放下电话,刚想把脚搁在桌子上,享受一下片刻的轻松。忽然砰的一阵地动山摇般的巨响,办公室的门被撞开了,一个女人几乎跌进屋来。她的身后是一串急促与纷乱的脚步声。

"于美文!"如来大吃一惊,赶紧起身,上前扶住了她。

于美文糯甜的番薯脸,像被火炉烧烤了,疲惫而愤怒,她瞪着如来气喘吁吁,"他们骗我,说老板不在,拦着我,死活不让进,这不明明在这里吗!"

如来吃惊地问:"你不是在纽约吗?怎么说到就到了?!"

几个保安随之追进了屋,手指点着于美文骂道:"贼娘倒逼的,不做亏心事何必跑这么快!"一边向如来报告:"这贼小娘顾自往厂里冲,没等门卫拦住,她就跑出十七八丈远了!"

于美文一屁股落在如来办公桌边的椅子上,喘着粗气,气哼哼地说:"我没长腿吗?地球没那么远吧!就是到天边,我也不怕!"

她斜眼瞅着跟进屋的民兵,冷笑:"有本事把我铐起来啊?事弄大了,不把你们送上国际法庭算黄河水白生养我了!"

如来叫民兵退下，忙给于美文递上一杯水，笑着说："喝杯水压压惊，哪有过不去的坎？凡是能拿钱解决的都不是事儿！"见于美文怒气未消，又笑着说："回国来个电话呀，我好派人去接你！"

"接？"于美文斜一眼如来，"我怕你事先知道我要来跑了呢？"

如来手一掸，好像赶走一只蜇人的黄蜂。为这么点小钱逃跑？太辱没姒姓了！他斜睨着于美文，这架势与那个在鲁迅故居前文雅地端起酒杯的女人判若两人。钱真能把人逼得面容全改啊！他叹了一口气，眼下工厂真没有流动资金可以给她。

他拨响了财务科水娥的电话："速去我朋友新开张的民生银行借贷13万元过来。"

水娥听如来要她去向新开张的民办银行借高利息款，放下电话就跑上楼来，她瞪一眼于美文，把如来叫到门外。

"你真要付她13万？"水娥疑惑地问。

"怎么了？嫌我给多了？"如来点着头，拧着嘴若有所思。

"现在万元户有几个？数一数咱们整个县也翻不出两个掌来，这女人就提供了点信息你就要付她13万？她还造谣破坏你和嫂夫人关系呢！依我看给她个百元千元的算客气了！"水娥好像胃打了结，一副消化不良的样子。

如来拍了拍她的肩："我知道你的好意！"

水娥依然心有不甘："工厂买机器已经贷款300万了，仅有的一点流动资金又让有才带走了，这利息还是六分头，比国有银行贵多了，你这样做会不会死撑面子活受罪呢！"

如来淡然一笑："这点钱以后会挣回来，不要让人家觉得咱做事狗匕倒糟（土语，小气）。"

水娥的脚步像定了秤砣，就是不向后转，如来低声说："她的中介费，没钱也得给，多贵也得借！我们买机器不就是为了开发新产品打开全球市场吗？于美文还是一枚不错的棋子呢！"他推了一把水娥，"快去啊！谁听谁的啊！"

如来转身回到办公室，于美文正坐在椅子上，扭着手指坐立不安。

"能在这儿住几天？去年你来，带你看了城里的景点，这次带你去城外看看？去看看大禹陵怎么样？那可是我们姒姓人的老祖宗呢！"他夸耀地说。

于美文渐渐安静下来，注意地听他讲。

如来找到了话题，便口若悬河起来："你们美国的开国总统华盛顿算什么！我们的禹皇帝推翻原始部落联盟社会形态，开辟夏朝国家建制，以文明社会代替野蛮社会比你们早了近2000年呢！华盛顿当了8年总统后虽是自动离任，但是他在位时还是制定了宪法规定了总统选举制，我们的舜禹皇帝之间的交替是主动禅让呢，把皇位让给另一个非亲非故的人那是什么姿态！皇帝轮流做，什么文字都不要，一句话说了算！"如来斜瞥她一眼，哈哈大笑。

于美文瞪大了眼，这还是第一次有人把美国的国父华盛顿与禹舜皇帝相比较，这人谈天说地谈历史是哪个历史系毕业？她脱口问："如总，你是哪个大学毕业的？"

如来朝天笑："我是禹陵中学堂堂高中生！我们这方土地啊，仙山神水，城不大，却出了四任北大校长呢，他们也不是什么博士生硕士生的，鲁迅故居你去了，中国第一文豪了吧，他也只不过专科生，还是医学专科呢！"

于美文嘴一张一合地想说什么，还没想出词，又听如来说，"不过我一定会去读个博士出来，绝不吹牛，你看着吧，还会是纺织专业的博士！"

如来记起与阿凤曾经的誓言。那个夏天，气温高达40摄氏度，他和阿凤在大滩游泳，他们游到对岸，一个很少人至的沙滩。

他们爬上岸，趴在沙滩上，又兴致勃勃地描画起未来工厂的模样。

如来说："你不是说喜欢那种真丝感觉，又要比真丝容易打理，透气性和柔软性可以与真丝媲美的面料吗？咱们就做研发设计生产一条龙的大纺织呗！"

如来在沙地上堆着楼，画着厂房，是一座没有围墙的纺织城。

阿凤靠在他的膝盖上，说："这得有专门技术的人才能干吧，咱们才读到高中，怕没这个能力！"

如来拍胸脯："不会学吗？别看咱们今天是高中生，明天我们考个大学读个博士，厂都会办，书还不会读？"

阿凤的身影如羽毛般飘来又翩然而去。如来长叹一声低下了脑袋。

于美文见如来脸色瞬间由晴转阴，不知原委，问："如总，学历确实不是

个事，美国有很多有成就的人，他们尽管考上了名校，被创意燃烧，也会辍学去创业。也有许多人，工作后知识不够用了，才去上了大学。你将来有需求，我一定帮你申请。"

水娥提着钱推门进屋。她狠狠地瞪了于美文一眼，把沉沉的一袋现金重重地甩在办公桌上，说："这代价够高的！"

妠来没吭声，他把钱推到于美文面前，说："你说的押金你自行向Edi要回。这里的13万人民币相当于2万美元了，是我们对你提供信息的感谢费！"

于美文满面感谢，刚要伸手，妠来抬手说："慢，记住，这是信息费，下一步，你得给我们提供纽约服装客户的信息，必要时开个办事处！"他目光如一缕笑意的阳光，足以驱除阴霾。

于美文的双手搁在膝头，身体前倾，仔细地听着妠来的每一个字。没错，开办事处，有个强大的工厂做后盾，这是每个做国际贸易的华人的渴求。原以为有一场唇枪舌剑，顷刻间被妠来化成了清风细雨，又送她一道雨后阳光。她垂下了脑袋。这帮昔日的农民，分明是一批水牛，用蛮劲野劲，偏要去顶开国际时尚这扇大门。

妠来眸光正飘向窗外："我们从不做卸磨杀驴的事。我向来瞧不起那种忘恩负义过河拆桥的人。"

于美文追着他的目光，小心问："妠总的意思，真是要到纽约设办事处？"

妠来开心地笑："我奶奶就说过，乞巧布，乞巧布，没有伊办不到的事，没有伊走不通的路。我们终将带着新产品走出国门！"

妠来的一番激情像月亮抓住了大海，令海面随之掀起微澜。于美文心潮起伏如浪花拍击，她双目莹然，看着妠来："我在美国学的是国际贸易，咱们的国门大开，这么多机会，我一直想找家国内公司服务，好歹也是学以致用，可是我怕……"南卡机场与罗干干的那场相遇和争吵，她依然心有余悸。

稍顿，于美文幽幽地说："你们像泥鳅一样到处钻，如果遇到像罗干干那样的滑头，就怕业务做出来了，又把我甩了。"

妠来长笑，更正道："不是泥鳅，是踏道泥鳅，趴在河里看不出，游起来比蛇快。它虽游得快，却还是会实实在在趴回到踏道上！说滑头太难听。精明实在接地气就是我们绍兴人。"说完顾自哈哈笑了起来。

这笑声让于美文舒展了眉心："如果开面料门市部那咱们就得在唐人街

找地方……"

如来立马打断她的话："我们可不是冲着唐人街去的，到国外还去中国人扎堆的地方混，那就别出去！我早听说纽约有个百老汇，那是国际时尚的发源地之一。"

"是是是。"于美文连声说道，"很多犹太人都是开面料公司的，进出口面料，卖给服装品牌商。你知道在百老汇时尚中心，有多少服装公司？每天需要用多少面料吗？"说到自己的知识点，于美文提高了嗓音，眼芒闪烁。

如来听得认真。

"全世界有三分之一的服装设计出自纽约百老汇，那里每天流动着3亿美元……"

于美文话音未落，如来一拍桌子站起身来，眸光炯然，道："既然百老汇是世界时尚中心，那咱们就学犹太人的样，公司开到百老汇，面料卖给品牌商，以后再进一步做品牌服装出口，放大利润空间。"

于美文眼波滑过涟漪，宛若燕尾裁开水面，脸面绽开雷雨后阳光的明媚。

在绍兴，于美文去了大禹陵。大禹像青铜铸就，披着蓑笠、脚穿草鞋，正是奔波于洪水泛滥的水系间，八年治水三过家门而不入的形象。

她对华夏的开门皇帝更增添了敬意，是因为如来是其后裔吗？她哑然失笑。整个中华民族包括海外千万上亿的华裔谁说自己不是华夏子孙呢！她眼前晃动着如来的音容面貌。跟着他好好干，老公车子房子孩子，这不是美国梦吗，有工厂做后盾，幸福并不遥远。

如来推着嘉陵摩托车来送她，拍拍后座："工厂还没条件置宝马，我的嘉陵赛宝马！"

她第一次坐摩托。车遇到土坷垃前后猛烈震动，她一慌张，抱住了如来的腰。她碰到了如来腰间一个硬物。如来笑："别紧张，这不是手枪，是我老婆的眼睛，注意点！"

她一松手差一点从摩托上摔下来，如来伸出一只手，从后面抓紧了她，说："第一次坐摩托吧？抓紧下面的座板，摔不下来！"

她感觉有些脸红，这个老板把老婆的"眼睛"拴在腰上，可见夫妻感情

之深,而自己竟然……秋天的风在她耳边忽忽地刮过,好像在一掌掌地扇着她的脸。她脸一扬扯着嗓子说:"真对不起!"

风将她的道歉飘散了,如来听不清,大声问:"什么?"

"我把报价单的真实地址都抹了,害你们找得好苦!还给你和你老婆添麻烦!"

如来大声回答:"不是昨天的皇历了吗?下面开办美国公司就看你的了!"

出　发

~1~

阿发不是第一次出远门。自打他还在娘肚子里的时候，他的父亲母亲就从诸暨县，一路说书远涉到了这里，在这片有着说大书文化风俗的历史文化名城安下了家。

乡里人的性格远不如诸暨人那么彪悍鲁莽，阿发的少事直白常常被当地人戏称为"诸暨木卵"。他身上流淌着诸暨人的血脉，却在古城人文环境中长大，他常常自叹：跛脚鸭一只，不够莽猛又稍欠圆滑。

阿发向姒来拍胸脯："这批库存包在我身上了。销售就像我爹说大书，无非是游走四方，把死的东西说活了。"

阿发选择了西安作为销售的第一个目标城市，是因为手上有一张西安军风服装厂采购经理杨发的名片，这张名片是他与罗干干在湖水宾馆时斩获的"战利品"。而这家工厂可是这批三合一军工面料的可能买家。

出了西安车站，阿发提着装着面料样品的行李箱朝市中心走去。

这个传说中"天空飘荡着皇权之气,地下镇着龙骨"的城市连出租汽车都没有,只有外形如同跳蚤一样的后三轮,不时地按着喇叭擦肩而过。

他沿着雁塔路笔直走去,寻找军风服装厂的地址。路的两边都是麦田,过了麦田是一片草场地。正纳闷,一辆机动车满载着布匹包,"突突"地冒着黑烟往坡上驶来。顺着车驶的方向,阿发注意到,坡下方不远处有一个小山寨模样的建筑。

他拦住车问:"你知道军风服装厂吗?"

驾驶人用浓重的陕西口腔说:"那不是吗!"一边说一边踩着油门,往坡下的山寨颠簸而去。

阿发循着车辙印跨进了一个由十几间土坯房组成的工厂。工厂门口挂着标牌,上书着血红的大字"军风服装厂"。

得来全不费工夫。阿发心下大喜,拿出名片找到了采购部叫杨发的经理。

杨发长一张牛头犬的脸,阔大的唇上叼着一根古铜色的烟斗。他朝天喷出一口烟,斜着眼扫了他一眼,说:"没见过你!"

阿发脸一红,忙扯开笑脸,说:"碰到过碰到过,嗯……咱们都是单名,叫发,你叫杨发,我叫楼发,光这名字听起来就有缘分呢。你到过绍兴的湖水宾馆吧?"

杨发拔出烟斗,这一眼把阿发的热情劈得支离破碎。杨发别过头不再理他。

我又不是乞丐,来看你眼色!阿发心下哼哼,刚收起箱要离开,突然记起老厂长在全厂讲过如来为卖掉别人怀疑的猪肉,生吞猪肉的故事。他后来向如来讨教销售的要诀,如来蜻蜓点水一般开导他:"脸皮要厚,胆子要大!"

阿发重新蹲下,打开箱,取出一沓三合一布样品,赔着笑说:"我可是专门奔你来的,这是我们厂专为军队织的布,现在亏本大甩卖,市场上根本见不到,你们不是军风吗?一定是专做军队用品的吧,如果正巧你们用得上,那可真是捡个大便宜呢!"

杨发推开布样,白他一眼,问:"谁告诉你军风服装厂就是做军队用品的?你也忒不了解我们西安人了!"

阿发一时语塞。

杨发提高了嗓子说:"西安自古以来出战将,远的不说,近代就是国共两军将领聚合之地。我们厂就是沾皇帅之风,有军队的雷厉风行无往不胜之风……"

太阳西斜了,阿发再也没有耐心听他摆谱,赶紧收起布样,离开了这排叫作"工厂"的土坯房。

离开军风服装厂,阿发漫无目的,心情沮丧到了极点。路过一家电影院,见这儿门庭若市,《西安事变》的巨幅电影海报招人眼目,门前拥挤的人们无不奔此而来。他索性跟着买了一张票进了影院,打发夜色降临的时间。

影片并没有驱散他的郁闷。回到小旅店,倒是旅店老板和几个店客的对话提起了他的精神。

一位房客问店主:"看了《西安事变》吗?看少帅穿的那件军大衣,全城的人都在寻货呢!"

店主说:"咱西安人就是喜欢嘚瑟,这电影讲的是发生在我们西安的事,还不趁机嘚瑟?"

阿发听得耳热,便翻检起电影里的细节。对,少帅身上的制服确实挺括帅气。内行人明白,那面料只不过是三合一布上涂了一层厚厚的浆而已,如果加一层衬里,那么这制服可以做得更有形有状,价格还不贵,过了时髦劲儿,扔了也不可惜。没听房客说完,他赶快往街面走去。

走到团结路上的百货大楼,他把自己当成一名顾客,在男装柜台前流连。果然,不到十分钟,足足有六个小伙子前来询问:"有没有少帅式军制服"。

趁热销售!他找了个避静之地拨响了如来的电话:"西安紧缺军绿少帅制服……"

如来抓着电话着急地问:"你说西安急需军制服?我们的三合一布脱手有希望了?"

"应该是……又不全是……"阿发的声音发颤,好像挖掘一口不知到底能不能喷油的井。"市场都在问少帅制服,就是张学良穿的那种制服!"

如来直起嗓门:"你还在那儿?……是又不是什么?……赶快买一盘电影录像带回来!……什么?怕没有录像带?……去找啊,街边摊那些盗版带一定有。我们只要有服装的款式和正确的颜色就行!"

如来请来了著名的男装设计师,按照影片中少帅穿的制服模样,打了模

板，拉出工厂的库存，染成军绿色，发向周边的12家服装厂，用了整整一个星期，订制了十万件军式制服，打包成每打一箱，装了一个整40尺集装箱高柜直发西安。留下两个柜等着发东北。少帅不是东北人吗？

阿发笑容满面，这军绿制服悉数用库存三合一面料涂了浆做成，还加了一层不值几毛钱的尼丝纺衬里，成本不超过10元一件，少说也能卖出几倍的价钱。他发动供销科所有人员，找出所有西安服装商店的电话。

把货全数搬上货车，如来一直把阿发送到站台，直到火车转动了轮。他递给阿发一件大号偏小的"少帅制服"，"这是我让裁缝师傅给你定做的！到了西安就穿上，咱卖时尚，自己就要时尚！"

阿发惊讶，边说边打开看，"你还知道我尺寸啊，我就是大号穿着太大，中号又偏小！"

如来笑道："你以为大哥白叫的？看不出你还有时尚眼光！时尚时尚其实很简单，就是快速和领先。谁说普通百姓不要时尚，我头朝地摇滚给他看。老百姓的时尚就是价格实惠，样式新鲜看着顺眼。"

阿发咧唇笑："我也没想到咱这批库存军用三合一布还能时尚一回，真应了咱绍兴人的话'癫子做和尚，刚刚好'。"说完俩人哈哈大笑。

与阿发同行的炳良，早等在车站。如来抢先挤进车厢，帮他们抢了两个座位。炳良好不容易挤到如来这边，抓着火车行李板，说："真不好意思，让老板抢座位。"

如来敲敲他额头，"小伙子，你还嫩，我老江湖了！"

调车员挥挥小旗吹了哨子，如来慌不择路从车窗跳了出去。

车徐徐启动，阿发从车窗探出脑袋伸出手，如来追着车边跑边喊："记住了同行容易起虓头（土语，争斗），安全第一！"

又见西安。西安城与北京皇城根同出一辙的红墙，让人产生一种敬畏感。阿发想着让手上的货尽快出手，便拿出如来给他新配的大哥大，又拨通了西安军风服装厂杨风的电话。

"我们已经把三合一布做成时尚的少帅服了，你是地主，我们联合销售，你们拿提成吧！"

杨发撂下电话,心里嘀咕了起来:这个阿发的小子看起来呆头呆脑,怎么被他抓住这个机会?他拧歪了脸。销售这东西就是占山头,谁占住地盘谁为王。哼,闯到我的地盘来了!他哼道,如果有了第一次销售的成功,那么西安的地盘岂不被他乡人占了?天下哪有拱手送城池的道理?

杨发弯下腰移开一块地板,地板下,一把阴森乌黑的手枪亮着乌洞洞的口。他取出,用衣袖拭去尘土,揣入裤兜。听风声说政府会禁止民间枪支。真正要禁可没那么容易。

杨发叫出司机,头一扬:"跟我走!"给那不怕死的黑牛一个下马威,看他还敢不敢踏进西安这片土地!

阿发提议绕个路,从渭河岸边走。那里可以抄小路到缨东路服装大楼。

阿发对炳良说:"小时候常听伢爹说大书时提起过渭河,咱们去渭河边看看,这河到底长啥样。"

炳良打开地图,指点着说:"这还是条近路呢!如果巧,还能找条小船,那就更近了!"

阿发乐:"小时听我爹说大书时讲,鲁迅曾乘船沿渭河到西安的草滩来讲过课呢!"

两人说说笑笑到了渭河边上。到了河边,他们就后悔了,这茫茫渭河除了一片摇着絮穗儿的芦苇,别说摆渡的小船了,四周连个人影都没有。

突然传来枪声,足有一梭子弹从头顶上飞过。

不妙!招惹地头蛇了!阿发猛然记起了如来的话:同行容易起龌头。销售这事儿宁可自己一家家上门磕也不要惊动当地同行。

他惊恐地压低声音道:"我们遭伏击了,快跳进河去!"

子弹显然有目标地朝这边追踪。

河面上泛起一片血色。炳良水性没阿发好,脑袋老在水面上晃动,一颗子弹向他飞来,他翘起臀,脑袋往水里钻,一枪子击中了他的臀部。

阿发浑身发抖,他拨开水面上的芦苇,游向这片血色,抱起炳良,折了几根芦苇管,插入他的鼻孔,自己嘴里衔了两根。

他费力地拖着炳良,奋力朝对岸潜游过去,那里人影幢幢,他联系过的服装大厦就在河岸上面。

他爬上岸,哼哧哼哧地背着炳良朝霓虹灯闪烁的大楼走去。

~ 2 ~

春末，气温不到18摄氏度，汗水却湿透了衣衫，妞来抹了一把不断沁出脑门的汗水沉着嗓子问："买枪？人武部报批会同意吗？"

阿发低着脑袋："人家有枪我们没枪，再遇枪打怎么办？还好那天子弹只是在炳良的屁股上穿了个洞，差一点没打断股骨。连点自卫的武器都没有，没人敢当销售了！"

有才从美国南卡装运机器回来，还在倒时差，接到妞来的电话，就往厂里赶去。他强睁着不适应时差的双眼，看看妞来和捧着脑袋的阿发，便少有地长篇大论起来："新中国成立后政府就开始控枪了，但是直至今日民间一直有大量枪支流传，'文化大革命'期间文攻武斗，有不少枪支依然散落在民间。越南自卫反击战，美国兵丢弃在中越边境的枪支无数，我亲眼见斗门厂的保安去云南中越边境找过枪，还偷着扛回好几支！现在轻纺市场刚建成，没有建立秩序，你打我斗，你争我抢的，少不了有黑帮驻扎，抢市场，抢地盘，明争暗斗擦枪走火防不胜防，咱们弄杆把枪在手上是必需的，装装样子也比没有强，要不我这民兵队长哪有威风啊！"

妞来沉着脑袋，半晌，眸光射向有才："你真有办法弄枪？"

有才肃然颔首。

妞来捂着拳掌，每一个指关节都捏得发青，"既然咱们成立了民兵队，弄几把公务枪也必要。"他低着脑袋，看着地面。

有才抬起脑袋，瞧一眼妞来，说："指望公务枪？省省吧，咱们属于乡镇企业，跟公字号搭不上边。必须自行想办法！"

"好，买了枪去武装部备个案，咱们犯不着莫名地背个私藏枪支的恶名。"妞来耸了耸肩。

"不过，买枪前，咱们丑话说前面，第一，不能在人前显摆；第二，除非遇到生命危险，谁也不能随便放一颗子儿！否则……"他停顿了一下，狠狠地说，"我举枪先崩了他。"

说完，他手指弹了下桌面，径直站起，出了办公室。

汽车穿过颛西盘山公路。有才捅捅正打瞌睡的阿发："你看外面这景色，咱们那里可是看不到的！"阿发揉了揉眼直起身，探头看车窗外，失声叫道：

"好险啊!"只见四周山峰叠嶂,脚下壁立千尺深不见底,车在沟壑上盘行,稍有不慎就会车毁人亡。

有才指着山下一片村舍说:"这里是云南文山壮族自治州,翻过山就是麻栗坡县了,离县城北郊4公里处有个烈士陵园,那里埋着我们937名战友。要不是我命大,一定也埋在这里了!"

阿发刚要开他玩笑,见有才面红气促,便住了口。

有才显然进入了中越自卫战那个恐怖的梦魇中。

阿发无数次听他述说过死里逃生的故事,在那场收复老山的战役中,越南发动集团冲锋,他所在的军团殊死抵抗,他不幸中弹滚落山崖,一位老人和姑娘把他抬进了他们的院落。他永远也忘不了那个叫凤花的姑娘对他的悉心护理……

"你还认得去她家的路?"阿发眼角瞟向他,小心翼翼问。

"废话!"有才横他一眼,没有搭理他。

在离中越边界处不远的这条狭小的坡地上,刚过去的中越战争除留下一块新筑的界碑外,没有在这个村落留下任何痕迹。

有才伸出手去,犹犹豫豫地敲门。门自动开了。一个精瘦的老人手里捏着旱烟斗,拉开门,警觉地看着他们。

"魁金伯!"有才声音发颤,情不自禁单腿下跪双眼噙泪仰头望着老人。

老人觑着眼认出了有才,赶紧把他拉进了屋。

没等有才开口,老人便笑着说:"你晚啦!凤花嫁给了那边!"他用烟管指指西墙。

有才眼芒黯然。他眼前闪烁着凤花含情脉脉的眼。

"我退伍后安顿好生活便来接你去绍兴,你愿意吗?"他问。

凤花头一扭进了屋,然后拉开一道门缝说:"哥,看缘分啦!"

魁金伯点了烟斗,抽一口烟说:"凤花还真等了你几年,后来越南那边一个小伙子来说亲,原来以为嫁得不好委屈了凤花,没想到咱姑娘命不错,嫁过去不久,就与丈夫一家移民去了美国洛杉矶。来信说,最近在西班牙裔社

区开了一家布店,专供各式服装面料,生意还不错呢!"

有才微讶:"什么?美国?西部?布店?"

老人磕了磕烟斗,"那个国家好像欠了越南几辈子的债,好多越南人都被特别对待,办了全家移民。我是舍不得咱这片热山热土才没跟过去,要不然你来这里找不到我啦!"老人嘿嘿地笑。

"我刚从美国回来呢,要知道凤花妹在美国,我怎么也会去看看她。"有才动情地说,"当年我们班被围困在孤岛一样的山顶,我被一粒子弹击中腹部,滚下山顶,要不是遇上您和凤花,我这命早没了!"

"哎,这点小事就别提了,你看这墙上的奖状,我们可是拥军模范之家呢,看见子弟兵受伤能不救吗?回头我把凤花的联系方式给你,下回去了美国一定去看看她!"

魁金伯这才问:"孩子,你咋来的?腿好利落了?"老人上下打量着有才,又瞅向跟在有才身后的阿发。阿发赶紧立直身体。

有才介绍:"这是我兄弟阿发!"边说边转了个圈,"你看,我这腿没落下半点毛病吧!"

老人猜测的目光在两人间穿梭。

有才把老人拉进里屋,附在老人耳边问:"你那家伙还在吗?"一边伸出拇指与食指比画着枪的模样。

老人警觉地问:"你要那玩意干啥?好多走私的来这儿高价收,我怕他们拿去祸害社会都没敢放出去!可我也不甘心白白地交出去,这些家伙可是我跟凤花冒着踩地雷丢命的风险捡来的!"

有才做了军人的行礼:"你看我像做坏事的吗?国家虽然还没有严格禁枪的法律,但是也不主张民间拥有枪支,更没有民间可以随便买枪的条文。我现在是民兵队长,去申请买枪,手续繁复不一定能批下来。可是社会上有这玩意儿,我们的销售常年在外还不时吃暗枪,这不,前些日子,阿发带人去开发西安市场,一个销售员挨了地头蛇的枪子,差点回不来呢!咱们也得弄根把在手上,吓唬吓唬坏人。再说生米煮成熟饭后,再向上报,容易批准!"

说完拿出一沓钱放在桌上:"这可是我们总裁千叮咛万嘱咐要我带来的见面礼,正好可以给凤花妹子在美国开店讨个彩头!"有才边说边咧嘴笑:"凤花妹在美国开服装店,咱们有缘分,保不准我们还能见面合作呢!"

"这钱就算了！"魁金伯拿起钱，码整齐了，塞进了有才的衣兜，说："咱们之间要算钱就太见外了，再说这东西也是捡来的！你拿去正好帮了我的忙呢，我再不用为它提心吊胆了！"

有才的目光随着魁金伯走。

魁金伯笑着说："再去美国，一定去看看凤花。她可是一直惦着你呢！"边说，边进里屋，打开抽屉，找出一个信封。

魁金伯指着信封上的英文地址，说："这就是凤花开店的地址，都是洋名，你拿去吧，哪天再去那头，代我去看看他们的生意到底做得怎么样，给我送个准信来。"

老人见有才把信封装进了上衣口袋，点着头说："说实在，咱们国家虽然还没有全面禁枪，但是我想这是早晚的事。这些家伙放在家里我心里总是不安，把它交到你手上我也放心了。"

魁金伯没等有才接茬，转身跨出屋，探头看看院外，随即关紧了门。插上门闩，径直往里屋走。

有才和阿发大气不敢出，跟在老人身后。

金魁伯走到一张红砖砌就的炕床前，停住了，看看有才又疑虑地看看阿发，"如果……万一……"真要把这些真家伙拿出去，他的手微微颤抖。

有才赶紧捂着胸窝发誓："绝不会拿枪去干坏事！"

老人神经质地嗫嚅着："这东西早该出去了，放在家里早晚是个祸害！"说着他抓住炕沿上的棕垫，猛地往上拉起，用床单布包着的两条长枪和两支手枪，像蒙着面罩的恐怖分子，森然出现在眼前。

老人小心地打开裹着物。两条苏式米格步枪，一支苏式TT30/33式和7.62毫米托卡列夫手枪，枪管闪着冷光。

阿发还是第一次如此近距离地接触真实的枪支，他双目发直，从心底发出一阵阴冷的风，浑身便起了一层鸡皮疙瘩。

"怎么带走？"老人峻然问道。

有才指指外屋，一只黑漆漆的旅行袋横躺在地。

老人摇摇脑袋，把枪支放回炕底，连声说："不行不行，这里常有边防兵对可疑的包裹突击检查。"

有才急了，忙解开衣服，说："两个大活人还会被尿憋死？绑在身上贴身

带总安全了吧！我还带了一件少帅军呢大衣呢，把枪绑到我背上，外面披上大衣，孙悟空也看不出来。"

有才说完，从行李箱取出一件长风衣。老人眼睛一亮，重新掀起了棕垫。老人从箱柜里抽出两条旧床单，三下两下撕成了条状，一圈圈围着有才的身体绕着，把两条米格步枪紧紧地缠绑在有才的背上。

绑毕，有才穿上风衣，虽显臃肿，却直挺挺俨然一个魁伟的退伍老兵。

那两把手枪就好办了，阿发张开双臂，老人又撕破一条床单，把枪包在布条里，然后贴着阿发的腋下放好，再用被单布一圈圈缠紧。两把手枪就结结实实地固定在了阿发的腋下。

阿发穿上夹克衫，打趣道："什么时候我腰背真这么粗壮了，我一定来陪魁金伯住，天天到山里打狗熊孝敬魁金伯。"

魁金伯听了直乐。

事毕，魁金伯走出院子，不慌不忙地点燃烟斗，眼环四周。

街面上无人。魁金伯干咳两声。

有才应声而出，迈着训练有素的军人方步，从从容容出了屋。

阿发深吸一口气，紧随其后。

果然，走出村外，他俩刚想绕过界碑往大巴停靠站走去，两个端着枪的军人朝他们走来，阿发急得浑身冒冷汗，他使劲夹紧胳膊，两支缠在腋下的枪沉甸甸地像要往地上掉。

有才哼他："你朝我身后过，大大方方往大巴方向走，这边我来招呼。"

~3~

"大哥，我们回来了，刚下火车……"

如来接起电话。是有才的声音，细若游丝，没说完电话就断了。

"有才有才，你们怎么了？"如来抓急，对着电话直喊。

电话那头传来"嘟嘟"的忙音。

如来心下大惊，丢下电话飞速往屋外奔去，边走边用"大哥大"呼民兵班："火速集合，跟我去火车站！"

车站广场。甘蔗摊、水果摊、各式炒货摊、炸米花的，卖布的八方来客一派繁闹。穿过熙攘的人群，如来一眼看到了倚在墙边的有才和阿发。

有才面色惨白，昔日魁梧的身体眼下如一坨大麻花。天气并不冷他却穿着肥大的军绿色风衣，依着墙似乎随时要直直地扑倒在地。同样虚弱的阿发有气无力，用肩膀顶着他。

"有才！"听到妞来的叫声，有才脸上掠过一丝笑意，阿发一激动歪过身，失去依靠的有才直挺挺地倒在地下。

妞来一干民兵快步上前，七手八脚将有才扶起。

阿发喘着气用嗓底的声音说："小心，他身上绑着……"他伸手比画一个枪的手势，臂膀无力地夹着身体，他腋下也绑着两把K47手枪。"有才已直立了七天七夜了，全身早已僵硬麻木没有知觉……"阿发使出吃奶的力气提了提腋下物。

"赶快救人！"妞来与一干人手忙脚乱地架起有才。有才绑着长枪的身体直挺挺的，沉重如僵尸。

周遭霎时围了一圈路人。哪位好心人叫来了急救车。

不出一根烟的工夫，随着警笛声，一辆救护车驶入车站广场。车上跳下两个穿着护理服的护工，口罩捂得严严实实，只露出两只黑洞洞的眼睛。

他们跳下车，拉出车上的担架，径直往有才昏倒的地方跑去。

妞来低声嘱咐随行民兵："他们身上带着买来的枪支，千万不要暴露了，生出什么事来，背上有才，架上阿发快速离开这儿！"

七八民兵架着抱着推着搀扶着有才阿发挤出人群迅速离去。

护工抬着担架朝人群走来，一边问："病人在哪里！"

人群让开一条道。

妞来直面护工，他拖着步子，好像虚弱至极随时要摔倒的模样，耷拉着脑袋歪扯着嘴，含混不清地说："我，我是病人，有羊癫风，刚才差点犯病！"

护工怀疑地盯着他，人群中有人说："刚才好像是那个块头很大的人有生命危险呢，怎么成了小个子了！"

有人说："那块头大的好像已经被架走了！"

"喏！看，好像在前面没走远呢！"有好事的指着前面拥着有才和阿发的七八人。

护工正纳闷，迎面走来两个警察，围观的人群中有人指着还没走多远的有才说，那大个子好像有点问题，明明是昏倒了，很快被人架走了，天气一点都不冷还穿着个长风衣。

护工刚要跟警察说什么,说时迟那时快,如来脑袋一歪,身体僵直地跌倒在护工脚旁,嘴里发着含混不清的词语,两脚两手同时抽搐起来。

被突然跌倒的如来惊吓,两位护工放下担架,弯腰抬起如来。

如来屏住呼吸,手脚不停地抽搐,眼睛往上翻起,只露出眼白,喉咙底往外呼噜噜地冒出唾沫。

两位护工麻利地把他抬上担架,迅速将如来连同担架塞进了急救车。

"原来真正要抢救的是这个瘦筋的人。"一位护工说。

关上急救车厢门,一护工跳上副驾驶位,很认真地对警察说:"羊癫疯病人发作起来说倒就倒,抢救不及时还真要死过去。"

围观的人均被眼前的迷象弄蒙了,有人指有才和阿发离去的方向,有人指如来。

警察挥挥手喊道:"看什么热闹!有什么好看的!"

人群瞬间散尽。

急救车呼啸着,载着如来往医院驶去。

~ 4 ~

经过一个星期的休整,阿发重新抖擞起来。

如来把他叫到办公室,关切地问:"好点儿了?"阿发豪气地拍了拍胸脯。

如来罕见地拉着阿发坐了下来。阿发好奇地看着他。如来显然早有准备,满暖瓶的水,一罐清明前采摘的龙井茶,一盏老龙头紫砂壶,两盏茶盅。茶汤氤氲、浓郁、香醇、刺激,作为焕发活力的源泉,没有比这更能表现男人的友情和意味深长了。

"机器安装和新产品生产还有一段时间,咱们得把所有库存处理掉,一是要让工人有饭吃,再则,我们往西部探探路。这儿就这么点市场,不够塞牙缝的。"果然,如来的茶不容易喝。

阿发嘿嘿笑:"我知道你的心有多大!"他一口将满盅的茶倒进口中,站了起来,"我带炳良去趟新疆石河子吧,他伤口也痊愈了,没大碍。"

新沏的茶刚喝了头道,如来说:"兄弟之间不用多言,现在每天涤棉交织布的产量是3万米,库存量不断增加,不但占用资金,不大的仓库又开始堆积了,能不能减下去就看你的了!"

妗来把阿发送出门，握着他的手，好似久别："兄弟，说你行，你准行！"

临行前，阿发去民兵队，有才把手枪包好，放进他的旅行包压在最底下，嘱咐他，"到了目的地就拿出来放在身上。新疆那地方人生地不熟的，真遇到你死我活时，别顾及那么多，记住：人只有一条命。"

有才一直把阿发送出厂门，好像生离死别。

新疆，石河子市中心广场，阿发一眼看见了"军垦第一犁"的雕塑，广场西侧是一排军垦博物馆，虽算不上威武壮观，却有几分民宅的亲切。

阿发兴奋地对炳良说："我们真来对了，这里是军垦之地，咱们的产品涤棉卡其布的最佳用处，就是做军队的服装。这里是由建设兵团组成的城市，基本市民都是兵团战士，我们的布在这里一定有市场。"

酷军品纺织市场离市中心不远，不多的摊位，摊主大都来自安徽、山东、河南，还有浙江海宁那一带。阿发让炳良拉着箱子，自己则抱了一卷样布在手上。

他们在市场内来回转悠，一看见有穿领章帽徽的军人和不戴领章帽徽的兵团模样的人进市场，阿发就迎上前去，自来熟地握手，自我介绍一番，然后摊开样品。

阿发双眉紧蹙，对方连一句"不要"的话都没有，就直接把他的手挡开了，连瞅他一眼的机会都不给。

他正沮丧着，一眼瞥见西侧一位摊主，正抖开一轴同样的布，摊主面前是一位中年妇女。那妇女很满意，足足要了一卷，抱着离开。

他看得眼热，把样品交给炳良，向那个摊位凑去。

摊主操河南口音，待买主离去，阿发上前搭讪。那摊主横他一眼，歪着脑袋问："你有一模一样的布？你卖多少钱一米？"

阿发眸光扫遍这个摊位，心想：这可是这个市场里最大的摊位了，三分之一的摊位放着与他手上类似的涤棉交织斜纹布。听口气，他的布都是批发来的，便问："你想出多少钱买？"

摊主长一脸横肉，哼他："我还想卖给你呢！"

阿发并不介意，认真地说："我们工厂有100台织布机，60台经纱机，60

台纬纱机,整经机有20台,每天至少出3万米布,你要多少?我们现织都够你卖的。"

那人转过脸来竖起眉,盯着阿发:"你敢来这儿做生意?"

阿发反问:"你不也来这儿了吗?"

摊主开骂:"你不看看老子是谁,你初来乍到,一脸乡下人的样子,也敢来卖与我一样的布?"

阿发听他语带侮辱,来了火,盯着对方的那张阔嘴,想给他来上一拳。

炳良拖着箱子走上前来,见两人面色不对,赶紧把阿发拉开,小声说:"人家叫你诸暨木卵,你倒是真木卵。万一人家是黑社会头呢!"

阿发甩开炳良的手,说:"这市场又不是他家开的,我们不能卖呀?"

炳良见那个摊主眼睛不断地朝他们这边扫,赶紧拉开阿发:"看对面摊主眼神凶狠,咱们还是走吧!"边说边拽着阿发离开。

第二天太阳刚升高,阿发与炳良又跨进了市场。今天他们刻意站在市场入口处,阿发心下哼哼,我倒要看看谁是真正的买家。

两人正小声商量,阿发见迎面来了几个不戴领章帽徽的兵团模样的人,正走向第一个摊位看布询价,他便丢下炳良独自蹭上前去。

见询价人转身换摊的当儿,阿发迅速上前,把布样秀给对方,并报出最低价格。

对方几乎不相信自己的耳朵,又问了一遍:"这是你们自己厂织的布?交了钱一定拿得到货?"

阿发掏出名片说:"这是工厂用丰田织机织的,每周7天,每天24小时生产,没有半点虚假。"

炳良跟上前来,见对方问得认真,便跟着说:"这是我们负责销售的老总,机会难得,工厂直接来销货,一手价。"

对方频频顿首,随即取出名片说:"明天上午带着样品到我们营部来,只要价格好品质没问题,有多少我们要多少!"临走时又叮嘱,"明天上午10点半,不见不散。"

阿发与炳良会心地笑。时间还早,他们又在市场逛了一圈,走过昨天那个大摊位主面前,阿发报复性地剐他两眼,然后昂头挺胸而过。

阿发无心再逛，直接从市场回了旅店，一边走一边给妕来打电话。

他兴奋地差点喊起来："真给我们找到买主了，你猜我们最低价出多少？"

妕来说："库存这东西拖一天就是亏损，有价就卖，卖一分也是赚！"又不放心地说："小心点，可别老鼠掉进糠箩里来个空欢喜。"

阿发笑："卖了布给什么奖励啊？"

妕来说："有！3斤老酒，4两虾干，一盘盐青豆。"

说完，俩人对着电话哈哈大笑。

太阳西斜，阿发才想起还没吃中饭。便与炳良一起进了旅店不远处一家叫哈撒客的饭店。

坐定，他们要了一盘孜然羊肉，一份土豆丝和一盘红烧大茄子。这里没有卖绍兴花雕酒，他们叫了一瓶二锅头。酒过三巡，天已擦黑。阿发渐渐不知自己身在何处。炳良不喝酒，入疆以来就水土不服，刚吃下一片羊肉，就喊肚子疼还想吐。

小饭店没有茅厕，阿发说："你赶快回旅店，别拉在裆里。"炳良脸憋得通红，问："你没事？"

阿发笑他："哪有问题，才2两而已。"又拍拍腰间。那里藏着一把手枪。"这东西不吃素！"他挤了挤眼。

炳良捂着肚子跑着颠着走了。

小喝片刻，夜色渐晚，阿发不敢再喝，喊服务员结账。

阿发跨出酒店，刚走出1里路不到，感觉身后有一黑影紧随。他顿时酒意全消，心怦怦地乱跳，加快了脚步，一只手死死地捂着腰间的枪。万不得已时就出手，个对个绝不会败给他。触及这坚硬冰冷的物事，虽壮胆不少，脚步却丝毫不敢放慢。

旅店昏黄的灯光影影绰绰，眼看离住处只有十几步之遥，他几乎飞奔起来。拐一个角就是酒店了。阿发小心地回头，见黑影不见了，他嘲笑自己：大惊小怪。放慢了脚步。

近拐角，他眼前一黑，不知从何处钻出两条蒙着黑布的大汉，他刚要张口喊叫，嘴已被一块大胶布死死封住。

他迅速摸到了腰间的枪，该是动用它的时候了。这念头刚出现，另一个声音就压倒了他："不到万不得已绝不能放第一枪。"

该死，这是姒来的话，自己也曾发誓，不开第一枪。

只要他们不开枪，我就能与他们肉搏，我从小学的散打足够抵挡一阵了。阿发这样想着，便左踢右挡，使出了散打的功夫。

一团黑影正面袭来，他正要飞起双脚，他的双臂就被反剪了，随即一条比蛇粗的麻绳将他死死地捆紧。

膂力强劲的挟持者推着他走到了酒店不远处的一道沟壑处。一个人影从黑暗中向他走来。

他惶恐至极，张口喊救命，但被胶带封死的嘴咧不开一丝缝隙。

那黑影在他面前站定，刺啦划亮一根火柴。灼热的火触及阿发的眉毛，和他的发际。他几乎听到了火苗燃及他的头发和眼睫毛呲呲的声音。

一个阴沉的声音在他耳边响起："看看我是谁！男人到世上来就是为争地盘的。滚回你的老家去！"

借着火花，他看见了那张扁阔的横肉的脸，正是那个河南摊主。

随即，他眼前一黑，身后那两个挟持他的大汉伸腿，将他踢翻在地，那个横肉摊主操起地下的树棍猛烈地击打着他的背部头部，一边伸出大皮靴猛踹他的肚子和大腿。

阿发扭动着身子挣扎着，奋力地用脚朝对方肚子踢去。

寡不敌众，阿发遭到的是更为猛烈与残酷的击打。

我要死了！可惜不能把布亲手交给那个兵团采购了！他无比懊恼。刚才为什么不先发制人朝黑影和来人开枪呢？

阿发彻底被打晕了，几乎丧失了思考的能力。

隐隐约约听横肉摊主阴沉的声音："搜他的身体，看有没有那些贱货的名片。"

这声音把他从昏迷中激醒。那个挟持他的大汉正在搜他的全身。"有枪！"那个大汉用惊恐的声音低声呼道。

横肉摊主一愣，倒退一步。随即，跨上前来，接过枪，翻来覆去小心翼翼地看着。这是他第一次触及枪支。他阴笑着："哈哈，胆小鬼，拿这家伙来吓吓人而已！"

糟糕，枪落在他们手里就坏了！阿发从懵懂中清醒过来，趁着横肉摊主把玩手枪的瞬间，用尽他残存的最后的原始动力，挺起被打得遍体鳞伤的身体，抬起沉重的被打伤的腿，对准横肉摊主手中的枪，凶猛地踢去。

只听"嗖"的一声,被踢中的枪远远地落到了沟壑下的黑河里。

阿发似乎听到了手枪落入水中闷闷的声响。他瘫软的身体如死尸般再也无法动弹。他张了张发干的嘴,对着黑沉沉的夜空咧出一个宽慰的笑。他无力地合上了双眼,眼角漾着淡淡的笑意。让枪见鬼去吧,虽然它来之不易!他记起魁金伯的话:千万别让枪落在坏人手里!

横肉摊主没提防濒临死亡的人会有如此蛮力,到手的枪被踢飞了。他回过神来,操起地下的大棍,朝着死尸般的阿发没头没脑地猛击。

阿发挣扎着,渐渐地,连哼一声的力气都没有了。

垄上隐隐传来"突突"的车辆声。横肉摊主不解气地朝他的身体又踹了几脚,然后率两大汉猫腰,沿着沟壑快速逃离。

阿发孤零零地躺在彻头彻尾的黑暗中。入秋了,垄上的风吹得他的伤口刺骨般疼痛。还有痛觉,我还活着。他艰难地挪动一下身体,脸触碰到什么尖利的东西,生生的疼痛。

他试着挪过脸去,是一小块尖利的石子。他心下掠过一丝惊喜,确实有痛感,我还活着!

随即,他拼力地将脸朝石块挪去。

他成功地将被胶带封死的嘴对住了这块利石。他使出残存的力气,一下一下地磕,一点一点地磨,一丝丝地蹭。

终于,胶带霍然裂开了。他张开嘴大口大口地吞进空气,清凉凉的带着血腥味。这味道让他的意识彻底清醒了。

这时,不远处传来的"突突"声,近了,又渐渐远去。他使出全身的劲呼喊着:"救命!救命!救……"这声音在旷野里像蒲公英花絮被风吹得七零八落……

~ 5 ~

老掉牙的军用吉普车哼哧哼哧行驶的时候,散发出难闻的汽油味。

司机皱着眉摇下硬塑料片的车窗。

隐隐听见车后随风传来求救的呼喊。他踩住刹车,问坐在副驾驶的同行,一个穿着褪色军装的老兵团战士。"听到呼救声了吗?"

老战士摇下车窗探出脑袋往后看,黑茫茫一片什么也没有,但那呼救声却一阵比一阵短促虚弱无力像临终的产妇求救新生。

"倒回去看看！"没等他的话音落，司机早已掉转车头循着呼救声驶去。

阿发拖着血肉泥模糊的双腿一寸寸往沟壑上挪动，一边竭尽全力地让自己能发出呼救的声音。

两道车光越来越近。他拼力扯开血肿的眼。是一辆60年代的军用吉普。车熄火。跳下两个穿着与有才常穿的退伍军人服相近的军服的人。

他嘴上掠过一丝笑意，试图举起的手臂无力地滑落，脑袋歪在一边昏厥了过去。

车在夜间行驶如同孤舟在大海中起伏，每驶过一个沟坎，车身就蹦起很高。阿发的脑袋像被刀剁一样，伤断的腿钻心的疼痛，所幸的是，车的震动竟让他苏醒了过来。嗓子发干，他清楚地蹦出了"水"的发音。

老战士俯下身细心地将水往他的嘴里一点点地喂。

阿发想起了炳良，找不到我，他不知急成什么样呢！"05753233"，他清楚地报出了炳良随身带的大哥大号码。

"西营镇到了，这就是我们的医院！"他听见老战士俯在他耳边亲切的声音。

"炳良呢……"他嘴唇微翕。

"联系上了，马上就到！"老战士努力宽慰他。

"赶快送抢救室！"

他听见人们喊着，随着一阵脚步声，他的身体晃动着被抬上了担架。

~ 6 ~

按照炳良的指点，妞来、有才率着几个民兵漏夜赶上了开往乌鲁木齐的列车，昼夜辗转又搭上了开往石河子西营镇的卡车。

载他们的司机指着一座平房说："那就是你们要找的十八师一四八医院。"

妞来留下众人等候在医院门外，自己径直往医院内走去。

医院门口，站岗的士兵好像很理解妞来的请求，没多听解释就放妞来进去了。妞来小跑着进了抢救室。

抢救室2号病房，妞来一眼认出了阿发那双41码半的鞋。阿发的双腿上

176

着夹板，露出黑乎乎的脚丫子，脑袋缠满了绷带，一只青肿的眼睛闭合着。

如来疾步走上前，伏在床沿，轻轻地在他耳边叫："阿发，我来了！"

阿发没有动弹。

如来稍稍提高了声音："阿发，我是如来呀！"

阿发动弹了一下。

如来握住阿发露在纱布外的手，又叫："阿发！"

阿发强将眼睛撕开一条缝，依稀辨出了如来，大滴大滴的泪顺着睛角溢了出来。他断断续续地哽咽："大哥，医生说我这腿怕是保不住了。我，我恐怕再不能跟你走世界，再不能跟你卖布跳摇滚了……"

如来跪下双腿，握着阿发的手，两行烫得如火的泪沿着脸颊滚进了唇边，他吞咽了进去。

"不会的不会的，你会没事的，不是说好了去美国去巴黎，咱们还要做时尚品牌全球销售的吗？我们还会一起去纽约作秀跳摇滚……"如来声音发哽再也说不下去，他紧紧抓住阿发的手贴在自己的脑门上，将泪痕的脸深深地埋进白色的床单里。

阿发鼻翼嗡嚅着，极力漾出一丝微笑："枪……那把枪，被我踢进河了！"

如来抓紧他的手，抬起泪眼，问："你发现坏人怎么不开枪呢？"

阿发微弱的声音时断时续："不开第一枪！我记得……"

阿发停下来极力喘出起气来："天那么那么黑，我无法断定那黑影是不是真的冲我来的，万一打错了人……"

"名片被抢去了，但是…我记得名片上那人姓……姓薛，全名我记不起来了，上面写着……十八师……采购……"阿发没能说完，咧了咧嘴强做出笑的形状，脑袋却不听话地歪向一边，不再说话。

如来握着他的手，摇晃着，一边带着哭腔喊着："阿发阿发，你千万别走，你醒来呀！你醒来呀！你千万别走……医生！医生在哪里？"如来抬起头，像一头受伤的野狼疯狂地呼喊。

有仇不报不是绍兴人！如来骂着娘，双眼网满血丝。昨夜，他整夜没有合眼。

一大早炳良领路，如来一干民兵到了军酷纺织品市场。那个横肉摊主看

了一眼炳良,露出一丝阴笑。

　　妞来走上前去怒视着他,紧握着拳头。

　　有才走到妞来身边,耳语问:"咱们把它撸平了?"

　　三两保安走过,警惕地盯着妞来一干20来人,然后站在边上盯住不走。

　　好汉不吃眼前亏,没有抓住把柄动手肯定被抓进去。妞来瞪着横肉摊主那一边,咬着牙说:"不惜代价租摊位,激将他,逼他先动手,然后我们还击,整死他!"

~ 7 ~

　　军酷纺织品市场。

　　火凤凰纺织厂租下了横肉摊主对面空地的一长溜摊位,厂里的民兵全体集结在这里,正在忙着卸货。

　　工厂加急运来了一火车皮的面料,这些面料全是卷轴状,卷布料的不是布轴而是一根根长剑短剑轻剑重剑花色剑。尼丝纺、压皱纺、平绒布、涤棉卡其布等林林总总占据了半边市场。民兵们一边搬货一边布摊,有才派了两人紧盯住横肉摊主的一举一动。

　　炳良说:"我敢保证,劫杀阿发的就是他!"

　　妞来对有才说:"你在这儿盯着,有动静就叫我,我再去医院看看阿发。"

　　四天四夜的抢救,阿发虽然脱离了危险期,一双腿却齐齐地切除了,只留下两截平平的大腿根和完整的男根。

　　同病房住的是一个新疆兵团十八师的战士,说:"你还算运气,正巧遇上咱一四八团的吉普车,保住一条命。"

　　阿发双目发呆盯着天花板没有动弹。

　　妞来走进病房,见到阿发被子下空荡荡的腿,眼泪夺眶而出。

　　听见妞来的声音,阿发回过神来,挣扎着起身。

　　妞来抹开眼泪,按住他:"别动!"

　　阿发抱住妞来,全身抽动恸哭起来。两个男人的哭声闷闷的,像奔腾的黄河水。

　　病房重新安静下来。妞来问病房的战士:"十八师采购部在这儿吗?"

　　战士摇了摇脑袋。沉思片刻,说:"我们可不需要向别人去买布,我们一四八团自己种棉花还有自己的织布机。每年夏末秋初你去我们农场看看,你会看到那满地的棉花呀!"战士一边说一边比画着,言语中充满了成就感,"一眼望去,无边无际的棉田,好像白云姑娘成群结队来到了人间……"

如来咬了咬牙领。此刻,他耳朵里根本无法装进任何甜美的声音,美好的画面。

"指导员!"那战士停止了描述,惊喜地叫道。

病房里进来了三个干部模样的人,他们走到战士床前,战士挣扎着起身,一个年长者轻轻地将他按下,说:"别动!"

趁着他们说话的间隙,如来问:"麻烦打听一下你们采购部有没有姓薛的?"

那年长的想了一下说:"师部是有采购部门,我知道他们每年采购很多面料,这些面料小部分服装厂自用,大多数都出口俄罗斯。至于有没有姓薛的,我就说不清楚了。"

如来还是通过那个指导员的指点找到了一四八团采购部,又在采购部找到了阿发口中那个姓薛的人。

那个叫薛仁的是采购部部长,长得高头大马,说一口山东话。

他同情地看着如来:"做工厂的就怕压货,别怕,你们仓库里的涤棉斜纹卡其布我们全要,我们还可以进一步产销合作,我们种棉花,你们加工,成品可以大量出口俄罗斯。"

如来大喜,随即哀伤地说:"要不是阿发,真难碰到你,可是……"他晃了晃脑袋,两滴亮晶晶的泪,子弹般穿过地面,消失在泥土里。

薛仁问清缘由,睁圆了眼,拍着桌子叫道:"什么?居然市场有如此黑帮黑人?反了!竟到我们兵团管辖的土地上来行凶了?!"

薛仁拎起电话:"市场稽查队吗?查查市场上那些个摊位,西边那河南摊主是什么时候进市场的,有没有不良记录?"

如来悄悄对随行来的有才说:"神了,这兵团人还跟政府部门有联系?!"

有才说:"你没听薛部长介绍,这儿整个城市都是建设兵团编制!"

如来嘿嘿地笑:"我们还真因祸得福了,薛部长说明天带我们去参观棉花地呢!"又说,"你抽空带着咱们的民兵到这里来学学人家兵团的兵吧,咱们的民兵连也改叫生产民兵吧!"

说话间，市场上一守摊的民兵来报："对面的横肉摊主和我们干起来了！"

如来赶紧起身，抱双拳向薛仁告辞："兄弟暂且告别，万一我们正压不了邪，还得麻烦您随时救驾！"

薛仁张嘴欲问究竟，却见如来已拉着有才快步出了大门。

军酷纺织品市场西边摊位。远远就听见打斗的吆喝声、谩骂声。

只见火凤凰纺织厂民兵们已布好了阵势，他们从布轴中间的圆孔中抽出刀剑棍棒紧握在手。

横肉摊主那一边，摊位上堆满了砖石和粗粗的柴火大棒。

横肉摊主手上握一把砍木头用的利斧，对准炳良劈来，一边叫骂着："你们这些南蛮子也敢来与老子争地盘，不要命了！"

民兵们毫不示弱，齐声喊着："公平竞争，有仇不报不是越人！"喊完齐刷刷冲将上去，举起长剑短剑杀向横肉摊主。

有才眉锋山立，喊道："给咱兄弟阿发报仇的时候到了！"

如来见状赶紧向薛仁电话求救。

收起电话，如来即操起一把花剑，一个筋斗翻到民兵队列中间，对民兵们说："听好了，狠劲打，但千万不要出人命。听我指挥，使轻剑的只能刺不能砍，使重剑的只能劈砍而不能刺，尽量使用冷兵器，挫伤对方邪气。我们的目的是，把他们关押起来，用法律惩罚劫杀阿发的凶手。"

没等如来交代完毕，一根大棒朝他头部劈来，他飞起腿刚挡开大棒，一块砖石嗖嗖地又向他直飞过来。他赶紧闪开脑袋。

只听横肉摊主叫喊着："杀鸡先砍头，把这狗日的头儿拿下，他们是自己送上门来找死的！"

民兵们喊叫着："杂种，你长几个脑袋敢跟我们越人斗！"

一片乱哄哄的杀声中，双方都有伤者被击倒在地，被人踩过时发出痛苦的呻吟。

摊位四周挤满了前来看热闹的人，有人嚷："出人命啦！"

随着一片叫嚷声，整齐的跑步声由远而近。一队整齐的军列小跑着进了市场。他们端着枪整齐排列在摊位前，喊道："不许动！放下武器！"队列最前面的战士举起枪,朝天鸣放三颗子弹。

枪声震慑了打斗现场。一时鸦雀无声。

一个队长模样的人箭步跳上布匹,喝道:"谁是为首的,请自动站出,否则都跟我们去羁押所。"

如来率先站出对阵,他高昂着头,眸光逼视着横肉摊主。

横肉摊主丢下利斧往后退去。

只听队长模样的人宣布道:"石河子市武警大队执行命令,维护市场秩序,缉拿扰乱市场、打砸斗殴的不法分子!"话音刚落,两战士上前拿出手铐。

如来毫不犹豫地伸出胳膊。

"出来!"队长朝横肉摊主方向喝道,"不出来就算拒捕。"喊完又拔出枪,一串黑色的子弹刺破乌云。

横肉摊主方推推搡搡,纷纷往后退去。

"谁是为首的,不出列就动手了!"队长喊道。

横肉摊主拍拍胸脯站出队列:"一人做事一人当,我就是头!能拿我怎么样!"边说边恶狠狠盯住如来。

如来昂着头,不像被铐的嫌疑犯,倒像一个打了胜仗的将军。老河塘留下的满仓库的陈年过时布匹终于处理完了,工厂将跨入一个更新的时代。唯有阿发的两条光秃秃的腿根如两段被雷劈断的木桩,筑起门槛横兀在他心头。他豆眼眯缝着,射出两道刀剑似的寒光,直直地刺向横肉摊主。

两位战士走到横肉摊主面前,掏出手铐,"咔嚓"声中,一对熊壮的胳膊被死死地卡在了铁铐中。

市场恢复了平静。远处,西营子,棉花地一望无际。又是一个夏末秋收的季节,棉花的叶子深深浅浅地绿着,朵朵花球在微风的吹动下似张似合。又一个丰收的年成。

走远的　来临的

~1~

所有的机器终于安装完毕了。如来伸出右手,神情庄严而神圣。"开机!"他做了一个上劈下斩的手势,然后伸出大拇指,豪气地按动了绿色电钮。

随着一片细雨沙沙声,整个车间欢呼成钱塘江般的浪潮。

工厂所有的技术人员、管理人员、挡车工、机修工、运纱工等围着机器,见证这一里程碑的时刻。

织机无梭,以往震耳欲聋的织布机的噪声从此将走进历史。织机以每分钟650r的速度飞快地将纬纱引入筘架,十六色织锦缎彩虹般飞泻。

如来满脸通红,伴着飒飒的机器声,他耳畔响起的是阿凤的暖暖细语,织布机编织着的是阿凤那张写满爱意的脸。他向她保证,咱们的工厂将来用的织机啊,那声音如细雨沙沙,或如蚕儿啮咬桑叶。

阿凤入迷地听着,将脑袋埋进了他的胸膛,轻柔地说:"你的心跳得好有力啊!"

他低头看阿凤,她面色绯红,正把他的衣扣往她的衣服上扣,把她的衣扣扣在如来的衣服上。两个人成了一个连体大宝宝。他抚摸着阿凤长长的飘发,说:"哎,看看看,这里正在纺纱呢,这纱支多么柔软细密啊!"阿凤抬起头,拍着他的胸脯说:"这不是发电机吗?"

两人哈哈大笑。

完成机器启动已是下午4点,如来这才感觉早饿了,肚子咕噜噜鼓噪着向他强烈抗议。他兴冲冲地赶回家去,除了解决肚子问题更要把开机的喜讯与阿调分享。

铁锁把着门,阿调还没有回来,他摇了摇脑袋,怀着孩子呢,还乱跑!自阿凤被夺命钱夺去了生命后,他曾发誓不让阿调再为生活四处奔波。家和孩子能关住她吗?如来摇摇脑袋,苦笑。

于美文电话风波虽然烟消云散,却像嗓门里卡住一根小鱼刺,必须不时地喝点醋让它化解。阿调动不动将自己与阿凤相比,更专注于赚钱这档事。

这门市部让伙计看着不就行了?如来无奈地长叹一声,拿出锅开始做饭。

米没了!他饿得头晕,一团无名火腾地从心头燃起,学阿凤?阿凤可从来都是先替别人考虑的,哪有如此任性不管不顾的?

稍冷静下来,如来又觉得自己不对,扛米袋的活可是男子汉应该做的,何况阿调还怀着孩子。他拿起了米袋往外走。

如来刚跨出门,迎面碰到罗干干。

罗干干低着脑袋,脚步匆匆满脸慌张:"我正来找你,机器出事了!"

如来紧张地瞪大了眼:"什么?你再说一遍!"

"十几台机器亮起了白灯,储纬器不工作了,还不知道什么原因呢!"罗干干忧心地说,"买二手机就怕机器有问题!"

如来把米袋一丢,说:"不可能,我们不是在美国都测试过的吗?"说着一路小跑着往工厂赶。

路上,如来口袋里的大哥大响了。如来掏出电话,号码显示是来自美国的电话。

果然,电话里传来一串英语。Edi!如来脱口叫道,但是Edi的话,他一句

也没听懂。

他转身对跑在后面的罗干干说："快去叫小琳！"一边对着电话说："Wait, wait, wait!"这是他能记住的少数几个单词之一，他还在这个单词上注了中文字"纬特, 等的意思"。

~ 2 ~

跨进剑杆织机车间，夙来傻了眼，原来彩虹般流泻着布匹的织机，此刻偃旗息鼓，齐齐地亮着白灯，几个机修工鼓捣着发动机，满头大汗却一筹莫展。

夙来浑身发怵，脑袋发麻，老Edi的话如带刺的玫瑰，听着合理，却分明掩盖着谎言，"这是'二战'以后最新一代的织机了，工厂关闭是因为美国劳动力太贵，远不如到远东或南美等地做加工合算！"

老厂长走到他身边，埋怨道："吃陌生饲料往往要噎死，我们的胃口只能吃本土的，你偏要劳民伤财把外国的废品拖来！"

夙来瞪一眼老厂长，咽下正往外冒着胃酸，没好气地说："你去歇会儿不行吗？"

一名机修工正趴在电动机旁。夙来一把抓住他的衣领，拉起他，问："查出什么问题了吗？"

机修工抹一抹被扯疼的脖子，惊惶地摇摇脑袋："安装程序没有问题，可就是卡壳了，好像一个支气管老人突然被一个花生豆噎住了的感觉，大问题应该没有，就是这英文看不懂。"

夙来稍稍松一口气，抬起头，罗干干带着小琳正走进车间。他忙招手："到这边来！"

小琳读了一遍说明书，说："这上面写着，白灯亮就是电箱里面有问题，电箱有问题当然储纬器不工作。"

"变压器不符合咱们的电配，我们已经全部改装了，还有什么问题呢？"夙来对机修工说："你们拆开来，再照图仔仔细细地重装一遍，千万别把零部件搞错装反了。"

大哥大又响。还是Edi。夙来把电话交给小琳，说："问他一下是不是换机器了，我们在美国测试好好的，怎么运回来就坏了呢？实在不行要求全额退款加倍赔偿!"

"哈哈哈,我知道你们停机了!"电话里传来老Edi轻松的笑语。

他远在大西洋彼岸,怎么会看到远东一个小小工厂发生的事呢?似来诧异,我们被设套了?疑团像墨鱼遇到惊吓时喷出的浓黑液体,将空气搞得混浊不堪,老厂长的怨语又响在耳边。被埋怨事小,工厂刚起步,可伤不起,这买机器所造成的损失,足以将工厂置于死地。

"你们都在车间吗?请带着你们的大哥大,到现场去,让机修工听我指挥!"Edi说。

~ 3 ~

疑团解开了。一切都是一个薄如羽翼的贴片搞的鬼。

工厂的清洁工说:"我们把机器的每个部件都细细密密地擦了一遍,甚至每个线圈的缝,确实有那么个薄片,我们以为是没用的东西把它扔了,扔之前还特地问了机修工王师傅呢,他也说线圈上没这玩意儿,统统清除干净。"

她转头求助似的对王师傅说:"是吧!"

王师傅脸涨得通红,忙摆摆手说:"这事不要问我!"

Edi在电话那头指挥:"请找到这个贴片,按原来的位置放回去,否则电箱还会停止工作!"

似来眉峰紧蹙。这个贴片对机器有那么重要吗?没了还能停机,亮起白灯?他朝清洁工吼着:"还愣在这里干什么?谁扔的谁去找回来!找不回来都给我滚蛋!"

清洁工们吓得赶紧四散,去垃圾堆里翻找。

似来围着所有机台走了一遭,这布虽然才织了十来米,但是布面确实漂亮,因为穿筘细密,织出来的布手感、光泽精美不说,门幅就比原来的宽了三分之一。正常运转的机器怎么会突然停了呢?也没见断头残疵啊?胃泛着酸水,他想吐。

不过两支烟的工夫,清洁工们兴奋地捧着捡回的小贴片回到了车间,清

洁工组长说："幸亏我们把机器上清除出来的垃圾倒入废布桶里，要不真找不到了呢！"

按照清洁工们指点的位置，机修工小心翼翼地把贴片装了上去。

瞬间机器上的白灯一盏盏熄了。重新按启动键，机器的绿灯相继亮了起来。车间里传出一片欢呼声。

如来一点也兴奋不起来，他对罗干干说："叫上小琳去我的办公室。"说完兀自低着头咬着唇离开了车间。

~ 4 ~

如来长长地叹了口气，坐下。

"没事吧！"罗干干关切地问。

如来摇了摇头。他的肚子早饿过了劲，胃开始隐隐作疼。

"小琳，拨通老Edi的电话！"如来按着胃，嗓音嘶哑。

电话里传来Edi诙谐的声音："老兄，中国还有公鸡报晓吗？我这里是清晨，正等着你这只中国大公鸡唤醒我呢！"

"我遥控指挥了整个晚上！"Edi哈哈大笑。

如来一点都乐不起来，他一股脑儿将疑问搬出来，让小琳翻译。

"请实话实说，那个贴片是个什么玩意儿？怎么丢失了你远在西海岸却能发现？这个电箱也好像长了脑袋似的，识别出贴片不见就自动亮起了白灯，储纬器便停止工作了！"

Edi愣了一下，稍顿，不紧不慢地说："老兄，你够敏感的，既然你把问题亮出来了，我也实话实说了。"

如来凝神细听，我只是怀疑而已，还真有鬼！他下意识地攥紧了拳。

"可不要小看这薄薄的贴片，这可是一款知识产权的追踪器！"Edi答。

"什么？"如来几乎从椅子上跳了起来，"我们出钱买了机器，这机器的产权就属于我们了，你们还安上追踪器监视我们？！你们太霸道，太无耻了！"

"哎，老兄，知识产权与物质产权是两码事！"Edi加了着重语气，一字一顿地说，"知识产权是研发者智力劳动的成果，是没有形体的精神财富，是创造性的智力劳动所创造的劳动成果，是权利人对其所创造的智力劳动成果享有的专有权利。"

"你买的机器是智力劳动下的果实，是有形的物质，你出了钱，拥有的是这台机器的使用权，而不是复制权。知识产权是受保护的。它不允许他人随意盗版复制！"

姒来沉默片刻，随即回过神来反击道："我们买的是整台机器，付了钱后，这台机器就属于我们的，这点你承认吧！"

"是呀，我同意！"Edi在电话那端回应。

"那么，你们凭什么在属于我们的产权的机器上，偷偷地装入我们不需要的，属于你们的部件？这与家里住进一个间谍有什么两样？"

姒来也加了着重音，他因着自信而理直气壮，像森林里一头被挑战的麋鹿，将脖颈扬得高高的。

"这不怪我们，这应该怪你们自己，没有让我们获得信任，你们国家的人可以把很贵重的东西，模仿复制，然后很廉价地在全世界卖，让原创者无法生存！"Edi的语气缓和下来，很耐心地解释。

姒来听Edi这么说，便来了火，他站起身，在屋里来回走，对着电话大声说道："我们还不信任你们呢！四大发明是中国古人创造的吧，是不是被你们模仿复制了？哼，我还说你们的华盛顿立国论，也是复制了我的祖先禹皇帝的民权思想和身体力行的实践呢！再说复制这件事吧，廉价让普罗大众享用有什么不好？原创者可以在原有的产品上再创新啊，文明难道不是这样不断传播和超越的吗？"

Edi连声说："不不不！你们一点专利意识都没有，太狂妄自大！"

"你们中国人太狂妄自大了！"小琳捏着话筒，看着姒来，犹豫着是否要把Edi的原话翻译出来。

姒来扫一眼小琳，说："看你这神情，就知道Edi嘴里吐不出象牙。"他径直从小琳手上拿过话筒，对Edi吼道："你们不经机器主人允许，擅自安装追踪器。请你们务必把遥控监视器撤了，否则我要到国际法庭告你们犯了侵犯财产罪！"吼完，他把电话丢给小琳说："请把我的话对Edi翻译一遍！"

姒来一吐为快，感觉心头通畅了一些。

人生最不吝啬的是记忆的画面：樱河染织巧取了他要他们定制的布匹的样品；他报复性地潜入那个工厂……他依然记得那个有条不紊做着布样数据测试的技术员。他发誓要把他聘请过来。

知识产权？这四个大字第一次与这些画面连在一起，在他心头拍击起

伏，随之幻化成一片布的海洋。他敏感地意识到，未来的世界必定是一场知识产权的竞赛。

他向罗干干招招手，说："召集中层以上干部开会，讨论一下开发新产品的问题，设备上来了，设计要跟上！尽快招技术员！"

~ 5 ~

报社坐落在胜利路西，它的对面是景点饭店的后门，紧挨着它的是有着2500年历史的古城藏书楼。

报社门面虽不大，并不难识别，罗干干却找了很久。这与他的想象差得太远了：这就是这座历史文化名城唯一的报社吗？跟普通的乡镇企业也差不了多少！

他悻悻地耸了耸肩跨进了楼道，借着楼道并不明亮的自然光挨个找，楼道正中央的那间办公室敞着门，门上钉有"广告部"小小的牌子。一个戴眼镜的后生接住他询问的目光问："请问这位客官有何贵干？"

罗干干挺了挺腰背，打开手提箱，抽出一张纸，笑着说："登个广告！"

那后生接过广告纸：招聘技术员，工资待遇一切从优。

后生问道："你们是国有企业还是镇上办的集体企业？"

罗干干心下一咯噔，随即绽开笑脸，说："倒不是集体企业，是承包的。"

后生说："承包肯定是个人了！"

"当然不是集体企业承包，但是，你知道一个人是办不了厂的，我们应该算是集体承包吧。"尽管罗干干巧舌如簧，但是他吃不透为什么登广告要问企业性质，来之前还真没做功课。

后生笑了，扶了扶眼镜说："很多人办厂并不说明就是集体企业。这样吧，你去镇上盖个章再来，我们媒体，要保证广告的绝对真实性。"没等罗干干回答，后生腰里的小灵通嘀嘀地亮了起来。后生急急地出了办公室。

后生桌子对面坐着一个女工作人员，罗干干递上广告纸说："这广告又不反党反社会，我们出钱，这生意还不做？"

那女的忙说："刚才的是我们广告部主任，你还是照他说的，去镇上盖个章再来吧！"

罗干干跨出报社门，回头看了一眼报社不起眼的门，心下骂道：头老老大的，问我国企还是集体，呆子都知道自己姓什么。你报社是国企吧，还不如我们乡企有气派呢!边骂边悻悻离去。

路上,他看见电线杆上贴着一张医治淋病的广告,一位20岁出头的年轻女子正抻着脖子认真地看。他灵机一动,给厂办打电话:"速打印招聘广告500份,夜间贴出去,尤其要贴到闹市处,菜场,电线杆,人多的地方,还可以到周围的纺织厂附近张贴。"这效果一定比登广告强,还不花钱。

罗干干一大早就去农贸市场,查看有没有人关注漏夜贴出的广告。看到有人在指指点点,有人围观。重金之下必有勇夫。必须通知如来,在工厂等着面试技术员。他心下大喜,不敢再转悠,径直回到工厂,向如来办公室走去。

近午时,如来和罗干干正给科室人员开会,听见厂门口人声喧哗。罗干干得意地附在如来耳边说:"面试的来了吧!"

会议还没有结束,门口便吵吵嚷嚷地聚了一批人,打头的是四个穿警服的。

"这是你们干得好事!"一个警员手上捏着一大沓纸,"按照城管条例,你们随便张贴广告,每张罚款2元,清理这些广告的人工费要由违规方负责!"

如来低声对罗干干说:"你对付一下吧,认罚,招待这几个城管到食堂吃个饭。"说完侧身悄悄离开了现场。

把樱河染织那个技术员挖过来!如来脑子里那幅图越来越清晰。

下午还没有到各工厂放工的时间,如来拉上有才,站在樱河染织路口,如来摆出一副不见不散的样子:"既然我们无法知道这个技术员叫什么名字、家住哪里,咱们只好采取笨办法,在这里守株待兔了!"

"还记得我们前年在县府大楼门前等张县长吗?"如来递给有才一根烟,点燃,说,"那时我没见过张县长,不好等,这个技术员骨头烧成灰我都能认出他来,那专注的眼神啊,一看就知道有几把刷子!"

有才沉默了一会儿幽幽地问:"你怎么肯定他愿意来我们厂呢?"

如来不假思索地说:"给日本人干就那么好?樱河的产品是全部返销日本的,我们的产品要卖到全世界去!哪里有人群哪里就有中国服饰,还是受我

奶奶的启发，'乞巧布，乞巧布，没有伊走不到的地方，没有伊办不到的事！'"他学着奶奶的口音，哈哈地笑。"咱厂的前景不比樱河染织灿烂？"

有才叹道："就怕咱们聘请不起啊！"

如来瞪起眼，"聘请不起？哪怕倾家荡产，我也要把他请来，这诚意还不够昂贵？"

"将来咱们工厂就是一个生产研发基地，我们做研发，组织各厂为我们代工，通过我们再发散到世界各地，仅靠自己工厂生产，世界这么大，我们怎么供应得过来？我们还要专门成立一个培训部门，由我们的技术人员来训练各个合作工厂的技术。"如来越说越兴奋，问有才，"你参加越战时认识的那个凤花，不是在美国西部开店吗？你什么时候去跑一趟踩个点？"

凤花！有才如行走在路上突然头顶落下一个松树球，击打得头皮一阵麻，叹："那姑娘我欠她一个情分，要不是她和魁金伯的救护，我这条命怕是没了。不是去找枪，我还真不知道凤花去了美国。"

"在那儿建个点，工厂给他们供货，做好了，互惠互利，也算是你对他们的回报了，不是吗？"如来看着有才，很认真地说，"有时候我们只需要一个点，就可以把一座山撬动了。"

提起凤花，想起了买枪，如来不由得惦念起阿发，心头一紧，不再说话。

厂门口热闹起来，人们三五成群走出门来，四个保安一字排开，搜身，检查口袋和随身小包。

如来皱了皱眉，掐了烟，跨前几步，紧紧地盯着人群。

他认出了那个人，那个头顶微秃，脑门宽大的技术科长沈同。

~ 6 ~

阿发出院了。

医院在他锯断的大腿根上安装了步行器。

如来嘱咐医院："找国内最好的，不要怕价钱贵。"

这副步行器以髋骶部金属半环为杠杆支点，胸背部束带为力点。当阿发将身体重心置于一侧下肢时，对侧上肢下撑，使对侧下肢离开地面。他挺胸伸髋，施力于背部束带，借此，下肢可以迈出一步。向前迈步的力量通过钢索传递到对侧肢体，转为向后蹬地的力量，这时阿发只要前移夹在胳膊下的拐杖，重心就会移向前侧方至对侧下肢，重复上述动作，可以迈出下一步。

尽管装了假肢，阿发依然需要胳膊下挂着杖，这是他得已连续迈步的依靠。

奻来带着罗干干、有才和几个工厂的民兵一起到新疆来接他回乡，他把拐杖倚在床沿，直立在床边，面部强扯出笑，却扯了扯唇，是一丝带泪的苦笑。

"阿发面色不错！"罗干干笑着招呼。

三人欢呼他的康复，情不自禁圈着胳膊欲把阿发抬起来。

三人刚抬起阿发，只听拐杖"哐当"一声倒在地下，阿发空荡荡的裤腿内，钢骨架冰寒森人。

三人颓然地将阿发放回地面，奻来和有才不约而同地转过脑袋，避免让阿发看到滚出眼角的泪珠。

终于，阿发伏在奻来的肩上像个女人一样地哭了。

"我将来怎么讨老婆？"他带着哭腔。

罗干干认真地说："跛脚娶驼背。各有各的喜欢，不怕找不到配对的。"

奻来瞪他一眼，低声呵斥："都这样了，还开玩笑！"

奻来竭力掩盖心里的悲哀与怜悯，对阿发说："别怕！我们很快挣大钱了。你会有最好的腿，最好的护理。"

租来的面的在医院外等候，他们簇拥着阿发上路。

刚出医院大门，阿发突然甩掉拐杖，一屁股坐在路边的大土墩上，弓着背。不管人们怎么催他喊他叫他拉他，他都纹丝不动。

有才双眼微红，心底的愧疚感挥之不去，我是民兵队长，连自己的兄弟都没能保护好。他扶着阿发的肩，声音喑哑："兄弟，回家吧，金窝银窝，总是回家好，更何况，这里的生活环境哪有我们鱼米之乡好！"

阿发抬起头，眼里噙着泪，哀哀地看着奻来："把我留在这儿吧，又不是衣锦回乡。我这样断腿佬一个，回去哪里会有尊严！"

阿发的牛脾气上来，如藤条般坚韧，谁也劝不住。

奻来和罗干干商量："眼下全面拉动外贸，新疆处于欧亚大陆中心，北部有俄罗斯，东北蒙古国，西南部又与阿富汗、巴基斯坦和印度为邻，地理位置太重要了，咱不如留几个民兵在这儿，帮衬阿发开个门市部，跟着做做周边

国家贸易。"

阿发破涕为乐，他撑着胳膊，生生地让身体站了起来："你们等着瞧，哪天我领个漂亮的俄罗斯姑娘回来，让乡里人震翻！"

"可得小心啊，不要再大意了！"似来想起那场打斗心有余悸。

他与横肉摊主同时进了看守所，好在案子如愿进行，铁证如山，横肉摊主因故意杀人罪绑架罪抢劫罪外加偷税漏税被判了无期徒刑，似来很快就无罪释放了。出来时，薛仁部长在哈萨克饭店专门设宴为他压惊。饭桌上，薛仁说："这场戏演得精彩吧，要不然你拿什么理由抓那个黑帮流氓啊！"

似来抱拳："要不是碰上你们伸张正义，还真是哑巴吃黄连了。"饭桌上双方签订了合作协议。

阿发留在了新疆。

石河子军酷纺织品市场，火凤凰石河子门市部，门口蹲着两尊石狮子威风凛凛，店内林林总总的各式面料令人眼花缭乱。俄罗斯人、新疆当地人、内地人穿梭往来。价格公道，俄罗斯人无不揣着满兜的纸币而来，扛着大包小包离去。

阿发泰然地坐在店内收钱，不时指挥着店员把各种标签贴在布匹上，一边叮嘱："量布时不要短了码尺，没听伢兄弟似来说鞋不短分，衣不短寸！"

~ 7 ~

年末，阿调的预产期过了一周，孩子还是没有落地。

她躺在妇保医院的单人病房里。宫缩一阵阵撕扯着她的身体，搅得她没有片刻安宁。她声嘶力竭的叫喊几乎震动了整个住院部。

与其说她忍不住痛，倒不如说她释放着将要为人母的不安，她嘶喊着对婚姻的不能承受之痛。自己本想替姐姐完成致富的梦想，然而日复一日的柴米油盐醋，她生活在姐姐的水晶盒里，她被当作"阿凤第二"的感觉与日俱增，这一切都源自阿凤，她不曾真正享有爱情的欢乐！她宣泄着自己的孤独和对似来的不满。她不能忍受整个怀胎十月除了寥寥可数的时日，她几乎独守空房的漫长过程。

怀孕以来，似来与她度过的日子加起来也不够来回几个剪刀布锤子。

真不该离开深圳回来办工厂,她苦涩地想。机器、工厂、走出本土,把服饰卖到地球的四面八方,这些她曾经向往的东西与她的幸福没有太大关系,却让她的生存空间充满了游移和飘浮。她向往每天能与如来在一起,即使与他东奔西走,即使两个人只是开一个小小的布店,像在深圳时那样。

医生为她掖好被子问:"给你打催产素?"

她的脑袋摇得像拨浪鼓。一定要坚持到如来到,才让儿子出来。她咬着牙。

接到阿调住院生产的电话,如来急急地赶上了乌鲁木齐到杭州的飞机。

一脚跨进医院的楼道,他就听见了阿调撕心裂肺的叫喊。他循着嘶喊声小跑而去,几乎撞倒了一个端着盘子的护士。

隐隐听到如来的脚步,阿调的嘶喊更猛烈了。

如来推门进屋,一眼见到对着天花板嘶喊的阿调。他歉意地跑上去,轻轻地环住阿调和她腹中的儿子。两行愧疚的泪滴在阿调的肚子上,又无声地渗入软软的花絮中。

"要知道让你这么痛苦,真不该要孩子。"如来抬起眼,手紧紧地抓着阿调的手,恨不能把所有的痛苦都揽到自己的身上。他的目光温柔而内疚。

听如来这么说,阿调攥紧的拳头雨点似的捣着他的脑袋,伤心地抽泣:"我告诉你待产期了,你还要往新疆跑,现在你后悔要孩子了吗?你有没有后悔娶我啊?"

宫缩更加紧密了。她不再嘶叫,按响了床头的电铃,果断地叫唤护士:"给我打催产素!快!"

"哇啊哇啊哇啊……"长长的啼哭声送走了1989年最后的一天,新生命踢开了母亲幽暗的宫门,宣告了诞生。

护士把孩子抱到阿调面前:"没错,是个带把的!"

如来俯下身体,一张皱着眉的小小的脸,几乎与他某个神情一模一样。

孩子像个小哪吒,正张开拳脚一声声哭喊,好像极不情愿降临在这个他不能选择的,并不熟悉和习惯的世界。

如来紧张而好奇,突然有一种负重的感觉铺天盖地压来。他试图用手去拍拍孩子,说一些关于父亲的话题。他张张嘴,分明没有准备好语言。

[第三部]

九十年代

交织

一台

风雨

落纱无数

那叫配额的东西

梭子两头尖

压熨

世纪末的日子

交 织

九十年代 初

~1~

屋里黢黑幽暗,窗外的新月浅浅淡淡跃进了月兔儿。一只蜘蛛大胆地爬过他的眼前,在窗棂上开始织网。姒来这才意识到天黑了。他开了灯,抬手看表,他已经把自己反锁在办公室一个下午了。

阿发断了的腿根像敲钟的棒槌,时不时向他发出警报。轻纺城隔三岔五传来血腥抢地盘的消息。他的豆眼聚焦在墙上的世界地图上。世界版图那么大,何必挤在螺蛳壳里唱戏?马上就是巴黎时尚周了,他叫来罗干干。

"咱们上了新设备,不能戴毡帽穿西装了,你去趟巴黎时装周,但是不能空手回来!"姒来盯着罗干干的眼睛,看了看腕上的表,"马上订机票吧!"

罗干干刚刮过脸,脸上每一根神经表情都跳动着欢喜,可是他肠子打结,一低头,脸面已经画出了问号:"我去巴黎?眼花缭乱的,怕连北都找不到!上次去美国装机器要不是有……"

妫来下巴压下半尺，盯着他看。随即仰头笑："你就是乌龟肚肠多一根！这样吧，把外贸的小琳借去吧！不过丑话说在前，带不回新东西好东西，你俩的出差费可得由你掏！"

　　罗干干眯细眼一笑，随即腰板一挺："既然你看得起我，我和小琳猪拖狗拽也得把好饲料弄回来啊！"

　　"什么猪拖狗拽的，土话一堆！"妫来伸出食指，戳点着罗干干的心口，"拿出做时尚的样子出来，大大方方，堂堂正正买票进时装演示厅，收集设计大师的名片！"

　　罗干干挠挠头，这乡下角落的，离衣鬓香影、西装笔挺、挤挨、穿梭、旋转于典雅辉煌建筑的人群，可不是一程飞机就能到达的距离。

　　妫来换了轻松的口吻，"好的花型面料拍下照片，看不明白纱支，买几件样衣带回来。这不难吧？"

　　说起面料，妫来脑袋一仰，如同蚕儿吐丝，一开口就扯不断，"相貌好，手感不错的面料，拿回来拆解拆解。哪种面料不是在模仿中创新的？原始纺织还不是从远古中国的手经指挂开始的？在两根木棍来回绕线打结，后人觉得太单一，就有了开口、引纬打纬的原始织机。我奶奶这一辈还不是承袭了汉以来的提花机，创新了城里人都喜欢的乞巧布？"

　　"没有模仿就没有创新。"他抽出一支烟，递给罗干干，愤然道："人家樱河染织，还不是当年偷走了我的样品布，动了几根纬丝而已？靠这款面料他们吃了几年？"

　　罗干干跨上摩托车去城里找小琳。

　　他在外贸公司传达室打电话，放下电话没一分钟，小琳小跑着出来了，罗干干见四周没人，斯文地把她抱起，放上摩托车，然后晃悠悠地朝城外驶去。

　　出了城，罗干干佯装车不稳，东倒西歪的，小琳害怕，就紧紧地抱着罗干干的腰，罗干干趁机腾出一只手抓着小琳，他全身热乎乎的，感觉到后背小琳的心跳，自己的心也像老鹰抓小鸡似的，直往胸膛外撞。

　　小琳坐在后面，大声问："你急急忙忙来找我，有什么事吗？"

　　罗干干说："当然是喜事啰！我马上要去巴黎了。"

　　"跟我什么关系啊？"小琳心一热，问，"巴黎只在书本上读到过，这辈子能去那儿玩一趟，我就心满意足了。"

"癞子做和尚——刚刚好,我把你带去帮忙,我们在那儿就结婚了。那是巴黎呢!"罗干干抓着小琳的手背。

说到结婚,小琳连连摇头。虽说罗干干号称师爷,可是到底是田畈里爬上来的,妈妈怎么也不接受女儿嫁给一个乡镇企业的人。小琳自己倒觉得,如果爱情分城里乡下不是太庸俗了吗?

罗干干没吭声。在美国南卡装机器那一个月的日子里,罗干干鞍前马后地呵护小琳,几个月下来,小琳对他产生了事事依赖的习惯。小琳不可能离开我。他拍了拍小琳的手,说:"别紧张!"

前面是梅山,梅山脚下就是鉴湖,鉴湖边上一株柳一棵桃,一步一风景,那树那花倒映在河里,像极了一块色彩诡异的调色板。

罗干干歇了摩托车,弯腰捡了些瓦片儿,自己手上抓了一些,递给小琳几片,说:"咱俩来撇水花儿比赛,看谁的水花儿多,谁的瓦片儿漂得远,谁赢了就得听谁的,男女平等,这公平吧!"

小琳噘着嘴说:"女的哪有男的劲大,漂得远?"

罗干干说:"这里有技巧,你读书比我多,一定有巧劲,我说不定比不过你呢!"

小琳听得舒服,像只小鸽子,嗓底里咕咕地嘟囔,揣摩着手上的瓦片。

罗干干喊:"一二三!"

小琳急不可待地把瓦片飞出去。瓦片直落落沉下了水,没起任何水花儿。

罗干干说:"有你这样动作的吗?这手要悠着劲,要挨着水面顺势往上飞。"说完,轻轻地甩出瓦片。

瓦片在水面上连着跳,旋出一串一涡涡的水花儿,碰到一块河心石,瓦片弹跳着,往前又旋出一片圈来,然后蹦过河堤,倏忽消失了。

小琳看得眼都直了。

罗干干刮刮她的鼻说:"输了吧!"

罗干干拉着她在岸边挑了块裸石坐下,说:"看,水花儿怎么跑你脸上去了?"

小琳伸手擦脸,说:"没有啊!"

罗干干趁机把嘴往她脸上贴。

小琳一扭捏,罗干干就势把她拢进了怀。

"咱们马上要去巴黎了呢!"罗干干说,"想象一下,我们怎么在那儿边看边玩吧!"

小琳乖巧地微合眼,飘飘然真到了巴黎一般。

罗干干说:"算起来咱们相好已经一年半了吧,在美国咱们还在一个床上睡过呢,要是古时候啊,在一个屋檐下住过,上过一张床,吃一锅饭,就算一家子了。咱们也到了结婚成家的年龄了吧!"

小琳脸发烧,眼前浮起了那个夜晚的每一个场景甚至每一个细节。

在美国南卡买机器那段日子,寂寞又冷清。那个夜晚,她刚打算关门睡觉,罗干干溜进了她的屋。她刚要惊叫,罗干干已用嘴封住了她的唇:"哪个女人不想男人?我早就喜欢你了,跟着我保你要吃有吃,要喝有喝,要穿有穿,想去哪儿就去哪儿!"他一口气说完。

她还想挣扎,罗干干已经把她抱上了床。她拍打着他,怕被隔壁的人听见,压着嗓音说:"你真坏!"

罗干干说:"男人不坏女人不爱!"趁势,把她的衣服解了。

她像头新鲜出世的小鹿,静静地享受这个斯文儒雅的师爷对她从头到脚的爱抚。

随着罗干干的动作,她心如水面的浪花起伏激荡,闭着眼等待着某个东西突破她的身体和心。

可是突然就没了动静,她睁开眼,见罗干干满面通红咬牙切齿地在折腾着自己,从雄赳赳起立直至偃旗息鼓。

她看得心动,看得发呆,看得满面通红,赶紧蒙住了脑袋。

罗干干附着她的耳,暖暖细语:"对不起,你读过大学,应该了解男人的身体。如果我不控制自己,你妈妈知道后,会骂我乡下佬,更看不起我。我是真心爱你,谁让老天爷把这么可爱的人儿送到我面前呢!"

那个夜晚,她对罗干干生出几分敬重。她虽然不是太懂男欢女爱,但是一个在床笫间能够控制自己,能为对方考虑的男人不值得自己去爱吗?

听罗干干说完,她仰着一张初升太阳的脸对罗干干说:"我顾不得我妈了,生米煮成熟饭她也就认了。咱们什么时候走啊?"

罗干干瞅瞅四野无人,一把将她抱紧,脸贴着小琳柔滑如蛋白的脸面,

喃喃："这是老天要我成事呢！"

他移开脸，柳条般细瘦的胳膊将她卷上了摩托车："走！"

区政府婚姻登记所的建筑四四方方，中规中矩。罗干干跨下车时，盯着黑白字体的招牌歪着脑袋琢磨了一阵，随即他坦然一笑，拉着小琳跨进门去。

小琳依着罗干干，像小红嘴雀那样羞怯，又像找不到窝下蛋的小母鸡般忐忑不安。

办事员40岁开外，一边敲着大红印章，一边抬眼看一眼小琳："城里人嫁到乡下，盖了章可不能反悔啰！"

小琳脸一红，莫非她知道我是背着父母和他来这里办结婚登记的？她仰脸看罗干干，罗干干一副稳笃公的坦然样，她便有了几分安定。

罗干干轻咳一声，提高嗓门对办事员说："抓紧时间，我们明天的飞机去巴黎！"他故意把去巴黎几个字说得特别重。

办事员"噢"了一声，说："只听说过巴黎，去那里？我们想也不敢想。"一边说着，一边盖上戳，把大红的结婚证递到两人手里。

出了门，小琳抬头问："看你回答办事员的话牛头不对马尾。"

罗干干愤愤地说："关她屁事，让她知道今天的乡下人可是闯荡巴黎的地球人了！还这么背时，分什么城里乡下的！"

小琳面色绯红。

罗干干拍拍她的手："放心，在咱们没赚到大钱以前保证不让你怀孩子。咱们等成功那天再宣布喜事，那时我是大老板了，你父母反过来要求我娶你了！"

小琳抬起脑袋半信半疑："会有那一天吗？"

罗干干挺挺稍驼的背，说："天下哪有不散的筵席？亲兄弟还闹分家呢。我总不会一辈子跟着妞来吧！"

他停顿了一下，将小琳的手放在手心摩挲着："我现在口里念佛经，心里想权经，无时无刻不想着将来有朝一日当老板，让我的小琳坐在屋堂喝茶乘凉看大戏呢！"

他低下头去，柔声说："你单纯，可别把这话对任何人说啊，特别是妞来！"

小琳委屈地说:"你就是肚肠多,咱都领证了,还怀疑我!"

巴黎可不像美国大农村一样的南卡。罗干干牵着小琳的手,对着万花筒似的街景,夸耀:"跟着我这个乡下人开洋荤了吧!"

小琳用肩膀顶了他一下,娇嗲道:"小心眼,到这里还记着我妈的不是!"

罗干干眼一瞪,说:"我就是要让你妈看看乡下人的厉害!"边说边打开地图,要小琳找卢浮宫卡鲁塞勒方向。

他们第一次见识时装周,街头过往的每一个行人似乎都是模特,穿着各个不同,服装面料的色彩与花型和飘逸的品质都超出了罗干干的想象。骑在时尚的马背上,先模仿后改造再进行颠覆。如来说得没错。他若有所思,谁不想当老板啊,有了小琳,再不是独脚板凳了,从今以后可以高高站起,走高跷了!他摇晃着脑袋嘿嘿笑着,得意地拍拍小琳的背。

小琳扬脸问:"你笑什么?样子阴阴的。"

他放低嗓音,神秘地说:"你看,旁边两人。"

一阵淡淡的香水味飘来,两个模特样的人从他们身边擦肩而过,一个着宽松上衣,粉底色彩流苏线条,布面上镶嵌着抽象图案,透出无须解释的女性气质和无可救药的浪漫情调;另一个则着紧身衫儿,赭色图案中镶着肖像画,好像从高高的艺术画廊中走入生活,尽显出典雅与贵族气质。

小琳看得眼热,罗干干说:"这花布能印染到这个份上真叫仙女散花。"说着,掏出包里的相机抢步上前,对着模特儿的背影,张开相机录下了图案。

罗干干合上镜头刚折身回来叫小琳,又有几个时尚女性迎面而来,罗干干拉了小琳跟了过去,按下镜头。

两人正说着叹着,如来打电话来问情况,罗干干兴奋地说:"真开眼界,来到世界时装周,我们才知道,我们真成了屁股上挂锣,背时了。"

如来哈哈大笑:"放心,总有一天我们的每一寸花布都会变成纽约巴黎甚至所有欧洲街头都能找到的时尚。别忘了,去时装周时尚发布现场,近距离找新材料织的新面料,尽可能多地收集设计师名片。"

罗干干连声说:"当然当然,小琳跟我在一起呢,她不仅英语好,法语还是她的第二外国语呢!"

如来放心地说:"我就知道你小子有心机,能办事,但是可别糟蹋了人家黄花闺女,让她父母骂你!"

放下电话,罗干干暗自得意:你如来再聪明也聪明不过我吧,人家小琳堂堂大学生早成了我的人了,你娶阿凤的那个双胞胎妹妹阿调,性格不男不女的,跟我的小琳根本没法比!

他抬眼找小琳,小琳正与一个时尚老太太讲话呢,这位老太太银白的头发,精美的红色花点衬衣飘逸而灵动,一条白色的破洞紧身牛仔裤下,是一双红红的细高跟鞋。看这身行头装扮像是个时尚大咖呢,说不定又能敲开哪扇大门呢!你从来都不会知道有什么机会又在等着你!罗干干乐颠颠地跑了过去。

~ 2 ~

下班时间早过了,如来刚关掉办公室的灯准备回家,电话铃响。来电显示是于美文的电话。

"工厂新买的机器都安装好了吧,我这儿有一个沃尔玛的订单!"于美文的声音比平时高了八度。

如来一乐:"说你行,你还真行啊!"

于美文毫不掩饰:"这是一个叫Morris的老销售接的订单,我想让他试一个单子,如果能接到单就向你报告,把他招进来,你不是说接到单子就成立公司吗?"

如来忙说:"对啊,有了订单,公司才可以实打实升卅啊!"

"You know!"她习惯地用这个英语短语开始话题,"国内来的公司,开了三年都没有接到单的一大把,就你们这地方的人精明,不见兔子不撒鹰!"

如来说:"乡镇企业嘛,小成本干大事,全靠你这样的才女支持!"

于美文听着心下舒坦,又说:"沃尔玛的单子,价格是低了点,但是自己工厂织染,成本节约一点,还是会有利润的。"

如来说:"只要不亏本,练练兵也要做。"

"一打沙滩裤24美元,还是到岸价?"收到于美文的报价单,如来直摇脑袋。

不仅如此,于美文随之快递寄来一本厚厚的工艺流程书。

如来随手一翻,眼睛瞪大了问:"这2美元的东西工艺要求这么复杂?"除了面料的特定纱支和水洗要求外,每个针脚精确到毫米,转针处走线不得出现任何跳线，更有如何锁针，如何折叠，用什么材质的洗唛商标包装等各种要求。

于美文讲电话时特地把Morris请到旁边。

Morris摊了摊手，"美国的公司就是控制定价权，他们把各种成本核算得一清二楚，给工厂留出了5%的利润。"

如来皱着眉说："算我们的成本？万一有些差错，材料涨价了，这5%的利润赔了还不够，再说了，还得付你佣金吧！"

Morris的声音像一辆负重的车轮碾过新铺了沙砾的地面，发出咯噔噔的颤音，"沃尔玛要的就是薄利多销，做得好，他会给你们加订单，量上去，利润就出来了。为了这个利润，工厂就得增加设备扩大生产，这样就上了规模。所以我话说在前面，确实有风险，但是哪个工厂不希望上规模呢？"

如来捏着电话，就像最初听到阿调怀了孩子的心情，渴望、兴奋，又担心。他常常将自己比作水鸭，市场是水，机会是水里的鱼，眼前，鱼群正从太平洋方向游来，密密匝匝，不见首尾……

他脖子一拧，对电话那头的于美文说："你问一下Morris，这个订单原来是哪家公司接的，怎么没试过单，这么大的单就到了我们手上？没问题不会跑来找我们吧！"

Morris略一迟疑，说："确实，你脑子够快，原来这订单在中国北方的一家工厂做，被退货了，正愁没好的工厂做呢，这不，May撞上门来。May说，你是一个敢用命拼机会的人，怎么样，敢不敢接？这里有1万打订单呢！"

电话里传来Morris抖动订单纸的哗哗声，这声音如电流直击耳膜，与挂在腰间的心形盒传导的电波相接，如来浑身一凛，像是被这股突然袭来的电流击打了一般。用命拼机会！奶奶说得没错，乞巧布，乞巧布，没有伊做不到的事，没有伊走不通的路！

~ 3 ~

如来一进家门，问："有什么好吃的？饿坏了！"一边说一边端起凉白开，灌入饥肠辘辘的胃。

孩子满周岁了，阿调在家安静了一年，产后的身体恢复得很快，她又恢复了怀孕前的身段，干练而利索。

她做了几个菜，梅干菜扣肉、一盘油焖笋，还有一盘清炒油菜，她摆开

桌,盛上米饭,嗔怪道:"回来这么晚也不知来个电话!进门就喝白开水,喝得饱吗?没了我,谁照顾你!"

周岁的小鹿,与阿调长得一个模板,清秀的脸,高耸的鼻梁,颧骨圆圆的像两粒剥了壳的鸡蛋,一双丹凤眼像极了阿凤。妞来捏捏孩子嫩藕似的胳膊,乐,"老婆是干吗的?相夫教子就是最好的老婆!"声音像包裹了一层蜜。

阿调摆着碗筷,停住了,失笑:"少美!你为什么不能相婆教子呢?"

"相婆教子?"妞来若有所思,笑道,"可惜这词从没有流行过。这词要流行啊,首先得从男女性姿势上改变。"

阿调嗔怪:"看你,饭桌上都不正经!"

一碗米饭下肚,妞来感叹:"老婆是自己的好,朋友是老的好!"

阿调依着妞来的肩坐下,仰头问:"想我了吧!"

妞来放下筷子,说:"挺想念阿发的。"说完陷入了沉思。

阿调摇晃他的肩,问:"想什么呢?说出来听听嘛!"

妞来叹口气道:"今天接了个沃尔玛的单,阿发不在了,负责供销的不知担不担得起来?第一次做外贸单,工人们能不能按要求做?这品质把不住不但没利润,恐怕亏大了。"

阿调扶着桌子,眼眸直直地定在妞来脸上:"我去管工厂吧,省你操一份心!"

妞来避开阿调的眼芒,脑袋歪向一边:"刚在家一年就待不住了?儿子怎么办?"

阿调没理会,站起,摆弄了一下衣裙,说:"我像个管家婆吧,我就要去管工厂!"

妞来摇摇头:"你开什么国际玩笑!"说着,便拿起筷子,端起了碗。

阿调执拗地说:"阿发不在,新的管理人员顶不上,这正好给我一个管理工厂的机会。小鹿可以交给我妈妈带啊!"

妞来正把一块梅菜肉往嘴里放,听阿调说着,他放下筷子,沉下脸不语。

阿调走到他身旁,摇晃着他的肩:"阿凤不是一直说要办纺织厂吗?我去管工厂,你就权当是阿凤去管工厂了,这样总行了吧!"

妞来搬开阿调的手,叹道:"正是因为阿凤,我才不让你再到处奔命呢!你看咱小鹿跟阿凤长得一模一样,你在家里安安心心做饭带孩子多好啊!还怕我养不活家?"

像一片雪花不经意地飘进脖颈,他怎么不说跟我长得一模一样?阿调心底发凉,旋即拢住了如来的脖颈:"我就想去试试当厂长的感觉,你看我门市部管理得不错吧!"

如来叹着气,搬开她的手:"笼里关不住调窠鸡,依了你,去试试吧!"

阿调乐,抓起如来的手,眼睛一眨不眨地看着他,说:"只要咱俩每天在一起,累死累活我都乐意。"

如来怜爱地拍拍她的手,说:"有句什么诗来着,'两情若是久长时,又岂在朝朝暮暮'!"

阿调噘起嘴:"我就是要天天和你在一起。把我的醋罐子打翻了再修补,罐子裂了,醋也没了!"

如来刚开口他的老生常谈:"我们的老祖宗大禹啊,13年不在家,三次路过家门口都……"

阿调一把捂住他的嘴:"行了行了,嫁给天皇老子守空房,我宁可不嫁!"

一大早,没等如来起床,阿调扒了一碗水泡饭就去了工厂。

她穿了一身牛仔服,发髻盘得高高,火扑扑地径直进了车间。

车间主任还没有到,她翻阅着挂在墙上的织机产量表、出勤手册。

她正看得仔细,一中年妇女进屋,人稍胖,颧骨高耸。见阿调,她愣了一下,问:"你挺面熟的?哪儿来的?怎么随便翻东西?"

阿调眉毛一挑:"我是老板娘,没想到吧!这个月有外贸订单,我就盯在这儿了。"

车间主任听阿调语出不逊,抬高嗓门说:"厂里好几个老板呢,老厂长?还是哪个来承包的?我们每个人都买了工厂股份,可以说个个都是老板。"

阿调被将一军,拉下脸问:"你这儿怎么没有质检报表?织疵怎么算?接头多怎么扣?跳花、拆痕、头子布脏迹怎么处理?"

车间主任听这口气好像专来找碴的,就火了:"我在工厂的时候恐怕你还穿开裆裤呢!老厂长可从来不敢这么对我说话!"

阿调哼了一声,竖起眉毛,顾自出了办公室,一边走一边哼道:我已经告诉她了我是老板娘,竟还用这种语气跟我说话!转而嘀咕:这地方的人和温州人的性格真是大不相同,温州人一说老乡就像一家人似的,这里的人一说认识,反倒开始生分地找别扭。

阿调进了车间,钻进了织机的车巷里。她随手检查了一台织机,缺纬断纬很多,织疵吊线不明确,木耳边时有出现,且有脏痕。她用手摸了一下,投梭凸轮上甚至带着机油的痕迹,使得布面有星星点点的污痕。

她捡了一团废丝,一边检查一边擦拭,不一会儿已是满头大汗。

她手里拿着沾满了机油的废丝,气呼呼地去找车间主任:"请你马上把工人们集合起来,我有话说!"

车间主任见她手里拿捏的物事,口气软下来,问:"把机台停了?产量下来谁负责?"

阿调挑起眉,大声说:"我负责!"

停了织机的车间顷刻间安静了下来。

阿调站上一个布轴,涨红着脸问:"你们看清楚了没有,这团废丝上的油迹。这都是我从机台上抹擦沾上的,我看到车间都是新进的剑杆织机,可是跳纬断经却比老机器还多,还有刺洞呢!我一直管面料门市部,是卖布出身,知道哪些布是要被客户退货的,哪些布会被要求减价,这样的质量怎么给外国人做货?你们知道吗?姒老板接到这个订单,愁得连饭都吃不下,觉都睡不好呢!"她说得面红耳赤,语言有些结巴起来。

女工们开始窃窃私语,有的嚷嚷起来。

她听清楚了一个女工的大声抱怨:"这新机器我们都是吃陌生饲料,做到这样已经不错了!"

她两手搭成喇叭状,大声问:"你们没有培训过吗?"

车间主任抢过话说:"怎么可能不培训呢!"

站在最后的一个女工说:"机器上都是洋文,我们根本记不住,培训了一星期人家就走了,我们怎么可能这么快熟悉机器?"

一个带着安徽口音的女工说:"我们小心翼翼的,恐怕碰坏了机器的什么部件,哪里敢拿废丝到处擦抹!"

阿调耳一热,冲动地跨下布轴,说:"散会!"留下身后依然意见纷纷的女工叽叽喳喳。

去找姒来,告诉他在做单以前必须先培训。她加快脚步往姒来办公室走。哼,必须把那个车间主任撤掉,这老女人怎么懂新工艺新技术?怪不得对我这么凶,嫉妒我是老板太太呢!

~ 4 ~

沃尔玛的质量检查员令人生畏。这个身材高大的老头，长长的眉毛几乎遮住灰色的眼睛，说话的时候虽然将眼睛直盯着你，却让你猜不透眼神传递的喜怒。

质检室，包装好的产品叠摞得整整齐齐。他利落地搬出最底下的一箱，抽出埋在中间的一条，揉捏着，松开手又让它还原，幽默地说："看样子我要退休了！"

他的随身翻译把老质检员的话直译给如来，如来丈二和尚摸不着头脑。

质检员把样品往台上一丢，直白道："这面料一定偷纱了！"说完对翻译说："让他们自己用经纬仪测试一下，不要浪费时间！"说完昂着头，像只骄傲的老山羊，颠颠地离去。

如来急出一身冷汗，刚要追出去，转身退回，阴着脸问质量检查员："纱支测过吗？"

质检员镇定地回答："我只负责检查布面、色牢度、尺寸、裁剪、做工等，纱支可没在我的检测单上。"

如来翻开沃尔玛的工艺流程本，指着第一页，说："这不写着吗？面料120×120/40×40！"

质检员嗫嚅着："这是织布车间的事！"

如来拿起一条样品往织布车间走去：这面料手感不错，怎么会抽纱？这老头仅凭感觉就捏出了春秋？老辣啊！

见鬼了，真让阿调说对了，车间主任背时了。新机器旧人旧思维，换汤不换药，还是治不了病！

那天，刚进家门，阿调向他告状车间主任的种种不是。他开玩笑说："女人与女人一见面先敌对，人家干纺织可比你有年头了！"

阿调瞪他一眼，把刚要淘米的锅放下，转身回了车间。

太阳正在西下，阿调站在车间门口，披满身的橘红，整个车间充溢着炫目的红光。谁也不准下班，全员轮训五天，学习美国纺织品质检标准，学习机器上出现的英文单词。

检测结果：经纬分别是115×115。姒来叫来了工厂各部门负责人。

他双眼圆瞪，一把揪起车间主任的衣领，爆出狮吼："为什么要偷纱支？"

车间主任满脸镇定，"老板娘不是亲自下厂了吗？上面设置的，我只管监督管理工人！"

姒来心如岩浆翻滚：阿调啊阿调，你逞什么能？下什么车间？管什么厂？

姒来还没有叫阿调，阿调已然坐在了他的办公室。

姒来抬眼看了看她，牙颌咬得上下咯吱响，扭过脑袋。

阿调伏下身问："去车间怎么不叫上我？"

姒来终于爆发，如一头被红色的布招惹的公牛，吼道："叫上你？叫你别去管工厂，带好孩子，你去逞什么能？弄出一大堆事来！"

阿调挺挺腰，嘴唇颤抖着，好像怕一脚踩进油锅，她小心地看着姒来的脸色，做了个吞咽动作，平稳了自己的情绪，抬起头，说："我有充分的理由，一是工人们都是这种纺机的新手，难免损耗大。二来，这价格，不抽几根纱，怎么做得下？再说了，我与质检部反复测试过，抽几根纱根本感觉不出来！"

"凭感觉就行？你当我们还是种萝卜白菜，大大小小能吃就行？这是一个讲品质与科学的年代，不允许我们有任何的偷工减料！"姒来真火了，他敲着桌子，一字一顿地说，"机会是什么？机会就是与狼共舞，小心翼翼，不预设任何侥幸！"

他瞧了瞧阿调，她脸上写满了委屈，胸脯鼓胀着，奶液渗透衣衫，画出一圈圈问号。

姒来声线放柔软了，"你以为开工厂是摆小摊？工人们还是昔日担着自留地的白菜萝卜，到城里讨价还价的菜农吗？你这是自作聪明，自欺欺人！"

他伸出手决绝地一斩："就是为了教训你这样的人，这批布必须重做！"

这批布要重做？厂办会议上，姒来刚说完，老厂长不疾不徐地站了起来，拖长了声调，"我尽管跟老板娘没有交集，但是这次她没有错，这么点小问题别吹毛求疵了吧！我做了这么多年纺织，哪有工厂不抽几根纱的？这批订单本来就没利润，重做不得赔死啊！"

有才绕到姒来身后，附着他的耳说："是不是跟沃尔玛讲讲，降几分钱也比重做强!"

如来狠狠地瞪他一眼,眸光像一把杀牛刀,劈出了寒光:"快速组织原料,工厂全部人员加班!"

说完,他头也不回地出了车间,新机器还用旧思维,非得给大家一个教训不可!

豁出去,心,包括身体。如来快步出了车间,他自我鼓励:这是我屡试不爽的武器。

月色如琼华,铺满了湖面,咿呀桨声一圈圈荡开,那是摇船人归家的时候。

如来进了家门,才渐渐平静下来。办工厂做营销有其不变的原则:不亏钱,还是不亏钱。即使暂时亏钱,也是为了潜在的更大的利益。

阿调还没有回来,刚把小鹿断了奶,送到温州她妈妈那里去。没有老婆和孩子在,家里被虚空填满着,只剩下阿调委屈的脸在虚空中摇晃。他叹了口气,自喃:阿调,你的出发点没错,但是千万不能让价钱不好,就从纱支上抠成为一种常规啊,你心心念地要管工厂,这怎么放心让你管理呢?

阿调终于回来了。她进了屋,就斜歪在圈椅里,脑袋靠着扶手,好像筋疲力尽。如来看着她,又怜爱又心疼:"你这是何必呢?"

见阿调没吱声,又说:"你这种工作方法,以后我不可能再放你去管工厂!"

阿调反复绕着指尖,眼睛看着地面,声音委屈:"我是为了你、为了工厂才这么做的,至于效果,看到结果再说好不好?"

见如来没理会,她陡地坐了起来,皱着眉说:"原料是从新疆运来的,从采购到纺纱,再按订单要求织布,做出成品,这上序的周期你比我清楚,重做咱赔不起,再说,赶不上交期,鸡飞蛋打,咱们何苦呢?"

如来眉峰紧蹙,冷静地问:"用你做门市部的经验回答我,120支与115支在感观和手感上的差别是什么?"

阿调很自信地回答:"我反复考虑过,没什么差别,我真的是核算了成本后,才……"

如来说:"我不要听任何解释!"

阿调抬起眼看了他一眼，肯定地说："要说差别也只是感观上的垂重和手感上的柔糯有些微的变化而已！"

"我已经叫销售的去找5米120×120/40×40全棉布，按沃尔玛工艺做半打样品；同时将已做好的成品半打，明天上午8点一起送到厂部办公室了！"阿调的语气像上了弦的箭。

阿调对姒来说，她不得不承认，沃尔玛的质检员，那个老头，有着出手不凡的感觉和经验。不过，她自有办法对付。

上午，阿调带着销售员找来的样布，赶到了平水镇，一个以水洗出名的工厂。

"我们真的没有人手可以帮到你！"水洗车间男领班指着地上一大堆牛仔裤说。

阿调笑嘻嘻地软磨硬缠："我只要一只水洗小缸和一台磨毛机就行，用不了半小时。"

男领班顾自往前走，头也不回："真没空！"

阿调跟上去说："同行还不相互帮着点？我做，你在旁指导一下就行。"说着，拿出一个红包，塞进男领班的口袋。

她瞥了一眼男领班，见他眉目稍见舒展，便大步上前，站立在他面前，微笑着说："叫你老师总行了吧，这辈子叫你老师，下辈子相遇还叫你老师！"

那男领班扑哧一笑，停步，问："半小时真够？"一边领着她到了磨毛机旁。

阿调已有了七成把握，沃尔玛一定会接受加工过的成品！

经磨毛和砂洗工序下来，这115支纱的沙滩裤无论从手感和垂重感都比120支有过之而无不及。她随手往秤上一磅，重量几乎相同。水洗和磨毛成本只不过增加5美分，少赚一点而已。

她喜出望外，握住男领班的手，说："我叫许调，火凤凰的老板娘，谢谢你啦！"说完，收拾起样品兴冲冲地往回赶。

姒来摩挲着阿调递给他的布，心下一喜，阿调这股不到黄河不死心的劲跟阿凤真是一个模子！他抬起头，眼风一横，对喜色满面的阿调说："交货期紧,我们没有选择,我准备一场秀,品质能不能被接受,客户说了算!"说完甩了门出去。

身后传来阿调怨怼的声音:"你对阿凤会是这个态度吗?"

他无奈地摇摇头。

~ 5 ~

火凤凰新布置的质检室成了一个小型秀场,T字形的走台不过是五张门板拼搭的台,台面上铺着模拟沙滩色的塑胶板,屋的四周贴满了热带树林景色的招贴画,绿色的垂地窗帘在鼓风机的操作下随风摇曳。

"男装沙滩裤秀"几个中英文字用追光灯打出蓝色的流水样状,环绕整个秀场,是会场的一道亮丽风景线。

应邀来参加秀场评委的是沃尔玛的质检和设计员,还有外贸的接单和跟单员。每个评委面前摆着一张列表,对所参加秀展的产品进行数据评定和打分。列表上分别是整体感观/垂重感/质感/颜色/做工;品质分析更列着沃尔玛工艺流程要求的所有数据。

以来设计了这个走秀,却没有坐在评委的坐席上。一个纺织企业的领头人不仅是一个策划者更是一个表演者。这就是我!他圆圆的豆眼被激情燃烧,像两粒北斗星镶嵌在峻黑的脸面。

今天他是导演,又是表演者。他选了一条中号格子沙滩短裤,显露出他结实的胸肌、臀和均匀瘦长的腿。服装穿在不同的人身上,有不同的语言,我就是要表演给买主看,我们的短裤都是鲜活的,有生命力的。

他满意地对着镜子看着自己的身材,招呼其他六个从车间里挑的保全工和摇车工,指挥着:"和着音乐,动作简洁有力随意,不要做作而轻佻!"

服装展现的是六个款式五个尺寸。三个X的特大号模特是来自牙买加的黑人,他们正巧昨天来轻纺市场买布,被有才临时请来。其中表演两个X尺寸的模特,是来工厂采购面料的印度客。

以来对这支特殊的模特表演队整整培训了三天。

评委落座,会场气氛轻松中透着诡异。

随着音乐"夏威夷风"起,模特踩着音乐上场,在钢琴的重击声中,模特儿整齐地脱去上身的白色T恤,潇洒地往脑后一甩,开始走台做着各种造型……

表演分为两组服装进行：120×120/40×40组和经过后处理过的115×115/40×40组。

评委手中的数据表只以服装号码区分。

数字和实物不会撒谎。如来张开手臂做了一个笑对蓝天的姿势。

如来带着阿调和跟单员，拿着收集起来的对于两组服装的数据报表，兴冲冲地找到沃尔玛质检员。

"我们交货的是你评分最好的品质！"如来浅浅地笑着，心下却惴惴如随时被抓包的赌客。他摆出一副居高临下的架势，"请你按你评定的高品质做全面质检吧！"

质检员一愣，才明白过来，工厂请沃尔玛重量级人员前来参加走秀评分藏着暗机。

"小伙子，"他带着浓重的鼻音说，"代工有代工的意义，你们任何时候都必须严格地按要求做。如果我没有记错的话，我上次没有通过检验的原因是，你们偷纱了。我的手对品质的敏感胜过我的眼睛。"

如来努力挤出笑容，却没有一丝笑意，"是的，"他索性摊开了说，"我承认，我的员工为了对付你们的低价，用了减掉纱的根数的办法，按正负5%的国际惯例来说，这原本是可以接受的，但是为了百分之百达到你们的品质要求，我们利用后处理技术对0.05的缺失做了百分之百的努力。"

老质检员摇摇头："我了解中国人，对品质总是不能精益求精，这是你们的商品总是在低价商店徘徊的原因。"

如来谦卑地笑："谢谢你的提醒和批评。让我们与低价的沃尔玛同步成长吧！"

老质检脑袋一扬，说："尽管你做了种种努力，我还是得把纱支短缺写进检验报告中。"

如来重新瞪圆了眼："质检的目的是对品质、手感、做工，做出实事求是的评定。"他拍着两组服装的数据分析汇总说，"你们的主要人物，包括你，都对成品做了评定，希望你尊重事实，尊重自己的评定。我们合作的机会还有很多！"说完，他转身气昂昂地大步离去。

老质检员在他身后耸耸肩，叹："上帝总是把机会让给人口最多的中国人！"

三角道地的小屋，轻音乐回荡。

阿调拿出一瓶15年陈加饭酒，斟满了杯，递给如来，喜盈盈道："咱们庆祝一下吧！为我们再次合作成功！"

如来端起酒杯，一饮而尽，眸光热辣，说："妈妈带孩子挺辛苦，听妈妈说，小鹿整天闹腾，不像个省心的孩子。工厂的事你就不要再管了，安心在家把孩子带好，附带着管个门市部够你辛苦的。"

阿调敛了笑，涨红脸，反问："凭什么啊？我有错吗？本来你成本就那么低，我想了办法通过了质检又节约了成本，你应该奖励我才对啊？就因为我不是阿凤吗？我偏要管，我不仅要管，将来我还会要求独立做工厂呢！"

如来一时语塞。稍顿，说："就因为你胆子太大，什么都敢做，我就是不放心把工厂放给你！"

他叹了口气："你要是真能像阿凤那样顾大局识大体，处处替对方考虑就好了！你站在沃尔玛质检员的角度想想看，如果换成你，明明质检要求120支的纱支，你为什么要换成115支呢？平水厂磨砂做得好，咱们又做了模特秀配合，这是侥幸过关。衣不差寸，鞋不差分，织布不能差纱支，你不明白？亏你还想做纺织！"

阿调呆呆地望着如来。我不及阿凤？她的面孔涨得通红，眼底蓄了泪水，一碰，泪珠儿便如豆子般滚落。

熄了灯，阿调始终背对着如来，如果是阿凤，他会这样对她吗？

如来见阿调赌气，哼了一声也背转了身。一转身，碰到了腰间的心形盒，那是阿凤的眼睛。他缓缓地解下心形盒，放在桌上。这一夜，阿凤的影子便再也没有离开。

他们一起趴在沙滩上，画着未来工厂的模样。阿凤忧郁地说："咱们将来一定要把阿调带上啊！我担心她太任性……如来开玩笑：我娶一个带一个不赚了吗？"

清晨醒来，如来发现自己的枕头像飘过细雨的农田，潮得发黏。他转身搂住阿调，阿调的枕头早被泪水晕湿了一片，凹陷出一颗脑袋大的坑。

~ 6 ~

如来提着携带式半导体。"发展就是硬道理。"他听着广播，邓小平去了他们曾去卖过布的深圳，在那里还讲了话。那里有着他和阿调的太多的记

忆。他跟在地产商身后,他们要有一个安定的窝。

儿子4岁了。家有了真实的存在。看到儿子那嫩菱角一样粉红的脸蛋,他才真正体验到生命的传承是如此神奇与真实。

他要倾其所有给阿调和儿子搭一个算不上豪华却独具特色的房子。那房子就像流动的五线谱上的一个休止音节,从这里开始一段新的乐章。

房不是太贵,就是不实在。他在鉴湖边上买了块地,自己设计了一个模样,将图纸交给了开发商。

上海车展的海报极其煽情,如来看得眼睛发直,这是国内第一次展出进口车。他拉着有才一起去看展览。阿调见他出门,没精打采地问:"不会出远门吧?"

如来挑逗地说:"搬了家,你离门市部远了,给你挑选一头大鸟回来。"

阿调乐了,勾住他的脖子半开玩笑地说:"把姒家皇族的小龙养大了,还不买辆好车犒劳我啊!"

如来乐,拍拍她的脸,浑身鼓着春风。

如来挤进车展大厅,一眼看见旋转的展台上,一辆红色的法拉利,像一只振翅欲飞的凤凰,旋转着,从各个角度折射出炫目的光。

他心速加快,目光渐渐发直,耳边由远而近传来阿调临盆时痛苦的嘶喊,儿子落地时的第一声啼哭,还夹杂着阿风咯咯的欢笑和与抬会帮土格斗的嘶喊。这喊声哭声笑声枪声和法拉利响亮而炫亮的鸣笛渐渐混合在一起,令他血脉贲张,心脏剧烈地跳动,挣扎着要冲破肋条的束缚似的。

他小跑着出了展厅,边跑边掏出大哥大手机。在靠近大门僻静的角落,他拨响了财务科长水娥的电话,问:"我账上能用多少钱?"

水娥把数字报给他后,他尴尬地脸发烫,叹了口气,咬了咬嘴唇,低着脑袋踱步回到大厅。

有才见他低着脑袋,便明白了几分,说:"我这儿有些钱,复退加伤残补贴的钱,还有这几年赚下的,有这个数。"他伸出手指比画了一下,"你都拿去用吧!"

如来大喜,拉着有才回到了展厅。

"这法拉利我买下了!"一个矮个子,模样老板的男子得意地喊着。

如来急了，他疾步上前，站在那个男子面前，大声喊："我早来了，一直在这儿谈呢！"

　　矮个男人冷眼斜他一眼，问："谈？我的钱都在这儿呢！"他拍拍黑色的包，随手刺啦一声拉开拉链，倒出一堆人民币，外加一部分美元出来。

　　整个卖车现场的观众纷纷朝这边看，渐渐围起一圈人众。

　　法拉利销售经理不失时机地跨上演讲台，用充满磁性的声音广而告之：

　　"法拉利，来自恩佐·法拉利家族，自它诞生起，就代表着速度、激情、性感和财富……"

　　销售人员助威道："中国法拉利第一人将要在这两个男子汉之间产生，看他们谁先下手做豪杰！"

　　矮个男子向前跨近一步，豪气地盯着火红色的车。

　　如来向来好争，有人与他拼，他就来了劲，瞪起豆眼，弧光射向矮个男子。

　　销售经理走下台来，笑眯眯地鼓动："这款车的无与伦比之处在于，将竞争和速度嵌入了每一个细节！"

　　"这车我要定了！"矮个男子盯着如来。

　　如来咬了咬牙。在他垂手的当儿，触及了腰间的挂着物：装着那个血币碎片的心形盒。这是阿凤的眼睛！

　　工厂连买机器的钱都是借的，贷款还没有还清呢！有个声音在提醒他。他浑身冒汗，脚步像凝了胶。

　　矮个男子，将摊在台面的钱捋进包内，气粗地看向如来。

　　如来避开他挑衅的眼神，心有种种不甘。

　　他看了一眼法拉利，跳上了演讲台。

　　他举起了手臂，简短而有力地说："我愿意放弃！"

　　人群安静下来，那位男子一惊，侧脸注意地听他讲。

　　如来握着空心拳，捂着嘴，轻咳了一声，缓缓说道："不是因为我放弃争第一的决心，而是在台下这位令人尊敬的男子拍案要买下这辆象征财富，有着响亮的名字——法拉利红色跑车的时候，一个比法拉利更鲜红的生命在我眼前闪现，一个带血的声音在我耳边响起，那是我已故太太和她的声音：我们要办第一流的工厂。她为争夺第一桶金献出了年轻而美丽的生命。我决不能把彰显财富的车辆用来装点面子，我要用另一种方式来彰显我的决心与力量！我放弃对这辆车的奢望，正是为了实现我与太太更远大的理想！"

说完，他跳下台阶，头也不回地走出了展厅。

他听见身后有人在鼓掌，有人蔑视地说："原来没钱啊！"

他头也不回，昂着头，大步地离去。

有才紧随着他走出了展厅。

如来长舒一口气说："差点头脑发热。这上百万的车款够我们增建一个印花车间了！"

有才说："你讲得真不错，那气场把买车卖车和围观的都镇了。你走后，那个男子好像手也软了！"

"输也要输得有面子！"两人搭着肩哈哈大笑。

~ 7 ~

春去夏来，天气热得发黏，阿调带着儿子玩跳房。小鹿长相倒是像妈，白皙的皮肤，鼻梁很挺，一双大大的眼睛镶嵌在圆圆的脸蛋里，好像天生有许多疑问。跳得热了，娘俩不停抹汗。

阿调扯一块毛巾，一边给小鹿擦汗，一边说："妈妈会给你买一个大大的空调，小鹿就不会出汗了！"小鹿挣脱开阿调的手跑开了，阿调开始烦躁，尽管搬进了新房，新房又靠近河边，但是南方的太阳发着淫威，她浑身有一种被廉价塑料薄膜包裹的烦躁。

如来这几天忙着头印花打版机，刚刚跨进家门，阿调对他抱怨："这房子虽然靠河，但是一点也不凉快，河水一干，那种热气都跑进屋了，咱们得买个空调。"

如来心下一咯噔，糟糕，工厂上印花打版机，买了最新款，也是价格最贵的德国货，钱不够，他把自己所有的积蓄都搭进去了，哪还有余钱买空调啊！

可不能扫阿调的兴，她好不容易安下心来带孩子，原先还想买汽车奖赏她呢！

可是，工厂要发展，十个马桶九个盖，这真金白银真得用在刀刃上！

他环顾屋子走了一圈，灵机一动，应和着阿调说："买买买，咱不但要买，而且要买台最好的，落地式三匹马力的。可惜这么高档的空调今年咱商场就没进货，明年咱们提前订，今年咱们暂且做一个无限马力的天然空调。"

阿调噘起嘴，说："等明年？早买一天早一天享受，看小鹿满头痱子，周围有钱人都买了，你还当老板呢，咱连台空调都买不起不让人笑话？"

如来被激,说:"你看着,我给你们娘俩做台独一无二的大空调,冬暖夏凉自然温度,羡杀别人,好不好!"

阿调怀疑地瞥他一眼,不知他又出什么馊主意。

如来走到她身边,诡秘地笑:"你记得小时候吃西瓜吗?夏天,每家每户都把西瓜沉到井里去冰一冰,那个凉是透心儿凉,吃了还不拉肚子;冬天河里洗衣服洗菜的水太凉,家家户户都打井水洗,那水是温乎的,不容易长冻疮。咱屋子这么大,在屋里挖个大大的井,冬天地热上来,夏天地气是凉的,这冬暖夏凉的天然空调多好!用空调,咱儿子还怕吹坏了呢!"

阿调扑哧一笑,继而又觉得不对劲,便讽刺说:"搬到山洞去住更好,山洞里才冬暖夏凉呢!"

如来笑答:"那感情是,当年延安的窑洞救了八千工农红军呢!如果你没意见,住山洞未尝不是一个选择!现在,我就挖个大水井给你看,保证让屋里气温降下5摄氏度。"

如来用脚步丈量着屋的面积,寻摸挖井的方位。

阿调抬眸瞪着如来:我怎么没有早了解他呢?他除了建厂还要什么?这分明是没把家当回事,我的同胞姐姐爱上的就是这样一个顾自己的事业不顾家的人吗?我怎么会嫁给他?为什么让我留在家里看孩子还得听他摆布?

如来找了把镐,试探地下结构,兴奋地喊道:"调,你看这床后的地形最好了,藏在蚊帐后既不影响美观也不影响屋里活动,拦块板,小鹿决不会有危险,可以让咱们这房冬暖夏凉享受自然的温度。春秋天用不到时,上面盖上块青石板还是件摆设呢。"

阿调气呼呼地说:"上次你去车展,没买回车来,你说要建印花车间,现在连个空调都舍不得买,你这是存心的!这房子是你买的,你爱怎么整是你的事,如果我碍了你的伟大事业,我带上儿子搬出去就是了!"

如来急了,丢下镐:"你怎么说出这种绝情话?我不在想办法解决问题吗?"

阿调正要回怼,罗干干急匆匆找上门来。

罗干干展开手上拿着的一份传真,说:"于美文发来传真了,还写了加急呢!"

如来抓过传真:JV Center的面料展一周后就要开展了,我和Morris约了Mayc's的采购经理明天见面。务必请如来马上飞来,直接谈判!

罗干干指着传真，说："这娘们儿怕你不去，连着传了五份过来！"

传真的字用粗笔加了画线：

预计会有每个月十个柜的订单；那个卖二手机器的Edi也会来纽约参加展会，他说想跟妎来谈谈有什么可合作的。妎来务必提前赶到！！！

妎来眸光深忧，看向阿调。孩子摔了一跤，正发出嘹亮的哭声。阿调碎步跑去。

妎来对罗干干说："新的设计版样机都准备好了，就等着开张大干一番呢。咱可不能错过接订单的任何机会！"

罗干干抬腕，指着表针，说："今晚还有一趟经韩国转机到纽约的飞机，你还赶得上。"

妎来朝阿调努了努嘴，把罗干干拉到门外："赶快给我准备最新的布样越多越新越好，订最早一趟航班，马上出发！"

说完转身回屋整理行李。阿调正拉着小鹿掸他身上的灰，见妎来整理箱子，故意问："这急匆匆的样子，不会是要带孩子去温州看咱妈吧！"

妎来没吱声，收拾好行装，坐到阿调旁，歉疚地说："把你妈叫来陪陪你吧。我必须去趟美国。"

阿调脱口而出："什么？又要离家？儿子过几天就4周岁了，咱没给孩子办满岁酒，这4周岁酒不会让我一个人办吧！"

妎来说："咱们挑个日子一起庆祝吧，美国那儿有急事呢！"

阿调鼻子一酸，问："去那个缠你要钱的留学生那儿？"

妎来脸一沉，说："阿调，你还是好自为之，不要把陈年芝麻翻出来说个没完没了，我也算对得起你，对得起阿凤了！"

妎来刚说完就后悔了。

果然，阿调抱起小鹿，说："我还没说人家的名字呢，你就不舒服了？你对得起我？对得起阿凤？"

她越说声音越高："你自己算算看，自从咱们从深圳回到这里，你有几天是待在家里的？孩子出生你把我丢在家里看孩子，我愿意接替阿凤，跟你过，还不是因为你答应我，一起办厂，完成阿凤的凤愿？"

小鹿挣脱阿调的胳膊，跑开了。妎来追了过去，抱起儿子放到阿调怀里，说："我说走就得走，你再不愿意我也得走，多少次跟你讲过咱们老祖宗的故事了，人家在外13年呢，老婆要生孩子了，都没顾得进去看一眼，儿子拉他衣襟他都没进屋去陪儿子待一会儿……"

阿调把手捂住耳朵,说:"不听不听,你以为你真是皇帝,真是皇亲国戚啊!不就是给皇帝看坟的吗?"话说出口,她后悔了,赶快捂住嘴,背过了身,如来曾告诉过她,小时候因为罗干干说类似的话,被他揍了一顿。不过,就该激激他,否则,真把我当管家婆了!

小鹿拍打着阿调,挣扎着下地。阿调放下孩子,眼角的余光瞟向如来,果然,如来面孔发黑,面部肌肉紧张得发颤,他好像要张嘴说什么。

如来没有经验怎么回怼阿调,少不更事时,罗干干说类似的话,他可以伸手就打,不经过脑子过滤,话出自阿调的口,他能动粗吗?阿凤的话又通过他腰间的心形盒电波一样传递给她:你一定要带好阿调,她是我的孪生姐妹,从小没了爹……

如来刚要张口说什么,手机响了,他乘机抓起电话,没好气地对阿调说:"把你妈叫来陪陪你吧,天气热,先把电风扇拿出来,等我回来再来挖个地下大空调。"一边没好气地对着电话说,"马上马上,催什么!"边说边拿起行李箱出了门。

关门的时候,身后传来孩子的哭声。他知道这次一定是阿调故意把小鹿弄哭了。

T 台

~1~

如来双臂怀抱,站在航班信息牌前发怵,晚点两小时?这还是经韩国转机往纽约的国际航班!

上海虹桥机场候机厅有人打盹,有人躺着,无奈任意地考验着每个人的心理底线。如来站起来,又坐下,又重新站起身,看了看表,走到服务台前,问:"延误两小时为什么不提前通知?"

机场工作人员很耐心地解释:"当地有台风。飞机必须避开风眼!"

正说着大哥大铃响。如来低头,夏红!自那次大龙市场走秀后他们一直没联系过。

"什么?你在虹桥机场?晚点两小时?"夏红听如来这么说,尖呼一声,"太好了!等我!"

不出半小时,夏红就出现在如来面前。夏红高一米八,穿一件碎花真丝长裙,显得飘逸而古风,赢得不少回头率。

两人进了咖啡店,在一张高脚小圆桌面对面坐下。几年不见,夏红的眼角漾起一道道细细波纹,一双水漾的眼睛笼罩着一层雾蒙蒙的迷茫。她抬起眼,声音带着被时间捉弄的虚空,"模特儿吃的是青春饭。我……"她摇了摇脑袋,落落大方地将一眼湖水网住了如来惊讶的豆眼,"现在的模特儿大都本科专业毕业,要姿色有姿色,谈起专业知识,开口就像喷泉的水,引人驻足。她们还忒放得开,干什么都不吝。跟她们在一起,还没上场呢,我在心理上就被比下去了。"

如来说:"人比人比死人,何必跟别人去比,什么年龄都可以当模特儿,老中青少都需要穿衣吧,时尚跟年龄没有关系。你怎么了?职场出问题了?还是家庭出问题了?"

夏红眼圈一红。头低下,抽了抽鼻子,又抬起眼看着如来,好像有无数的苦水要倒。

如来见不得别人流泪,躲开夏红的眼,轻叹:"有什么要帮忙的尽管说,只要我能做到。"

夏红突然将眸光直直地追着如来,问:"你能把我当你们工厂的业务员派往国外吗?巴黎或者纽约,甚至非洲我也会去!"

如来被这突如其来的要求弄得很尴尬,头一低,说:"嗯,好呀,嗯,倒是也需要,我们正筹划在纽约开公司,如果有需要我通知你。"

这话一出口,如来就后悔了,承诺常常是自己的负担。要是夏红去了纽约公司,这事让阿调知道,还不知往哪里想呢!他转移话题:"现在女装流行什么面料?"

"今年的T台,一款烂花裙走红,一条真丝烂花穿搭在身,还真像仙女下凡。"说起时尚夏红如数家珍,面颊也像贴上了两片霞云。

倒是个人才呢,公司做女装少不了做时装秀,她还真能用上。如来若有所思,频频点头。

两个人梭子似的你一句我一句聊着时尚,不知不觉地织满了两个小时。

马上就要登机了。如来挥挥手往登机口走,夏红眼里噙满着希望,站在送客处,高高低低一声声追着他的背影喊:"别忘了你说过的话,纽约开公司我帮你卖布料去!"

~2~

火凤凰纽约分公司筹备工作进入了程序。于美文带来一个年纪过了70岁

的老头。

"You know!"于美文用习惯语开场,"他就是帮我们接到沃尔玛订单的Morris!聘他当咱们公司的总经理合格吧!"

如来看着Morris心生疑窦,七老八十的人当总经理?

如来的吃惊不是没有道理,这个自称在百老汇做了一辈子的老犹太人有明显的颈椎病,脑袋歪向一边,步履蹒跚,眼睛总是看着斜侧天花板似的,填职业经历表格时,他的双手颤抖着几乎握不住笔。

早期帕金森综合征患者!他的身体折成了几道弯,面部道道沟壑纵横交错,他的脖颈像一弯铁钩,牢牢地钩紧着他兀大的脑袋,一对灰色眼眸,犀利如潜在水里鲨鱼的眼。

如来深怕显露出对他有一丝的不敬,忙弯下腰去,拿过他手中的笔,说:"让我来帮你吧!"

Morris瞪了他一眼,执拗地从如来手里夺回笔,顾自一颤一抖地将空格填满了。

如来拿起纸,字迹工工整整,看不出病症,更让他兴奋的是,他的一生几乎都在纺织界干销售。

"我在百老汇做纺织40年了,这里的每一家公司我闭着眼都能说出谁是总裁谁是真正的买家谁家公司信用好谁是Shit(狗屎)。"他侧昂着脑袋,眼睛自然地斜向天花板,好像天生一副傲骨。

"我的保底是,每年给公司接至少500万美元的订单。"Morris发音含混不清,可是一点也不减少对自己的信心。

如来饶有兴趣地看着他,用洋泾浜英语与他搭话,这个分明是美国版的,小车不倒只管推的杨百万!听他报出保底销售额,如来对他更是刮目相看。

"我们要做面料,但更应该把面料做成服装直接卖给这些大品牌连锁店。你知道把面料变成服装的利润空间有多大吗?"Morris歪着脑袋问。

如来很同感地点点头,这倒是他一直想做的。

"火凤凰多好的商标啊!"Morris双眼斜侧盯着天花板,"做好了仅商标就可以卖出上百万美元呢!"

~ 3 ~

Edi驾着他的林肯领航者号飞速从南卡来到纽约。

帝国大厦59层,妣来正跟着Morris和于美文在选公司地址。

Edi好不容易找到妣来,他给妣来一个熊抱,然后伸出蒲扇大的手使劲握住妣来的手摇晃着,说:"祝贺你。"

妣来瞪了瞪眼,让于美文问:"祝贺什么?"

Edi哈哈大笑,说:"你知道了,我们在你们买去的机器上安装了追踪器,FBI一直盯着这批机器。"他跷起大拇指,"你们做得不错!"

于美文在一旁解释:"通常从美国买设备都会被跟踪,看你们是不是会仿造或出卖技术。你们买去的这批机器,就像咱们中国人说的过了解密期了。"

妣来一下变了脸,"这事我们已经有过争吵!"他摇着指尖说:"你们美国人真不厚道,这次见你,我的主要任务是要你们马上派人去把所有追踪片给拆除了,否则我也要动用你们美国的法律起诉你们!"

Edi大笑:"这批机器已经过了解密期了,放心吧,追踪功能自动解除了。不过你们还是要小心,不要犯事儿!"

妣来又来气,竖起眉反驳道:"说得轻巧,我保留诉讼的权利,小心你们哪天侵犯了我们的知识产权!"

Edi没听懂妣来的话,问于美文:"他说什么?"

于美文打岔:"他说你很够朋友,这么远的路专程从南卡赶来看他。"

Edi听了忙说:"我专程赶来是给你介绍个人。我朋友是Vankuson总采购,你知道Vankuson品牌吗?他们正在找合适的工厂合作呢!"他将嘴闭了,一只手指放在嘴中间发出嘘的声音,神秘地说,"在服装界,只要说你做过Vankuson品牌,没有人会拒绝把订单给你!"

妣来似乎没有做好准备,他盯着Edi看,又将脑袋转向窗外。从这里望去,纽约人寿的巨大标牌亮得扎眼,哈德逊河像一台巨型喷水织机,源源流淌的河水正如无边际的宽幅布连接了纽约港。他几乎不敢相信竟有了做品牌服装的机会。乞巧布,乞巧布,没有伊办不到的事,没有伊走不通的路。昨晚,他做梦还梦见奶奶呢!

他目光转向Edi,很认真地说:"没有我们织不了的面料,没有我们做不了

的服装！"

"不过，接这种大公司的订单可要过三关斩六将，不经过各种检验，订单到不了你手上。"Edi鹰隼似的眼盯着他，长长的两根白色须眉一挑一挑地跳。

如来礼貌地问，"请教一下，过三关斩六将指什么？"声音像从大河里爬上岸的鸭子，抖动着羽翼上的水花，又欢喜又警惕。

"就是要让客户感觉到，你们是一家足够靠得住的公司，比如说是有公众形象的、人性化的、环保的，可以保证品质的。"Edi眼芒居高临下地盯着如来。

"过几天国际纺织品展览就要开展了，你们工厂何不做个展台呢，我把客户领过来，让他们见识一下你们的品质和实力。记住，在美国，财富永远是跟着实力走，看到你们的实力，说不定客户现场就下单了呢！"

必须展示实力！如来将信将疑地点点头。不过他向来敢搏机会，哪怕Edi的话只有几成可信度，他也要尽力去试一试。他转过脑袋，问于美文："离展览还有一周，还能租到摊位吗？"

于美文不置可否，问站在一旁的Morris。

Morris眉头一皱说："订摊位的事早一个月就截止了，哪像你们中国人，做事情少计划不严密。"

如来白了他一眼，往楼下走去，心卜哼哼：山高高不过脚底，浪高高不过船底。随机应变，走着瞧！

帝国大厦入门不远处的走道上，一个乐队正在摆开秀场，七八把乐器包括手风琴、铜管乐和一把键盘，十来个穿一色白衣黑裤的男女拿着歌谱。一看就是合唱班子。如来灵机一动，问Morris："这个演出需要给大楼付场地费吗？"

Morris歪歪嘴，做出笑的表情，"公益性演出，给大楼添一景，说不定大楼还要给他们付费呢！"

如来击掌："我有办法了！"

Edi好奇地看着他，这个中国人又有什么奇招呢！

在JV Center展览大厅搭一个T台，每天做几场时装秀，用最新的面料，专业的模特表演。按照美国人的思维，这不是给展会添景吗？

如来刚表述完他的意思，Morris就竖起了大拇指，"我说呢，上帝为什么要造这么多中国人！"

于美文说："联系场地的事就交给我了！"

如来催促："抓紧落实办公室，公司趁势开张挂牌了！"

如来拨通了厂部的电话："请有才速组织最新面料到纽约参加展览！"

正好可以用上夏红，让她速带模特团队前来做时装秀。一举两得，这也是我对夏红所做的承诺的交代了。如来咬着牙颌，顿着脑袋，这是他对自己的决定的认可。

布置完毕，Edi拉着如来去百老汇大街见Vankuson的总采购。

他们穿过十二大道，到了42街，时尚大街第六大道与第七大道的交界处。

百老汇穿过中央公园，跨过时尚大街第六大道，斜插向第五大道，在这里形成了一个岛屿似的三角地带，时报广场被林林总总的大楼和巨幅广告牌簇拥在这里。

广场的道路向四周延伸着，形成一个流动的十字。高楼间巨幅霓虹灯广告跳动着，极度渲染着时尚界的缤纷色彩，顶级模特们正从大幅屏幕中走来，流光溢彩，极度张扬着时尚的艺术与财富。

如来看得浑身热燥燥的，全身的血液滋滋地往脑门上涌动。在这个地方来一场时装秀会是什么感觉！

他一眼看见了眨眼间跃出大屏幕上的广告：Vankuson，模特穿着一件剪裁得精准到位的吊带装妩媚而笑，举手投足表现出极度的性感与自信。

他凭着经验认定，这种质地柔软的面料是尼丝纺，工厂专门为杭州华夏服装生产过。

他一步跳过去在这块高近40米的巨幅霓虹广告下摆了一个Pose，大声地说："我们也会到这儿来做广告的，让模特儿披上我们的火凤凰时尚。"

Edi哈哈大笑，问："你知道这里是什么地方吗？著名的世界十字路口！时报广场！他比画了一个十字。"

十字是什么？犹豫不决？四通八达？如来做了一个摇滚舞左右前后的步子，激情地说："十字路就是我们冲向世界的路，上天下地左攻右扑四面出击。"

一个女游客正带着孩子从他们身边走过，见如来左挡右劈的动作，指着

如来对孩子说："Jack，这人在表演中国功夫呢！看，他瘦削的面颊和肩背像不像BruceLee（李小龙的英文名）？"

男孩睁大了眼："真的？"便雀跃起来。

母子俩走到如来面前礼貌地问："可以合个影吗？"

从百老汇1411号出来，Edi问："感觉怎样？"

如来在门口站定，掏出一支烟，划了火柴，又灭了，又划了，他狠狠地将烟揉碎了，往垃圾桶一塞，抬头说："我真搞不懂，你们既不做工厂，也不生产资源，空手套白狼，还对别的国家那么多限制，光是配额就是一个大难题，还提什么人权狗权的……"

Edi神情紧张，皮蛋色的眼睛里是圆浑的欲望。他需要钱，他跟如来私下里商定，凡是他介绍的客户，做成了，他每个订单拿5%的抽成，当然这事他不愿让别人知道，否则，被当成丑闻都不一定。他信赖如来，起码在买机器的交易中和后来发生的种种大小事端，如来给了他可信任的理由。既然与自己的利益有关，他要尽可能说服如来提高工厂的格局，符合国际化标准，从低层次的代工接大宗低端订单到可以做品牌，成倍地提高利润。他眉毛中那根竖得长长的白色须眉，随着眼皮的眨动一跳一跳的，像要随时扇出一通理论来。

如来的脸发黑。方才与Vankuson总裁的见面，简直是一种羞辱。

那个瘦瘦高高的总裁，站在他面前，好像高高的竹竿看着脚下刚冒出泥土的笋尖儿，一副居高临下的架势，"生产车间有空调吗？工厂有没有用童工？厕所离车间的距离是多少，工厂的废水怎么处理……"他一口气问了十来个问题，与订单生产没有半毛钱关系。

如来本能地往后退了一步，让自己的目光与他平视。你别把民权之类的名词挂在嘴上，我的爷爷的爷爷的爷爷，三过家门而不入，为了老百姓连家都不顾，还有比这更民权的吗？

临走时，这位瘦瘦高高的总裁拍着一摞生产工艺图和订单说："这些都会写进合同中去，我们会派人去检查工厂！"

"这是哪儿跟哪儿呀，用你们管那么宽吗？你们的哈林区还到处是垃圾呢！"如来甩着胳膊，气哼哼地兀自往前走去。

Edi耸了耸肩，在他身后摇着脑袋，这单到底接不接？

~ 4 ~

开幕前一天,夏红带着一个剧务赶到了。

如来蹙着眉问:"你一个人怎么表演?"他怀疑地看向夏红,她莫不是冲着滞留美国而来的吧?

夏红委屈地说:"如总,你这么看低我啊,接到邀请函,我们就走了紧急签证通道,但是,尽管我们托了关系排在前面,我们五个人去面试时,只签出我一个,这个剧务也是好说歹说,交了各种证明、担保书才签出来的。"

如来口气不冷不淡,"美国领事馆真那么缺德?"

夏红一脸无辜:"真的,回答问题稍有迟疑,签证官就把护照和申请推出来了,不信你去领事馆查。"

如来皱了皱眉。她独自一人怎么扛得起时装秀?

他闷着头,急速地在大厅里来回走。走了十几个来回,他的眉心舒展了。没招时,来回闷头走,走着走着便计上心头,他屡试不爽。

他对夏红说,上午他坐地铁到这里来时,在42街地铁站入口处,他饶有兴趣地加入了一个围观的人群,围观了一个由各色人种组成的表演队。好像有南美人、黑人和西班牙人吧。这可是一支真正跳街舞的组合。他们的动作热烈而激情,舞步专业而传神。如来兴奋地说:"这些人不是到处找演出场地吗?请他们一起来这里走T台,花不了几个钱,还是一道别具特色的风景线!"

夏红为难地说:"我语言不通,协调得了他们吗?"

"看我的!"如来盯着入口处,布展的人们进进出出,无不在大厅前逗留登记取牌。

这是国际纺织品展览在纽约的首次开幕。

往昔空旷的入口大厅,今天有了不一样的风景。大厅中央,搭起了一个T形走秀台。T台地面铺着绛红色的地毯,一道幕帘充当背景墙,隔出了后台,幕帘是宽幅本白色底的帆布,帆布上的图案是中国古老的敦煌飞天图,充满东方眩迷的色彩。

"我们是做面料和服装的,保证有不一样的时尚特色。"如来向管理办公室那个吊着一副大耳环的经理说。

开幕式一大早,有才气喘吁吁地扛着大箱子小跑着进了大厅,他的身后跟着另两个民兵,每人都扛着一只足有50公斤的大箱。

Morris努力地将弯曲的背抻直了,指挥:"把四季衣服分开放,别让表演者穿混了。"

如来握着Morris的手,使劲晃动着,"太厉害了!"他没想到Morris竟在一夜间,魔术般搜来了百老汇最新款的时装。

有才正打开箱子,抖落出各式花型面料。他们把面料和时装款式在T台下圈出了一个舞池,Morris对展览厅经理申请时说,这个小小舞池表演时供乐队使用,表演结束可以供参展的人们签单或休闲。他知道,如来的真实用意是,走秀结束,客户可以坐下来谈生意。

整个T台流光溢彩,如同截取了雨后的彩虹。

于美文将头发高高地扎了一个马尾辫,这是她自到美国以来第一次真正感觉扬眉吐气的时候。

围着夏红的,是如来从地铁秀上临时招募的跳踢踏舞和街舞的表演者,他们不同肤色,随着节奏可以做出各种动作。

如来还从街上搜来几个吹拉弹唱的艺人,拉二胡的是法拉盛7号线地铁找的,有吹笛的,吹口琴,吹小号的,南美的吹排箫的小伙子说,他会吹奏中国曲子《茉莉花》,还拿出五线谱给如来看。如来竖起大拇指:"这街头艺人比专业还厉害啊!"

如来指挥着这支临时组合。

"昂首、节奏、动作、姿势,加一些摇滚动作和小碎舞步,就这几个动作!"如来示范着。

"你能领头走主场吗?"如来拉起一个阿根廷小伙子的手,又叫过夏红,将他们俩的手撮合在一起,"就这样,走出场!"他打开一块七色彩虹尼丝纺,"你们俩共同擎着它!"他抓起夏红的手,披上面料,示范。在这支临时组合中,这位阿根廷小伙,身材有型,面容精致。

小伙子忙退后,一边从衣兜里掏出一方阿根廷小旗,抖开,摇晃了几下,"我可以单独走这个!"他拎着阿根廷小旗,舞了几个动作。

如来给他拿了一套男装和一面手摇版五星红旗,"中国的旗,穿男装!"阿根廷小伙学着中国话说:"没问题!"

"咱俩走主场了!"他看了看夏红。

夏红乐了,"我说嘛,我跟他们没法合,跟你走主场,咱们才可以走出你说的中国风,中国气势啊!"

上午9点,首届国际纺织品展览正式开幕。

随着音乐声起,男女组合的模特队掀开幕帘,从台后款款而出。与一般的时装秀不同,这支时装队出场时走着摇滚步,动作大胆而热烈;当组成整齐队列时,整个台面响起了踢踏舞步,随着时尚花色布样的展示,表演者又展开了移动的太空舞步。

人们为这奇特的时装秀热烈鼓掌。一曲美妙的《茉莉花》乐曲后,领衔的男女主角,觋来和夏红出场,他们双臂高擎,将各种颜色和质地的面料撑起一道七色彩虹,随着委婉的东方古韵的乐声起,彩虹倏忽飘散,与穿着各种款式服装的表演者一起,组成一幅优美的彩云追月图,在T台上飘逸。

Edi带来了Vankuson的总裁和设计师。高高瘦瘦的总裁指着觋来说:"看不出中国的企业家多才多艺呢!我爱吹萨克斯,也经常会参加一些公益表演!"

Edi听他夸奖觋来,忙附和道:"这个企业主懂得知识产权,我们卖了批机器给他,开始还担心他们,后来发现他们很守规则!"

Edi见他眸光始终追随着觋来,便小心问:"下单前真会去看工厂?"

Vankuson总裁不假思索地说:"当然!有实力的企业不一定都重视人权,但是重视人权的企业一定是有实力的!"

T台周围围满了观众。人们鼓着掌,指指点点,有人合着节拍喝彩助兴,有买家向站在T台旁的于美文问这问那。实力与财富永远是孪生兄弟。大厅里乐声轻绕:

  人生是一台织布机
  编织着自己的模样
  从来不曾停止幻想
  从来不会放弃希望

我们设计

我们织造

我们印染

编织人生的衣裳

    妞来一眼看到了Edi和Vankuson总裁，他们正拿着一摞布样挑挑拣拣。

    乞巧布，乞巧布，没有伊办不到的事，没有伊走不通的路。奶奶挽着他的手，走出了田埂。

    他跳下T台，迎着正在挑挑拣拣的人群走去。

~ 5 ~

    火凤凰时尚秀正走向高潮，领衔的男女主角双臂高擎，左右手合十紧扣，将各种颜色和质地的面料撑起了一道七色彩虹……

    冷小雷瞪大了眼睛，台上这个男主角怎么这么眼熟呢？他眼睛一眨不眨盯在妞来脸上。太像了！他无法忘记这个曾经让他赚得盆满钵满的供货商，还有那个带给他好运的许调！

    他脸面发热，呼吸急促起来。他迅速举起相机，对准了T台。镁光灯快速地闪烁，快门按动的声音像镍金币一声声敲击。

    冷小雷虽然来美国不久，但是华人圈子里迅速传开了他的信息，信息的来源是法拉盛卡拉OK夜店。

    初来美国，生活寂寞，冷小雷几乎每天都会出入那儿。

    他每次跨进店门，就有一排姑娘站立着，齐齐地喊："欢迎！"

    这些姑娘个个姿色可餐，任由他挑选陪唱。这里和中国台湾并没有太大差别。他出手阔绰，常常包厢通宵，很快享受到了顶级VIP待遇。

    对女人，他毫不吝啬，左抱一个右搂一个，撒钱如散花。原来，他出手阔绰是因为他和犹太人合作开着服装公司啊！华人圈儿窄，没出几天，冷小雷的名字和传闻便传开了。他如何来美国的故事成了唐人街茶余饭后的一个话题。

    "一切并没有想象的那么难！"他对坐在他身上陪唱的小姐说。

冷小雷经过台湾机场海关检查的时候,他很紧张地递过护照,护照用一个保护壳套着,里面加了五张1万台币的票子。海关关员盯了他一眼,一边若无其事地问:"第一次去美国吗?"一只手遮着护照,一只手就把钱拿下了。

冷小雷的名字早被上了海关的黑名单。他不断从香港走私到台湾,每次过海关时他都在护照里夹上一张最大面值的台币,每一道关送一张,那些海关关员睁一只眼闭一只眼地总能放他一马。理由很简单,他走私数量不大,每趟小赚为安,又能放血消灾,故尽管上了黑名单,却也能求个平安。来回走得太频繁了,就成了朋友。一个叫阿明的海关朋友对他说:"你要小心了,你已上了黑名单,总有一天不会让你那么轻易过关的,哪天换个铁面无私的,你随时会被拿下。"阿明的警示成了他离开中国台湾远赴美国的理由。

冷小雷向陪唱小姐夸耀,他足够幸运,刚到纽约就找到了合作大佬,还是道地的犹太人!纽约谁不知道服装界是犹太人的天下!

那是个下午时分,一个灰色头发的像是犹太人的中年人,正在时报广场拦游客玩扑克,游客猜对了可以赢钱,猜错了就得赔钱。他灰发,皮蛋色的眼睛显现出冷酷与凶悍。他身着灰色T恤,可见肌肉隆起的胳膊上刻画的文青,两条青蛇。

冷小雷猜对了,伸手向他要钱,那人脑袋一歪,说:"我明明看见你是输的,怎么你就看成了赢呢?你复盘给我看看!"

冷小雷觍脸笑:"复盘就复盘!"他按照套路反复操作了十来遍,始终没有复盘至赢的那个牌局。他知道这是个骗局,庄家做了手脚,任你复千遍万遍,也翻不出那个原来的牌局。

冷小雷嘿嘿一笑,举起双手说:"算我输,我赔你!"这正是我日后开公司用得到的人!他不急不慢地掏出一张百元美币放在扑克牌上。

"看你是块做生意的好料,咱们合伙开个纺织品贸易公司吧!"他对这个自称叫Latin的人说。

Latin盯着他,眸光冰寒,直直地剖开了他的五脏六腑。

Latin收了牌,说:"好啊!我父母早年在唐人街卖布,认识不少圈子里人。"他收回寒光,有了一丝喜悦。

冷小雷松了一口气,讨好地说:"太好了。我要的是你这张犹太人的脸。咱们租一个气派的办公室,你在那儿坐着,一张犹太人的脸,一个亚洲人的

脸不怕没客户找我们。"

Latin猛抽一口烟,朝天喷出一道圈,冷冷地说:"我不是花架子!"他拔出烟,丢在地下,重重的皮鞋将火星踩灭了,"百老汇做纺织的大部分都是我们犹太人!"

Latin抬起头,盯着冷小雷的脸,一字一顿地说:"要干就干大的,租个大仓库,从中国进货直接卖给零售店。我从犹太人那儿接订单,你负责从中国人那里进货。公司利润咱们对半分!"他薄薄的两片唇,刀片一样张合,眉毛上一道疤上上下下跳动着。这道疤痕是他在一次街斗中留下的纪念。他自夸少年时不爱读书喜在街头打拳,父母难以管教他,早早地就给了他一笔钱,任他自生自灭。这在以家教好著称的犹太人中并不多见。

冷小雷嘿嘿地乐,如同熬干墨水的笔,终于找到了笔帽。他伸掌与Latin互击,一起喊了声five,就约了去百老汇找办公室。

百老汇1407号,这座楼与时报广场隔街相望,大楼并不豪华,却用防弹玻璃铸的窗,倒是安全,令他们兴奋的是,时尚界大咖公司都在这儿设立分部,进大门处可见两排雕塑,是时尚界各路英雄豪杰的圣坛。

他们相中了17层,办公室正对着电梯。好进好出!两人相视一笑。

首届国际纺织品展览在纽约开幕!冷小雷从大楼信息台上拿起传单,一边与坐在台前的黑肤色女子打俏:"你跟我去吗。请你喝咖啡看百老汇秀。"黑人女子说:"当然愿意,如果老板准我假。"他转身离去的时候心里暗暗笑:谁真会请你去啊,长得这么黑。

冷小雷不急不慢地往JV Center走去。

刚办完登记取上挂牌,冷小雷就听见大厅飘荡的乐声和人们的鼓掌。他赶紧拎上展览会文件袋,加快步子朝乐声走去。

表演依然在进行,观看的人越聚越多。与几个警察一起维持秩序的还有几个中国人。 显然是与表演者一起的,冷小雷猜测。他瞄准了一个壮实、面相憨厚的男子,上前问:"这是你们的表演队?"那男子一扬厚厚的手掌,说:"当然了,我们是来自中国的火凤凰织造!"言语里充满了自豪。

冷小雷的一双卧眉轻轻跳了几下,语气是撞上了机会的惊喜:"你们在纽约有分公司?"

那男子从兜里摸出一张名片递给他:"人们都叫我有才。"

冷小雷拿起名片前后翻着看,满脸堆笑:"原来你们工厂就在绍兴啊,我很熟!"

"你也做纺织?"有才退后一步,仔细打量着他。

冷小雷连连点头,说:"是,我们每年从大陆订许多货。"

听他这么说,有才上前握住了他的手,说:"我们的纽约公司今天刚在帝国大厦开张,你有空去看吧,有许多样品在那儿。"

帝国大厦?冷小雷怕听错了,赶紧问:"哪座楼几层几号?"

有才认真地想了一下说:"59层吧!我们刚租下的办公室,名片还没印呢,但是59层不会错,怎么样,要不过几天等我们收拾好了过来?"

冷小雷笑容不改,"好啊!不过,我们对你们大陆的工厂更感兴趣!"

有才忙说:"太好了,可以直接从我们厂订货,我们在中国轻纺城还有一个很大的门市部呢,在那儿你可以找到各种各样的面料,比这个展览会品种多多了!"

冷小雷赶紧从袋里掏出笔,递给有才,说:"我一定去。麻烦你把门市部的地址和电话写给我。"

果真要来纽约参展,随手就捡到一个客户!有才咧开厚厚的唇笑,抓起笔,利落地将轻纺城门市部的地址电话写在了自己的名字下面。交给冷小雷时,有才再一次叮嘱:"一定来我们工厂看看啊,什么面料都有!

T台上的表演还在继续,冷小雷细细听,歌词大意是,每个人都是一台织布机……这歌词编得有意思。他对政治毫不关心,只对钱感兴趣。高中没读完他就去当了兵,没满一年就被开除了,接着就是跑单帮,走私,口袋里总是装着一沓沓钱,身边的女朋友换了一茬又一茬。从来没有女人拒绝过金钱。他记起了跳舞的人叫如来,还有他的女朋友叫许调……

~ 6 ~

冷小雷回到百老汇1407号公司的时候已快到了下班时间。

他走到他的合伙人的办公室,大声叫着:"Latin,我们有工厂了!"

Latin正收拾桌上的物什准备回家,见冷小雷喜形于色,冷眼问:"真的?

这么快就找到厂家了？足够大吗？在展览上有摊位？"

冷小雷得意地说："展览上找？哪那么容易！是我早年的供应商！我刚在展览会上碰到！不仅有摊位还做T台秀呢！"

Latin眼角扫了他一眼，"动手吧！"

展览结束的第二天，冷小雷按图索骥拿着有才给他的名片去看样品。

冷小雷到了帝国大厦，找到了上59层的电梯。进了楼层，没费周折就找到了他的目标，火凤凰纺织集团纽约分公司烫金字的硕大招牌晃得他眼睛打直发亮。

他隔着玻璃大门望去，各种布匹和服装还没有上架，进门的前台也待布置。伙来穿着黑色西装正在对员工训话。

对，训话。冷小雷断定这个多年前的小布商现在已是一家跨国公司的大老板了。公司员工并不多，算上昨天见的那个叫有才的大块头，七八号人都站得笔直。

他看见队列里的那个女模特，高挑的身材凹凸有致，眉眼顾盼间有浓浓的媚态。他盯着模特看，那个模特发现了他，朝他好奇地瞭了一眼。

看架势这工厂规模不小。冷小雷偷偷地乐，天上掉馅儿饼，把一个工厂送到我面前。他拿起相机，咔嚓咔嚓地连按快门把这个场景拍了下来。

直接去工厂看看，在那儿有更多样品，可以直接下单。有才的话如春风鼓荡。直接到工厂肯定会有好价格！

冷小雷脚踩顺风般快速离开了帝国大厦，直奔十二大道42街中国领事馆办签证，一路计算着动身去工厂的日子。

~ 7 ~

记忆总以相似的面目重现。中国轻纺城门市部。阿调听见身后有人叫她："靓妹！"

这声音好像从很远的地方飘来，似曾耳熟，又如此遥远而生疏。她顺着声音转过身去，看见了那个脑袋微秃，个子不高，长着一张饼脸的家伙。她浑身一颤，无数针尖麦芒从体内斜刺扎出。

她觉得自己一定是产生错觉了。相同的场景——小店门口，他走进店面。她正爬上梯子整理架子上的布料。他睁大眼睛往她衣服内看。她夹着腿一步步爬下。罗湖医院那不堪回首的场景……

她一时不知如何应对，别过头去，但愿这是一个声音的错觉。

"靓美妹，你们发了啊，恭喜！"冷小雷走进店里，把一本样品本拿在手上翻着，一边走近阿调。

阿调脸红起来，心怦怦地如眼见火车相撞。

火凤凰门市部经历了几次扩容，已由小小的店铺发展成了有两层楼的颇具规模的店面。这里集材质与花型之大成，展示着各种各样当下最流行的面料与印花图案，被人们称为中国轻纺城的一大花王。

冷小雷看得心跳：我终于将要叼到一块大饼了！他靠近阿调，一只手亲切地搭在阿调的肩膀上。

记忆如一坨在阳光下晒久了的牛粪，荡着圈，上面叮满了苍蝇。阿调闪开肩膀，厉声喝道："离我远一点！"

冷小雷并不在意，"发了，发了，我理解！"他嘿嘿地笑。

阿调跳开一边，冷冷地说："我不认识你！"转身飞快地走上楼梯。

坐在办公桌前，她的脑袋像塞满了棉花，拿起桌上的一份传真纸，看了两行，根本不知道上面写了什么，她放下，又拿起，不知道自己在干什么。

听见楼梯响，她没有抬头，直至那个声音又出现在她耳边："靓妹，发了财也不能不认识我了吧。"随之传来椅子搬动的声音。

她抬起头，这张饼脸正嬉皮笑脸地冲她咧嘴笑。

他坐下时，她看到他谢顶的天窗，披散在两腮的头发干涩混乱，好像钻进稻田觅食的秃鹰。

她从心底往外作呕，就像揭开身上捂着的伤疤，那伤疤已经结痂，下面依然流淌着脓液。

"我要订你们的面料。"冷小雷抬头说。

阿调起身，冷冷地说："找别人买去，这儿有的是工厂。"

冷小雷随她站起，说："我可不知道你在这儿，我这是碰巧遇到了你。你们纽约也开了公司，是你们纽约公司的人指点我来这里的。"说着冷小雷摸出钱夹，取出有才的名片，伸到阿调眼皮下，"这个人说，叫他有才。"

阿调手一挡推了回去，厉声道："那你找有才去买，找我干什么！"

冷小雷并不生气，他阴阴笑着："我原来是想找你们的奴总谈买面料的事。可是看他太忙，还与女模特一起表演时装秀，还把女模特招到公司，势必

还要办更多的时尚秀,我不好意思打扰他。"

说到这里他故意停下来,从包里取出相机,说:"你看有你们公司表演的时尚秀照片。"他从相机里翻出如来和夏红高擎手臂,举起彩虹色花布的那一张,"他们俩挺搭调的!"他斜眼瞟阿调。

阿调迅速用眼的余光扫荡了胶片。她一眼看见了如来与夏红胳膊合在一起,高高举起七色彩虹面料的样子。

她抽回视线,下颌在颤抖。好像防止洪水冲破大堤,她紧闭着唇,一言不发。

冷小雷仔细观察着阿调的表情,又笑嘻嘻地说:"恭喜你们啊,在纽约帝国大厦都办起了公司!"

他将相机前进到那张如来在纽约公司训话的照片,照片上夏红涂脂抹粉正扭头看着他。他把镜头在阿调眼前秀,一边悻悻地说:"你看你们公司多气派,下次你去考察时别忘了通知我,我请你到时代广场吃龙虾!"

阿调朝相机瞟了一眼:千真万确,那个穿西服的就是如来;夏红?她从来没见过她,相机的胶卷看不清楚面貌,可是高挑的个子,足可以把自己比下去。没错,一定是那个与如来搭档表演的模特了。

冷小雷故作漫不经心状说:"你实在不愿意与我谈生意,我只好回纽约去了,如总如果不在,那我只好找那个靓模特了。"

他抬起头看着阿调,右大腿不由自主地抖动起来。

阿调头皮发麻。除了照片,如总,模特儿,时装秀,办公司……冷小雷不断重复的这几个刺耳的名词刺穿了她的耳膜,犹如一捧碎玻璃扎破了她的心,炸开了她的大脑,如来一个月内去了两趟纽约,还有其他什么鬼地方,可他从未提起过会把那个叫夏红的模特带去!

所有的对冷小雷的厌恶和对如来的怨恨,在她身上如同一条轨道上两个方向的火车猛烈相撞,将她心底的岩浆击碎,喷涌出核爆炸般的能量。

她伸出手,这双圆润小巧却积攒了她全身能量的手,狠狠地朝眼前这张给她带来噩耗的油饼一样的脸抽去。

冷小雷没有想到会遇到如此惨重的耳光,他从凳子上站起,捂着脸往后边退边说:"好男不跟女斗,好男不跟女斗!"

阿调竖起丹凤眼,用全身的力将他使劲一推。他往后倒去,一脚没踩住,朝楼梯骨碌碌地滚了下去。

"浑蛋!"阿调叫喊着,搬起桌旁的青瓷花瓶,猛力地往楼梯下冷小雷滚去的地方摔去。随后,椅子、传真机、台灯等一应家当成了火山崩裂的岩石,发出乒乒乓乓稀里哗啦雷轰电闪的声响。阿调站在楼梯口,犹如高举胜利旗帜的战神,大声喊道:"滚出去!"

~ 8 ~

冷小雷像一只被黄鼠狼咬断脖子的兔子,耷拉着脑袋狼狈四窜。可惜,他被火凤凰门市部老板娘赶出大门的消息如同大雨裹挟着秋风扫落的黄叶,沾着湿漉漉的尘土四处飘散。无论他走向何处都有人戳着他的背指指点点。

他并不甘心就这样被赶出在他眼里满是黄金的轻纺市场,按照有才给他的名片上的地址,他找到了火凤凰纺织集团河塘厂址。

工厂门口,一门卫拦住他,眼光横竖扫他,转过头去悄悄对另一个人说:"这就是那个台湾人!"于是,两民兵一起出来冷冷地挡住了他,哼着说:"老板娘不在这里!"

冷小雷苦着脸哀怜地说:"我是来订货的,不找老板娘!"

两民兵奚落他:"买布?到门市部找老板娘去呀!这儿可没有布卖给你!"

冷小雷沮丧地回到市场。摊位成千上万,各花色面料更如天上飘下彩云,望不到边。可是他却像丧门星,全市场的店主好像都认识了他这张脸。他走到308号店铺,这个店铺有着与火凤凰门市部类似的面料。他拿起一块抽条纤维面料问店主:"这面料什么价,每个月能供多少?"

店主看了他一眼刚要回答,旁边的女店员走过来看他一眼,用他足以听见的声音对店主说:"这就是那个昨天被火凤凰老板娘打出来的人。"

那店主便冷了脸,用掸灰尘的手势,把他撵出了门:"对不起,我们没货!"

他抽出名片递给店主,脸上堆着笑说:"我是美国来的。"

那女店员说:"印名片可不需要公安局证明!谁不知道火凤凰老板娘精明,要是棵摇钱树还会被她放过?"

他咬牙切齿,又无可奈何地晃晃脑袋离去。这个疯婆娘,看我怎么报复你!

走出市场,两个涂脂抹粉的少妇,扭着腰向他走来:"先生从台湾还是香

港来的?看你脸苦哈哈的,做个按摩放松放松吧!"

他问:"多少钱一小时?"

其中一个女的伸了伸手掌:"50。"

他斜睨着色眼打量,还有几分姿色。"好!"他坏笑。一晚上也不到10美元,比美国和中国台湾地区便宜多了。

第二天早上,太阳依然从东边升起,轻纺市场一大早就人声鼎沸,拉板车的拉来了新货,四面八方赶来选面料的三三两两等着开门。

冷小雷终于在门市部等到了阿调。

阿调高昂着头,好像压根儿没看见他,进了店门,她径直上了楼。

被她摔烂的碎片和桌椅傢什早已清扫得干干净净。没有了那些装饰,办公室宽敞了许多。

她刚要坐下,听楼梯声响。她没有抬头,用眼的余光看到冷小雷尾随在她的身后。

这个癞皮狗,怎么就赶不走呢?她心里骂道。冷静下来她又觉得自己昨天做得过分了,脾气发大了,脾气的一半是冲着如来发的,可惜如来不在身边,要是在身边,一定把相机摔碎,砸他脸上。

她顺手翻着桌上的潘婷色卡,心跳却击鼓般满胸膛敲打。怎么对付这个癞皮狗?再摔吗?让他滚吗?她全然没了力气。

听冷小雷自己挪了张凳子,在她不远处坐下,拿眼看着她。她立即起身高高地昂起头断然离去。

她走出市场,打开车门准备去工厂问问,如来到底去哪里了,哪天回来。

冷小雷紧随其后跟着跨进了车。

阿调冰冷而凌厉的声音:"给我滚下去!"

冷小雷笑嘻嘻地把屁股往车里挪了一挪,说:"靓妹,咱们怎么说也是朋友吧!当年我买你们的布你们赚了不少钱吧?做人要讲道理,我们都是中国人,懂忠孝礼义吧!对帮你们赚过钱的人不能这样!"他的声调黏得像痰,粘在身上无法擦干净。

阿调咬着牙,说:"下去,否则我要报警了!"说着去摸放在刹车把旁的大哥大。

冷小雷一把将大哥大抓到手上,继续说:"做人要讲情义,再说我可没欠你的!"

阿调将双手抱住脑袋,手臂挡着双耳,喊道:"你给我滚出去!我不要听!"语气像一把没有开封的刀,切不断牛腩上的连着肉的筋。

冷小雷用眼的余角看了一眼阿调,用无比哀怜的语调继续道:"靓妹,可不要怪我当年对你亲热过头啊,那时我们都年轻,两个健康的男女关在房间里能做什么呢?现在啊,咱们都是结了婚的人了,我那太太啊,是个韩国女子,别说有多贤惠了,她不会说英文,说韩文我也听不懂,所以,我们啊,从来不会争吵,每天只是甜蜜。你不必担心我还会对你有非分之想,人嘛,总是有感情的,要不是我对你还有过去留下的那份感情,你昨天那样暴力对待我,我早就粗暴还击了。我们还是有缘分的对不对?"他边说边瞟眼观察阿调的脸色。

阿调捂着耳闷闷地说:"你给我立马离开,我没心情听你叨叨!"

冷小雷心里一乐,这回没有用"滚"字,有希望,便继续用更悲伤更怜悯更无辜的语气说:"我这回可是又给你们带财神来了。"

冷小雷的话尽管令阿调浑身像爬满了蚂蚁,但是还是句句拱进了她的心扉。她甚至能听出每一句话之间用的是什么标点符号。

冷小雷说,他在美国的公司和火凤凰办事处只隔着几条街,而且,他们的公司在专业纺织的大楼里,火凤凰公司的办事处只是旅游者爱去的地方,根本见不到做纺织的客户。

"我们才是真正的美国公司呢!我的合伙人是犹太人,你知道百老汇吧,那可是全世界的纺织圣地,几乎所有的大公司都是犹太人开的,你能想象我们公司业务量有多大了吧,我们之间合作的前景可大了去了,我们现在自己租仓库把服装直接卖进大的连锁商场,每个月的需求量恐怕把你们这小小的市场的货全都吃了还不够呢!"

阿调心里一动,在商言商,做生意没有永远的敌人。这是如来常对她说的。现在,正像冷小雷所说,他结了婚,韩国老婆的贤惠漂亮是出了名的。他还会把我怎么样呢?再说,我阿调已不再是当年那个乞求第一桶金的阿调了,再不会任由他人摆布了!她暗自凄笑,如来,你总是要我以数不清是多少辈的祖先涂(治水英雄大禹的夫人)为榜样,做贤妻良母,原来这是方便你带着女模特去纽约办公司啊!

阿调不记得有多久没有在如来枕边吹风了。如来呢,自打办工厂始,很少

再跟她缠绵。积怨如垃圾筒里的雷管,碰到燃气时便吱吱燃烧,砰然炸裂。

冷小雷见她沉默不语,喜上眉梢,"我早听说国内办中外合资企业可以享受很多优惠政策,你何不利用我们的纽约公司,做个中外企业出来呢?"

阿调别转脑袋说:"用不着你来教我!"可心田却如秋湖被秋风掠过,掀起了波澜。对,合资企业不但税上有很多优惠还可以进口一辆免税汽车,比似来承包的乡镇企业威风多了。再说,她横了一眼冷小雷,目光已不再凶猛,似来绕了大圈长途跋涉找到的路,她轻而易举随手就能捡到。

冷小雷像啼叫的公鸡见到了大米,添了恣肆:"办了合资企业,在美国也算是跨国经理了,你可以申请L1签证,子女可以办L2,去美国读书,谁不向往去美国读书啊!"

阿调握着方向盘,眼前不断掠过一道道晃眼的柏油马路,一排排新起的楼房。是啊,小鹿以后可以享受美国的教育了,那儿的孩子从小没有压力,最主要,小鹿不必像国内的孩子那么苦哈哈地埋头小升初,初升高!小鹿一天天长大,妈妈说,她实在管不动他了,如果带在身边,那正合似来的意,每天在家当家庭妇女。姐姐的夙愿呢?我的梦想呢?

她用眼的余角瞥一眼冷小雷,冷冷地问:"我怎么保证不上当受骗呢?怎么保证你们是一个正经做生意的公司呢?"

冷小雷见到了微风,便硬拔起来。"这还不好办?我把护照复印件给你,护照就是身份证,拿着我的身份证你还怕我骗你呀!"说完从上衣口袋里掏出护照摆到阿调大腿上。

阿调假装没看见。护照顺着大腿滑落在她的脚下。

办厂,做回阿调,我再不是阿凤二了!她脚一蹬,踩响了油门。车子像绷紧了纱线的梭子飞了出去。对,承包一家镇上的集体企业,然后挂上中美合资企业的牌子。

车像直头老虎,撞坏了路边的花坛。冷小雷吓出一身冷汗。

采取行动以前,阿调给似来打了电话,尽管冷小雷用实录向她通报了似来的所作所为,她还是希望得到似来的亲口证实。

阿调记得纽约公司的电话,那是于美文打电话来家时,她正好接到,刻意记下的。

拨电话的时候,她的手有些颤抖,怎么问似来这些事呢?问他还爱不爱我？心里还有阿凤吗？你带夏红去纽约了？把她留在公司干什么？天天去跳舞吗？她想着想着便气鼓鼓的，像烧干油的布机，机身剧烈地颤抖震动。

她刚拨出纽约的区号，001212，便无力地将电话撂下了，她怕似来亲口证实，这会让她这台烧干了油的织机爆炸。

她放下电话，又拿起，来来回回。做回自己！像检修工手上的一枚手电，在破损的部位，聚焦出一道强烈的光。她咬咬牙，又拨响了纽约的电话。

电话铃响了，接电话的是个软得发嗲的声音，问她是哪里，这绝不是那个留学生于美文的声音。满满的纱梭终于射出绷架，她的声音直得不再打弯，"你是夏红吧！"

对方依旧吴侬软语："你认识我呀，就是呀，你找我吗？你是谁？"

阿调扔掉电话，脑袋懵懂，涨得发痛。姐姐阿凤跟她站在一起。阿凤说：我到哪里把你带到哪里！现在似来抛弃了她，抛弃了阿凤和阿调，她们都为跟他一起建纺织厂而搏命！

阿调的指尖抠着脑袋，抠出了血，抠出了一道道的沟。她耳边有阿凤挣扎的叫喊，夏红娇嗲的声音，冷小雷阴阴的笑。

烧干了油的织机嘶鸣着，在剧烈的震荡中，发出一声撕心裂肺的吼叫，然后像被波浪推上沙滩的死鱼无声无息。

梭子像没有方向的子弹，无声地落在绷架下。

风　雨

~1~

　　天阴雨连绵。阿调撑着伞去看她新租的房子。尽管打着伞，雨还是斜扫着打湿了她的整个后背。

　　新租的房离市场不远，有个后院，后院一棵巨大的梧桐树撑着巨大的伞叶，将本来就少窗的屋子遮蔽得很阴暗。她扫完后院满地的树叶，又清扫了潮湿的房间，雨才不情愿地止了。

　　她抬头，天空露出了赭色，这是明天要放晴的迹象。

　　明天就搬家！她咬了咬牙，驾上车往安平镇方向驶去。

　　承包一家集体企业！她说服镇长接受了她的条件。盯着前方的路，她水灵灵的眸子，清澈莹然，显现出从未有过的自信与坚定。

　　经历了轻纺城店铺内那场翻天覆地的粉碎，她有着酣畅淋漓的痛快。过去的一切都砸烂了，那些她已经习惯了的东西渐渐远去。一旦她开始反省自己的环境，她觉得整个世界都变得不一样了。

　　晚上，她拖着疲惫的步子跨进家门。儿子小鹿已经熟睡，她轻步上了阁楼的佛堂。

观音像旁,是阿凤围着黑框的照片。这帧照片是她当年带着阿凤的夺命钱来找如来时带来的。相框一直保存在箱子里,直至如来买了这块地皮盖起了房。房间多了,阿调的妈妈来这里帮着带孩子,妈妈天天拜佛,如来就专门做了这个佛堂,一并把阿凤的像也挂了上去。

阿调在姐姐的像前点燃了三炷香,把蒲团挪到姐姐的像前,跪下身去。

阿凤正静静地看着她,双眸凝固着忧虑。

她合十对阿凤说:"我把如来还给你了。我要走自己的路了。我知道没有你,没有如来,也许我的路会很难,我也许会像你一样丢不下如来,可是……"

阿调的心好像被风吹皱的河水,发抖发颤,"我受不了他身边总有女人围绕。现在他又瞒着我跟那个女模特一起去美国做时装秀去办公司,如果他没做亏心事为什么不告诉我……我无论如何也接受不了……"阿调趴在蒲团上,眼泪溢出了眼眶。潮湿了的蒲团毛毛刺刺的,将所有的记忆都蒙上了一团冰冷的黑暗,刺激着她的脸面,她的每一根神经。

"我当初躲在火车座位下,跟如来去卖布,替你还愿本身就是错误的。"这是她自姐姐离去后,第一次与姐姐这样对话,就像当年跟姐姐睡在一个被窝里,熄了灯,两人说着悄悄话。

"我总感觉,这么多年来,我就是他身上一块还没有结好的伤疤。他不愿意我跟他一起办厂,避免我跟他一起出差,就像不愿意面对一堆痛苦,一块揭开就能见浓血的伤口。"她委屈地说,"姐姐,他让我守在家里,还不是让我守住他的一堆痛苦,一堆记忆吗?"

如来那张黑峻的脸叠加着在眼前晃动。她双手摊在蒲团上,脸面贴着臂膊,就像靠着姐姐的臂弯,倾诉自己的满腹委屈。她对姐姐说,如来不希望她介入与兄弟的合作,她把拍卖摊位的钱藏了起来,如来虎着脸,咆哮声几乎掀翻了屋顶;如来阻断她当生产厂长的要求时,黑着脸没有一丝商量的余地;她提出想跟如来一起去美国开拓市场,如来的眼珠都要暴出来了,手臂上劈下斩,就像火车调度员眼看两辆火车要相撞时做的手势……

恍惚中,有谁站在她身后轻轻抚着她的肩。

她猛地抬起脑袋,跪坐了起来。是妈妈。妈妈从失去阿凤那个夜晚头发便全白了,原本就不喜欢说话的她,话更少了。

"我全听见了,孩子。"妈妈拢着她的头发,"做老板都是游牧人,奔命似

的，一年四季奔忙在外。生意不容易，解解压力，在外面有个把女人也难免，你也别太难过了，我们带着小鹿回温州就是了，我早知道温州人和绍兴人是过不到一起的。"

阿调咬着唇，摇摇头，说："妈，不，这么多年我已习惯这儿了，习惯面料，喜欢纺织，喜欢这个市场，我已经承包了镇上做针织的集体企业了！"

她大大的丹凤眼定格在地面，声音低的只够自己听见："我不再做他的伤疤、他的痛，守着他的记忆。"

她站了起来，拢着妈妈的肩膀，贴着妈妈的脸，委屈地说："妈妈，我是阿调！"

阿调妈妈伸出手，拍着阿调的背，说："妈妈懂，我先带小鹿回温州，等你做稳了我再带小鹿回来。没有男人的日子要全靠自己了！"

阿调站起身，昂起头，将一绺散发拢向脑后。

安平镇镇长很欣赏阿调的泼辣和干练。他坐在宽大的办公桌后，笑眯眯地歪着脑袋看着她，说："给你的承包条件是最优惠的。"

阿调努力让自己挤出笑意："说实在我看中的正是你们的集体所有制，干集体总强过干民办吧！"

似来当初承包的河塘纺织是一家民营的，自己的起点就比他高了。阿调终于笑了："干得好我还可以当人民代表吧！"她歪着脑袋，瞟了一眼镇长。

镇长哈哈大笑，赞道："这里是秋瑾的家乡，一茎弱草，能托举半壁江山呢！干得好岂止人民代表，我把这位置让给你！"又笑，"你可真是'直头老虎'。"

阿调不由自主地把拳抱在胸口，感动地问："你知道我是属虎的？"

镇长说："属老虎的女婆婆人们都不敢惹。管理工厂就得是虎妈虎姐虎妞！"

阿调话中有话："是啊，欺负我可不容易！"

镇长瞟了她一眼，说："言归正传，承包第一年扭亏就行，第二年看经营情况再定指标。这够优惠吧！"

"真的？"阿调眉心舒展，脸上漾开了酒窝。这真不是压力，实在完不成指标，把经营的门市部所得的利润拿个零头来上缴就达标了。

镇长很友好地看着她："龙门要跳，狗洞要钻。该给的荣誉会给你，该挑得担你得挑。干出绩效来,明年镇上的人民代表真选你当。"

阿调感觉腰上撑了根棍,这比在河塘当个生产厂长强多了。

她对镇长说:"你知道火凤凰纺织集团吧,那是我和他们一起做起来的。"

镇长连声说:"知道知道,知道你是妣来的老婆,要不然我们怎么会放心让你承包呢?你把门市部的新产品和花型拿个把出来,国外的客户引进个把就可以把这个厂盘活。"

阿调一激灵站了起来,好像隐秘之处被镇长戳中了。办中美合资企业,这正是她的计划。妣来只是在美国设立了一个办事处而已!她要建一个中美合资企业。

她的脸面被激情烧红,胸腔里有台鼓风机吹荡着暖风。

一杯茶后,镇长带阿调去看工厂。车间的工人好奇地停下手里的活儿看着她。

她张开掌,朝大家挥挥手。突然记起,这是妣来常有的动作。她放下手,向工人们伸出手去握手问好,用满脸的微笑拉近与工人们的距离。

工厂都是些老式的针织机,她有些失望,这些所谓的产品跟她门市部的面料不在一个档次上,更让她揪心的是,针织机与梭织机完全是纺织家族的两大门类,织针、沉降片和倒纱针,在她面前,像是一个个披着纱巾的处女。

一个惊喜的声音喊她:"老板娘!"

她顺着喊声直起腰,见邻近机台的女工正向她招呼。

她微笑着走近女工,俯身托起织机上的布细细地看。

"妣总买了我们的厂吗?"女工掸掸围裙,站直了身问。又说,"我老公说老板娘可厉害了,上次他们工厂做的沃尔玛的订单就是你想办法通过检测的!"言语中满满的崇拜。

阿调的心被春风鼓荡,她握着女工的手问:"你老公是河塘厂的?你叫什么名字?"

女工大声回答:"我老公是河塘纺织的车间主任,我叫调娥!"

阿调乐:"我叫许调,你就是我师父了!从今天开始,你每天下班后来我办公室半个小时,我加倍付你拜师费!"

镇长喊她:"快走!"

她握了握调娥的手,说:"一言为定啊!"

镇长一路都在夸她："不懂装懂，永世饭桶。我看你向工人们问这问那的，像个行家里手，这工厂交给你，一百个放心！"

阿调脚步不再轻松。她闷着头盘算，鱼有鱼路，虾有虾路，勺有勺用，锅有锅用，针织机虽然太老旧了，但是可以织针织衫，针织衫一样可以走时尚路线。如果合资企业成功，就可以直接将客户的新款式拿来翻样。有资金了再翻换新机器，以来不也是这样走过来的？

以来的影子像月亮抓住大海那样，让她的大脑随着波浪起伏。她恼恨地捶了捶自己的脑袋。试图把以来的影子赶出脑门。

~ 2 ~

汉城机场。从纽约飞来的大亚航空公司的飞机还在滑行，以来就打开机舱盖拉出了手提箱。箱子里有他给小鹿买的变形金刚。

机场服务处，航空小姐细声细气地回答他："今天飞杭州的飞机只有这一趟，你必须在机场等七个小时。"

"我要改飞机票。我不能等！"以来面孔红赤，声音由低渐高。

航空小姐依旧不紧不慢地说："对不起，先生，请靠边站，我们要为后面的客户服务。"

飞机终于到达杭州机场。以来持续不断地拨着阿调的电话。他想象着阿调见到他的模样，她双拳捣着他，嗔怪：讨厌讨厌，离开这么多天，我故意不接你电话。他躲开拳头，渐渐地这头红色的凤凰成了阿凤的脸。他晃晃脑袋，又揉了揉眼睛，是阿调。

全是错觉！不知不觉在外面又是一个月：开公司，作秀办展览，为了接单避免配额的障碍，又去了趟孟加拉看工厂……航班又莫名地在首尔机场晚点了。

好像有什么事发生了！第六感传递给他一种失落与惶惶不安。好不容易等到一辆出租车，他像一头失去控制的狂犬，"快快快，再快点，鉴湖新村！"

司机扭过头，用道地的当地土话不紧不慢地说："口渴呷腌菜卤，越呷越渴。车总是四个轮子往前滚，飞不起来的。"

车好像故意跟他作对，快进城时，前面出了个车祸，他足足在车里憋了一个小时。

夏红打来电话,问:"那种在面料上烧出一个个洞的布叫什么名称?"

他没好气地回答:"这是烂花,涤加人造丝加氨纶交织的,这都不懂!"他听夏红在电话那头不高兴地咕囔:"哪有天生就会的!"

他隐隐感觉,有一股潜流,在心底暗涌,搅得他不安与烦躁。会不会来自夏红呢?江河的波浪,人间的流言。他暗笑自己,既然是江河边长大的水鸭,就应该有站立潮头,不怕闲言碎语,不被波浪冲垮的自信。

夏红说:"找到合适的工作我就走。"

如来大度地说:"没关系没关系,不就一份工资吗?"还幽默地说:"服装客户来,你就当穿衣镜了!"

如来急不可待跳下车。

家静静地倚在河边,像是流动音乐的一个休止符。门紧锁着。他的心往下沉,好像在大提琴底部回荡的低音,喑哑而沉重。

他开了锁打开门。进门的鞋架上,小鹿穿小的鞋整齐排列着,像随时向他开火的一门门小排炮。沙发还在那儿,桌子凳子摆放得整整齐齐,就像刚搬进来时一样。

他提着心,推开他与阿调的卧室。被子还是两人睡觉那样的宽度,铺叠得整整齐齐。

他三步并作两步跑上楼。空荡荡的屋子将踩楼梯的声音放大成阴森森的雷声由远而近。他听见自己的心在疯狂地跳,蹦到了嗓子眼卡住了,然后绝望地往下沉。

佛堂的门开着,他一眼看见了蒲垫上压着一张白色的纸。他拿起纸,是阿调的字,上面写着:"姐姐,我把如来还给你了!"

纸在他指间滑落,像坟前飘摇的纸箔,传递着阴阳两隔的悲哀。

他趴倒在蒲垫上,两肩耸成了山峰,他的手触及腰间的水晶盒,那是阿凤永不瞑目的血淋淋的眼。他的手遭电击般猛烈一颤,浑身麻木地卷成了山脊。他说不清自己是对阿凤的怀念还是对阿调离去的遗憾。

许久许久,屋里传出男人的喊叫,闷闷的,好像山谷一只无家可归的狼崽寻家的嗷叫。

如来往阿调名下的面料门市部走去,他要去寻找阿调,劝她回家,纵然有千番委屈,家都是一个消停风雨的港湾。

门市部的老董客气地叫了他一声"老板!"

如来阴着脸,问:"阿调在楼上吗?"

老董小心回答:"阿调承包了一家工厂,把门市部交给我管了!"

"什么?"如来大吼了一声。

老董面色淡定,"她要我特别告诉你,不要去找她。至于她承包了什么厂?"他看了眼如来,把脑袋扭开了:"我不是太清楚!"

"她把儿子也带走了?"如来的声音弱了下来,他知道自己明知故问,儿子肯定由阿调妈带回温州了。

老董斜一眼如来,"这你就不用担心了,我们温州外婆是出名的……"语气如同阿调的代言人。

有客户进店,冲着老董问:"老板,有没有仿真丝印花,门幅58或60的!"

老董摊开双手,抱歉地对如来说:"对不起,我要对付生意了!"分明是一道逐客令。

如来如被当头泼了一盆冰水,他狠狠地用眼神掴了他一耳光,转身离去,瘦削笔直的身体如一条孤零零的木棍在熙熙攘攘的市场间移动。

~ 3 ~

常说女人是屋顶,男人是柱。屋顶移走了,如来便懒得回那个没有屋顶的家。他又回到了单身的感觉。倒也痛快,他一头扎进了工厂。

办公桌后隔了道屏风,屏风后架了张小床,就当家了。

Edi来电话通知他:"Vankuson的总裁和全球采购总裁定了夏末初秋过去看工厂!"

如来捏着电话,手心发黏,握出满手潮汗。现在初夏,到9月才两个月,改造厂房又不是搭积木,再说南方秋老虎,车间闷热,这正好被别人抓到小辫子,什么人权人性的。

Edi听电话没了声音,Hello了半天,才听如来齿缝间蹦出的一个字:"行!"电话就挂断了。

挂上电话,如来召集全厂开动员大会。

老厂长问:"美国佬来检查我们的工厂?凭什么?你一定是牛皮吹过头,

收不回了吧！你刚接了什么潘尼的订单，配额还没着落呢，东拖琉璃油，西借蜡烛头的（土语，为了面子光亮，借债过日），外面敲铜鼓，里面喝腌菜卤也算了，还硬着头皮要引人来看我们的这口腌菜缸，别丢脸丢到地球外去了！"

如来脸拉黑了，翻了他几个白眼，心底骂道：背时佬。兀自去了会场。

动员会在仓库前的空地举行。如来跳上布轴，便像一杆当风飞舞的旗帜来了精神。工厂里除了当班的没到，其他都来了，几百号人挤挤挨挨抻脖子朝他这边看。

如来开口，就像点燃了百子爆竹："门口的路要铺上水泥，厕所要改造，每个人要像爱护自家的厨房那样，保持厕所卫生无异味。"

纺织厂女厕所向来是公害，公厕就是车间里的某个角落挖了道壕沟，异味臭味是空气驱不散的伴侣。女工们被这番话鼓舞得心跳，掌声便如开机的闸哗啦啦响个不停。

如来被掌声鼓励，更来了精神，将他设想的美妙拼盘和盘托出："我们要做集纺织印染和成衣一条龙的生产链，我们的产品要走遍世界各地，产值要做到300亿。我们的口号是，哪里有人群，哪里就有中国服饰……"

掌声随着他的声音细了下来，随之消隐了，只有排风机发出呼呼的扇动声，伴随着如来慷慨激昂的余音。有保全工直着嗓子问："请问，这个月能按时发工资吗？上个月欠的奖金什么时候能给？"

会场便如点燃了夏田的稻草，一堆一蓬地燃烧了。有才带着民兵好不容易镇了场子，附在如来耳边说："牛皮可能吹大了点，宣布散会吧，上个月奖金确实没发！"

如来瞪了他一眼，手一抢，有才一仰脸，撞上一击。如来憋足劲往脚下又码上一个布轴，让自己站成了山高。

他挥着手臂，吼道："长子看戏，矮子吃屁，眼光远一点好不好！大家都是田畈里上来的，都知道一个简单的道理，有收无收在于种，多收少收在于管，你们不豁出身家性命拼命干，别跟我来谈奖金！从今天起，剔出当班的，每个人都当义工，改造厕所，铺路搬砖敲石子，拿出给自己家盖房的热情和力气出来……"

说完他跳下布轴，脚下像踩了火轮。水娥追上他问："买灰买砖的，你还说要把后面那片空地盖个凉亭建成花园，这些买材料的钱怎么来？"

如来停下，点着她的鼻尖，"财务总监要我当吗？人力都由自己顶了，材料

需要几个钱？我的房子还值几个钱，阿调反正不在了，拿给银行做抵押，再不行拿订单去贷款，我们做的都是有信用的全球大公司，订单值点钱吧？"说完挥挥手边走边说："我24小时在工厂，贷款碰到问题随时找我！"

~ 4 ~

如来从工地回来时，赤着膀子，满身浆土。不到两个月，厕所像一个休闲室，每个车间都加装了大马力空调，厂房后那片空地一直是废弃的布头纱棒经管，废弃的穿笰的堆场，整理后，铺上地砖，地砖还是拼花的，废弃的纱管五颜六色围了花圃。

有才问，"花圃种什么花？"

他不假思索地说，"太阳花，颜色像锦旗那种！"心下哼哼，奶奶说过，锦旗是阳光织的。

有才又闷着头问，"听水娥说，修这个花园，你把房子都抵押给银行了？"

如来皱了皱眉，吼："老婆没了，房子留着养老鼠吗？"见有才眉梢竖成了倒挂的蚕蛹，便歉疚地一笑，"一无所有好，可以豁出命干！"

如来干了半天活，一身臭汗，正准备去河里游个泳，拿上毛巾，刚要出门，楼道上传来铿锵铿锵的锣鼓声，丢在桌上的手机抖动着机身撒欢，铃声像鞭炮一样响个不停。

他接起电话，传来值班民兵的欢呼声："镇里送喜报来了，如总，快出来接！"

如来将毛巾往肩上一搭迎了出去，心里生出好奇：这喜报为的是哪番？

镇长走在前面，笑着指指点点："政府艰苦奋斗要向企业学习，看火凤凰出口额做到全县第一了，虽没盖豪华大楼，却自己动手，把厂区整得像个花园。"

见如来，锣鼓停了，镇长粗糠细糠的嗓音恭喜他："县里今天开出口创汇总结会，县长特别提到火凤凰的名字，要镇里出奖励。我们先送个喜报过来，县里还要邀请你去给企业作报告呢！"

如来没有想到有机会和张县长同桌吃饭。

作完第一场报告，他的情绪亢奋到了极点，他反复默念着结束报告时的最后一段话:"棉花丰收除了靠棉农的努力更要靠天时。"

他说的是事实。去年,火凤凰和新疆合作棉花生产项目,眼见丰收在望,却飞来横祸,蝗虫如洪水袭来,千亩棉田全毁了。中国棉花减产,国际上棉价由之大涨,纺织业叫苦不迭。

"政府的支持,才使我们减少了损失。企业就是棉农,政府就是天,是气候,天时地利加上勤耕作才有好收成。"

他说完这番话,来自各企业的掌门人集体起立鼓掌。

他看见坐在第一排的张县长微笑着不住点头。

宴会桌上,张县长把似来的席位安排在自己的旁边。如此近距离与县长吃饭,似来多少有些不自在。

他夹着每一道转到眼前的菜,机械地把它们放进嘴里,其实他的味蕾关闭着,一直盘算着怎么开口。

张县长把一块肥肥的扎肉夹入他碗里,问:"怎么吃得这么斯文!"

他赶紧接过话茬:"听说政府正在酝酿出手部分亏损的国有企业,我们能不能接手个服装厂,我们手上正有一个做名牌产品的机会,这也是企业提升的机会。"

张县长哈哈大笑,轻描淡写地说:"饭桌上不谈如此严肃的问题。"然后举起酒杯去向各桌敬酒。走到对面那桌,与大家碰杯,说:"我们把县里所有纺织厂生产的布加在一起,绕地球一周都绕不完,如果50%的布能够出口到国外,那咱们县在全国就响当当了。"

大家正举起酒杯互相碰着,安平镇长腰间的大哥大响了,他仰头把满满的一盅酒倒进嘴里,忙接起电话。电话讲到一半,安平镇长停下来,用手捂住电话,跑到县长旁边,凑近县长的耳朵说:"今天是出口创汇的报告会,我们安平镇也有个亮点报告。"

县长侧过脑袋,问:"什么亮点?为什么不早报上来?"

安平镇长面露神秘,附在县长耳边:"是我们镇的集体企业!将来出口的业绩一定会超过这些民营企业呢!"

张县长脸上保持着微笑,压低了嗓音提醒:"咱做领导的千万别小看了民营企业!"

似来把他们的对话听得清清楚楚。他将脑袋扭向一边,眼睛朝向屋顶,

假装没听见，心下琢磨，怎么向县长开口？县里一家服装厂长期亏损面临倒闭，能不能他来并购？既解决了他的配额问题，又能形成一条龙生产。当然，这家厂是国有企业，火凤凰与它相比，如同鸭子与一条垂垂老去的大象，但是鸭子不就是水上的船吗？曹冲称大象的故事家喻户晓……

他紧张地看着张县长，张县长正斜侧着身，对安平镇长说："集体企业做得好可以树个典型！"

安平镇长压低了声音几乎耳语。县长频频顿首，说："嗯，太好了，跟这些企业家见见面，说不准安平镇能走出一个集体企业创汇大户呢！"

没多久，只听安平镇长腰间的大哥大又响，镇长一边对着电话连声说："来哉来哉，一边往门外走去。"

不一会儿，安平镇长折回宴会厅。他喜笑颜开，身后跟着一男一女。

如来的座位正面对着宴会厅大门，他一眼见到了踏进门来的镇长，和他身后的一男一女。

如来眼睛发涩，像进了满眼的沙。他宁愿满眼真进了沙，那样他可以什么也看不见。可是他看得清清楚楚，阿调和那个冷小雷齐肩跟在安平镇长身后进了大厅。

阿调，你给我回家去！如来心底喊道。这个他日夜牵挂的人儿，合法婚姻老婆竟在这个场合出现！传言没错，阿调的出走定与这浑蛋有关。他苛刻地审视着阿调与冷小雷，眼底冰冷得像冬天河塘上的撞击的浮冰。

阿调身着镶金黑色阿玛尼女制服，头发在脑后绾成一个大大的发髻，透出她以前从未有的职业与现代感。多久没见了？阿调似乎成熟了不少，眼睛透着几分狡黠，透着比原来更为大胆的无畏。

阿调手上抱着一沓大红色的邀请书，径直走到县长面前。

她一眼看见了如来，身体不由自主地往后倾斜，脸一红，赶紧扭转头，避开如来投过来的质疑与怨恨的目光。

她显然有些猝不及防，尴尬地笑了一笑，随即便一甩头，高高地昂着脑袋，直面县长。"我们的中美合资企业马上要开张了，一直想找机会送请柬请县长来剪彩，听镇长说今天赶巧到这里开会，我要邀请的各位都在这儿，我就赶过来了。"

张县长笑呵呵地用普通话引导她："哦，想不到我们县里的集体企业还出个巾帼英雄啊。剪彩嘛,义不容辞,一定要去一定要去的。"

县长话音刚落,科桥镇长从桌子那头对县长说:"县长,她是我们镇妞来的老婆。"一边指着妞来,"夫唱妇随,妞来领导得好,才有同样能力强大的老婆!"镇长回头对妞来友善地笑:"是不是啊?"

妞来轻咳了一声,用空拳捂住了刺骨的尴尬。

县长身子往后倾,指着阿调:"我们在哪儿见过。"一边说着一边扭过脑袋来找妞来,又转过眸光看向阿调,哈哈笑道:"经梭纬梭配合得好才能织出万丈布,巾帼不让须眉,有这样的夫妻,互不相让你追我赶我们县的外贸还会上不去吗!"

他招手拉过妞来:"我正想找时间去你们工厂参观呢,听说你们为了接品牌大单,把环境改造了,还进行了厕所革命,把厕所建成人家屋的客厅了,了不起啊,你们为乡镇企业走向世界做出了榜样。"边说边拉起妞来的手,另一手握起阿调的手摇晃,"县政府真要感谢你们!"

妞来的眼直直地盯着阿调,又看向冷小雷,示意她别上了冷小雷的贼船。阿调嘴唇翕动着,转过脑袋,避开了他的眼睛。

安平镇长一把拉过冷小雷,把他推到县长面前,说:"县长,向你介绍一下,这位是美国公司派来谈合作成立中美合资企业的美方代表。"

冷小雷赶紧掏出名片,递上,一边弯下腰,说:"我是公司派来打前站的。"然后直起身说,"我的合伙人是真正的犹太人。你们知道吗?犹太人占了美国三分之二的纺织市场。中美合资企业可以大有作为。"

十面战鼓在妞来胸膛擂响,他双目圆睁,盯着冷小雷,恶狠狠地问:"请问你的公司有多少人,做什么市场?"

冷小雷避开妞来咄咄逼人的目光,将脑袋转向阿调,投去不满与求助的眼神。

阿调一把拉过冷小雷,对张县长说:"他是我们的美方代表,我们很快就要去纽约挂牌,我们会邀请领导到美国考察,并为我们的合资公司剪彩。"她一副特立独行的样子,挑衅的眼锋直直地刺向妞来。

张县长见状,抓起酒杯,笑:"夫妻互不相让是好事,正是因为有你们的你追我赶,才创出了我们出口创汇大县的好成绩,来来,我们一同庆祝。"

阿调微抿了唇,对妞来的怒意从眼角眉梢倾泻出来。她走向饭桌,将大红色的请柬一本本分发给在座的各位,双手禁不住微微颤抖,声线像不均匀

的粗纱,"在座的都是企业掌门人,请你们一定来捧场!各位都是做纺织的,如果需要我们合资企业帮助出口,尽管开口,我们大家都是合作者,不是敌人!"

她分完最后一本请柬,从姒来身边走过,趁张县长不注意,她用牙齿缝漏出的声音说:"我是阿调,不是阿凤,我要办厂,谁也别想阻挡!"

说完她抬高嗓门,招呼冷小雷:"走,我们必须快速赶回去,有一批纱线到了。"

她高高地昂起头,把一屋子乌溜溜的目光甩在身后。

~ 5 ~

小鹿长大了不少,他的五官几乎是阿调的复制,唯独那股顽皮劲比少年的姒来有过之而无不及。全村人都说,鉴湖的乌鲢鱼游到鳌江来了。

上午9时许,小鹿拖着一筐鸡蛋往村前的大墙垛走去。他已经观察了好几天,那是一个居高临下的制高点,可以玩那种炸弹的游戏。这鸡蛋就是天然的炸弹,砸在地上会开花,朝墙扔,还能炸出好看的图案,如果砸在人的脑袋上,那一定更好玩了。

一个精神气很足的男子牵着一男孩的手,父子俩正朝墙垛下歇着的一辆汽车走来。

小鹿从筐里挑出两颗大个鸡蛋,瞄准男孩的脑袋,将鸡蛋往下砸去。没有瞄准,鸡蛋落在男孩的肩上,滚落在地,蛋黄和蛋清淌落在泥土地上,迅速和尘土掺和在一起,形成狗屎一样的东西。

那男子还没回过神来,只听身后的男孩一声大哭,又一颗鸡蛋不偏不斜地击中了男孩左半边脑袋,破碎的鸡蛋壳和蛋青蛋黄一起顺着男孩的面颊滑落下来,男孩大哭着用手抹着脸上的黏着物。

那男子正在开汽车门,听男孩哭,赶紧举头四处看,只见一个圆乎乎的物事正从天而降,他脑袋一闪,一颗鸡蛋擦肩而过,打在了车停板上,晕开了一片花。那男子叫骂着,一边扯着男孩四处找砸鸡蛋的人。

小鹿嘻嘻笑着猫下腰,将脑袋躲在大墙垛下。

那男子扬头。窃窃的嬉笑声从脑袋上方传来。

他嘭地撞上了汽车门,牵着男孩的手,迅速往墙垛上走,一边走一边叫骂着:"哪个小兔崽子这么没教养,抓住非要打他个屁股蛋儿开大花不可。"

小鹿丢下鸡蛋筐撒腿往家跑。外婆正在鸡窝里掏蛋,见外孙跑回家来上气不接下气,忙揽过小鹿心疼地问:"跑哪儿去了?"

小鹿指指外面,气喘吁吁地说:"鸡蛋!"

外婆赶紧把刚掏出的鸡蛋递给他。小鹿挣脱外婆的手,握着鸡蛋躲到大门后。

不一会儿,只见那男子一手抱着一筐鸡蛋,一手拎着男孩朝院里走来。

阿调妈见来人赶快迎上前去,惊喜地叫:"马老板,怎么有工夫上家来啊!"

那马老板个子不高,却长一脸横肉,他没搭理老人,把鸡蛋筐往桌上狠狠地一放,有几个鸡蛋破了壳,在桌上画了大圈。

阿调妈受宠若惊,问:"你是来送鸡蛋的?真不敢当,我家鸡蛋还吃不完想着给村里人送些去呢!"

她看一眼筐,好眼熟,是自己家的。正纳闷着,见那马老板怒目而视,鼻孔嗤出声来:"送鸡蛋?有这样送法的?真是没爹娘管教!"

阿调妈正要向马老板抱怨,只见门后又飞出一颗鸡蛋,鸡蛋不偏不斜落打在马老板揽着手的孩子身上。

那孩子大哭。马老板恼羞成怒,骂道:"真是没管教的小枪毙鬼!躲在哪里?有种给我出来!"

阿调妈听出来者不善出言恶毒,想起早死的阿凤和单枪匹马闯生意的阿调,脸一沉,泪就流了出来,心下惶惶地四处找小鹿。

只听小鹿躲在门后嘻嘻地笑,叫那男孩的名字:"小马驹,是我,小鹿。"说着从门后跳出来,抓住小马驹的手说:"我就等着和你一起玩呢!"

那男孩兴奋得脸都红了,激动地喊:"原来你在这儿啊,我们来玩躲猫猫打仗吧!"好像一切都是游戏进行时。

马老板见状,忙招呼孩子:"咱们走!别跟这小枪毙鬼玩,跟这种孩子玩别把你也带坏了!"

小马驹不听,已跟着小鹿进了里屋。

马老板大声喊叫儿子:"走了,别待在这个有邪气的地方。"

马老板话音刚落,只听门外传来脚步声,一个窈窕女人盘着发髻,神采飞扬地踏进院来,半高跟皮鞋踩在石板上,发出清脆的嗒嗒声。

"阿调!"马老板突口喊道。村里都在疯传,她现在是一家中外合资企业

的老板,她的老公更是一家纺织集团大老板,全省出口创汇大户,不妨向她讨教讨教能不能搭个顺风船把厂里加工的服装卖到国外去。

马老板转怒为喜,脸上堆满笑,一边故作惊讶地唏嘘道:"呦!真是三日不见,神女峰上的仙女下凡了,你看看这派头!听说你成了中美合资企业的大老板了!"

"外国人是这样拥抱的吧!"他说着,一边优雅地张开手臂,暧昧地挤着眼。

阿调几分得意地笑,手掌轻轻往马老板胳膊上一拍,问:"无巧不成书,我正要找你呢,怎么你就赶巧在我家出现了?不会是我妈天天拜佛,佛显灵了吧!"旋即叫道:"妈,叫馆子送好菜好酒来,中午留马老板吃饭!"

马老板忙推托:"不不不,赶着把孩子送到城里私教学英语呢!"又招呼儿子:"小子,咱们走嘞!"

那孩子在里屋执拗着:"不嘛!再玩一会儿!"

阿调留他:"急什么呀,有好事与你商量,别错过了机会!"说着打开壁橱,抽出大红桌布,唰地抖开,往八仙桌一铺,又拿出青瓷茶具,放上茶叶,斟上茶,一边说:"这茶是专从福建茅山采来的高山铁观音,当年专供杨贵妃的。"

马老板脸上堆起笑,一屁股坐下,拨了电话,对电话那头人说:"对不起,改到下午上课行吗,路上碰到贵人了,要商谈进出口大事!"一边对着电话说,一边朝阿调挤挤眼。

阿调抿嘴朝他妩媚一笑,一边将茶端到马老板手上。

阿调落座,问:"听说你也是今非昔比,手上有几家服装厂了?"

马老板伸出手掌,正反晃了晃说:"虽比不过你是集体所有制厂,又是中美合资企业,可我也不赖。尽管都是罗汉豆厂,但伸手数也有满满一手把了,每个月加工几千套服装没问题,订单实在多的时候我还发包给村民做,可以说咱村这上百户人家忙时都是我的加工厂。"

阿调眉毛一挑,做出很佩服的表情,说:"你才是名副其实的大老板呢!"说着,脸一正,严肃地问,"你想去美国发展吗?"

马老板说:"这你落后了,你出口服饰,我准备出口人才,我打算把儿子送去美国读书呢,要不我花这么大的钱和精力把小孩送到城里私教英语干什么,我儿子现在已会说好多英语了。"

阿调听得靠谱,把凳子往马老板身边挪了挪,说:"咱俩真有缘分,想到一块儿去了,我也想着,等小鹿初中毕业,把他送到纽约读高中去呢。小孩在那儿读书,我们合作,共同把出口美国的生意做大,在纽约开个公司,将来就叫咱的儿子在那儿管公司了,他们可是将来的国际性人才,比我们这一辈强多了。"

马老板一拍大腿说:"中!人们都说只要温州人抱团,没有移不动的山,你虽发了大财,可真没忘了老乡。好,你说怎么合作吧,做出口我就搭你的顺风船了!"

俩人越说越投缘,索性把两张椅子并紧,面对面,膝盖碰膝盖,脑袋挨着脑袋窃窃私语起来。

阿调说:"我们在美国的合资公司可以注册美国商标,把自己生产的服装钉上美国的商标在国内当美国名牌卖。"

马老板说:"那多费事啊,这名牌都是砸钱打广告出来的,还不如成品出口到美国后,在那儿换名牌商标容易些。"

阿调坚持:"还是得做自己的品牌!"

马老板越听越投缘,便说:"你是中美合资企业老板,有经验,就听你的!"

两人越说越投机,越说越兴奋,不知不觉时间已过正午。阿调妈将菜饭端上桌来。霎时,温州特产海鲜、海蜇、小龙虾、章鱼、蛏子等摆了整整一桌。

马老板说:"今天是个好日子,咱们一起喝口酒庆祝庆祝。"

两人刚要招呼孩子上桌,屋里传来打闹声,一会儿便听见小马驹哇哇大哭的声音。

阿调起身冲进屋去,只见小鹿止把马老板儿子推倒在地上,双脚往他背上踩。

阿调忙拦住小鹿,问:"乖儿子,怎么回事?"

小鹿指着小马驹,说:"他玩弹子输了,说好谁输谁的背就要当桥过的。"

阿调说:"好好,让小马驹起来,妈妈的背给你踩行了吧!"

说完把小马驹推开,自己拱起腰趴在地上,叫儿子:"桥搭好了,踩上来吧!"

小鹿嘻嘻笑着，爬上妈妈的背，高高站起往下跳。

阿调弓着背，歪过脑袋叮嘱："小心点别摔着了。"

这让孩子骑马的活儿应该是孩儿的爸干的，这会儿孤来在哪儿呢？阿调弓着背，任小鹿在她背上踩上又跳下，一边低着脑袋无奈地叹气，没有爸爸管的孩子，总是缺点什么，自己又没多少时间给孩子。老人带孩子，终究还是太溺爱了，看把小鹿宠成了什么样！不如把孩子早点放到美国去，独立生活，让他吃点苦，也许能锻炼他呢！这样想着，她更觉得这个中美合资企业办得太及时了，被小鹿踩得生疼的背一点也不疼了，浑身火扑扑又来了劲。

马老板在屋外叫："还不出来啊！我不客气先动筷子了！"

阿调赶紧拉起小鹿和小马驹往饭厅走。

小鹿见一桌的鱼虾，欢呼着，爬上凳子，他好像第一次有小朋友来家玩似的，想着法儿与小马驹逗乐，见小马驹碗里尽是好吃的，他假装自己是头大龙虾，两只手便做成了爪子样，一把从小马驹碗里抓过一块大肉，放进自己的碗里。

小马驹不高兴，他逗乐着："我的给你，你拿呀！"

小马驹刚伸手，小鹿嬉笑着，把碗举高了。

小马驹筷子一扔，扯出了哭脸。

马老板横着脸，剐一眼小鹿，问："他爹不管吗？这儿子就得父亲管教！"

说完转过头看阿调，见阿调正夹起一块厚墩墩的肉，对儿子说："小乖，别闹了，好不好？把肉还给小马驹，妈给你块更大的！"

马老板举起酒杯讥讽："你家儿子将来一定是个将军，看他耀武扬威踩在我儿子背上的样子，那一脸的盛气凌人可不得了，再看我家儿子被人欺负了也不知道还手，真是太儒雅了，倒像个读书人，哪像农村出来的孩子！"

想到将来还要与这个女人合作，他举起酒杯一语双关道："谁要是敢爬到我头上撒尿啊，哼，试试看！"

他猛地将酒杯往桌上一掷，阿调吓了一跳，抬头紧张地看他。

他满足地哈哈大笑，将酒一饮而尽："来来来，喝酒喝酒，今天不是菩萨请来的日子吗！"

~ 6 ~

马老板驾着他的老吉普进了安平镇，这里青山绿水，满山除了几簇映山红,便是满坡的茶树,连路两边都是绿油油的茶田。

他正纳闷这地方怎么有工厂呢,阿调来了电话:"这么显赫的工厂牌,你竟然没看见?"

他扯着嗓子喊:"你要我朝东开,我都开到地平线尽头了,哪有什么鬼工厂!"

阿调看来心情大好,并不在意,笑着说:"我是用指南针打的坐标,也许位置不同,我说的东就是你的西,快快,往回开,别往茶山方向走!"

往相反方向开了没多远,马老板果然见到阿调正站在路边向他招手。

阿调身后的工厂三层楼高,充其量是农家院的扩大版。厂门口并列挂着两块牌子,一块白底黑字上写着:安平针织厂,白底有些发黄,黑色字面也有些斑驳;另一块白底红字,"昌来中美纺织集团",红字下方有个小两号的"筹"字,还打着括号。

马老板跨出车,他身穿一条磨砂牛仔裤,一件铁锈红的夹克,拉链敞开着,塞进裤子的衬衣,将他的肚子包裹出圆圆的老南瓜的形状。他鼓着圆圆的眼睛,盯着两块并列的招牌,手指点着"筹"字,问:"这个字什么时候可以拿掉?"

阿调脸一红,抬起胳膊将飘在前额的几丝碎发拢在耳后,头一扬,说:"你还在意这啊?申报合资企业,正在走流程呢!快了快了!"

阿调握着马老板的手,寒暄着,把他引进了二楼的办公室。

坐定,阿调笑眯眯地从抽屉里取出了合作协议。合作的主要内容是,阿调负责下订单和出口,马老板负责工厂生产。

阿调指着协议的条款说:"利益按除去成本的净利润分配,各50%,你不吃亏吧!"

马老板一盘算,自己有十几家罗汉豆工厂,工厂虽小却门类齐全,有牛仔裤工厂,针织厂,还有加工睡衣睡裤、男子沙滩裤等。东方不亮西方亮,只要有订单,有量,要亏都难。便说:"什么算作成本?难道你我都要把工厂的账交给对方检查计算?还是你按成本价收我的货吧,利润都归你,我只要工厂有活干就行。"说毕,不等阿调回应,将掌心往衣服上蹭了蹭,抓起了笔,将合同上的原条款重重地打了叉,一边大大咧咧地说:"咱都是温州老乡,我不跟你计较利润,把量做上去就行!"

阿调一愣,站起身,绕着椅子走了一圈,冷冷地说:"我又给订单,又出

现金,还用得到你?你没看到这里是纺织之乡,工厂一大把?我特别选中与你合作,正如你说的,因为咱俩是老乡。"

她瞟了一眼马老板,马老板的眸光像两道放射线,正上上下下扫描着她,像要把她里里外外看个透。

她索性将脸朝向了天花板:"第一次在我家碰到你,看你是个说话算话的好汉,才动了跟你合作的念头。如果一手交钱一手交货的关系?"她顿了一下,双眼看定马老板:"那你可以走了,我不需要你!"

阿调果真一把拿起盖了甲方章的合同,双手拈成兰花指,做了撕的动作。

马老板一把将合同夺了下来,笑嘻嘻说:"谈判谈判,边谈边判断,你性这么急,怎么没生个囡?!"

他们重新坐了下来。马老板看着合同,手上捏着笔,脸上笑着,却迟迟落不下笔。他一条条又念了起来。

阿调没等他念完,抬腕看了看表,惊呼:"我的表坏了吗?都到中午吃饭时间了,我还约了镇长一起陪咱们呢!"边说边站了起来。

电话铃响,阿调一看是冷小雷的电话,便按了免提,问:"什么喜事啊,这么晚还不睡?"

冷小雷的声音像安装了气阀,鼓胀着兴奋,"当然有好消息啦,Latin,就是我的拍档,接了目标连锁店的订单,要打样,样品我已寄出了,你尽快啊,这是美国排名前十的大商店,你知道他们有多少连锁店吗?"

马老板的情绪被"订单"调动,冲着电话大声说:"打样没问题,我们有专门的打板师傅!"

阿调埋下脑袋很认真地做笔记:"嗯,一周送手掌样,确认后送大货样……"

马老板嘀咕,这女人背景强大啊,不但老公的企业响当当,还可以随时请出镇长陪饭,又有美国合作方,我这点罗汉豆工厂在他们眼里算什么?若失去这个机会,重新找一家出口企业合作可没那么容易。

阿调刚放下笔,马老板眼皮一低,挥挥手,大度地说:"就照原来的合同,加条备注,有问题随时协商!"

阿调樱唇一抿,笑意从双颊荡开,眼底的锋芒一闪而过,放下笔,"我说呢,马老板就是个干大事的人!"边说边拨了办公室电话:"重新打四份合同上来!"又转身面对着马老板,叮嘱道,"加上备注条款,合作有问题随时协商,协商条款视为合同部分,受法律保护!"

阿调吩咐完毕,招呼马老板:"走,先吃饭!"于是,抽身先行出了办公室往楼下走,马老板紧随其后。

镇上农家饭店,一帘红色串珠隔成了包间,一桌人已落座。镇长向他们招手:"快,就等主人了,这些都是今天来的访客,正好凑个桌!"

阿调侧过脑袋,抿着笑意,闪亮的眼眸示意马老板就位。

样品寄走了。很快冷小雷来了传真,样品确认了,可以进入大货生产。阿调问:"能打定金吗?"

电话里有片刻冷场。稍顿,冷小雷脱口笑:"阿调厂长,打市场期间,拿到订单都好说,不要小家子气误了大事!"

阿调接茬:"我听不懂什么是小家子气误大事,我就怕思考不周引来后续的纠纷!"

双方都撂了电话。阿调掏出手绢擦了擦额头沁出的汗,将手绢折成对角,抖开,又团成球塞进了口袋。样品是马老板工厂打的,何不把球踢给马老板,让他来决断呢?

阿调拨响了马老板的电话:"咱们马上动身去纽约考察一下合作公司如何?"

马老板粗声粗气地笑:"这还用问,知己知彼百战不嘛!"

阿调也乐了,让冷小雷那边的公司看看,我阿调可不是单枪匹马,马老板这气场,没人敢欺负他!

阿调行事风格如霹雳闪电,今天的事绝不拖到明天,尽管美国那头还是后半夜,她还是电话叫醒了冷小雷。

"我要带合伙人过来考察你们的公司!如果考察满意,昌来美中合资公司下那个筹字就可以去掉,咱们就是真正的合伙公司了;如果我的合作人那里资格审查通不过,你们也别怪我许调不配合。"

挂了冷小雷的电话,她看了一下表,凌晨2点了,窗外蛙声正欢,她拉开沙发,今夜又得睡办公室了。

关了灯,阿调怎么也无法让脑子安静,要是身旁有个人能与自己分享这个好事多好啊!似来在哪里呢?

她蜷着身子，沙发的弹簧硌得脊背生疼。她第一次想念那张棕绷婚床，想念如来，渴望如来与她分享快乐与痛苦。

她坐了起来，拿起手机，按了数字，想给如来打电话。跟他说什么？她自言自语，把我的大算盘拨给他听，让他分享？他一定虎着脸，要我回家带孩子，别把孩子弄美国去。

她叹了口气，唉，很久没见他了，告诉他孩子都好，听听他的声音？她刚要拨号，又把电话扔在沙发上。听老董说，他上周还跟老董要我的电话号码呢！回家？听信用社人说，如来工厂急需钱，他把房子都抵押给信用社了，他还要这个家吗？

阿调眼角潮湿，她吸了吸鼻子，重新躺了下去。 她终于迷迷糊糊地睡着了，睡梦中如来亲吻着她，跟她尽兴地欢喜，完事了把她搂进他的臂膀，说，"你尽管大胆地往前闯，有我做靠山呢！"

她感动得流了泪，然后跟他讲了与冷小雷和犹太人公司合作的事。如来刚听她提冷小雷，就翻了脸，骂她跟冷小雷的合作是中了圈套，"跟人合作首先要资格审查，冷小雷本质上就是个空手套白狼的骗子，你还跟他去合作！"

她一下醒了，揉了揉眼睛，梦里的话没有声音，她记不清如来到底说什么，但她肯定，如来是真嫉妒她了。 她笑了，感觉在夫妻的你侬我侬中，自己才是那个牵风筝的人。

她翻身起床，迅速穿上了衣衫。早上6点，夜班工人已换班了。今天就让办公室订去纽约的机票。

~ 7 ~

Latin飞快地走在时尚大道39街。风在鳞次栉比的大楼间穿梭，发出刺耳的呼啸。纽约的气温虽然已是45华氏度，他依然习惯地捋起袖子，冷风中，纹着白头鹰刺青的胳膊，筋肉迎风鼓凸。

这个Latin能耐山大，竟然空手套出一家合资工厂。合资工厂的厂长说，发货前要带人马来考察公司。要紧的是弄一笔钱来，把公司装点成实力雄厚的模样。他掏出衬衣口袋内插着的一块手帕，擦了擦额头，尽管额头并没有汗。他哼哼道，钱是世界上最难弄到的东西，就像砸开一个思想家的头颅，也掏不出他脑子里的思想一样。

在第七大道40街A座，随着叮的一声，电梯在七层停下，电梯门开，Coola公司的Logo像一对饿极了的鹰的眼。正对着电梯门的是一头铜铸的双头鹰，这具双头鹰模样阴冷彪悍，两个脑袋在同一个母体上东西撕裂着。Latin无论从不同角度望去，都有一头鹰恶狠狠地盯着他。

公司没有前台，所有的地面由巨大的玻璃铺成，玻璃下铺满着美利坚合众国自建币制以来历年的分币，隔着玻璃暗金片片闪着诡秘的光。

空荡荡的大厅没有桌子，间隔立着一尊尊雕塑，这些雕塑或是一个先辈的骷髅头，或是西部牛仔横刀立马，或一把双刃刀，或一座铜矿的铸型，或一块造型古怪的铁矿石……

地面通透如冰，他提心吊胆小心翼翼，担心自己滑倒，一面紧张地叫着："Hello! Hello!"

没有人应答，他听到的是自己的回声和沉重的脉动。

穿过大厅，一座埃及金字塔造型物横亘在面前。金字塔完全模仿大都会博物馆内陈列的原件，只是塔底刻满了意大利古罗马的镌文。

他正低头琢磨这镌文的意思，突听咝咝的声音在头顶响起，如同地狱里阴森森的蝙蝠的嘶叫。

他警觉地抬起头。突然横空闪出两条扁担蛇，蛇尾挂在屋顶的方格金属架上，发绿的三角脑袋嵌着两粒发绿的眼睛，长长的蛇身支成弓形，嗷起的尖尖的嘴吐出血红的舌头。

两条蛇晃动着快速向他靠近，猛然间左右夹攻缠上了他的身体，吐着舌头的嘴向他的喉咙寸寸逼近。

他左挡右突，在犹太教中蛇蝎并不是好的象征，他惶恐中失声叫了出来。

随着他的叫声，走出一个中等个子壮实的汉子，皮肤呈酒红色，头发褐色夹杂着几缕棕黑。汉子梳得精亮的发丝分别倒在左边和右边。他伸出掌，拍出金属撞击般的掌声。两条蛇随着掌声卷起身子隐入格子金属架内，倏忽不见了踪影。

Latin见那男子，惊讶地呼道："Steven，你公司怎么这样唬人！"他摊开双臂，"没把我吓着！"

那个叫Steven的人嘿嘿一笑，旋即收紧表情，勾勾手指，朝内一扬头，率

先往里走去。

Latin紧跟在他身后，一步不敢拉下。

穿过一条幽暗的走廊，Steven把他引进一个房间，便走出屋带上了门。

Latin四顾，屋子里有一张硕大的办公桌，桌后一把太师椅。太师椅深红色，由巴西红木做成。椅背上面细细密密地雕刻着几百只无头鹰。屋里没有窗，蓝幽幽的光从天花板上射下来。

Latin感觉胸口逼仄呼吸紧迫。刚回头看门的方向，忽听侧边有声响。他扭过头去。左侧厚厚的墙壁移开了。原来这是一道暗门。随着哐的一声巨响，走出三个男子。

与Steven不同的是，这三人个个面色平和，在幽蓝的光影下，似地狱里的天使。中间那个年过花甲，身披大氅，满脸刻着沧桑，其余两人各捧一个方方的木箱。

Latin仔细看，这三人嘴角虽挂着笑，眼睛却如凿开的冰窟窿，透着寒气。他们齐刷刷地射来鹰隼的目光。他不寒而栗，双腿发软。

两个捧着木箱的将手中物放在桌的正中，一左一右帮老人解下大氅后，便分别直立在老人两旁。

Latin猜测，此人必是传说中的Coola了。他情不自禁地将腰弯了下去。

那老人撩起眼角瞟了他一眼，抬抬手，示意他站好，指向桌上两只木箱，用沙哑的嗓音一字一顿地说："记住，明年的今天把它们带回见我！"

老人话音刚落，俩随从上前，啪的一声，分别打开了两只木箱上的铜锁。

Latin瞪大眼睛：一只木盒中绿莹莹的美钞满满实实，尽是百元大票，一扎扎捆叠得整整齐齐，足有他要借的100万美元。另一只木箱却空空的没有任何分币。

他诚惶诚恐盯着钱币，两只皮蛋色的眼珠深陷在眼窝里，干涩得像两坨被烈日灼干了的屎。他明白这一空一实的木箱意味着什么，明年这个时候，他必须带两只一样的装满百元大钞的木箱回到这里。

他张了张嘴，声音发抖："要……要写个借据吗？"

老人脑袋微昂，双眼微张微合，站起身来，伸平两条胳膊。

俩随从迅速帮他披上大氅。老人掸掸袖子，三人旋即转身。哐的一声门合上的声音后，屋里只剩下Latin孤单只影。

Latin盯着两只木箱：两只木箱漆着暗红色，盒身上雕满了无头鹰，每一头鹰羽丝毕现。无头鹰党。他在街头拳角的时候，常见混混们提起无头鹰党惊恐失色的样子。明年的今天必须拿200万美元回到这里！他双手又不由自主地颤抖起来。

Latin在走廊尽头找到了男厕所。他推着木箱进了厕所门，立即把门反锁上，打开了木箱。

与所有的蓝幽幽的阴冷色调不同，厕所顶上是巨大的白炽色大灯，光亮异常，白炽的灯光打在纸币上形成一片鲜艳的绿色。

他盯着这一捆一扎的绿色。全是100美元的面值，总共100万美元！他迅速将这些钱分开放入两只木箱中，将两只箱子摞在一起，屏足气，将箱子推出了Coola公司大门，径直进了电梯。

他挪出箱子，闪着寒光的电梯门在他身后砰地合上。

他掏出手机，拨通了冷小雷的电话，断断续续地笑，"钱到手了！"

落纱无数

~1~

日历不经翻。在路边知了的提醒中,日子一天天飞快地流逝。秋老虎的天,裹得路人浑身黏糊糊的。老厂长今天没来工厂。他给财务科长水娥打电话:"身体不舒服。"

水娥睁大眼睛,问:"怪了,你天天有事无事都来,为什么偏偏今天不来?不是通知了吗,今天开签约会,每人出资5000元,人人都是小老板了,你不就是大老板吗?"

电话那头老厂长的声音喑哑,好像有股气憋得气流不畅:"你相信似来?他是踏道泥鳅,点子来了个多,跑得来了个快。我当初把厂让给他承包,是看他在深圳赚到钱了,有真金白银在手上。哪知道他金线包穷骨,一身欠债坯!欠着银行一屁股债,大庭广众下还喊着工厂产值要上3个亿。"

老厂长好像打了激素,声音越来越高:"我看他,一提订单眼睛就发绿,说美国大品牌要来参观工厂,就把厕所改造得像客堂,结果呢,把自己的屋都垫进去了,美国佬的屁都没闻到。现在他没钱没屋,连老婆都不要他了,还想当老板？他倒是聪明，想出个馊主意，让大家出钱入股，替他承担风险。谁这么傻？他孤身一人，国外来来去去的，哪天不回来了，怎么逮得住他！"

老厂长的声音像锯木头，磨得水娥如耳膜穿孔。她把话筒拿离耳朵，不耐烦地说："连我都要说你老皇历了。工厂有政府，有银行撑着，妣来顶着，你睡在里床壁，怕啥？今天一早妣来就真金白银地把100万缴到财务了，说是买断经营股，这是他把他祖传的房子和自己的房子都卖了凑的。我看他拿钱来时，眼睛红肿，一定是要卖祖屋和家里的几分几亩地，对着老祖宗哭了一夜。"

水娥的心好像被同情浸满，语气带着哀求，"这样，加上银行给你的股份量化出了100万元和每个工人5000元的出资，股份制企业就成立了。妣来说这钱除了买配额，还要收购服装厂，工厂做大你不高兴啊？大家的利益捆在一起好似一家人，你是大老板呢！"

老厂长好像河塘里啄饱饭粒的鱼，对水娥向他伸出的钓饵毫不动心。他放下电话往地上啐口唾沫，哼哼道："你们信反正我不信！"边哼边往镇上的茶馆走，去那儿解个闷。

这年头人们忙着挣钱，坐茶馆的少了，几张褪成原木色的条凳桌子，稀稀拉拉的没几个人。一只老花猫半闭着眼，懒懒地趴在一只传真机旁。

茶馆也想着法子赚钱了，接一张传真1角钱。老厂长觉得这世道真的变了。

琏邦邦坐在茶馆里，招呼道："今天日头从西边出，厂长来了。"

老厂长从口袋里摸出烟递给琏邦邦，叹道："我是黄连树下弹琴，苦中作乐，来茶馆消消闲。你不拉二胡了？"

琏邦邦磕了磕烟斗，抬头，拉着长调说："你真是做得皇帝想成仙，在厂里这么好的条件还嫌心苦，那我们这些人只好跳河了！"

见老厂长摇头，琏邦邦又装了烟丝，慢条斯理道："不瞒你说，我这二胡早不拉了，这年头没人听二胡了。你没听城里人说，二胡大师闵惠芬到大剧院拉二胡，观众席走的走，嘘的嘘，最后没剩几个人听了。人家还是患着癌症来我们这里坚持演出的。"

"我改行划船了！"琏邦邦见老厂长不言声便继续说，"钱总有用得完的时候，我自己还有些铁厂退休的养老金，吃饭足够了，这划船是为着支援希望小学，帮帮那些没钱读书的孩子。"

老厂长赞许地点点头，附和道："前世积德后辈享，这跟存银行是一样的道理。"

老厂长坐下，要过一壶龙井，斟了两杯茶，邀琏邦邦一起坐。

琏邦邦不客气，坐下，呷一口茶，问："你们厂那个鳌青花（土语，对青年的别样称谓）怎么样，听说做得不错？"

老厂长知道他指的是似来，接过话茬说："别提了，我正生他的气呢！"

琏邦邦劝道："年纪老了，吃饭防噎，走路防跌，还是让年轻人去做事好。依我看你不如把厂全卖给人家，套出现金到杭州买套房，带着老太婆、孙子去杭州养老算了。把家底交给这些年轻人折腾，说不定哪天把老底都赔掉，分文不值还欠一屁股债呢！我听华舍人说，现在乡镇企业都贪大，十个马桶九个盖，资金根本周转不过来。左手不放心右手的，你把钱放在人家手上放心啊？"

这话正说到老厂长的心窝里。他抬头眨巴着眼望着琏邦邦，不吱声。稍息，他又续上一壶水，给自己满上，闷着头，一杯杯往肚里倒。这几天听似来说买配额需要钱，这贼坏，说是让每个人当老板，其实是跟大家借钱去买配额。这买配额风险多大呀！

现在两三万都称万元户过得不错了，100万元真能去杭州买个大房退休，还可以剩出钱来存银行赚利息呢！就怕他钱不给，给我张空头支票。

老厂长坐不住了，他将茶盏往桌上猛地一推，陡地站起，顾不上跟琏邦邦说缘由，急匆匆往工厂走去。

老厂长一只脚刚踏进财务科，水娥便欢呼起来："可把你盼来了。来来来，在你的认股协议上签个字。"

老厂长把手往身后藏，问："真有工人买股？"

水娥瞪圆了眼："你真是，连我都不信呀？"边说边拉开抽屉，拿出现金本，摊开，把数字点给老厂长看。

老厂长探过脑袋，这数字如群星点灯，把他原本淤堵的心思点活了。他喜从心来，连连点头："这灯笼照火把亮见亮的，有什么不相信的！"

离开财务科，老厂长乐滋滋地去找似来。

仓库前的空地上，似来正挥舞着手臂，给民兵们训话。老厂长径直走上前去,打断他,"我有急事!"

如来兴致盎然,指着整齐的民兵队伍,炫耀道:"看,这民兵可是一支工厂的应急部队呢!"

老厂长目光躲闪,敷衍道:"行行行,你不总是说,行也得行,不行也得行吗?我有要事与你商量!"他边说边把如来拉到一边。

"我年龄大了,工厂的股我就不买了,我的股折成现金付给我!"他紧盯着地面,语气不容商量。

如来扶着老厂长肩,让他的脸正对自己,狐疑地问:"此话当真?"

老厂长转开脑袋,坚定地重复:"对,请把我的股份折现退给我!"

如来睁大了眼,连声问:"我当初接手这个工厂时是亏损的,好不容易平账了,你却要套现? 你看,工厂刚投入资金修整了基础设施,Vankuson品牌公司很快会来工厂做环境检测,一切都在往发展的方向走,你却要退出?我早想好了,世界这么大,哪个人不穿衣服?先从北美起步,让有人群的地方就有咱的服饰,达到产值3个亿,这是目标!你没看见吗?工厂上下热火朝天干劲十足呢,你在这个节骨眼上抽走资金,不是釜底抽薪,故意要将好不容易燃起的火掐灭吗!"

老厂长盯着地面,心下骂道,老鸭会拖鱼,鸬鹚早断种了,这点小厂还想做出3个亿?他脸拉成了铁锤状,语气不依不饶:"你不提倒罢了,说起改造厕所这事我就生气,这厕所修得都像饭店了,咱嘴还管不住呢,先管屁眼?"

如来像被激怒的公牛,双手握成拳状,指关节压成青白色。他喘了口气,盯着老厂长的眼,脖子挺直像根铁棍:"咱们水边长大的人都知道,船的载货能力是由船的体积决定的,出海航行,大船比小船更能抗风暴。咱们既然选择了出海生存的路,就得上规模,靠原来的小打小闹,市场上去偷块花版来模仿,周边城市卖卖,这样的船早晚会被市场的风浪打翻。"

见老厂长的目光有了儿分惊讶和服帖,如来便更有了底气,说:"你也知道,船的行驶靠动力,体量增大,载重增加,动力只需相应地增加一点就行。如果碰到顺风,甚至连一半的力都不需要加。我们选择了做国外市场,这条船已驶向了大海,先选一个最难靠岸的码头开始试水,摸熟了道,以后就顺风顺水了。地球上哪个人不需要穿衣服?3个亿我还说少了呢!"

老厂长听他这么说,心下哼,3个亿还说少了?他往地下啐了口痰,摇摇手:"别把我扯进去。国外市场进不进得去,不由你不由我说了算,单说配额

这事吧,我办厂这么多年,省外贸调剂配额,从来不会到私营企业,你想从政府那儿要配额?做梦吧!靠买?哪买得齐数?你画个大饼给大家,我怕你最后连做裤衩的布都亏光了!"

老厂长别过脑袋,横下心,斩钉截铁地说:"这是我一辈子的辛苦钱,光是买配额还好说,你们那样天南地北地飞来飞去,加上请客送礼的,花钱不怕肉痛,你知道每糟蹋一分钱,都像猫爪子抓我的心,多少个夜晚,我的心被抓醒吗?人来到世上带根脐带,走了带根裤带,你去做发财梦吧,我也该退休了,拿这个钱去杭州买个房带带孙子算了。"老厂长脚下打板钉似的,伫立着纹丝不动。

老厂长见如来不吭声,计从心来,转身离去。回家抱上孙子来要,如来心软,孙子一哭一闹,他不给也得给。他边走边嘀咕。

老厂长抱着孙子,找到如来,让孙子叫如来叔叔。

那孩子将脑袋埋在老厂长背上,不肯叫。如来折了两个小人儿跳舞逗他玩。小孩才抬起脑袋笑,张着手向如来要折纸。老厂长掐他的屁股,他一疼就大哭起来。

老厂长拍着孩子的背,说:"别哭别哭,拿上我们的钱就走,将来在杭州读书,考个好大学,回来看叔叔。"一边哄孩子一边一字一句毫不含糊地说:"今天我这钱是要定了,看着工厂是我辛辛苦苦小起来的分上,我也买个员工股,5000元,写在我孙子名下就行。"

如来眼窝底翻腾着怒意,像长江泄洪,呼呼地喘着粗气。他狠狠地瞪了老厂长一眼,掏出大哥大唤水娥:"把买配额的钱先提出来付给老厂长!"

水娥不相信自己的耳朵,急匆匆地跑来,目光狐疑地在如来、老厂长和老厂长背上的孩子间穿梭。她很快明白了如来的处境,她用忧怨的口气对老厂长说,"就算我们求你了,我这个财务科长不好做……"

老厂长哄着孩子,转过身去,给水娥一个门闩样的背。

如来止住水娥:"龙门要跳,狗洞要钻。还怕这点坎!"说完扭头离去。

水娥转身去取了现金支票。老厂长收了支票,小心放进贴身口袋,背着孙子,一路上自言自语:"铜钿落袋,问心无愧。我多少也是这个厂的头代祖宗!"

~ 2 ~

如来亲自开车，把罗干干和配额司小孙送到机场。火凤凰纺织集团特别邀请小孙到美国考察公司业务，如来安排罗干干全程陪同。

小孙这个关系还是小琳的爸爸托了老乡关系的部级领导才建立的。"与外贸搞好关系，配额就可以一半走计划，一半走市场价，给你们省不少钱呢！"小琳爸爸有几分善解人意。

临行前，罗干干苦着脸，问："能不能把小琳带上做翻译啊！"

如来看一眼罗干干，低声说："不能带别人了，在美国你和小孙单线处理方便一些。"

见罗干干心有不甘，如来狐疑地问："看你跟小琳挺热乎，是不是谈恋爱呢？"

罗干干眼看着别处，连连摇头："没那回事，小琳家不同意的。"

如来若有所思："你要真喜欢小琳跟我讲，我来做工作，有什么事可别瞒着大哥。"

罗干干仰头笑，扯开话题："那小孙可是山西人，山西是出煤矿的地方，尽出富豪，他是见过大钱的人，像我们这样一个铜板恨不得掰成两半用的，怎么搞得定他？"

如来说："你不是师爷吗？还问我！"

配额司小孙中等个，从脑袋到大腿都是圆的，虽还不到中年却少发，头顶已见天窗。罗干干说："这种长相的人大多性欲极强。"

如来说："就你眼刁。"又说，"咱又不送大姑娘给他，陪他走趟美国见见咱们接了订单的大商场，与他建立关系，分配额时向我们倾斜点而已，你怕什么。"

罗干干坏笑："总得搞定他呀。"

飞机绕着跑道滑行了几圈后，抖了几下做腾空状的时候，正好有一股强气流经过，飞机猛烈地晃动起来。小孙下意识地抓紧座椅扶手，屏住呼吸。

罗干干虽比小孙更紧张，可还是做出轻松的样子，调侃道："吉人自有天相，老天爷跟我们逗着玩儿罢了。"

气流过，飞机振翼，陡然升高。渐渐地，云层下面出现了刀戟似的山脊。瞬间飞机穿破云层，远离地球的高空，阳光正将大片的云秒杀成一群精灵鬼怪，摆着向人类宣战的姿势。罗干干拉下了窗板。

飞机屏幕上正播着比尔·克林顿的就职演讲。小孙看着屏幕自言自语："这美国也奇了，个个总统上台都说要制裁中国。现在苏联解体没有哪个国家的实力可以跟它抗衡了，又铆上我们中国了。"

罗干干听到后面一句，顺势问道："配额是美国单边说了算吗？"

小孙敏感地看了他一眼，戛然刹住了话题。

飞机下出现了一条长长的玉带一样的海湾，阳光将水面打成一片金色，随之是一片钢筋水泥的丛林建筑。

纽约JFK机场到了。罗干干紧张起来。怎么搞定这个长得像弥陀菩萨样的处长？鞋带开了，他乘机弯下腰系鞋带，从胯下瞄着小孙，小孙在他身后，正一晃一晃地东张西望。

于美文租了一辆德国加瓜名车前来接他们。小孙围着车转，赞美道："这可是款唯一保值的车呢！"对开车接他的于美文并不搭理。

于美文殷勤地笑："奉妮总指示，我已给你们安排好了住宿，叫'要点度假村'。"

小孙听到饭店名字顿时兴奋起来："早听说这饭店，坐拥无敌美景，并拥有世界一流厨师，用餐充满想象力，早餐送到你床边，午餐地点随客人挑选，可是谁也不知道这家饭店在哪里。"

于美文莞尔一笑："是呀！你想知道这家酒店在哪里，唯一的方法是成为这家酒店的客人，只有预订入住的客人才会知道这家神秘的酒店在哪里噢！"

趁小孙去厕所的当儿，罗干干问于美文：这酒店多少钱一晚？于美文伸出一根手指。

罗干干问："1000美元？"

于美文讥讽道："你做梦啊！"

罗干干又问："有陪睡的？"

于美文骂了他一句："出拨头师爷。"

罗干干见她旧仇不忘的样子，拉长了脸，一副苦相，说："那回买机器是如来拍板的,你大可不必记我的仇,这回能不能招待好孙处长可是事关工厂生死存亡的事,弄不到配额,你也没饭吃的。"

于美文不理他,说:"我知道洛杉矶有一家中介,专给好莱坞明星和那些有钱人招妓的,那些妓个个非凡,价钱也了得,你要这个中介的电话吗?"

罗干干连连点头,又为难地摇摇头:"我英语虽然会几句洋泾浜,可是要讲这档子事还不行,还是你帮我叫吧。"

于美文白他一眼,说:"康德理论'百善孝为先,万恶淫为首',这种事别找我帮忙!你实在要做,那里有说中文的人,你尽可以自己叫。"说完扯一张粘贴纸,写上电话号码交给了罗干干。

小孙从厕所出来,催问:"到底哪里是要点度假村啊?"

于美文歪歪脑袋神秘地说:"去之前路过曼哈顿,我们先看一家商店,那可是我们的大客户噢,叫J.C.Penny,所有J.C.Penny卖的都是相同的东西,有1000多家连锁店,看一家也够了。你顺便了解一下我们的实力。"

小孙连连点头,一边催促:"快走快走!"

车在曼哈顿34街停下,于美文带着他们在J.C.Penny楼上楼下走了一遍。行至品牌区,于美文点着Vankuson的品牌标志,说:"如总真不简单,很快会接到这个品牌的订单。"

罗干干用眼的余光注意着小孙的表情,讨好地说:"咱实力摆在这里,就看孙处长支持不支持了!"

孙处长眼睛四处扫,移开了步,悻悻然道:"这美国的商店都一个样。"

罗干干心领神会,捅捅于美文后背。

于美文刚要发作,见罗干干向她使眼色快点离去,便转身说:"孙处长见多识广,美国的商店确实是一个商业模板复制的,大同小异!"

一行三人出了商店,车径直往纽约长岛驶去。

车穿过495高速,从72出口,经过一片茂密的树林,眼前渐渐明亮起来,一片湛蓝的大海扑入眼帘……

安顿了孙处长,罗干干回到唐人街,买了一份世界日报,按图索骥找到一家叫飞天的旅行社。他订了去拉斯维加斯的飞机和房间,对旅行社导游说:"飞机到拉斯维加斯后请安排林肯长车接送,我要什么服务你们帮我叫就行,费用不必担心。"

他心里骂于美文,显摆什么?真把我们当乡下人,离开你不行了?你还不是靠我们才能在美国立足的?

把孙处长接出要点度假村已是周末。傍晚时分,从纽约出发的飞机,抖动着机身,把人们一级级往地面推送,地平线的那端出现了金色一片,罗干干扒在机窗边,被地面金碧辉煌的色彩惊得合不上嘴,这是一座城市吗?分明是燃烧着金色火焰的黄金世界。

拉斯维加斯到了!机务人员不失时机地提醒。

他们下榻在一个叫白老虎的饭店。小孙和罗干干都是第一次到拉斯维加斯,未进饭店,就听见一片钱币叮叮咚咚的声音清脆悦耳,大厅里传出人们疯狂的尖叫。

孙处长面颊通红,全身的神经细胞千军万马般奔腾起来。罗干干塞给他1万美元,轻描淡写的口吻:"先去小玩一把。"

孙处长眼睛盯着百家乐台面,眼也没抬地接过钱,塞进了衣袋。他把拉杆箱交给罗干干,说:"吃饭时叫我就行。"又叮嘱,"西餐吃不惯,订中餐!"

导游接过话,说:"住总统套房有特殊服务,可以包一架小飞机专程飞纽约定到中国城订餐。"

罗干干连声说:"好,好,美国佬就是会做生意,把赌博者当贵宾,中国玩梭蟹(一种当地的赌博游戏)都要被公安局抓去,在看守所蹲几天还罚钱呢!"

中午12点,飞机准时从纽约送来午餐。罗干干围着赌场绕了几圈都没看到孙处长,便疑惑地往楼上大户室走去。

上楼,果见孙处长正与几个同胞一起坐在大户室里玩一种叫百家乐的东西。他双眼通红,好像烧干了柴油的拖拉机。

他俯身在孙处长耳边大声说:"专机给咱订的午餐可好吃了,有大龙虾,青菜大肉圆,燕窝汤。"

孙处长手一扬将他的手挡开,说:"我半夜里赚进2万,现在输进去不说,还赔了!别给我带晦气来,中国有的是中国餐,你把那包专机的钱拿来,我能搏回几倍来呢。"

罗干干知他口袋里的钱输完了,偷笑,又去取了1万美元,揣在兜里,折回到他面前。

罗干干回到房间独享着这顿价值了得的中国餐,把嘴咂得吧唧响,一边自嘲着:"吃金子的感觉就是不一样。"

傍晚,罗干干估摸着孙处长桌上的筹码可能又没了,便唤导游:"订一个到房间表演的脱衣舞秀。"

很快导游就办妥了,兴冲冲地来找罗干干,身边跟着一个饭店的女客服。女客服稍显矮胖,自称是来自中国香港地区的移民。她叮嘱罗干干:"美国的法律只能看不能动手的,要不恐怕让你们赔得倾家荡产。"

罗干干问:"有没有监控器,能让我看着不对劲时就敲门呢?"

客服笑他:"哪能让你看监控,这是侵犯人家隐私的。"

罗干干软磨硬缠:"特殊情况特殊对待嘛,我以后保证带更多的人来,同时我另付一份同样的费用,就当我们俩人一起看了,你知道大陆人脸皮薄,跟熟识的人一起看会不好意思,一个在里看,一个在监控室看更适合我们的国情。"

香港客服听他说得有道理,笑:"稍等,我去请示领班。"

领班是个胖胖的金发女人,她看了一眼罗干干,问:"你们是什么关系?"

导游刚要回答,罗干干用中文回答道:"是我兄弟!"

金发女领班点点头,交代香港客服:"特事特办,到柜台上加钱去!"说完扭着巨臀离开了。

时过五旬,孙处长果然垂头丧气地回来。进了房,倒头就睡。可是他辗转反侧怎么也无法入睡。外面钱币落下的叮叮咚咚的乐声不绝于耳。继续去拼回来,还是就这样让自己输得惨烈?他正沮丧着,忽听敲门声,他立即翻身而起。如果是罗干干,再跟他开口要点钱,不是工厂邀请我,我不会来这儿!不来这儿也就不会输钱!这钱横竖都该工厂出。

他一骨碌下床开门。打开门,他倒抽了一口气:哇!一辈子还是第一回近距离与如此美貌的女子鼻息相接。

只见四个身材如同一个模子出来的金发美女,在门口朝他甜甜地笑。没等他反应过来,四人已飘然进屋。

他退坐到床沿。

四个美女开始热舞表演，用各种舞姿显现自己曼妙的身段和每一个部位。

这些美女的身材如此姣好，三围如此美妙，热扑扑的胴体几近挨着他的肌肤。

她们围着他，其中一个表演者还把挡着私处的一片三角张开。

他浑身热燥燥的，一种邪欲的火焰迅速占据了全身。他知道这是要他塞钱的动作，可惜他已身无分文。另一个表演者把胸罩撑开时，他实在忍不住想伸出手去，女人的东西原来如此浑圆诱人！他呼吸急促，手脚慌乱，猛听门铃响。他吓得一激灵不由自主地缩回手去，紧张地盯着门口。

这是罗干干要服务生进屋送饮料，顺便提醒表演者时间到了。

四表演者面色微愠离去。他躺在床上，手往自己身上乱摸，再也不能入睡。

稍息，门铃又响，他一骨碌爬起，期待着美女们再次回到他的房间。

打开门，却见来的是一个高挑细腰的俄罗斯姑娘，金发碧眼，自称是洛杉矶派来专程床上服务的。那金发美女一进屋，便掏出一个避孕套，摊在手心，命令道："套上！"

罗干干扒在监视机口看得痛快淋漓，坏坏地笑。这真是个有钱能使鬼推磨的地方。

~ 3 ~

阿发把自己的臀部搁在特制的高凳上，两条假肢正好从凳面垂直在地。整个店一片狼藉，像遭遇过抢劫一番。

刚刚对付完一批蜂拥而入的俄罗斯采购妇女，桌子抽屉塞满了卢布戈比。阿发茫然地瞪着这些花花绿绿的票儿，从稍纵即逝的兴奋回到了心底的悲哀。他抓了几把票子又胡乱塞回抽屉。钱钱钱，再多的钱换不回我两条健全的腿！

失去双腿最初的那段日子，他沉浸在店铺开张的激情中，幻觉双腿依然会回来，自己还能够重新站起来。

当他从最初的幻觉中醒来，真正意识到两条跟随他27年的腿从此再也不会回来了，他的心情陷入了井底般的阴暗。他开始不断地咒骂命运，千百次地问自己,为什么当初没有用枪先把对方毙了,这样就不可能发生自己的双腿被打断的悲剧。对自己的嘲笑与怀疑如磨盘在心灵碾过,压下一道道敏感与脆弱的伤痕。

新疆的秋夜黑得早,店员刚要拉下铝合金门,一个俄罗斯女人,胖鼓鼓的身体像要把布团儿塞爆。她扛着一只如自己身体一般鼓实的蛇皮袋,孔武有力地跨进店门。她气哼哼地将蛇皮袋往地面重重一卸,粗壮的胳膊往半空一抡,叽里呱啦喊叫着。

店员没有听清她的叫唤,伸出胳膊要她出去。她推开瘦小的店员,拖着蛇皮袋不管不顾径直往柜台走去。

"蛮婆!"坐在高凳上的阿发骂道,冷眼看着她朝自己走来。

她走到柜台前,解开蛇皮袋口,一把把抓出袋内的各式花布往柜台上堆。完毕,她把袋子底朝天抖落在一边,喘着粗气直起身子,怒目瞪着阿发。掏出口袋里的一堆戈比往柜台上重重地一放,用熟练的中国话骂道:"骗子!你们是骗子!"

阿发中了枪子一般,神经质地探出脑袋,懒懒地用胳膊支住凳子,让身体不至于斜溜下去,阴阴地问:"你骂谁?骂我?你敢侮辱我?"

那女人毫不示弱:"你们就是骗子,骗我的钱!"

她逼视着阿发,然后一个个摊开柜台上的戈比,一副寸土不让锱铢必较的架势:"我,有三万五卢布,应该还剩……"她伸出指头双手翻了一下:"应该还剩1万的,可是就剩这么些戈比了。"

"把骗我的钱,还给我!"她的脸面扯开如剥了皮的鸡,血丝遍布。

阿发瞥了一眼摊在地下的布,其中的金丝绒烂花布是所有面料中价值最高的,她的三万卢布不过人民币几百,能买多少面料?他腾地拉开抽屉,抓出大把卢布,抛撒在柜面,阴损地说道:"穷疯了?没钱做什么买卖?老子有的是钱,你要多少拿吧!"

俄罗斯女人好像完全能听懂中文,她面孔绯红,直直站起,越过柜台抓住阿发的衣胸,使劲摇晃着:"你们骗了我的钱还诬蔑我是穷光蛋,疯子!"

阿发那没有着力点的身体被她拽离高凳,随着左右挣扎,身体重重地摔倒在地面,两条伤残的腿被硌在钢筋铁架上钻心般疼痛。他的面部可怕地扭曲起来,两行热泪蚯蚓一样蠕动着,缓缓地往嘴角爬行。两条残腿露出渗着

血丝的根部，钢筋骨架冰冷地歪在一边。他蜷缩着背抱着脑袋，不知道自己还有没有爬起来去找拐杖的勇气。

后面的店员见状大喊："阿发老板！"一个箭步冲进柜台去扶起阿发，一边扭头怒视着俄罗斯女人："他是残废，你没见他没有腿？还动手！"

俄罗斯女人无比惊恐，瞪大眼睛看着眼前的一切。随即，她迅速冲进柜台内，推开店员，蹲下身子，把阿发的胳膊环在自己的肩上，用熟练的中文镇定地指挥店员："把他扶上我的背，他的假肢脱位了，立即去医院！"

阿发的脸面扭歪着，牙关紧咬，圆瞪着双眼，恼怒地瞪着店员，有气无力地问："残废？你指我吗？"

店员被吓住了，张张嘴又合上，脸一阵红一阵白。

阿发使劲推开俄罗斯女人，几乎喊叫着："有本事打呀！我反正是残废！"俄罗斯女人小心地背起阿发，用职业救护员的淡定说："别废话，我们去医院！"

阿发试图推开她。他越反抗，她的厚实的身体与他贴得更紧，胳膊将他裹挟得越紧实。她一声不吭，目光温和沉着，与进店的那个女人判若两人。

阿发无力地挣扎着，悲哀地喊："放下我，我是残废，不要任何人可怜！"

"你们的医院我去过！"俄罗斯女人说完，没待店员关上店面挂上锁，就背起阿发上路了。任凭阿发在她背上捶她、吼她、踢她、挣扎着要下来，她粗壮的胳膊如同铁钳一般紧紧地扣着阿发不让他往下滑落。

值班医生看了一眼俄罗斯女人，指示她褪下阿发的裤子。俄罗斯女人不顾阿发的扭捏与反抗，动作麻利地褪下阿发的裤子。

她倒抽一口凉气，惊恐得说不出一句话来：他的两条断残的大腿根处，两架用来锁定装置的铝合金矫形器严重偏位，作用于固定双小腿的管形石膏模具已碎裂，用合成聚乙烯热成型的双侧踝足矫形支具歪在一边⋯⋯

医生用钳子夹开器具与肉体连接处的纱布，显露出被铝合金装置磨得血肉模糊的体表，摇头叹道："是不是逞强硬要走路摔坏了？"

俄罗斯女人无比愧疚地说："是我把他推倒的！"

医生横了一眼女人，责怪道："你是她老婆还是护工？刚装上模具的腿有一段适应期，需要有人搀扶着慢慢走一点点适应，哪能让他自己走？你是人吗?还去推他?"

医生手中的钳子触及了阿发红肿的肉体,阿发皱了皱眉声明:"她不是我请的护工,更不是我老婆!"

俄罗斯女人垂着手不知所措,不断重复:"我错了,我错了……"

阿发看了一眼打扫得干干净净的小院。俄罗斯女人正在擦拭他的拐杖,那上面沾着马粪和污泥。他双手抱头,乌黑的双眸沉重如一眼双口古井。

他重重地叹了一口气,问:"你怎么不回自己的国家了?你不是来退钱的吗?"没等俄罗斯女人回答,又说,"抽屉里的钱你要多少随你拿,拿了钱就走吧!"

俄罗斯女人放回拐杖,坐到他身边,盯着阿发的眼,平静地说:"我不想回去了,我的国家解体了,我没有国家了。现在那里物价飞涨,我靠倒布挣的钱买不了几个面包,我在这里帮帮你,总可以养活自己吧!"她自信地歪着脑袋双眸火热地盯着阿发。

阿发低着脑袋粗声粗气地说:"我不需要任何人怜悯!"说完就去抓身边的拐杖。

抓到拐杖,他把臀部一点点往墙壁挪去,然后将身体靠着墙,借着墙的依靠,全力支起拐杖咬着牙费力地站起。别让这个女人看不起我!他咬牙一使劲,拐杖支点落在刚打扫过的潮湿的地面,着力点不稳,拐杖一滑,他身体斜倾,重重地摔倒在地。

俄罗斯女人一把将他抱起,说:"把我当拐杖吧,你已经装了假肢了,我带你一步步重新学走步吧!"

阿发紧咬着唇不作声,伸手去找拐杖,但拐杖已然被女人扔在了墙角处。

俄罗斯女人张开臂,微笑着说:"我的名字叫瓦里利娅,大学的专业正好是康复,我修过一年中文。我知道这名字翻译成中文就是强壮的意思。我做你的保镖和教练吧!我的名字太长不好叫,你就叫我娃娅,容易记!"

阿发怀疑地看了她一眼,这么个胖女人怎么也难与康复职业者画等号。

他将眸光转向别处,说:"我们厂专门派人照顾我,我不需要你!"

娃娅又笑:"是那个又矮又瘦的店员吗?他没有力气,我力气大,你可以付我和他一样的工资,你一定满意!"

娃娅说完蹲下，麻利地撸起阿发的裤腿，调整他的步行器。然后又直起身，调节附在阿发身上的钢索张力及胸背部束带，"你首先要练习在无拐杖支撑情况下能平稳站立。"

做完这一切，娃娅眯笑着眼，伸出臂弯，轻柔地说："扶着我的手臂慢慢站起来吧，不要怕！"

阿发突然想起了自己的母亲。这个叫娃娅的女人有着和母亲一样强壮的胳膊。

他一咬牙直起了身，突然又不自觉地往后倾，打了一个趔趄。

娃娅一把抱住了他，抱歉地说："对不起，你因为习惯久坐不动，站立时有后倾习惯了，我应该先把你的鞋后跟加厚一些。"她边说边四处张望有什么适合的物料垫在他的鞋内。

院内除了砖就是土坷垃和煤块。

她收回眼光，毫无顾忌地解开衣襟，扯出内衣胸罩。她扯着胸罩，试图将胸罩一分为二。面料很结实，她费了九牛二虎之力依然没有扯动。

阿发看着又大又圆的杯罩，心像跑了火车，能听见咚咚疾跑的声音。他别开脑袋，拒绝撞入眼帘的一切。

娃娅一眼看到了地下劈柴的砍刀，她顺手抓起，利落地将胸罩一劈为二，做成了两个鞋垫。她将劈为两半的胸罩塞进阿发空荡荡的鞋内，柔声说："没有比这东西垫在鞋后跟更合适了。"

屋子里干净整洁。阿发出门找大衣，抬头，目光所及，大衣就挂在他伸手能及的架子上。

早上出门，他突然不用弯腰就能够到自己的鞋子了。

晚上回到屋里，他想给自己炖一个饭煨萝卜，绍兴人的一道家常菜。原来弯腰才能抓到的刀和案板，好像长了脚，就展现在自己的手边。一个又大又白的萝卜就在台面上。

生活并没有这么难！他突然感到生活有了一线希望。

夜间的小屋，灯光映着娃娅的身影，她小心地给阿发揉着大腿与股骨处红肿的关节与肌肉。

温情如涓涓溪流在心间流淌。娃娅的双手轻柔地在他的大腿根处按摩，阿发不知不觉地竟然有了勃起的冲动。他又惊又喜，脸面通红，不知所措。

娃娅凑在他耳边说:"别不好意思,性是少有的一种将快乐与康复结合在一起的办法。我们两个自由的人为什么不能结合呢?"她的中国话说得很慢,有些像小孩学说话,语气中平添了几分纯净。

阿发脸更红了,结结巴巴问:"你没老公和孩子?"

娃娅叹:"那个曾经的丈夫换了几任女人了!"

我爱她吗?阿发不能相信地问自己。

娃娅把他的身体轻轻搬到床上,抚摸着他的脸:"傻孩子,爱其实是一种性冲动,当你有激情的时候为什么犹豫呢?我们俄罗斯男人可不像你们中国人!"

这一夜娃娅没有走,阿发感觉青春回到了自己身上。

力量在增强,脚步也一天比一天稳实。

娃娅说:"我要回家一趟,你自己能独立几天吗?"

阿发一边点头,一边情不自禁地寻找那副久违了的拐杖,他不确定如果娃娅不在旁边,自己会不会挪步行走。

娃娅哈哈大笑:"你在找拐杖吧?习惯需要培养。如果我不在,你又要像过去一样依靠拐杖,我宁愿不回去直至你养成新习惯!"

阿发忐忑地问:"行吗?"

娃娅面色转阴,叹气道:"我想回去看看母亲和弟弟,不知道他们有没有面包?"

阿发低下脑袋。少顷,他抬头认真地说:"我跟你一起去吧,可以考察一下俄罗斯市场,说不定在那儿可以开个服装厂呢!"

娃娅高兴地尖叫:"真的吗?太好了,如果能开个服装加工门市部之类的,那就太棒了!"

阿发打定主意,他要倾其所有,在俄罗斯开个服装加工店,回报这个让他重新走路的女人。他面色绯红,久违的激情在胸中鼓荡。这或许是个双赢的机会。

那叫配额的东西

~ 1 ~

清晨的阳光被一大团乌云遮拦着,要怒吼打雷的气象。从念珠桥下来,如来的心情就被一堆烂麻捆绑着。Vankuson一直没有来看工厂,当然对方有种种托词,做品牌的念想成了江河里倒映的月亮,被不知方向的风一吹就摇碎了。

借船出海不如造船出海。他刚去了银行,要求贷款,增建服装厂。银行行长脸上的笑,分明是居高临下的蔑视,拿什么抵押?钱收不回来找谁?

他说以命担保。银行行长笑:"命?"他扫一眼如来,脸上是那种阴森嘲讽的笑。如来连祖产家产、厂房地皮全押给银行了,命可以用钱衡量吗?命值几个钱?

老厂长退了股,只留下与普通员工一样的头发丝般的细股,可他还是老习惯,每天来工厂转转,碰见如来,眼神朝天,"嘴巴都管不住,要管屁眼?"像要随时扇出的一串响屁。

厕所亮闪闪的马赛克墙面,袅袅飘香的空间,只有女工们才怯生生地向他投来感谢的目光。

他刚跨进厂门,进出口科长不知从哪里钻了出来,看一眼如来阴霾的脸,吞吞吐吐地说:"眼看馒头吃到豆沙边了,单证都准备好了,却……"

如来的脚步像踩上了一堆牛屎,停了下来。进出口科长小心地说:"十万件服装要出,配额还无着落,货都堆在仓库,怎么办?"

如来眼锋横向他:"这不是罗干干负责的吗?我一人劈柴带烧火,撞钟带摇鼓,要你们干什么?"

进出口科长长叹一声,口吻神秘:"你不在的时候罗干干很少来厂,听说他跟那个外贸的小琳轧姘头呢,还一起开了一家进出口公司。"

如来一惊,身体摇晃了一下。工人们进进出出,他朝路边一棵树走去,用手掌抵着树干,身体便有了稳定的感觉。树枝撑着伞状的叶,没有人注意他们。

如来颧骨高耸着,脸色由红转青,眼看要劈出雷声,却朝天一笑,说:"你可知'挢起揉,吃巴掌'(土语,挑唆捣乱会受惩罚)?"

进出口科长严肃地点点头,大胆地凑近如来耳朵:"原来我们也都挺尊敬罗副总的,尊称他为师爷,哪晓得他白天文绉绉,夜里偷毛豆,是个贼!"便开篇说大书般讲起了罗干干与小琳的传闻,"听说他们去登记结婚,小琳的爸爸说,只要罗干干敢进小琳家门,他左脚进斩左脚,右脚进斩右脚……"

如来喝停了他:"住嘴!你亲眼见的?你以为我想听?传得像你亲见一样!把他叫来见我!"

他伸手扇了扇耳,像驱赶一只叮在耳轮上的牛虻。

配额是通行证,货柜临出发被人抢了通行证?不可能!罗干干是一起拜把的兄弟,虽从来不缺盘算,可也不会临阵抢了工厂的通行证啊!

工厂集资卖股,装修扩建做订单需要付服装厂的加工费,为了接品牌大单,自己把所有家当都抵押了。在这节骨眼上,老厂长撤了资,Vankuson的约定像被秋老虎日头晒干的空气,蒸发得没了踪影……

老厂长扇屁样的眼神,银行行长讥讽的话,是他们看出我要倒了吗?

大船将沉老鼠先逃,罗干干向来嗅觉如老鼠,难道他是看到船沉的迹象,打起了侵吞配额的主意?

他黑着脸,双脚游离了身体,无知无觉地一脚踩进了织布车间。

无梭织机大鲸鱼般大口大口地吞着雨一样的纱线。细雨沙沙的织声中,他看到奶奶正蹒跚着向他走来,牵起他的手。乞巧布,乞巧布,没有伊办不到的事,没有伊走不通的路。他挣脱了奶奶的手,在田埂上跑。

胸背部隐隐作疼,好像被一只无形的手阻断了身体内运行的通路。他掏出烟,塞进嘴里,猛吸了几口,试图把这只手在烟的明明灭灭中挤压出胸膛。疼痛越来越尖锐,如一柄利刃顶在胸口。他略微拱了拱背,快步朝办公室走去!

进出口科长给罗干干去电话。罗干干没有接。

进出口科长鸡啄米般不停地触按着电话号码,对方有着同样的坚持,长长的呼叫后就是拒接的嘟嘟声。

进出口科长无奈,只得找有才帮忙。

他苦着脸,"民兵队长,我小小的科长叫不动那个罗副总裁,看来得你亲自出马了!"

有才牛大的眼睛瞪圆了,起身,"反了!"他要上罗干干新开的公司地址,跨上摩托车直奔而去。

离轻纺城不远的写字楼刚刚竣工,有几家租客等不及装修完毕就进驻了。有才径直往里冲去。

保安正在楼道另一头跟刷墙的工人说着什么,听到脚步声,转过脑袋呵斥:"没开业呢!"一边赶过来尾随着有才。

有才早已不见踪影。保安在挂有"干干服装进出口公司"招牌的办公室前停下。

办公室里传来拽步声,随后是推推搡搡磕磕碰碰的声音。稍息,传来沉重的喘气。屋里一男子哀求道:"放开我,咱兄弟有话好好说,干吗像仇人似的!"

另一男子好像动粗了,厉声道:"你跟大哥去说清楚!"

保安犹豫了一下,刚伸手敲门,门陡地开了,正是那名壮汉,扭着租客的胳膊,像大象卷着树枝,差一点将他撞倒。

保安一闪身,壮汉推着羊脚骨细的租客下了楼。

如来从裤后袋掏出小梳子,把散乱在前额的碎发往后拢了一拢。他站起来,坐下,又站起,身体像从灶膛里拔出的柴火,浑身冒烟。

有才推着罗干干进屋,把罗干干推到如来面前,才松了手。

罗干干抖了抖肩,怨怼地瞪了一眼有才,不等如来发话,便拖过桌旁的椅子,臀部挨着椅子边,看着如来的脸慢慢坐正了。

如来布满血丝的双眸扫向罗干干,轻笑:"大船将沉老鼠先逃!现在大船还没沉呢,刚顶了点风,你倒好,见风酥,没了踪影,要有才去把你拖来!"

罗干干好像早有准备,不惊不慌,朝如来讨好地笑。

这笑让如来厌恶,便耻笑他:"千丈麻绳总有一结,没想到砻糠搓绳,千难万难刚搓起绳头,你就撩横堂了(土话,捞取不应该捞的钱财),你姜皮干枣的,有多少分量,底兜过没有?"

罗干干面色蜡白,脑袋一低,抬头挤出笑说:"咱们从小就是兄弟,打死也不会做过河拆桥、上楼拔梯的事。我是这么想的,既然咱们出口都要通过外贸公司,让外人赚这个钱还不如让我来做。就算我分出一条小溪,千条小溪归一江,我这条小溪也是流向你这条大河江的。"他抹了把脑门沁出的薄汗,满脸无辜地看向如来。

如来站起,走到罗干干面前,皱着眉,摇摇头,继而发出一阵大笑:"你一只手算盘,一只手如意,别跟我玩这一套!"

他盯着罗干干,眼里射出那种不顾一切,向死而生的狼一样的光。

"10万套服装要出货,公司派你去搞定配额,你把配额搞到哪里去了?"他吼叫着。

罗干干下意识地站了起来,抬起胳膊挡着脑袋,好像有扇门板突然向他推来。他抵挡着这吼声,小心回答:"是搞到一些,但只有5万套。"

如来疑惑地问:"小孙也想不出办法?"

罗干干抹了抹额头,顺势放下了胳膊,叹气道:"那小孙回来就被双规了,听说他长期拿手中掌握的配额做交易,贪污受贿数目巨大,肯定要枪毙了。"

如来抓起桌上的杯子,指关节用力过猛,每一个关节发青,发出咯咯爆裂的声响,杯子在他手中剧烈地颤抖。

"先把5万套出了!"他的声音嘶哑。

罗干干抬眼，见如来像受了霜打的稻谷，没了精神气，便挺了挺背，不慌不忙地说："15元一套，5万套就要75万，你先付了钱才可以把许可证给你。"

如来挑眼问："付给谁？"

罗干干脖子一拧，顿了一顿，双唇弯出了笑状："付哪里都是付，付给我那个小公司方便些！"

如来盯着罗干干的脸，然后脑袋转向别处，爆发出一阵狂笑。他笑得全身发颤，面容灿烂粗狂。

"付给你的公司？"他止了笑，将手中的杯子朝罗干干脚下扔了过去，狠狠地说："你也跟我做起生意了！"

如来使出了全身的力，杯子碎成了一地的渣。罗干干脚一闪，碰到了身后的有才。有才将他一推，罗干干凳子连人摔倒在地。

罗干干爬起来，拍了拍身上的水珠子，直着脖子说："大哥，爹和儿子都要明算账的，你这样对我不公平！"

如来冷笑道："公平？做纺织哪有公平！你知道工人没黑没夜赶订单，才拿多少钱？你知道我们拼血汗做工，闯过千道工序万道关，卖给美国连锁店的服装我们才有多少利润？我们进欧美市场都有配额卡着，而孟加拉、越南、韩国以及我国台湾地区都是免配额的！你知道这服装订单的价格往往买配额都不够！我能让工人白做吗？你利用火凤凰的资金和关系获得了资源就另开炉灶了，你还有脸跟我说公平？"

罗干干瞅一眼如来，不服气地转过了脑袋，嘴唇嗫嗫嚅嚅。常说瓮口好盖，人口难瞒。你老婆都不要你，带着儿子走了，留给你一个空屁；你为了要美国佬的订单，卖自家住房，典当祖产修厂房改厕所，想大干一场的，却是手长衫袖短，拆了东墙补西墙，挖了好肉去医疮。这些丑事早已从城头传到城尾。现在你穷得上无片瓦，下无一垄地了，还倒欠银行天文数字的债，成了毛大蟹，洞里强，还在我面前摆什么威风！

罗干干挺了挺背，将脑袋转向如来。眼珠如乌鲢鱼的眼，翻着白眼从下往上打量着如来。

他想说，打从听到你卖了房又典当了老家的祖屋那刻起，我罗干干就打定主意另起炉灶了。你能怪我无情无义吗？你再穷也不能典祖屋呀？穷极不卖堂前屋，不懂吗？老祖宗魂灵不定，怎会保佑你的生意？女人败，养鸡卖；男人败，起屋卖。知道自己挡不住要败落了，临死拉上垫背，动员全厂职工拿真金白银买你的空壳股份。当时我正好在美国，逃过了这一次被榨血。对！榨血，没错！我罗干干怎么会上这个贼船呢？徐厂长那老狐狸不也退股了吗？幸好我掌握了配额资源，老天给我另起炉灶的机会！

罗干干想起自己对小琳的誓言，好汉不如瘪店！靠着配额资源，不出一年平地起高楼！他的面色又红润起来，浑身来了胆气。

有才见罗干干嗫嚅着嘴却没吐出声来，推了推他，说："我在这里替大哥抱不平了，这配额是上面给咱工厂的，你必须无条件交出来！"

罗干干的身体像装了弹簧，一触即蹦了起来，指着有才的鼻子字字句句，一语双关，"你多管鸡娘孵鸭卵，懂个啥？没有小琳的爸爸牵线，靠我们自己能找到这层关系？你当外贸孙处长只是吃豆腐的？要是派你这样的木卵去，搞得定吗？"

有才脸铁青，鼻翼一张一张，狠狠回怼："做人不求地位，只求落胃，你这吃倒泰山不谢土的小人！"他咬紧牙颌，攥起了拳。

如来先行拍响了桌子，对罗干干喝道："去发你的配额财吧！门在你后面，滚！"

罗干干并不生气，他钉子一样杵在地上，慢条斯理道："大哥，你知道这全棉315配额黑市卖多少一打吗？我去领配额时，又另塞了5万的辛苦钱给人家，要不是你买，我可以加价卖到23元一套。你知道市场上怎么炒作吗？"

罗干干心下紧张，不由自主地抖起了大腿。他盘算，买配额，把订单出掉，是如来唯一的生存机会。否则，客户索赔订单，工厂等着发工资，外发服装厂上门催债，失去信用，那如来是真死定了，唯有我罗干干手中的配额能救他。

如来的面色铁青，咬了咬唇，盯着罗干干，好像盯着一个从没谋面的半路强盗。他挥了挥手，咬牙切齿地说："别再跟我谈配额，从此你我兄弟缘尽！"焦灼与绝望烧得他胸口发痛，他的手握成拳，重重地落在桌面。

罗干干半张着口，虽然这里遍地纺织厂，但是除了如来，有几家把货船运出国门的？他的声音甜软得像一坨棉花糖："大哥，我出去做进出口公司也是因为咱们的兄弟情啊，我们的外贸单总要找一家外贸公司代理的，肥水不流外人田。我做就是你做，我看你这阵子挺难的，我保证卖给咱们工厂的配额价钱不高于市场价，你永远是我大哥，以后火凤凰的出口，配额我全包了，小琳打单证报关一个顶十个，为你服务，全部免费！"

"你说完了没有？需要我再重复一遍吗？我不需要你的怜悯，你的施舍！你滚吧！滚！"如来怒目瞪着他，声音由低渐高，如沙漠上空滚过的雷声，干涩而遥远。

罗干干还想解释，有才已抓起他的胳膊，将他拎出了门外。

"大哥，要配额来找我啊！我的价格一定比市场优惠。"罗干干回过头，脸上还挂着笑容。

如来伏倒在桌上，心窝像被蚂蟥死死叮住，疼痛一波一波袭来。他用手死死顶着胸口。无济于事，心脏好像要挣脱肋骨的束缚，逃离身体，疼痛开始向四肢蔓延，他全身痉挛，满头大汗。心绞痛犯了。什么时候被心绞痛缠上的？他已经经历过好几次这样的折磨了。他呻吟着，身体如被割断了血管的鸭子，连抬手擦汗的力气都没有。

天麻麻黑了下来，6月末的天气，窗户上有几只飞蛾翅翼抖动着，落下扑腾的痕迹，几只蚊子在耳边嗡吟。疼痛终于过去，如来虚弱地喊："有才！"

有才开了灯，给他递上一杯水，说："大哥，我在。"

如来瞪着布满血丝的眼，自问自答地说："订单上交货期还有45天，弄配额还有时间吧！"

有才叹了一声，声音醇厚，却没有悦耳的消息："听单证科说，今年的配额上半年就分配完了，现在有钱都没处买！"

如来扶着桌子站了起来，黑黝黝的面膛上，眼睛像炉膛里燃尽未灭的两粒煤球。他歪歪斜斜走向办公室的后半间，这是他的宿舍。

他拉开竹编的屏风，这道屏风和一只衣柜把办公室隔成了两半，挨着衣柜的是一张钢丝小床，小床边放了一把椅子，当了床头柜。正对着屏风的墙上，是一张大禹挂图和两面锦旗。两面锦旗并肩挨着，上面分别写着如来父亲和母亲的名字。这是如来把老屋的家产典当后，带出来的几件他认为祖宗留下的不能丢的东西。大禹穿着蓑衣，戴着斗笠，一副永不言败的样子；锦旗是阳光织的。"乞巧布乞巧布，没有伊没有办不到的事，没有伊走不通的路"。奶奶的话在耳边萦绕。

如来从屏风后拉出旅行箱，眸光中炉火似的光消失了，透着平静。有才一颗悬挂着的心才落了下来。

"咱们马上出发，赶到机场等明天凌晨到乌鲁木齐的机动票！"如来的面色发灰，声音缥缈，脚底依然像踩着一堆棉花。

有才瞧着他的脚步发虚，身体摇晃，问："你怎么了？"

如来不以为意地扯出一个笑："刚才好像心脏不服帖，出来搅搪了一下！"

有才警觉地盯着他的脸，又抓起了他的手，三根指搭在他的脉搏上，几分钟过去，有才忧心地说："你的脉象太乱了，有早跳、间歇跳。刚才是不是胸闷，心窝发散性疼痛？我观察你很久了，你最近常常嘴唇发紫，面色发黯，气急，好像心脏出了问题。"

如来轻轻一笑："哪来这么多话！部队学点三脚猫，当起蒙古大夫了！快走！"

有才从口袋里摸出一板阿司匹林，挖出两粒，又摸出一瓶速效救心丸，从桌上倒了杯水，递给如来："部队学的这点皮毛是能救命的，我早怀疑你心脏出问题了，只是不敢问，一直把药备在身上。"

如来盯着手心的药皱着眉，随手要把药扔了。

有才忙拦住，"喝了吧，这药吃不死，但管用，否则我怕你今晚上不了飞机了！"

听有才说要上不了飞机，如来将药一股脑儿倒进嘴里，端起水咕咚咕咚地倒了下去。

有才拉过如来手里的拉杆箱，闷闷地说："我怕你是血管淤堵，要放支架疏通呢！"他心里嘀咕，看你成天在外跑，生活没规律，饮食没人管，烟每天两包，酒桌上从来不作弊，这些日子又打落牙齿肚里咽，哪里真有金刚不坏身啊！

回来就催他去医院。他翻开搁在心头的日记本，在8月6日这一天画了一道红杠。

如来扯开话题，笑："我们这不去搭桥疏通管道了？"

~ 2 ~

"左转！"阿发坐在老式的吉普车副驾驶的位子上，大声地命令着司机。

"还早呢！"司机是俄罗斯人，朝他扮个鬼脸，便吹起口哨，抖着左腿，一副漫不经心的样子。

车穿过一片灰褐色的戈壁滩和光秃秃的天山山脉后，突然进入了一片绿色地带，一道长长的水湾映着蓝天白云，有牛和羊在水边低头啃着渐渐发黄

的青草。稍息，车驶过一条土路，上了去往乌鲁木齐地窝堡机场的公路。

如来走下舷梯的时候差一点摔倒，走在后面的有才一把扶住他，叹："飞机上也不合个眼，我算了一下，你四十几小时没睡了吧！"

有才见如来不说话，又说："你不能总睡办公室吧？"说完长长地叹口气，看一眼如来，忧愁地说："我看你对阿调够好的，她凭什么弄得深仇大恨似的连面都不见？实在不行休了算了。"

如来瞪了有才一眼，甩开有才的胳膊，兀自往前走去。

阿发远远看见如来，快速移步迎上前来，抓住如来的胳膊摇晃着，眼圈红红的，"大哥，你很长时间没来看我了，怎么瘦成这样了啊！"

如来眼圈一红，脑袋一低，抬起头惊喜地问："什么神器把你的腿修复了，不用拐杖能自己走路了！"

有才跨步上前，拍着阿发的肩，上下左右前后转着圈子咧开大嘴笑："我说呢，好长时间没你的消息，练功呢？"

如来转过话题急切地问："你跟薛部长谈了吗？"

阿发说："当然了，大哥交代的事能不完成？可是薛部长说，他们根本就没有申请过美国配额，倒是每月有大量的货往俄罗斯走。"

"俄罗斯？"如来精神抖擞起来，眼睛炯炯发亮，盯着阿发："走，咱们去团里聊聊，我就是冲着俄罗斯来的！"

破旧的吉普车在土路上走着，一颠颠地蹦起又落下。阿发得意地说："这辆车可是老革命，团部送给我们的！"

如来见司机单手开车，车转过山弯时毫不紧张，便问："你开车有年头了吧，俄罗斯过来打工的？"

阿发脸一红，伏在如来坐的椅背上，压低声音在他耳边说："他叫娃力，是我内弟。"

声音虽低，全车人还是都听见了。如来与有才同时发出惊讶的欢呼："啊哦，你还真找了个俄罗斯姑娘！"

阿发抿嘴笑。

有才打趣他："早知道这儿能找个俄罗斯姑娘，我也留下了。"

"我这是因祸得福。"阿发乐滋滋地说,又带着得意的口吻对有才说,"不开玩笑啊,你要是真有意,我带你去俄罗斯找。这几年中国行情看好,大把俄罗斯姑娘愿意嫁过来。"

如来眨眨眼:"把我也叫上,我还真想去趟莫斯科看看呢!那首《喀秋莎》带给我们多少对俄罗斯姑娘的幻想啊!"

阿发认真地说:"给大哥嘛,就得找个身材窈窕的,会跳芭蕾的。我带你们去看跳芭蕾,俄罗斯姑娘身材个个了得,像一个模子刻出来似的。"

如来回头看了一眼阿发,叹:"士别三日当刮目相看。阿发还真变了。"

阿发口气昂扬起来:"不吹牛,我在当地还真算个人物,这腿嘛虽不太利落,其他哪点比不上别人!"

"啊哦!"车里又发出惊呼声。

建设兵团团部办公室,除一套原木色的办公桌椅外,靠墙是一张简易的沙发,茶几也是原木色的。薛涛的办公桌上摊着一摞红头文件,他长方的脸,面容憔悴,眼角刻着长短不一的皱纹,发际线正在往后退,显得脑门特别宽大。他推开文件,站起身,向如来伸出手去,面上掩映不住的愁容。

"老兄,你们怎么说来就来了?"他显然对如来一行的突然造访感到意外。

"今年的合作怕是有问题,供不了你们棉花了!"他从一把老旧的藤编的圈椅上起身,一只手握着如来的手,另一只手搭在如来的肩上,声音惶惶:"大批蝗虫正袭击新疆,我们的棉田也遭殃了。这可不是机枪子弹、化学喷药可以赶尽杀绝的!"

如来一听原本忐忑的心落了下来,他正愁怎么开口谈配额合作呢,这不,合作的机会就在眼前吗?

他皱皱眉,顿顿脑袋表示同情,脸面却焕发起来,声音带着亢奋:"消灭蝗虫吗?我们乡镇企业,都是田畈里走出来的,对付那些虫豸有一套!"

薛部长眼睛一亮,拉着如来在沙发坐下。有才和阿发搬过两把木椅坐在一旁。

"人算不如天算啊!"薛涛叹,"当时签合同,我们供棉,你们织布,根本没往虫灾上想!"他很重地叹了口气,"那些坏蛋发起进攻是铺天盖地的,只要是植物,有叶有秆,有花蕾,都是它们攻击的目标。"

他侧过身,面对如来,满眼期待问:"说来听听,你们江南农民怎么对付

像蝗虫这样的虫豸？咱们怎么合作？"

有才和阿发相视一笑，妞来就是脑袋活络，从不放过机会。他一定想到了我们乡下用的那些土办法！

果然，妞来神秘地一笑，指着有才和阿发，说："他们都知道我的性格，是什么来着？"

有才和阿发几乎同时说："水鸭！"阿发又响亮地补充了一句："鸭司令！"

薛涛不明其意地看向妞来。

妞来不疾不徐地说："我们可以合作组织这么一支部队协同作战，它们组织纪律性强，听从指挥，大军团作战，它们有顽强的生命力，适合野外生存，它们宽大的脚一跳，长脖一伸，活脱脱就是捕捉大王，可以地毯式消灭蝗虫！"

薛涛反应过来，问："你指的是鸭子？"他点点头，又摇摇头，说："我们这里很少养鸭，可别跟我说组织鸭军团！"

"我们不是签过合作意向书吗？我们此行来，正好是为了另一个合作项目！互相帮助，义不容辞！"妞来不等薛涛问项目，便信誓旦旦道，"鸭子军团包在我们身上了！你们有多少棉田？上千亩？要几万只鸭子？我们当地家家户户养鸭，还有鸭场，我们的鸭种体形大，胃口也大，捕食能力强，一只鸭子一天吞没百个把蝗虫，不出一个月就能全歼蝗虫大军！"

薛涛连连顿首，"用鸡鸭消灭蝗虫，我倒也有耳闻，不伤环境，没有农药残留，还能喂饱鸡鸭。好主意！"

薛涛激动起来，起身给妞来、有才、阿发倒茶，一边问："怎么合作？买鸭子？谁来带？"

妞来向有才使了个眼神。有才起身，向薛涛行了个军礼。"首长，我也是军人出身！"他捋起裤腿，小腿上一道长长的伤疤从关节处往大腿延伸，消失在卷成麻花状的裤管里，像一条褐色花斑的蛇。

薛涛赶紧起身，站得笔直。有才继续说："我经历过对越自卫反击战，这是战场留下的纪念。"他放下裤腿，"我带过班！组织几万只鸭子兵团过来没有问题！"

妞来也站了起来，双眸火辣，盯着薛涛的脸，"拿钱买鸭这种事太见外了，我们不是合作关系吗？哪方有难，义不容辞！"

薛涛疑虑地看着他。

如来坦诚道："我们有10万套服装，没有配额了，想通过你们出口到俄罗斯！"

薛涛被电打了一般坐回沙发上，都说南方人会做生意，原来要我们铤而走险来换他的鸭子军团啊！他抿着唇，尽量让自己克制。当然，如果蝗虫问题能够解决，我薛涛无疑是立下了一个政绩，但是用这种逃配额的方法来交换，未免太机关算尽了。他顿了一下，脸上挂着笑，问："你了解我们兵团吗？"

"老兄，我们新疆兵团就是漫长国界线上永不移动的界碑。我们把棉花种在国境线上，把牧群放到国境线上，把粮食种到国境线上。"

他抬起眼，看向如来，这目光里有威严，也有温暖。"知道吗，当我们的战士见到界河对岸的邻国士兵升降国旗，他们连夜自制一面五星红旗，每天风雨无阻将国旗升降。你算算我们这里有多少国境线？有多少光荣的故事？"

薛涛如数家珍。见如来不住地点头，他话锋一转，说："我们不是乡镇企业，堂堂国家单位不能往旗帜上抹黑！把这里生产的服装，贴个俄罗斯标签，转运到美国去。这是违法的，我们不能做！不能做！"他目光如一把锋利的刀，挑开了如来的外衣，要把他的最角落的部分挖出来。

如来躲开薛涛的目光，低着脑袋，在屋里前前后后走着。

薛涛想到鸭子军团的合作也许会泡汤，深吸了一口气，说："互利互惠的事当然可以做，比如说，出口你们的非成品服饰面料到俄罗斯，我们是有任务有指标的，这些都在可合作范围。"

如来精神一振，问："什么样算非成品？几分之几算非成品？"

薛涛马上明白了他的意思，说，"一件衣服不超过二分之一的缝制，都算在非成品之列。"

如来端起茶几上的茶，仰头一股脑儿倒进胃囊，放下杯子，说"拆！"

薛涛的眼芒全方位射向他，10万套衣服要拆，当然还得车缝？"我们在俄罗斯可没有服装厂！"他决绝地摇摇脑袋。

如来紧紧地握住薛涛的手，眼睛闪烁着那种咄咄逼人的光，"成交！我们出鸭军团，让有才带队。你们负责出口我们的非成品全棉服装。"

薛涛一直把他们送出大门，"合同条款由我们起草，你们临走前来讨论一下，没问题就成交！"他紧紧地握住如来的手。如果鸭子军团歼灭蝗虫大军成

功,无疑是在军功章上添了鲜艳的一笔,还能顺带超额完成出口任务!

出了大院,有才忧虑地看一眼如来。如来接住他的目光,招手让阿发过来,三人围成了圈。

如来诡秘地说:"担心什么?这笔交易,我们稳赚不赔的,说不定还能省下一笔运输费、出俄罗斯的报关费。你们说我们帮他们解决了蝗难,这点小事他们不帮?运输、打单证他们还不一手包了?

这是给薛部长立功机会呢!再说,跟政府单位做生意,哪有亏的?即使账面上亏了,下回一定会给咱补回来,还能额外挣个信用!"

如来的小豆眼瞪圆了,左右扫了一眼有才和阿发。"我说出去的话,都是盘算过能做到的。派鸭子军团的事,回去就跟县里汇报一下,县长是个聪明人,一定会看到政府间的合作机会。这事我们充其量是个中介角色,最多派有才当回鸭司令。就是到俄罗斯找服装厂的事,我真有些吃陌生饲料了。"

如来眸光定格阿发,"我们原来有四支橹,现在成了一只三角鼎,要齐着力了!"

罗干干的脸在他眼前晃,他往地下啐了一口,骂:"叫花子谋杀讨饭。真以为我落魄到上无片瓦,下无分地,成了空手向银行要钱的讨饭佬了?!劫了配额,还倒逼我向他买配额?"心窝窝像被一根细钢丝缠绕着,隐隐作疼。他皱了皱眉,按住了胸口,额头沁出一层冷汗。

阿发闷下脑袋叹气,"大哥,这种人黄泥萝卜,剥一截吃一截,犯不着跟他生气。走!去我家看看吧,内人在家等着呢!"

~ 3 ~

这个阿发称为"家"的地方,设在市场不远的小镇上,两间平房,一张大炕占了半间屋子。听见动静,一只高大的苏联红犬闻声迎出来,冲着客人狂吠。一个胖胖的女人从屋里走了出来。

阿发说:"记得科桥派出所从省公安厅借来的那只犬吧,这是我特意托人从俄罗斯那边带进来的相同品种。"

犬好像听得懂主人的话,昂着脑袋神气地挨在主人的腿边站着,眨着眼。

阿发话锋一转,指向女人:"介绍一下,这就是我的内人,有个好听的名字叫娃娅。"说完不好意思地嘿嘿笑,"我们等合适的时候回绍兴补办喜宴。"

有才一愣,这女人身材足比阿发宽出一半,个子也比阿发高出半个脑袋,魁梧结实。不过,她看上去年龄可不小了,唯有那张脸,眼窝深陷,五官分明,显现出曾经有过的几分标致。

有才心下难受,面露悲哀,要不是阿发腿残,怎么也找得到门当户对外貌般配的。

阿发看有才不语,笑着说:"兄弟,咱俩情同手足,我知道你心里想啥。这娃娅虽比我大8岁,可是她给了我全世界所有的爱,既像我的妈妈,又实实在在是我老婆,我的好搭档,我叫她'娃娅',从这称呼里可以看出我有多喜欢她了吧!上世修的缘,让我遇到她。这真是可遇不可求的缘分呢!"

如来和有才相视一笑,如来调侃:"金不换吗?"

阿发认真地说:"这可真是金不换,赢田赢地赢钱哪那么重要?我可是经过鬼门关的人!"

有才的双眼有些潮湿,转身,举起袖子擦了一下。

大家嬉笑着,娃娅已迎上前来,张开圆浑的臂膀和厚实的胸膛挨个儿拥抱客人。

如来说:"排辈分你是我弟媳,自家人不用绕圈子,你俄罗斯那头还有什么人?"

娃娅兴奋起来,用熟练的中文回答:"有有有,我母亲和我的很多朋友都在那儿!"

如来眼睛放亮,从皮箱里取出地图,摊开在大炕上,从饭桌上捏起一根筷子,在地图上指点:

"这是与俄罗斯接壤处,这儿有一个理想口岸,新疆喀纳斯口岸,额尔齐斯河发源于阿尔泰山南坡,由北往南,在可可托海附近和支流硌硌伊尔提河汇合,出国境后流入苏联斋桑泊……"

娃娅站在如来身后拍着掌说:"我弟弟经常从那里出入境,路线很熟。不过走船可要赶早,眼下都入秋了,不然到了结冰期,就寸步难行了。"

一直在屋里逗着犬的娃力听娃娅说到自己,跨进屋来,自告奋勇道:"只要货上船,我可以马上赶过去,亲自把货送到我兄弟那儿,那儿加工厂多,我们自己就有两家服装加工厂,时间再紧也能把活赶出来。现在苏联解体,大家普遍没活干,加工费便宜,但也得事先说好,都是自己兄弟,起码

不坑人。"

如来心下大喜，脱口问："你们自己有加工厂？"

娃娅瞥一眼阿发："还是他出资帮我们建的呢！"

如来伸出拳，捣向阿发："好哇，自己开服装厂都不告诉兄弟一声。"

阿发忙声明："那是我用多年的积蓄帮娃娅的妈妈开的，那老太太管理可认真了，像杀中国的拿摩温。"

如来长舒一口气："我们派熟练工过去，分几个服装厂做，无论如何要赶上交货期！"

~ 4 ~

罗干干在工厂里走了一圈，打探10万套出口服装的动静。他见仓库里聚集着百十号女工，正在把水洗标拆下，袖子拆下，还拆下钉好的扣子，将这拆得七零八落的衣片又装回箱去。

他心下嘀咕，这割卵不出血的，莫不是刀太钝了？又琢磨，不会啊，如来虽然自称踏道泥鳅，点子多游得快，但是他好面子，断不会让自己在客户面前丢脸，况且要保住这千辛万苦劈出的出口美国这条路，配额再贵他也会勒紧裤腰带买啊！

工厂这样做成的衣服拆了是为什么呢？我这头脑够师爷了，还有我想不到的吗？他走着想着，汗爬满了脑门，渐渐地顺着通道流向了眼睛和嘴角。

罗干干回到办公室，赶紧给几个服装厂打电话。得到的回复大都是出口非洲或亚洲国家的，鲜有去美国的订单。

终于，红花服装厂生产科长说："要1万套。"但是一听报价，马上像触了电，撂下了电话。

无论如何得找到如来，把配额卖给他！可别麻绳缚鸭子两头脱柄，出口高峰期过，这配额就不值钱了。他心里七上八下，又起身去火凤凰工厂。

小琳正在办公室打文件，看着他的后背说："妈妈要我们过去吃晚饭。"

他不耐烦地回答："真是不会看眉头眼目，叫吃饭也不看个时候？"一边说一边急急地往门外走。

小琳气恼地自言自语："还没发财呢，就不把我妈都当回事了。真发了大财尾巴还不翘到天上去？"

罗干干犹豫着又拨了妞来的电话，依然是留言。

配额如烫手的山芋握在手上。难道要觍着脸去求妞来？自从被妞来赶出门，但凡提起妞来，他就禁不住肝儿颤。

生意人讲的是利益。他迟疑着往火凤凰工厂走去，边走边给自己打气：越王勾践都能卧薪尝胆，忍受为吴王夫差喂马的耻辱呢，我被妞来骂几句算什么！他昂昂然挺起背，决心去妞来办公室门口等，出货期就要到了，他总会回工厂！

罗干干像一头顺风而行的食肉动物，心急火燎地往火凤凰工厂走去。

门口的民兵拦住了他。他腰板一挺骂道："老子在这儿当副总的时候，你还在穿开裆裤呢！"

"闪开！"他喝道，"别耽误了妞总的大事，你的饭碗敲掉可别怪我！"

守门民兵不知原委，放他进了厂。他直奔妞来办公室而去。

他坚持地站在妞来办公室门前等。

这等的滋味真不好受，他记起当初妞来为了批到门市部，要找张县长，又不认识张县长，在县府大院整整等了一个星期！这功夫可不是一般人能忍的，我等了一上午，就等不住了吗？他摇了摇头自叹不如，又耐着性子等了个把钟点，还是没见妞来人影。

财务科长水娥从他身边过，故作惊讶地叫道："哎哟！怎么把我们罗副总晾在外面。"

他恨得咬牙切齿，面上则笑着讨好地说："我们一家人别说两家话，你能告诉我妞来去哪里了？"

水娥头一扬，哼了一声，风一样离去。

百般无奈中罗干干想到了阿调。他听说阿调与妞来有些不愉快，早就分居了，但是他了解妞来。妞来心软，阿调只要肯开口求他，他总会依她。

罗干干想到这里就往市场门市部赶去，路过玩具商店他给小鹿买了一只旋转飞机的玩具。

罗干干长长舒了一口气，没白跑！阿调正领着一个半秃顶的男人在门市部挑选面料。

阿调瞥见罗干干进了店面，便触电似的扭开了脑袋。

罗干干迎上前去，亲亲热热地叫："嫂子！"随即递上玩具飞机说，"大哥让我把这玩具带给你交给小鹿。"

阿调站定，上下打量罗干干，这家伙从来对我说话都趾高气扬，今天吃了什么药？莫不是如来真托他捎口信？

阿调眼睛发涩，心里却满腹酸楚，刚要开口说话，一直在她旁边的半秃顶男人已先她一步开口，向罗干干递上名片，嘿嘿干笑了几声，便急着介绍自己："幸会，鄙人姓冷，名小雷，邓小平的小，春雷的雷。刚从纽约过来下订单，咱们交换一下名片吧！"

罗干干接过名片，仔细辨认。名片上一排英文字母，字母中有三个字他认识：USA，美国公司。真是天无绝人之路！

他把玩具飞机随手往胳膊间一夹，赶快从口袋里掏名片，说："免贵姓罗，名干干。新开张干干服装进出口公司，拥有大量配额，专做欧美进出口业务。我刚去过巴黎，在这之前还去过美国呢！"

"幸会幸会！"两人说着不约而同地向对方伸出手去。

"我们这叫有缘千里来相会。我去过巴黎，那里的时装有点让人眼花缭乱！"冷小雷附和着。恐怕又是一个大供应商呢！他暗自得意。

罗干干接过话题，眉飞色舞滔滔不绝："那个时装周，我和我小太太专程赶去巴黎……"

阿调见自己被冷落在一旁，便拉下了脸。哼，又被罗干干耍了！她脚一跺，气呼呼地扭头往门外走，边走边哼道：陪你们耍嘴皮子？

罗干干醒悟过来，赶紧停下话题追出门去。

阿调高高地昂着头，快速往停车场走去。

"嫂子……"

"老板娘……"

"嫂子……"罗干干一边叫，一边追赶。

阿调听到身后的叫喊更加快了脚步。走到自己的小车前，她打开车门坐好，罗干干已到了眼前，张着手臂拦着要她停下来听他解释。

阿调踩响油门，大声喊着："轧死你活该！"

小心眼！罗干干心里骂道，往后一躲，与追在后面的冷小雷正撞满怀。

两人面面相觑，苦笑着，无奈地看着阿调开着车飞驰而去。

~ 5 ~

如来刚从新疆赶回,便给张县长打了电话,汇报派鸭子军团支援新疆的事。张县长沉思了片刻,说:"这事我找县里分管部门开会研究一下,你派个人来汇报!"

如来唤有才:"你赶紧准备执行方案,去趟县里详细汇报。"

安排完毕,他去了趟技术科。从樱河厂挖来的技术科长沈同,正低着脑袋,测试新研发的一种弹力丝绸的面料。

如来眼前一亮,拿起小样。这种面料轻如蜻蜓的羽翼,色如春日映照在湖底的绿柳桃红,手轻轻一扯,如人体肌肤般富有弹性。如来咧着嘴乐。国外人人爱真丝,却怕真丝的洗涤和打理,熨烫时稍有不慎,便毁坏了织面,因而被当作贵族面料。倘若真能用化纤织造成眼前的模样,不仅保存了丝绸面料轻柔飘逸、色泽自然绚丽的特点,容易打理,不用熨烫,还有一种垂感,无论在什么场合穿着,都比真丝更显雍容大方和风雅。一旦广大的中低人群都能消费,这将会是一个什么量级的产品啊!

他感激地拍了拍沈同的肩,叹道:"咱们这种比如真丝胜过真丝的面料,前景不可估量啊!"

沈同听到如来的声音,赶忙站起身,搓着双手,"自来到火凤凰,我是'自知恩重难回报,作茧成丝尽所偿',唯怕做不出新东西,辜负您对我一片厚望啊!"

如来乐:"到底是读过书的人,出口成诗!"拍拍他的肩,"真的,要说感谢,我得谢你,哪天我们火凤凰出口的花版和面料,进了巴黎时装周,在凡有人群的地方都有我们独一无二的织造物那一天,我摆上十碗头(当地著名的十种口味的菜肴),磕十个响头感谢你!"

"怎么样?房子规划图给你看了吧!"如来问。他让财务科给沈同订的一套靠近湖边的房子明年初应该交付了。

沈同低了低脑袋,眼睛好像粘了黏着物,使劲眨了几下,声音厚得沉重:"听说你为了工厂已经把所有值钱的家产都抵给银行了,还记挂我的住房!"

如来大笑:"听说我老婆嫌我穷逃走了?我成了'身无一分铜,走路像瘟神'的倒霉蛋?别担心,两码事。梭子两头尖,停落无饭钱。哪个企业没有

被逼上梁山的时候？只要纺机不停，金山银山自然会回来！"他拍了拍沈同的肩，转身急匆匆往仓库赶去。

必须提前出货，这半成品的衣片运到俄罗斯，加上缝纫商检，再上船……万一中间有哪个环节耽误……他晃了晃脑袋，一只黄蜂正嗡嗡叫着，绕着他。他挥手掸去，加快了脚步。

仓库原本已封箱的成品已拆分完毕，按工序分类整齐地排列着。他松了口气。他正要找水洗唛箱，值班民兵气咻咻找到他，说："队伍已召集完毕，等着你发话呢！"

他大步朝操场走去，按规矩，有重大任务，他都会对全厂职工进行总动员。

"三天以内重新装箱10万套服装，做出20万个水洗标，准备3万只新纸箱和不干胶纸，一个队的民兵和50名熟练工跟我走，直抵新疆阿尔泰！"他的声音不高，却像一把火燃在血管里，整个人火暴地燃烧着激情。

妞来估算了一下，这样操作，除去成本，可以省下至少150万元的配额费。

"大家听清楚了没有，这是一场硬仗，行也得行，不行也得行！"他的声音抑扬顿挫，让这些河岸边长大的农民工记起了昔日的背纤人。

"准备好了没有？"他侧过脑袋，一手放在耳边，等待着队列激情回应。这是他曾经跳摇滚时做的舞台造势动作。

工人们的回答稀稀拉拉，如铁锅里放了铁砂炒豆。

突然，人群中有人喊："有贼骨头！"

队伍出现骚乱，响起一片喊打声。

有人尖声叫："我看伊猴头吊颈的，原来是这条搅塘乌鳞鱼（土语，害群之马）！"

妞来顺着叫声一眼瞥见那个瘦削的身体，正被几个民兵打趴在地抱着脑袋。

罗干干！他心下一凛，咬了咬牙，手拢成喇叭状，喊："放他走！"

梭子两头尖

~1~

温绍公路上，阿调十指紧抓着方向盘，宛若驾驭下山老虎。

马老板紧抓着车窗上的安全把手，连声说："慢点慢点，心急生囡，亏你生的是儿子。"

"你要是生的是囡就好了，咱们好结亲家。"马老板开玩笑。

阿调扑哧一笑，"你想得倒美！"

一辆宝马嗖的一声擦过她的车往前飞去。她瞪圆了眼，踩足油门，远远地把那辆车甩在身后，才松口气说："今晚必须赶到上海，这才不会误了明天早上转道温哥华，到纽约的飞机！"

登上飞机，没等乘务员解开安全带开始服务，阿调就从包里掏出一个记事本，把屏幕上显示的线路图记了下来，太平洋—马六甲海峡—印度洋—苏伊士运河—大西洋。她要把这些地名和线路告诉小鹿。下一次再坐飞机，也许就是送小鹿到美国上学了。

飞机过了大西洋，她看了一眼坐在她旁边的马老板，他正歪着脑袋熟睡，呼噜声盖过了飞机的噪声。

她摇醒马老板，唤他："我们快到了，听妞来说过，到了大西洋就是美国了。"

马老板被她的叫声惊醒，问："大西洋？"他迷迷糊糊说，"我知道那里有个赌场，咱们去碰碰运气看！你说妞来？他也去赌场吧，我听说华人到美国很少人不去赌场的。"

阿调脸一拉："别跟我提妞来！"

马老板扯扯她的衣袖，说："你这是何必，现成的太太不做，自己出来苦生意！"

阿调一扭脑袋："我才不靠他呢！"

见马老板脑袋又歪下了，阿调推他："没有我出来折腾，你的货哪出得到美国呀！"

马老板合着眼一边点头，迷迷糊糊地说："是是是。"说完头也没抬，拉过阿调的手，把脑袋靠在她的手臂上。

阿调白他一眼，抽出手，马老板的脑袋扑通一声磕在扶手把上。

马老板摸摸脑袋，问："三十如狼四十如虎，你和老公分居这么久，你不想男人啊！咱们俩出来，没人看见，我正好陪你几天！"

阿调拿温州话骂："你那给十三，哇奇！（犯贱啊！）"

马老板不再吱声。稍息，抬起头，说："到了人家公司，你管问话我管侦察。看看这家公司到底可靠不可靠。女人家做生意总是凭感觉，不理性，合作这事，你要请教我。"

阿调头一扬，"当然啦，我可不是把你叫来陪逛街的！"

飞机猛烈地抖动着。播音员的声音："飞机正在降落。有一股强气流。厕所门已关闭！"

冷小雷捧着一束金黄色的天堂鸟花等在出口处。见到阿调，冷小雷迎上去，将花塞在她手里，说："远远见你走来，就像美国的天堂鸟花，高贵富丽。"

阿调接过花，哈哈大笑，说："你这回了解我了吧！"

门口一辆黑色的加长林肯车正被警察撵着:"快走,快走!"

林肯车引擎响,冷小雷已领着阿调和马老板出了大门。冷小雷高举手臂,喊:"别走别走!"

阿调捧着金色的花,高高地昂着头。马老板追上去,说:"我像你的保镖吧!"

阿调没有理会他,举起手臂兴奋地喊:"纽约!我终于,靠自己,来啦!"没有靠奴来。她心下嘀咕了一声,扭头看了一眼马老板。她甚至用自己的影响力让马老板的工厂成了自己的加工厂。奴来不是常说聪明的企业家是会借力的,傻瓜才受人支配吗?她抿嘴一笑,问马老板:"跟着我没错吧!"

林肯长车飞速驶上了678高速。长长的车厢内有一套沙发和茶几,马老板拍拍沙发说:"这种豪华车我还是第一次坐。"

冷小雷殷勤道:"可不,你们今天可是总统待遇。"

车穿过皇后桥,驶入了曼哈顿。

冷小雷将手挡在车门上方,护着阿调走出车厢。他指着眼前的这座楼说:"看,这就是纽约百老汇1407号,著名的时尚中心,我们公司在这里已相当有名气了。"说话间领着两人跨进了大门。

跨进大楼,只见一尊尊雕塑依次排列。冷小雷指指马老板的西装,说:"你穿的是Roughlaudran吧,你看这儿有他的塑像。"

阿调凑近塑像,惊呼:"哇!原来这个世界顶级的品牌公司就在这里啊!"

阿调目光移到一个女性雕塑上,点着塑像座上的英文字认。她认出了Duanphdauna,欢呼道:"我那件毛衣就是这个品牌,原来这个品牌也是从这座楼里出来的!"

冷小雷赶紧接过话题说:"看见了吧,我们这座楼全是国际顶级名牌公司。"边说边点给他们看: Tommy Hilfigue, Calvein Cline……

马老板、阿调目不暇接,这一串大品牌铸成了纺织业的金字塔,足足让纺织行业的同人们望而生畏。

阿调心窝里装了热气球般,浑身轻快。马老板搓着手掌,说:"哪一天接到这些名牌订单就好了。"啧啧赞叹中,一行三人已穿过雕塑廊进了电梯,上了17楼。

跨出电梯,阿调一眼看到了钉在墙上一块醒目的黑底金字招牌:昌来美中合资纺织厂,中文字的下面是一排英文字母。

马老板指着这块招牌问:"昌来不就是你们镇的合资企业吗?"

阿调一扬脖颈,傲然道:"当然了,我们的快批了,那个筹字很快会去掉。当然,美国公司比较简单吧!"

说完,阿调扭头向冷小雷:"你动作倒快,说挂就挂上了。"

冷小雷歪歪嘴,笑:"向许厂长学习,向许厂长学习!"

按铃,进门。一个金发女孩坐在前台迎候。前台旁全玻璃透明装饰的是服装展室。隔着玻璃望去,墙上的金属挂格上,丛林般挂着各式女款服装,七八个人正围坐在长条桌前,桌上摊放着几件不同款式的针织布女款。

Latin坐在桌子中央,举着一件女针织衫向周围的人解说着什么。

阿调一眼认出这件样衣,兴奋地对马老板说:"看见了吗,这些都是你们厂打的样呢!"

马老板抻长脖子看,答道:"还是我们厂的产品好吧!我们厂都是熟练工,手艺就是不错。"

Latin隔着玻璃看见他们,不慌不忙地走出展室。他皮蛋色的眼睛盯住阿调,向她缓缓伸出手臂,粗壮的胳膊上刺青的白头鹰锋利的脚爪指向阿调,"我猜你一定是大名鼎鼎的许调厂长,我们无与伦比的合作伙伴了!"

阿调惶惶地伸出手去。

冷小雷郑重介绍:"这就是Latin,公司总裁,合伙人。他出身于纺织世家,家族的人几乎认识美国所有的服装大公司采购。"

他指着屋里的七八个人说:"这些全是大公司采购,这个星期是我们的市场周,他们专程从美国各地赶来下订单的。"

马老板第一次与真正的白人接触,他赶紧伸出双手,双手握住Latin的手,用他飞机上学的一句英语反复说:"Thank you! Thank you!"又用中文说:"我们的样品不好请提宝贵意见。"

冷小雷把他的话翻译给Latin,Latin微微颔首,一双皮蛋色的眼睛死死盯着马老板看。

马老板低声对阿调说:"这老板挺高傲的。"

阿调压低嗓门说:"你以为他是我们乡下人啊,人家是纺织世家,大老板、贵族出身。"

冷小雷领着他们穿过工作区。齐刷刷20来人参差着埋下了脑袋对着电脑，偶尔有个中国面孔的雇员抬起头朝阿调一行飞来眼球。

冷小雷双眸阴阴斜斜地扫过去，那人便迅速低下了头。

阿调低声对马老板说："你看人家管理多严！"

马老板拉了拉阿调的手指，低声说："别说话，你看这儿多安静，我们中国人就爱大声说话，被人家说素质差！"

阿调赶紧合上嘴，放轻脚步。

冷小雷的办公室三面环窗，正对着时代广场。他招呼两位坐下，指着对面玄幻色彩的方向说："名牌公司都在时报广场打广告！你们的服装很快也要上这儿的广告牌了。"

阿调突然记起妞来曾经向她描述过国外品牌公司，脱口问："有一个叫什么潘尼的吗？"

冷小雷说："J.C.Penny吧，刚才那些采购员中就有这家连锁百货公司的。"

阿调听罢暗暗一笑：用不了多久妞来的大客户就到我手里了。

冷小雷不失时机地打开抽屉，取出一沓纸在手上哗哗抖动了几下，又抽出一张指给阿调和马老板看："你们看，这么多订单，这张就是J.C.Penny的。"

阿调凑过脑袋："啊！"她像被大象鼻卷向了天空，倒抽一口凉气，这一张订单金额就是126万美元。

她很快镇定了下来，向马老板使了个眼色。

马老板从容地说："这订单我们十几个工厂一起做，不出两星期就做完了。"

阿调看着后面几张纸，问："有名牌公司订单吗？"

冷小雷嘿嘿笑："有，看这是DKNY的，听说过这个品牌吗？"

阿调不知道DKNY，刚要问，忽听门外传来吵闹声，冷小雷警觉地站起身，打开门走出去，随手关紧了门。

阿调眼尖，在开门的瞬间，她看到外面在吵着什么的是几个中国人。她对马老板说："你看，那像是我们中国人呢，看他们脸色哭丧着，好像发生争执了。"

马老板碰了碰阿调的手，警惕地说："我们出去看看！"

马老板刚打开门，冷小雷已折回办公室，身体堵在门口，嘿嘿一笑，说："这些人将来都是你们的竞争对手，成天来吵吵着要订单，我们接的都是大

品牌订单，能随便给吗？你们要不是与我们是合作的一家人，我们也不会放心把订单给你们。"

马老板长舒了一口气。

阿调放下心来，说："是呀！可得小心，好多厂都是发包出去的，品质很难控制。"

马老板斜了她一眼。

门外有推搡的声音。冷小雷皱了皱眉推开了窗。顿时，汽车声、警车声涌进屋来，淹没了办公室外传来的不愉快的声音。

冷小雷指着远处，"大西洋赌城离纽约不远，今晚要不要去试试手气？"

三人正齐齐地伸出脑袋往远处看，忽然听见街心传来枪声：啪啪。紧接着一辆辆警车鸣着笛呼啸而来。有人在街上飞跑，有人在后面追赶，人们纷纷走出商店大楼，在街道边伫立观看。

阿调全身发紧，突然间她闻到了空气中到处弥漫着火药味。这里枪支可以随便买卖，路人随时有可能拔出枪来。她突然想起轻纺城门市部的老董说如来有一次到店里去问小鹿的情况，聊天时说起将来打算到曼哈顿开店。在这里开店会不会出事呢？如来真会来开店？可得提醒他！她刚想到这里，便责备自己瞎操心什么呀，用得着你操心吗？

夜间的玛丽亚饭店沾了时代广场的光，整座楼沉浸在光怪陆离的灯影中。阿调伫立在窗前想着心事：如来会来曼哈顿开火凤凰专卖店？开在哪条街？什么时候？他知道我在纽约吗？如果我不出走，把轻纺城的那个门市部延伸到曼哈顿应该是顺理成章吧！

我这是怎么了？后悔了吗？她目光落在自己的手指上，她早已把婚戒摘了，无名指上留下一道发白的环印，像是一道被工蜂蜇咬过的痕迹。

她正要给门市部老董打电话，让他打听打听火凤凰的消息，传来了敲门声，是马老板吗？她皱了皱眉，全身迅速弹簧一般，绷紧着，拉开了门。

马老板已换了一身休闲装，站在门外，催她："你忘了？冷先生不是要带我们去大西洋赌场吗？他已经等在下面了。"

阿调打了个哈欠，做出万般无奈的样子，"唉，我是想着应该陪你去呢，但是时差反应太厉害！"

马老板再劝，阿调捂住脑袋，说："头痛，头痛，你有阿司匹林没有？我真的不能去，身体不舒服去赌场把你也带输了。"

马老板听到输字，便如撞到了丧门钟，门一拉，退了出去。电话铃响，冷小雷催下楼，马老板大声回答："来了来了！"旋风一样离去。

时差真的上来了，阿调和衣倒头歪在了床上，一会儿便起了细细的鼾声。

~ 2 ~

阿调拖着行李上飞机舷梯时，差一点被自己的行李绊倒，马老板不在身边，她缺了帮手。"哎！"她站定了，摇了摇脑袋，要不是冷小雷出馊主意，马老板怎么会想到去赌场！

马老板迷上了百家乐，从大西洋转战至拉斯维加斯，他在拉斯维加斯开好房后给阿调打电话，"快来吧！我开了房等你，这儿比大西洋赌场漂亮多了，这个气派啊，不来走一遭枉来美国了！"

阿调吞下骂，提着嗓子说："我可没你轻松，来美国玩来啦？我得赶回去，接了一大把订单，不得拉驴备鞍，准备配额啊！"

马老板好像油锅里的蚂蚱，声音跳了起来："你不是说我搭你的顺风船吗，配额当然得你搞定啦！"没跟阿调道别就挂了电话。

阿调西北风一般卷回了国。她顾不上回温州看一下妈妈和儿子，径直去了外贸公司。

买配额做，还有什么利润？在纽约，冷小雷和Latin把她叫到办公室，说："货先到中国台湾地区，如何进美国就不用你操心了！"

阿调蹙起眉，疑虑的眸光从冷小雷脸上落到Latin的脸。Latin狠狠地横了她一眼，扭过脑袋，一脸不屑。

冷小雷忙说："我是台湾土生土长，从认识你那时起就做纺织了，多少年了？台湾进出口的路还不熟？"

阿调多少有些尴尬，是不是多疑了？听老董说，姒来出口10万套服装的货柜，派罗干干去套关系搞到的配额，却被罗干干劫去成立了自己的公司了，姒来不理罗干干的茬，另辟蹊径，从俄罗斯做二道工走的货。走台湾不比俄罗斯近便？中方工厂负责出货，美方负责进口和销售，这是合同上写明的。阿调脑袋一低，还说要疑人不用用人不疑呢！

她落落大方地与冷小雷补签了备忘录，为了赶时间，专挑了红眼飞机赶

回国。

"美国订单吗？"外贸公司李经理搓着双手，长方的脸笑成了八字形，好像要接一块天上掉下的芝麻大烧饼。

阿调抿着好看的樱桃唇，故意卖了个关子，"你猜，比美国单更快更容易赚钱的！"

阿调刚说到出口到台湾，再去美国，李经理就拉长了脸，做了个送客的手势。她气哼哼地咽了口气，说："那是我们自己的合资企业！"

李经理毫不客气地说："瞎子怕过桥，撑船怕搁牢。我们不做摸不着门道的生意！"然后做了个掸灰的手势，示意她离开。

阿调浑身火冒，出师爷的城市到处是师爷，满街都能捡起一套套道理，明明是看不起我初做出口！沮丧归沮丧，该做的事还得做，她突然想到了罗干干，罗干干不也与冷小雷见过面，谈得热络吗？他们还互相交换了名片呢！

冬天，整日不停的雨把空气撕扯成阴冷的碎片。阳光成了最奢侈的向往。

罗干干突然看到了财富的火焰。他透过窗户看到一辆红色的车，正穿过冻雨流星般由远而近，最后在他的公司门前戛然而止。

阿调高高地昂着头，像冬天里的一团火，带着撩人的热气朝干干进出口公司走来。

罗干干招呼小琳："财神到了，准备好别怠慢了！"

小琳瞥他一眼，嘀咕："这么些年什么也没干，就倒腾这些配额，半死不活的，要是一直待在火凤凰不出来单干，你是副总，原始股总少不了，看人家有才都发了，买了房开上了新车！"

罗干干敲敲桌子，牙齿咬得咯吱响，盯着窗外，从齿缝间诅咒着："这一夜暴富者跌倒要爬不起的！"

小琳看一眼罗干干，见他脸色铁青，知自己的话撞到枪眼了，赶紧打住，起身去里间准备茶水。

阿调双脚踩在新铺的水泥地面上，像敲着小鼓进了屋。

罗干干满脸堆笑迎上去，殷勤地接过她手中的伞和包。

"老板娘这么冻雨无阻地过来，一定有要紧事吧！"罗干干问。

小琳端上热腾腾的茶水。

阿调瞧着小琳已有孕的身体，问："几月的产期？"

小琳答："预产期是明年开春。"

阿调手指点着小琳的孕肚笑："这小孩怎么这么有福气啊，我有一批大订单要你们帮着出运，到开春正好货出完，你们可以坐等着钱大把大把进来，看这孩子定是个小财神。"

小琳脑袋一低，闭月羞花般，轻柔道："查X光，是个女孩。"

阿调说："女孩不是千金吗，给你家带来金斗银斗的多有福呀！给我家小鹿做媳妇了！"

那总是盛气凌人的阿调也学会恭维奉承了？如果有订单可正常出货她早找外贸公司了，保不定有什么圈套要我上呢，可得警惕！罗干干这样想着，脸上堆出笑夸道："这办企业就是锻炼人，你看你没当几天厂长就牙清口白，逢水结缘点滴不漏了！"

阿调肚子一咯噔，这出拨头师爷洞里蝮蛇，可别被他表象糊弄住，她面上咯咯大笑，说："看你罗大哥夸的，我许调出人头地了还不带上你？咱们这是真要大发了。"边说边在沙发上坐下。

罗干干听此，冲着阿调笑："迟来和尚喝后粥，人家一夜致富，咱们跟着阿调厂长能赚点小颗铜钿（土语，私房钱）也不错。"说完讨好地冲阿调嘿嘿笑。

阿调没有回复，向他招招手，拍了拍沙发，"快来！"示意他坐下。

罗干干靠近阿调坐下，蜷着身说："今天一早出门，喜鹊当头叫，我就知道有贵人到。"又说："有什么盼咐，在下一定尽犬马之劳。"

阿调身体转向他，笑吟吟地问："你知道我们跟美国大公司合资的事？"

罗干干连连点头："广播报纸早就传遍天下了，我再木迟迟（土语：迟钝）这消息还能不知道？！"

阿调说："就是了，谁不知我们罗大哥机灵得跟神仙一样！"阿调顺势道，"你别说，合资企业就是不一样，订单多得忙不过来，现在我们除了自己工厂生产，还把订单都下给我们温州的工厂了。"

阿调见罗干干听得认真，接着说："出口多了就遇到配额问题了！"

罗干干心下一紧，脱口道："你一定是找过国营外贸进出口公司了，他们都解决不了，我更解决不了。"

阿调推一下罗干干的腿，白他一眼说："要是走正常配额渠道我还来找你？"随即压低嗓门说，"我们有台湾加工厂，货出到台湾就行，至于从台湾到美国的运输，你就不用管了，这不需要配额吧？"

罗干干寻思，我曾想卖配额给妳来，妳来硬是不让我赚这笔钱，生生地把做好的衣服拆成了片，发到俄罗斯，从那里再缝制出口。他敢发到俄罗斯是因为有阿发的加工厂在那儿，自家人。我这几年一直在寻找这样的路，满世界有谁是可以相信的？

罗干干双眉微蹙，别过脑袋问："你？运到台湾？万一台湾是个骗子可别怪我帮你出口！"

阿调语气硬朗起来："我这是挑你做这笔大生意，还不是看在你曾经是妳来的兄弟这份情上？兄弟，这是我们的合资企业，我们现在是一家人，一个公司。我们只负责运到台湾，他们负责进美国。美国的信用系统健全，谁敢骗啊？"

罗干干心下哼哼：这婆娘是个厉害的主，生生地把妳来甩了，让妳来苦哈哈地住办公室。我算她什么人，她还能对我负责？便慢条斯理地说："这生意我可不敢做！我跟你这家美国人也好台湾人也好从没合作过，不知根不知底的，怎么合作？"

阿调急了，"你跟他们没关系，跟我不是有关系吗？"

说到这里阿调知自己说话不够清楚，朝小琳一笑，说："别误会啊，我指的是生意关系。"

罗干干侧着脑袋，眼睛斜斜地盯着阿调的脸，问："中间的差价是多少，我的利润在哪儿？风险谁担？"

阿调从他的话语中听出了合作的希望，便浅浅一笑，说："这么精明的师爷还算不出中间的利润啊！配额现在的市价到了全棉男裤36美元一打了，这里到台湾近，从香港走，运费不到20美分一条，这差价多大啊！"

罗干干眉毛一挑，做好了也许是笔横财。他不动声色问："你有多少货要出？"

阿调扳着指头数："每个月五个集装箱，一个40尺高柜装1200箱，每箱两打。你算算每月有多少，利润是多少！"

罗干干快速心算，一箱赚他2美元，毛算算每个月就是上万美元的纯利，加出口退税，一个月几十万人民币的收入倒也诱人。

这样一算,他血液循环加快了,细长的眼睛一眨一眨看着阿调,纵然这女人有她的一掌金,但我也有我的定盘星,我对付不了如来,还对付不了她?他轻咳一声,顿了一顿,摇摇手,说:"到台湾这种单子查得特别紧,估计外贸公司是绝对不接的,我这也是看在多年的朋友面上帮你这个忙,但是桥归桥,路归路,我不赊账,每次出货前费用都要结清。"

阿调料他有这一招,轻轻地哼了一声,说:"我们这么深的关系你都信不过呀!你也太不相信我了吧!"说完拿起围巾帽子佯装要走。

罗干干看她一眼,心下嘀咕:你阿调也会来这一招呀!任由她向门外走去。

果然,阿调走到门口,别过脑袋,问:"你到底是做还是不做?"

罗干干心下盘算:推牢扳牢,自己的成本必须先抓牢。权当赌博一场,成本收回再加点利润上去,其他放账给她,若成功了,赚得可不是小数字。

罗干干堆上笑,说:"一钱逼杀英雄汉,何况你还是一介女身。今天你来的日子挑得好,我就帮你这个忙吧,每个柜出货前,你只需付一半的运费,另一半你货到付我就行。"

阿调在门口站定,寻思:跑了好几家外贸公司了,到现在为止这是最宽松的付款方式了。再跟他计较下去怕他改变主意,这一半的账都不肯放。

阿调从门口折回来,"我说呢,这么好的生意送上门来还有推出去的?我们安平乡镇响当当的合资企业还能不付你钱不成?我做事向来干脆,就这样说定了!"

罗干干招呼小琳:"快,打个协议出来,咱们当场签了就不麻烦大厂长再跑一趟了!"

阿调抿嘴甜甜地笑,款款地走到沙发边,坐下。

她的手机响了,是小鹿的声音,"妈妈,班里同学有拿计算机做作业的,可快啦,你给我带一个过来!"

阿调柔声细气地说:"宝贝,等着,妈妈空了就给你拿来,别说计算机,以后还要给你买个机器人呢,妈妈不在时,不但会教你算术英语,还会叫你起床,陪你说话呢!"

电话那头阿调妈妈接过电话说:"今天学校里刚考试过,小鹿有进步了。"

阿调惊喜地问:"第几名?"

阿调妈在电话那头说："第五名！"

阿调叫起来："真长进了！第五名了！"

电话里传来阿调妈的声音："不过是倒数第五名！"

阿调轻轻地叹了口气，问："哪门课不好？"

阿调妈嗯了半晌，说："好像是算术！"

阿调着急："算术怎么会不好呢？"

阿调妈叹了声："我看这科挺难的，听老师说，这次考得好的没几个，你们都不在，我也不懂，没法帮到他！"

阿调低下脑袋，咬着唇，很快抬起了脑袋，对妈妈说："没关系，以后送他去美国读书，美国孩子数学普遍不好，到那里，他的成绩就会是全班正数第一了！"

放下电话，阿调还是为小鹿高兴。确实有进步啊，上次期中考还是倒数第一呢！中国的教育制度就是死记硬背害死人。一定要把儿子送到美国去读书！

小琳打完协议递给罗干干。罗干干仔细阅读了一遍说："好，全是按刚才的意思定的。"一边说一边递给阿调。

阿调脑子里想着小鹿，目光一行行扫过协议，赞："噢，挺快的，小琳到底是大学生！就这样吧！"

罗干干麻利地递给她一支笔。

阿调签上名，"许调！"字体伸胳膊踢腿的虽不成体，却随她的个性左踢右挡四面八方。

罗干干低头看着她签字，赞："这字体好大气！"

阿调白了他一眼："什么体？我许调体！"

总算绕过了配额这道坎。放下笔，阿调长舒一口气，起身昂昂然离去。身后传来罗干干抬高的嗓门，"你看看，阿调不活得挺带劲？谁说非得靠奴来才能发财？"

她脑袋一甩，得意地一笑，她知道罗干干这是故意说给她和小琳听的，平日里这个出拨头师爷说话几乎用气声，要不是确实看到赚钱的曙光，他哪可能这样喇叭声高扬？

~3~

阿调开足了马力。

工厂实行计件制,她做了出货总动员:"兄弟姐妹们,织钞机就在自己手上,比比看,谁面前堆出了金山银山!加油!"

她将红色小点衬衣塞进裤腰,发髻盘得高高,露出细长雪白的脖颈,像一头翱翔的凤凰,在车间穿梭,检查品质和进度,为工人们鼓劲。

她悄悄地站在调娥,那个当初教她针织业务的姑娘身后,那姑娘玉指似蝴蝶,在溪涧般的流纱间娉婷。她轻轻地拍了拍她的背,赞叹:"女人啊,就得靠自己,自己双手挣来的钱才是自己的钱!"她伸了伸大拇指,"加油!"

临近出货日,阿调在仓库抽查着准备打包的针织女衫。质检科长指着堆积的纸箱,说:"许厂,这可是上百万的货了,出去没问题吧!"

阿调甩给他一对樟脑丸眼球,"我们跟美国什么关系?你怀疑你兄弟吗?"她突然想起了阿凤,她和阿凤是一模一样的一双筷子,从来不分你我。和如来呢,她幻想的夫妻关系就是一双筷子,容不得第三根,酸甜苦辣一起品尝。可是?她吞下泛出胃的苦水,问质检员:"不能放过每一个次品,否则——"她盯着质检员的眼,"别怪我无情!"

干干纺织品进出口公司的门紧闭着。白炽的日光灯将罗干干的脸打成了旅店床单般泛黄的白色。小琳仰脸望着他说:"这活我真干不了!"她面前是一台敞开内腔的传真机,旁边摊着一本设置说明书。

罗干干向她翻了个白眼,"还是大学生呢!真不如我。"说完他拿起说明书,翻到了号码设置一栏。

他一个字一个字地读给小琳听。

读罢,他说:"很简单,在电话和传真设置这一栏里设上火凤凰纺织老厂的传真号就行。"

小琳不解地问:"我们的传真机,干吗设火凤凰的号码呀?"

罗干干不耐烦地蹙起眉:"叫你怎么做你做就是了!火凤凰老板娘说了,火凤凰一年四季都有集装箱出到世界各地,借用他们工厂的名出口到台湾,海关百分之百不会查。"

小琳摇摇头说:"这还得征求姒总的同意吧!"

罗干干白她一眼:"你什么意思,喜欢他呀!"

小琳脸一红咬了咬唇,想说什么又止住了。

罗干干拍拍小琳的肩,声线放柔软了说:"闲人说闲话,萝卜开淡花,姒来许调又没办离婚手续,用火凤凰名义出口,天经地义,你就别操这个心了!"见小琳嘟着嘴,又解释道:"昌来合资企业出口到台湾的货柜已有满手把了,海关开始怀疑我们,不给咱做商检了。咱与昌来签了协议,怎么也要帮人家完成出口呀!"

罗干干见小琳还是僵在那里不动,叹了口气,拿起说明书自己看着图做。

设置完,他从里屋搬出另一台早已淘汰的传真机,把电话线拔了,插在这台机器上,然后招呼小琳:"传一张纸过来。"

传真机嘎嘎地响,缓缓吐出纸来。罗干干在里屋欢喜地叫:"成功啦成功啦,你看我这个太学生厉害吧!"

小琳忍不住问:"出口信签用的是火凤凰,传真上留火凤凰的号码,出口提单上也必须盖火凤凰的章,你有火凤凰的章吗?"

罗干干说:"这你就不用担心了,许调当董事长的那家门市部什么章都有,没有的也可以做!"说完阴阴地笑。

~ 4 ~

阿发回来了!还带回一个洋老婆!首先把这消息传开的是琏邦邦。

琏邦邦正要去纤塘摆渡,却见一个着笔挺西装的人从一辆宝马车里出来,随即一个胖胖的很富态的外国女人走出车,一只胖乎乎的手挽住这个笔挺西装的男子。这男子走路一高一低,有些瘸。

琏邦邦定睛一看,好面熟啊!他好不容易记起来:是阿发!

只见阿发容光焕发,扭头四处看,不断地说着什么。那外国女人穿着一身中国缎,每走一步,那裹着缎子的身体就上下颤动。琏邦邦看得眯花眼笑,啧啧称叹:"见识了,见识了,这才叫雪白滚壮,体态丰满。"

宝马车靠路边停下后,有才跨出车门。有才着一身雅戈尔呢制服,像杀大老板。

琏邦邦随口编了段莲花落哼道:

> 小鸡变凤凰,
> 跷脚讨了个洋老婆,
> 螺蛳褪出壳,
> 赤脚阿哥变身金元宝。

一边唱一边摇着脑袋叹:"世事百变,伢跟不上,跟不上。"他正拢袖一步一叹,猛听车声轰轰隆隆,驶来清一色摩托车方阵,摩托人戴头盔、穿迷彩军服,威风十里纤塘。随之一队清一色黑色小轿车亮闪闪驶来,每个小轿车上都扎着鲜艳的大红花。

他正看得出神,又听铜管号声起,一队人马吹奏着英雄凯旋曲列队迈着整齐的步子走来。

这支声势浩大的队伍到了河边广场,整齐列队排成方阵。几排踢脚炮仗后,锣鼓喧天,鞭炮声炸起,礼花簇簇飞上蓝天,绽开漫天辉煌。

琏邦邦正好奇,忽听头顶上飞机轰轰响,这飞机越飞越低,在广场上空盘旋片刻后,哗地甩出两条大红彩幅标语,上面的方块字牛大,醒目而耀眼:

欢迎英雄阿发荣归故里。

祝贺有才水娥,阿发娃娅喜结良缘。

镇上人渐渐围聚。闻讯而来的人们向这里汇集,瞬间四周水泄不通。

如来西装笔挺,上衣口袋别着红花。他精神抖擞一步跳上了一辆吉普车顶,举起手上的喇叭八面威风宣布:火凤凰集团全体员工热烈欢迎驻疆英雄阿发凯旋!

锣鼓声后,如来作英雄宣讲,从阿发不辞千辛万苦到西安推销库存,到不畏千山万水千难万险赴新疆开辟市场;从被歹徒绑架,面对危险依然牢记法律不非法用枪,直至枪支落至绑匪手中,恐对善良的人造成伤害,他置生命危险于不顾,踢飞绑匪手中的枪支……

如来动情地说:"世界无法对一个有理想的人挡道,失去双腿的阿发重新站起来了!现在,他是俄罗斯成衣厂的大股东,加入火凤凰纺织集团,成为我们的合伙人,负责生产经营!"

全场静默无声,随之爆发出雷鸣般的欢呼与掌声。众人把阿发簇拥到广场中央。

军乐声起。一队礼仪小姐上场,每人举着一捧鲜花献给英雄。

阿发面色赤红,他吃力地往讲台上靠,妞来一把将他拉上了讲台。

阿发想起了从小跟着父亲走江湖说书的情景,那时,父亲手中的的笃板一响,就能吸引里三层外三层的听众。他清了清嗓子说:"走尽崎岖路,终有平坦道。我阿发虽然失去了身体上的两条腿,但是心里撑起的钢筋铁腿却能走遍天下。我农村长大,一根肚肠通到底,今天,回到家乡来,就是为我们妞来兄弟定的目标,哪里有人群,哪里就有我们的中国织造,一起来出点力。我带回来的资金是可数的,但是我对家乡的情感却是三江流水无法斗量的。"

说得太急,阿发喘了口气,憨厚地笑了笑,继续说:"不过,我能够这样堂堂正正地站得像个人样,还是离不开我老婆的扶持,她是真正的女汉子,女中豪杰。"他抬眼四处寻找娃娅。

娃娅与工厂女工站在一起向他使劲鼓掌。

阿发向娃娅招手,做喇叭状喊道:"娃娅,老婆,过来!"

娃娅笨重地爬上讲台,兴奋地连连用中国礼节作揖,用标准的中文说:"我很高兴做绍兴人的媳妇!"

台下,人们哄笑一片,是那种欢喜的,庆贺同村人办喜事那种哄笑。

妞来趁机宣布:"火凤凰集团两对龙凤喜结良缘,有才、水娥,阿发、娃娅婚礼现在开始!请众乡亲们转向水面观看表演。

人们纷纷转过身去,正纳闷间,只见鉴湖水中跃出两条飞龙,八条雕花大船向河中间聚拢,组成一个巨大的舞台,音乐起,舞台上款款走出一支时装表演队,模特个个金发碧眼,穿着中式旗袍袅袅娜娜。

紧锣密鼓中,人们熟悉的电视台主持人手持话筒导引着百老汇服装设计大师上场。

主持人甜美的声音起:"今天我们请来了国际著名的设计大师和时装表演队,展示国际最潮的流行风格,在火凤凰双喜双庆的日子里,无疑他们给古城带来了服饰革命的新风……

妞来默默地站在舞台后,一明一暗的光在他清瘦的面容上涂了一层冷峻的色彩。热闹是他制造的,他却莫名地感到清冷与哀伤,他亲手操办了阿发与有才的喜事,却欠着阿凤一条命,尽管与阿调结发,却没有给她一个堂皇的婚礼和一个安稳富裕的家。阿调带着小鹿离家出走,甩给他的是一连串的责问。现在,他连那个与阿调结为家的见证,他们的房子,依然抵押在银行手上,没有赎回。他下意识地触碰到了腰间的水晶盒,这里有阿凤的照片和一只血色的"眼",阿凤正无比忧怨地看着他。

主持人满台喊他的名字,他咬了咬唇,将这些自责逼回心间,大步地向台面走去。

琏邦邦望着热闹的场景入神,拊掌叹:"树从根脚起,十年勤浇灌,撑起半边天。如今又有龙船又有会,又有菖蒲又有艾。我老太公吃陌生食料了,吃陌生食料了。"耳边突然响起一个稚嫩的声音:"爷爷,我上课迟到了,你能帮我摆渡到学校吗?我给你钱!"

他低头,是梅山村的孩子,手里举着一张1角钱纸币。他赶紧拉起小孩的手,把钱塞回到他的衣兜里,说:"爷爷摆渡从来不收钱,走!"

阳光落入了水面。波光粼粼,船儿驶处,一排排新起的楼群别墅映入水面,桨儿划去,幻化出片片海市蜃楼般的仙境。橹声中,琏邦邦一路哼着:

  眼睛一眨,
  十年光景,
  小鸡变凤凰,
  跷脚讨了个洋老婆……

压 熨

~1~

如来一大早起床,刮了一下脸,照镜子时,发现浓密的青发间钻出了几缕银丝。

他习惯地将头发往上一推,脑门上方天生一个旋涡,发丝顽固地绕着旋涡旋成了山峰,黑黝黝的脸面,原本颧骨高耸,绕上一个夹着银丝的山峰,更凸显了他的孤傲和顽韧。

他记得村里的算命先生说,他出生的日子青龙斗白虎注定一生孤苦。不幸言中,父母的阳光双双织成了锦旗挂上了墙。奶奶织粗布的手,摩挲着他的脸,别怕,有奶奶呢!奶奶留下了乞巧布,到另一个世界去了。阿凤吴侬软语安慰他,有我呢,一辈子跟定你了。阿凤走了,留下一只血色的"眼",他就把这只眼拴在了腰间。阿调从火车座位底下钻了出来,他们有了小鹿。

家圆万事兴,他需要家,回到家时老婆的暖心,儿子的笑脸。谁承想,陪伴自己的依然是初恋的一只血色的眼……他歪歪嘴,扯出一丝对命运的嘲笑。

门轻轻地叩响了。食堂的王师傅送来一瓦钵泡饭，除了榨菜丝，还给他煎了一个荷包蛋。饭后，他喝了一杯红茶，胃舒服，心情也好。

　　今天轻纺城完成主体市场改造，新交易区落成，东西南北区连成一片，拉开了方圆几万平方米的阵势。如来叫上有才，他得到消息，县长要为主体市场开张剪彩，很久没见县长了，县长就是抓经济的，他口袋里揣着一份兼并城头服装，一家行将倒闭的国企的报告。他要去撞这个山门，亲手把这份报告交到县长手里。

　　那个小车不倒只管推的Morris是纽约版的"杨百万"，销售能人，只是接的单多是服装。他对有才说："城头服装厂好久没活做了，发不出工资，工人三天两头罢工，趁着国企改造政策，咱们接过来正是机会。"

　　有才挨着他走，低着脑袋"嗯"了一声，皱了皱眉，"好是好，不过，会不会湿手抓干面粉……"

　　如来朝天看了一眼，刚才还露着圆脸的太阳，被一片移过来的乌云挡住了一半，他的身体也有一半在阳光下，一半在阴影里。牛背天，说不定要变脸，他加快了脚步，一边对有才轻笑，"捏卵过桥还叫男子汉？咱们已经完成了企业量化方案，搭好了股份架构，再不是空手套白狼了。湿手抓干面粉？不是荆棘路，哪轮得到我们这些田埂里爬上来的泥脚梗走！"

　　"中国轻纺城"，他远远地望见了这几个大字，火红的色彩如同他的心境激情恣意。

　　天气说变就变，突然刮起了七级大风。剪彩现场，彩旗哗啦啦地迎风鼓荡，近百名挂着红领巾的少年手扯着五彩缤纷的氢气球，等待着放飞的指令，气球在劲风中高高低低舞着摇摆。

　　有才挑选了一个最佳位置，招呼如来过去。这里放眼能观及会场的每个角落，又是出场的必经之路。

　　如来盯着会场主席台，果然县长坐在正中间，和身旁的区长说着什么。如来笃定，落手快，不招怪，以自己的经验判断，县长的风格只看结果不看过程，并购这件事，船通水流，对城头国企和火凤凰都是利好，县长一定会推波助澜。

　　突然，一连串砰砰的声响如爆竹在会场炸开。

　　小号声鼓声锣鼓声台上慷慨激昂的讲话声戛然而止。

　　所有的人都朝向那炸声爆起的地方。只见几百只待放飞的氢气球，随着

一阵强风，相互碰撞，霹雳似的齐齐炸开了。气体夹着碎片袭击着手里还扯着根根细线的少年的脸，有的学生的脸已被炸得血肉模糊。

救护车呼啸着驶进交易区。所有的车辆启动了，试图在第一时间把受伤的少年载出会场。

妞来一眼见到一女孩，圆圆的脸蛋从大人的大腿间探出，惊恐地瞪着双眼尖叫。他大步冲过去，一把抱起女孩，高高地举过头顶，拨开人群朝救护车方向走去。

放下孩子，他返回会场，这才想起应该让有才把工厂民兵叫来抢救。

他从人群中找到了有才，有才胳膊下夹着一男一女两个孩子正跑向救护车。

"赶快打电话叫民兵队速来参加急救！"他命令。

"民兵？"有才放下孩子，愣了一下。妞来这才记起民兵已经解散了，现在有了新名词叫"保安"。

妞来与有才在交易区大门前与保安队会合，会场的孩子已悉数由各学校带回，会场正待完成最后的程序。

妞来、有才和保安队数十人穿过人群，昂昂然往会场走去，妞来突然停了下来，对有才说："你听见了吗？那边好像在打架，还是河南人和东阳人呢！"这口音激起了他的可怕的记忆：

石河子军醒市场，河南摊主面目蛮横；被夺去双腿的阿发朝他走来；火速赶来的兵团治安队冲进他和那个横肉摊主搏斗的现场，一声喝令缴下了双方的武器，把他和横肉摊主一起扭进了派出所。

没等有才答话，妞来已像一枚子弹朝争斗方向射了出去。

果然，几个河南人和东阳人拳脚相加扭成一团正在打斗，一群看热闹的人指指点点谁也不敢接近。

妞来不问缘由，钻进人群，跳上一摞布，占住了制高点，大声喝道："谁这么大胆，到这里来胡作非为！"他面色峻然，俨然市场治安，集责任与正义于一身。

有才带着保安队迅速跟了过来，妞来指令他们插入争斗者中间，向争斗双方喝道："谁是带头扰事的，自觉站出来！"

穿治安服的保安出现，人群出现瞬间的安静。

稍息，河南人看清了保安的制服根本不是市场的，便指着如来骂："你算老几？关你屁事！"

如来高声回应："谁破坏市场就抓谁！"指令有才："拿下，送去派出所！"

有才犹豫地看了一眼如来，如来已然跳下布轴，上前用胳膊死死钳住了河南人的脖子，有才随即与保安上前，七手八脚反扭住了打斗者的胳膊。

"送派出所！"如来抬腕看了看表，对有才说。如果没算错，这会儿剪彩活动已接近尾声了，县长也许刚把剪刀放回铺着大红缎的盘子里。

这是火凤凰民兵解散以来，以保安队的名义第一次在公共场合中亮相。

有才低声问如来："咱们得绕道把他们送到派出所吧？工厂保安在厂外市场抓人，会不会责怪我们多管闲事！"

如来眼睛盯着会场方向，"咱们帮助市场治安，不但要堂而皇之走，还要特别从剪彩现场走。你忘了咱们干吗来了？我一直琢磨，怎么制造个机会，引起县长注意呢！"

大喇叭里远远传来主持人宣布剪彩活动结束的声音，如来微微一笑，昂昂然带着五花大绑的人和保安队员走在前面。

他们经过剪彩现场时，放慢了脚步，有才配合地推了一把被绑的人，大声喊道："快！"

严厉的喝斥声从主席台方向砸过来："谁人如此大胆，大白天随便抓人！"

如来循声望去，张县长歪着脑袋，双眉紧锁盯着他，嘴唇拧成了愤怒与疑问。几个穿制服的警察快速朝这边聚拢。

如来一激灵，将身体站成了一棵树，大声应道："火凤凰保安队！"

他嘱咐有才，把所押的人交给警察，随即，从上衣内口袋掏出申请报告，一扬脑袋，毫不犹豫地迎着县长走去。

金桂飘香的季节刚刚过去，深秋加快了脚步。中国加入世贸的谈判曙光乍现。

如来戴着小红花，坐在出口大户首席位置上，他的面颊肌不停地跳动，面色绯红。主持人呼喊着他的名字。

他大步跨上台去，即兴报告："我们的劳动大军和全球市场结合的时机到了。山高高不过脚底，浪高高不过船底……"

掌声还没稀落，如来身后传来县长秘书小张的声音："县长请你去办公室一趟。"

路上，小张的口吻很崇拜，"看你这么些年把服装做到了全县出口第一，创汇的一半数字是火凤凰创造的！"

如来身体内的内啡肽分泌被小张激活，兴奋感轰然涌来。

"大船三支橹，没有政府这支橹着力，我们拼了老命也休想摇动船！"

如来煞然止了笑，忐忑地问，"我们的报告县长看了？"

小张笑嘻嘻道："这话问对了，你上次给县长的并购报告，县长找部门聊过了。县长等你呢！"

县长嘱咐小张："把门带上。"一边做了个手势，让如来在沙发坐下。

"你的报告我看了，也交给了局里讨论。"张县长离开办公桌，在如来旁边坐下，拍了拍他的肩，嘿嘿笑："你见义勇为拔刀相助值得表扬，但是要把报告交给我大可不必玩这种把戏，上次当着众人我给你留面子，其实企业有什么问题，你有什么想法，直接打电话给我，或者跑过来，一点问题都没有。世上无难事，只怕厚脸皮。"说着哈哈大笑起来。

如来脸一红，尴尬地呵呵了几声，屁股朝县长那边挪近了一些。

张县长止了笑，"听新闻了吗？中国进世贸恐怕是板上钉钉了，通往大海的闸门打开，大鱼吃小鱼，小鱼吃虾米，恐怕小企业、亏本企业经营更难了，你有什么想法！"

如来脑袋一扬，"我看这WTO就是一场运动会，我们申请入场比赛而已。美国口口声声称平等，关着大门不让我们进场哪里是平等？好不容易赢得进场资格，咱拼着老命也得挤个头名吧！"

县长笑："复杂的事情简单看，就不复杂了，把WTO看成运动会，我还是头一次听说。穿皮鞋的跑不过赤脚的，有点意思！"

"鸭子游在水面，靠水大风顺！"如来刚说了开场白，正待后续，张县长毫不客气地打断了他，"谈具体的，虚头巴脑别找我！"

如来忙敛了笑，问："我们的报告批了吗？"

张县长重重地击了他一掌站了起来，"你想挑个容易盈利的轻松拿过来?没那么便宜!"

"固定资产3500万,工人不下1000,负债是资产的10倍,连续亏损5年了,这个企业你敢不敢担?"

如来面色陡地灰白起来:"把火凤凰厂全卖了,也凑不起债务的零头啊!"他垂下脑袋,咬着唇,摇了摇头。一只水鸭怎么扛得动恐龙的骨架?他打报告想兼并的只不过是一家有200台缝纫机的中小企业而已。

张县长扬起头,笑声刺耳:"害怕了?胆小鬼!对不起,门在你身后,你有离开的自由!"

如来窝着身,石猴般纹丝不动。从哪里弄钱把这个厂吃下?新疆的棉田,他定向采购的棉花基地,美国东西海岸的两个点,加上洪都拉斯合作的贸易公司,阿发俄罗斯的服装加工厂,这些那是他扩大的地盘,源源不断的集装箱出口,这些是无形和有形的资产。

他抬起头,声音变得急促而紧张,"盘下这个厂需要多少资金?算盘珠,实打实,我们这几年开发了美国市场,接下去要开拓南美洲市场和非洲市场。世界这么大,所有的人都要穿衣,发展集织染印花设计服装出口一条龙生产线,形成规模经营,3个亿的产值没有问题。"

"谈具体点,你准备怎么做?"县长挑起眉,斜睨着他。走到办公桌,取了一瓶矿泉水,打开盖,优雅地递给他。

"确实,这对软壳虫来说是包袱大了点,如果是鸭司令呢?"县长将眼神瞟向窗外,"还记得去年咱派的鸭军团吗?你派来那个,'鸭头脑'不错,我记得他是个越战老兵吧,他带的鸭军团竟全歼了数以百万计的蝗虫。这场战役的胜利,为我们赢了政治资本,更重要的是与新疆建立了长期的经济合作关系。咱南方的鸭司令是实打实的呱呱叫!"

县长大笑起来,笑声像海浪冲击堤岸,叩击着如来的心扉,他刚要接话,县长桌上的座机铃响,秘书敲门进屋,面色紧张而惊恐:"城门外工厂的工人正在罢工请愿,要求政府发工资呢!"

县长倏地站了起来,"一起去现场,别把事情搞僵弄大。"说完转身对如来说:"算你走运,直接到现场面试!"

是那个亏损的国有企业工人闹事吗?如来跟着站了起来,忐忑地问,"我……"

张县长扫了他一眼,问:"你姓什么?"像救火队长,火急火燎赶往现场。

窗户外传来警车出动的呼啸声。楼梯口噼里啪啦的脚步声慌乱而急促。

如来瞬间醒悟，他面临着什么，像火红皮毛的狐狸，他不顾一切地往那个有着猎物的方向跑去。他生来为机会而生，宁可做错绝不错过。

如来完全没料到他会成为愤怒的罢工集会者们的众矢之的。

张县长站上制高点，说话的语调像芝麻团加了棉花糖，娓娓动听。他向工人们承诺："政府正在解决企业长期亏损问题，有新的盈利模式好的企业将会接手工厂，对企业实行股份制改造。"

如来感觉张县长正将一把疏通河道的工具交到他手里。他英雄气概地往县长身边靠近了一步，站成了一个大禹治水铜像所雕刻的姿态，这是他自童年起就揣摩了千百遍的屹立。

他看到人们的目光齐刷刷地集中在了他的脸上，示威的群众足有火凤凰员工的十倍之众。塑成石像的祖先大禹面对黑压压排山倒海的洪水，铁青的眸光镌刻的是智慧与无畏。

他深呼吸着，让能量充满身体。

县长秘书向他使了一个眼色。他向来喜欢在众人面前表演，不管是跳摇滚，做服装秀，还是在与客户的谈判桌上。

他心领神会，向县长秘书点了一下头，摆出了工厂新主人的架势开始演讲。

他讲到新疆，讲到棉田，由此连接的南亚与中东，讲到美国百老汇的公司，讲到纽约来自全世界的纺织品展览，甚至讲到南美洲与非洲，哪里有人群哪里就有中国服饰的远大理想。

他斩钉截铁地说："给我一段时间，你们每个人都会拿到被拖欠的工资。"

他神采飞扬的讲述和描绘中，人群渐渐溪流状缓缓朝四处流淌。他正得意，一块黑乎乎的像是一柄三棱刀的东西正面向他飞来。

他脑袋一歪，黑色物事擦着右边脸面而过，他感觉耳边冰凉冰凉的，伸手一抹，血红血红的黏乎乎的液体顺着手掌溢出指间，他将满巴掌血在裤腿上一擦，满不在乎地站了起来。一个完全用土语表达的声音飘来："滚下去！我们要真金白银，别以为我们会把烂醣鸡屎当酱吃（土语，好坏不分），你蜉蚁扛鳌头，出什么风头（土语，以小扛大）！"

看不起我？他朝那个声音狠狠瞪了一眼。他拍了拍胸口，"我把这个交给你们!"他的制胜法宝是一颗豁出去的心,这法宝屡试不爽。

"我们不给资本家干活,在国家这棵大树上吊死,也强过被资本家抽筋剥皮!"一块尖利的石子击中了他的前额,他眼前金星乱颤,脑袋嗡嗡地响。我不是资本家,以后你们人人都是老板……

他的声音停留在空中,像一根黑白分明的鸭的羽毛,在风中飞舞,轻轻落下。他匍匐在地,渐渐失去了知觉。昏迷间,满世界都是警车的呼啸……

窗外,明媚的阳光筛过浓绿枝叶,一簇簇落在床上。如来翻了一个身,他恍恍惚惚还在梦里。屋里有消毒水的味道。

头痛如裂,心脏上的起搏器有规律地支持着他,为他不通畅的血流护航。

他躺在输液床上,几次挣扎着要跳下来。他不断对护士说:"给我拔掉,我只是擦破了一点皮,输什么液啊!"

护士按着他冰凉的正在输液的胳膊,佯怒:"你还想活吗?你的问题严重呢,搭了支架的人还这么满世界飞的,不要命了?随时可能死在路上呢!"

如来摸了一下缠着纱布的脑袋,才感觉麻药醒了,头撕裂般痛,"缝了15针!"护士查看着输液瓶说。

实在没有睁眼躺着的习惯,如来正挪动着身体,琢磨着怎么逃离这里,一睁眼,蓝天证券所老王来到了他的病床前。

老王长着典型南方人的脸,清瘦,皮肤黝黑,头发总是亮得像抹了整瓶头油,是那种一眼就能识别的染色。他眼窝里深藏着一对褐色的眼,亮闪闪的眼珠总是滴溜溜地转,好像随时能从眼窝眨出钱币的光。他的眼角旁皱纹密布,不像年轮,倒像簇拥着两枚太阳而放射的光芒,他的唇角总是固定着上扬,给人鼓励的姿态。

老王见如来头缠纱布,胳膊上挂着吊针,还带着心脏起搏器,笑:"总算把你绑住了,要不你这种总在路上的人,哪逮得着!"

如来咧了咧嘴:"死不了,老天有数,有些人生来就是叫他做事的,事没做完,哪肯把他收走!"他收了笑问,"你无事不登三宝殿,怕是要送钱给我!"说完歪歪嘴咧出一个笑意。

老王眨了眨眼:"你也是跑得太快了,听说你又要扛过一头老得走不动的骆驼,你答应了?"

如来嘿嘿笑，一笑缝针处就疼，便满脸严肃："当然啦！"如来摸了摸缠着纱布的脑袋，"这几年倒真像跑在一连串加速跑步机上，必须用不断加快的速度，从一台跑步机跑到另一台上，稍慢一点就会摔下来！"

老王知道如来碰对话题就停不下来，忙直奔主题道："拿下这么一座亏损的国有大厂缺资金吧？"

如来长叹一声，但是语言里依然是难掩的兴奋，说："做梦都想办一个有规模的集团企业，我这几年在国外跑多了，悟出点道道，企业上了规模，就会给制造和创新带来根本动力，越大规模越能刺激生产。马上就要加入世贸了，新的运动比赛开始了，这艘远洋舰要打造好。"

"把本地企业做成旗舰基地，从这里把业务扩展到全球，真正实现哪里有人群，哪里就有中国服饰的梦想！想法也许不错，但是现实倒真像那些工人说的，蜉蚁扛鳌头，资金确实不足，你没听到，那天罢工的人群中有人扔石头怎么骂我吗？"如来的脸耷拉下来。

老王不以为然："那是有些人长期靠国家靠惯了，加上土生土长的，要面子，说出去是国有企业的，有面儿。股份制企业，给资本家打工，面子上过不去。"

如来面色黯然，对那些工人头脑里的问题他束手无策。

老王见他不语，笑道："不过老话说，有钱能使鬼推磨，钱的问题解决了，每个月有稳定的收入，这些躺在政府身上的心理也会慢慢改变。我就是来帮你解决资金的。你帮我画个图看，你目前的出口具体是怎么布局的？"

如来眼眸放亮，一下来了精神，他胳膊肘撑在床上，支起了身子。

老王扶住他问："可以吗？"

身体一使劲，脑袋撕裂般疼，他皱了皱眉，轻描淡写地说："脑壳里的海马体关不住了，想打开门跑出来，想挡也挡不住！"

输液瓶正不紧不慢地滴着，一大罐液体正行至一半，他一把将针头从胳膊上拔了下来。

他抓起床头柜上一支笔，把被子摊平了，在白床单上画了起来，他画了一张世界地图，"把新接手的这家国有企业做中心，火凤凰现在的工厂做产品试验基地和新产品陈列馆，西部以新疆为轴心，产品向西南国家拓展，将向俄罗斯出口作为常态；俄罗斯的工厂又可以启动中东市场；东南亚以越南为跳板，增大向美国的出口；在美国东部，以纽约为重点，打造时尚品牌店做出自己的品牌,并以进军巴黎等欧美国家为目标;美国西部,以洛杉矶为基地,与西班牙和南美洲人做服装共制,打开墨西哥、西班牙大门,随时等待古巴市场大门敞开……"

如来从床上跳起,像子弹飞出枪膛,"我以一个基地一个研发中心的模式,向外扩张,避开和国内同行的低价竞争,研发新产品,我们这里是大脑,手和脚忙活在世界各地。"

如来按铃,要根烟,护士走到床前,说:"你必须戒烟了,你年纪不老,心脏已经搭了两个支架了,听你说,你有豁出去的心,这心出了问题,看你还怎么豁得出去!"

"是吗?"如来很认真地听着,一把将烟丢下,说:"有什么大不了的,戒烟就戒烟!"又嘿嘿笑,"以后看见我抽烟直接打就是!"

护士脸一红,扭身走了。

如来把笔一掷:"他们怕火凤凰抢了他们的市场,谁稀罕啊,有本事跟外国人去争!"他头颅高昂,像出水的鸭子,向天而笑。

脑袋一抽一抽地疼,他捂着脑袋,还想说什么,老王抬手止住了他。

"我就知道你有野心,格局大,我们做投融资的,就看未来,把你们的业务拆分,做一个上市公司如何?买一个华尔街上市公司的壳,你只管研发与销售,去做你的梦,什么只要有人群的地方就有中国服饰!我看你本身就是个题材。专业的事专业的人来做,以后工厂上市,增资扩股的事都交给我们专业公司来做!"老王眯起眼,歪着脑袋。

"华尔街?"如来抿着唇,他无法判断股市与工厂的关系,工厂是实实在在搞制造,玩资本还叫工厂吗?"

老王凑上脑袋,压低了嗓音说:"现在不是政策鼓励作股份制改造吗?我们也是投人,投理念,你的战略定位有未来,是资本市场一匹黑马!我们出部分资,占部分股,趁着股价便宜,买一个资质不错的壳,既能解决工人发工资的燃眉之急,又能发展,没有比这更好的方法了。这个交易还不做?"

老王斜睨着他,看如来犹豫,又说:"亏你说自己是禹皇帝的后裔,姓姒,就这么点胆?老弟,你尽管释放你最大的能量和智慧去拓展,资金问题交给我们,你还有什么担心的?我就怕你想得不够大,步子迈得不够开,小师爷一个,我们高看你了呢!"

如来被他激将,将被子一推,从床上跳了下来:"走,咱们这就去工厂看看!"

~ 2 ~

车穿过城区，行至一片废弃的海滩边，眼前，是一片灰白色的水泥和裸石的建筑物，建筑规整，犹如巨大的集装箱，整齐排列。

车没停稳，如来便跳下车，绕着工厂走，老王跟在他身后。他们足足走了20分钟，才到了工厂正后面，那里是一个职工宿舍，不远处是一片废弃的沙滩地，纱头废线、包皮布、纸箱和生活垃圾混杂在一起，发出一种带点腥味的腐烂的味道。

"工人住在这里有点委屈了！"老王说。

工厂停着工，保安正在聊天，他们毫无阻拦地进了厂区。

一个貌似管理的女工从身边经过，如来笑吟吟问："小妹，怎么没开工？"

那人上下打量了他，也许见他还顺眼，便说："开工？真丝服装谁穿啊？"扫他一眼，便低头避开了。

他一愣，是呀，这上千人的厂做这种小众面料服装，难怪吃不饱呢！

前面就是车间了，有个公厕的方向标，老王急着往公厕走，"我得去方便一下！"

如来伸手，"去去去！"兀自跨进了车间。

眼前是一片望不到头的缝纫机，机器黑压压一片，如打扁的海鸭，齐刷刷地趴在海滩苟延喘息，不，连喘息的生气都没有。

如来听到自己的心脏被缝纫机带动，发出有力的嗒嗒嗒的声响，他兴奋地搓着双手，围着这些机器前前后后地看。全是新中国成立后第一代缝纫机，机器老旧，所幸的是保养不错，皮带轮擦拭得铮亮，台板上几乎没有尘埃，每台机器旁都有一个装服装用的大篓子，这些篓子张着饥饿的嘴，瞪眼看着他。他与它们同病相怜，他有了一种刻不容缓接手的饥渴。

旁边就是保全室，房间内传出说话的声音。问一下机器的细节，看看能不能给这些机器做升级改造。他思忖着，便信步跨了进去。

如来刚跨进屋，脑袋就被重重地击了一下，刚拆线的针好像又撕裂了，黏糊糊的血直往脸上、脖颈里流，他还来不及伸手，脑袋已被厚厚的包皮布套上，缠紧了。

一个沙哑的声音在耳边嗡嗡作响，"你他妈就一个光腚猢狲戳地上，土得掉渣还想接管我们？"

如来模模糊糊听见，屋里好像有几个声音同时在发问。

"我们是国有企业，发不出工资了，国家会管我们，你田畈里爬出来才几年，有什么资格来收我们？你不自量力，叫你吃点花头！"

他的腿肚子被几双大脚轮流踢着，一双硬得像石块的皮靴踢中了膝盖窝神经，他双腿扑通跪在了地上。

他挣扎着站起来，摇摇晃晃了几下，又跌倒在地。

"我们工龄都30年了，本可以吃国家的饭吃到底，没想到，钻出你这么个长臂猕猴，伸手抢劫，拿走一个这么大的厂，我们，我们这些年的工龄怎么办？"有一个声音咬牙切齿。

他拼出全力喊道："把我头上的蒙着物取下来，我跟你们好好说！"

他听见屋里传来哄笑："松开？让你去告我们？"

又听一个声音说："我们就是要教训教训你，发什么大仙，出什么风头？滚回你的乡下工厂去，做你的资本家，我们是国企，我们吃政府的饭，没活了，政府会管我们，给资本家打工？做梦吧！"

如来听自己的心在冷笑，就这么点出息！他大声喊道："你们担心什么？要退休的工龄买断，愿意跟着干的，大家持股，工厂是大家的！"

他听见屋里有稍息的安静，然后一个粗哑的声音响起："这么副烂摊子，你纵有猕猴本领，又怎么折腾得起？我们跟着你干连个国有企业工人的名分都丢了，退休了怎么办？恐怕到时候连棺材钱都没人管！"

如来拼全力挣扎着，喊道："产品要重新定位，我们会把产品出口到国外去，比如说非洲，那里有50多个国家呢，天气热，咱们可以专门做薄质仿真丝服装，出口，价廉物美，又好打理……"

一个公鸡嗓子起，"牛气哄哄的，臭不臭？"他的背被一双大脚踩住，脑袋被一双大手重重地抡了几下。

有个细细的声音说："外国外国，外国的起司，就是伲的霉豆腐呀，拿什么洋名字来唬我们！"

又一个嗓子像含着痰的声音说："今天也是让你长个记性，乡下狮子乡下吼，少到我们城里逞威风！产品卖到国外去？真有这需求还轮得到你来收？"这个声音吐出一口痰去呸了一声，"多扇窗多条缝，多头门多路风，你拿什么保障我们？"

如来咧了咧嘴,企图咧出一丝笑。被打晕的脑袋失去了知觉,他停止了挣扎,像一条装在渔网里的死鱼,只有鼻翼一张一张地透着活的迹象。

如来像条死狗一样被扔出了车间外。脑袋上蒙着的包皮布被谁扯开了,深秋的风拂过他的面。他多少清醒了一些。

他听到了老王的声音。老王好像报了警。一个熟悉的声音贴在耳边:"你能指认出凶手吗?或者声音辨别?"

老王俯身对他说:"张县长很重视,刑侦队队长问你话呢!"

他努了努嘴,无力地抬起手,摇晃着,努力地发出声来。"不,不!是我自己撞伤的,跟任何人……没有关系!"

他隐隐听见警察向人群吼着什么,不一会儿人群散去,连同着警察的吆喝。救护车来了。他被送回了医院。

~ 3 ~

老王一直陪伴在他左右,不停劝慰:"七石缸打碎,八石缸做主,有政府支撑,别怕!"

他俯身听了听如来的心跳,抬起脑袋又说:"走过崎岖路,自有平坦道,我看这兴许就是要到华尔街敲钟挂牌的前兆呢!"

如来睁开了眼,他咬着牙,使出蛮力,从担架上强撑起身子,咬牙切齿说:"我不懂华尔街,我要的是这家工厂,能筹够盘下这家厂的钱,就算真去地狱走一遭没什么大不了的!"

嗓子里好像卡着什么又干又硬的核,他使劲咳着,面色由紫绛色转成了黑,嗓底发出玻璃摩擦的声音,"你们证券公司入股没问题,必须拿现金过来……我的目标,3亿产值,哪里有人群哪里就有中国服饰……要快,以后别怪我抬高门槛。"他脑袋一歪,昏迷了过去。

如来从昏迷中醒来,眨了眨眼睛,转头看到了老王,老王正低头看手机,见他醒了,将手机塞进衣兜,挺了挺腰,说:"总算又活过来了!"

如来用胳膊肘撑起身子,坐了起来,唇角咧出一个"喊"字,轻描淡写说:"树有年轮,人有寿限!我的大限未到,死不了!"

旧伤未愈又遭劫难,伤口缝合处重新撕裂开长长的一道沟,缝针处依然渗着血，像一条血色锁链。

他轻拍脑门："哈，这下脑门上锁了，要我出点子，先得付费。"

他盯着老王，真不愧做基金的，藤条般坚韧，不掘到真金绝不会撒手。

"很遗憾，我不能按你的要求让你们有控股权！"如来清了清上火的喉咙，眼芒透过红肿的细缝，像一道追光射向老王："工人们从国有的保险柜里出来，没有安定感，我必须让他们把工厂当成自己的！"

"被打怕了？"老王慢条斯理地点燃了烟，深吸一口，脑袋别向他处。

如来被激，抻着脖子，"你不干制造不知道，现在干纺织的招工多难，训练一个熟练工要多长时间？"

老王笑："激你呢！别当真别当真！"思忖，有几个国有企业可以放出来改制的？换上这个天生有销售基因又有大格局的工厂主，这不是千载难逢的机会？

如来叹了口气："我不记恨他们！"他凝视着窗外。两只喜鹊在窗台上跳着啄食，几只胆大的小麻雀从树枝上跳下，喜鹊喳喳长叫几声，拍打着羽翼倏然离去，留下小雀们在窗台上叽叽喳喳。

"他们靠着国家墙，稳当当地干了二三十年，突然口粮接不上了，原本只是闹着向娘要几口吃的而已，没想到我这个胆大的接盘侠出现，破了他们人生的局，他们对我有怨恨可以理解。"

他长吸一口气，捂着脑袋，"正好我黑里懵懂撞上门去，拷问我，他们也是看准了机会的！"

"那得稀释多少股份？资金怎么解决？稀释了股份你还有控制权吗？"老王理解如来，火凤凰的股份制不也是由全厂工人组成的，他抬眸斜睨着他。

"股权还不是可以设计的？"如来从桌子上抓起笔纸，又开始画图。

他边画图，边梳理着逻辑，成立一个火凤凰股份管理公司，工人选股权代表参加执股管理，你们投资者同为这个公司的执股人，由这个公司再选派代表共同组成董事会，我法人股，单独执一股，但是控制权不可撼动！

"你们投资人不是就看重分红吗？"如来丢下笔，盯着老王。

老王一惊，道："你是无师自通啊，虽然执股很小，但是你是公司实际掌控人，有一票否决权，还不是你说了算？"

老王虽老奸巨猾，这会儿向他投来的眼神恰如本地方言，一帖老膏药，服服帖帖。这真是个生意精！投资给他没错！

世纪末的日子

~ 1 ~

曼哈顿百老汇1411号大厦，它的四面透明的没有任何遮拦的玻璃体建筑，与色彩变幻莫测的天空相连，给人以天马行空的驰想空间。

电话铃声骤然响起，如来没有接，他与Morris在Jmart公司总部，洽谈订单事宜。

88个40尺高柜的成衣订单，是新接手的服装厂转型后第一笔出口业务。

接手服装厂后，他很快发现企业员工的素质和管理都是火凤凰的老大哥，他只需找好粮草，交给这头老牛耕织而已。

他套用了火凤凰的股权架构模式，让每个工人都成为股份的持有者，生死在同一条船上。尽管自己只持有1%的股权，但是，老王为工厂设置的一票否决制，让他始终拽紧着一根线，放飞着风筝东南西北。

设计师染着火红色的头发，穿着格子裤和花色衬衣。他把如来送来的面料放在秤上，看了一眼，软软地说："涤加弹的面料必须达到215克，这块手掌样重量不够。"

如来刚要解释什么，裤兜里的手机持续剧烈地震动。他掏出手机看了一眼：有才打来的。中国的时间正是夜半，一定有什么急事？

他跟设计师说了声："对不起！"大步走出了屋。

电话里传来有才粗气的声音："张县长的案子判下来了，判刑13年，已经被押去侨丝农场监狱了。"

如来只觉得双耳像天线遭遇雷击，滋滋地燃出一串火花，然后一声巨响，失去了听觉。他一只胳膊撑着墙，冒着冷汗的额头软软地靠在胳膊上，另一只握着手机的手无力地垂着，心脏犹如被一只巨大的磨盘压得严严实实，无力地挣扎着起搏。手机无声地掉在铺着地毯的地上。

如来怎么也甩不掉这个猜测，张县长的沦落与自己脱不了干系。火凤凰接手了负债累累的国有服装厂后，按老王的方案，买了纽交所一家贸易公司的壳，将火凤凰集团做了资产重组挂牌上市。

那天，纽约阳光普照。华尔街，顶着两只角的公牛，拱着脊梁做着进攻的态势，气势轰然。

挂牌敲钟那天，同去的除了帮着张罗上市的老王，如来还特别邀请了张县长。

在纽交所交易大厅，他特意把敲响第一声钟的荣耀交给了张县长，可是，他对敲钟太着迷了，他渴求的眼神望着证券所主席，请求能不能连着敲两次，证券主席为难地说，"敲一下，代表公司上市，第二下就是下市了，你愿意……"

张县长从他们的表情上明白了意思，硬是把敲钟的体验推还给了他。

此后，老王的蓝天证券所可没少忙活，如来每接一个订单，股票都会飙升一个刻度，每扩发一个新产品，消息都会在华尔街金融上做上套红标题的新闻，股票跟着火一阵。

公司盖大楼批到了一块上风上水的地皮。他的声誉随着大楼的层层叠高而鹊起。偶尔，他路遇磨剪刀阿三，阿三会酸酸涩涩话中有话地赞他："伢绍兴有鲁迅，还有大禹的后代，织的布绕地球绕三圈也绕不完……"

他司空见惯了本土乡亲打老虎怕碰破玉瓶儿的德行，转过身去朝阿三笑笑，问他愿不愿到工厂来学修理。阿三愣了一下，随即放下磨刀凳，弓着背向

他连连作揖。

大楼建起来了,"火凤凰纺织集团"的七彩大字高高地闪耀在进高速的路口,成为城市的地标建筑。

妠来对有才说:"咱们的工厂有今天是不是要去谢谢张县长啊?"

有才点点头,"这倒是,要不被人家骂没良心。"

妠来说:"这事儿还得自家人去,让别人知道终归不太妥当。"于是,嘱咐有才叫上新婚不久的老婆、财务科长水娥一起去给张县长送礼钱。

水娥提着一个普通妇女常用的手提袋,有才搀着她,侨装成农民工上门求访的样子。

门警打电话给张县长,挂了电话,便毛毛躁躁地打发他们:"县长是你们说见就能见的?"

俩人提着现金包沮丧地回到工厂。

妠来蹙起眉,"集团副总了,就这执行力?"

水娥抢前一步,替有才说:"又不是武装护送现钞车,八面威风!这种事偷阴绊倒的,你没见门警那样,横眉竖眼,好像我们干什么坏事!他肯定向县长报告我们带着什么东西,挨县长骂了!"

妠来低头,胃沉甸甸的,如堵着铅块。他阴沉着脸,说:"有恩不报,自堵后路,以后谁还会帮我们?"

水娥看一眼妠来,小心说:"这送礼可讲究呢,要送对方正需要。我有个好朋友要送礼搞关系,那领导说啥也不要,我朋友知他家书画不少,送了三只装画的红木大箱去,结果领导收得高高兴兴。"

有才横一眼水娥,埋怨:"鬏口好盖,人口难瞒。这么大件往领导家抬?亏你出这种傻主意!"

沉默片刻,水娥附在妠来耳边,压低嗓音说:"张县长有个亲戚在杭州,不妨请他转送?"

妠来不语,稍息,说:"你是负责财务的,把这事儿处理好了,不要送钱送到窟窿里,县长不知,还落下把柄。"

听说张县长被双规的当天,妠来从银行里取了30万现金,赶到检察院。他请求检察院长接见。

检察院长传话:"求保的事一律不接待!"

妣来好说歹说,才出来一个检察科长。

妣来把30万现金推到桌子中间,说:"不就30万吗! 当初,张县长死活不要,是我们打听到他有个外甥在杭州,把钱硬塞给了他外甥,也不知他外甥给他了没有。一人做事一人当,如果就是因为这30万的话,我们拿30万保他。"

检察科长上下打量着他,讥讽道:"有这么简单吗?"

"太自以为是了吧!"不等他说话,检察科长指着他的鼻就开涮了:"你们这些有钱人,贪婪又自私,用得着的人,不惜抱人上吊;自己捞够了,假迷三道从指缝里抠点钱出来赎人情,以为可以就此了却自己的内疚;要不就用诱饵去钓大鱼,拖人下水自己获取最大利润。殊不知你们用臭铜板砸死了多少人!"

他被这位科长数落得语塞,脸面像上祖坟时燃尽的纸钱,发灰的脸面,红一阵,阴一阵。

他想反击,又怕把对方惹火了,对张县长不利。还没等他想出恰当的理由,科长瞅了一眼桌上的鼓鼓囊囊的钱袋,讥讽地说:"收回你这棺材钱吧,再不要让我见到你!"话音未落,扭头离去。

妣来拖拉着步子出了门,拎着一袋钱就像拎着一袋狗屎。钱成了如此丑恶且分文不值的东西! 他无力地坐在路边的台阶上,耷拉着脑袋。

一个穿着破烂衣衫的男子牵着一个胳膊吊着绷带、绷带上结满血痂的男孩走到他面前。

他没有察觉。

那男子触碰了他一下。

他抬起头。

那男子睁着一双混沌不清的眼,推小孩跪下,一边连连作揖:"求讨点买米钱,小孩胳膊断了要看病!"

他看了一眼男孩,从口袋里掏出300元放在男孩的吊着绷带的胳膊上。

那男子喜出望外,问:"当真? 施主,这是300元呢,没错吧!"

他挥挥手,气不打一处来,"以后再也别干这种事了,把孩子打残废了来要饭,这钱你要得下手吗?"

那老头一边作揖一边往后退着说:"再也不敢了,再也不敢了!"

打发走了要饭的，他突然感觉自己其实比要饭的还不如。由于自己的原因，一个原本前程无限的国家公务员成了阶下囚！他捶打着自己的脑袋，揪着自己的头发，恨不得地下开个口子，把过去的自己埋葬了。他埋着脑袋，忏悔的泪一滴滴滚落在干涩的地面，洇成一只只湿漉漉的眼瞪着他。

夜渐渐黑了。街边的路灯一盏一盏亮了起来。

"大哥！"他听到叫唤，揉了揉眼抬起了头。

阿发、有才一干人正围着他。有才双唇微微翕动，语音令人动容："你不接电话，我们已经找遍乡下城里，只差报警了！"

阿发劝慰道："我听朋友说，张县长涉案不止我们这点钱，如果只是我们这点钱判不了几年。你别急，我家阿叔认识公安部的一个大官，我去问问！"

如来不知道飞行了多久。飞机正顶着强风降落，机身剧烈地晃动起伏。他恶心得想吐。

有才在虹桥机场迎候他。他头晕目眩地出了到达厅，两人默默低着头，伸出右拳互碰了一下，算是见面招呼。

汽车穿过上海市区上了沪杭高速，径直往侨丝农场监狱驶去。

原县长张枫认真地洗了一个脸。他为今天与如来的见面特地将牙齿来来回回刷了好几遍，用香皂洗了脸，刮胡了时太过使劲，差点出了血。刚进号子不久，被剃光的脑袋上显露出疤痕斑斑，他摸摸发青的光头自叹：从小就经常摔跤，磕磕碰碰的，这下可好，人生摔了大跤。

早上，点完名，吃早饭。今天没有大课，犯人们都在各自的监号里学习监狱规范。

9点光景，开始喊名，有亲属见面的犯人排成一队，在监舍中间的一方空地上等候。原县长张枫排在第一，他等着第一轮喊名。

看守长站在门外的筒道里大声喊："张枫！"

他快步往外走，可是还是快不过被后面喊到名字的人，后面的犯人大步甩着胳膊，几乎将他撞倒。

看守长厉声喊："一个个来，排好队，跟着走。"

他看见了如来。如来远远地向他招手，一只手拎着一个大大的包裹跟在他旁边的人也拎着一个大大的包裹。他认出那个就是越战老兵，鸭军团的司令吧!

他强作微笑,问:"工厂顺利吗?股市价格没有跌吧?要入关了,现在美国海关专盯中国公司的货,要多加小心,乡镇企业成长不容易!"

如来看着他剃光的青瘦的脑袋,眼镜后深深陷下的眼睛,鼻子一酸,差点管不住眼泪。他握住张枫的手,嗓子好像被鱼刺梗住,想说什么,却发不出声。

原县长张枫咧了咧唇,"牢里挺好,工作时没空想想自己的事,没空学习,现在可有时间了。"他佯装笑容,眼圈却红了。

如来使劲把眼泪憋回去,低着头左右摇了摇,哑着嗓子说:"都是我们害了你!我们能走到今天,多亏你一路关照。"

"我们是真心想感谢你的,谁知道……"说着说着,如来的双眼再也没有管住眼泪。

原县长张枫强笑,"也别感谢我,你不是老说自己是水鸭子吗?你们这批水鸭正好赶上了涨大潮的时候,我们只不过顺势推舟而已。"

他躲开如来发红的眼睛,垂下脑袋,盯着地面。有一只昆虫匆匆爬过。他的目光发直,声音像蚊子嗡嗡叫,"我是罪有应得。后来我才知道,我老婆收了……晚了,谢幕了,谢幕了!"他盯着自己的鞋,一双人字形布鞋沾满了土,他使劲跺了跺脚,抬起了头,说:"时间到了吧!"

如来的眸光始终没离开他,问:"你怎么不上诉呀?我们那笔钱是交给你外甥的,不知者无罪吧!"

张枫缓缓地摇了摇发青的脑袋,"他早告诉我了。"他长叹一声,"他出国留学钱不够,跟我借,我就说,那笔钱你急用就用吧!是我同意他用的!"

如来哀怨地说:"要是拿钱能够赎你出来,我愿意倾尽我所有!"

张县长的眼睛发涩,"钱,钱,自己千小心万小心还是掉进了它的陷阱。在大墙里面这些日子,我也想透了,人食不过果腹,躺下不过一席之地,即使全世界的钱都堆到你身上又怎能换来身心的坦荡与自由!"

时间真到了,看守长在筒道上吹着哨子,厉声喊:"回号子了!"

如来赶紧递过两个大包裹,说:"这里面是一些我们出口的品牌服装,还有美国产的深海鱼油西洋参鹿茸等等,你好好保重身体。"

原县长张枫推着不要,如来硬塞过去,张县长咬了咬唇,抱着两大包裹,拖拉着步子往监号走。包裹过大,张枫还是碰到了坐在筒号旁的犯人。那犯

人显然已经在这儿坐了很久,等着他要见的亲友,也许他的期望落空,他脸色阴沉,一把抢过撞在他身上的包裹,狠狠地将它抖散开来。

Vankuson品牌衬衣裤子散落一地,那犯人解恨的双脚在上面乱踩,一边恶狠狠地骂道:"你肯定是贪官,在外面贪,到筒子里继续贪,大家来抢嚩!"一边说一边夺过另一个包裹,用劲一抖,瓶瓶罐罐滚落满地。

犯人们蜂拥上前哄抢,一个没抢到任何物事的犯人把张枫使劲一推,不解气地骂道:"贪贪,到大狱了还贪!"

张枫一个趔趄,被推倒在墙根。

看守队长喊:"你们不要命啦!"

随着喊声,几个狱警手执钢铐和电棍前来支援……

~ 2 ~

阿调正在办公室打电话。连续的忙碌,扁桃腺像两个火球堵在嗓门口,随时要炸裂一般。她的声音发哑,扁桃腺发炎了。

为了让对方能听到,她按着胸口,好像就此能压住从胸膛开始往上蹿的火苗。她把嗓门放到最大音量,"还有两个货柜明天要出,你备好货了没有?"

马老板在电话那头同样扯着嗓子喊:"上个货柜的钱打过来没有?我们一单清了再发下一单。"

阿调愣了一下,安慰他,"别担心,我打电话给冷先生了,他说明天,明天一定有信用证开过来。那个银行的副总裁是Latin的把兄弟。"

马老板冷冷答道:"不担心?工厂没钱买原料了,这里又备了100万美元的原料,我的所有工厂都在赶你的货,工人要发工资,你发呀?"

阿调的嗓子好像被胶水粘住,她张了张嘴,黏膜仿佛撕裂了。她端起杯子,吞咽了几口水,声音又像拉满的弓箭,"就你的工人要发工资呀?所有货柜出货都要先付一半运费,这些真金白银可都是我付的。"

马老板也急了:"老板娘,你可别冲着我急呀,你朝那个台湾人去发火才对!"

阿调无力地说:"你又不是没去美国考察过,他们公司在大名鼎鼎的百老汇,逃得掉吗?这货从台湾走手续多,日子长你又不是不知道!"

马老板喊得嗓子痛了,他咽了咽干涩的嗓子,骂了句温州话,砰地把电话摔了。

冷小雷抬头看了看天,光线逐渐漂白了天空的晦阴,太阳慵懒地没有露脸。他打了车,从新泽西的家出发往办公室走。车刚要进林肯隧道,船代打来电话。

船代问:"你的货柜已经滞港七天了,已产生了1万多美元的滞港费,你还不提货啊?"

冷小雷说:"明天明天,明天就——"没说完,车驶进了隧道,手机没了信号。他哼了一声,就此收起了手机。

进办公室,他看了看表:现在是大陆的9点。他犹豫了一下,拨了阿调的电话:"老板娘!"他用无比诚恳的口吻说:"我可是舍了命帮你拼出口呢,我刚去了银行,给我们批信用额度的行长去欧洲了,还要一星期回来。你还是通知船公司放货吧,再过一星期这货就被海关当无人提货拍卖了。我们这儿百货公司上不了架,广告都打出去了,到时候罚款可不是小数字。这罚款你们工厂付啊?"

阿调急得眼泪直往外流。她吸了吸鼻子说:"你们不是说货到DP付款吗(一种货到付款的结算方式)?连货款都付不出做什么生意?"

冷小雷提高了嗓门,"请明白,我们这里可是昌来合资公司,是你的牌子,我们都在给你打工。我们接单你供货天经地义。海关要拍卖我已通知你了,你看着办吧!"

午饭时刻,胸口如蠕动着千万只蚂蚁,胃囊被一团乱麻堵塞着,阿调推开饭碗,又拨响了马老板的电话。

马老板的嗓门直接像装上了火药的雷管,"我这儿原料买了这么多,工厂停不下来了,这货怎么也得给你做完,给你做的货被海关拍卖也好,货卖不掉也罢,合同上黑底白字,时候到了你必须付我货款,你不给我,我自会找你儿子去要!放不放货是你的权利!"他的话噼里啪啦炸裂在空气里,满屋都是浓浓的战火。

阿调委屈地说:"我找你好好商量,你倒好,威胁我了!"她赌气地摔了电话。埋着头,眼泪不由自主涌了出来:做出口怎么这么难呢?妞来怎么做的?妞来的影子在她眼前晃,她心头像被蜜蜂蜇咬了一口,耳边嗡嗡嘤嘤的,

电话铃又响了，已是午夜时分。

阿调看了一眼显现在座机上的号码，抓起电话就问："是冷先生吗？你给我传一张保证付款的担保函来，盖上你们的公章，我这就通知船代放货！"她的声音有气无力。

放下电话她心里骂：哼！姓冷的，你敢不付货款我就告你，天天到你公司去闹！死缠烂打还怕降伏不了你们！

初冬，寒风瑟瑟，残月如钩，稀薄月光似薄霜，更添了寒意。阿调褪去了身上的所有穿着，孤零零地躺在自己的有着一个小院的屋里。

她蜷缩在床上，痛苦地抓挠着自己的身体。自从离开如来，她第一次感觉如此需要他。夜晚，如来的打鼾声如春雷，由远而近，渐次高低，将她实实在在地包裹着，不再孤单。

她钻出被子，找手机，摸到了手机后按了数字，那是如来的电话号码。跟他说什么？问他遇到这种麻烦怎么办？她刚要拨号码，又赌气地把电话扔下：好像没他我活不了似的！

眼前浮现出马老板那张虚肿的脸。马老板不再对她温情绵绵，甚至对她讨好的笑和抛媚眼视而不见。今天下午那通电话不仅仅是威胁："限你七天内付第一批货款，拿不到钱，哼！看你还要不要儿子！"

她裹紧厚厚的棉絮被，依然冷得全身发颤。水漫金山，金色的塔尖在洪水中摇摇欲坠。大水吞没了她，她拼命挣扎，失去了呼吸的自由。

"你不付我钱，我自会找你儿子要！"夜的黑暗里有寒光闪过，马老板的眸光像双刃箭射向她也对准了小鹿。

儿子！她从噩梦中惊醒，必须立即把儿子送去美国。除了保护儿子，她还能近距离监管这批货物。

她看了一眼表：凌晨2点。马上出发，赶在天亮前把母亲和儿子带离温州。一旦决心已下，她恢复了果敢与决绝。

夜的公路，不眠的货车像醉汉摇晃着擦过车身，阿调踩足马达，超了上去。

小鹿翻了个身把被子往上拉，蒙住脑袋又睡了过去。

阿调不再是轻轻地摇晃。她忽地把小鹿身上的被子掀开，把小鹿拉了起来。

小鹿不情愿地穿着衣服，拧紧了嘴，阿调要帮他扣扣，他别转了身子，给阿调一个背。

阿调赔着笑说："看你都长这么大了，都是小伙子嗓门了，跟妈妈去美国吧！"

听说出远门，小鹿转过身来，怀疑地问："不上学啦？"

阿调说："妈早就给你办了L2签证，送你去美国上学！咱不跟这里的孩子比分数。"

"真的？"小鹿疑惑地看了一眼妈妈，怀疑问："下个星期的期末考试不用参加了？"

阿调捡起小鹿丢在床下的裤子衣服，扔给小鹿："快穿上，咱们得赶路。"

阿调妈进屋来，站在阿调旁边说："调，我想了半天，觉得还是你自己带小鹿去吧，小鹿长大了，不需要我带了。再说这家里鸡呀鸭呀的也离不开我。还有呢，逢年过节我都得去你爸和你姐的坟上烧个纸，他们在地里躺得安稳，你生意也会兴旺。"

阿调皱着眉忧虑地说："你……我是不放心你自己留在这儿。"

阿调妈说："这有什么好担心的，你管好小鹿就行。虽然听你说美国怎么好怎么好的，我是乡下人只相信自己的老屋好。没事儿，娘这把老骨头了，谁也不会把我怎么了，有事我给你打电话，这不，你才给我买的手机吗！"

阿调见劝不动妈，就说："那你小心啊！如果马老板敲门你千万别开，先给我打电话。"

阿调妈诧异地问："是那个马老板吗？见他大面堂堂的，不像是个坏人。你们不一起做生意吗？"

阿调叹："唉！你就别多问了，生意场的人说翻脸就翻脸，你凡事小心就是。"

院里的公鸡啼鸣了，院子外，邻家的狗凶恶地狂吠起来。

阿调催小鹿："快挑几件喜欢的用品，咱马上出发！"说完便去院外看动静。

远处隐隐约约有一群人正从墙垛那边走来。

不好！一定是马老板来了！她转身拉上小鹿，生拉硬拽地把妈妈一同塞进了车。

清晨的天空雾蒙蒙的。那伙人越走越近。

她踩足油门,绕小路,颠簸着出了村。

天麻麻亮,马老板的家就被讨工资的农民工围得水泄不通。他跨出房门,一把杀猪刀斜斜地从他耳边飞过,不偏不倚插进了大门的环形圈内。马老板打了个冷战:那意思分明是要取我心肺。

马老板恨阿调恨得咬牙切齿:都是遇到了这个倒霉女人!他撩起水肿的眼皮,一把拔下杀猪刀,"嗖"的一声,他甩手将杀猪刀朝远处飞去。

随即不远处传来一声鸡的惨叫,杀猪刀分毫不差插入了一只正在奔走的公鸡的脖子上。那只高大的雄鸡昂扬着插着刀的脖颈,颠了几步,嘶鸣几声,歪着脖子倒在了地上。

一群工人正涌向他的家门口,他们扭头看公鸡,倒抽一口凉气。

马老板站在门前,厉声喝:"你吓唬谁呢?你不知道我家小舅子是公安局刑警大队的?我打个电话叫他们来,你们不但工资拿不到还得去坐牢!"

骚动的人群瞬间被威慑了,几十双眼睛看向马老板。

马老板拖过一条长凳,站了上去,说:"我正要给你们开大会讲讲工厂的财务状况呢,你们却等不及,不分敌我,直奔我家来了!"

他清了清嗓子,提高声音说:"大家听清楚了,这钱不是我欠你们的,我马水金这辈子从来没欠过任何人一分钱!"

"从没欠过!"他大声重复。

那个扔杀猪刀的工人带头回应道:"不是你欠是谁欠的?我们是给你打工的!"

马老板脸一横,大声回复道:"我也是给别人打工的,他们欠我的钱都快半年了,却没有付过分文!我们同心同船同甘苦,要紧紧地团结在一起,对付共同的敌人才对。走!弟兄们,跟我一起讨债钱去!"

不等人们反应过来,他胳膊一挥,把众人带出了自家大院。

他走得很慢,一边走一边琢磨:领众人到阿调家去闹吗?他磨蹭着步子,犹豫着。说实在阿调也是个受害者,上这条贼船自己也有责任。

他很快为自己的同情心感到可笑,我只能盯紧阿调要,好歹美国是她合作的公司,不找她要,难道找那几个棒打不到的美国人?

主意已定,他一边挥舞着手不断做着斩斩绝绝的手势,边走边带头喊着:

"欠钱还钱,杀人偿命,这是天下道理,哪有欠钱不还之理!"

离阿调家越来越近,马老板心里七上八下:真去阿调家绑架她儿子?那不是男人做的事!再说押了她的儿子又怎么样?阿调还是付不出货款的。

他忽然想到了如来:对!阿调的老公是上市公司的大老板。小鹿也是他的儿子,他不会不管吧,先绑了他儿子再说!他心里有了底气,走路孔武有力起来。

他气势汹汹地喊:"这个欠我们钱的人就是我们村的,走!跟我走啊!欠钱还钱!杀人偿命!"

人群跟着他纷纷举起胳膊喊着:"欠钱还钱!杀人偿命!"

马老板没有算计到,阿调会先他一步将儿子和妈妈都带离了村庄。

他的面色由青转灰转成惨白,他转身,用悲苦的声音对工人们说:"今天还得开工呀,那么多原料堆积着,都是钱买来的啊!"

工人们并不理会,嚷嚷着:你的原料是钱,我们的力气不是钱吗?我们的时间不是钱吗?我们给你卖命你不付钱吗?

马老板将眸光瞪成了两把开了锋的牛刀,一刀刀朝说话人狠狠飙去,气势汹汹地吼道:"这贼婆娘我一定会找到!不是不报时候不到,你们的工资不是不发,是那个贼婆娘没付咱们的。我有田有房有厂,卖了也会资助你们!"他将资助两字吼上了天,把欠工资的责任推给消失在视野中的阿调。

阿调终于拿到了小鹿到美国读初中的申请表。她拨通了纽约温州同乡会黄先生的电话。生怕隔墙有耳,她关上房门压低嗓门问:"能帮我儿子找一个美国人的家庭寄宿吗?这家美国家庭要绝对可靠,与中国人没有来往。"

黄先生在电话那头扯着嗓门说:"你说得大声点,听不见!"

阿调望向窗外,天地间灰蒙蒙的,不知什么时候下起了雨,秋风没有方向地忽东忽西,雨被风刮得七零八落,落在屋顶,发出砸锅卖铁般叮叮咚咚的敲打声。她提高了嗓门。

黄先生终于听清了,和气地问:"与美国人住一起,小孩会不会不习惯?"

阿调说:"反正出国都会不习惯,还是让他有个讲英语的环境比较重要。"

临走,她拉着小鹿向外婆下跪告别。小鹿甩了甩手问:"爸爸呢?他知道

我们离开吗?"一边从箱子里翻出一个变形金刚塞进书包。这是他8岁时,爸爸到温州外婆家去看他,带给他的。

阿调眼圈发红,说:"你爸爸把屋都卖了,他没有家,以后他会去美国看你!"

阿调妈说:"还是得跟他爹去打个招呼吧,以后到美国也有个照应。"

阿调瞪着眼睛,哀怨地看着妈妈,见小鹿转身去屋里的当儿,低声对她妈妈说:"妈你老惦记着他干吗?等我把小鹿培养成大学生了,让小鹿自己去找他,让他一辈子内疚吧!"

阿调妈抹着眼泪说:"你女人家赌这气干什么!"

阿调抱怨:"妈,你还不了解我这脾气啊,我就要争这口气,否则我就不是阿调了。"

阿调妈的眼泪落得像冰雹,砸在阿调心上,阿调也哽咽起来,抽抽搭搭地说:"妈,我到纽约安顿好小鹿还要讨债,一年半载回不来,我已给你找了个保镖,有个万一他会保护你,实在不行,你还可以去找妞来。妞来的工厂就在进高速的路口。他心肠软,有什么事肯定会帮你!"阿调说着找了张纸,写上妞来的电话和地址塞进了妈的衣兜里。

门口传来三声汽车的鸣笛。是工厂的司机。

阿调压低嗓门对妈说:"说好的,时间到,门口没有可疑人就鸣三声喇叭。我们这就走了。"说完紧紧地搂住妈,贴着妈的脸。

母女俩的泪交融在一起,阿调任由泪水顺着腮帮流进嘴里,吞咽了下去。汽车喇叭又响了三声,她转身,招呼小鹿:"快走!汽车等急了!"像要修理的洗衣机,她的声音有气无力。

温州老乡黄先生早候在纽约JFK机场,他把阿调和小鹿接上车往法拉盛开去,一边开车一边说:"学校离住宅不算远,坐几站巴士就到了。"

开过一座桥,黄先生指了指桥下,说:"马上就到了。连住带吃每月1200美元。"

阿调皱起眉,嘀咕:"钱倒问题不大,就是这地方靠近高速怕不安全吧。"

黄先生说:"这家人家特可靠,知道中国孩子吃什么还会做几个中国菜。"

说话间,车拐过桥,在人家屋前戛然而止。阿调愣住了,这人家屋怎么建在坟场旁？树荫重重中一排排低矮的十字架整整齐齐，墓碑一个个趴在地面。她犹豫着不肯下车，这埋死人的地方怎么可以让孩子住？

一个60岁开外的灰发女人笑呵呵地开了门。黄先生喊阿调。

阿调扭头看坐在后座的小鹿，小鹿斜躺在后座，嘴角咧着，好像正做着美梦。她犹犹豫豫地跨出车。

那女人冲着她说了一串英语。

黄先生翻译说："她叫Jenifer，她说她可喜欢中国孩子啦。这儿靠近花园，环境好。孩子住在这儿，在上帝和他的天使们的护佑下，这里安全又美好！"

阿调四处看，问："哪有花园啊？"

黄先生指了指墓地："这不是吗！美国人认为死人去的地方是天堂。这里不就是天堂花园吗？"

那女人把黄先生领进屋，黄先生见阿调没跟上来，便回头向阿调招手，阿调摇摇手，推说孩子睡着了，不进去了。她打定主意，不在这里浪费时间。

黄先生不一会儿从屋里出来，说："其实这儿真得挺安全的。"他叹口气道："唉！中国人与美国人文化不一样。我现在已慢慢适应了。看你还不适应，咱们再去看一家吧。"

车穿过法拉盛闹市往北走。

阿调指着熙熙攘攘的街市和满街的国人，对黄先生说："这跟中国没什么两样啊！"

黄先生说："这不挺好吗，万一孩子吃不习惯美国人的饭菜，还可以自己在外面买中餐。"

阿调皱着眉不言声，看这地方跟温州的乡镇实在没什么两样。

车穿过北方大道，在一片幽静的街区停下，黄先生说："这儿不错吧。我们到了。"

小鹿被车晃醒，看着窗外，推推阿调的背，"撒尿。"

阿调忙给他开了门。出了车，小鹿撒腿往墙角跑去解开了裤子扣。

黄先生说："美国人不随便撒尿，以后得教孩子。"

阿调不以为然："全世界男人不都这么撒尿吗！"

黄先生无语，等着小鹿尿毕一起进屋。

一串狗的吠叫声，一个肥胖的老头摇摇晃晃出来开门。老头虽已过了花

甲，却声音洪亮，双眼陷在虚胖的脸面，像两只狼眼，发黄的眼珠闪着荧光，说话时双手不停比画，一副有板有眼锱铢必较的认真劲。阿调初见他就觉得可靠，是个负责任的管家。

"我叫Emnon！"老头自报家门，随即领着阿调进了屋。

阿调喜滋滋地随着Emnon，转过一间房又进了另一间房。阿调第一次进入美国人的家庭，见这屋比自己以前鉴湖旁的屋还大，装潢得又大方又温馨，顿时增添了亲切感。

"这就是给你儿子的房间！"老头嘿嘿笑，"他一定会喜欢！"

阿调拍了拍床垫，嗯，不错，还是席梦思的！即刻打开钱包，交了一个月押金一个月房租共2800美元。对黄先生说："就请他当小鹿的监护人吧，请个美国白人监护，学校不敢欺负！"

黄先生摇了摇脑袋，又怕阿调把监护人的责任委托他，在美国谁负得起监管一个未成年男孩的责任啊，便转身向美国房东转达了阿调的赞美，"这位女士特别信任你，孩子的父母不在美国，就请你给她儿子当监护了！"

Emnon莹莹亮的眼睛瞪直了，"监护人？"他看了一眼阿调，连连摇头："监护人是要承担责任的！"

阿调原本还悬浮的心落定了，她就是要找一个能对小鹿负全责的人家。她脸面漾起笑，看着Emnon，让黄先生替她翻译，儿子住在他这里，他本来就有监护的责任，"这样吧，每月多付他100美元，就让他承担起这个责任！"阿调脑袋一甩，做出一个不在乎钱的动作。

每月多付100美元，Emnon心动了，他歪过脑袋看一眼阿调，执拗地说："既然我是监护人，我就得尽心尽责，孩子父母不在美国，就得听我的，把这些都要写在合同里！"

阿调放下心来，美国人是不能打骂孩子的，只要不打骂我家小鹿，正当教育，我还求之不得呢！

临别时，Emnon握着阿调的手说："你放心吧，我已退休，我会尽监护人的责任，让他尽快进入美国人的生活，如果他有什么不规矩的行为，我一定义不容辞管教。在这里只有一种语言——英语，我会尽量让他融入美国社会！"

阿调听Emnon这么说，握住他的手，深深地弯下腰去，"我们家孩子跟着外婆长大，规矩不太懂，放在你这儿我就放心了。请尽你的责严格管教，孩子长大出息了一定会报答你！"

Emnon郑重地顿了顿脑袋，像领着移民入籍宣誓。

安顿好小鹿，黄先生把阿调送去曼哈顿，他为阿调订了靠近百老汇的饭店。

街灯一盏盏亮了，车驶上了曼哈顿大桥。阿调茫然地望着河对岸的曼哈顿，夜色中的曼哈顿闪烁的灯光像被挖空了的一座座金矿，每一束光的下面都是一个无底的深坑。送走了儿子，她全身掏空了一般，空虚无力，像一座没有任何内容的枯矿。

~ 3 ~

Edi大步流星地走向百老汇1407号纺织时尚大楼，他的身后跟着他在FBI工作时曾当过他的助手的两个老搭档，其中一个提着一只钢制的手提箱。

Edi虽然早已工作满30年退休了，但他依然保持着职业习惯，时刻准备着为FBI服务。他下意识地触了一下腰部，腰上那把92式9毫米手枪是他最爱的家当之一。他毫不费劲地找到了昌来美中纺织公司并按响了门铃。

他的两个同伴出示了FBI的工作证，随即把Latin和冷小雷一起叫到了样品间。

Edi一双鹰隼的眼在Latin和冷小雷之间来回穿梭，试图在两人的肢体动作上找到破绽。Latin脸色铁青，十指交叉紧扣，极度的不安与紧张；冷小雷单腿不断地抖动，不自然地扯出笑意。

Edi突然连珠炮似的发问："假设你们要进35个服装货柜，你们会使用大陆的面料台湾的服装加工厂吗？你们会出高价买大陆的配额从大陆进美国海关吗？你们会从大陆出口到台湾在台湾改包装进美国海关吗？"

他脑袋微低眼角上瞟，当问到最后一条时，他注意到Latin手指越扣越紧；冷小雷突然将正在颤动的脚下意识地踢动起来。

他猛地站起身，厉声喝道："请将你们与中国工厂合伙逃配额的过程仔细描述一遍！"

Latin瞪了一眼冷小雷。冷小雷不自然地笑："先生，别误会，是不是搞错了，我们都是规规矩矩的生意人！"

Edi用眼示意他的老搭档。只听"咔嚓"随着锁的弹跳声，钢制手提箱打

开了,一位探员拿出一沓纸摊在桌上。

冷小雷探过脑袋,他惊恐地抹了抹脑门上沁出的一层汗,摊在他眼前的,几乎是他与阿调工厂往来的所有传真。上面清清楚楚地印着火凤凰河塘纺织厂的地址、电话和传真机号。他对美国FBI的窃听和截获进出口公司信息早有所闻,可没料到做得如此完整缜密。

冷小雷迅速与Latin交换了眼神,渐渐镇定下来,点头称:"是是是,中国大陆这家工厂是我们的供货商,他们一直把货运至美国,我们做的是货到付款,至于他们走海运,还是空运,还是什么方法运到这里的跟我们没有任何关系……

Edi扬起头冷笑:"完了吗?请再陈述一遍!"

冷小雷开始结巴起来。

两位探员已做好了笔录和录音。

走出门时,Edi的脸面压上了一团乌云,河塘纺织厂不是妞来的工厂吗?现在他有个总公司,上市了,叫什么火凤凰。他通过台湾逃配额走私?他困惑又吃惊。他从来不认为妞来那对笔直视线的目光遮掩着什么阴谋。

走在他身边的老搭档耸耸肩,悻悻地说:"铁证如山!你休想看透中国人脑子里到底想的是什么!"

~ 4 ~

火凤凰集团股份有限公司,32层的大楼成了当地制高建筑。

大楼里,成衣车间的工人们正在加班赶制T恤衫。100万件黄色的T恤要赶在世界杯足球赛开幕前送到比赛地韩国,中国足球队第一次参加世界杯比赛,这是火凤凰集团对中国足球队的支持与赞助。让所有赶去看世足赛的中国观众穿上T恤,为中国足球队助威鼓劲。每一件T恤上都印着一只振翅欲飞的火红色凤凰,后背则是太阳花颜色的口号:中国足球队加油!

阿发将俄罗斯的服装加工厂交给了娃娅的弟弟娃力负责,他则留在了火凤凰,负责集团生产线,还遥控指挥火凤凰在全球的生产加工点。他喜欢自嘲。他曾经惧怕回家乡,惧怕被孩童追在身后扔石块,鄙夷地称他"跛脚佬"。现在他戏称自己"跷脚佬"。当有人抱怨他走得慢,他会跳着加快走,还会拉起裤腿,秀自己的钢骨架的腿。他喜欢跟工人开玩笑,好多工人连他姓什么都不知道,背后称他"跷脚司令",当面则干脆直接叫他"司令"。

他穿过堆满T恤的缝纫机车道，钢铸的脚在水泥地上，发出咚咚击鼓般的声响。

质检台板上堆着一长溜橘黄色的T恤，像一条起伏的蛟龙。早班的两个质检员面对面坐着，聊着天，粗粗看一眼手上的棉织品，大致没毛病，便丢进了产品箱。

阿发离她们一步远，看得着急，上面还挂着线头呢！他蹦着上前，咚的一声，将钢筋腿倚在台板旁站定。他抓起刚丢进筐的T恤，拿起剪刀，剪干净线头，又重新拿尺量了一遍。

两质检员尴尬地互相看一眼，知阿发要批评她们，一个年长的质检员解释道："司令，这又不是订单，是白送的！能给就不错了，质量嘛？"另一个质检员将T恤丢进筐，说："能放的尽量放，免得损失更多！"

阿发扬起头，平静地问："你们在董事长手下干了几年了？"

质检员相视一笑，年长者伸出掌，"不多不少这个数，五年了。"

阿发点点头，说："如果我没有记错，你叫彩云，对吧？我们在食堂里还对面吃过饭呢，没记错吧？"

又指向另一个问："你从服装学校毕业过来也两年多了吧！"

见两人诧异，阿发冲着年轻的那位说："你叫李芳吧，我看过你的工作表格，未婚吧！"

阿发圆圆的脸，眼睛总是含着笑意，好像高年级班总是助人为乐的大哥。他摇摇头，咧咧嘴，很替对方遗憾的表情，"浪费时间了，五年，两年半，都是老职工了，连董事长的理念都没搞明白！"

他朝向李芳，"如果董事长的理念都吃不透的，我担心你不可能嫁个好男人！"

李芳脸红，张嘴想反击什么，阿发没给她机会，"咱们的董事长为什么要出钱出力赞助？你以为世界级的运动会稀罕你几件布衫？董事长是要打品牌，为品牌造势！赞助别人，送产品，就是送脸，送面子，让大家都知道我们的名字叫火凤凰！如果把品质不过关的东西送出去……"

阿发从台板上挑出一件挂着线头的T恤，说："就这？你这是打董事长的脸，打火凤凰品牌的脸，打你自己的脸，让人觉得你是个粗糙的女人！"

李芳眼圈发红，低下了脑袋。

阿发并不理会，继续调侃道："听你口音是当地人，你看过越剧吧，'三

分人才七分扮，一扮扮得像花旦'。出门相，出门相，大姑娘要精致的妆容，面相好了，优秀的男人自然会向你投注目礼。"

阿发嬉笑怒骂，好像说给自己听，"服装跟人一样，要有自己的面相，人见人爱，拿在手上啧啧称赞，穿在身上舍不得脱下。你服装专业毕业，我是白目先生，按理说我要向你学习，做服装三分做，七分熨，线头要撮干净，衣服要熨得玻璃样平整。飒清爽，梅兰芳（土语：喻做工与外表都令人耳目一新），这成为你的工作常态了，直接会影响你的生活习惯，那样，我包你嫁个好老公！"

手机传来办公室通知："立即到会议室开会！"

他冲两个质检员一笑，话却毫不含糊："我不奉陪你们检测了，下班前把质检报告和清单送到我办公室！"说完，两条钢铸的腿，咚咚击鼓似的敲击着地面，转眼不见了踪影。

李芳吐吐舌头，"司令还知道我的名字！恐怕连我失恋的故事都知道。橡皮钉子，好厉害啊！"

彩云敬畏的口气，"你别以为咱司令真像自己说的'白目先生'，他打小跟他的盲人爹走南闯北说大书，练出了好记性，讲起来一套套的，要不怎么镇得住集团生产线这么多工人？"

如来坐在办公室，拿出发言稿，读了几遍，又扔下。他对自己的声音和动作不满意。没进步，还是白墨佬的样子！他叫来了管理层的人当他的听众和审判官。

会议室在最顶层的中间位置。要顺利穿过走廊进会议室并不容易。走道的地面铺着凹凸不平，尖得硌脚的石子，每个人走过这里一不留神就会摔倒，必须特别小心，看着脚底，否则，不是脚底被硌得生疼，就是摔个跟头。

走道上，树有一方警醒碑，碑上书几个遒劲的大字：小心！摔倒了？起来！下面还镌刻着如来奶奶的一句话：乞巧布，乞巧布，没有办不到的事，没有走不通的路！

走廊的尽头是董事长办公室，如来还是将办公室用屏风隔出了一个小卧室，有改进的是，原先的钢丝床换了一张棕床。有才劝了他好几次，要他买个房回去住，或者单独用个公寓套间，都被他拒绝了："天变有雨，人变有祸。苦一点好。"被有才问急了，他就说："光棍一条，明天还不知能不能活着，买它干吗?要买也得等阿调和小鹿回来!"

似来又有什么新花样?水娥想着,在长条桌边坐下,每逢开会,她总是第一个到。

人陆陆续续到齐了,似来挠了挠头皮,向每一个来参会的人抱拳,"耽误大家一点时间,帮我矫正一下手势、口型,还有眼神!"

他开始表演。他在假设的讲台上来回走着,挥动着手臂,世界杯足球赛组委会给他五分钟的时间演讲。

……生命变幻无常脆弱易逝……只要你决心成功,失败永远不会把你击垮……成功必定属于我们……中国足球队,全中国人民做你们的后盾,加油!他挥着拳头。

沈同很认真地说:"这个拳头挥得太做作,容易被人家联想乡下人打架。"

他修正了一下,做了个劈的手势。

有才摇摇牛大的脑袋:"这手势不好,像山里人上山劈柴!"

他伸出手朝空中一握。

阿发笑:"难道你在河江里抓秋谷鸭吗?"

惹来一屋的笑。

似来绷起了脸,"你们不要先把自己设定成乡下人好不好!我来个即兴的,你们就当在人民大会堂听演讲。"

他一边演讲,一边想象着世足赛的场景。

他听到喇叭里喊他的名字。

他三步并作两步地跃上台去。

他挥舞着双手,被自己慷慨激昂的宣讲所感动。

观众席人山人海。穿黄色T恤的球迷摇旗高喊:中国队,加油!

他眼睛看向大家,一桌人看得目瞪口呆。随之,鼓掌声稀里哗啦响起。

新年的脚步近了。

[第四部] 千禧年：九一一前后

千禧年

华尔街

九一一，那天那人那事

刀

阻燃

火凤凰

时尚密码

下轴

尾声

千禧年

~1~

阿调抬起头,盯着大楼上方雕刻的硕大数字:1407,纽约百老汇时尚中心。她的丹凤眼圆睁着,下唇早被自己咬出了血,结了痂,又咬出了新的血印,落下新的疤痕。饿空了的胃囊咕噜噜地向她抗议。她脑袋一扭,跨进了大楼。

临近傍晚,紧邻的时代广场挤满了游客,霓虹灯渐次亮起,巨幅视频广告你方唱罢我登场,演绎着一场商都闹剧。热闹着的是邻家广场,这座大楼却诡秘安静如皇帝的衣冢墓地。

大楼的通道两侧立着一座座雕像,他们是时尚界的泰斗。往常,阿调来到这里都会伫立,默默祈祷,请前辈赐给她时尚的灵感与能量!他们或微笑沉思,或双唇微启,或与她目光交流,总能给她无声的启迪。现在,她站在塑像群旁,心不在焉,CK创始人昂扬的塑像恰好地遮挡了她娇小的身体,她倚在青色塑像后,眸光锥子般盯着入口处的旋转门。今天Latin 5点钟后会到办公室,这是昨天冷小雷无意间透露的。

终于，阿调的目标出现了。一个长砖形身体顶着门旋转着进了大堂，他身着一条头层软牛皮缝制的裤子，不多一分也不少一分的剪裁，如同树皮包裹着老桩，显示出爆裂的老辣，上身着一件缝制考究的立领白衬衣，将筋经暴突的身体塑成一座笔直的方砖。他将衣袖刻意挽起，露出壮实的胳膊，手臂上盘绕着两条青蛇，青黑的脑袋钻出衣袖，沿着手背吐舌喷火。

这样的服饰在时尚大楼并不多见。阿调一眼看到了他。一锅煎熬久制的汤总算要端上桌了。她一低头，深吸一口气，梭子般绷紧的神经，进入了程序。

Latin的目光阴冷游移，向四周警惕地瞭了一圈后跨进了电梯。在电梯回落的时候，阿调从CK奠基人的塑像后闪身而出，快步跟了过去。

她快速地按住了上行键，电梯将她悬着的心一层层拎上了半空。17层，红灯亮起，她跨出电梯，挺直腰背，抿紧唇，深呼吸，给自己增添了勇气和信心。

迎面就是公司大门，一块黑色大理石上镌刻着金色大字：美中合资昌来纺织集团。这几个金色大字像电击一样刺痛了她。她几乎不敢直视，快速按响了门铃。

前台坐着一个南美姑娘，黝黑的皮肤光滑而细腻，圆领衫下露出性感的两个半球，随着起身，两半球好看地滚动。她笑吟吟地按下开门键，这才意识到来人是阿调，按错了键。她脸面抽紧，迅速拨响了电话，低声呼叫："冷先生，她来了！"电话还没放下，阿调已推开门，跨了进来，从包里抽出一块巧克力，招呼她"艾米"，随手丢了过去。随着啪的一声，小条力士架落在前台桌面，阿调扬起脑袋，径直朝办公室内走去。

显然艾米被老板关照过，她站起身，面孔绯红，怯怯地拦住了她："你找谁？"

阿调脚步顿住了，惊愕地盯着她，深棕色的眼球碎芒射人，"你……竟敢拦我？"

"等等……"艾米支支吾吾，指了指办公室方向，阿调每次来都会给她带点小礼物，显然她有难言之隐。

传来擦着地皮走路的声音，阿调转过脑袋。冷小雷朝她迎面走来。

冷小雷面色微愠："你怎么又来了？"

阿调从牙缝里迸出声，"不找你，别挡道！"

冷小雷张开胳膊，"明天，明天一定付，你回吧！"

阿调提高了嗓音，"姓冷的，别拿明天来糊弄我，谁还会相信你的明天？今天我是来找Latin的！"

冷小雷横过身子，不耐烦地说："Latin不在，你还是回去吧！"

阿调双眸喷火，盯住冷小雷，"你再说一遍！"

冷小雷躲开阿调的眸光，指着大门，"门，门在那里！"

阿调推开横在她面前的胳膊，快步往Latin办公室走去，高跟鞋踩出的声音，像台风来临前的暴雨，噼里啪啦在区间回响。

南端的办公室门紧闭着。阿调轻叩门。没有动静。阿调直接扭开把手，推开了门。

Latin的身体蹲在宽大的老板椅上，一只手上劈下斩，一只手捏着电话，吼着什么。

忽见阿调进屋，他噌地站起，一手捂着电话，愠怒道："谁叫你进来的！"

阿调一惊，蹙起了眉。她将手握成空拳，捂着嘴轻咳了一下，驱走了突然袭来的慌乱。稍顿，她扬起脑袋往前跨了一步，不失礼貌地问候："Latin，你好，很久不见！"

Latin警觉地看她一眼，扭头说："你走错门了吧，Leng在那头！"

阿调咧了咧唇，却没能漾出笑意。她鼓着勇气盯住对方的眼，用英语一个音节一个音节地表达："我就是来找你的！"她的声音像雨柱打在青石板地面，清脆有声。

Latin微愣，随即脑袋一扭，双手下意识地将桌上的文件推了一下，说："有什么事找Leng，不必找我！"

阿调望着Latin，声音柔婉诚恳，"Latin，我来了多少次了？Leng没跟你说？如果他能解决问题，我还打扰你吗？"

"你们应该付货款了！"她的语调急促起来，"你应该知道我们给你们发了多少货，525万美元的货款，你们拖了这么久，利息就是几十万，工厂拖不起了！"阿调的双眸烛火般冷而媚，映衬着她憔悴的脸。

Latin的面部陡地充了血，他避开阿调的眸光，将脑袋转向一旁，片刻，他的目光越过阿调盘着发髻的脑袋，对着门，一个字一个字地说："你出去！"

阿调惊愕地瞪大眼睛看向Latin，这张脸毫无表情，像一块浮冰，撞向她梦幻的船只。她伸出冰凉的手，掏取手提袋里装着的出货单和发票，纸张在她手上颤抖，发出细细簌簌哭泣般的声音。这些单据共525万美元，每一个数字浸染着工人们劳作的血汗。

Latin冰冷的眼眸扫了一眼这些发白的纸张，然后落在了阿调的脸上。阿调和Latin之间横着的L形老板桌，俨然一张棋盘上的界河。阿调抻长胳膊，越过界河，将这些出货单据唰地抖开，摊在Latin眼前。美国人是公正的，有契约精神的，这不是教科书式的坊间名言吗？阿调不断给自己打气。

"你们必须付款！"她的声音像满弓的箭，对准了靶向毫不含糊，"今天你们必须付款！"

Latin剜了她一眼，右嘴角的神经习惯地抽搐了两下，将面孔扯成了阴沉的毛石。他盯着阿调，嘴里喷出一串机关枪发射的声音，"你们占了我们太多的便宜，你们是有出口退税的，听说你因为我们的合作还得到政府的嘉奖，免税买了进口汽车……做的什么烂货，我不找你们赔偿算是看在双方合作的关系上……"

这些声音从阿调耳边擦过，戳在她心头，语速太快，阿调没能抓住每一个词义，但从Latin的表情和语调中，阿调捕捉到了大概意思，他绝不会付款。

Latin是她抓在手上的一枚气球，迎风摇摆的希望。她的脸涨红着，这枚气球正在遭遇飓风随时炸裂破碎。

所有的过去不认为是苦难的苦难排山倒海向她压来，如来、小鹿，很久没有见面的妈妈，破碎的家庭、摇摇欲坠的工厂，工人们等待发工资的一张张哀苦的脸。她宁愿站成一棵大树，不愿做替代的花瓶，这份坚持正在遭遇鞭打。她抽了抽鼻子，斩钉截铁地说："欠债还钱，杀人偿命，这是天下公理！"

Latin斜眼盯着阿调，右边眉毛急速地抖动了几下。他推开椅子，走向靠墙的壁柜，地板上响起他重重的脚步声。"哗"，他拉开一道几乎与白色墙壁同色的壁柜，从壁柜里翻出几件女式针织上衣。

他一把将衣服甩在桌上，对阿调说："你看到了吗，这就是你们做的衣服，商店全部退回来了，是你欠我钱，不是我！"他决绝地摇摇头："是你欠我，工厂欠我，不是我欠你，欠你的工厂！"

他拎起针织衫，就像抖动着从河里打捞的几条死鱼，"我的客户为迎接这些货，早几个月就做广告了，上百家商店腾出了货架。你知道广告费的价格吗？你知道每家商店上一批货价值多少吗？你的这些货垃圾都不如！"

他面部毫无表情，一字一句地说，"付货款？首先保护好自己的利益，这是我们的原则！"

他手指叩击着桌面。阿调分明听见了棺木合拢，铁锤一声声砸着铆钉的声音。那天抬走姐姐的棺木时，她跪在地上爬行着，一声声呼喊着姐姐的名字，企图抓住姐姐随着灵柩远走的生命。

阿调的声音有了发颤的恐惧，她瞪大了眼，说："不可能！不可能！你们有来验货的，我有签字！"她从包里翻找着验货单，双手冰棍一般。

"台湾人，哦，冷先生的签字……"她找出了验货单，递到Latin面前。

Latin一把将展示在他眼前的单据团在手中。

阿调失神地瞪大了眼，这怎么可能！没等她发出惊叫，Latin唰地拉开抽屉，抽出几张纸，举在手上，纸张随着哗哗抖动的声音，闪出一片寒光，"这是商家的投诉！看见了吗？赔偿费：广告一个月，每天2万美元，共60万美元，货物下架损失，每家商店一天1万美元计，400家商店，一个春季3个月，共2500万美元！"

"2500万美元，你的货款够赔偿吗？！"他嘲笑地侧过脸。

"你们既然准备跟我们做生意，就应该缴学费。我们已经给你们的狗屁货付了清关费，还天天提心吊胆提防着FBI的调查，明天会发生什么你永远无法预料！"他嘴里发出"喊"的声音，问，"到底该谁赔谁，搞清楚了吧！我现在很认真地告诉你，你必须准备2500万美元，做好应付商店起诉的准备！"边说边将手中一团提货抖开，一条条撕成碎片。

阿调惊恐地喊道："住手！"旋即将整个身体扑了上去，像抓住了当年残杀姐姐的恶魔那样，她一把抓住了Latin的手腕，嘴里发出一串尖厉的责问："无耻，你怎么敢撕毁验货单据！"

Latin狠劲地一反手，将验货单撕成碎片，抛在大班桌上。

碎纸片冰冷地撒落在绛紫色的桌面，阿调抓起碎纸片，无力地趴在大班桌上，泪无声地流淌，蜿蜒成一条血色的河。

Latin眼神扫过大班桌，停留在这条泪河间，冷冷地说，"这是眼下你我之间的界限，你的手超越了它，侵犯了我的地盘，我甚至可以斩断你的手，你懂吗？"他从牙缝里发出低哑的嘶声："2500万，你们该赔偿的数字，我没有记错！"

阿调浑身被电击了一般，挺起了背，双眼失神地盯着Latin铁青色的脸。

2500！她没有听错。这是命运的复制和放大吗？阿凤倒在血泊中，夺回的2500元的血色纸片被奴来封存成了誓言和训诫。她恍恍惚惚，身体如豆芽一般摇颤。

"你们是什么强盗逻辑？"她竭尽全力发出质问，声音却微小得如同扔向井底的一粒石子。她全身虚软。低血糖犯了。不要倒下，不要倒下！她记起自己一天没有吃饭，伸手想从包里取一块巧克力，双手却软得如一缕纱线。

阿调面色煞白，心脏的搏动像蚂蚁的蠕动。她努力动了动身体，麻木地往后退着，想靠墙找个支点。双脚虚软无力，伴随着饥饿、晕眩，她重重地跌倒在地，脑袋一歪，昏厥了过去。

"请来人把她送走！"Latin迅速毫不迟疑地抓起了电话。

接到电话，两名员工跑进了他的办公室。

Latin面部毫无表情，"把她送走！"

"送医院吗？"一名员工看一眼歪倒在沙发边的阿调，怯怯地问。

"送医院？"Latin冷冷地说，"这不关我们的事！"

两名个子不算太高的员工架起昏过去的阿调，连拖带拉地将她带出了屋。

阿调依稀感觉身后传来一声巨响，Latin踢合了办公室的门。

两名员工把阿调放在了电梯口，一名打工的中国留学生追了出来，责问："这是公司的供货商呀，快死了呢，还不打911？"

电梯叮的一声停下了。两名员工犹犹豫豫地将阿调塞进了电梯。

电梯上上下下，阿调如飘上云端，又坠入了海底。呼吸好困难啊！她面色惨白如纸，眼睛无力地翕张了几下又闭上了。

终于，电梯门打开了，有人吃力地将她从电梯里拖出，将她放平在楼道上。她隐约感觉有个人影在眼前晃动。她嘴唇嚅嚅着，拼力让自己发出声来，

最后她的口型表达了她的意思:"我包里有巧克力!拿给我!"

她隐约感觉那个人影将巧克力塞进了她的嘴,一瓶矿泉水送到她唇边,滋滋地流进了她干燥的冒火的嗓底。

她渐渐恢复了知觉,那块黑色大理石招牌,上刻着金色的大字"美中昌来纺织集团",每一个字眨着鬼怪阴冷的眼睛,讥讽地朝着她冷笑。

2500万?Latin阴沉的声音在耳边如驱不走的苍蝇。她微微眨了眨眼,恍恍惚惚中是同卵同胞姐姐阿凤的脸,2500,相同的字母,像是一道死亡魔咒。阿凤抢回的2500元碎币,浸染了阿凤最后的鲜血。

为什么成了2500万这个数字?我会像阿凤一样死吗?人们说双胞胎姐妹一个走了,另一个会跟着去。

小鹿,妈妈对不起你……我到底做错了什么?我不能死!什么狗屁命运!阿调咬了咬牙动了动胳膊,想抓住眼前这个把她从电梯里拖出的姑娘的手站起来,可是,她全身无力,像雪地里被狼咬伤的羊,瘫软着奄奄一息。

~ 2 ~

周遭是素白一片,安静如同墓冢。被Latin撕成碎条的出货单、发票砸向她,如同雪崩,她身上堆着厚厚的雪喘不出气。阿凤一双绝望的眼睛穿透冰雪的墙哀怨地看着她:阿调啊,明明是你的工厂给他们发了525万美元的货,对方分文不付怎么就成了你倒欠他们2500万美元了呢?这是明目张胆的讹诈!你怎么就钻进了他们的圈套?不要把数字的巧合当成命运的复制,你的失误是不是源自你童年时期养成的任性和自以为是呢?你想摆脱姒来特立独行,没错,独立的路千万条,就是不能急功近利啊!久违的姒来的声音像装上了扩音器,通过神经系统的传导,冲击着她的耳膜:衣不差寸,鞋不差分,做纺织来不得半点投机取巧!

她哼哼着,动了动身子,想要坐起来。一双手重重地按住了她,一个带点山东的卷舌口音萦绕着她的耳际:"你知道吗?你昏睡了整整12个小时了,你终于醒了,我太高兴了!"这声音像冬天的烤红薯,咝咝地冒着温暖的热气。

她惊呆了,身体僵板在床上一动不动。这个红薯般的声音,带着"你知道吗"的口头禅,曾经像烧红的铁,炙烤着她,点燃她的怒火。没错,曾经有一段时间,这个声音总会在夜半或凌晨传来。尽管她从来没见过这个声音的主人,但是,这声音燃成灰烬她都能辨出她的分贝,她莫不是那个叫于美文的纽约的留学生!她双眼紧合,任眼皮敷着电磁贴片般不由自主地颤动。

那声音的主人显然为她的苏醒而高兴,将胳膊环着她的脖颈,费力地将她的背部抬离床面,在她背下塞进一个厚厚的枕垫,哄孩子般碎叨:"不要动,医生说你只是惊吓与极度饥饿,血糖极度低下造成昏厥,可能还长期失眠,输几瓶葡萄糖就可以出院了!"

于美文!她几乎脱口而出,就是她!

于美文冲泡了一杯姜汤,正一勺勺喂着她喝下,一边讲述她怎样遇到她并把她送到医院的故事。

"我下午去1407号给客户送手掌样,电梯门开,我吓了一跳,你就那样瘫在电梯里,脑袋倚着电梯门,多危险啊,如果电梯震动,你就会倒下,脑袋或者身体会被电梯门夹到,要死人的。我抬起你的身体,拍着你的脸,你一点知觉都没有。我赶紧打了911,把你送到了医院,幸亏抢救不算太晚!"

阿调的眼皮一跳一跳的,不听话地要睁开,急着想看看,这个红薯般醇厚嗓音的主人是不是长得如同烤红薯的大妈。

阿调透过眼缝看清楚了自己面对的这张脸,她长得实在太中国了,一张北方女子的圆圆脸,嘴唇香蕉般饱满、厚实,鼻梁稍塌,鼻翼鼓鼓的,像一把火炬,点燃着整张脸的热情。宽宽的脑门透出智慧,眼睛圆圆的,没有阴霾,是那种可以向她张口借钱的面孔。

阿调突然觉得有一种羞愧,羞愧得想抓起身下的床单把自己埋起来。那时于美文每次来电话,她都会冲着电话吼她几句,或者干脆把她的电话挂了,对如来数落这种假洋鬼子还不是在国外混不下去,回国来找靠山了,或许还是挖坑呢?

于美文暖暖地问:"你是大陆来的吧,怎么只有你自己?翻译总得带一个,万一被人欺负了有人给你报警啊!纽约可不是一个让人OK的城市!"

阿调只是点头摇头,万一于美文也有很强的声音记忆,一定会辨出她在电话里的吼声骂声。

于美文把一大杯姜汤喂入阿调胃囊,亮亮的眸子闪着春日的阳光。

姜汤将她的心的寒冷驱赶了,她一把抓住于美文握着汤勺的手腕,嘴唇翕动着,脑袋一扭,又把于美文的手推开了。

于美文宽厚地笑了笑,放下了杯子,说:"你一定饿得很,大陆来的人一

般都会吃不惯美国食品。这里是皇后医院,旁边就有中国餐馆,我给你打碗粥去,暖胃,又是家乡的味道!"

于美文刚起身要走,阿调一着急,没憋住,脱口喊道:"不要麻烦,我已经没事儿了,其实吃几块巧克力就顶用!"

已走到门口的于美文回过身来,笑着说:"原来是温州人啊,这温州口音打碎成飞沫我都能辨别出来,我老板的第一个太太和第二个太太都是温州人,你的口音跟他的二太太好像。我电话里得罪过她的。不过,跟你说这些没必要,我去买粥,你不要乱动哦,两个小时后医生会来查房,会决定让你住多久,我这就去给你打粥,咱们来得及!"

于美文热扑扑地走了,阿调浑身不自在,像浑身长了霉一般,从心底往外冒出无法原谅的羞愧和内疚。姐姐常担心我太任性,原来任性是一种粗暴和自私,是一种无所顾忌的任意而为。当初她每天电话追踪伋来一定是有万般苦衷,为什么不能倾听,不能同理心地站在她的一边,像她那样传递温暖,却给对方怀疑与妒意?不过在别人眼里我一直是伋来的二太太。她的胃泛酸,被姜汤喂暖的心重新结起一层薄冰。

阿调意识到于美文买了粥就会回来,如果开口说话,于美文一定会识别出她的声音连同身份。一旦识别,于美文将会用怎样的鄙夷的眼光看自己!

她的掌心攥出了一把薄汗:这世界真小啊,抑或叫冤家路窄。

上班时间还没到,医院静悄悄的。夜间下过雨,清晨的天空依然飘漾着细细的雨丝,迷蒙潋滟,铺陈在天地间。

阿调迅速下床,拎上包,套上鞋就往屋外走,趁着于美文没有回来,她必须逃离她的视线。

~3~

昨晚输了液,今晨于美文又给她灌了一肚子浓浓暖意的姜汤,阿调浑身的能量重新被唤醒。

一旦唤醒,她又精神抖擞起来。第一件要做的事当然是去讨债,工厂等待开工,工人们等着她发工资养家糊口,她不能让这525万美元的货款让道谎言和骗局,化作灰烬。当初,她是趁着夜晚偷偷到的上海机场,在机场旁的小旅馆住了一宿,第二天一大早登上了飞往纽约的飞机,否则工人们发现,绝不会放她走,她是工人们讨回血汗钱的希望。

她从抽屉里翻出备份的出货单和发票,还有冷小雷签字的验货单,很小心地将这些文件放进了包,这才出了门。地铁站没多少人,一只老鼠旁若无人地跳在铁轨中央,啃咬着一块被污水泡软了的面包。R车在她眼前停下,她急急地跳了上去,一个男子擦着她的身体下车,嘴里骂骂咧咧说:"这么着急,找死啊!"她瞪了他一眼,想起了一句话:一万年太久,只争朝夕。她不能再等,不讨回货款誓不罢休!

冷小雷、Latin,我不会放过你们!阿调咬牙切齿,眼神寒芒锋利,如同利剑出鞘。

她重新进入这个挂着昌来美中纺织集团招牌的办公区的时候,脑袋依然高昂着,好像暴雨打击过的麦芒,依然芒刺冲天。她一出现在玻璃大门前,还没按门铃,门就啪嗒一声响,自动开了,艾米亲切地唤她:"调厂长,你还好吧!

冷小雷预料到阿调会回来似的,在前台翻着一本摊在台面上的色卡。见阿调进屋,他支起身,觍着笑脸迎了上来。阿调心下一热,冷小雷的态度跟平时大不一样,是有了良心的悔悟?

冷小雷好像什么也没发生过,"今天肯定是来找Latin的吧!"径直带着她往Latin的办公室走。

她跨进办公区,所有人的目光都集中到了她的身上,好像向一个复活女神行注目礼。

阿调悬着的心彻底放了下来,也许昨天她的昏死让他们感到内疚了,今天才有了近乎忏悔的举动。她信心满满,跟在冷小雷身后,一遍遍组织着英语措辞。

Latin似乎今天专门等着她到来,办公室的门敞开着,他正对着门,砖块般的身体竖在宽大的老板桌后,桌子上整齐地摞着一叠针织衫和几件梭织衣裙。她一眼认出来,这正是她的工厂给他们发的货。

Latin抬头,向她报以微笑,桌上摊放着一本支票本,旁边有支笔,好像专门等待着她的到来,要给她写支票呢!

阿调眼前翩翩飞起雪花,这雪花传递着春的希望。她的脸上漾起笑意,

没错，美国人尽管霸道，还是有契约精神的。

她把昨日的羞辱全然丢在脑后，问候道："Latin先生，你好！"

Latin面色绯红，显然正想着其他的事，受了惊吓般，赶紧回过神来回应："我很好，你呢？"

阿调打开随身小包，取出一大沓出货单和冷小雷签字的验货单，微笑着，声音却是钉了铆钉般坚定："Latin，出货这么久了，说好的我们之间建立合作公司，分工是我们生产，你们在美国销售，货收到就要打货款过来，现在出货这么久了，你们分文不付，你起码先付一部分，让我们的工人有活路！"

Latin耸耸肩，摊了摊手，摆出无可奈何的样子。

冷小雷用中文对她说："不要说我不帮你，你得走到他旁边去，把我签字过的文件拿到Latin的眼皮底下，一张张翻给他看，美国人跟中国人思维方式不一样，他们是重证据的，你隔着桌子，他怎么看得清？"

阿调瞪他一眼，随即拿着文件走到Latin椅子旁，把验货单一张张在他的眼前翻动。

阿调刚把文件翻到第三页，Latin反手一掀，恼怒地说："够了够了，我上次就跟你说了，你的垃圾货让我们赔了2500万！今天应该是你赔偿我们！"

门轻轻地推开，进来两个工作人员，分别站在冷小雷左右，瞪眼看着阿调。

屋里每个人的脸面都蒙着一层厚厚的阴云，这阴云将她团团包围，阿调孤单一人，陷入在阴云的包围中，恐惧黑压压地翻滚而来。她惊恐地喊道："你们想干什么？你们设了什么圈套？想杀人灭口吗？杀人偿命，欠债还钱天经地义！"她用英语喊着。

阿调的呼喊刚落，忽听窗外有刺耳的警笛，紧接着，门外传来急促的脚步声，脚步声越逼越近，旋即，门被猛烈地踢开。

阿调扭过头去，四名全副武装的警察已冲进屋来，他们端着枪，乌洞洞的枪口正对着她。

她还没有回过神来，一名女警察上前，说："别动别动！"抽出别在腰间的手铐，哐当！一串冰冷的铁器锁住了她纤细的手腕。

她听冷小雷和两名员工正在向警察诉说她的犯罪经过：她一早就潜入大楼，等着我们到办公室，然后她逼进门来，逼着Latin要付她钱，如果不付钱就会杀了他，即使她亲自杀不了他，也会请中国的黑社会来把他杀了。Latin被她威胁着，无奈，拿出支票本来给她写支票……随即，冷小雷举起了证据——支票本，递到警察面前。

警察冲冷小雷喝道："不许动，保持现场！"

一个黑肤色的女警察问道："她威胁你们？有证据吗？"

两名员工上前，其中一人看了阿调一眼，转过头去，怯怯地说："我们起誓，这一切都是真的！"

冷小雷歪了歪鼻子，在警察记录的纸上签了字。

阿调大声叫道："无耻，骗子！他们设了圈套，骗人，绑架，赖账！"

警察凛然瞪着她，问："谁能证明你没有对他们进行死亡威胁？你有录音吗？有证人吗？"

阿调满面苦涩，低下脑袋，正寻摸着组织英语词汇进行反驳，女警察已然抓起她的手铐，将她带出了门。

楼下的警车门哐的一声巨响，阿调被塞进了车内。女警员肥壮的身体堵着车门，警车一路鸣叫着驶出了曼哈顿。

阿调被恐惧、愤怒与无奈折磨得心力交瘁，全身颤抖，开始大声地哭喊道："你们有没有王法？！"

~ 4 ~

傍晚时分，暴晒了一天的柳枝垂头丧气耷拉着枝叶。Edi没有通知姒来，直接叫了辆出租车，从上海浦东机场到了火凤凰旗下的老河塘纺织厂。

Edi围着厂房转了一圈，他曾为安装二手剑杆织机来过这儿。此行，他的手提箱里装着一份黑名单，黑名单上列着美国政府要求中国政府封杀的纺织企业名单。美国政府要求关闭这些黑名单上的工厂，作为惩罚，同时禁止这些公司的纺织品出口美国。

当年的主厂虽然搬迁了，门口白底黑字"河塘纺织厂"的门匾下写着一行小字"火凤凰集团旧址"，墙上一方"纺织博物馆"的烫金匾额如正午的太阳，让他感觉晃眼，不敢相信。

博物馆对外开放，Edi毫无阻拦地跨进了大门。

原先二层楼的厂部办公室改造成了博物馆接待区，上楼梯，迎面便是占整墙面积的一幅世界地图，地图上插满着红色的小旗，细看是一幅远景规划图，图的上方中英文书写着：织造天下；图下侧是海蓝色的口号：哪里有人

群,哪里就有中国服饰。

Edi注视了良久,耸了耸肩,这胸怀天下的气概,分明只是把美国当成了启程的第一站而已。

听见楼梯的脚步声,一姑娘出了接待办公室,迎下楼来。姑娘身着莲藕红的绣花短衫,一条细碎花的长裙,裙袂曳地,行走间姗姗摇曳,如移动的出水芙蓉。Edi看得眼热,愣了一下,随即话中有话问道:"变化真大啊,地址没变,却成了博物馆了!能给我个名片吗?"

姑娘说一口流利的英语,莞尔一笑,伸手递上了名片。

Edi眸光迅速扫射了电话和传真号:与走私提单上的电话和传真号一模一样!他敛了笑容。

姑娘殷勤地问:"需要讲解吗?"

Edi挥挥手,婉拒道:"我当年来这里监装机器,你恐怕还没出生吧!"随即兀自跨进展厅。

Edi信步走到当年来安装测试的剑杆织机的地方,机器不见了,偌大的车间精致地装饰成了档案馆,档案馆按纺织史划分成各个区域,中国区域,陈列着中国自离开树叶遮体以来各民族服饰的进化图、复制样品和织造材料;国际部分则更加琳琅满目,分为北美服饰、欧洲服饰、亚太地区服饰、非洲服饰、南美洲服饰等,分明是一个全球服饰文化馆。

让Edi唏嘘不已的是这里几乎收集了全世界的面料和花色,每一种面料都按国际标准挂板陈立,足有几万种之多,一眼望去如江河浩荡,层层叠叠,又如春天里色彩斑斓的山峦。

他突然感觉自己在这万花丛中显得卑微起来,有这样格局的企业家怎么还会去走私呢?

Edi在一台手摇纺机前停了下来,纺机上贴着标牌,上书:奶奶的织机。Edi曾听如来讲过,他的奶奶靠一台手摇织机把他抚养成人的故事,还跟他描述过奶奶的名言:乞巧布,乞巧布,没有办不到的事,没有走不通的路。中国人的传统智慧和意志真是可怕!他抿紧唇,摇了摇脑袋。

手上的公文箱沉甸甸的,传真和电话号码虽是重要的证据,但是不足以证明这里就是走私产品的生产车间。Edi双眉紧锁,往后院老车间走去。

远远近近传来踢踢踏踏丰田老织机的声音。他笃定地将唇扯成了一字,快速循着机器声而去。他绝不会放过任何蛛丝马迹。

老车间像是有生命的历史演绎版。夕阳无精打采地离开了地面,停留在墙角边,斑驳墙面的车间显得黯然失色,一批过了气的老丰田织机依然在这里踢踏踢踏不慌不忙地走着自己的节奏。

Edi顿时抖擞起来,常说中国人有两面性,面子和里子不一致,果然不假。于是笃定道:如来啊如来,你戏称自己是水鸭子,河塘的泥鳅,辨得出气候,避得过风险,躲得过灾难,可惜逃不过我的火眼金睛。

火眼金睛!他重复了一遍,这是他前不久学会的一个中国成语。那些逃配额的货就是这里生产的!他哼出一声冷笑:不管你像水鸭还是小鱼,只要你犯法,休想躲过美国司法的手掌。

他将姑娘给他的名片正反看了一遍,围着机器前后拍着照片。有几个工人友好地朝他笑,见他拍照,便主动站在机器间,伸出手指比画着问,"OK吗?"

如来赶到老河塘时,Edi气定神闲正叉着腰在大门口迎候他。

"老兄!"他重重地拍了一下如来的肩:"你终于被我逮住了!"

如来满脸懵懂:"什么?你来这里怎么没通知我?"

Edi脸一拉,说:"我就知道中国人不透明,正门走不通便走旁门,甚至地下通道,我还以为你是个例外。不过我还是佩服你野心够大!"他眼前掠过那张世界地图下海蓝色的口号式标题:哪里有人群,哪里就有中国服饰。

如来满脸涨红,英雄气短,他最不能忍耐的是,不明所以被人冤枉和当面羞辱。他冲动地跨上前去,揪住Edi前胸的衣衫,大声问道:"你刚才说什么?"

Edi并不慌张,低头看了一眼胸前被扭成一团的衣服,"你冷静点!"

如来这才意识到自己的冲动和鲁莽,心怀歉意地垂下了手。

Edi掸了掸胸前的褶皱,抬起头说:"我们是朋友,我单独来这里只是警告你,你们的一举一动都在我们的监控下!"

"你说什么?"如来刚刚还在为自己的冲动鲁莽自责,听他说到监控二字,周身的神经系统像触电一样,重新吱吱燃烧起来,他瞪圆了眼,疑惑地问:"监控?你们有什么资格监控我们?你上次也监视过我们,你们,你们太霸道了!"他的嘴唇发颤,像一个被侮辱欺负的孩子。

Edi挑起长长的眉,斜他一眼:"配额就是限制,限制就有监控!"

如来吞了口气,直着脖子说:"贸易都是两相情愿双方有利才进行的,别

以为你们给了我们市场准许证，我们占了你们什么便宜，你们可以像个救世主一样居高临下为所欲为。没有我们丰富的产品供应链，你们的市场会如此丰盛，物价如此低廉，没有通胀吗？"

Edi拍拍他的肩，笑："我喜欢透明公开，甚至不在乎你这样大吼大叫，但愿两国贸易往来没有欺诈和隐瞒！"

如来听他话里有话，来势不善，便瞪圆了眼，身体站成了旗杆，脸面绯红扯起了旌旗，心下七上八下摇起了八面战鼓。

Edi咔嚓一声，打开手提箱，从文件袋里抽出一沓传真，传真纸上清清楚楚印着河塘纺织厂的名称、地址、电话和传真号，每一页传真上都记录着转口台湾的货的每一个细节。

"我刚才已经在你的工厂绕了一圈又一圈了，我问了工人这里的电话传真，他们都老实地告诉我了，还给了我一张名片。"

Edi从皮箱里取出名片，名片上的地址电话传真与走私文件出自同一个地方。

"这些就是你要的！"Edi退后一步，鹰隼的眼死死盯着如来的脸。

如来惊讶得瞪圆着眼，好久没有回过神来，他翻弄着这些传真，说："不可能，这不是我们做的。"

Edi拿回传真放进手提箱，摇了摇脑袋，用很遗憾的口吻说："自从卖机器给你，我们一直跟踪你们会不会有复制机器的行为，你们没有像中国人常做的那样拆解机器然后复制。可是没想到你们为了快速扩张，还是……"他摇了摇脑袋，语气沉重，"老兄，你太让我失望了！"

如来一把抓过这些出货单脸色由红变紫、由紫变青，他的声音沙哑中带着金属摩擦的尾声，"请你明白地告诉我，哪里来的文件？"他镇定了下来，双目紧锁，疑惑地翻阅着手中的文件。

Edi背稍稍后倾，拢着胳膊，歪着脖颈，灰色的眸子一眨不眨地盯着如来脸上的每一丝表情："国家利益永远高于一切。我不会因为私人交情而容忍损害我们国家利益的行为！"

如来依然扬着脑袋，声音却明显弱了下来，"别以为凭着你们强大的国力，就可以到别的国家的领土上为所欲为、造谣滋事、到处栽赃！"他的声音如被暴雨抽打的细竹抖动。

"栽赃？"Edi从如来手上一把抓过文件，装进公文箱，一边接过如来的话:"这是我们掌握的你们通过台湾逃配额的所有证据,你能出示否定我手中证据的证据吗?"

如来口结,这一张张白纸黑字盖着河塘纺织厂的印章的单证,像乌云的天空,刮起了大风,他顶着大风,抬不起脑袋,甚至张不开口。

Edi见如来说不出话来,斩钉截铁地说:"你的这个河塘工厂必须关掉,虽然我曾来这里,亲自与你们一起安装过机器。但你们这样大批量逃配额,侵犯了我们国家的利益。我们必须采取行动!"

如来自觉英语单词量不足以反驳Edi,他搜肠刮肚,用他所能记住的单词一个字一个字地说:"你休想动我们工厂一根毫毛!我用我的家族的名义发誓,这是有人栽赃我们,我们一定会查个水落石出。但是我也要让你明白,现在你们摆出世界老板的样子,但这一定会改变!"

"你说得不错,"Edi接过话题:"你们创造了一种新的威权主义与新的资本主义相结合的模式,这很实用,我毫不怀疑你们有一天会超过我们。"

如来口气稍缓,说:"老Edi,我不跟你讲什么主义。你现在退休了,不是专职监控的,我们是这么多年的朋友了,你怎么还暗中监视我们呢?这不像披着羊皮的狼一样?我们中国人讲人情,你们讲人权,但你这种做法于人情、于人权都说不通啊!"

Edi摇摇头说:"你还是不了解美国,努力追求个人财富,竭力清除障碍是我们美国人的硬核。一边给自己赚钱,一边与国家一起扫除侵犯我们国家利益的障碍,这两者一点都不矛盾,还有比这更富人情的吗?"

如来觉得话题扯远了,他关心的是谁向他栽赃?他对Edi说:"给我一点时间,让我查一下到底是谁用我们公司的资料进行走私。"

如来说话的时候,Edi的眼睛始终没有离开过如来的脸,以他FBI工作大半辈子的经验,他看不出如来有说谎的表情。但是,如来必须拿出足够的证据反证他的清白。

"要证明你无罪你必须出具证据!"Edi指了指停在树荫下的一辆出租车,"我是打车来的,我该走了,老朋友,我给你两周的时间!"

如来呆呆地站立着,目送着Edi跨上车。Edi砰地关了车门又摇下了车窗,探出脑袋。

顺风传来Edi的叮嘱:"别忘了,两周内给我证据!"

谁盗用了河塘工厂的名义走私?如来惶惶地意识到这一定是知根知底的

内鬼做的，怕是与干干进出口公司脱不了干系。他的手无力地垂着，那沓走私的单证在他眼前纷飞，像报丧的纸鹞。

~ 5 ~

清晨，罗干干毫无预警地拐过巷子，朝自己的公司方向走去。突然脚下被一根粗粗的麻绳绊倒，他嘟囔着刚要爬起，眼前一黑，一块黑布蒙住了他的脑袋，他像被缚的掉毛水鸭，张嘴要叫喊，只发出咝咝的声响，他的嘴连同整个下颌和蒙着的布一起被胶带死死地缠紧了。

他全身筛糠似的颤抖，小便失禁，尿流了一地，双腿发软迈不了步。

一个声音在他耳边喊："就这么点出息！"

是有才的声音！他稍稍松了口气，任由两双大手架着他走，嗓子底发出嗡嗡的叫声："你懂不懂，天上落雨地下流，兄弟分家不记仇。何必对兄弟出手这么狠？咱们算得上是赤卵兄弟吧……"

没人能听清他嗓子里发出的是什么言辞。行不多远，两双大手把他塞进了一辆汽车。

"劳你走一趟，跟我们说说清楚！"这是阿发！

罗干干稍停了一下，扭动着躯干，嗡嗡地从嗓底吼着："瘸腿佬路都走不平也来绑架我！"他咕嘟咕嘟吼着，像阴沟冒出的水泡，咕噜咕噜的，自己也听不见声音。他知道吼叫没有任何意义，便耷拉下脑袋，不再言语。

我假冒河塘纺织厂从台湾逃配额败露了？他连连否定，所有单证都是传真往来，底单全锁在保险箱里，如来纵有行云本事也拿不到这些原始单证！

会不会阿调亏钱与如来达成交易把我出卖了？一种从未有的恐惧感挟裹着他，全身如同掉进了冰窟。

如果当初不离开火凤凰，自己怎么说也是个副总，公司上市他也是个大富翁了，怎么也用不到做这种偷鸡摸狗却赚不到钱的事，小琳家也不会这样催促着小琳与自己离婚。

想到小琳可能会跟他分手，他最终重会落得一穷二白甚至孤家寡人的下场，泪就像梅雨天泅出的水，不知不觉湿了满襟。

汽车颠过一片碎石子地停了下来。有才和阿发跳下车，拖出罗干干。

有才一把撕开蒙在罗干干脸上的黑布和胶带。被猛然的光线刺激，罗干干揉了揉眼，定睛，脱口道："这不是吼山吗，当初我们哥们四个还在这里结拜兄弟呢!"

虽然近在咫尺,可是自他们在这里兄弟起誓结盟,经年过去,再也没有来过这里。斗转星移,吼山今非昔比,当年的几处"野山洞"现如今已开发出宏阔的模样。

"你们狗仗人势,发了财就这样对待落魄的我?创业初期我不也与你们一起打拼吗!"他一会儿哭,一会儿对着有才、阿发破口骂,发泄他这几年的不平衡与委屈。刚骂得起劲,只见眼前如清风掠过,一个身影飘然落在他面前。

如来!罗干干浑身一颤,双腿不由自主地跪了下来,叫道:"大哥!"

如来穿一身黑西服,双手叉着腰,说:"本不想用这种方法请你来见面,可是你这小子太阴,明着叫你,你肯定躲了,万不得已只能用这种阴对阴的办法。叫你来只是兄弟间问个话而已!"他退后一步,不动声色地问:"你台湾出口那条路能帮我们出几个货柜吗?"

罗干干心头一喜,双眸闪亮看向如来,他这才发现,如来也有老态的时候,原先满头浓密的黑发,前额卷起一个旋涡,像潮头卷起的浪花,一副不屈的弄潮儿模样,现在前额这涡浪卷着丝丝白发,眼角旁的皱纹倒像退潮的海面起伏的涟漪。他低头微微一笑,什么集团公司大老板,外头敲锣鼓,关了门喝腌菜卤;谈着千百万的合同,孤零零睡一张单人钢丝床;奔跑上亿的市场,收着卖白菜的钱,说不定银行还是欠债大户,远不如我罗干干小日子过得实惠,天天老婆陪,顿顿热老酒。

找到了平衡点,罗干干脸上便挂了笑,说话拉长了调:"我是千年不死老乌龟,外贸这么多年,有老经验了,只要大哥开口,帮这点忙还不是小事一件!"

如来死死地盯着他,眼睛露着愤怒与凶光:"发到美国的货从台湾走?哪个港口?"

罗干干头上沁出一层冷汗,高兴太早,如果如来真是求我出货,他何必让有才和阿发用绑架的方式请我过来?莫不是从台湾逃配额的事情败露了?即使败露,那也怪不到我头上啊!他鼻子里轻轻地哼出声来,头一扭,避开如来咄咄的目光,慢条斯理说:"你威风十八面锣,何不去找你老婆问啊?我只不过是个露天捣臼,谁想用就用!谁想砸我倒腾我,我面朝青天,有口难拒啊!"

如来面色转阴发黑，罗干干索性将背转了过去。

　　阿发看不下去，走上前来，冲着罗干干吼："你到这个时候还耍小聪明，把责任推给别人！"

　　我再落魄也轮不到你跷脚佬在我面前指手画脚的。罗干干噌地站了起来，挺直了腰板，扳起脸，恶狠狠骂："你真是棺材楦头，怪不得要断脚骨……嫂子不叫我做，我哪想得起从台湾走货！"

　　有才听不下去，一把揪起他的衣领，喝："你挖出道理，屎出良心，麻油肩胛，担不起个责任，还有脸骂阿发！"

　　阿发捡起地下一根粗粗的树枝，一把折成两段，狠劲往远处扔去，哼道："你盗用河塘纺织厂的名字走私逃配额安的是什么心！你今天不说清楚，我们几个兄弟跟你没完！"

　　罗干干被有才蹾在石子地上，脸上红一阵白一阵，半晌，嘀咕着："为什么货走台湾？去问美国佬呀，为什么不限制别人，专门欺负我们？"他用眼的余角偷窥了一眼如来，见如来正皱紧双眉很认真地听，便提高嗓子说："还不都是嫂子逼我做的？她现在恐怕逃到美国去了，你们控制不了她，抓住我这个癞头毛问罪！"

　　"你到这时候了，还挖出道理！"阿发怒气未尽，一跺脚，踩上了一块长着绿苔的圆石，腿下钢骨架的脚一滑，厚重的身体摔倒在地，整个身体往斜坡下歪去。

　　罗干干瞅一眼倒在地上的阿发，嗤了一声，幸灾乐祸地哼哼：想改变穷命？改个屁！喜欢游走四方，偏偏断了脚骨，命还不及我！"

　　如来抢步抱住阿发，一边歪过脑袋骂："刻薄不赚钱，忠厚不蚀本。闭上你的臭嘴！"有才赶紧上前托起阿发的腰，罗干干悻悻然起身，伸出手帮忙。阿发朝他呸道："不许碰我！"

　　阿发扶正假腿，塔一样站直了。如来对罗干干说："你用河塘纺织厂的名义逃配额走私！这个账留着后算，今天叫你来，你必须说清楚你们整个逃配额走私的程序、时间、地点，与你对接的人，还有阿调的下落，如果有一句假话别怪我不买账！"

　　罗干干见雨伞戳破，真相败露，跪着爬到如来脚下，一把抱住如来的腿，仰头望一眼如来，满肚的苦水翻上心头，吸着鼻子说："大哥，念在我们是赤卵兄弟的面上，饶了我吧！我三十六签，独抽了发财致富这一签，出来办外贸公司，只为有朝一日摆脱穷命，做得人上人，可惜人算不如天算，拼了老命，还是穷，你在我面前永远是一座山。当年咱俩打架，你奶奶送伢娘的一块乞巧布，伢娘一直压在箱底，直至我出门打工，她把这块布塞进我的行李箱，要我游走四方带着它，学学妳奶奶的圆通，学学你的韧劲和灵活。我不该忘了娘的话，脚踏西瓜皮，滑到茅坑里……"

听罗干干提奶奶，妳来鼻子发酸。跌跤坐坐。宰相肚里好撑船。这是奶奶的口头禅。他头一抬，说："你做的这种阴沟里的事，折损的是国家的名声，断的是我们乡下人走世界的路！你把何年何月逃配额、数量、路线、联系人、所有细节写个报告给我，有一句假话和隐瞒，别怪我不留情面！"说完，脑袋一低，甩手大步往山下走去。

~ 6 ~

于美文昏昏沉沉似睡非睡。床头无绳电话突然像点燃的爆竹，吱吱地响着击打着桌子，将她从梦游中拉回现实。

她不情愿地看了一眼墙上晃动着钟锤的时钟：这是彼岸中国时间下午2点，国内工厂打电话从来不管两地时差。她嘟囔着，不情愿地抓起电话。老板妳来的声音！于美文一惊，从床上坐起，再无睡意。

"你能不能去找一下我老婆阿调？"妳来的声音像泄气的轮胎，瘪瘪的没有底气，与平素总是慷慨激昂的声音判若两人。

我老婆阿调？虽说认识妳来多年，于美文与妳来的关系已从合作者、同僚发展成为雇佣关系。有暇闲聊，妳来天南海北谈面料、服装、政治，从不谈老婆侃儿子，也没见他办公桌上有老婆、儿子的照片，不像美国人，常常把家庭老婆孩子作为第一要务谈论，办公室桌上、墙上显摆的是家庭成员的亲密日常。于美文理解，国内在意识形态上，还在争辩"两个凡是"，讨论"大公无私"是不是至高无上的美德，"护家""顾家"是个是该归类为"自私自利"。妳来言谈中，"三过家门而不入"是他的祖上留下来的最崇高的职业道德行为。除了穿草鞋八年治水于洪荒，中华民族共同的祖先大禹，妳来说，他的父母都是为扑救工厂的大火而献出生命的。在美国住久了，浸染着西方文化，于美文会认为妳来那种近乎无性无爱，把企业看得比生命重要的生活不可思议，她开玩笑地说：噢，看来，你有不食人间烟火的超级基因啊！

"你有她的联系方式吗？"于美文皱了皱眉问。她记得与那个叫阿调的女人有过电话交集，那是几年前给工厂做二手机器那档交易时期，有些急事需要她来当即拍板，或者向她来讨要她的佣金，她打电话过去，当然不分白天黑夜，电话总是由她来屋里的那个女人接起，那个女人说普通话，带着温州口音。头几次，她来屋里的女人接电话的语气还像绿丛中的藜棘，高傲而尖厉，"她来不在。你问他怎么不会在家？家吗，只是他肚子饿了，正好在身边的饭馆！"后来有几次，于美文知道，她来明明在屋里，这女人却说："还要不要人家休息！"那声音就像附在耳边，抓在手上，直扎得心肝儿发颤的刺蓬。偏偏于美文性格像沙漠红柳，越寒冷越生长，越顽韧，不会就此撂了电话。

"你起码要给我透露点信息，我才好找她！"于美文淡淡地说。

她来的口气显得烦躁起来："废话！要是能联系到她，我还找你干吗！"

于美文也急了，"夫妻之间再不联系，她住在哪里你总知道吧！"

"我能给你的唯一线索是，据说她正在美国催货款！"他的语气无奈而沮丧。

"工厂最近有些重大事件要发生！"她来恢复了他的激情，"要收购两家企业，完善产品结构，美国公司位置重要，好好干吧！"

于美文振奋起来，她来总能搭起一个保龄球阵，让你不失趣味地一个球一个球地追击。

"不过……"她来停顿了一下，"你知道老Edi来中国了，他来中国居然是为查封我们的工厂找更多证据！"

他压低嗓音说："以后打电话都得小心点，我们的电话都是被监听的。"他换成地方方言对于美文说："请你务必以最快的速度找到阿调，叫她赶快回国，处理这个案子，另外侧面了解一下，她运到美国的货是什么通道走的，我要证据！"

"你才知道啊！"于美文不以为然，"中国驻美国的公司电话被监听这是公开的秘密！"

于美文突然一凛，说："我前几天去1407时尚大楼，救了一个人，把她送去了医院。那人说话的声音很像你老婆呢！"她回想起那天的场景，她送去医院的那个女人，即使清醒了，目光却是那种游移躲闪的，始终不开口说话，说了一句什么就戛然止住了，然后不辞而别……她浑身沁出薄薄的冷汗，真那么巧？那个电话里她来的老婆的声音，与她救起送往医院的温州女人的声音重叠在一起，几乎是无缝对接。她断定她所救的人正是阿调。

如来的声音变得柔和与急切，"她现在还在医院吗？生病了？没危险吧？你去陪个床吧，陪床费我付！"

"不不不！"于美文懊丧地说，"我去给她买粥喝，就那么一会儿，她逃走了！"觉得自己可能用字不当，便纠正道："我出去给她买粥那一会儿，她不见了！"

这行为太阿调了！如来心头一沉，声音焦躁起来："你必须找到她，向我报告！"

放下电话，于美文翻来覆去再也无法入睡。天麻麻亮，大尾巴松鼠刚蹿出树枝跳上窗台，她便驱车进了曼哈顿。尽管她知道时间太早，时尚公司都不会开门，但是她准备去1407大楼，探寻阿调的去向。那天她正是在1407大楼的17层，直达美中昌来纺织集团的电梯里，碰见了那个昏死过去的女人。她有一种奇怪的感觉，如果那个女人真是如来的老婆，那么，这个具有挑战性格的女子，在哪里被凌辱，一定会去那个遭受凌辱的地方寻求复仇，而不是逃避，那天那个女子显然被人扔进了电梯！

曼哈顿高楼鳞次栉比，严严实实地遮挡着清晨的阳光，阴冷的风在高楼大厦的巷道间穿梭，发出怪异的声响。于美文打了个冷战。百老汇的同行常说不怕死的才敢跳进百老汇做纺织，这层层叠叠的大楼里隐藏着多少阴谋与陷害，哈德逊河时常会漂起无名尸体，人们议论这些无名尸体，无不指向百老汇纺织圈。

大楼的值班员是一个纯黑肤色的非洲裔，他盯着于美文，很久才挪开双眼。

于美文按了电梯上了17楼。楼道空空荡荡有一种森然的寒意。身后有窸窸窣窣的声音，她提心吊胆，弥漫在整个空间的恐惧黑压压地向她袭来。她记起了草原上对付狼的手段，遇上狼的袭击，只要猛地停下步来，转身面对狼群，那时狼就会不击而退。她佯装系鞋带，蹲下身子，从裆间往后望，一坨高大而漆黑的影子跟在她身后。

她迅速将手机拨到了911的号码上，紧紧地揣在手里。黑影随着她的速

度向前移动,她猛地起身,转过头去,声音像猫头鹰似的怪异而惊恐:"你想干什么?我要报警了!"她圆瞪着眼,双手战栗着举起了手机。

原来是那个肤色黑黑的大楼值班员,他举起双臂做投降状,摆摆手,道:"嘿,小姐,应该是我要报警,你这么早来这里东张西望让我产生怀疑!"

于美文口气软了下来,情绪稍作整理,便绽开了一个迷人的微笑,向他打听:"近几天来,你看到有个中国妇女来17楼了吗?"她明知道这是一个不会有答案的问题,纺织公司大都有华裔员工,这位保安怎么会知道她要找的是哪一位呢?

"哦!"这位大楼值班实诚地答道,"我正巧知道呢,那天5点钟我来接班的时候,门口停着好几辆警车,后来见一个中国妇女戴着手铐被押上了车。我问交班的同事,他告诉我,警察正是从这层楼带走了这个女人。"

于美文大惊失色,"这个被带走的女人盘着发髻,穿阿玛尼时装?"

"我不记得,就是那种漂亮的中国妇女!"他又一次肯定,"我的同事说,这个中国妇女是从17楼被带走的!"

昌来美中纺织集团占了17层整个楼面,墙上黑底烫金字招牌闪着阴冷而诡异的光。

"曼哈顿警察局在八大道34街。"大楼值班清清楚楚地说,墨黑的脸面上,雪白的牙齿黑白分明。

"我知道!"于美文点点头。百老汇发生经济案一般都会向这个警察局报警,或许可以在那里打听到这个高度疑似似来老婆的女人的下落。

八大道的警察局与百老汇的大楼相比显得陈旧而阴森,外面满墙的涂鸦。让人难以置信这里会是声名远扬的纽约曼哈顿警察局总部。

于美文出示了身份证明后,门卫指了指楼上。于美文跨上了钢板搭建的楼梯。不到9点,二楼经济侦探大卫的办公室门却敞开着。

"我要查找一个叫许调的中国妇女。"于美文说明了来意。

大卫迅速翻阅着档案,皱起了眉:"前天进来的?杀人嫌疑?"

"什么!"于美文无法相信,她质疑道:"她会去杀人?"她连连摇头,说:"你们抓错了!你们一定抓错了!"

大卫侧过脑袋,笑眯眯看着她,说:"别激动!我宁可相信你,但是事情远非你所能知!"

显然这类案子他见得太多了,他向美文眨了眨眼,幽默地说:"这女人招供自己是中国温州人,我还以为抓到一个中国的红通犯,真要是,可就立大功了。那红通犯贪了中国许多钱,一定是拿到美国来买房找鲜肉!"

于美文瞪圆了眼,用惊讶的口吻道:"哇,你原来是个中国通啊,太厉害了!"她像美国人那样,竖起大拇指赞:"酷!"

放下拇指,于美文抿了抿嘴,双眸一转,流露出无比的真诚纯净,"我还真不如你了解呢,我一时还真说不出这个女贪官的名字,你比我还清楚啊!但是,你知道,我要找的许调可是个冤大头,她可从没骗钱和贪污,更不要说会杀人了。你知道,有那样花拳绣腿手无寸铁光天化日之下跑去人家的地盘上扬言要杀对方的傻女人吗?"于美文一口气说完,为阿调愤愤不平。

大卫斜眼瞧着她,耸耸肩,"警察接到报警,她跑去要债,有杀人动机,还有电话录音呢,什么不还债就赔命。你知道,许多命案都是因为债务发生的,为了保护报案人的生命安全,我们必须将她逮捕,至于到底她有没有犯罪,有没有杀人动机,需要律师出面来证明,拿出她没有杀人动机的证据,如果拿不出证据,她只能待在那里!"他抖动着大腿,一大早有个美女来跟他扯是非,他觉得很有趣。

"我能见她一面吗?她身上没有带任何钱,也没带任何衣物。"

于美文微笑着说,她断定,大卫一定会给她开绿灯,她有着典型的亚洲容貌,一脸无辜的笑容总能赢得好感争取权益,这是她屡试不爽的经验。此刻,大卫看她的眼神始终没有怀疑与隔阂。

果然,大卫唇角上扬,满是笑意,问:"你是她什么人?"

于美文真诚地说,"可以称是她妹妹。"

大卫看来心情很好,愉快地说:"给你行个方便吧,她还在候审期,她有权利见家人,也有权利找律师!"

他打开抽屉,说着笑着给于美文开了一张特许证。

~7~

一个身材臃肿的女警员摇摇晃晃地走来,跟在她身后的是一个中国面孔的妇人,她戴着手铐,盘着的发髻散落下来,几乎遮住脸面。

于美文迎着她站起,她瞪大眼睛,半张着嘴,不敢相信,这正是那个被她送去医院抢救的妇女,去给她买粥的当儿,她消失得无影无踪。仅仅几天

的时间,她面呈菜色,脸庞消瘦了一圈,只有那双丹凤眼幽怨地圆瞪着,好像盛满着疑问,任谁看了都会心头发软。

阿调惊讶地看着她,脸上有几分羞涩和无奈。低下头,问:"你怎么知道我在这儿?"

于美文答非所问:"医院离这里不远,穿过中国城,过了威廉斯堡桥就到了,20分钟的车程。"

"谁叫你来的?"她警觉地抬起头,与于美文的眸光相撞,她触电般移开了眼,于美文的眼睛像山间的一汪泉水,没有怨怼与怀疑。内疚像发红的秋叶飘落,阿调脸面发烫,抬起铐着的手,下意识地拢了拢一头乱发。

"如来!"于美文看着她面部表情的变化,定定地回答。

阿调先是瞪大了眼睛,然后脸面泛起红晕,很快又蒙上了一层早冬的霜,"我不要他管。你走吧!"她决绝地抬起头,退着步往回走。

"哎哟!"于美文一把拉住她,"你不想出去了吗?"如来交代她的任务还没有完成,她需要知道这个姓许名调的女人,有没有逃配额。

她想告诉阿调,美国政府为了限制纺织品涌入美国,设立了配额制度。当然它的配额制度因国而异,比如说,美国对越南实行的是免配额制,对中国却有配额限制,还设了比他国高的关税,如果把原产国的纺织品运到越南去,以越南生产的单据报关,就称为第三国转口,逃配额,逃关税,会遭到美国政府的重罚,甚至会将该进口商列入黑名单,禁止进口。

阿调往后退着步,摇着脑袋。

于美文抬头看了一下四周环境,这是一栋平房建筑,除了门口走动着荷枪实弹的警察,院落里没见有人监督她们。这间会客厅只有四对桌椅,桌上立着一块白色的木牌:禁止吸烟。禁止喧哗。墙顶四周角落有红色的小眼睛眨着眼。那是监控器。窗户虽然看似窗明几净,但玻璃上都打有激光监听弹。于美文知道绝不能在这儿,向她询问关于逃配额的问题。

"咱们得想办法出去啊!"于美文上前跨了一步,特意挑选了咱们这个词,以拉近她与阿调之间的距离。

于美文的眼眶深陷,蓄满了同情与关切,"必须证明你是受冤枉的,是他们为了赖账或者什么原因陷害你的。"于美文伸出手,将阿调散落在额前的一缕头发移到耳后,这缕头发挡住了阿调的双眼。

阿调菜色的脸有了丝丝红润,眼波里荡漾几分涟漪,在异国的看守所,这个她曾经恶言相对的女人不计前嫌,救了她还跑来看守所找寻她,像一缕春风催化着她被冰雹打击的心灵。

阿调沉重地顿了顿脑袋。把债要回来!没有比这更重要的!她抬起戴着镣铐的手,抓住于美文的手腕,眸光灼热,急切而简洁地说:"救我出去!"

华尔街

2001年初

~1~

　　妸来抬腕看表,从飞机事故现场一路奔过来,路程整整走了三个半小时,华尔街股市收市的钟声很快就会敲响。他整理了一下领带和衬衣皱褶,进了摩力公司的大门。

　　交易经理James把妸来带到了摩力公司总裁沃克面前。

　　沃克抬头,一脸惊讶,幽默道:"纽约与中国有特殊时间列车,没有距离了?"

　　妸来摸了一下发烫的脸面,轻咳一声,说:"我赶过来的目的是跟你们商量一下,是不是尽快出一个收购樱河染织的方案!"

　　沃克大笑,笑得肩膀一耸一耸的,停住笑说:"我就知道你有这个野心,早晚会收了那家日资企业,但是我没想到会这么快!"

　　James看了一眼妸来,弯腰对沃克说:"妸来收到了美国要制裁工厂的危险信息，怕日后真有利空消息传出，股价大跌，收购受影响，故提前行动！"

沃克蹙起眉若有所思，稍息，颔首，面露赞赏："James常提及，说中国江浙人是水鸭子，思维敏感，行动快捷，不管水涨水跌都会高高游在水面，有超强的逃生本领，看来不假。"随即捡起桌上一支电子笔，起身，面对身后的电子大屏幕。

沃克点着正在高处盘桓的火凤凰走势图，说："现在股价在高位，盘桓已一周了，一有风吹草动或走高，或跌至谷底。现在的价位做并购，倒是讨价还价的一个筹码。但是要套出现金做收购或者并购，必须提前三个月向证监所提交申请。从谈判到完成交割，这过程也要两三个月吧！"

沃克丢下笔，逼视着如来："为什么要制裁你们？走私？盗用知识产权？完成取证，把你们工厂告上法庭，通知中国政府封工厂，这得走完一套程序，你还有运作的空间。但是你必须警惕，美国人对中国公司的走私和盗用知识产权深恶痛绝，好像家里进了贼，人人都会喊打，市场会做出抵制或厌恶性抛售的反应。股价跌到底，如果不回升，证监会会逼你退市，那就是破产的问题了！"

如来挺了挺发酸的腰背，"我们正在收集证据，还事实真相！但是，需要时间。"他眼前飘过那些通过台湾逃避配额的出货单，和罗干干捣地磕头的求饶声。要推翻那些证据几乎不可能，河塘纺织厂是火凤凰的前身，也是集团下属的一部分，可谓同船合一命。

"你确定，要收购樱河染织？"沃克抬眼盯着如来。

如来的眸光在电子大屏上起起伏伏的曲线图间扫荡，头也不回地说："收购优质资产，是我们将公司推上市的目的之一。"

沃克沉吟片刻，他始终没听明白如来说的什么意思，但他习惯中国企业家的快速发散性思维，他压低声音："买卖企业股票，你可千万要小心！"他下意识地看了一眼四周，"可别走漏风声。当然华尔街自己捕捉新闻跟你无关，否则被认为内部消息透露抬高股价套现，造成股市动荡，那么……"他伸出一只手放在脖子上，做了一个抹脖的手势，"如果被当成内幕交易，那我们大家就都玩完了。"

如来愣愣地看着沃克的手上起下落，根本没听见沃克说什么。沃克对他的评判没错，他习惯于夸海口，或者叫口吐狂言，将未来时作现在时来夸口。

但是这些夸出去的海口，往往就成了自己的目标。一诺千金。他自认为一旦言语说出口就成了承诺，承诺就是山，他必须给自己矗立一座大山，有攀爬的仰望。确实他对收购樱河只有三成把握，他曾通过中国经营厂长向樱河董事长提过意向，可是对方只是呵呵了几声，便不再理会他。他又递过购买意向书，同样石沉大海。这次，工厂无端地遭遇被美国制裁，行走在断崖岩壁，唯有强大，才无法撼动，他做好了破釜沉舟的打算。成也罢，败也罢，他必须去尝试，可是怎么让对方松口呢？

James伸手在他发愣的眼前晃了几下，"走吧，到我办公室坐会儿？"

他回过神来，闷着脑袋跟在James身后。

James将一杯西湖龙井放在他面前，嘿嘿笑："知识不够用了吧！"

他好像受了刺激，扬起脑袋，反击："你小看我们乡下人？"

James忙说："你就是太敏感！水鸭子可比我们这些呆大鹅生命力强大多了！"于是，俯下身子，贴在他耳边："听说过使用大数据吗？"

如来腾地坐直了身体，"快快，大师傅，给我上一课！"

James指着他笑："看，水鸭子眼睛都绿了！你不是要赶飞机吗？"

如来眨了眨眼："飞机？还不得听我的？水鸭子喝的是江湖水，墨水还真喝得不多。今天不走了，向洋博士讨点墨水。不过什么大数据小数据的，别用洋名词蒙我好不好！"

~ 2 ~

有才打开车上收音机，播音员的铿锵金声并没有带来好消息。

刚刚跨进千禧年，中国与美国因纺织品配额问题再起争执。此前，美国海关组织了300名报关代理人、贸易专家，对20多家与美国做贸易的公司提出了多达100项指控。美国政府以中国企业向美国非法转口纺织品为由，单方面扣减中国纺织品配额，同时将一把把封杀的利剑刺向中国纺织企业。

有才皱了皱眉关了收音机。如来乘坐的大陆航空公司飞机，凌晨1点到达上海。他驾着车上了沪宁高速。公路上，车辆你追我赶，远光灯射出的碎芒将夜幕分割得支离破碎。

如来穿一身他的常年标配——黑裤白衬衣从机场出来,他远远地举起手,与接机的有才打招呼。

有才壮实的身材塔一样杵着,他看上去自信满满,等着如来见面考问工厂安全问题。

如来满面是关不住的兴奋,车上沪杭线,便露出两粒虎牙,笑得带着虎气:"有才,你想过倍增定律吗?当年我想跟樱河染织讨回我的公道,大道走不通,我是贴在车底进去的,现在我们可以腰板笔直,用真金白银去收购人家了。我一路都在想,咱们这么多年来做着织造天下的梦,开辟了全球销售渠道,给品牌商代工,为什么我们不能做自己的品牌?让其他国家其他工厂为我们代工?"

有才侧眼,见如来面色像烧红的柴油机,声音嘶哑,情绪激动,言词无边无际,出口的言语与需要紧急处理的事件毫无关系。他心头一紧,如来不到一周就在美国和中国间打了来回,中间还有飞机事故,会不会身体的能量耗干,出了状况?他径直把车开到路边的三角地带停下,打开后备厢,取出一瓶矿泉水递给如来,伸出粗糠细糠的手掌触摸了一下如来的脑袋。

如来脑袋一闪,板起脸问:"你这鸡脚爪手摸什么?怕我高烧说胡话?"

有才脸一红,摸摸自己的头皮,有些尴尬,"还好,烧得不高!我一路都很紧张,怕工厂真被美国制裁了,美国人霸道得很,犯了他们的忌讳,纵有千口也难辩。我们打拼的是国际市场,如果被上了黑名单,下面的路怎么走?"边说,边回到车上,重新踩响了引擎。

夜将明亦暗,路两侧的树叶被车的高灯扫射,依稀是一路的翠绿。如来的心依然飞扬,"这么多年过来你也看到,要把我们这些江南水鸭逼死可能吗?"

见有才依然满脸忧虑,便说:"你笨嘴拙舌,我替你把心里话说出来吧!"

如来清了清嗓子,学着有才的语气发问:"工厂都被上了美国海关的黑名单,分分钟钟有被封的危险,怎么见了面却狮子大开口,大谈收购企业资产重组呢?要收购一家优质企业,没有几千万资金的储备,岂不是海马屁打实仗,放空屁?工厂当务之急要出88个货柜,这一大票配额费就是上百万,工厂流动资金都压在货物上了,哪来的资金做收购?再说,现在哪个企业不是十个马桶九个盖,眼前问题都解决不了,大谈收购企业不是发烧说胡话吗?"

有才尬笑:"兄弟多年,相互成了对方肚里的蛔虫了,几根肠子摸得一清二楚。"

如来眉飞色舞,"你想得没错,我一路都在为收购优质资产发烧呢!"他一五一十地将与摩力公司商讨的抛售企业股收购樱河染织的事描述了一遍。

"天亮到工厂,合同一定到了!"如来眼眸盯着窗外。

公路上方,一幅广告牌由远而近:让每一寸布与你的肌肤亲吻,樱河染织,来自樱花国度的关怀。

这是樱河染纺的广告牌,在公路上方恣肆霸气。

"明天就约樱河厂长继续谈!"

有才一时接不上话茬。半晌,小心翼翼地问:"收樱河?他们同意了?"

如来盯着前方,"行也得行,不行也得行,就是得行!"

有才清了清嗓子汇报工作:"你不在这几天,我调查了走私案。从各条线索分析,确实都指向嫂夫人。她申报的那家昌来中美合资企业,申报了很久,一直因为外方资金没到位批不下来。我找到了嫂夫人的一位师傅,她说阿调厂长碰了壁后几乎放弃,专注于国内市场,后来见咱们火凤凰上了市,她好像受了刺激,铆足了劲要将合资企业做成功。后来不知通过什么途径,弄了笔外汇到账,才把合资企业批下来,将招牌上那个筹字去掉了。自此她的灾难也开始了!"

有才原本话不多,这通话说完,大滴的汗滚下脸面。车内无声,能听见车轮摩擦地面的声音。有才抹了把汗,小心地用眼的余角看向如来。如来咬着唇,好像有才的每句话都砸中了痛处。有才趁势说道:

"昌来中美合资企业名字好听,却被外贸拖垮了!咱们何不趁机把它收了?这个时候收,一定是萝卜白菜价。咱既可以逼嫂子回家,也做了不良资产收购,补了我们没有针织产品的缺,双手托两家,何乐而不为?"

如来黑峻的脸面紧绷着,像随时扔出的榴弹。昌来中美合资企业?如来直觉阿调将工厂更名为"昌来"多少是将如来绑上了她的战车。他笃信,昌来针织成功的一天一定是阿调回归家庭的一天。这些年,他一直回避有关阿调的话题,就像大伏天回避直视火辣辣的日头。阿调与阿凤同卵双胞,两姐妹都有那股敢从强盗手里夺铜锣的拼劲。这会儿阿调单枪匹马在美国,不知会酿出什么大祸。他已给于美文下了任务,必须找到阿调。

车内空气逼仄如螺蛳壳,这么多年与如来同生死,有才太了解如来了,要如来听他的,必须用激将法。他张了张口,小心地试探,"我是你兄弟,看你这么多年单打独斗,没个家,身体也不好,何不另娶一个?一个馒头一块糕,一强一弱搭配好,一家只能有一个主,嫂子太要强,你们搭不到一起,何不另觅闺中人?我看办公室冯秘书,大学毕业,糯米团性格,做老婆应该不错。老婆老婆,关灯上床还不都一样?"

果然,如来腾地从座位上弹了起来,豆眼瞪得像子弹:"看不出,你闷骚闷骚的,还是个拉郎配!"

有才只是嘿嘿笑,任由如来口爆火药。

"你还是我兄弟呢,就这点了解度!"他长叹了一声,声音低沉起来,"心头有座阿凤的祭奠,我还能挖湖另觅鱼水之欢吗?"他盯着窗外,好像阿凤在空中听他诉说:"阿凤是为我死的,为了我们共同筑的梦死的,我不能屎出良心做人!人死留名,豹死留皮,咱姒姓家族,好歹也是大禹英雄的后裔,我爹娘也都是救火英雄。我自小孤儿,阿凤又早早离我而去,人随时会被不可预测的明天夺命。我早就将每一天当生命的最后一天过了,既然终有一死,扯了龙袍是死,打杀太子也是死,索性趁今天还没死,干点大事、正经事,不辱没了如族大姓!"

车驶过萧山,如来摇下车窗,天气炎热,黏糊糊的,空气里漾着丝丝刺鼻的雾霾。如来调侃有才,"龙眼识珠,凤眼识宝,牛眼识稻草,你这对牛眼没长错,只识稻草不识黄金。摆着品牌不敢碰,习惯收破烂!"

有才厚道地咧咧唇,转向如来嘿嘿一笑。

如来继续道:"你知道这年头市场发生了什么变化,针织横机大有被淘汰的趋势,韩国出了一种大圆筒针织机,可以针织出更细腻更人性化的品质,那才是我们的方向。"

有才轻叹:"我是替嫂子担心,她一定是上了人家的贼船,吃了大亏,听罗干干说,走私逃配额是那几个跟她合作的美国人干的,出了事,他们把红萝卜算在蜡烛头上了,弄不好,坐牢也不一定!"

如来心烦,阻止道:"你以为我在睡觉吗?给你再派个任务,在一周内,做出樱河染织的大数据!"

大数据?有才一脸懵懂,不好意思问,脸面憋成绛紫色。

"吃陌生饲料了吧!"如来哈哈大笑,"这是摩力公司那个洋博士教我的,其实只不过是我们所说的情报而已,搞清楚对方底牌,需要用时一张张出手。他们用电脑摸牌,我们用脑袋、眼睛和腿摸。你马上牵头成立一个调查

组,让樱河染织挖来的沈同当组长,加上他从从樱河厂带来的技术员,把樱河的底牌摸个透,尤其是他们这几年那些上不得台面的东西,污染河流被政府罚了几次,被当地老百姓举报过几次,在报告里都一五一十列出来,越详细越好!"

~ 3 ~

暑末,刚刚太阳还火辣辣地烤得树叶儿发蔫,突然,天边卷来大团乌云,顷刻间,瓢泼大雨击鼓般摇打在烤烫的地面,天地间蒸腾起蓬蓬热气。

摩力公司的James打来电话,华尔街报刊登了火凤凰首次给目标连锁店做88个集装箱的消息,标题是"小城市的大野心",虽然其中有对乡镇企业品质的担忧,但是传递的信息是正向的,摩力请了专业分析师做了市场分析,分析了火凤凰股票从乡镇小厂起步,发展成全球化企业,和织造天下的野心,并对公司前景作了乐观的展望。市场给予FNX股票以正面回应,股价顺势攀高。

"你们运气真不错,向证监所提交的以公司股套现购买樱河染织的申请已获得批准,在利好驱动下150万股火凤凰股票在35美元高位出仓,扣除摩力公司的代理费,会将全部现金打入你们的企业账户。大胆收购吧!我们已经为贵公司拟定了市场建议书!"

妞来将手机贴紧耳朵,兴奋得几乎语无伦次,"你再说一遍!什么什么?我们有足够的本金收购樱河了?"生怕听错,他反复问。

放下电话,冷静下来,妞来又困惑于新一轮的不确定,卖出公司三分之一的股,再加上市场散户所持有的近三分之一份额,火凤凰集团还是火凤凰的主人吗?身体好像被抽去了一根筋脉,又被空气填满,他摇摇晃晃地站起来,像个虚肿的橡皮人。金钱与权力,他当然更爱后者。在这次交易中,摩力公司是最大的赢家,火凤凰呢?万一某一天被利空消息扫荡,股价大跌,拥有大量现金的樱河染织很有可能恶意收购大量火凤凰股票,成为凤凰集团大股东。那时候,也许火凤凰就成了给日本人打工的公司,这个收购还有意义吗?任何时候资本都是巨大的气流,可以随性将一个实实在在的工厂托举为空中飘荡的热气球,受气流控制,他在这个热气球上胆战心惊,唯有小心翼翼。

眼前又跳出Edi的短信,"小心封了你的工厂!"自从递交了"火凤凰与走私案无关的声明"后,好久没有Edi的消息了,于美文见到阿调了吗?阿调安全吗?

他敲了敲自己的脑袋,瞻前顾后的,是不是老了?年轻时那种粗糙嶙峋,冲动激情,锐不可当的气势去哪里了?

铃声从手心炸开,妪来才发现手机一直捏在手中,被汗潮湿了,在体温的压力下成了随时爆炸的雷电。

"刚才忘了问,你们的收购计划何时启动?"大西洋彼岸的James似乎一夜无眠。

妪来苦着脸,志忑地问:"完成收购,樱河拥有了足够强大的现金流,没有流动资金的火凤凰就像拔光了毛的老鸭,纵然有庞大的骨架,但遇到寒流不死也会脱层皮吧?"

James惊讶,"咦,这不像你的口气啊!心疼卖了半壁江山?担心股权被掏空?"随即呵呵道,"你还是没有吃透资本市场,做大做强了再回购呀!少废话,跟樱河染织谈妥了?"

妪来好像被点了穴,放松了心情,说:"有难度,不过……道高一尺,魔高一丈……"

合上电话,妪来盯着窗外,腮肌一鼓一鼓的,圆豆似的双眸眯起,如两粒待发的闪着黑色金属光的子弹。

~ 4 ~

妪来换上厂服,开始每天例行的生产巡查。他对工厂的牵肠挂肚毫不逊于对儿子小鹿的顾念。爱是需要载体的,见一面亲儿子不容易,工厂就成了爱的载体。

细纱机纱起纱落,像秋雨中的棉田,伴着喜飒飒的雨声绵延起伏。一个扛纱工将粗纱甩上细纱机顶时,不慎碰落两个纱管,纱管打落在正在飞转的纱锭上,细纱断了一排。他嗔怪地骂:"畜生,看儿子会这么不上心吗?"伸拳在扛纱工脑门上叩了几个响栗,便低头熟稔地挨个接上纱头。扛纱工吐吐舌头,一弯腰逃出了他的视线。

今天的整理车间不一样,整理机零零散散停着,88个货柜的女装面料都要做平整扩幅处理,出货时间如此紧,怎么还会有待机呢?

妪来虎着脸,找到车间主任阿培问缘由。阿培的声音带着哭腔,"做整理

的女工老公得了癌症，这个'娲张婆婆'（土话：女汉子）除了陪老公看病，还要去老公的工厂讨公道，还拉去了一帮女工去，好几天没来上班了。一时熟练工找不到，这后整理是个技术活，不是拉个人来就可以上机的。"

如来心下一咯噔，沉脸问道："哪个工厂？讨什么公道？"

阿培说："她老公是樱河染织的整染工，技术八级呢，那工厂做出的仿真丝颜色鲜艳亮丽，可能就是因为染色的化学原料特别，长期毒素侵身，工厂好多人得了癌症，年纪轻轻走了好几个了。"

如来牙方肌一咬，骂出声来："看我收拾他们！"

阿培跟在他身边不知所措，如来推了他一把："快去报社，刊登一个急招后整理工的广告，薪酬高，不是人才也能变成人才！"

阿培连连点头，抬腿的当儿，如来拉住他，问："那个娲张婆婆叫什么名字来着？"

"就是那个年年被评上先进的阿娟！"担心如来处分她，阿培神情紧张地解释："这娲张婆婆可不一般，号召力就是登高拍一巴掌的事！"

如来笑："到了娲张婆婆出力的时候了！"他靠近阿培说，"咱们付点辛苦费，请这'娲张婆婆'专门组织癌症家属去樱河门口讨说法，凡参与讨说法的癌症家属都由我们付工资！"

阿培歪着脑袋，面露疑色。他知道如来用钱大手笔，但是不会大手笔到替别的工厂的人发工资吧！

如来伸指敲打着阿培的脑袋："发什么愣？这都需要我解释吗？今天这件事不安排好别怪我阴阳脸翻得快！"

阿培咧嘴憨厚地笑，摸了摸脑袋，眼睛一亮，问："你的意思是组织癌症人员去樱河染织讨命？还要去报社刊登广告？"

如来点头，阿培便将嘴凑近如来耳边神秘地说："我早上听新闻，全国各地都在示威游行，抗议新上任的日本首相祭拜靖国神社，要不要咱换换广告内容，也来个抗议日本首相罔顾历史事实，祭拜战争罪犯？"

如来哈哈大笑，拍了拍阿培的背，"终于学出山了！"收住笑，又正色道："何时出手，什么行动听我指挥，不准有丝毫差错！"边说边与阿培一起离开了车间。

"通知所有董事会成员，紧急会议！"如来掏出手机。

~ 5 ~

今天的董事会不是第一次用挡眼布。人在黑暗的状态下是思维最活跃最积极的时刻，也是最能表达本心的时候。所谓挡眼布，就是一块黑色布条，如来称之为反观内心的"挡眼布"。让每个与会的董事蒙上"挡眼布"，关注自己的内心，发表中肯的意见或建议，而不是像以往那样，每逢表决，董事们只是习惯地把目光集中在他的脸上，视他的脸色举手或放弃。尽管他对结果早有了定论，"挡眼布"也是一种形式，但是他还是需要用这种形式唤醒大家的股东意识，实现真正的有福同享有难同当。

技术副厂长沈同来得最早，如来递给他这条黑色的挡眼布时，笑："今天开会你不能闷声不响！"沈同将腰深深弯下去，连连说："听董事长的！"

如来在他背上狠狠地拍了一掌，笑骂道："听我个屁，直起腰来，绑上挡眼布，拿出你技术厂长的专业来说话！"

七个董事陆续到齐。如来将布条发到每个人手上。他狠辣辣的眸光从每个人脸上扫过："咱们不再是刚从田畈里拔出泥脚梗的农民了，乡镇企业已成为过去时，现在我们是——"他停顿了一下，提高了嗓门："我们是堂堂的全球化企业，你们都是董事会成员，有权力决定工厂的命运，你们自己的命运！"

七个成员面面相觑，有才会心一笑，将黑布拿起，缠绕住头部，蒙住了眼睛，他明白如来的意思，说是让大家不看他的眼色发表意见，其实给大家一个宣誓行动的理由，行也得行不行也得行，二话不说跟他一起行动就是了。

财务部长水娥瘦瘦的脸，却有一脑袋又厚且黑的齐耳短发，黑色的布带紧扎在脑门，垂下两条宽宽的边，像一个巫婆。她抱怨天气太热扎着这玩意儿不舒服，不习惯地朝着如来的方向睁大了眼睛。什么也看不见。她伸出两条胳膊摆动着说："鸡啄啄，鸭嘎嘎的，有什么好主意，我们只管听指挥就行！"

如来横她一眼，说："都当董事了，还鸡呀鸭的，今天谁也不能看我的脸色说话，只凭自己的内心发表意见！"

水娥悄悄地抹开一条缝，习惯性地去看如来的表情，如来喝道："不许犯规！"水娥赶紧捂实了眼。

阿发最后一个到会场，他挨着有才，吃力地扶着椅背咚地坐下，边缠"挡眼布"边低声对有才说："看来又有什么大事要大家'行也得行不行也得行就

是要行了！"

如来并没有给自己蒙上"挡眼布"，他看每个人的脑袋上都缠上了黑布，像武侠，像勇士，像跟着他盲打的勇猛匹夫，低头暗自发笑，给自己的点子打钩。两年前，他在会议室请管理层人员给自己在公众前讲话的形象打分。那天他试着脱稿讲的题目是"乡镇企业，唯有的生存之路是到天下去找路！"他讲完，大家一致给他打了满分。他发火了，大骂"奴才本性什么时候能改！"后来大家终于说了心里话，说他的面部表情太夸张，挥手的动作像演戏，还有普通话像"绍普"。为了改这些毛病，他每天都早起那么几分钟，对着镜子，跟着广播学播音员发音。

他扫眼全场，一字一顿地说："今天我们的议题是资产重组，收购樱河染织，合并昌来中美针纺厂，完整我们的产业链，优化产品结构，创立自己的品牌。你们听清楚了吗？"

"挡眼布"下的面部表情不一，如来能看出消息带给每个人的震惊。

稍许，大家参差不齐地喊："听董事长的！"

"不！今天我要求你们每一个人发表自己的意见！"如来的语音有些沙哑。

"过去，我们一直靠中低端产品，占领中低消费市场的理念，成了出口创汇的领头羊。但是随着全球中产阶层队伍的逐渐扩大，高端消费市场正向我们招手，我们必须丰富产品结构，开发高端市场，建立完整通畅的销售渠道。我们现在的产品空白是，高端仿真丝产品的缺口和针织面料。我们不能再满足于当顺水游的水鸭了，也不再是羊，我们必须有当领头狼的勇气和行动，跨过阻碍我们成为行业领头的障碍！"

"大家都知道，这些年，我们一直在跟邻居的工厂谈收购或合作，他们是一家高仿真丝企业，一直是大品牌香奈儿和日本大百货商场的供应商，我们要把它收购进来，用它来撬动高端市场，大家知道我们要收购的目标吗？"

如来明显指的是收购樱河染织，会场七七八八传来惊讶的嘘声，尽管大家的眼睛蒙着黑布，但依然习惯地将脑袋转来转去，好像要从别人的眼光看出点什么，再表达自己的意见。

沈同是如来从樱河染织挖来的技术科长。真要把樱河并购了？他又小心翼翼问："这得多少钱？日本人不缺钱，他们恐怕不会放手吧！"

如来很肯定，"对，就是樱河染织，我们的目标价位是7000万！"

织布厂厂长水根嘀咕："这会不会是蜉蚁扛鲨头，人家可是老牌日资企业,家族背景强大,我们才多少年……"

尽管他蒙着眼睛,依然能感觉如来正循着声音,凶蛮的眸光盯着他看。他赶紧住了嘴。

"7000万拿下樱河!再收购昌来中美针织集团,开发新型针织面料!大家有问题吗?"

水娥使劲睁大蒙着黑布的眼睛,朝着如来说话的方向,"前几天我看见一帮工人在昌来针纺厂门前示威,要求发工资,那样子像抻长脖子等饲料的鹅,咱们即使把并购这个烂企业当作做慈善,也必须调查清楚,那个厂长在背后有没有出我们火凤凰的蹩脚!"

负责外联的杨二牛赶紧附和:"那厂长许调显然占着如总老婆的名头,可明明是如总的死对头,这样的反骨收进来,怕反而成为搅塘乌鲢鱼吧!"

话虽不好听,倒是句句实话,如来点点头,为自己出的"挡眼布"的点子得意。一旦成为习惯,人们也就习惯了当有态度、有观点的董事了,那时候挡眼布就可以成为历史,大家可以直视对方的眼睛发表看法而不是会上不说,会后小动作,这叫建立企业文化,这是他新学的词儿。

听董事们议论昌来厂长阿调,如来气矮了一截,人都有软肋,要不是有才提醒他关于阿调工厂的情况,他会保持回避。但是,显然,如果要开发针织系列产品,阿调的那家镇属企业是低成本收购的最佳时机!阿调。他感觉心窝堵得慌,好像护卫着心脏的金属管支架冰冷地倒下,血管又淤堵起来。他干咳了几声。

窗外知了鼓足劲儿地叫着,空气有点闷,如来开了空调。有才和阿发几乎同时举起了双手,"拥护收购!"双方蒙着挡眼布的脑袋同时转向了对方。

有才说:"昌来的事我已做了调查,债务就是欠工人的工资,原料款是别的加工厂出的,账务上没有记录,收购昌来我举双手拥护!"

阿发顿了顿铁疙瘩似的腿,吃力地站了起来:"樱河染织污染严重,人家为什么要把污染环境的企业放到咱们国家来,我早就看不惯了!"

如来要大家扯掉"挡眼布",笑道:"谢谢大家,挡眼布只是做个试验,就是要你们养成表达自己的意见的老板意识,不管权力大小,你们个个是老板呢!"笑容稍纵即逝,他板起脸,斩钉截铁地说:"行也得行,不行也得行!就这么定了!"

董事会成员有人揉着眼睛适应着猛烈撞击眼球的光线,他们手上捏着

挡眼布，相互看着，爆发出笑声，随即，将脑袋转向如来，习惯地发出多年来固定的和声："行也得行不行也得行，行就是行！"

窗外由远而近传来救急车的刺耳鸣叫和警车的鸣笛。如来探出窗外，见一排警车呼啸而过，车顶上的红色警灯飞速地旋转。哪里出事了！

~ 6 ~

樱河染织沉重的铸铁大门终于移开了一条缝，探出一个脑袋，他个子不高，细长的眼睛射出刹利的光，板寸的头发像刚割过的青草地，覆盖着一个瘦骨嶙峋的脑袋，浑身透着谨慎与精明。

门口的保安站得笔直，叫了他一声："悠西厂长！"

他赶紧摆摆手。

"阿根啊！"一个农妇见到他，冲动地向他扑了过来。显然这位妇人是他的同村乡亲，当年的"阿根"已变身"悠西"，樱河染织的经营厂长。

铁门"砰"的一声重新合上。

铁门前，摆放着三口棺木，一口紫黑色的樟木棺上雕着龙凤图案，富丽堂皇。另两个棺木材质略显粗糙，却也是沉甸甸的实木。棺木内是否有尸体谁也没检查过，有两个面容枯槁的中年男子颓坐在棺木旁的藤椅上，座位上铺着厚厚的棉垫，虽是夏日，坐在藤椅上两个病者却穿着长袖，枯瘦的身体塌陷在发黄的棉垫里。

大铁门左侧是一片树荫，树荫间架着一张医院用的移动床，床边竖着一挂输液瓶，床上躺着一个癌症病人，液体正有节奏地滴入他的血管，他瘦骨嶙峋，面呈菜色，半张着嘴大口地呼吸。

一群妇女有组织地立在工厂大门前，一遍遍地高声呼喊：

还我清澈河流
还我健康体魄
还我家庭圆满
……

那个举着牌，领头呼口号的，正是人称"娲张婆婆"，火凤凰整理车间，叫阿娟的穿筘女工。她见悠西终于出现了，赶紧冲了过去。

阿娟手抓着铁条，高颧骨的脸紧紧贴着铁门，用哭腔呼唤着："阿根啊，悠西，你也是本地长大的，你青皮寡血的，良心叫东洋大狗吃了呀，这是我老公啊，你从小一起长大的兄弟！他就躺在这里，给你们卖命了这么多年，是你把他劝进了这个染缸，你说来这里发财，发个狗屁财，得了这个要死病，怎么赔偿？医疗费管不管，你给个说法呀！"

铁门内，悠西正转身往办公楼走去。阿娟指了指躺在病床上输液的中年男子，对着悠西的背影，亮出高音频的嗓音哭出了长调："罪过啊，他给你们卖命了十年，吃了十年的毒，现在性命不保了，你们却不管不顾，医药费都要我们自己出！你再看看周围这些病人，都是喝了被你们污染的毒水患了那一个字的要死病，你们钞票木姥姥，专给别的国家做贡献，良心被瞎眼狗吃了呀！"

悠西转过身，阴着脸，对阿娟喊："我再说一遍，你赶快把示威的人劝走，什么时候清场了，我们什么时候谈治疗费！"

阿娟急了，喊道："我们查出这'独'字头的病已不是一天两天了，现在做了化疗，头发毛都掉光了，那独个头字的病毒却四处乱窜，到处生长，眼看……"她指了指厂门口树荫下的移动病床上，那个瘦骨嶙峋的病人，高声叫道："你哪一天说过给我们赔偿？你哪一天回过村，向村里的得了独个头字的病人保证过，医疗费百分之百由你们负责？"

悠西转过脑袋，横起脸，"你用这种办法讨说法，永远没说法！"

阿娟好像被激出了灵感，对着铁门，跺着脚骂："你这个不孝子孙！我记起来了，你舅舅也是得了这个'独'字头的病，前年死了，你还昧着良心在这里做，你这个倒背电筒，不管伢自己人的死活，帮外人做，要钞票命都勢了，伢都要死在你手里了！"

阿娟用方言将悠西夹头夹脑一通骂，字字句句粗暴而尖刻，如千万骑兵在马背上射发的箭，支支射中悠西的要害部位。悠西在箭阵中惨然见到了自己的亲舅舅，躺在五颜六色的淤泥中悲哀地向他求救。在阿娟的箭阵中，他面色苍白，翻起的眼白如一粒粒樟脑丸，硬绷绷地朝阿娟掷去，"七怼八怼，你有完没完……"他一低头，转身加快往楼里走去，身后向他投掷的一块小石子落在他脚底，他一脚踢飞出去。

送报车过来。一名保安接过报纸。打开，整整一版抗议广告：抗议日本首

相再次祭拜靖国神社！历史的账必须清算！

这名保安走进保安室，抱起一摞报纸，从室内小门进了厂部，给各办公室分发当天的报纸。

悠西劈手从保安手里拿过报纸，黑着脸，盯着抗议广告标题，一声不吭，将报纸揉成一团丢进了楼道垃圾桶。

几个工厂保安横着电警棍，在呼喊口号的妇女间走动，劝说道：悠西也是打工的，做不了主，要吵要闹也要找对人！

悠西紧咬着唇进了董事代表山口的办公室。山口焦虑地看着他，桌上是摊开的抗议广告，他用熟练的中文问："你看这事会不会背后有阴谋？"

悠西声音苦涩："城里有学生示威游行，抗议新首相又去了靖国神社。学生更冲动，喊着口号抵制日货，见日本货就砸，味千拉面都遭殃了！游行队伍正往工厂这边来呢！"

山口双眉紧蹙，反问道："政治变了？难道中国政府不欢迎外资了？"

悠西纠正道："这恐怕与政府无关，我前几天看经济参考，还读到一篇庆祝性的报道，从1979年起到今年为止，中国吸引外资3462亿美元。很明显，政府是欢迎外资的。就是恐怕我们的产品确实没有给当地人带来红利，最近更是接二连三地死人，都是同样的病——癌。"

"不过，"悠西犹豫了一下，说，"前些年，吸引外资饥不择食，什么项目都可以，现在……"他抬眼看了一眼山口："有些对环境有影响的项目恐怕都会被强令关了，不管你是中资还是外资……"他垂着手，低下脑袋，闭紧了唇。

山口狠狠地盯住他，冷冷地说："我们按本国的工资待遇付你，你应该站在我们日本国的立场考虑！"

悠西低着头，若有所思，道："中国人民历来有强烈的民族情结，没错。但是按我对村里人的了解，这次他们抬棺示威，恐怕是巧合，当地人不太关心政治，多数人只扫自家门前的雪，确实，每个在咱们染织工作的人，很多家都有病人，他们好像积怨很久了！"

山口站起身来，敲着桌子，几乎咆哮起来："难道要我们赔偿所有人吗？当地这么多纺织厂就没有责任？我们的工厂撤离了，不是照样有污染？能把责任推到我们身上吗？"

悠西低着脑袋，半响，附在山口耳边悄悄说，我拿绿牡丹去化验了一下，它的色泽鲜亮不会褪色,确实含有致癌成分,我们工厂离河道近,这些污水流进河里,长年累月对村民确有伤害,老百姓还好对付,不理睬,慢慢就过去了。我看新闻,政府好像会出面管,咱们这类的厂恐怕迟早会被封了,或者责令搬迁。"

山口摇摇脑袋,说:"搬?你在异想天开!染织设在这里,是因为这个仿真丝面料是细腻度极高的产品,需要有柔性水质处理,这里的水质酸碱度平衡,染出来的仿真丝布手感就是不一样,我们日本国哪有这样软的水质?"

窗外传来示威者的高呼,山口抓起桌上的茶杯,往口里慌乱地倒了几口,挥挥手,"快想办法把他们赶走!"

悠西垂着手,弯着腰,像被烈日晒蔫的黄花菜,缓缓却很清晰地说:"这几个病人和妇人倒折腾不了什么,我担心一会儿学生过来,万一冲进工厂来,就麻烦大了。"

山口转身,沙哑着嗓子,从齿缝里挤出声音:"日头火辣,咱们在工厂门口洒上汽油,万一学生闯进来,让保安丢棵火柴头就能把火点了,正好把这几口棺木烧了,连带着也能赶走学生!"

悠西浑身一颤,腰弯得更低了。

山口阴阴地说:"火烧起来,这些病人和妇人跑不动,发生伤亡,正好推到学生身上。一箭双雕,咱们身子还干净。"

悠西倒抽一口凉气,这个点子太狠了。厂门口是绿化带,车间和仓库之间隔着一个操场,根本烧不到,损失不到货物,真正伤亡的会是那些奄奄一息的癌症病人和他们的家属。

山口催他:"快去准备啊!"

悠西直起了腰,摇摇脑袋,说:"这实在不是好点子,万一出了人命,这里的公安也不是吃素的,查出不是学生干的,咱们都脱不了干系!"

正说着,操场上传来汽车声,门口示威的呼喊声像被汽车止刹了一般骤然停止了。

急促的脚步声在空荡荡的楼道里似鼓点般放大,跨进董事办公室的是工厂保安阿林。他神秘的模样令人感觉有什么天大的喜事发生。

"火凤凰集团的老板如来带着人来咱们工厂啦!"阿林讨好地笑,"那些示威者都撤啦!"

山口镜片后一对稍肿的眼瞪圆着，怀疑地问："棺木都抬走了？"

保安头一昂，学着如来的样，说："棺材都抬来哉？神气清清，这里是工厂，棺材横在门前，晦气嗒煞，人家怎么开工？"

"他就这么手一劈，眼一瞪，几声训斥，那些人就乖乖地撤了！"阿林的语气带着一种如释重负的轻松。

山口长舒一口气，微微顿首，又怀疑地问："这个叫如来怎么有这么大的指挥力？"

保安答："那个带头闹事的娲张婆婆，是火凤凰的，老板叫她停，她哪敢不停？饭碗要不要了！"

悠西蹙眉，警惕地问："如来过来干什么？他总不至于平白无故过来帮我们纾解危机吧？"

保安说："我就是来请示的，他们要求见董事代表，就等在楼下呢！"

悠西从窗户探过脑袋往楼下望，如来正站在操场的槐树下，身穿黑裤，一件短袖白衬衣束在裤腰里，戴着一条深蓝色领带，神清气爽，正与同伴说笑着，一边打着手势。

悠西无名地生出嫉恨，自己出道比如来早多了，人家自己干，干得风声水起，公司还七弄八弄的，在纽约上了市。自己呢，在日企里干职业经理人，虽说工资不算低，可是正像当地人说的，笼子里养鸟，越养越小，偏偏干印染不被当地人待见，开始几年还风光，随着村民患癌症人数增多，村民们怀疑，这多少跟染织的污水有关，自己就像棺材榫头，村民见了他不再尊敬，还时时在背后戳他的背脊骨，嫌他没给村里人带来光彩，反倒惹上一湖水的晦气。唉！此一时彼一时。他眼瞄着如来，重重地呼吸着，转眼见山口一双褐色的眼睛正防贼似的盯着他看，他把那一声叹气憋进了胸腔，只从鼻孔里吐出一缕轻烟。

土话说，拉完磨杀驴，娲张婆婆会不会是他派来的？他此番来不怀好意吧！悠西有些慌张，多年前，如来拿着样布要他来做订单的情景依然留在他的记忆里。当时，悠西拿到这块样品布，面部没表情，却是满腹欢喜。显然这块面料来自巴黎，日本总公司要他加紧开发新产品，他正想开发这个产品呢，可惜他只在一本法国的时装杂志上见过图片，没有实样。如来拿着样品来询货，这不正是送上门来的金元宝吗！他请技术科分析，技术科没见过这种面料，一时出不了数据，更打不了样，他没通知如来，就直接拿着样布去日本总部了。这款产品打出样后,用日本特有的后技术处理,一直是香奈儿的首选面料。他为之得到了董事会嘉奖,给他提了职加了薪。后来听保安说,妞来找过他好几趟,杀气腾腾的样子,在工厂周围徘徊了几天。他当年还为此给自己增加了保镖,后来再也没见到妞来,虚惊了一场,他也就撤了保镖。

悠西低头沉思了片刻,挥挥手,要保安把妞来一伙带上楼来。

妞来带着有才和外联部长刚跨进屋,山口就迎着他站起,毕恭毕敬地向他鞠躬,张开臂,把他迎到沙发上落座。

妞来见悠西一直冰棍般竖在山口旁,面有尴尬之色,便大方地伸出手去,居高临下地拍拍他的肩,道:"我们是老朋友了!"

悠西向他谦卑一笑,算是给自己当年的行为赔了罪。

一行人坐下,悠西喊接待:"上茶!"

宾客落座,刚满上茶,窗外就传来学生的口号声:

南京大屠杀30万同胞的血不能白流……
强烈抗议日本首相祭拜靖国神社……

山口的脸白一阵红一阵。

悠西则思忖,还好门口那些棺材板撤了,癌症病人及家属也撤离了,否则真要听了山口的指令去门口浇了汽油,又真燃烧起来,烧死个把癌症病人,他,悠西连同自己的祖宗十八代,必被邻里乡亲咒骂,这罪名跳进大海都洗不清。他眉眼渐渐展开,向妞来欠一下身体,道:"恭贺妞总,听说你做得不错!"

妞来哈哈大笑,道:"鱼有鱼路,虾有虾路,但我们都在同一条大河江里。"

山口还在侧耳听学生的口号,被妞来的笑声感染,转过脑袋。

妞来话锋一转,说:"今天我是来正式提亲的。记得我曾照会你们,我们有意向要收购樱河染织,这么长时间过去,没听你们有动静,我这是正式上门提亲来了。"他瞥了一眼山口,山口全神贯注听着,脸面紧绷,让人看不出态度。

"收购对你们和我们都会是双赢,单方面获利的生意我们是不做的!"妞来十指紧紧地交叉在一起,能看见黝黑肤色下发力的骨节,骨节合在一起,

好像紧紧守护着他不断涌出胸膛的冲动。

"如果人类二八开的话，即大众人口为八，高端人口为二，我们做大众产品，占人口比例的80%，也称得上市场的大半壁江山，贵厂虽然做高端产品，而且是超薄超柔软的仿真丝产品，穿这类服装的人口本来就不多，最多占20%中的5%吧，我的意思是八二合在一起才十全十美，而你们的小众产品总会被大市场挤垮，更何况，你们厂可是不被当地百姓待见，谁知道会发生什么！相反。你们这些年的投资早已收回了吧，厂折价卖给我们，你们揣着现金，还是市场之王……"他尽量让自己笑得轻松，却紧张地板直着后背，竖起耳朵。他对山口的态度不能把握，但他不能接受拒绝。

一个深奥的二八理论被眼前这个乡镇企业基因的工厂主轻而易举地实践了，真是无知者无畏。山口挑起略微耷拉的眼皮，盯着如来漫不经心的脸：这家伙几句话能轻松地把示威了几天的人群驱散，与大师仅有理论的距离。

悠西歪侧着脑袋，满脸不屑，"既然你认为我们微不足道，那何必出重金购买？"

如来坦诚道："你们工厂有许多问题，难道要坐等被当地百姓赶走，被政府强令关闭？我们购买的是你们的技术和渠道，不是这个染纺的实体，你知道我们集团的版图很大，一个服装厂就在一片长期废置的沙滩旁，车马炮拱将，产业链完整，就算一盘死棋，也能把它盘活了。"

悠西向山口递过一个眼神。火凤凰收购樱河的议题曾经上过樱河董事会，当时远在大阪的董事长本田摇脑袋说，没有可能，他觉得中国的企业家往往嘴上跑火车，口袋里只有100元会说银行里存有1亿美元。意向是一回事，看到真金白银再议。

"这是我们的收购方案！"如来从有才手上拿过一沓文件，交到山口手里。

山口打开文件，随手翻阅。他渐渐面色转成铁青，瞪圆了眼，双手发软：这简直是一份情报分析书，樱河的所有资讯数据毫无遗漏地展现在这本厚厚的材料中，好像剖开膛的羊，将每一个维持生命的细小血管展露无遗。

工厂内部一定出了间谍向他们提供了数据。山口疑窦顿生，目光转向悠西。这目光寒气逼人，怀疑、威胁，不时冒出冰冷的杀气。悠西心底发寒，将脑袋转向了别处。

山口的手指微微发颤，他拍着收购方案，声音有些抖动："你们是怎么弄到这些数据的？"

如来仔细观察着山口的面部表情,显然山口怀疑悠西泄露了消息,至少怀疑内部出了间谍,两个国度两种文化,互相猜忌怀疑防范再正常不过。如来窃喜,却不露痕迹,一板一眼地说:"先生,我刚才说了,鱼有鱼路,虾有虾路。"

山口不解地瞪着他,眸光在悠西和如来间游走,好像要探个究竟。

悠西被他盯得心里发毛,张了张嘴想解释,或干脆走人,又怕更遭山口怀疑,便一屁股坐下,低沉着脑袋。

山口见悠西的模样,更觉他心中有鬼,咬着牙,老辣的双眸如双向子弹射向如来与悠西,"我怀疑这些数据,其实这就是一份情报。不说清来源,我们免谈!"

如来倏地站起,大声说道:"山口先生,提醒你一下,我们是纽交所上市的全球化公司!我们拥有最权威的资料信息库,可以调动全世界最先进的测量仪,包括环境和水质检测的技术手段!"说完,他客气地说:"请向贵公司董事会表达敬意!"没等山口回过神,双手抱拳告辞道,"请把收购意向书转给公司董事会,并表达我们的敬意!"

跨进电梯,如来笑出了声,问有才:"表演得怎么样?"

有才顿了顿脑袋,"你今天牙清口白,溜溜地震了场!

如来得意地笑:"我这是掉枪花,小小地耍了点谈判技巧,他们一时眼花缭乱,云里雾里的,一会儿一定会请我们回去谈实的!"

果然,还没出厂门口,保安迎了上来,客气地说:"留步,山口请你们回楼上去!"

~7~

火凤凰大楼高高地耸立在高速公路入城市段的路口,是当地最高的标志性建筑。秋高气爽,天空显露出南方久违了的蓝天白云,大楼顶端,一只巨大的东方神鸟——火红的凤凰,好像要挣脱楼厦的禁锢飞去。

如来跨进大楼,下意识地放慢了脚步,镇定自己。这些日子他始终处于高度亢奋状态,像高速行进的车不能控制速度。情报说山口去了日本,几天没有回来,例外的是,这次他没有带悠西同去。不攻自破。他暗自发笑,自己只是请文案员配合沈同,将所有信息包括技术参数罗列组合成了一本书一样厚厚的材料,有樱河染织仿真丝纱的技术数据,纱支要求,甚至印染所需达

到的水质标准，和他们自建厂以来用的化学染料和每一种成分的指数。报告指出，樱河染织的仿丝织物产品手感松软、滑爽、干、湿防皱性能是由丙烯酰胺、氨水和甲醛二步法合成。在印染过程中，极大地刺激着工人们的呼吸道黏膜，长期在此环境下工作，极易导致恶性肿瘤。而且，为了使色彩艳丽和永久，使用的化学剂有2-萘胺或联苯胺成分，与人的皮肤接触时，难免被皮肤扩散，从而诱发癌疾……

山口在读到这些数据时，双手像风雪中的残叶颤抖，脸面铁青。妞来暗自得意，这不过是老祖宗智慧"挖脚底板"，揭对方老底，使对方在交易过程中，无法藏东掖西做手脚，同时给谈判压价加筹码。不曾料这一招术引起了樱河染织的内斗，悠西显然遭到了怀疑，在交易过程中被边缘化了。好几次妞来打电话过去，询问收购案进展，悠西接起电话就是冰冷冷的声音，有一次口齿不清含含糊糊，末了竟甩出一串日语，听语气有说不清道不出的冤和恨。妞来对着电话喂喂地喊，问他什么意思，咔嚓一声，悠西狠狠地挂了电话。

悠西日子一定不好过！妞来哼了一声，如果能得到来自悠西，那个村里人唤作阿根者的帮助，那么并购案就会多几成把握。

他抓起电话："有才，你想办法把悠西的爹约出来，跟他联络一下感情。"放下电话，又通知办公室："中午，订九洲国际大饭店私密包厢。"

近午时分，妞来刚准备往九洲饭店走，接到了有才的电话，口吻显出少有的慌张。

"悠西，就是那个阿根，自杀了，今天早晨在樱河办公室四楼的平台上发现了悠西的尸体，他是从自己的办公室20层楼的窗户往下跳的，他穿戴整齐，显然想保持临死前的尊严，可惜一条胳膊断了，甩到了停车场，正在停车的车间主任发现了这只断胳膊报了警。现在樱河染织乱成了一团。"

妞来一惊，抵制收购吗？不会呀，那天临走，抗议小泉祭拜靖国神社的游行队伍已经远去，工厂还没有复工，厂区一片死寂。山口和悠西一直把他们送到了停车场，短短的路程，山口表达着满满的感恩。他感恩当初这个城市接纳了他们，感恩火凤凰对樱河染织价值的认可！他说：其实我们一直都有愧疚，一直有撤离的准备，一直都在做着一种没有污染的，对人类没有危害的染料的试验，可惜，到现在还没有成功。生命没有留时间给等待。

他们停在妞来的汽车前，夕阳筛过虬枝老叶，在山口的脸上落下明明暗暗的光斑，他将腰深弯下去。如来突然觉得自己也有几分歉意，他张了张嘴想告诉他们，他始终对当年那块样品布被樱河截获无法忘却，这等同于明抢，这股怨仇导致他多年后，铤而走险钻进了汽车底下，潜进了技术科长沈同的办公室。现在他如愿以偿，他应该感谢樱河，樱河将那块样品布开发成功后，又衍生了它的子孙，组成了一个绚烂的仿真丝大家族，它们的成员走进了各大品牌的宫殿，成为服饰文明的骄傲。他握紧了山口的手，使劲摇晃着，将昔日的怨仇摇碎成歉疚与感谢。

悠西纵身一跳将生命化成了一个断臂的符号，那是要了却对乡亲们的歉疚吗？如来的心怦怦直跳，他现在不再怨恨悠西。虽然他与悠西之间曾有过隙，但是他已经向悠西明确表示，时间是台染布机，无论美还是多么不堪的图案，走完固定的程序后，都会下机。收购后，火凤凰会继续请他担任经营厂长。他自杀的真正原因是什么？或者他知道一个巨大的阴谋，拒绝同流合污？如来浑身发紧。

有才带来了悠西的老婆，一直在樱河染织做出纳的小燕。

小燕穿着仿真丝小点印花短袖，一条青色宽腿九分裤，走路低着头，双手不知所以地揉搓着，虚弱得像根折断的杨柳。

她的眼神忧怨，望向如来，咬了咬牙，好像隐忍着满腹的苦水，迟疑了一下，说："我现在活不下去了，阿根是在日本人同意收购后自杀的，因为是自杀，樱河老板不会给他任何待遇，以后全靠如大人关照了！"她像个日本妇人似的将脑袋伏下，将腰弯成了一根竹丝。

"我们还有个孩子要抚养啊！"她终于没能忍住，唇角抽动着，眼泪开了闸，"不管怎么样，没有你们的收购，阿根就不会从楼上跳下去！"她哭得梨花带雨，让人生出同情，如来却听得心底升烟，满脸云雾。

他声线放软了问："悠西厂长反对收购？"

小燕不语，缓缓摇了摇头，犹豫片刻，好像怕说错似的："好像不是，昨天回家吃晚饭时，他一直叹气，我问他为何愁眉苦脸，是与如来有过结，樱河收购后如来算旧账？他倒是连连摇头否认！"

小燕泪眼婆婆，看了一眼如来，泪眼中的如来线条柔和，脸上织着同情。

她顿了顿，很坚定地说："我的要求是有理由的，阿根是因收购而走的，

我女儿的抚养费你们一定要付！"她又抽泣起来，手掌捂着脸，泪水透过纤细的指尖、指缝，横着竖着爬满了手背："阿根说他对不起我，没让我当上富太太，倒是招惹了村里父老乡亲们的死魂灵！他常常夜半惊起，浑身冷汗，说，这些死魂灵向他讨债来了！"

"他抑郁症很久了。"她顿了一下，让自己的叙述平稳，"昨天晚上，他夜半起床，我见他去了隔壁书房，今天天没亮他就去工厂了，说是要处理文件，谁知道……"小燕一把抓紧了如来的胳膊，如洪水中抓到一根漂浮的树干，"如总，我们有个孩子还在上国际高中，费用很高，我不能让她的学业中断了。收购后，你可得照顾我们啊！"

如来面颊肌抽搐着，一双豆眼眯成了缝，脸上的线条僵硬起来。

他对山口的态度不能把握，但他不能接受拒绝。

回到办公室，一封机密信函压在办公桌上。如来满腹狐疑拆开信函。是山口的亲笔签名信，中文字写得工工整整：

承蒙高抬，樱河总部同意收购，价格不得低于1亿。悠西厂长不幸离世，收购工作由总部派人来执行。感谢合作！

如来立即拔笔回了函：

鉴于收购后，要将染织厂迁离争议之地，你们的部分有毒染料将被禁用，成本增加，故收购价不得超过7000万，否则重新考虑。

夜至，天地间压下乌云，雷阵雨说来就来，狂风压着暴雨，一声惊雷后便是一道道霹雳闪电。

如来踏出门，风雨扫荡着，脖子灌满了雨。他缩了回来。

手机响。他听不清是谁的声音，喂喂喊了半天，对方才传来一串疑问："水鸭子发生什么状况了？小心点，有人来打探你的资金来源，与摩力公司的交易协议！"

James！摩力公司华裔经理的声音。

如来的心狂跳起来，他紧紧地抓着电话，一种不祥之兆随着雷声放大，轰轰炸响。又一道霹雳闪电，狰狞鬼脸，将悠西的尸体推送到他面前：悠西穿戴整齐，身下血浆满地，一条胳膊甩出路面……

~ 8 ~

如来接到樱河染织山口的电话邀约，驾着车出了厂，飞速往西驶去。

悠西的自杀，樱河总部突然同意收购，这些表象后的真相他并不清楚，James给他的暗示却十分明显，有一场阴谋正在他身后集结成翻卷的乌云。

"打探者是谁？"他反复追问。

James一笑而过，说，"我正想问你呢，还号称鸭司令呢，没察觉？我只是从后台运营数据中发现蛛丝马迹而已。"

有人盯着火凤凰？火凤凰急用资金收购，卖了工厂股，有人要趁机玩反收购吗？如来不寒而栗，利益至上的摩力为了更高的利益会出卖他吗？如果知道内幕的摩力，与第三方做反向对赌，那么，摩力这只大鳄鱼就可以稳坐钓鱼台两面通吃，火凤凰会被血淋淋地生吞活剥。

James会是来打探动静的吗？他被怀疑与焦躁鞭打着，冲出门朝车间走去，双腿淌着雨水，满面被雷雨激打得稀里哗啦。

按照美国的职业规定，金融代理与律师代理一样，不能为利益关联方做交易，但是，如来毫不怀疑被利益驱动的幕后交易，还有那些为利益驱动的反水公司会竭尽能事无孔不钻。有一次他与摩力老板沃克见面，沃克幽默道："朋友，我们不能只有你一个朋友，一只鸭子不够填肠子。"

如果收购完成后，火凤凰工厂遭到不测，真如Edi所说被控告走私而被迫关闭，股价跌破底价，手上揣着满把现金的樱河染织会不会对火凤凰整个大盘进行反收购，那时候自己还能掌握工厂的控制权吗？如果恶意收购呢？在股市底谷挣扎的火凤凰会不可避免地面临一场灭顶之灾！狗肚三升，摩力公司食量大得很，一定会脚踩两只船，通吃两头。

如来浑身被雨浇得湿透，这才感觉浑身冰凉。

一辆铲轴车从车间斜刺里穿出，差点撞个正着，他一脚跳开，抹一把满脸的雨水和冷汗，骂：作死啊！

接替悠西处理收购案的是佐藤，佐藤的爷爷"二战"时曾参与南京大屠杀。因而佐藤在中国的领土上从来不提及爷爷，倒是口中常夸鲁迅，赞鲁迅当年东渡日本学医，回国后弃医从文，曲径报国是他的榜样。

佐藤生长在大阪，他第一次到绍兴，就爱上了这座城市，小桥流水，青山

秀竹，甚至亭台庙宇，都让他犹如身处大阪。他将这座有着东方威尼斯之称的古城介绍给位于大阪城的樱河布业世家，"那里山好水好，那里的水质含有独特的矿物质，连做出的酒都醇厚鲜美，口感远远赛过日本清酒。用那方水染丝绸绢纺，色鲜与色牢度别处江河的水根本无法比肩！"

此刻，佐藤正迎候在挂着樱河染织白底黑字的厂房门前。他板平的脸原本就显得冷寒寡情，架一副金边镜片，更平添几分金属架的冷感。见到如来，他久违似的低头弯腰鞠躬，嘴角牵出微笑，那微笑太过牵强，让人生出寒意。

楼前草木丛丛，铺陈着阴森。如来跳下车，下意识地瞥一眼办公楼处五层平台，眼前竟幻化出悠西血染楼台的景象。

佐藤捉住如来的目光，一个字一个字地说："如先生与悠西有恩仇？其实悠西是个好厂长，可惜不能接受工厂被您收购的事实，竟决然地采取自尽的方式走了。"他顿了一顿，盯住如来的眼睛继续道，"也许是受了我们国家武士道精神的影响吧！其实我们也考虑过与当地工厂合作。"

如来警惕地说："恩仇谈不上，有点小过节罢了。他本来就是我们本土人，叫阿根。我们这地方的人跌跌坐坐，一般不会选择与自己过不去，用自尽的手段结束人生，他或许是在这个岗位上压抑太久，有了抑郁症。"如来心下哼哼，别把红萝卜算在蜡烛账上，充当善人。

佐藤镜片后那对森然的眸光不解地盯着他，如来肃然道："虽说同行冤家，但是纺机不都是在齿轮与皮带的摩擦作用中源源流纱的吗？我们本来资金就紧，能够出重资收购，实在是对贵企业的仰望。"

佐藤侧着脑袋盯着他，好像审视一个从未见识的生物。

说话间，如来随佐藤进了样品陈列室。如来一眼见到了绢丝系列面料，那正是当年他请悠西打样的法国面料的系列衍生产品。他的心脏一阵狂跳，不错，当年那块不足一丈的样品，竟衍生出了如此豪华的家族！他对这种模仿与开发的能力顶礼膜拜。

他随手拿起一摞印花绢丝样布，细细摩挲，脑袋转向佐藤，故意刺激道："这些面料色泽鲜艳，色牢度稳定，是用了丙烯酰胺加氨水和甲醛二步法合成的吧！"然后把样布一掷，轻笑，"这种染剂你们也敢用？有毒污水流进湖里，你知道老百姓告到政府，你们早晚会被封吗？我们收购了，是你们的万幸！"

佐藤板起脸："我相信，你不会是出于慈善而收购吧！"他阴阴一笑，"任何国家早期的经济复兴都是以牺牲环境做代价的，我们虽说也赚钱，但不是带动了你们当地经济吗？染织这么赚钱的行当，会被关吗？再退一万步，你们这里印染作坊无数，如果政府要采取行动，一定是拿小的当地工厂下手，不会关我们这家鼎鼎有名的日资企业吧，我很清楚，你们的政府对外资还是有所保护的。"

姒来被他呛了一下，像耳朵里突然飞进一只飞虫，抠不出地难受，听到佐藤后面的话，他顿时像找到了掏耳勺一般，双眸瞪圆，提高了嗓门："我们当地工厂有几家敢这么青天白日下用这江湖的水染色？我的祖先就是华夏开国皇帝，治水英雄大禹！他要有灵，早把这河边的染坊通通关了！"

佐藤一鞠躬，忙说："佩服佩服，姒先生原来出自皇家呀，怪不得满身天潢贵胄气质呢！"他弯下腰去，眸光却掠过阴冷与怀疑：别装模作样懂技术，把技术资料转移走，看你买了厂又能如何？工厂真会被政府关，你还会买吗？再说，我们日本国正在开发无污染染料，对废水污水处理已经有了初步的成功案例，到时候，你们还不得来求我们？

姒来嘿嘿一笑，转过话题，"咱们谈正题吧，我上次给山口和悠西报了价，高于7000万不买，而且我们主要是买你们的技术和销售渠道，我们在并购方案上列得很清楚，技术和客户资料转移了不买！我们的出价是否合理，你可以请国际评估公司来进行核算！"

佐藤试探道："姒先生有没有想过购买我们的部分股权？比如说49%？打我们日本制造的牌子，无论在国际市场，还是你们中国国内市场，都会比你们当地产品价格高几倍，你还当总裁，收入却会大大不一样！"他笑容可掬，让人感觉不到是在谈判价格。

姒来嗤笑，"49%？没有控制权的事我不做！打日本制造？你没有做梦吧！"他狠狠地说，"做合资企业是有可能的，但是我们必须完全控股，做我们的品牌，中国制造你们接受吗？先生，咱们文化不同，合作管理起来难度太大了！我不想天天有人在门口罢工，棺材横在门前，而我没有话语权！"

"如果没有异议，我们明天就派人来做资质调查！"姒来双眸冷锐，盯着佐藤。

"我即刻向董事长汇报！"佐藤一直把姒来送到了厂门口。

~ 9 ~

月亮透过并不晴朗的天空，淡淡地铺陈在静静的鉴湖上。岸边，桂花串串，金铃一般，在微风中摇曳，空气中飘洒着甜甜的清香。远处，会稽山抹着月色的清晖，像身着青色盔甲的湖的守卫者，展露着坚实的胸膛。

真是风水宝地啊！樱河布业董事长田边接到佐藤的电话立马动身，飞到了这里。要从这里撤离，他有太多的不舍。日本境内没有河流可以满足仿真丝产品印染的需求，而这里的气候、地理环境，甚至建筑都与大阪城有太多的相似，他常常怀疑大阪城的开发者一定是照着这座古城的模样设计了大阪城。

"佐藤生，"他转过脑袋，呼道："你与火凤凰谈判时谈到了未来吗？"

佐藤赶紧靠上前去，说："谈到环境，姒来先生预测，不会很久，我们也许会被当地政府关掉！"

田边怒道："谁让你说环境的？你莫不是也受了悠西的影响，吃里爬外？"

佐藤浑身一颤，本民族向来容易怀疑一切。

田边顿了一下，让自己的情绪稍稍平稳一些，说："谈判的要诀之一是，提高未来的价值。咱们必须有足够的耐心和说服力，把未来牌打足了，卖出高价。大把真金在手，一定有大把机会杀回来拿下更大地盘！"

佐藤向来对樱河世家有相当的职业敬畏，他鞠躬附和："中国照这样的发展势头，很快会产生一个庞大的中产群体，未来，高端奢侈品市场潜力巨大！"

田边补充道："你必须展示我们的产品在国际市场的前景，顶级奢华时尚很快会有一个快速增长期。"

"我上周派人去华尔街，调查了火凤凰何以能在美国上市的原因，他们是极偶然的机会，通过找到华尔街的关系，买了壳再脱胎换骨而成功的。那是一种靠机会的成功，而不是像我们一样靠实力与开发能力。他们并没有深厚的工业经验，也没有多少家底，就像暴发户，很容易被一个个虚假光环迷惑。况且，中国的民企资金不足，很容易被我们这样资本雄厚的老牌制造打垮。"他停下脚步，问，"你读了董事会决议了吗？"

佐藤鞠躬道："是，研究过了。"他眼前闪过悠西，他走路低着脑袋，好像每一步都提防脚下有绊。这个倒霉的家伙就是了解了太多董事会内幕，长期被怀疑的阴影笼罩，如果通吃火凤凰成功，他一定担心被当地人骂为汉奸！两面挤压，不跳楼都难。

"我们大日本没有适合做印染的环境，但并不意味我们要放弃这个重要的纺织工业环节。这里的水质太好了，我们会轻易撤退吗？"田边嘿嘿地笑着，抬起胳膊朝空中比画，"暂时的撤离往往是为了更全面地进入！我们需要制造新闻，制造他们的价值被贬的事件，趁虚而入。我已与华尔街水公司达成协议，挖他们的阴暗底部，四面夹攻，把他们的现金套光，全面反收购，把整只凤凰吃了！"他阴阴地笑道，"中国公司历来报喜不报忧……"他欲言而止，脸上叮着一只花甲虫，他狠狠地拍下去，半边脸印上了青色的指印。

"记住，中产群体永远是市场的主流，你有没有调查过，火凤凰何以发展迅速？"他在河边站定，双眸落在河面上。清风拂过，吹破了涟漪，湖面上荡漾着淡淡的银光。

他自问自答道："火凤凰的产品正是以全球为市场，满足了国际上中低档大众消费者的需求！大众快速时尚因其低廉实惠的价格，在任何风险中都更容易获得快速发展的机遇，我们缺少的正是这一个基本面的产品和普通人离不开的市场！"

田边咧开嘴笑着，皱纹纵横的脸面刻出一道道深深的沟壑。他断定，如把这些大众时尚产品换上大日本国制造的字样，价格提高三分之一，消费者不但不会减少，反而趋之如鹜！

"明天你务必出一份来自本地的更详尽的关于如来的性格报告和火凤凰的发展报告及近期产品情报资料。"田边驻足，扭头对佐藤说道，声音低沉决绝。

~ 10 ~

樱河染织厂，水娥正带着几名财务科员在厂部做资质调查。出纳小燕捧出所有的来往账目记录本，这些账本堆满了会议室的一半空间。如来承诺，樱河收并后继续留用她，负担她和悠西的儿子的上学费用，直至大学毕业。条件是她必须配合收购，把客户的信息，完整地复制或记录下来。

虽然价格依然在7000万与8000万之间胶着，但是购买方案已定，按7000万还是8000万付只是抬手间的决定。佐藤陪着如来检查工厂的设备，他不时

地停下步讲解，表现得很配合。

　　印染车间，几条长长的丝网印不锈钢台板铮亮闪光，颇有大江流水的壮阔，在流水线的尽头，耸立着一块巨大的磐石，磐石上分别用中文与日文书写着四个大字：忠诚精致。

　　佐藤把妠来带到磐石旁，说："这是我们的厂训！"

　　妠来饶有兴趣地围着磐石转，一边用手抚摸着，这是一块百年磐石，石面光滑散发着隽永的青光。他对日本的企业精神一向情有独钟，日本人的集体主义及员工对企业的忠诚度，在国际上都是响当当的。

　　佐藤面色惨白，镜片后，双眸发着冷光，他紧张地盯着妠来的一举一动，和每一个细节，光滑的脑门沁出一层细细的冷汗。

　　妠来双眉紧锁，正盯紧磐石底座旁的一块青石板。为什么在这片平整的水泥地面突兀地铺着一块青石板？显然青石板与装饰无关！他试着站了上去，青石板发出硁硁的声响，像架在黑洞上移动的山门，掩藏着无数玄机！妠来疑窦顿生，弯下腰去，试着用手挪动石板。

　　佐藤轻轻哼了一声，制止了他，随即按动了墙上的按钮，青石板自动移开了，妠来探过脑袋，一团氤氲潮湿的气团扑面而来，夹着刺鼻的化学味，妠来大咳了几声，定睛往下看，一条地下管道闪着怪诞的五彩色呈现在面前。

　　佐藤赶紧走上前去，贴着他的耳边却强有力地说："这也许是个绝活，一并移交给你们了！"他顿了一下，"你完全可以自行决定需不需要这个设施，不必在意！"

　　佐藤的话明明暗示他，这里隐藏着他们的机密。妠来瞪了他一眼，跳了下去。

　　这是一条具有抽水与排水双重功能的地下通道，只不过装置精致如防空洞一般，壁上爬满绿色藤蔓植物，水泥铺陈的地面有一层绿得发黑的青苔。早秋的天气，秋老虎正肆虐发威，这里却阴寒得让人发抖，刺鼻的氨水味弥漫在黑洞洞的空间。妠来连着打了一串喷嚏，弓着腰，顺着钢管向前行。

　　渐渐地有了一些光亮，他扶着壁，睁大眼睛四处观看，两条钢管虽经岁月，却依旧泛着青色的光。一缕光射了进来，随后，越来越亮，他甚至听到了船舶与水面摩擦发出的声响。

　　地下通道口有水阻装置，排污的那根钢管口插着一个过滤网，五颜六色的水经这张网过滤后与湖水相溶，形成一种混浊的古铜色，悄无声息地潜入了广阔的湖面。

如来找到石壁上的按钮，随着他的按动，阻水板自动开了。他探出脑袋，河水渍入双眼，生生地疼。他从小在河边戏水，在水里可以睁着眼睛捉鱼虾摸螺蛳，但现在他睁开眼，满眼是绿得怪异的流水。

粗粗的钢管沉在河道底部，河面的水一圈圈漾开，波纹不惊。

浑身的血在周身冲突奔涌相撞，如钱塘江的潮水，冲到制高点，便汹涌澎湃地反向扑杀。如来像一条身上披着汽油被点燃的火蛇，蜷曲着身子钻出地下通道，脸色阴沉如待爆的手雷。

他一把抓住佐藤的胸口衣襟，狂怒地喊道："就因为这里不是你们的家吗？"

他的脑海浮现出一具具棺木，一张张被不治之症折磨的脸，烈日炎炎下，河水泛绿，漂浮着一层五颜六色金属般的色彩，河埠上，习惯了落水为净的妇人抡着洗衣棒槌，旋着竹筐淘米。田垄上，面朝土地背朝天的乡野弱民，医院挂号处，挤得水泄不通的窗口……

他使出全身力气，伸出掌，狠狠地朝佐藤脸上掴去，手掌悬在半空，却反抽在自己脸上，"滚，滚，快滚，我怎么不早把你们收了，是我犯罪啊……"他的豆眼瞪着佐藤喷射出两道燃烧的火。

佐藤笔直地站着，面色青灰，无框镜片后，空洞的双眼对着那块磐石。忠诚精致。他一动不动。

如来疲乏地回到办公室，有才拿着资质报告进屋。见如来面色阴冷，脸上印着五个掌掴的指印，小心翼翼地问："财务报表看来没有问题，每年的利润都是递增的，就是销售客厂的信息不全。你看咱们是收还是不收？"

如来一挥手，道："收收收，全数收来，多少钱都收！"随之咬牙切齿爆粗口道："让他们早点滚蛋！"

田边接到佐藤的电话时，使劲将话筒贴紧耳边，两扇风耳挤压成了青紫色的旋涡。

"什么？"握着话筒的手如风中的树枝颤动，声音也发出了颤音，如来没

有还价？也就是说8000万成交啦？他不是一直咬死高于7000万不买吗？"

"他中了我们的计！热血收购！没错，热血收购，人在极度愤怒和亢奋的情况下，会不计后果，愿意付出任何代价。对，他根本没有再讨价还价！"佐藤得意地说，"我有意把他领到了我们的排水暗道处，挑逗他对地下通道的好奇心，然后激起他的热血和冲动。"

佐藤下意识地摸了一下自己的脸，他好像要抽打我的脸，可是，我们大日本，他不敢的，他劈了自己的脸，好像怪自己没有早点下手收购。

他的声音有着尊敬："他重重地捆了自己，我相信他的牙齿一定松动了！"

田边呻吟了一下，说："中国人就是自以为了不起！哈哈哈……"他大笑起来，肩膀随着笑声一耸一耸地抖动。

田边收住笑，自我夸赞道："多亏我们做足了功课。"

他的面前放着厚厚的一摞情报，那是一份似来的个人奋斗史。另有一张似来的成长轨迹图和数据分析表。

田边翻阅着报告，脸面交织着尊敬与兴奋。似来与一般的乡镇企业主不同，他的童年在上海生长，父母因公殉职后，回到乡野，奶奶用一台手摇织机养育了他，此后他的生命轨迹便与纱线连在了一起，纱线织成了一张网，企图网络世界。

一张表格更将似来的性格、人格、行为方式、习惯、家庭背景，甚至政治倾向，社会活动，数据化排列分析，如心电图纸，高低曲线一目了然。

田边盯着数据分析表，眼角的皱纹绽放成菊花的线条：人的生命过程就是计算，根据过程的庞大数据排列，可以按照公式，计算出他的行为走向，从而找出破绽，设计圈套将其俘获。情报说他从小失去父母，靠奶奶抚养长大，女友又在中国温州的金融事件中丧生，生活的多重打击，使他成为一个弃个体生命于不顾，关心政治、顾及社区，关心民生的企业家，又是O型血，本来就是性情中人，遇到他仇恨的事情，他很容易不计后果冲动行事。

他派佐藤代替山口，佐藤家族有"二战"侵华背景，对中国有足够的戒备，行事更无情。相反，山口派驻中国樱河太久了，甚至对当地姑娘产生了爱恋之情。

田边盼咐佐藤："你要做的就是控制好那个点，恰到好处地启动那个能刺激他、引起他冲动的开关。"说到自己的精明计算，他哈哈大笑，一时笑塞，他大声地咳了起来。

"那个提供情报的女翻译叫什么名字？我们还需要她，要给她以重赏！"他嘱咐道。

董事会上，田边拉开世界地图，将有红色激光的教鞭指向纽约，"来自华尔街的情报，火凤凰集团与华尔街有个对赌协议，赌股价跌。他们收购我们耗尽了资金，没有现金的企业就是一匹抽干了血的饿狼，他们穷凶极恶急于想搏一把资金回笼！"

他的发灰白的眼眸闪亮了起来，"中国人说道'魔高一尺道高一丈'。我们可以像开发新面料一样，介入与华尔街的交易，设计一幅火凤凰股价涨势图！然后……"他嘿嘿笑了几声，伸出老枝骀背的手，铁耙般朝空中有力劈去，"再次失血的火凤凰会像赤膊小鸡，纵然拥有樱河染织这样会下蛋的金母鸡，奈何赤膊小鸡怎么带得动金母鸡！那时赢得满笼资金的我们，便可轻而易举地捕获包括樱河在内的整只凤凰。"

他拿起粉笔在荧光板上画了一幅图，细胞分化，吞噬海洋生物的弱小动物，渐渐成长为巨大的鲸鱼。他眯起眼睛，好像面对一幅恢宏的远景，"企业的成长如同任何生物，生长在一个弱肉强食的环境中，我们必须成为行业的巨鲸，规模化可以达到效益的最大化和价值的最大化。这是创新的最佳状态与条件！只有达到一定规模化，我们才能在异国环境中获取足够的话语权，当地政府和百姓都会敬畏我们，甚至离不开我们，不敢贸然侵犯我们的利益！"会议室荧光灯冷光铺陈，田边嘴角掠过一丝笑意。

他将手中的笔一掷，"什么游行示威，什么抬棺抗议，统统会在我们的规模下臣服！"

他摘下眼镜，若有所思。缺乏知识就无法思考，缺乏思考也就得不到知识。这句日本谚语跳出他脑海。这次行动的成功不正是得益于对华尔街本质的了解和对姒来个人历史的研究吗？

"将火凤凰中低端产品纳入我们的体系，我们的产品就占有了高中低通吃的垄断优势，再把所有产品打上日本国品质的标签，自然就拉高了价位！这是我们以退为进全面占领的战略，将是樱河布业最辉煌的大手笔。"

掌声如爆竹响起，日本樱河布业董事会全体成员齐齐起立为田边鼓掌。

夜深了田边无法入睡。他拖屦下地，步出了院子。

大阪的夜，空气中有木樨的浓香，残月如钩。他的眼前又出现了绍兴的小桥流水人家，那是一片天然的鱼米之乡纺织之乡！

"佐藤生！"他心潮澎湃又抓起电话，"不要惊动如来！"他嘱咐，"如来是个了不起的人才，我田边，佩服他，佩服他的热血，也佩服他的经营之道。情报显示，如来短短的20年，走完了我们樱河家族百年的路，他从无到有，创立了一个帝国型的面向全球的企业，这样的人才正是我们樱河需要的，收购后，我们还是需要他来负责运营！"

佐藤睡梦中被田边的电话惊醒，光着脚站立着频频颔首。

"你复述一遍！"电话那头传来田边冷峻的声音。

佐藤完全清醒了过来，董事长这是为即将唾手可得的人才而彻夜难眠啊！

他将身体挺得笔直，"我完全赞同董事长的正确指令！"

屋子里没有开灯，稀疏月光透过窗棂，将他的身影拉成了细细长长的模糊的影像。佐藤瞪着眼，田边没错，如来起码是个热血企业家。中国人对南京大屠杀一直耿耿于怀，我爷爷生前常说，那时候，他们其实没有多少兵，现场的中国人如果都像如来这样热血，恐怕死的是我爷爷他们呢！

田边在电话里喊着他的名字，他才意识到手上还捏着电话，他听见田边说："佐藤生，时势不同了，中国再也不是过去的中国了，咱们不谈政治，接下去每一步都要做得精确到位，为反收购做准备！"

~ 11 ~

樱河厂今天很不一样。保安还是那几个保安，他们眯笑着，将大门口的厂牌摘下，日本樱河（中国地区）染织厂，这块挂了12年的牌子今天换成了火凤凰纺织集团的金色大匾。

阳光温暖而明媚，洒在角角落落的秋菊上，金色的、白的、红的、粉的、浅绿色的递次绽放，沐浴着秋阳，色彩更加浓艳。

如来豪气地在各个车间穿梭，有才一直跟在他身旁。日本人全撤退了，留下的都是当地员工和部分管理人员。资产重组，他合并了技术部，各部门加派了管理人员，其余的几乎全是前班子人马。

他们在设计车间停下，这里堪比大英帝国图书馆，四围墙上层层叠叠挂满了设计档案，中间地带整齐地排列着一张张设计台。一名花稿技术员抬头看他一眼，赶紧埋下了脑袋。

如来对樱河仿真丝技术向来有求而不得的痛苦,这种痛苦随着时间的发酵,越发强烈。今天终于落在了自己手上,他如喝了陈年醇酒,满面是绛红的喜色。

他对跟在身旁的有才赞叹道:"小日本的管理太厉害了!"

有才皱了皱眉说:"我总感觉气氛有点不对劲,员工没有那种换主的鲜活样,甚至连个招呼都没有,哪里是绍兴人的脾性!"

如来笑他:"吃陌生饲料了吧!你不知道啊,日本这种老牌军国主义,军事化都用到企业管理上了,比你长一级的,说大便是香的,你就不能喊臭,他舔一口,再臭,你也得吃下去。升职以前,得到庙里去静坐三个月,静下心来,修炼作为。哪像我们企业的员工,人心浮躁,车间里来个客户,恨不得围着人家看。咱们收购了这个厂,更要把日本的企业精神在全集团推广。"

有才指着四面墙上,图书馆似的设计档案,说:"这收购我觉得快得几乎不合常理,按照日本人的性格,这么庞大的档案不可能不带回国的!"

如来轻笑:"那天佐藤特地把我领到那个地下水通道,把我气坏了,那一刻我恨不能把他们立马赶走,就少了谈判的过程。不过,我倒真不在乎价钱,只要把技术弄到手,盈利还不是分分钟的事?你嘛,就是眼光短,格局不够!"

有才无语,抿唇,环视四周,心火往上拱,这些工人对新老板一点也不在乎,好像没看见!

一名推纱工走过,有才问:"你们不认识新老板吗?"他指了指如来。

那工人撇了撇嘴,直着嗓门,说:"会不认识吗?都是本地人呀!"说完,赶紧推车离开。

日头偏西,如来前脚刚踏进办公室,有才就跟了过来,说:"樱河厂那些老员工听说染织要搬迁,不消停呢,打花版的一天都没出活!染坊的那些人,让他们拆卸设备,一天也没拆下几颗钉来。"

如来骂:"日本人管理服服帖帖的,也没听他们闹过事,怎么到我们手里就不消停了?迁出湖区,保护水源,不是好事吗?"

"都是乡里出来的人,恐怕是故土难离,这里好山好水的,叫他们搬到偏远荒芜的废沙滩去,虽有班车接送,可他们一辈子也没离开过湖畔,肯定有情绪!"有才看一眼如来,无奈地摇晃着牛大的脑壳。

如来胸口憋闷，在口袋里摸烟。有才从自己口袋里取出一根，点着了递给他，笑："装支架不是戒了吗？"

如来塞进口，狠狠地吸了一口，听到有才的话，便拔了出来，远远扔了出去，骂道："考验我没自制力吗？"转头问："整理车间那个娲张婆婆还在吗？"

有才懵懂，记起了樱河厂门前示威的四口棺材，干瘦如柴的李师傅和几个身患癌症的工人，还有一群怨声载道的亲属。他会意地点点头，道："听说她老公前几日死了，她休了几天，应该上班了的。那女人鼓动力太强悍了！"

如来眼睛眯了起来，脑袋一歪，狠狠地说，"组织一场搬迁动员大会，请这些身患癌症的亲属上台再哭一场，如果需要，把那几口棺材再搬来！我看那些人是不见棺材不动弹！"

他们正商议着，如来手机铃响。他接起手机，传来田边短促沙哑的声音："如先生果然雷厉风行啊，听说工厂要搬迁？"

如来耸耸肩，惊讶地问，"你在工厂里留着多少暗探？"

田边压低嗓子嘿嘿两声，"要不是工厂确实有污染问题，担心哪天突然被政府关，或者被当地那些受害的百姓烧了，我们会放手把工厂卖给你？还是你行啊，接手没几天就找到搬迁的地方了。我田边仰慕如来先生的才能。我打电话是想跟你商量一项合作，咱们在纽约开个工厂直销店如何，打我们樱河品牌，我们提供花版，你们生产、出货。全世界都认日本品牌，你应该承认，卖价起码高于中国制造一倍吧！"

如来听得头顶冒烟，扯开了嗓门，"做梦吧！国际大品牌都开始到中国找市场了，还要我们制造贴你们的牌？你们的品牌不也是一步步坚持出来的吗？"二战"前谁知道什么是日本制造啊！开商店吗？你落后了，我们早选好地址了，欢迎你入股！打日本品牌？你就别操这份心了！"

如来听到电话里传来田边叹气的声音，解气地挂了电话。

他们跨出办公室，经过单证科，如来想起单证科一个叫小芳的员工快要结婚，托他去美国时给她男朋友带件名牌卫衣。纽约回来，小芳度假去了，他就把卫衣丢在了她的办公桌上。

单证科十几个工位，分两溜排列在厂部办公室前。平常如来经过单证科，总爱跟他们学学英语，练习对话，混成兄弟样。

染坊没开工，单证科人员却到得很齐，他一眼看到那个叫小芳的，坐在工位上，右手拿着一把剪刀，左手正拿着他从纽约给她带的Rough Lauren卫衣，喜滋滋地哼着小曲。卫衣天蓝色，款式简约、自然，还透着阳刚。这是如来特意按她给的尺寸帮她的男朋友选的款式。

叫小芳的哼着小曲，翻开唛标，看到产地标上Made in China的字眼，好像没有任何意识，随手拿起剪刀，将产地标剪去，随着咔嚓一声响，她听见身后传来一声吼叫："住手！"

小芳浑身一哆嗦，剪刀掉在地上。抬头，见如来脸色铁青，已一步冲到了她面前。

如来一把抓过衣服，抖落着，吼道："Made in China就丢你脸了？"

如来气哼哼地将衣服平摊在桌上，抓起一支黑色的签字笔，唰唰几下，在卫衣胸前写上了大大的几个字：Made in China。

丢下笔，如来将卫衣套进脖颈，卫衣是大号的，套在他瘦瘦的铁杆似的身体上，像挟卷着一片蓝天。他铁青着脸，犹如蓝天裹着乌云一般席卷而去。

小芳面色惨白，呆呆地站起，望着如来挟裹风云的背影，委屈地哭了，她双肩抖动，捂着脸跌坐进圈椅里。

搬迁动员会，有才果然叫来了火凤凰整理车间外号"娲张婆婆"的穿筘女工阿娟。

她患癌症的丈夫去世还不到七天，她小花点的外套上别着黑条布和小白花，像黑色星空不肯瞑目的泪眼。

如来身着淡蓝色卫衣，胸前Made in China几个字如刀剑一般恣意伸展着。他旗杆的身体立在讲台中央，声音如带着霹雳和闪电的春雷一般。

"今天我们聚集在这里，不再是田畈里爬出的凑拢柴头拼凑而成的队伍。我们有幸成为全球化企业，成为人类第一需求——服装的制造者，提供者！"他的目光扫荡过会场，在与会者脸上掠过，那个小芳坐在角落，低着脑袋。

"今天我们的双脚就要跨进世贸组织的门槛，即将面对一个无边无际的服饰世界。'哪里有人群哪里就有中国制造！'这句话不再像一个空中飘浮的，随时会被暴风雨击破的气球，而是像贴心衣衫一样，能时刻感受到的存在！为什么我们堂堂中国工厂，尤其纺织服饰的生产者、制造者却要把Made in China的产地标剪去？"

他指着胸前大声吼道："对自己的产品不自信吗？自己作践自己吗？以后谁被我发现剪去自己国家工厂制造的商标，我就开除他！我还要发出告示，不许中国任何一家工厂录用他！"

如来连喊三遍，愤怒的吼声在会场轰响，工人们显然被他的声势震慑住了，没有任何声响，只听见靠墙角传来一丝嘤嘤抽泣。

默默坐在台角的阿娟挂着两行泪水，快步到了台中央。

如来放缓语速，悲哀的口吻问道："你们认识她吧？她的丈夫，原来樱河染织的高级技工，身患癌症走了。这条被污染的河水正在无声地夺走无辜的生命，你们自家门内不死人不动心吗？竟然还有人抵制搬迁！这些人连日本人都不如！是低头舔自己眼皮下几粒狗屎的虫豸！蚂蚁不如的虫豸！蚂蚁还知道抱团驮米呢！"

他气哼哼地吼道："明眼人可以看出，那个田边董事长就是蝮蛇般的生意人，他为什么这么快就同意把工厂卖掉？为什么听到我们要搬迁工厂的消息又回来寻求合作？你们长点脑子好不好？"他戳着自己的心窝，把讲台让给了阿娟，一跃，跳下台去。

台上传来阿娟有腔有调的哭诉。男人走了，一个女人带着两娃怎么生活？

如来听着阿娟的哭诉，想起了阿调和小鹿，想起了奶奶夜以继日摇动的织机，奶奶手摇的乞巧布粗糙却结实，延伸的路苦涩而艰难。

他哼哼着自嘲：连家都管理不了，还假模假式地教训人家！

~ 12 ~

樱河厂搬迁接近尾声。拆了染台的厂房像魔兽冰冷的骨架，通往河底地下通道的出口暴露着，蹿出嗖嗖的凉气。

如来扭身对有才说："就是这个地下通道，让我头脑一热，起码多付了1000万。"又问："县里批复到了没有？收购昌来针织的申请批复了吗？"

"明天就去安平镇谈不良资产收购！把阿调的针纺厂与樱河配套，开发仿真丝针织面料，这样我们的产品线就基本全面了！"想到阿调，他的脸又拧成了疙瘩，问："阿调一直没消息？"

没等有才回复，电话铃响。

佐藤声音沉缓，满是恭敬："如先生！傍晚6点，明珠大饭店雅请，可否赏光？"

如来咧咧嘴，看来樱河还是想合作啊！他高兴地连声答应："好好好！"

晚间，三壶清酒下肚，如来脑袋开始隐隐作疼。他曾有过喝十瓶黄酒走路不晃的纪录。他扫一眼桌上齐齐排列着的清酒，轻蔑地哼哼，这清酒不过是抄袭我们的黄酒而已！

佐藤谦卑地弯腰，斟满酒敬向如来。

如来接了酒，一饮而尽，话逐渐多了起来。

佐藤的脑袋在他眼前晃，听佐藤尊敬地说："如先生这样的人才不仅是中国的骄傲，也是我们大日本国所渴求的！"

如来大笑："日本，这么弹丸之地，怎么成了大日本了？你们把染坊开到我们这里来，还不是因为你们根本没有淡水资源？"

佐藤连连点头，"对不起，我们是看到这么好的水，才动了开染坊的念头！"

如来双脚如踩在云雾间，手发软，他把酒杯一推，摇摇晃晃站起身来，舌头不听使唤，却依然清晰地说："你们把布卖给奢侈品牌，赚大钱，却祸害我们当地百姓！这回把你们收了，服气了吧！"

佐藤跟着站起，镜片后双眸紧盯着如来，一边弓腰问道："如先生有什么高招，让仿真丝面料保持品质又不污染河水？"

如来不以为然，道："真丝是哪个国家发明的？你不知道吧，那时候，中国没有那么些化学染料，我们的祖先用的什么染料？"他端起佐藤敬上的酒，扬脖倒进喉咙，沙哑着嗓子，哼道，"你们小日本的技术也没什么了不起，还用有毒染料来印真丝类产品，真是辱没了我们的蚕丝！"

佐藤自己喝了一大口酒，又给如来杯中满上，说道："我们为什么把工厂交给你，就是知道如先生有大招，我们真心佩服！"

"我没醉，没醉，我从来不会醉！我的脑子清醒得很……"如来感觉整个身子飘了起来，仰头喝干了佐藤满上的酒，道："当然啦！我早就研究过了，我们老祖宗用的染料全是天然植物提取的，甘宁就是一种天然染料，野生的薯莨更是朱砂色的原料，如果不用化学凝固着色，我们可以从河泥中提炼类似亚硝酸甲的成分，让真丝织物色彩富贵华丽……"

他顿了一下，继续道："我们新疆有合作客户，他们有大片的土地，我们以后就让他们种植天然染料了！"

姒来喜爱演讲，几瓶清酒下肚更觉浑身飘然，口若悬河起来。

有才拉拉他，低声提醒道："咱们喝惯了黄酒，多少瓶也不会醉，这清酒可得小心，他们的酒不是纯酿造的，是酒精勾兑，上头呢！"

姒来一把推开有才的手，瞪他一眼，喝道："不要拦我！"

有才皱眉，退回座位。

姒来继续道："你们小日本的仿真丝其实也没什么了不起。我问你，蚕丝是怎么来的？"他双眼网满血丝，轻蔑地瞪着佐藤。

佐藤又开了一瓶清酒，举着瓶，用熟练的中文，赞道："姒先生一番高见，在下醍醐灌顶！"

姒来哈哈大笑，尽兴倒入胃囊。酒酣耳热，继续道："你们的仿真丝技术不也是从我们的真丝技术模仿的？我们古人，将平原上的桑树生长的一种虫子，细心地收集起来，这就是现在的蚕。从蚕丝中分离出细微的茧丝，每20根左右的茧丝，合成一根生丝，再以每寸130根左右的生丝的密度，织成面料，我们可以把同样的方法移用到其他类植物上去，再用真丝织造技术，你们小日本就跟在后面学吧！"

姒来仰天大笑，释放出长久以来的压力，身体开始摇晃起来，他紧紧地抓住桌角，防止自己摔倒。

有才赶紧搀扶着姒来，离开了酒席。

佐藤起身相送，有才挡住了他。

有才狠狠瞪了佐藤一眼。这家伙今夜设局有什么阴谋？

姒来跟跟跄跄进了办公室，虽是酒醉，可是心里却清楚。这清酒果然不是好东西，发酵后怕酒劲不够，又勾兑了酒精，喝着清香，却比天然发酵的绍兴黄酒凶猛多了。

有才搀扶着他在沙发上躺下。他嘴硬，道："没事儿的，这点酒算什么，拿缸来都没事儿！"挥挥手，连吼带骂地把有才撵出了屋，这才倒锁上门，歪倒在沙发上。

头痛如裂，姒来开始呕吐。

有才放心不下，买了醒酒药过来。推门不开，只得在门外守候，困意上来,有才便搬了张椅子,在门口打盹。

夜半,如来的手机响,有才隔着门听见,心下着急。又想,让他多睡一会儿,如来老婆出走,长期压抑,压力又大,好不容易喝大一回,让他酣睡倒是好事,别打扰他了。

稍息,电话铃大作,丝毫没有停下来的意思。有才思忖,莫不是美国打来,国内哪有大半夜来电话的。

有才使劲敲门,屋里依然酣声不断。有才转身找来螺丝刀,将门撬开。

屋里,满地狼藉。

有才叫来保安,将屋子打扫干净,一边将如来推醒。

如来双眼布满血丝,回过神来,才知自己喝高了,便虎着脸拿起了手机。

James的声音尽量保持着平静,但语气中的火药味却是丝丝可闻。

"你手头的资金都用完了吗?"

如来心下一凛,便讨好地问:"我的太师傅,有什么要教导的,我洗耳恭听!"

James谨慎地说:"你找出今天的华尔街信息读读吧!读不懂找个翻译!"说完,挂了电话。

~ 13 ~

James的一通电话把如来闷进了黄泥潭,他陷在泥沼里不知远在大西洋彼岸的华尔街发生了什么,搭了支架的心脏毫无规律地跳动,胃里泛起阵阵恶心。

他叫来了办公室的英语翻译。电脑就在办公桌上,翻译为他找到了华尔街信息报。

如来惊呆了,他本人的照片连同火凤凰集团的名字,再加上股票代号HFH,赫然出现在彩色页面头版头条。照片上的他,黑色西装的领口别着一面中国国旗,内穿他的常规配饰白色衬衣。他眸光炯然,面色绯红,头昂得高高,挥动着手臂,上劈下斩,孔武有力。正是他与佐藤酒席上的穿着与神态。

文章介绍了火凤凰收购樱河染织的全过程,将如来免去讨价还价过程,高价拿下樱河中国区染织厂的行为描述为:如来先生认为:目前樱河厂PE值被低估,潜在PE值将无可估量。

如来与佐藤酒席上的那番宏论，也被无限放大。报道甚至详尽描述了他将创新染织技术，将在新疆开辟种植园，以天然植物染料代替化学有毒染料的全部规划。

文章预测，火凤凰在收购了樱河中国工厂后，将转战日本，收购樱河百年家族企业。文章结尾写道，华尔街资深人士认为，火凤凰的市值很快将会达到千亿美元。

他听翻译给他解读着新闻，浑身如同粘满了干胶剂，被胶液裹绑着，呼吸急促。

他与华尔街有对赌协议。自他从罗干干处证实了走私的事实后，Edi已警告他，工厂会在美国的压力下被封，加之樱河搬迁，会造成产品的摇摆，华尔街的火凤凰定会有大幅度跌势是板上钉钉的事实。那天，沃克向他推荐了对赌协议："你是工厂主，既然你都断定火凤凰必有大跌之时，为什么不跟华尔街作个对赌呢，下跌时，你可以捞回损失，赢得的资金可以给工厂输血。"

"既然能给工厂输血，我为什么不敢？"自收购了樱河后，工厂资金池干竭，已到了生死存亡的边缘，如来没再多问，在对赌协议上豪气地签了名。

如来完全清醒了过来。"卑鄙！"他拍桌大骂，这酒席分明就是个陷阱！昨天才在一起喝酒，那让人上头的清酒几杯下肚，激发了他的无比斗志，豪言壮语就像关不住的自来水喷涌而出。但这些酒话，怎能被当作新闻发布？怎么这么快就传到了华尔街？这完全是事先设计好的陷阱！

他记起，昨天陪同佐藤出席酒宴的有一个女翻译，还是当地人，曾经留学日本。他对当地人并不设防，席间那个留学生一直在桌下鼓捣手机，他也没有在意。

如来抓起鼠标，急切地滑动，寻找纽约证交所股票实时交易图。

红蓝搏击的曲线图显示，火凤凰股价跳空高开，创下历史新高。临近收盘，虽然稍有回落，依然稳居高点不落，这预示着下一个开盘，有一波更强的走势。

曲线图如刀戟弓箭，支支射中他的要害。如来双手发颤，丢下鼠标，一屁股跌进座椅里，浑身直冒冷汗。他视办企业为赌命，他可以赌上自己的命，可是他不能把企业绑在华尔街这条巨鲨的背上，签下赌跌的协议。

他颓然地趴在桌上，迷蒙中，沃克耸着肩，还在鼓励他呢，"对赌协议不是赌博，是按逻辑走的，受法律保护。你唯一要做的，只是按部就班，按协议做。我承诺，绝不会出任何问题！"

高价收购污染环境、分分钟会被当地环保部门关闭的樱河染织；白底黑字，火凤凰工厂被美国海关列入了走私黑名单，随时将被封闭；缺少资金的88个Jmart的货柜，这些明明都是利空消息。按协议，这些利空消息逐一发布，股价连续下跌，火凤凰都会成为赢家。为什么这些利空消息还没发布呢？反而被一只巨大的黑手搅了局：高调吹捧如来，大赞火凤凰利好，消息占据了华尔街头条，股价飙升！

有才的疑虑警醒在耳边：樱河厂在这次收购中行为反常！

按照对赌协议，如果股价飙升，他将赔付卖出股票所得。他浑身战栗，犹如五雷劈顶，眼冒金星。这分明是樱河与华尔街联手，设好圈套，联手吸他的血，要血吞火凤凰……

盯着桌上摊放的日历本，对赌的期限就在眼前！他捂着脑袋，发出闷闷的吼叫，为什么要去签这个对赌协议？为什么会昂昂然赴那个致命的酒宴，你爱夸口称雄，爱拿性命做赌注，是自己把自己打倒了！

凌晨4点，美国股市敲响了收盘的钟声。窗外下起了雨，天地间黢黑一片，湿热难忍。如来站起身，心脏锥心地痛。他眼前一黑，脚一软，跌伏在桌旁的沙发上。

他大口喘着气，感觉像一只被人踩扁的鸭子，瘫尸在海滩上。心脏的绞痛与身体麻木，由内向外夹攻着他。

我不能死，不能死！！！他挣扎着起身，摸到桌上的药，医生嘱他必须每顿饭前服用，扩张血管，保持血流畅通，否则将有风险。他已经有好几天没服药了，黑色的血液像汹涌的暗流，吞噬着他的生命。他倒出满把的药吞下去。

他将自己放倒在沙发上，悔恨的泪无声地流进嘴里。他拳头软软地举起，落在沙发上。沙发的乞巧布面，粗糙而结实。奶奶手摇织机夜以继日，温暖而粗糙的纤维丝丝缕缕，绵延漫卷，牵引着他走向了地球的另一端。

乞巧布，乞巧布，没有伊办不到的事，没有伊走不通的路。奶奶碎步向他

走来，挽起他的手臂。他依着奶奶，摇摇晃晃站起。晨曦已铺陈在天际。

华尔街摩力公司。沃克刚刚挂了日本樱河布业董事长田边先生的电话，James就站在门外，手指叩响了门。

他喊："进来！"

James抬眸，问："通知妠来到纽约了吗？"他的声音有些不稳，目光中闪烁着几分不安。

沃克盯着James，"为什么不通知他呢？明天周末，周一一般不会有大动静，周二对赌合约规定的期限就到了。输赢不是一目了然吗？"

James心下犹豫，扫了一眼桌上的台历，2001年9月6日，临对赌协议期限还有五天，他吞吞吐吐，说："我们不是对他有承诺吗？要帮他做空！"

沃克轻笑："还有两天了，还来得及吗？谁知道樱河会与他较劲对赌，成为我们的最大客户？再说……"他哼哼着："华尔街有过承诺吗？承诺不属于股市！"

James身体像灌了铅，呆呆地立着，小心翼翼地说："妠来已经把资金都用在收购樱河了，要他赔付，恐怕他会……"他做了一个抹脖子的动作。"我知道，工厂是他的命，他把自己的命赌在工厂上！"

沃克大笑："赌是中国人的特性，拿命办企业，拿命赌输赢。我们是赌台上扔骰子的，看庄和闲谁爆了局！"他轻笑，"在赌局上，鸭子再灵活也会落入鲨鱼的嘴！"

"你放心！被樱河全面反收购并不见得是坏事。"沃克坐回办公桌，"我知道很多中国人不喜欢中国制造，买了名牌回去，明明是中国造的，会把中国制造的商标剪掉。市场上多个日本品牌，不是皆大欢喜吗？"

James阴着脸，感觉自己的祖宗被当众羞辱了一般，但由于对方过于强大，他无力反击。他郁闷地将木然的眼光移向空洞洞的墙。

偌大的办公室显得空空荡荡，沃克见James欲言又止的模样，指尖优雅地弹了弹桌子，道："从全球意义来讲，日本人全面收购火凤凰并没有什么坏处，日本制造的东西，中国人购买量会更大呢！规模从来都是创造力的温床，日本人的制造业比中国厉害，你承认吧？那些从水稻田爬上来的中国农民会有多少创新能力？他们充其量满世界推销低端产品而已！"

James憋红了脸，他深吸一口气，抬头反击道："樱河发来的新闻不是赞扬说,如来有很强的创新意识吗?还要创新天然染料呢!"

沃克定定地看着他,诧异道:"新闻你也信?华尔街有哪条新闻不是根据需要打造的?"

沃克扭过脑袋,说:"我对中国的了解不比你少,我都去过不下60次了。要说感情嘛,有一点,我们还得靠中国市场赚大钱呢!"

"但是,"他继续说道,"中国有几家樱河布业这样的百年老厂?你是美国公民吧,还介意中国?介意火凤凰?介意如来?"

沃克说完,脸一拉,低声喝道:"结束!我得订机票度假去了。通知火凤凰,让他们准备好履行协议,我一个月后休假回来,如果没有进账……"他狠狠地瞪着James。

"帮我订一张去纽约的机票!"如来吩咐办公室主任。他必须找沃克商量对策,找可以解套的法律漏洞。

心脏区域依然隐隐作疼,如来去了趟医院。

医生语气温和:"你必须住院一周,调整支架位置,而且你太紧张了,必须让心脏休息几天,调整支架,每天必须服用的药你没有按时吃吧!"

如来幽默道:"心脏休息不就进棺材了吗?"没等医生开口,他掏出药,在手心颠了一下,"小东西,没你还不行?"一仰头吞了下去,向医生摆了摆手,快速离去。

进公司总部大门。如来暗忖:临行前,开个临时董事会议,做好应对危机的准备。

跨进大楼,他习惯地在楼柱的镜子前站下,伸手将掉到额前的一缕头发推了上去。镜中的他,憔悴的面容上,有一丝诡异的神情。原本瘦削的身材,瘦成了一根屯线杆。他暗笑,多大点事啊,暴瘦如此!他喃喃,成为一道闪电才好呢,把华尔街劈个稀里哗啦!

他刚要从镜前移步,突然发现有个男子紧随着他踏进了大楼。发现如来注意到他,这男子又缩了回去,隐身在楼外。这个人一脸横肉,肉泡眼,如来从未见过。他心生疑窦,跨进了电梯。

到了二楼,他停下,出了电梯,闪身进了二楼的走梯。

从走梯下楼,如来隐身在走梯门内,从门缝观察那陌生男子的行踪。

果然，那男子又跨进了大楼，朝电梯走去，粗短的手指迅速点击着电梯的按钮。

见那男子进了电梯，如来闪身出门，快步离开了大楼。

他掏出电话，拨通了有才的电话，责问："怎么搞的，有个陌生男子进了工厂，神神鬼鬼的样子，保安没看见？"

有才声音警惕，压低嗓音说："是那个满脸横肉的男子吗？我正跟踪着呢，他在工厂附近转悠两天了。据情报，这个男子扬言要亲手杀了你！"

如来一惊，道："哪里冒出来的鬼，对我有如此深仇大恨！"

有才语气肃然，道："你不是买了去纽约的机票了吗？我正要通知你呢，赶快去机场，我已另外安排了车辆送你！"

~ 14 ~

收市的钟声已响，James正拉门离开办公室，一转身，如来站在他身后。如来面色铁灰，满面疲惫，显然几天没合眼。

James摩挲着手，尴尬地一笑，重新推开门，把如来迎进屋，递给他一杯咖啡，"老板临走前交代，这周火凤凰股价不跌的话，对赌协议就……"他同情地看了如来一眼，显然如来是来找救火方案的。"唉，没时间了。"他叹气，"我知道你急。"James下意识地抬腕看了看表。

"我们是制造业，不是玩资本的！"如来的声音沙哑。

James苦笑："制造业做大做强需要资本啊！再说了，华尔街只看利益不看行业，哪里有利益就扑向哪儿，难道制造业不是这样吗？"

如来横了他一眼。"你们不能一石二鸟，我们是跟你们早签约的客户，你们不能又跟我们的竞争对手玩联盟！"如来牙颌紧咬，把咖啡杯往桌上使劲一掷。咖啡顺着桌角流下地板，如一滴滴血。

"唉！"James叹口气，扯张卷筒纸，弯腰擦去。他直起身说道："任何生意都是这样，挖个坑让对方跳下去，就看你是否是一只具有足够智慧的水鸭，既能绕过坑，又能叼到食！你没看最近一期商业杂志怎么形容我们的：'一只吸血大乌贼，无情地把吸管插入任何闻起来像钱的东西！'"

他将纸团丢进纸篓。"其实你也知道华尔街的本性，但你依然需要它，你们之间互相利用，互为需要。侥幸是人类的基本心理活动，是努力的出发点，万一成功了呢？你不就成功融资，扩大规模了吗？"

如来阻断他："我承认你是我太师傅，好多洋知识都是从你这里学的，你怎么不早告诉我华尔街的坑呢？"又抱怨道，"华尔街媒体也助纣为虐吗？明明一顿随意酒席，就成了新闻发布会，断章取义，编造虚假新闻，蛊惑市场！"

James张了张嘴，刚要说什么，如来又发问："我在飞机上也拟了一个新闻稿，揭露樱河的阴谋，你能帮着发布吗？"

James叹息道："媒体都是有态度、有立场的！再说了，没有大公司炒作新闻，不会对股价产生影响，仅凭普通股民零散抛买，岂能撼动股市？"

如来情绪微敛，用商量的语气说："我在纽约只有一天的时间，把真相搞明白，找出解决办法就得走，你能协助我吗？"

James不语，目光飘向窗外，叹："我也没想到樱河会来这一招。他们一直想要在中低端市场分一杯羹，对你们的生产能力虎视眈眈。这次，樱河为反收购准备了大量资金，志在必得。"

他歪着脑袋，看向如来，"不过，他们对你有深刻印象。退一万步，给人打工也不错！起码旱涝保收，不用那么操心，估计他们对你开出的条件不菲。"

如来狠狠地瞪着James："说什么混账话啊！养大儿子叫别人爹？什么华尔街精英，狗屁！"他气哼哼地站了起来。"不就是钱吗？做最坏的打算，护盘需要筹集多少资金？"

James同情地看他一眼，"其实你先筹这个数备用就行，再找信用公司担保。"他伸出掌翻了几翻。

2亿？2000万？别说2000万了，公司现在的资金池如龟裂的夏田。如来正要问个明白，James向他摆摆手，一条短信嗖的一声，跳出他的手机屏幕。

"猜想火凤凰如来一定来纽约找你了，如果正如我断定，请带他到42街龙虾屋见面！田边"

James把手机屏幕递给如来看，"走！沟通的机会送上门来了！"

42街龙虾屋位于时报广场西侧，因着影片《阿甘正传》而名闻遐迩。龙虾屋由好莱坞影星，参演《阿甘正传》而声名鹊起的加里·西尼斯创建。顾名思义，这里以烤龙虾出名，食材新鲜，分量足，是纽约时尚大道上班族的聚友之地，更是到纽约游客的首选酒吧。

正值下班时分，酒吧内宾客满座，吧台上方的电视机正播放着湖人队与

森林狼队的一场殊死搏斗。湖人队的科比精准地将篮球投进蓝框,为湖人队扳回了关键的一分。

田边隔着玻璃看到了James和旁边的妞来,为了与妞来见面,他做足了功课,特地请来了百老汇大名鼎鼎的时装设计师苏珊作陪。

田边迎出门来,谦恭地弯着腰,向妞来连连鞠躬。

妞来眉头一皱,心里骂,装腔作势,但还是伸手做了一个让他起身的动作,说:"咱们不是第一次见面了,何必这么客气!"

苏珊唇角微扬,对他颔首,算是打招呼了。

田边给每人叫了一份大龙虾,又要了鸡尾酒,说:"赶来纽约,就是专门恭候妞先生!"

情报调查,妞来吃软不吃硬。有一妻子,是替死去的姐姐与妞来结婚,分居经年;有一子,到纽约读初中,已入高中,去向不明。

田边笑意从唇角荡开,金边眼镜后,眼底的锋芒一闪而过。

"你们中国古代有诸葛亮三顾茅庐的传奇,今天我就是专门来恭请妞先生的!"田边直截了当地说明了来意。

"你知道我们马上就要买下火凤凰大部分股票。如果能控股,我们希望将火凤凰改名樱河,这个名字将来一定会成为大品牌出现在市场。"田边朝苏珊看了一眼。

苏珊点头道:"日本的工匠精神,在时尚界向来享有盛誉!我们喜欢Made in Japan!"

妞来心下一寒,恶狠狠地瞪着苏珊,一个字一个字地说:"有一天,你会看到,中国制造的品质会超过日本!"

苏珊一耸肩膀,轻描淡写地说:"中国品质超日本?谁知道这要到哪个世纪了。"

妞来腾地一下,站了起来,面色惨白:"你看到过我们的产品吗?"James赶紧拉他坐下,打圆场:"中国纺织历史悠久,大都会博物馆都有展览呢!"

妞来虎着脸,身体像被龙虾的大螯夹着一般不自在,他推开眼前的龙虾盘,欲离席而去。田边躬身挡住了他,语调无比诚恳:"火凤凰用不到20年的时间超过了我们百年布庄的业绩,我田边甘拜下风。我承诺,如果我们控股火凤凰,你依然坐镇大将军,我们精诚合作,打造纺织帝国!"他向妞来伸出手去。

话题转到收购，妙来迅速调整了心境，邪魅地瞟了一眼田边，冷静地问："你们准备怎么做？还是按照我们的产品布局吗？"

田边咬着唇，半晌，道："暂时不变，稳住现状。然后，全部撤换，重新布局，规模化生产，降低成本，将高端产品平民化。我们预测，中国很快将会产生一大批中产阶级，我们的产品将为崛起的中产阶层服务！"

妙来傲慢地冷笑："我还以为你们有什么新构想呢！这不就是偷了我的构思？当年悠西偷了我的样品去开发新产品，拿了你们的巨额奖金，现在你们又偷我的设想！"

田边并没有被激怒，倒是有一种"到手的野鸭飞不走"的笃定，他站起身，大度地笑道："那么我们就是英雄所见略同了！我们樱河公司为有你这样具有相同理念的同僚感到幸运！"

妙来跟着起身，哼道："你高兴得太早了吧！你的阴谋会不会得逞还不知道呢！"

田边脸一白，道："妙先生，我们已经给华尔街交了钱了，下周一就落锤了，仅有一天的时间。你再神速，也不可能在一天内，改变曲线走势。我猜想你们为拿走我们的企业，付出了全部资金，你无法再筹措到庞大的资金，改变定局！我请你来只是尊重你，给你吃定心丸。我对你有百分百的信任，相信你不会……"

田边刚想说出"不识抬举"几个字，怕太刺激妙来，反而将一手好牌打烂，便改口道："如果你实在不肯出山，我们会暂时安排你曾经的合伙人，也是很有经验的朋友出任总经理！等你想通了再接任也不迟！中国古语：蜀中无大将，廖化充先锋！"

田边谙熟中国文化，他为自己精准地表述了中国典故而得意地大笑。他的喉底发出沙沙的声响，令听者心底生寒。

妙来心下一凛。真是老狐狸！曾经的合伙人，有经验的朋友？是罗干干吗？他们又是怎么找到罗干干的？

田边见妙来不语，猜他定是心有所动。日本制造，全世界信任！这也是百年磨一剑的世界声誉！浮躁的中国人就得趴在我们身后老老实实地学！

田边一口喝干了杯中的鸡尾酒，脸面便成了绛色。他动情地说："我以董事会的名义承诺，你个人不但可以依然拥有樱河凤凰的股份，我们还可以让你成为日本樱河布业的股东。我们是百年企业啊，妙来先生！我们愿意开放，

也是出于企业发展的考虑，现在中国是世界大工厂，我们也要搭上这条顺风船，趁机把家族企业打造成产业帝国！"

见如来沉默不语，田边更放开了说："听说你一直独居，英雄无用武之地。"他坏坏地大笑，"我们日本的太太可是全世界出名的恭顺，娶个日本太太会让你的生活美妙无比！"他混浊的眼角笑出了眼泪，他伸手摘下眼镜擦拭。

James一直在旁坐立不安。如来虽是商场水鸭子，会见机行事，但却是性情中人，要不然也不会热血高价收购，还被樱河酒席设局，两次上对方的圈套。他担忧地抬眸，果然见如来面色铁青，攥紧了拳头，炸药引爆的态势。他赶紧起身给如来斟了满杯的葡萄酒，劝道："一家之词，酒吧上大家说说笑笑，不要当真！"

如来牙齿咬得发出了声。他接过James手上斟满的酒杯，怒目圆睁。

田边惊恐地盯着如来手中的酒杯，如来的手指关节发青剧烈地颤抖，酒杯摇晃着，血一般的浆液爬满了他的手背。田边本能地抬起胳膊，挡住随时可能砸向他的酒杯。

只见如来将酒杯往桌上一掷，轻笑道："还想再来算计我？我奶奶凭一台简单的手摇布机就能织出乞巧布，算起来岂止百年！哼，你们排老几？"他拔身，摇摇晃晃向门外走去。

"请管理层全员开会，筹集资金，紧急护盘！"他打开手机遥控指挥，无数的不确定性像时代广场的霓虹灯扑朔迷离。

~ 15 ~

南方的秋阳，如猛虎下山，发着余威，刚刚还挂着露珠儿的柳枝，瞬间被发飙似的秋老虎直烤得如冒着烟的缕缕青丝。抬头望去，阳光扎眼，火凤凰集团大楼顶端，一向傲娇的凤凰被骄阳炙烤得通体发红，涅槃一般。

十几辆轿车从各个分厂出发，几乎同时驶向集团总部。

打头驶进大门的是一辆吉普，车门开，挪出一只钢骨架的脚。是阿发。紧接着各路大神纷至而来。他们几乎同时收到了如来发来的短信：筹集资金，紧急护盘！

"考验每个管理层的关键时刻到了！火凤凰集团到了最危险的时候，每个人留下维持生活的钱，其余都拿出来交给公司！护盘，保证工厂掌控在我们手里!"有才把姒来的意思复述了一遍。刚才,他接到姒来的电话:"上圈套了,动员大家凑钱出来解个套!"

有才从懵懂中惊醒,姒来是个硬嚼螺蛳壳往肚里吞,也不愿开口求人的汉子,不到无路可走决不会让大家凑钱。当年工厂没资金,他连祖屋都卖了应对危机,现在依然办公室后一张屏风一张床权当了家。

姒来声音沙哑,传递出从未有过的痛苦:"天不该绝我们!"

电话啪地断了。任有才反复回拨,再也没有姒来的声音。姒来会有危险吗?他担心那个追踪姒来的影子会不会也去了纽约。

"如果不是万分火急,姒来不会难为大家!"阿发咳了一下,吃力地扶着桌沿站起,说:"我今天就卖房,可以凑几十万出来!"

没有任何回音。股东们大都把现金投在了买公司股票上,除了房子,实在拿不出多少现金。

刚上任的樱河厂厂长张海转过身去,背对着有才,小声嘀咕,"海发发的,硬嚼螺蛳壳,才十几岁的厂,要去吞并人家日本百年厂!住惯了洋房,再回去住茅草屋,可不可能!"

张海的话引发了地震,埋怨向四周扩散。

"股票不兑现也罢了,卖房?住回老屋去?人往高处走,水往低处流,不可能住回老屋去!"

……

嘈嘈杂杂,怨声载道,不知声音来自哪个方向,又分明来自各个方向。

阿发虎着脸,陡地站起。他伸出手,将裤腿撸向大腿根,咬着牙,使劲掰着假腿与股根连接部位。只听咔嚓一声,身腿分离,身体左边,露出臀下空空荡荡的腿根,腿根处长期发炎磨损,红红肿肿地结了厚厚的痂。

阿发一条腿塔一般屹立着,双手抱紧钢骨架铸的腿,狠戾地往地上砸去,吼道:"都忘了吗,你们是怎么住上大房子的!酒醉,酒醉,不忘年岁,没有工厂,有你们老酒日日醉的安稳日子吗?今天谁跟工厂过不去,我跟他拼了!"

"当"一声巨响,地面瓷砖被砸成了几个大大的惊叹号,钢铸的腿、脚、关节、脚踝、支架等部件四分五裂,散落一地。一只钢脚在地上弹了几下,砸中了细纱车间主任的脚背,他一躲,几乎撞翻紧挨着他的张海。

这是那个一向随和的阿发吗?众人惊悚的目光,集中在阿发身上。全场

鸦雀无声。

阿发面颊肌抽搐，面目悲悯而狠戾，板样的肩膀如堵墙，屹立在门口，大有一夫当关，不出钱莫离开的凶蛮。

绍兴人从来和气生财，吵架也要跳开一丈远，直至确认没有威胁，才指天骂地，拊掌出拳，开打嘴仗。什么时候开始，阿发竟变身成一条莽汉，怒目相向，直面众人，断腿屹立成一座大山！

张海轻叹一声，从口袋里摸出存折，小心翼翼地递给有才，说："这里还有十来万，杯水车薪，尽点小责！"

细纱车间主任说："我老房子还能住，那套洋房就先抵押给银行，把钱给工厂用吧！"

……

落日西沉，水娥敲着计算机键盘归总，全公司120个管理层人员认钱总数整整达2600万元之多。

有才宽厚的唇咧出了笑意：可以向姒来交代了，这笔钱凑拢柴头，足可以燃成大火抵御风寒！

九一一，那天那人那事

2001年9月11日

电影：《911事件》。

黑暗中，祈祷的声音传递着不安，漫天飞舞的新闻报道片段，大量的空黑画面。压抑，如同生命卷入一个黑洞，令人窒息和惶恐。

冰冷的电子音乐加剧了惶恐不安。纽约，世贸大厦。勇敢的、搏取一线生机的人们接二连三地从高楼跳下。

震耳欲聋的大楼炸裂崩塌的声音。

2001年9月11日。这一天发生的事情，影响了整个世纪。

纽约 凌晨1时

夜间一点，纽瓦克机场显得冷冷清清，开往上海的航班马上就要起飞了。如来扳着手指算了一下，Jmart连锁店的服装订单已出运，走的是快船，两周就会到岸，这两次来纽约，都没有时间去帝国大厦的公司转一下。

纽约办事处不能倒！考虑到对赌失败可能引发危机，他拨通了于美文的

电话。

于美文惊讶地问:"你在机场?怎么不来公司?"

"随时做好撤离帝国大厦的准备,找一个房租便宜的地方临时过渡一下,等我通知。Jmart公司的第一批货已离岸,做好接货柜准备。"妡来的声音沙哑而疲累,"有我老婆的消息吗?尽快把她从看守所保出来!"

"出了什么状况?"于美文使劲摇晃着脑袋,长发四处飘散,她握着拳头使劲敲着自己的脑壳,不敢相信这是事实。

"公司遇到了前所未有的危机!"妡来大声咳嗽着,"我太太阿调的事请你费心找个律师,有进展及时打电话给我!"手机咔嚓一声断了。

于美文握着电话,失神地盯着空白的墙面,这是噩梦吗?她拿起桌上的大头针往自己的腿上狠狠地扎了一下。细细的血流顺着肌肤一滴滴掉在地下,她这才彻底清醒了过来,这一切都是真的。

不是刚完成樱河的收购吗?纽约办公室已经开始与高端品牌Armani谈订单生产了。自从入职火凤凰,她就购买了大量的火凤凰股票,把自己美国梦绑在了火凤凰的翅膀上。

警笛声声,不绝于耳,纽约曼哈顿的夜晚从来就没有宁静。

她再也无法合眼。

纽约布鲁克林看守所 上午 8点45分

阿调拍拍肿胀的腿,挪动步子出了水泥屋。她额前有两缕灰白的头发散落,一双丹凤眼深深陷在瘦削精致的脸面。她依然穿着时尚的阿玛尼上衣,一条宽裤腿皱巴巴的,好像无力支撑时尚女主的保镖。

看守所会客室,她一眼看到了于美文。于美文正趴在桌上,在一张表格上签上自己的名字。放下笔,她迎着阿调张开了胳膊。

就在那一刻,整栋屋骚动起来。那个黑人女警员把表格匆匆往桌子抽屉里一塞,说了一声,"你们可以走了!"声音惊恐而慌乱。

不知从哪里突然冒出那么多警员,他们迅速集合,几乎武装到牙齿。"上帝保佑美利坚"列队的警察们手掌捂着心窝,声音闷得让人心颤。十几辆警车同时拉响了警报齐齐出发。瞬间,整座院空无人影,只留下一名警员荷枪实弹守在门口,不断在胸前画着十字,面色悲悯而沉重。

阿调愣愣地看着眼前这一幕,赶紧拉起于美文的手,说:"快,快离开这儿!"

世界发生了什么灾难?美国遭遇了什么危险?于美文的心本能地拉响了警报。

阿调坐在于美文的车上,惶惶地看着窗外,街上挤满了人,警笛的呼叫穿透耳膜。道路严重拥堵,几乎寸步难行。时不时有警车呼啸而来,于美文不得不停下车来,为警车让道。

天空中浓烟漫卷,好像来自曼哈顿方向。

手机铃响,于美文接起电话,一个兴奋的声音几乎穿透耳膜:"你没事吧!"是国内同学打来的,声音兴奋而激情:"美国被炸了!炸得好!早该有人出面教训美国了!"

"什么?"于美文大惊失色,"怪不得呢!"一边赶紧打开了车载收音机。

收音机里传出播音员不再幽默的播报:第二架飞机正向双子塔二号楼撞去。又一批消防队员、警察、志愿者冲进了火焰……

阿调的面色开始泛青,随即成了蜡色。她扒着车窗,望向街面,街上除了警车和拥堵的车辆,什么也看不见。她失声叫道:"我的儿子,我要去找小鹿!"她哀哀地看着于美文,声音带着哭腔:"快,去法拉盛!"

车终于一点点挪上了威廉斯堡桥,进入中国城的路口横着红白相间的护杆。从桥上望去,浓烟翻滚,不时蹿出火苗,高擎着火炬的自由女神像被浓烟挟裹着模糊不清。熊熊火光伴着播音员不断反复的沉重的声音:第一架飞机冲进了第一号塔楼,又一架装满20吨汽油的飞机冲进了另一座塔楼……

从桥上望去,被拦腰斩断的双子塔像被斩去了头颅的狮身人面像,烟雾中不断升腾出火焰,依稀能看见黑黑点点的影子接二连三从大楼的窗口掉出去,一件件黑黑白白花花的衬衣旗幡般摇晃,一丝丝生命挂在窗口,在尘埃中飘荡。东河河面上,漫天的烟雾包裹着自由女神像和她手中高擎的火炬,好似烟雾由火炬点燃。

路面戒严了,所有车辆都不得经过曼哈顿桥。不断涌入步行而来的志愿者,更是将路面塞得水泄不通。

于美文长叹:"天佑美国!我们被困在这里了,怎么出得去啊!"

她话刚说完，阿调已打开了车门，她迅速跳下车，声音嘶哑："不要管我，我去找我的儿子小鹿了！"

于美文大叫："等我想办法开出去，咱们一起去，你知道……"

她的喊声被警笛的呼啸声击碎，漫天尘埃淹没了人群，吞噬了阿调。

纽约 白石镇 上午8点至11点

纽约。白石镇。一座独立小院，美国殖民地时期建筑。Emnon正在制作柠檬红茶，他把切好的柠檬放入两袋英格兰红茶的大玻璃缸中，放进冰箱，然后取出面包开始做三明治。

楼上地板发出剧烈的声响，Emnon抬头看了一眼，双眉紧蹙，那是凳子掀翻的声音。

他无可奈何地摇了摇头，自言自语："瞧瞧，这个被宠坏的中国男孩！"

切好三明治，他捡起案板上留下的一小截火腿肠丢进嘴里，舔了舔手指开始叫："Roy（小鹿的美国名字），下来吃早饭了。"

Emnon的太太，一个胖胖的女人，梳妆完毕从盥洗间出来，一边拿起上班用的包往外走，一边嘟哝："你也宠他，饿了他自然会下来吃。"

Emnon在她身后带着无可奈何的语调："还不是为了付房贷？要不然租房子出去干什么！"他打开冰箱取出柠檬茶往杯子里倒，又喊："Roy！"声音一阵比一阵高。

他刚往杯里倒满柠檬茶，听楼梯传来一串小跑的脚步声，随之，嘭的一声巨响，门撞上了。

他猜想小鹿一定是出门了，就更加起劲地抱怨："从不说声再见，见面也从不叫人，这就是中国教出来的孩子？"他越说越来气，不再有食欲，一屁股坐在沙发上生闷气。

稍息，他觉得不对劲，刚才那声巨响像掀翻了什么东西。

他支起笨重的身体一摇一摆地爬上楼梯，往小鹿的房间走去。

门半掩着。他一手抓着门把一边往屋里张望：床上依然是凌乱不堪，被子床单卷成一堆，地上丢满了换洗衣服，衣橱柜上拖下长长的一条接线板，电线一直拖到床边，一条板凳掀翻在地。

他关上门，犹豫了一会儿，嘀咕：这被宠坏的中国孩子搞什么玩意？这是他的私人地方，我实在不想进去。

唉!他叹了口气,还是忍不住推开了门。

跨进屋去,他弯腰拉起挂在地下的接线板。一抖动,从柜子顶上拉下一只电杯,电杯里还剩半杯面汤,那种中国超市常见的火辣牛肉方便面剩下的汤。

随着杯子的拉下,辣红酱色的汤洒了他一身。他大骂了一声:"Shit!"

他不顾满头往下流淌的又辣又咸的汤水,搬过凳子,爬了上去,一边摇着脑袋自言自语:哼,这个坏孩子,衣柜顶上放着什么宝贝。屋里烧电炉不怕着火?要吃什么跟我讲一声都不会!

他手攀着衣柜,抻长着脖子往衣柜顶看。这儿俨然成了食品架,一盒鸡蛋,中国的金华火腿,还有一包包长了菌的榨菜。

他懊恼地将一袋袋颜色发黑的榨菜狠狠地丢在地上,抱怨:晚饭问你吃饱了没有,你从来低着头不说一句话,你父母教你这样对待自己对待别人的?这中国孩子真是让人看不懂!

他摇晃着脑袋,自言自语,好像要抖落满脑袋的头屑。美国规矩懂不懂,房间里烧电炉是要起火的,这不是要招警察来管的架势吗?

他笨重的身体摇摇晃晃地爬下板凳。站定,一眼见到桌子底下滚落着一只精致的玫瑰花小瓶,他的心好像被鞭子猛抽了一下,失声叫道:"上帝啊,毒品!"

他不再顾及隐私,慌乱地拉开写字桌抽屉翻找。

信件和作业纸塞满了抽屉,他终于扒拉出了一只精致的小铁盒,盒面是漂亮玫瑰花,打开盒子,一打颈状小瓶缺了几支。

他拧开小瓶伸至鼻下嗅闻:白粉!

他头一阵晕眩,身体摇晃着,脚一踩空,来不及叫出声,便摔倒在一片牛肉辣面的汤水中。他的血压骤然升高了。

昏迷中,一个念头在脑中顽强地叠现:救救孩子,报告警察,管教吸毒品的孩子!我是他的监护人,我如何向他的父母交代!

他把自己放平在地上,闭上眼睛,大口地喘着气,让血流慢慢平稳下来。

Emnon依然昏沉不醒,血压一定上120/190了,我要死了。可是这中国孩子还在我这儿,我是他的监护人!万一我死了谁对他负责?他的父母都远在中国!此刻,他分明听到远处、窗外,警车的呼啸声不绝于耳。他动了动身子,

嗯，还活着！警察是不是早盯上了这孩子吸毒，正前来抓捕？

他眼皮剧烈地抖动，双眼终于睁开了。

他惊恐地看见，窗户外曼哈顿东河方向，烟雾几乎遮盖了远远近近的天空，火光透过浓重的烟雾正往高空四处乱窜。

他清醒过来：这尖厉的连续不断的警车声显然不是冲着我家来的！

发生了什么灾难？！他哼哧哼哧地抓着床沿起身，扶着栏杆一步步往楼下走去。

他斜倚在沙发上，打开了电视机。电视机正反反复复播放着令人震惊的画面：一驾飞机横冲进世贸大厦，大楼顷刻起火崩塌，接二连三地有人从大楼窗户跳下，发出悲惨的叫声……

播音员沉重的声音：美航11次航班，满载燃料的波音767飞机，以大约每小时490英里的速度撞向世贸中心北楼，69吨航空燃料油倾倒进大楼……

美国遇难了！

Emnon惊魂未定，却见电视机上又出现了一架飞机撞向另一座楼的画面，伴随着播音员更为悲愤的声音：又一架飞机以每小时590英里的时速以近45左倾角度撞向南楼第78至84层处！

美国遭遇灾难！美国人民的生命正处在随时遇到恐怖分子袭击的危险中！

"我的儿子！"他失声叫了起来。儿子Steven在一家电脑公司工作，公司就在世贸大厦南楼第87层。他几乎扑向电话，颤抖的双手哆哆嗦嗦地拨着儿子的电话。

一片嘟嘟嘟的声音。电话不通。他又慌乱地拨响了太太的电话。电话里传来太太惊恐的声音："儿子，儿子，咱们的儿子一定遇难了！"太太的声音带着哭腔，像断了线的风筝拖着虚弱的线，"死亡人数在不断增加，80层以上几乎无一生还，咱们的儿子在87层，咱们得去把他找回来呀！他们要杀死所有的美国人！我、你、所有美国人都在劫难逃，我们都会死在这群魔鬼手里！"

电视画面上又一架飞机冲向华盛顿五角大厦，火光，大楼倒塌，烟雾弥漫。画面滚动不绝……

世界正与美国为敌，美国公民处在被威胁和随时被杀戮的危险境地！

有一种第六感来自灵魂深处，告诉他，自己亲生的儿子被埋在了世贸大厦崩塌的灰烬里。他要去救助儿子，救助那些掩埋在废墟里的生命。恐怖分子袭击的目标是所有美国人。这个来自英格兰的美裔家庭，必定在劫难逃。他同时要做的是，不能让这个住在自己家的中国孩子受连累，一定要让孩子活下去。

第一要紧的当然是把这个受自己监护的孩子交还给他的父母。

他从手机的电话号码本中找到了阿调的电话。他一遍遍拨打，传来的都是死机的声音，他恼怒地敲击着重拨键，传来的都是盲音，甚至没有一声留言。

他气喘吁吁，无奈地摇晃着脑袋，看来只剩一条路，把孩子送往青少年救助中心，那里有军事帮助和西点军校般的严格教育，孩子会安全成长。

Emnon年轻时曾是国民警卫队的一员，一旦明确了目标，他便异常镇定。

他吞下了控制高血压的药物，走到客厅边上的一张书桌旁，拉开抽屉，镇定地从抽屉里翻出一本电话号码本，这里抄写着许多紧急和常用电话，其中就有美国青少年救助中心的电话。

他翻着电话号码本，一个字一个字地点着电话号码数字，一遍又一遍反复拨打着警察局的电话。

他足足拨了半个小时，才有一个女警察接起电话，听他说救助一个学生，便简单地回了一句："没人！"随即把电话挂了。

他不断祈祷：天佑美国，天佑我的儿子，天佑这个中国孩子Roy！

他顽强地重复按着电话号码键。

终于电话又被接起了。他用几乎与正在发生的九一一事件同样恐怖的声音对电话那端的警察喊道："请救助一个中国孩子，请接受我一个美国公民的请求，把他送到青少年救助中心去受到保护，接受教育！那是个被宠坏了的中国孩子，知道吗？我是他的监护人，我儿子下落不明，我要去寻找他。我不知道会不会活过明天。我无法联系到这个中国孩子的父母，我请求你们的救助，这与救助世贸大厦里的伤亡人员一样重要！"

那位警察终于记下了他的请求。

Emnon抬头看了一下时钟：11点整，电视播放着最新画面：纽约所有的隧道大桥全都关闭，所有的飞机都被禁止飞往纽约。

画面不停地滚动：消防队员正顶着弥漫的毒雾，奋不顾身地冲进倒塌的废墟里，挖掘抢救着失踪的人们，无数的志愿者正从四面八方赶去参加救援……

他关了电视，换上运动鞋和运动服。临出门，他留了一张字条给小鹿：

亲爱的Roy，美国正在遭遇灾难，所有人都在危险中！我儿子所在的大楼被炸了，我前去支援和寻找儿子。

今天没有得到你的同意，我进了你的房间，请你原谅。

值得庆幸的是，我知道了你的问题，这些问题很严重，是我没有尽到监护人的责任，请你原谅！我自知已无能力，也没有机会再当你的监护人了。向你的父母说声对不起。

我已请求警察帮助，如果有什么事发生，请不要害怕。我希望你健康成长，做一个有价值的人。冰箱里有我做的肉，我按照中国方法放进酱油煮了，希望你能够喜欢。

永远爱你的：Emnon

曼哈顿 晚 7点至10点

夜降临了，曼哈顿遭遇百年难遇的大断电。天下起了雨，冷秋的寒雨似刀片，斜斜密密地扫荡着遭遇灾难的城市和人民。成千上万的人默默地顶着寒雨，唰唰的脚步声，如无声的抗议大军。

阿调穿过62街，步上了皇后大桥。

这座全钢筋架构的大桥依旧气势恢宏。足够组成几个军团的步行者，踏着它的铁肩前行，只有脚步飒飒的声响在空中回荡。高高竖起的桥的索架是今夜的指挥官，默默地指挥着这支望不到头的行走大军……

阿调融入了步行的大军。在看守所里，她的手机被收缴了，拿回来时没有电，充电器在宿舍，她去要债，被送进看守所后，就一直没有用电话了。

她向身旁一个步行者借了部手机，拨打小鹿的电话。很幸运，小鹿亲自接了电话。听到小鹿的声音，她泪流满面，问："儿子，你没事吧！"

Emnon和他的太太都没有回来，家里难得清静。

小鹿读了Emnon留给他的字条。有红烧肉！久违的红烧肉！他给自己煮了一锅白白的米饭，配着香喷喷的红烧肉，是久违的大快朵颐。

接到阿调的电话，他兴奋地说，"我正在吃红烧肉呢！"

阿调长舒一口气，"安全就好，妈妈还有事，曼哈顿断电了，晚上没公车，妈妈没办法过去看你了，好好读书，听房东的话！"

阿调这才彻底放下心来，儿子安然无恙！她放慢了脚步。晚上去哪里住呢？

冷雨打在身上，没有雨伞，她全身淋透了，冻得牙齿直打战。

她在中国城租了一个房间，双子塔紧挨着中国城，这里已然全部封锁，她不知道怎么才能到达那里。她突然想起了如来，在这个灾难之夜，他在纽约吗？她想自己不应该弃车而行，尽管当时根本看不到严重的堵车有丝毫松动的希望，但至少身边还有于美文，可以成为她的帮手。

突然，身上不再雨淋，雨哗啦啦地打在伞上的声音。她抬头，一把黑色的大伞罩在她的头上，黑漆漆的夜里，一双闪亮的眼睛正看着她，传递给她一丝暖意，那双眼睛说："你去哪里，咱们一起走吧！"她第一次感受到这个城市的包容和伟大。

> 夜的沉默是黎明的宽容
> 假如有一种科技
> 当危险来临
> 可移动的大厦自动闪开
> 让出一道天空
> 且让飞机通过
> 断垣残壁一夜间站成了长城
> 铸就条争大略
> 且让仇恨
> 在漆黑的沉默中消失

是谁轻轻地哼起了这首歌，随即歌声合成了群体的声音，伴随着脚步声，在大桥上空回响。

白石镇 夜 10点30分

Emnon和他的太太还没有回来,屋里灯光不亮,一种孤独感像恐怖袭击一样向小鹿袭来。他瞪大了眼睛,向窗外寻找光线和人声。

白石桥离曼哈顿并不远,虽然曼哈顿停电,但是倒塌的双子楼废墟上有星星点点的光影闪烁,那是一大批手电筒集成的光点,人们昼夜不停地挖掘,寻找埋在废墟下的遇难者。

他突然觉得自己已经是男子汉了,明年他就可以上高中了。今天发生了什么?心血来潮吗?他有了记录下这个重大时刻的冲动。他从书包里取出笔记本,拔出笔,开始书写。用中文还是英文,他咬了咬笔杆,还是中文吧!

Emnon家的狗失踪了?今天学校回来,跨进院子,狗没有迎上来。屋里有耗子走动的声音。屋里一直有耗子。Emnon不肯用耗子药。妈妈打来了电话。爸爸没有电话。他是在飞行吗?他是空中飞人。今天吃到了红烧肉。妈妈在电话里好像也吃到了红烧肉,放心地笑了,夸房东照顾周到,还给我煮红烧肉。我想哭。

他放下笔,咬着笔杆,读了一遍,觉得太娘们了,又重新翻了一页。

今天,空气中弥漫着的除了警报声还是警报声,我们这些移民孩子从持续不断的警报声中渐渐平静了下来,甚至觉得美国被炸与我们关系不大。

我格外思念外婆和妈妈,当然,还有我的爸爸,我已经很久很久没有见到他们了。老师说美国遭遇恐怖袭击,我们去过的世贸大厦被炸了,数不清死了多少人。美国这么强大还会挨炸!我们都觉得挺好玩的。我与小力,一个南京来的同学,偷笑的时候被正在上课的历史老师看见了,他气得面色铁青,使劲捶打着桌子,吼着:"到底不是在美国出生的,对美国一点感情也没有!"

我有点被他的态度吓着了,垂着脑袋不再讲话。

我还是第一次见美国老师对着学生这样发火呢!

这一天好像美国人都变了,好像从大孩子进入了成年。街上到处可以看到忙着从商店搬水、运食品的人们,他们神情严肃但却友善,好像随时愿意伸出援助之手。我与小力打闹时,我的书本掉了,一个美国人还捡起来送到我手里嘱咐:"小心,赶快回家,不要让你父母担心!"他不知道,我们早就是被放生的孩子,没有家。

今天我没有在街上闲逛,径直就回"窝"了。

看到Emnon留给我的纸条我很高兴,这么大的厨房我终于可以独自享用,自由自在地大吃大喝了。Emnon家从不吃猪肉只吃牛肉。这是他第一次给我做猪肉,虽然味道没我外婆做得好,但是猪肉的香味引诱着我,我狼吞虎咽地把一大碗猪肉都吃完了。

写日记竟然可以驱赶孤独。放下笔,小鹿对着厕所的镜子照了一下,他的唇边长出一圈细细的绒毛。他撇了撇嘴,自己虽然五官精致却太娘了,不像男子汉。他叹息了一声,爬上了床,拉起被子蒙住了脑袋。

他隐隐约约听见Emnon和他太太先后进了家门。他听到了哭泣声。听Emnon的太太哭着说Steven再也回不来了。Emnon的声音颤颤地带着寒气:"我一直要去挖,直到挖出儿子!"后来就是老两口你一句我一句的抱怨:这场袭击是针对美国人的,随时都可能飞来炸弹。是啊,美国不再安全。可以去哪里呢?全世界都不安全……

小鹿全身抽紧,将被子使劲往上拉,直至听不见老两口的声音。他见过他们的儿子Steven,那个脸上长着雀斑的阳光大哥哥节假日总来看望父母。他很爱笑,对小鹿也非常友善,有一次还带着小鹿去长岛坐皮划艇。

人生就像美国的今天,太多变化,太多不确定。小鹿叹了口气,弓起背,双手抱着脑袋进入了梦中。梦中他爬在树上,对着模模糊糊的爸爸的影子说:我比你高了!

白石镇 深夜 0点

门突然被打开了,进来了两个警察,他们向战战兢兢等在门口的Emnon点了点头,径直走上楼,站在小鹿床前,大声叫道:"起床!"

出了什么事,他们来抓我?为什么?

小鹿猛然惊醒，一定是他买了一次毒品被警察瞄上了。那天放学路上，他与班上的西裔小子Sam打闹着回家，迎面走来一个带西班牙口音的人，向他们兜售毒品，Sam打赌说，料你是个胆小鬼，不敢买。小鹿不服输，一甩手就丢出了20美元，买了一盒。打开盖闻了一下，记起妈妈反复叮嘱他不准吸毒，他就给了Sam。他记得有几瓶在抽屉里，空瓶是Sam玩后丢回去的，花了20美元，他舍不得丢，就带回来了。但是他敢保证，自己确实没有吸过啊，哪怕只是一口!

　　小鹿蒙住了脑袋，死死地抓紧被角。一名警察拽开了被子，大声叫着："Roy! Roy!"

　　一个黑人女警察上前，把他抱出了被窝，和颜悦色，"不是抓你，必须给你换个家让你安全!"

　　小鹿眼角瞟向门，又移向窗外。窗户外不时有一道道白炽的探照灯扫射，警笛声此起彼伏。逃跑! 他咬着唇。

　　两名警察像熊一样挡在他面前。

　　一名白人警察倒是和颜悦色，说："那儿也是家，也能继续上学，只不过是像军人一样的生活与学习。你听说过美国海军陆战队吗，那里的教官就是从海军陆战队退役的。"

　　听警察说到海军陆战队，小鹿心动起来，海军陆战队就像魔幻的金刚不败，他每次路上遇到美国大兵都会把他们跟海军陆战队联系在一起，偷偷地多看他们几眼。

　　反正我在哪儿都是一个人，这个"家"我并不喜欢。何不去那儿呢?

　　这个胖老头太抠门了，每个月晚缴一天的房租和伙食费就会问："你妈妈还没打钱过来?"

　　小鹿讨厌他们每天都吃同样的东西。这些东西远没有中国食品好吃。更让他不喜欢的是，这所学校大都是亚洲和非洲移民的孩子，他常常想，坐在这个教室里与坐在国内的教室有什么不同呢?

　　他眉心舒展开来。如果真能把我送去海军陆战队学习就好了，有同伴住在一起总比一个人住在别人家里有意思多了。

　　小鹿不再抵抗，他不声不响地穿上衣服，装上了喜欢的东西，特别是那只变形金刚，还是小学时爸爸买给他的。他很快收拾好行李，跟在警察身后上了车。

Emnon追出门来与他告别。小鹿看了他一眼。Emnon好像一下老了许多，原本松弛的脸浮肿着。他抱着小鹿的脑袋，吻了他的前额，"上帝保佑你！"他在胸口画着十字。

小鹿头也没抬，擦了擦被Emnon吻过的地方，唇角有一丝笑意。

夜后

夜色迷蒙，车一直往郊外开，接着出现了一大片树林，整个车被黑暗吞噬了。小鹿不由得害怕起来，身子蜷成一团，不由自主地浑身打摆子一般发颤。

坐在他旁边的警察拍拍他的肩："男孩，别害怕！"又问，"你父母为什么把你送到这么远的地方来，还把监护权给了别人？他们离婚了？谁也不愿管你？"

小鹿使劲摇头。

那开车的警察插话："Ira，你不懂人家的文化，这孩子监护人不是说这孩子父母很有钱吗？他们是奔美国的资本主义来的，他们的国家不安全。"

这个叫Ira的警察哈哈大笑。小鹿毛骨悚然。他是耻笑我们。他咬了咬牙，争辩道："美国才不安全呢！"

Ira说："你说的极是，中国起码没有九一一！"

开车的警察棕色皮肤，好像来自巴基斯坦，接茬儿道："每个国家国情不一样，哪个国家都有适合自己人民的制度，就像什么季节该穿什么衣服一样。哪天我把儿子送到中国去经历经历！"

Ira赶紧摇头："我可不敢，那国家的大人用这种方式宠溺孩子？"

小鹿把衣领往上拉，蒙住了耳朵。他们会把我送到哪里去，真的是军队吗？

车沿着海边行驶，约半个小时后，开上了一座岛屿。小鹿渐渐害怕起来，他们是不是骗我？他坐直了身子，紧张地问："到哪儿了？你们不会把我送进监狱吧？"

Ira大笑："Boy，我们没有权力把你送到监狱去！"

车驶过一座小桥，在一排黄色的砖楼前停下，昏暗的灯光晕着四周。

小鹿瞪大了眼，这显然是一座孤岛，岛上林木冲天，一排排砖屋掩映在树林中。两个穿着迷彩军服的人出来，他们好像早有约定似的，互相拍了拍

肩,其中一位风趣地问:"还活着?"

Ira咬咬嘴唇,手指在胸前画着十字回答:"感谢上帝!"

穿迷彩军服的人转过身来,上下打量着小鹿,然后喊口令:"立正,向后转,扛上自己的行李!"

Ira早就从车的后备厢拎出了小鹿的行李箱。

穿迷彩服的人喊道:"向后转,正步走!"

小鹿绷紧了神经:真到军营了!

夜后

飞机经过12个半小时的飞行,终于到达上海浦东机场。

天空似明还暗,稀薄的月华和跑道晦暗的灯光交织,大地似裹了一层薄霜,添了寒意。

妞来拿下行李,打开手机。一条短消息让他惊得目瞪口呆:纽约遭遇恐怖袭击,双子塔被炸!阿调已出看守所,勿念!

他拨打了阿调的电话,儿子安然无恙吗?电话关机的声音。

他忐忑不安,又拨响了于美文的电话。

于美文接起电话,刚要说什么,却响起了嘟嘟的忙音。

他忐忑地打开了手机上的股票曲线图。纳斯达克、道琼斯指数跳水14%以上,股票集体跳水,创最低价位,HFH火凤凰股价直落落地从天空的高位跌至了谷底。惊恐与狂喜张牙舞爪向他扑来,他瞪圆着眼,任心脏信马由缰狂跳不已。

他不敢相信自己的眼睛,他用手背使劲擦了擦眼睛,没错,股市崩盘,还在继续下跌!

他呆呆地看着手机屏,突然意识到股票下跌,按照对赌协议,火凤凰不但没有输,还将赢得资金流!

他将手提箱往空中一抛,箱子落在地上,发出击鼓的声响,他伸着胳膊,对着天空狂笑:

火凤凰不死!

刀

2001年9月12日

~1~

　　黑暗吞噬了他。向那个姓姒的大佬追讨阿调所欠的货款！马上行动！马老板双眼瞪成了两粒燃烧的火球，狠劲地踩响油门，往绍兴方向驶去。

　　车上了温韶公路，他习惯性地打开车上的收音机听早间新闻：恐怖分子劫持的四架民航客机撞击纽约世贸大厦和五角大楼。世界贸易中心的双塔等6座建筑被完全摧毁，其他23座建筑遭到破坏，美国国防部总部所在地五角大楼也遭到袭击……"

　　这怎么可能？他怀疑自己是否听错了，把音量拧至最响处。

　　中央人民广播电台播音员正用超乎平静的语气播报着这一足以震撼全球的消息。

　　千真万确，美国也有挨炸的这一天！

　　"炸得好！"他情不自禁地用手掌拍了大腿一下，高声大叫了一声。由于用

力过猛,他的臀部从座椅弹起,车身也猛地晃动了一下,斜刺里朝旁边的车道仄去。整个公路上喇叭声冲他铺天盖地袭来。

他摇下车窗,探出脑袋,瞪着旁边的车大声叫着:"××的,你不知道啊,狗日的美国被炸了!"

他对美国积攒了太多的怨恨,甚至是仇恨。他在大西洋赌场和拉斯维加斯赌场输掉的钱足够买下一座大楼;运往美国的货物至今颗粒无收,足足三个服装加工厂因资不抵债被银行查封了。

美国被炸的消息多少释放出他心头压抑日久的郁闷与怨恨。

擦车而过的司机好像听懂了他的语言,冲着他喊:"你这不要命的!美国死,能给你带来买棺材的钱啊!"

对!他猛然意识到美国遇袭对他并不会带来任何益处。常说华尔街吼一吼,地球都要抖三抖。华尔街被炸必将影响美国甚至整个世界的经济。经济不景气,客户更不会还债。阿调去美国讨债至今未归,这一炸更把讨债的希望炸得粉碎。

几滴冰凉的汗顺着他的脸颊流淌下来,无声地流入他的脖颈。恐惧感慢慢地在他的脑海搅成了一片慌乱的旋涡,握方向盘的手渐渐虚软无力,车凭着惯性直直地往前冲。一辆大货车山一样朝他碾轧过来,他眼前一黑,使劲按响喇叭,急踩油门,像擦过山崖一般,将大货车闪在了身后。

他定睛看路标,才发现早已错过了出口。找妣来讨债,是他最后一根救命稻草,"老婆欠账,老公还"天经地义。他已盯了妣来一段时间了,那个妣来好像是个空气人,只闻到他的气息,却找不到机会接近他。眼见触手能及,忽然间又不知飘向了何处。他断然不能放过妣来。

U转返回原路,重走上了公路。他重新振作精神,将车座往前移了一下,保持身体板直。一把带钩的三棱刀从座位底滑至脚旁,他双眼迅速瞄它一下,刀锋是刚开过的,铮亮亮闪着寒光。他狠劲地把它踢回座位下,又加大了油门。

在火凤凰集团大楼的顶层,那只火凤凰姿势依旧:高昂着头做振翅欲飞状,只是随着岁月的侵蚀,火凤凰已褪去了昔日七色霓虹般的鲜亮色彩,通体呈古铜色,颇有几分岁月的沧桑。

马老板在停车场歇了车,掏出三棱刀塞进腰,走近大楼。他早打听过妣来的办公室就在这座楼的最高层。

他不动声色地走近保安,"妼老板在吗?"

警卫瞅了他一眼,说:"老板天天在外面飞,哪有可能坐在办公室等你!"

想起阿调曾跟自己抱怨过婚姻的不幸,说妼来一年365天,有300天在出差路上,马老板相信这位保安的话。

他咻咻地喘着粗气,绝不甘心就这样一无所获地离开。他跨进大楼,鼓着金鱼泡泡般的眼,搜索着大厅的每一个角落。

大楼里黑压压挤满了人,他莫名地挤进人群。

空气浑浊。眼前是一张张被欲望和绝望挤压的变形的脸,叫骂声不绝于耳。

稍息,他渐渐分辨出这混杂的叫骂声无非一个主题:退股!赔偿本金!

九一一美国纽约的世贸大厦被炸,全世界的股市联动崩盘!火凤凰在纽交所上市,股价从35美元历史高位跌至1.5美元。股民的钱一夜之间蒸发殆尽。

马老板夹裹在人群中,被浪潮一般的人群推搡着一寸寸移动。讨债的希望如月季花枝上剥落的毛刺刺的刺,一根根扎得心肝儿生疼发颤。

"我们把终生的积蓄交给工厂买了股票,老板肥了腰包,却坑了我们。天下哪有这种道理!叫那杀头坏老板出来!"人群中跳出一张鞋底般的脸,挥舞着细瘦的胳膊尖声叫喊,喊完后缩进人群不见了。

"对,叫老板出来!"群情像抽去稻穗的干草,一经点火便熊熊燃烧。

马老板瞪大眼睛在人群中搜索,他熟悉这张脸,这个声音。

他检索自己的大脑记忆。没错,这就是那个机关算尽,将每一分钱塞进自己腰包的进出口公司老板罗干干,那几百万美元的货都是经由他的手,转口至台湾,至今分文无归的!

他跟阿调第一次去干干进出口公司时,见到过这张几乎只有一张皮的脸,他当时就对阿调说:"面上无肉,不是奸就是刁,与这种面相的人做生意只有被压榨的份。"

果然,他和阿调丢了几千万的货,而罗干干却毫发无损,赚足了出口的钱和走私额外多收的费用。

他早就有灭罗干干之心,要不是他极力怂恿,自己怎么会接二连三地把

一个个货柜抛到海上，直至倾家荡产！

人们叫喊着，推搡着，拥挤着，马老板腰间插着三棱刀，刀背硌着他腰间的赘肉，如生煎水饺，擦破了皮还得忍着煎熬。他死死盯着罗干干的脸，嘴角掠过一丝狠毒的笑：真是冤家路窄，今天怎么在这儿碰到你，找不到妞来正好找你算账！

人群稍稍安息的当儿，罗干干又举起细瘦的胳膊鼓动起来："我们的血汗钱不能就这样白白蒸发掉啊！乡亲们，这工厂董事会老板个个是百万千万富翁，必须让他们放血，赔偿我们的损失！"

人群掀起一波新的骚乱。

大堂经理，一个穿着黑色制服红领结的年轻小伙一步跳上服务台宣告："公司董事会理解大家的心情，请安静！董事会成员马上与大家见面！"

稍息的安静中，人们看到电梯门开了，走出一个壮汉，这壮汉身后跟随着另一汉子，稍矬，走路也不稳当。

人群让出了一条道。

那稍长者一步登上服务台，回身拽那稍矬者上台。那稍矬者吃力地爬上去喘气的当儿，人群中有人喊："这不是有才、阿发吗？他们可是当地大地主啊，前两天还卖别墅呢，卖掉的钱正好赔偿我们！"

有才显然第一次遭遇如此场面，他涨红着脸，用无比真诚的语调对大伙说："乡亲们，老板出差了，我俩代表董事会来给大伙宽宽心。大家别急，握着股票千万别抛，火凤凰不倒，股价总有涨回去的时候！"

"已经跌到本金都没了还在这里放什么屁！"

有才的声音再一次被愤怒的叫喊声淹没。

"我们董事会担保公司不会倒，股价总有一天会重新上去！"阿发站在有才身边拍着胸脯，恨不能剖开心给大家看。他挥着拳头沙哑着嗓子喊："请相信我们！相信我们！相信火凤凰股价有重新飞高的一天！"

"不要相信他们的大头天话，不退本金就去抢工厂！"

马老板听出这是罗干干的变调，马老板向他逼债时，罗干干急了也曾发出过如此声腔。

被巨额的财富差距刺激着的人们继续叫骂着："你们这些新兴资本家、

吸血鬼，榨干大家的血汗，养肥你们这少部分王八蛋！"

"把你们住的豪宅赔给我们！"

"把你们的宝马奔驰拿出来赔我们！"

失去控制的人群疯狂往台前冲去，冲不上去的往台上扔着可乐罐塑料瓶，有的拔下脚上的鞋往站在台上的人身上扔。

有才用胳膊挡住向他飞来的一只鞋，阿发勇敢地挺着身子挥着双手要大家保持冷静。

只听轰然一声巨响，"台"被推倒了，有才与阿发双双摔倒在地，有才从人群中支起身子大声呼叫着："阿发，阿发，你没事吧！"

阿发被压倒在长条桌底下，他在公司管理筹资会上已然摔断了一条钢筋腿，只剩下一条假腿移动。眼下，仅存的一只冰冷的钢筋腿歪在一边，他痛苦地蜷曲着身子，呻吟着："都是……九一一惹的祸……"

"是个瘸腿！！！"

一个妇女尖声叫着："血！血！"

一股股红的血从阿发大腿根处晕染开来，如一片污染的河流中注入的鲜红的染料。

有才掏出手机，紧急呼叫120。

急救车的鸣笛轰响了整个街区……

趁着骚乱，罗干干弓着背低着脑袋，蛇般溜出了大厅。

马老板紧紧尾随在罗干干身后。找不到如来，今天就是你赔偿我的日子！他感觉胸中久积的火山终于找到了一个喷薄欲出的口。

罗干干刚出大门就感觉身后尾随着一坨黑色的东西。他不敢确定是人是鬼还是牲畜，前儿天市场里一对夫妻反目，为了争夺几个印花布的专利，夜半三更，妻子竟把丈夫杀了。这个贫富差别无限扩大的社会到处都埋伏着仇恨的种子，生命好像空中飘浮的尘粒，沉浮不定。火凤凰老板个个发了大财，要不是自己跑出去开公司，财富怎么也在阿发和有才之上。不平衡的心像鼓胀的气球，被嫉妒与悔恨的藜棘扎得噼里啪啦乱炸。

火凤凰在社会上筹集原始股时，罗干干掏出了所有的积蓄想赌一把。第一轮财富分配，他错在了自己的判断上，这一次他无论如何也要抓住机会。

可是命运偏偏与他开玩笑,股价还没涨到他预期的高度,就已经跌破发行价了,这份冤屈如燃烧至灰烬的树叶,随手撩起一片风,便能搅起漫天烟雾。

阿发摔断假腿血流满地的场景虽有些血腥,但这多少让他的嫉恨有了稍许平衡,他恨不得激愤的股民们真去抢了工厂。可是,假如火凤凰倒了,他手上的股票不是更难翻身了吗?这个用数字或代码显示的财富太不靠谱了,远不如整栋房子带给他的荣耀和安全感。

后面的影子不快不慢地跟着他。罗干干慌乱起来,拔腿飞快地往不远处那个废弃的印染厂跑去。他对那里的地形了然于心,工厂里的各种染缸、滚筒、机印花台面,足可把不知底细的人引入迷宫。

黑团如影相随。满是铁锈的厂门紧闭着,他翻过一垛矮墙跳了进去。厂内荒草丛生,他慌不择路,向堆满染缸的车间跑去。

车间里黑黢黢一片,阴冷而潮湿。他左右张望寻找合适的藏身之处,只听一个极其恐怖的声音在他身后响起:"你活在世上是对人类智慧的侮辱,你的死期到了!"

他无比惶恐,全身不由自主筛糠似的颤抖。他小心翼翼地转过脑袋。他浑身一凛,惊恐万状,这张浮肿的挂着横肉的脸,一对阴沉沉的肉眼泡,四四方方的嘴角显现出残忍与顽固。

"马老板!"他惊慌地脱口喊道,哭丧着脸试图挤出笑来,膝盖不由自主地弯曲下去。

"你不是想躲起来吗?进去!"马老板指着罗干干身后的一口大缸。

"好说好商量。我……我,没欠你什么吧!"罗干干眼睛急速地四处寻找,希望能找到可以逃生的路线。

马老板伸出厚厚的手掌将他猛地一推,拔出腰间的三棱刀在他眼前晃出一道弧光,"没欠我什么?说得倒轻巧,要不是你急功近利,我这几千万的货走得出去吗?你知道工厂倒闭,会有多少工人失去了饭碗!你知道我倾家荡产,老婆离婚儿子教育没有着落是什么滋味!你知道这几年我是怎样被面料厂逼得走投无路的!你明明知道走私风险极大,却为了捞取自己的蝇头小利,不惜把拥有庞大资产的工厂拖下水!杀你还玷污了我的刀,自己走进去!"马老板喝道,声音如同从地狱里砸来的冰块,阴寒而尖厉。

罗干干瞅准马老板往腰间塞刀的间隙，屏足气往外跑，一边大声呼喊着"救命！"

很快，他绝望了，就算是扯破嗓子，也没有人会听到他的呼喊，他自己选择了这个荒寂的废弃之地。他凄冽的声音迅速被黑洞洞的空间吞噬了。

马老板迈开大步，从后面一把抓住他的衣领，嘶声喝斥："这可是你把我引到这个地方来的！"

他一把揪住罗干干的衣领，大声怒喝："善恶总有被清算的一天！清算你的日子到了！"他轻轻一提，将罗干干塞进了一口染色大缸，翻过一张印花台面，严严实实地扣在了缸上，又挪过一台印花机压在台板上面。马老板的唇角歪咧着，掠过一丝解气的冷笑。

罗干干在缸底发出闷闷的哭喊，他无法相信自己会是这样的死法。他声声呼唤着如来的名字，他哭诉着，不该背叛兄弟，吃了羊头又叼猪头，最后连自己的脑袋都丢了；他念叨着小琳，他现在再也不会指责她是百支婆婆，只知道往娘家跑了；他叫喊着，阿发阿发，你听见了吗？你虽锯去了双腿，再也不能跟你爹一样游走四方说大书了，可是你有完整的心行走天下，你拥有父老乡亲和工人们对你的尊敬，这辈子也值了；他一声声叫着有才的名字，刻薄不赚钱，忠厚不蚀本，我真该听你的！他怨屈地哭泣，自己聪明过人却走投无路；他捶打着自己，扯着自己的头发，哭喊着冤枉，自己笔墨精通米桶精空，却在这麻雀都不到的废弃之地，被人闷死在刺鼻的染缸里……

马老板直立在大缸前，直至罗干干的声音暗哑沉寂。他将刀丢进了一个染色槽内，转身，头也不回地出了大门扬长而去。

马老板解气地回到火凤凰大楼，绝望的股民们依然没有散去。

他的汽车安然无恙。他暗暗庆幸这世界上倒霉的人不止自己一个。

钻进自己的车，重新踩响油门，他拍着驾驶盘，歇斯底里地喊道："不讨回钱誓不罢休！"

阿调，冷小雷，那个胳膊上纹有双头鹰的Latin，还有赌桌上骗去他300万美元的拉斯维加斯……叠影交错，他神情恍惚，好像在百家乐赌台熬了几个通宵。

"狗日的美国！"他狠狠地骂道，扳手指计算着再去美国的日子。

~ 2 ~

解决掉罗干干，马老板直奔美国驻上海领事馆去办纽约的签证。遭遇九一一袭击后，签证的队伍短了许多，他排在十几人后，悻悻地骂："不怕被炸啊？作死去！"

不到11点，他挨到了窗口，签证官用手捂着嘴打了个哈欠，问："去美国的目的是什么？"

他赶紧取出一沓出货单递到窗口，用洋泾浜英语说："出货！"

签证官打断他的话，板起脸，"讲中文！"

马老板堆出笑："我的货运到美国很久了，去看看！我去过纽约的。"

签证官一边翻着出货单，一边问："住哪里，有没有亲戚朋友接应？"

谁接应？阿调吗？她去美国要债两年了，没有给他要回分文来，索性电话号码都换了，再也无法联系！

他刚要回答，签证官已盖上章，向他挥了挥手，喊：下一位！

时过境迁，再到曼哈顿，马老板觉得每个人的脸都是灰蒙蒙的，"晦气达煞！"他用温州话骂了一句。

最担心的事还是发生了。他曾与阿调来这里考察，发货单上也写得清清楚楚：纽约百老汇1407号楼。马老板对了一遍又一遍，昌来美中纺织集团，联系人冷小雷，电话9176687777。

他无数遍拨打这个号码，但是却再也无人接听。他眼前面对的这扇玻璃门，公司名称与发货单上的字母完全不同，他认识LTD三个字母，他知道这三个字母结束的公司都是有限责任公司，打官司碰到这样的公司对方只要宣布破产，原告方只能一头撞死。

他浑身冰凉，双眼如蒙上了冰霜一般迷蒙。显然这里易主了，从玻璃门望进去，入驻的是一家服装饰品公司，货架上林林总总，摆着挂着罗列着的尽是金丝、银丝、各色彩线、钦扣、纽扣、腰带、花边、贴花……台板上摊放着厚厚的潘婷色卡。

他犹豫了一下还是按响了门铃。

前台坐着一个南美姑娘，黝黑的皮肤，大大的眼，站起身时低胸的花边领口下，圆滚的乳房呼之欲出，浑身上下透着黑珍珠一般的性感。

"Hi！"她热情地招呼，浅浅的笑漾在脸上，如水花绽开深深的旋涡。

这份暖暖的热情暂时赶走了他的困意、焦虑与失望。他从包里取出发货过的提单复印件递过去，指着收货人栏问："原来在这个办公室的公司搬到哪里去了？Where？"他说了一个英文单词，他记得这是出门问路最常用的字。

南美姑娘仔细浏览了一遍，摇了摇头："不知道。"

回答完，南美姑娘坐下，继续埋头干她手里的活。她正在做一个丝线色卡。

马老板朝桌上瞥了一眼，见桌上有一份色卡原样，卡单上印着中英文的公司名称地址和电话号码。他灵机一动，伸过手去拿起这份色卡单说："我认识这家公司，他们是我的客户！"

他捡起色卡，迅速默念了两遍卡单上的电话号码1-7181243432。卡单上的地址是纽约法拉盛。他心想，找中国同行的公司兴许能打探点消息出来。

南美姑娘面露愠色站起身，摇着食指，"你不能随意拿别人桌上的任何东西！"

母夜叉！马老板心底骂道。便哼着回复："有什么了不起！"快速又抓起色卡单，盯着卡单上的号码复读了两遍，放下，扭头便走。

马老板步出大门，在街角站定，拨响了默念的号码。还好，电话铃响，是畅通的长音。对方讲一口带浙江义乌口音的普通话。

马老板居高临下的口吻："我是唐人街车衣厂采购，需要11号丝线，必须上门看看货！"声音不容置疑。

对方迅速报出了公司地址，兴奋地说："我们色品齐全，尽管来挑选！地址，波音街2号！"又补充道，"7号地铁坐到头，西南口出缅街左转就是。"

纽约到处都能碰到中国人，没有任何障碍，马老板从42街坐上7号线，径直到了法拉盛。他虽然来过几次纽约，却是第一次到法拉盛，这个号称纽约第二大的中国城。

令他惊讶的是法拉盛简直就是个温州小镇，商店名号大多是中文，人行道上人头攒动，多是同胞们的面孔，店与店挤挤挨挨，仅卖蔬菜肉类海鲜的中国超市就有近10家，99分店、杂货店货品大都来自中国。

他侧着脑袋左看右看，竟一眼看到了夹杂在热闹街区的KTV店，屋顶上

方高竖着钱柜的招牌。一切并不生分,家回不去了,且扎在这里讨债吧!

他正悻悻地想,一眼瞥见了一家煎饺子店对面停着的大巴,大巴上赫然书写着大西洋赌场的大名。

他浑身一凛,迅速将脑袋转向另一个方向。这类发财车曾经带给他多少梦想,他曾得意地夸耀在中国玩个梭子蟹都要被抓去派出所,而在大西洋赌城,他被视同阿拉伯王子,豪车接送总统套房免费。

他恨得牙根发痒,这个罪恶的魔窟吞没了我多少万元大毂啊!时过境迁,如今自己身无分文穷困潦倒家破人亡,这个魔窟只怕像四十大盗的山洞,把我拒在千里之外了。

他朝地下啐了口唾沫,骂道:"强盗,这美国到处都是抢钱的强盗!"

赌瘾似附骨的虫,随时都会苏醒。他嘴上这么骂,还是情不自禁地将脑袋扭向了巴士停靠的方向。等着上车的几乎全是中国人。

他耸了耸脖子,自我安慰道:好赌!不仅仅是我,这是我等民族的共性!

他分明又听见了自己不甘罢休的脉动。有朝一日我会扳回来!转过脑袋,他挺了挺浑圆的背,自我打气道:美利坚,我做好准备了!血拼,不要回债绝不罢休!

他按图索骥找到了波音街2号。

这是一家独门小院,既没挂公司招牌,也没有任何公司营业的迹象。

他犹豫着正要离开。门突然开了,走出一个中年妇人,招呼他:"你是车衣厂老板吧,快进屋来!"

他哼哈着跟着妇人进了屋。

那妇人见他狐疑的眼神,赶紧解释:"九一一以后美国经济就走下坡了,政府拿纳税人的钱去打仗,苦了我们这些小商人。公司经济不好就从租金昂贵的百老汇搬回家来做了。"

马老板刚要开口骂美国,突然想到自己的身份是美国唐人街车衣厂采购,怕说漏了嘴,就把刚要骂的话吞了回去。又想,自己不是来买线的,真要看一大堆样品不买反而会被误当成骗子。

他清了清嗓子,双眼直直瞪着对方,直截了当地问:"大姐,听你口音也是浙江人,咱们是半个老乡,漂洋过海到这鬼地方来混日子不容易,咱们可要互相帮衬啊。"

那妇人诧异片刻，不解地问："是，是，先生您……"

马老板不等她开口问话，继续说道："听你说你是从百老汇搬回来的，你可听说过昌来美中服装公司？可曾听说过冷小雷这个名字？"

那妇人已弄明白来者并不是上门买线的，面色陡地慌张起来，她快速移步到门口，倏地打开门，站到容易被街人看到的角度，提高嗓门说："快走快走。我什么也不知道！"

马老板尴尬地退到门口，眉头紧锁：辛辛苦苦找到这儿不能就这样空手走了。他从口袋里摸出一张名片，往桌上猛地一拍，脸一横，说："你把我当成要饭的还是抢劫的？我可是中国大陆赫赫有名的供货商，大老板！"

那妇人面色惨白，握门把的手剧烈地颤抖起来，声音随之提高八度怒声喊道："我什么也不知道，再不走我要报警了！"

忽然院子传来脚步声，一个中年男子踩着妇人惊恐的声音跨进院子。

妇人长舒一口气，朝男人喊道："你总算回来了，看看家里来了位什么样的客户！"

那男子长得敦实却皱纹纵横沧桑满面。他大步跨进屋，满腹狐疑的眸光在马老板身上从上到下扫了一遍，然后堆出笑，问："见你也是老板模样，今天到我公司一定有什么要合作的？"

马老板直着腰板用三根指尖捏着自己的名片晃了晃，说："这年头海外做生意的华侨不都靠我们撑着？九一一以后，美国完蛋了，你们不得更靠紧我们？我可是实实在在的供货商！"

那男子接过名片，眼睛一亮，赶紧让座，"稀客稀客，屋里请！"他将名片收进名片盒，说："老板从温州来啊，温州人生意做得可大了，今天老板来到寒舍，蓬荜生辉，有什么可帮到您的？"一边叫妇人："快倒茶来！"

妇人应声拿出一瓶矿泉水。男子横她一眼，"国内来的人习惯喝茶！"一边拉开抽屉取出一包大红袍，交给妇人。

马老板与男子在茶几旁对坐。茶上桌，男子取金边茶盏，斟满茶递至马老板手中。暖意直扑心田，马老板敞开了话题，"我的服装集团，有十几家厂做针织，也做梭织，最多的时候一星期给美国出20个货柜。全是我自己工厂加工的！"

那男子呃了一声，重新打量马老板，眼光充满羡慕与崇敬，说："我叫杰克张，大家都叫我杰克，在曼哈顿做了十几年的生意，确实，如你所说，

九一一以后，美国经济衰退，加上服装厂都迁向国外，美国线的生意不再好做，我早就想改做进口服装了，苦于一直找不到合作方，咱们看看怎么合作一下，你管供货我负责卖？"

马老板心下哼：连华人都学会了空手套白狼，先出货后给钱的生意我打死不再做。心下这么想，马老板却凑近杰克，压低嗓门说："合作简单得很，我有十几家服装厂一天就可以车出2万件衣服。谈合作以前我得先向你打听个人！"

杰克身体往后一缩，面部紧张起来："只要不触及隐私、不违法都没问题！"

马老板脑袋往后一昂，嗓门大起来："谁违法了，美国×××什么法律？欠钱可以不还的？只要我还有一口气，就要把欠我的钱一分不少要回来！"

杰克听他说是关于什么人欠钱的事便松了口气，问："谁欠你钱不还？这年头骗钱的美国人太多了，有那么些败类专做减法生意，十几美元的货拿来，到美国三分之一价就甩卖给折扣店了。货款一分不还，中国人打官司前，他们就申请破产或把公司关了。这些人作践市场，我们这些小生意人怎么跟他们拼价格？美国法律保护弱势，他宣布倒闭，你还真没办法！"

马老板气粗起来，"讨不回钱我也要把气出了，不能随便让美国佬欺负了，我们中国人再也不是东亚病夫，那种时代早过了！"

马老板弯腰凑向杰克，神秘而大度，"嘿，这回你帮了我，以后你就不愁没人给你供货，货到60天付款，这生意好做吧！"

杰克抿着嘴，若有所思地点点头，又撩起眼，看了一眼马老板，小心翼翼地问："哪个公司欠你钱了？我在百老汇十几年，好烂公司闭着眼都能数出来！"

"哦！又是这个骗子啊！"杰克听马老板咬牙切齿地迸出"冷小雷"三个字便轻松地说："你要找他一点都不难！"

"但是啊……"杰克顿了话题，马老板正无比期待地看着他。

"在曼哈顿你很难找到他了，他每个周末都会出现在法拉盛！"杰克说着说着情绪激动起来，"中国这么强大，早该有人出来收拾收拾这些烂人了！"

说完，杰克斜着眼看了一眼马老板，见马老板的脸被血液充成了绛红色，磨刀霍霍的样子，便凑近马老板耳边，说："我帮你这个忙，你答应供货，不能说话不算数噢！"

马老板一拍桌子，站了起来，"男子汉大丈夫，哪有说话不算数的！今晚请你们夫妇吃饭。"话一出口,他后悔了,口袋里数得清的几张绿色纸币,可得节俭着用!还好杰克摆摆手说:"你在美国住久了就知道,这儿不兴请客吃饭,不客气,不客气,都是中国出来的,互相帮忙,应该的!"

~ 3 ~

夜幕下的法拉盛,人群瞬间散了,空的街面铺着昏黄的灯光,幽暗的大学路上,唯有KTV店的幽蓝色灯柱,一闪闪如魔女伸向夜空长长的指甲。

马老板隐身在靠近KTV店的停车场旁,借一根根地抽烟,散去些许冬夜的寒冷。

大约过了七根烟工夫,他果然看见了冷小雷。

冷小雷正步出马路斜对面的老四川饭店,身旁簇拥着几个亚洲女孩。他穿着普通的灰色棉袄,脚上哐当哐当地拖着一双大头靴,几年不见,他头顶秃成了稀疏的荒山,几丝长发披挂在荒山的两边。

马老板往地下啐了口痰,骂道:"活脱脱一副流氓相!"又想:杰克说他伙同Latin骗了几家中国公司,把政府的纺织外贸公司都骗惨了,怎么也没混出个大款样啊,这模样倒像黑社会的小混混!

冷小雷脚还未跨进KTV店,便有一领班模样的人和三四个穿一身超短装的女招待出来迎接,前呼后拥着他,像杀捧着财神爷。

马老板咬紧牙方肌,两眼瞪得鼓鼓的。他长吸一口气,赶紧给杰克打电话:"快,目标出现!"

稍息,杰克驾着一辆黑色的佳美,无声无息地驶入这个露天停车场。他将车头斜对着这家KTV店,打开高灯朝马老板连闪了五下。马老板走上前去,弓腰进了车。歇了灯,他俩静静地坐在车里。

马老板搓了搓冻得发僵的手指,说:"太冷了,开点暖气吧!都快冻成冰了!"

杰克答:"开暖气就得先打开引擎,这家伙不到后半夜不会出来的,我这车电瓶有问题,今晚还得开远路呢,出了问题今晚就白费劲了。"

马老板思忖:倒也是,宁可受冻也别误了正事!便不再要求,拢起袖,抱在胸前,一边开始数落阿调,数落美国,骂冷小雷和那个叫Latin的犹太人,"什么犹太人,就是个犹太人里难得一见的人渣、流氓、千刀万剐的败类!"他恶狠狠地诅咒着。

杰克说："这冷小雷倒是有老婆运，娶了个韩国老婆，不会说中文也不会几句英文，每天埋头干家务带孩子，对丈夫的事从不过问。听说他们在韩国买了好几栋别墅。"

马老板恨得牙根咯咯出了声，"他骗了这么多人，怎么就没人把他杀了，也没人去告他？"

杰克笑了笑："听说他早就申报破产保护了，房产、现金都放在他老婆名下，纵然官司打赢，也没用！还听说他人缘挺好，对司机、KTV店的小姐、饭店的服务员出手可大方了，小费一给就上百。"

马老板摇下车窗往外啐了口痰，骂道："呸！骗来的钱花着不心疼！"

时针爬过了午夜2点。杰克裹在大衣里迷糊糊地打着盹，马老板冻得发抖，伸过手去旋钥匙要开暖空调。

马达声响惊醒了杰克，他赶快伸手关了，压低嗓音说："忍一忍，快出来了，别让他发现咱们！"

果然，没等马老板回答，只见一辆黑色的宝马驶来，在KTV店前哼哼地停了下来。稍息，几个女招待和陪同簇拥着冷小雷走出门店。

冷小雷脚步一高一低，全身靠在女招待身上，一副酒醉的模样。司机迅速打开车门，用手掌护着冷小雷的脑袋，将他请上了车。

车开出大学路，上了白石桥，又过了华盛顿桥往新泽西方向直驶而去。

杰克开着车不远不近地跟在后面，他一脸的不情愿："我这辈子第一次做这种事，也只有碰上了你，我才舍命相陪。"又一语双关地说："你千万记得你是怎么承诺的，记好了今天的路哦！"

马老板眼睛直直地盯紧前面，说："你放心，绝对连累不到你！"又说，"你这芝麻大点情，我帮你出几个货柜就报答了，以后你也开这样的宝马，也可以到中国去买几栋房子！"

听马老板这么说，杰克脸上绽出笑容，提醒他："你要我买的鸡就在后备厢里，一只特大特肥的巴佛罗鸡！"

马老板点点头，面色铁青，咬着牙说："嗯，准备好了，刀在我口袋呢，先吓唬吓唬他，警告他如果不还钱的下场是什么！"

杰克用眼角余光偷偷看了他一眼，马老板被仇恨燃烧着，脸部扭曲成了一颗定时炸弹。他打了个寒战,低声附和:"是,他躲也躲不过,犯我汉者,虽远必诛!"

正说着,马老板拍了下大腿嘶哑着嗓子说:"不好,前面的车不见了!"

杰克睁大眼搜寻,说:"凭我这车技,怎么可能跟丢呢?"

前面出现了三岔路口,杰克加大油门追至三岔路口,方见那辆黑色的宝马已朝右拐,驶进了左边的一座大院。

车驶近前,显然黑色的宝马已入了车库,周遭杳无声息。马老板跨出了车。抬眼望去,一道一人高的铁栏栅围着草坪,草坪间镶嵌着一条鹅卵石铺就的小路,小路引向一座爱尔兰城堡式建筑。建筑物用灰砖砌成,四围有一道灌木丛,蓬刺冲天参差不齐,好像是主人特意营造的一种野蛮生长的生态。稍息,窗棂间透出昏黄的灯光,在寒冽的夜色下,建筑物显得森严而神秘。

马老板看清了地形,便回到车内。四周静寂无声,冬天的月色穿过树丫落在地面,影影绰绰如鬼影一般。偶尔,马路上车辆无声地穿过。

屋里的灯全灭了,只有草坪的地灯对着天空发着阴阴的蓝光。

马老板蹑手蹑脚出了车。他打开后备厢,从塑料袋里拎出那只又肥又大的巴佛罗鸡。这只赤裸的鸡从超市买来还是一坨冰一样的东西,此刻在车的温度下软了下来,支棱着翅膀直着脑袋。

马老板从腰间拔出三棱刀,狠狠地往鸡背上插去。鸡身发出冰裂的声音。刀在冰冷的夜色下闪着寒光。

马老板抬头看了看四周。悄无声息,连虫鸣的声音都没有。

他提着这只插着三棱刀的鸡走到铁栏栅前,踮起脚,使出吃奶的劲,抡起胳膊,憋足气,将鸡使劲地甩向院内门的前面。

只听赤裸的鸡不偏不斜落在门口,趴在地下,发出闷闷的声响。

夜色复归宁静。

"哼,看你敢不敢不还钱?不管你是哪国人哪国法,敢欠钱不还,我有我的道!"马老板边走边低声骂着。

坐回车里,马老板鼓着微肿的眼,抬手看了看腕上的表,凌晨4点。他丝毫没有睡意。车无声地驶回了高速公路。

马老板问杰克:"你能帮我画张地图,标上路名吗?"

杰克眉头一皱,说:"我陪你来已很不错了,落笔这东西可得你自己来,这样吧,我说你画,可别跟任何人说是我带你来的!"

阻 燃

2001年11月

于美文胃里泛起一阵阵恶心，又饿又累，浑身好像被粗大的麻绳绑在车里，动弹不得。阿调从车上跳下后，她几乎没有一刻不担忧。她一刻不停地拨着阿调的手机，终是没有开机的声音。她突然记起，在看守所不能用手机，出来时只想着快快离开，阿调的手机根本没有充电。

天黑了，下起了雨，曼哈顿前所未遇的大停电，路上是千万人组成的步行大军。车堵得更严实了。雨稀里哗啦打在车窗上，她握着方向盘，随着千万步行大军拖动着车一寸一寸滑行。

她打开车窗，希望从步行大军中，找到阿调的身影，雨劈头盖脑扑向她，空气中除了寒冷，还有尘土与血的腥稠。

沿途有一张张向她求助的湿淋淋的脸。她把他们邀请上车，把他们送到目的地，又返了回来，在雨帘和密密的人群中继续搜寻阿调的影子。天渐渐有了亮色。黎明了，步行大军渐渐散去，依然不见阿调。

奴来的话又轰响在耳边：搬离帝国大厦，找一个租金便宜的地方。

晨八点，伿来打来电话，电话倒不再提公司危机，只是弱弱地问："我打小鹿房东的电话，不通，你可有阿调的消息？小鹿住在法拉盛应该没事吧？"

于美文已不止一次听伿来找老婆找儿子了，英雄归家了！她想幽他一默，却脱口说："你老婆真不是省油的灯，把她接出来，见堵车，就顾自跳下车走了，你儿子嘛，他住在白石镇，离事故发生地十七八丈远，没听说有孩子伤亡的。"

伿来这才开心地笑，"活着就好！"又说，"这九一一倒是给公司炸出了机会，起码股价低到谷底，公司正好筹了一笔钱，我们有了回购公司股票的机会。"

估价惨跌还高兴？于美文琢磨，伿来这种绍兴老话喝着腌菜卤也要敲铜鼓的人，宁可死，也不肯丢了面子。一定是说反话呢！

新闻不断发布着最新消息，除了不断增加的死亡人数，传来了小布什的声音，"我们将对恐怖分子和那些庇护他们的人一视同仁绝不姑息。政府机构已全面恢复了工作。"

她也听到了本·拉登的声音：对此次恐怖事件负责。

一场战争就要打响。她必须赶回曼哈顿，做好搬离帝国大厦的准备。灾难伴随而来的将是大量裁员，也许自己该另起炉灶了！

阿调失踪的第三天，于美文终于拨通了她的电话。

"我在布鲁克6号仓库！"阿调的声线如咬着钓饵的鱼的钓竿，"我看到我发来的货了，只剩十几箱了，都被他们卖完了！"

"你知道谁帮我找到的吗？"没等于美文报出名字，她对着电话放低了声音，"就是那个Elli，你带我见过的那个侦探，他正在前面翻箱，带我查Latin和冷小雷的赃窝呢！"

"实在对不起，我那天找小鹿心切，看路堵得严实，车根本开不动，就跳下车走了！小鹿平安！"阿调语音由低沉的道歉音符，一下跃至兴奋的高分贝。

"那天我手机没电，本想一步步走着爬着也要找到小鹿，看看他是不是平安。没走多远，就淋透了，一个智利人给我拼伞，听说我去找儿子，还把她的手机借我。你猜发生了什么，我给小鹿打电话时，他正大口吃红烧肉呢，满嘴塞着肉向我报平安，把我逗乐了。真是菩萨保佑！"

于美文的耳膜开始震得嗡嗡响，阿调的声音转入了高分贝，"听你说过，曼哈顿警察局那个叫Elli的经济侦探办案很公正。我就贸然去找他了，还好，他昨天就上班了。"

电话里传来侦探Elli喊她的声音，她应答着挂了电话。

Elli是在曼哈顿做纺织贸易的王莹介绍给于美文的。

王莹说："在曼哈顿做纺织如履薄冰，稍不留意就会掉进坑去，认识一个警察起码可以壮壮胆！"

Elli长得高大而壮实，微卷的灰色头发下有一对似笑非笑的蓝眼睛，他并不像街头常见的警察那样，大腹便便挎着警棍，口袋里插着拍纸本，手上永远夹着罚单，迈着横步。相反，他经常西装革履，给人职业经理人的印象。

王莹说，在警察局，他常常以两件事自诩：一是吸引女人的魅力，二是洞察人的眼力。

王莹告诉她，他是美国生美国长的那种大男孩，按法律与规则行事，有一种当英雄的义气，只要听他的，他不仅不会让你吃亏，相反，总会给你一些帮助。他的口头禅是，美钞只有一个绿色，没有等级，没有阶级，不管怎么来，拿到手都是赢家；不管强盗还是贼，逃得出警察手心的都是英雄。王莹还很私密地告诉她，她被他吃过豆腐，但是他能够在情欲燃烧的边缘戛然刹车，是那种给对方热情而不失自制的男子汉！

于美文没有机会带阿调去找Elli，是在阿调住院时，还是在看守所，或是堵车途中偶尔向她提及？阿调倒是有心计，会抓住偶尔飘过的机会呢！于美文抿唇一笑，收起电话，随之放下心来。

阿调的好情绪像广东烤鸭子，没过几天就蒙上了一层白花花的油。

几天后，她约于美文在37街中国店喝奶茶，目光冷锐而平静。她把手掌伸向于美文，坦然地说："我是来向你告别的，我要回国了，也许很久才能回来。"她顿了一下，"失去的怕是永远失去了，我必须重新开始！"

于美文迟迟疑疑地握住她的手，看着这双手皱紧了眉。这应该是一双圆润小巧的手，主人应该是那种生活无忧的富家太太，可是眼前这双手却如此不堪入目，一根根肉刺挂满手掌，像被刮了皮的仙人掌，指甲盖萎缩成了一粒粒绿豆皮，凸凸凹凹的指甲肉被血丝网着，好像网着一串破碎的流血的心。

于美文同情地看着她,"你完全可以放下你的工厂,或者把工厂交给妞来,在这儿休养一段时间,带带孩子,怎么说美国的生活还是可以过得比较优裕的。你该吃点营养品了,美国的保健品不错,全VB,加抗氧化的产品,每天练练瑜伽,做个小女人,也不错啊!"

阿调的眸光飒然飙了起来,"我们难得见面,不应该说这些吧!"

于美文叹气,点了珍珠咖啡,拉着她找了靠窗的桌椅,坐下。

阿调深吸一口气,低下脑袋,声音就像钻出乌云的一缕游云,"我跟Elli起初配合得挺好,我们查到了那两个贼坯藏赃物的地方。他甚至查到,冷小雷最近在韩国买了三幢房产,在加拿大开了账户,存了一大笔钱。他说,他需要时间,找到足够的证据,证明这些钱是从我们的货款中获得的才能够逮捕他们,交给陪审团去审判。他一直抱怨,我们的贸易方式太不规范了,这给他们这些经济侦探办案增加了很多麻烦。他不断问我,既然要赚美元,为什么不按美国的交易规则走?美国有如此强大的信用系统和贸易体系,你们为什么要忽略这些强大的工具,用那种原始的交易方式,凭一个印象,混一张熟脸就开始了大宗的买卖?他批评我们太急功近利了,把人情这种东西和生意连一起,把跨国贸易看得太过简单了。"

于美文抬眼看着阿调,起码这个时候,阿调的语言中,对Elli侦探带着感激。阿调看着手中的珍珠奶茶,将一粒粒珍珠挑着吸进嘴里咀嚼。她放下杯子,笑了一笑,告诉于美文,Elli那天拿着从两个贼坯那里拿的针织样衣,就是阿调给冷小雷他们发的货的样衣,带着阿调去了百老汇1411大厦。正巧那个公司做的针织衫是阿调喜欢的叫劳伦泰勒的品牌。Elli对她说,那是他曾经的客户,他帮助过他们。他让那个公司的设计给我看他们的样衣,还跟他们风趣地说,这是个工厂主,将来会是不错的供应商。

阿调的声音喑哑了起来,"那个设计师饶有兴趣地了我名片,还把他们的针织衫和我们的针织衫一起摊在了桌上。"

阿调低下头去,扭着手指,"那时候我浑身不自在,彻底明白过来,烂虾只能配臭鱼,没有做好品质的准备,不要贸然出来闯生意。突然明白,妞来为什么将'衣不差分寸,鞋不差分毫'挂在嘴上!"

于美文听阿调提到妞来,便屏气凝神地竖起了耳朵,阿调的声调很平静,没有怨恨与指责,透着一种淡淡的忧伤,好像一张磨过平面的铁砂皮。

于美文张嘴刚想问她，运来的货配额是怎么解决的，阿调没有让她有打断她的机会。

"我们相处得很好，Elli后来又带我去认识了几家客户，还帮我跟人家要了几件样衣，说，我会帮他们打样。我当时真心感谢他，特别请他吃晚饭表达感谢。他来了，特地换了西装，打了领带，还吹了头发。"

于美文挑起眼，打断了她，"你对他有意思吗？在美国，请异性吃晚饭，他们会认为你在向他们暗示一种夜间娱乐。"

阿调的脸面因痛苦而抽搐了几下。"那天晚饭间，Elli向我承诺，尽管冷小雷和Latin已申请破产保护，他还是会帮我再去交涉货款的事。我们分手的时候，他说：'等我电话！'"

阿调看了一下周围，吧台上有几个老人在喝着奶茶，读着当天的世界日报。没有人注意她。她压低嗓音将手臂交叠成X状，支着脑袋，声音像雨后山间的小溪。

Elli没有失约，第二天11点整，他打电话给阿调，"明天11点整，在第六大道星巴克门口等！"

阿调提前半小时到了那里，根据几次与Elli的接触，她判断Elli是一个守时的人，做事有原则，绝不会放她鸽子。

果然，11点没到，Elli开着一辆黑色福特到了店门前，他按了三声喇叭，招呼阿调上车。

阿调Hi了一声，冲他晃了晃手臂，便兴奋地上了他的车。今天一定会有好消息。阿调满心期待。

与往常不一样的是，一路上，Elli的脸始终紧绷着，没有提及任何有关案子的侦探情况。

车驶出曼哈顿，上了495公路，这条路阿调曾经跟着Elli走过，他们曾一起去长岛的一个公仓查证货物。Elli一定有新的发现了吧？阿调看一眼Elli的脸色，一种信任与期待像湖水一样泛着涟漪。

车沿着495高速公路往东，过了新鲜草原后，在贝塞出了口。在贝塞的Continental饭店，Elli停了车。他打开车的后备厢，左手拿起两件针织衫，右手又抓了另外两件真丝针织女衫，兀自进了饭店。

阿调犹犹豫豫地跟了上去。

左手两件针织衫好眼熟啊,阿调说,这正是她发给美国昌来公司的大货中的其中一款!另外两件真丝针织女衫,挂着阿玛尼的挂牌,随着Elli的大步行走,挂牌几乎飞扬起来。

显然Elli早就预订好了房。他径直朝酒店前台走去。

他听着身后的脚步声,头也不回,说:"有新情况,特意来这里跟你验证一下!"

阿调跟在他身后,盯着他手上的样衣,心如同野兔乱窜失去了方向。

Elli笑着跟前台一个中年女子打着招呼,拿过钥匙径直上了楼,阿调跟在他身后,双脚如踏入了烂泥塘,满脚淤泥抬不了腿,疑惑罩住了脸:出了什么新情况?为什么要到这儿来跟我证实呢?

房间在二楼,窗外对着495高速公路,尽管美国的建筑隔音比较好,Elli还是关紧了窗户,麻利地拉上窗帘拧亮了台灯。

屋的中央是一张King尺寸的大床。灯光暧昧。

Elli让阿调坐在大床边上,他自己拖过了椅子坐在阿调的对面,他的脸铺着阴影,眸光荧荧发绿,如池塘里深不见底的漩涡。

阿调面色惨白,心一点点沉入黑暗。

Elli双眸直逼阿调,问:"我为你跑了好几天了,我相信你,可是你欺骗了我!你知道,在美国诬陷客户,索要钱财是什么罪吗?你会被送进监狱!"他的声音如冬天漂浮在河面的冰块。

阿调的心便掉进了冰窟,她从大床边倏地站起,镇定地说:"我怕是你被他们蒙骗了,他们不想付钱,一定会想方设法栽赃我!"

Elli拿起两条裙子,裙子上钉着Dress Bang的商标。他扯着裙子上的挂牌说:"这是你供的货吧,是这家商店的退货,这两条裙子有跳针和色差。Dress Bang这可是一家大名鼎鼎的女装店,全美有上千家连锁!你向我隐瞒了货有疵品的现实!说得明确一点我是被你骗了!"他盯着阿调的眼。

阿调瘫软下来,软软地坐回床边,她被Elli的一番说辞打晕了。这几天她跟着Elli查证了五处仓库,基本没有库存了,剩下的即使全是退货也只是极少的部分。但是如果那些都是退货,为什么箱唛上没有商店的名称,而且根本就没有开箱过呢?

阿调一把抓过样品,泪水盈满眼窝,愤愤哭诉:"这两件衣服是工厂打头样时提供的,用的是工厂现成的面料,当初说只是确认款式和尺寸而已,吊

牌一定是他们临时挂上去的！"

阿调将脑袋埋进臂膀，声音戚戚。找Elli侦探帮忙，是她最后一根稻草，而这根稻草承载着工厂的生死存亡，眼看Elli也上了他们的贼船，最后的稻草就要沉没，她的双腿一软几乎从床上滑到地面，不由自主地弯曲成了跪的形状："你可要给我们做主啊！几万件服装出运，他们一分钱都没付工厂！几个工厂都被他们弄倒闭了啊！"

Elli伸出手指在她的脑壳上弹了几下，"你脑子进水？没收到一分钱会给他们出货？你骗我吧！"

阿调扬起脸，张口结舌说不出话来，"是他们骗你，商店根本没有退货，是他们收到货款没有付我们，不信，咱们可以到这个商店去调查一下。"

Elli站起身，拎起另外两件针织衫，"他们拿给我这两件女衫，这是韩国工厂做的，看他们的做工，无论从面料结构和工艺上都比你们强过百倍，你们就是一个粗糙民族，急功近利，你们的产品能跟他们相比吗？我们美国人总是要用最好的武器武装自己，因为我们懂得，武装自己才能防止攻破，才有威慑力，别人不敢跟你胡来。还是检查检查自己吧！"

Elli哼哼地坐下，这回没有坐回椅子，而是挨着阿调坐到了大床边。他搂着她的肩，语气轻柔起来，"你喜欢我是不是？那我们相互满足一下吧！"他双手往下滑，搂住了她的腰，侧过脸，微笑着，露出荧荧闪光的雪白的牙齿。

他的目光火热起来，语速急促起来，"我有两种选择，一是顺势而为，调查到此结束，出一个调查结果给我的上司，你供货的那家公司叫什么？"他暧昧地贴近阿调，问道："美中昌来纺织厂？他们说你们是一家人，对吧？你们自己家里的矛盾，我们经济侦探怎么管得着？另一条路是，我也可以插手继续调查下去，这是一个复杂的案子，从一开始就存在欺骗的动机，不是吗？"

阿调浑身紧缩，好像毛毛虫沿着脊梁在她的身体上蠕动。她稍稍挪开了一点身子，把他的手搬开，侧过身面对着他，眸光坦诚而明亮："你得继续帮我呀！我在这里无亲无友，指望你了！"

Elli重新把手伸进她的背部，"你也别悲伤了，丢也丢了，我们美国人对现实的观点是，任何时候都要有正面的情绪，不要被悲伤打垮，更不要压抑人性。来吧，咱们happy一下！"

阿调愣了一下，还没等她反应过来，Elli伸手抓过桌上的纸和笔，交给阿调说："为了避免误解，在happy前，你写个保证，说你是自愿和高兴去做的。

我说你写好吗！"他的气息绕着她的耳朵。

阿调有一瞬间几乎被沸腾的水搅得浑身发烫，当Elli把纸和笔拿到她眼前时，她木木地不明白将要发生什么。Elli拿着纸在她眼前扇了几下。仿佛被一阵大风吹散了迷雾，她腾地站了起来，涨红着脸，说："不行，我是已婚的！结婚证书是我为婚姻签订的协议！"她准确无误地用英语表述。

Elli迅速从床上坐起，站在屋子中央问道："你不是说你一个人在美国都两年多了吗？离开丈夫一年没有床上运动还能称为夫妻？美国这样早算自动解除婚约了！你就是个榆木脑瓜！"他指着自己的太阳穴："你不是这里有问题，就是你对你的丈夫还有期待与感情，不能忘记他！像你这种人，不知道生命短暂，及时行乐，更不知道什么是精致生活，根本不适合在美国。"说完，他啪地将纸和笔拍在桌上，拉开门扬长而去。

阿调泪流满面，无助地抱着脑袋，任泪水顺着腮帮流下，苦涩地流经嘴角，无声地消失在地毯里。她喃喃自语着：这可能吗？这可能吗？肉体就像自己的灵魂一样洁净而不可侵犯，是无法依附在任何物质上的。她鄙视那些用身体交换物质的女人。她已不再是当年那个为了获取一个订单，拿下第一桶金可以舍身弃玉的懵懂女孩了。

整个房间被黑暗包裹着，桌前的台灯微弱得像一团随时被扑灭的火苗，巨大的黑影怪兽般吞噬着她。她孤立无助，蹲在地上抱着双臂恸哭起来。黑黑的泪水里，如来鲜活地走在她面前。Elli说得没错，这么多年，她始终没有将如来从记忆中抹去。她渐渐明白，她其实拥有一个随时都能接纳她，需要她的家，那个家尽管有阿凤的眼睛。她与阿凤同卵同胞来到世上，相依为命，什么时候开始，她不能接纳她，甚至嫉妒她的灵魂存在了呢？男女之间的爱其实很简单，既然有爱为什么要离开？既然无爱为什么要做爱？她不能接受的是这种需要白底黑字的床上交易。

于美文长叹一声，"你和如来其实彼此依然相爱，这种爱就像田间的小路，越踩越结实。我看如总近几年都戴上戒指了，我们还以为他新婚了，原来，他怕被人误会单身，被乱七八糟的女人纠缠！"

她目光温热地看着阿调。阿调直起腰，从手提包里取出几件针织衣，

"这是Elli没有带走的阿玛尼真丝针织样品，这些样衣刺激了我，突然让我开窍，我在这儿无望地讨债，何不回去开发新产品呢？"

她抖开手中的样衣，扯出价格牌，"看，这件意大利产的针织衫，标价198美元！"她又从包里拿出自己工厂生产的样衣，"我们生产的相同的款式才卖9美元，品质不一样当然不能奢求好价钱！"

于美文不懂针织，懵懂地摇摇脑袋。

阿调说，她拿到Elli丢下的样衣后，就反复拆解了几遍，两个产品用的都是横机编织，工艺流程都是相同的：原料选用—柔软处理—络丝—并染—倒桶—定型—成筒—编织—精炼—染色—脱水—烘干—整理—裁片—车衣。

"为什么自己的工厂织造的产品眼观和手感都不一样呢？一个像能说会道的巧媳妇，一个像我这样的村妇，不是同样的材质吗？"

阿调说着说着站了起来，"九一一世贸大厦死了那么多人，总不至于天天掘地三尺挖尸体吧？我相信重建是更重要的，包括重新组建工厂，开发新产品，别人能做的品质，我们也能做到，我们终有一天也会织出高品质产品，甩掉冷小雷、Latin之类的臭鱼烂虾。"

她重新坐了下来，"总是要面对的，夜里，对着四壁我常常感觉自己就像一粒水珠，对问题和矛盾选择躲避，说得好听我来这里讨债是一种勇敢，深层次却是不敢面对工人们一张张饥渴、愤怒讨工资的脸，不敢面对工厂濒临倒闭的状态。"她十指交叉，不断绞着关节，"甚至在家庭问题上不是解决矛盾，而是带着孩子负气出走，看起来好像是强势报复如来，却是一种对孩子，对如来，对自己，还有……"她抿了抿唇，"对我的姐姐阿凤，甚至我的妈妈，一种极不负责任的态度。"她的情绪一圈圈荡漾，目光如雨打后的湖水渐渐清亮起来。

于美文静静地听着她讲述，这语气好熟啊！这不是如来的语气吗？真是不是一路人不进一家门！她盯着阿调的眼睛，问："你何不跟如来讲讲你的想法？你不想见他吗？"

火凤凰

~1~

　　这一日,是秋与夏疯狂争斗的日子。早上,倾盆大雨狂轰滥炸,在平静的鉴湖水面,落下了千枚万枚的炸弹,水面翻卷起一洼洼洞黑的旋涡;岸边,正待收割的稻田,被打得东倒西歪。几个时辰的工夫,秋老虎叼走乌云,天空峥嵘毕现,处处蒸腾着蓬蓬热气。

　　如来在机场等了整整一天,飞机才有了正确起飞的信息。

　　九一一后,工厂股价如同被雷电击打的大雁,趴在谷底哀叹呻吟。

　　如来查了一下新兴行业互联网公司的股价,不比不知道,一比吓一跳,互联网公司的股价比火凤凰跌得更惨,翻落进阴沟,几乎到了归零的边缘。

　　如来手里捏着公司管理层筹集的资金,每一个呼吸都感觉踏实平稳。九一一造成的股灾,给火凤凰带来了意外的机会,让火凤凰得以用最少的钱,回购了公司外流的股票和散户手上急于抛售的零星股,火凤凰牢牢握有公司的控制权。

　　他能想象樱河布业董事长田边鱼一样弹出眼珠,手掌抚着拳,嘶哑的嗓

子抱怨:啊,老天没有把机会给樱河!

如来直奔华尔街而去。九一一后,紧邻世贸大厦的华尔街成了重灾区,到处拦着红白相间的警戒杆。街区上空弥漫着尘埃和汽油混合的刺鼻味道,曾称为希望的东河上空混沌一片。大部分企业撤离了,华尔街的公牛在尘埃中像一头回归田耕的家禽。

如来的脚底如踩了两个风火轮。交易大厅,James给了他一个熊抱,意味深长地拍了拍他的肩,耳语般说:"有人会发战争财,我是真真切切看到了你的机会!老天对火凤凰偏心眼啊!"

如来操了他一拳,笑:"老祖宗说得没错,祸兮福之所倚,福兮祸之所伏。鸡叫了天会亮,鸡不叫天也会亮,天亮不亮鸡说了不算,关键是,鸡叫了谁醒着,谁手里正好握着钱!"

两人哈哈大笑。交易大厅门庭冷落,巨大的股票曲线图如狂风暴雨掠过的海面,翻卷着余波,黑色的涡流依然深不见底。

沃克双手环抱胸前,站在大屏幕前,面色峻然,虎视眈眈的眼神正紧盯着不断创新低的曲线图,丝毫没有注意如来正从他身边经过。

如来笑问:"这次他聪明反被聪明误了吧,老天爷没有帮到他!"

James神秘地说:"他正想着招儿做反向,赚取更大的,在意这点雷阵雨?面临金融大洗盘,他正在重新定位竞争对手呢!"

交易完成,火凤凰的股票一枝独秀,像从谷底翻腾而起的大鸟。火凤凰掌控了78%的股权。

平了外患,如来原以为可以集中精力做内部产业调整,灾难却重新袭来。刚出华尔街,如来就接到了于美文的电话。

"88个货柜一个都没放行呢,如果不能按指定入仓的时间进入Jmart的仓库,这批货就自动取消了!"于美文的声音近乎绝望。

如来一愣,九一一事件生生地将一堆漫天炸飞的泡沫,撒在地面,种成了遍地的荆棘,让企业每走一步都更为艰难。他能想见于美文惊慌狂乱的眼神。

如来去过Jmart公司仓库,仓库占地几百亩,来自各国家的货柜在巨大的停车场有序地排队等候。计算机庞大的数据库将来自各个国家供应商的成千上万只货柜精准地排列出入仓的时间。几十台扫描机分秒不停地工作,仓库大门上方,蓝色的数字不间断跳跃,显示着货柜号和进仓库的分秒时间。如果错过了计算机自动扫描的这一刻,就意味着该批货被自动取消了。

穿过红白警戒杆,他直奔地铁E号线而去。

妣来在百老汇37街第七大道下了车。街的拐角处是一座教堂。他站在路口,等着于美文的车过来。

九一一后的曼哈顿,萧条的街巷间,秋风恣意穿行。他拉起衣领往教堂墙边靠了靠,打电话给于美文:"叫上清关员菲利斯!"

等车的当儿,他饶有兴趣地跨进了教堂。

教堂的半地下礼堂正摆开大卖场,正中是几溜长桌,教堂管理员拖出一袋袋鼓鼓囊囊的黑色垃圾袋的装着物,随着喝叫声,垃圾袋解开,抖落出成堆的衣服。一大群南美人、黑人、白人和华人拥上前去,围着桌子挑拣,将桌旁竖着的价格牌推得东倒西歪。1美元一件,大品牌5美元两件。

他皱着眉走上前问管理员:"这些衣服哪儿来的?怎么卖这么低的价?"

管理员自上而下打量了他一番,从口袋里摸出一张名片,"你没看见?大批企业倒闭,商场退货。你有积压产品吗?捐献给教堂,我们开证明你可抵税。"

晕,他拍了拍脑袋。工厂的88个货柜的服装是从印度买的棉纱织成的布,经过工厂的整个染、整、车等工序赶制的。今年新疆棉花遭遇虫害,他不得不从印度进口棉花以完成订单。中国成为世界最大的加工厂,而这个世界工厂的资源正日渐耗尽,劳动力空前短缺,价格不断上涨。他咬着牙颌脑袋一低退出了教堂。

于美文开着高大的吉普车正朝他驶来。

妣来迎上前去。于美文摇下窗户,探出愁云雾罩的脸。菲利斯跳下车向他伸出手。

他摆摆手跳上了副驾驶的位置,头也不回地问:"菲利斯,你是海关高级经理位置上退休的,怎么就搞不定海关?中国加入世贸成为第143个成员国中的一大员不是板上钉钉的事实了吗?"

菲利斯把脑袋凑向他,说:"中国加入WTO不一定是好事,配额限制虽然会取消,大批的中国货涌进来,美国政府必然打反倾销的牌!不仅是美国,欧洲也这样,你没听今天的新闻?中国8000只货柜被拒在英国海关。"他幽默

道:"老天并不是特别眷顾你,独独让你经历这场灾难!"

如来提高嗓门说:"美国还讲不讲人性啊,长期以来用配额限制我们,好不容易挨过了'黑发人变成了白发人'的漫长岁月,现在又举起了反倾销的大棒,指责中国政府对外贸进行鼓励补贴政策。试问哪个国家政府不这么做?美国不也一样吗,你们的政府设立进出口银行,专门对出口商进行信贷和保险,就农业出口来说,美国政府的补贴与信贷就保证了美国农产品在世界市场绝对的竞争地位!中国每年从美国进口多少粮食啊!"

如来越说越激动,押着脖子,嗓门高了起来,"再说我们用如此低价的商品如此繁重的劳力换取少得可怜的利润,降低了美国2亿人的生活成本,美国不感恩不说,相反还对我们挑三拣四指手画脚处处刁难,这公平吗?"

菲利斯连连摇着手指,"不不不,你不能这样说美国,美国与中国的贸易从来都是逆差,美国人买了你们这么多东西,养活了你们多少人民啊!另外,美国人给你们带去多少投资啊!"

"你说得不对,好像美国是救世主似的!"如来咧咧嘴说,"据我所知,很多美国人是以赌徒的心理投资中国的,他们申请进入中国市场前说得好好的,'全部出口中国',但他们真正的企图是占领中国市场,在中国廉价劳力生产的产品,海上走一圈后再用美国的价格卖回中国来。"

菲利斯从车的座椅后拍拍如来的肩,说:"你别激动,西方人还是斗不过东方人,你看着吧,中国最终会以最人的出口国和最大的进口国成为世界经济超强,要不你们为什么要倾举国之力争取加入WTO呢!上帝还是眷顾中国人的,要不为什么亚当造人时要造这么多中国人呢!"

车穿过林肯隧道进入了一片阳光地带,于美文敲敲方向盘说:"到这等时候你们还争啊!这88个高柜,每只柜装6000套衣服,每套按成本价15美元计就是千万美元了,错过进仓时间就惨了,火凤凰赔死不说,我们也跟着倒霉,眼看到手的奖金就要漂进大西洋了!"

岁月不饶人,于美文虽然长发依旧,可是当年的满头青丝已现丝丝花白,紧身的皮衣包裹着略见发胖的身体。她脚蹬一双高靴,一副不服老的倔强模样。

纽瓦克伊丽莎白港到了!这个美国东部最大的货物集散港,远远望去,像一条剖开鱼肚的巴西白鱼,码头上几千只货柜密密排列如鱼鳞片片。深蓝色的海面,依然汽笛长鸣,有远洋货轮陆续靠岸。

菲利斯是从这个海关退休的,他开的清关公司设在曼哈顿,中国人找他清关图的是货柜到岸放行得快一点,被查的比例比中国清关公司低多了。

尽管如来知道美国人死脑筋凭文件办事,他还是没等车停稳就跳下车,以竞走冲刺的速度往港口办公室走去,一面回头催菲利斯:"快呀!"

港口办公室是一座四四方方结实的红砖砌就的平房。菲利斯几乎小跑着跟上如来,他们径直进了高级经理爱德华的办公室。自菲利斯退休后爱德华就接替了他的职位。

爱德华长得牛高马大,他站起身脑袋几乎触及屋顶。

如来直直站立在他面前,目光有一种恳求,也有一种不容拒绝的霸气。

爱德华转过笨重的身体对菲利斯说:"今天来找我的人都黑着脸好像末日来临!"

菲利斯叹了口气,问:"这么多货柜被阻在海关,像是执行反倾销了,莫不是要把这些货都退回原产地?"

爱德华摇了摇头:"反倾销还在走立案程序,这是执行自由行动的一部分!"

如来听他这么说,松了口气,问:"自由行动是对付本·拉登的,不能殃及我们这些无辜者!我们货物进仓的时间不能延误,入库的时间甚至精确到分秒!"

爱德华耸耸肩,摊开手臂说:"我能做些什么?每个进美国的货柜必须经过X光射线检测,这是最新规定!"

菲利斯递上一沓清关文件,说:"这批货能不能快一点放行啊?今天提不出就惨了!"

爱德华拿起提货单扫了一眼:"这批货排在洪都拉斯的货柜后面,轮到检测还早呢!"

说完,把提单退给菲利斯,摇摇摆摆地往门外走去。

如来紧随其后,问:"我们去把货找出来,早一点帮我们检测,可以吗!"

爱德华耸耸厚厚的肩不置可否。

如来转身招呼菲利斯:"看来有救!走,找货柜去!"

菲利斯拿着他旧时的工作证件带着如来毫不费劲地通过了安检。

他们经过一道道仓库,穿过一道铁栏栅后进了码头重地。

如来猴跃翻身跳上了集装箱顶。视线所及,他倒抽一口凉气:货柜堆积如蚁穴,又如无法破入的蜂巢,更别提分辨出来自哪个国家,哪个公司了。唯有黄金分割法,一段段排查。

海面的风直往他脖子里灌,如来搓搓手心屏足了气。

菲利斯在底下喊道:"不可能找到吧!这像在巴士底监狱探寻逃生的出口。还是下来吧!"

如来向他挥挥手传过一个顽倔的微笑:"谢谢你给我一个进货场的机会!"他喊道。我早已习惯了在不可能中寻找可能!他给自己打气。

我天生十二生肖属猴,跳跃是我的天性。他自嘲着开始一排排寻找。从一个集装箱跳往另一个集装箱,从一个区域跳到另一片区域,就像跳跃一道道沟壑险峰。

惨淡的阳光一点点西沉,海风越来越紧。

俄罗斯、罗马尼亚、波兰、印度、马来西亚、越南、日本、新加坡、巴西、厄瓜多尔……货柜密集地排列着。他开始感觉腰部疼痛,两眼冒金花,脑袋晕眩。更让他难以忍受的是,爱德华说这88个货柜排在洪都拉斯货柜后面,可是他连洪都拉斯的货柜都没有看到。他直起身扭动一下酸疼的腰自言自语:全世界的人都疯了,争着把货运到美国来!

如来在如山的集装柜间地毯式搜索,他头晕眼花,又生怕错过,他直起身,揉揉眼,又跳向了靠近码头边的另一货柜群。

汽笛长鸣,有新的货柜到岸了!吊车伸起长长的胳膊抓走了挡在他眼前的货柜。如来眼前一亮:中国制造!更让他惊喜的是他看见了中国制造几个大字旁,那只振翅欲飞的火凤凰,火凤凰集团货柜的标志!他欢呼起来,搓着冻僵的手指对着天空大声呼叫:中国制造!哈!中国制造!火凤凰!我终于逮到了你!他哼起了摇滚《新长征路上》,那是他做时装秀走台时最常用的背景歌曲:

听说过,没见过,两万五千里
有的说,没的做,怎知不容易
埋着头,向前走,寻找我自己

一二三
……

如来从货柜顶上跳下,快步向码头边的大吊车跑去。开吊车的工人正不慌不忙地转过大吊车的铁胳膊离开岸边。

如来追着喊:"帮帮忙!"

大吊车工人停下车在高高的驾驶台探出脑袋:"发生什么事了?"

如来指指丛林般拥簇着的集装箱。吊车工人抬头远望了一下,露出困惑的眼神。

如来指着中心那个部位,用几乎哀求的口吻说:"中间,靠后,那儿那儿,请帮帮忙!"

吊车工人为难地摇了摇头,说:"这不可能,这吊车没那么长的胳膊!"说完,哼哧哼哧地继续往前而去。

如来不甘心地追在后面,喊道:"请帮助我们一下!"

菲利斯正在检测中心焦急等着如来。那里,正在等候检测的货柜挨得严严实实,X光检测机不慌不忙地将列队的货柜一个一个地挨个儿进行射线扫描。整个队列如高速公路上堵得严严实实的车辆,一寸寸地往前挪动。突然,扫描机停在一个40尺加长加高货柜前不再移动,随着红色警号灯的闪亮,大拖车迅速驶来,铲起货柜,将它高高举起,驶向路边。

如来找到菲利斯,一把抓着他的胳膊:"走,咱们得请大吊车帮忙了!"

菲利斯努努嘴,指了指正抓举着货柜的大吊车,打趣说:"抓到本·拉登了!"

抢夺时间!管他本·拉登,登个屁,他不容分说拉着菲利斯,气喘吁吁:"咱们今天必须拿出货柜,明天88个货柜就沉入大海了!"

菲利斯耸耸肩,摊开手掌,无可奈何。

扫描机不紧不慢地重复着同一个动作。突然警铃重新炸响,红灯不停闪烁。传输带戛然而止。

雪上加霜!如来疾步至扫描机前探究竟。

视屏跳出,黑色的画面,红色警号圈住了可疑之物:满货柜一式的大沙发,麂皮绒的沙发面下是厚厚的沙发垫,透过射线,沙发垫的填充物跳出屏

幕：这是一批印有LV字样的各式拎包。

铃声炸响，几名海关警察荷枪实弹赶来，他们一字排开，喝令货柜主人打开货柜。

提货的司机是个黎巴嫩人，他面色惨白，连连摇头说："我只是提货的司机！"

警察拿过提单，迅速扫过提单上的字眼，哼道："中国制造！"

"拖到旁边去！"

大吊车不慌不忙地朝这边驶来。

"关门了！"海关检测员朝着长长的队伍摇着胳膊喊。

臭苍蝇！如来的心沉到谷底。

天空飘起了细雨，天灰蒙蒙的，不到6点就甩下了青灰色的夜幕。下班的钟声响了。码头迅速静止下来。

一架飞机正从纽瓦克机场起飞，点点灯光在云层间移动。

如来全身乏力，问菲利斯："找找你的接班人看能不能想点办法？咱们先提出几个货柜，起码在Jmart仓库入库口排上队啊！"

菲利斯胸口画着十字，回应："只能试试！"

他们急急地走出码头，在停车场遇到正开车门的爱德华。他正准备回家。

如来扒着车门，问："我们付你们加班费，能不能帮助我们拖出几个货柜单独检测一下啊！"

爱德华同情地看了他一眼，摊开双手，说："加班？我可没有这个权利！"

如来不甘心地追问："帮我们提出货来，我们付全码头人工双倍的加班工资！"

"这不是钱的问题，这是规定，是政策！"爱德华转向菲利斯，"你得向他解释美国的规矩，这儿有工会！"

如来无奈地问："按规定货柜最多只能在码头停留5天，如不提走就要按滞港算，超过一星期这货就有被码头拍卖的可能。这88个柜停留在码头已4天了，如再不放行，每天的滞港费就得几万美元，这滞港费就不能算了吧！"

爱德华重重拉上车门，哼哼道："还没有出台超过五天不收滞港费的政策，政策这东西不经过立案立法谁也改不了！"边说边摇着脑袋，踩响油门，一溜烟离去。

如来暗暗骂道，美国人真是死脑筋，无法通融，更无人情可讲，碰到这种事真叫硬嚼螺蛳壳。

菲利斯满脸歉疚："这就是美国。不过我们今天是尽力了！"

"有结果吗？"一直在旁等候的于美文望一眼沮丧的如来，叹着气，无声地拧动车钥匙。

车闷闷地离开码头往纽约驶去，如昏黑的海面灌满了铅的船。于美文用眼角余光扫一眼如来阴沉的脸。太沉闷了。她轻轻地按响了收音机。

收音机正播放着足以致命的消息：

经济危机再次袭击零售业，继百货巨头Stone倒闭后，又一家零售业巨头Jmart公司决定关闭在美国本土420家零售店中的320家……

于美文失声喊道："天哪！不可能吧！"机械地关闭了收音机。

菲利斯长叹一声："其实这消息已传了很久了，美国大的连锁店都在大批裁员关店缩小规模。"

如来面色发黑，眼睛盯着前方疾驶的车辆一言不发。

"如先生！"菲利斯犹豫了一下，斟酌着合适的字眼，小心问："这批货柜还要报关吗？还是直接返回中国工厂？"

"返回工厂？"如来几乎咆哮起来，"这么多货柜从中国到美国来回运费是多少？国内哪家零售店能接收这么多货？这批服装又都是美国尺寸，仅超大号就占了三分之一！这难道不是我们为美国所谓的自由行动变相买的又一单吗？"

如来吼完后感觉自己把自己吼醒了，他必须为这88个货柜找出路。"加点油门！"他对于美文说，"帮我订张去墨西哥的飞机票！"

他曾去那儿考察，墨西哥人口密集，中低档物品市场空间很大。

"是，"菲利斯点点头，表示赞同，"墨西哥与美国加拿大同是北美联合体，有关税上的优惠。"

希望永不泯灭！如来深吸一口气，清了清嗓子，圆圆的豆眼眯成了一道线盯着车窗外，那里劳动力相对低廉，北墨西哥气候还利于棉花种植。广阔的市场正待我们开拓，这88个货柜，也许是一个新的机会呢！将这批货分成三拨，一拨转口墨西哥，留一部分在曼哈顿开个零售店，另一部分……这将同时开发三个市场。

菲利斯建议:"你们这批货是走了配额的,拉到墨西哥加大了成本,最佳的办法还是在美国西部,在与墨西哥邻近的城市,那里西班牙裔的消费观念不一样,去墨西哥也方便,损失会小一些吧!"

离墨西哥近的城市?洛杉矶?

他捶打着酸痛的腰,摇下车窗看了看窗外,起风了,路边的树被风和夜色打得光影乱摇。思绪渐渐清晰,他伸了伸腰,精力正在一点点恢复。

~ 2 ~

妣来下榻在公司租的员工宿舍里,这里离倒塌的世贸大厦仅一河之隔。从窗户望去,两道探照灯光幽灵般从九一一废墟上空射出,造型成大楼的光影在曼哈顿上空穿梭,如同不甘被袭的大厦再现于世的鬼影。

妣来掏出随身带的地图。按协议,这88个货柜的服装必须剪去Jmart公司的商标才能二度转卖,妣来据理力争才拿到Jmart公司授权书,免去了剪商标的麻烦。

门轻轻地推开,身后有脚步声传来,妣来埋头地图,脱口唤道:"有才!这么晚还不睡?"

有才咧了咧嘴:"知道你睡不着,就过来了!"

妣来怼他:"别说好听的,你下午刚到,有时差吧!"

有才抹把脸,憨笑:"接到你的电话就出发了,事情不急你不会急着叫我来。没时差是不可能的!"

妣来直起身,说:"你得去趟洛杉矶,找你那位老相好!"

有才脸一红,扭过脑袋说:"人家早结婚了,自打退伍后,没回去看过她,哪好意思。"

妣来噗地喷出笑:"说你实在吧,你还太实在,你跟她又没订过婚,何必非白即黑呢?有过去那份情,彼此了解,交往起来不更容易吗?去看看她,送她一份结婚礼,也算是尽你一份朋友情!"

有才这才明白为什么妣来叫他连夜赶来美国。

妣来面向墙,墙上挂着一幅世界地图,地图上插着十几面小旗。小旗的每一个点都是火凤凰公司纺织品销售基地。

他从桌上拿起一面小旗,插向洛杉矶的地标,说:"我们在美国东海岸有了布局,将公司设在了曼哈顿,这是针对百老汇和那些全球性大的品牌公司,我们又收购了樱河厂,打开了通往时尚制造的大门。预计受九一一影响,时尚类服饰消费肯定下降,咱们必须尽快布局低端产品市场,我们正好有这么多被拒收的货柜,咱绍兴人老话,跌跌坐坐,我们正好用这些拒收的货柜开辟零售市场。东部在曼哈顿开个工厂直营店,你到西海岸去建个点,开发墨西哥、西班牙、南美低收入人群客户。"

有才挠挠头,"这个群体的人没钱,恐怕消费不会活跃吧!"

如来肯定地说:"错。越穷才越爱买呢!咱绍兴话不是有个词叫穷买吗?穷的其中一个原因是不做计划,今朝有酒今朝醉,南美人天性购物狂,今天有钱不会留到明天,不像咱们中国人喜欢储蓄,舍不得买。价钱低,样式漂亮的服饰在这些人群中一定有市场,他们没钱也会想办法借钱买,咱们就得抓住这群人的消费心理做咱们的市场。"

有才瞪大眼,不解,"老兄,我不是做销售的,你牛屎大荡转(土语,说话绕圈),到底叫我来做什么?"

如来弹了弹他的脑壳,"用用你老相好的关系,你不会销售不见得她也不会吧?"

有才不吭声,踱步到窗口,心里嘀咕,这真叫哥哥了,总是想把关系用尽,这头大兴哄(土语,难为情)的事情怎么去做?

如来跟在他身后,倚在窗口。窗外,风呼啸着,高速公路上车流蛇一般滑行,紧邻的东河翻卷着黑色的漩涡。如来忧郁地说:"我知道你怕翻起那段陈年故事,我还是那句话,行要去,不行也要去,去就……"

没等如来说完,有才转身问:"明天走?"

如来拉着他坐下,顺手拿起一瓶矿泉水,拧开,递到有才手里,"今晚反正睡不着,这里没绍兴酒,就拿水代酒了!"

两人碰了碰塑料瓶,情绪便如水流淌,"人家不是笑我们是水鸭子吗?大水来了淹不过鸭背,气候有任何变化,游在水里的鸭子先知了。咱们乡镇企业基因的厂,就是水鸭,还是羽毛知独立的黑白鸭!"如来一口气倒进一瓶水,喉结蠕动,一扔瓶子,"哼,要逼死鸭子可没那么容易!"

有才拿起瓶子,没喝,捏在手上,水挤出瓶,洒在涤纶丝的西裤上,他弹了弹落在布面的水珠,叹:"这越南怎么会跟美国跑?当年美越战争两败俱伤,美军死伤几个军,扛不住了,才灰溜溜地结束了战争。"

如来眨眨眼,抓起桌上的小旗杆,在两指尖捻动:"国与国之间的关系,

也跟我们做生意的一样,翻来覆去全看利益。苏联解体后,越南没了大靠山,它还不跟着美国跑?美国对它恐怕也有战争愧疚感吧!要不哪个国家的纺织品进美国都要配额,对越南却网开一面?咱们离越南近,在越南布个工厂还不是顺手的事?这事你好好琢磨琢磨!"

似来站起,拿起透明胶,眨眼工夫,从地图上找到了越南的位置,把小旗往上一粘,道:"有才,这一趟,你就是插旗手,当年越战时你也插过旗吧!"说完哈哈大笑,"快去睡觉吧,明天一早动身,带个好译通在身上,走遍天下谁怕谁啊!"

有才出了洛杉矶机场,学着旁边一个白人拦出租车的样子,伸出胳膊拦了一辆出租上了车。

他拿出魁金伯曾给他的地址看了又看,用好译通翻译成中文,又照着英语读音念了几遍:Market street, 市场街12号。

他把信封又递给出租车司机,司机点了点头,呜里哇啦说了一通,他就权当司机明白了,不再言语。

"这里就是市场街!"司机摇紧了车窗指着窗外。

车窗外几个黑人正摇晃着,向他们走来。

有才刚从兜里取出钱,司机一把抓了过去,催道:"快下车!我可不愿车子被划了!"

有才跨出车门,刚取出行李箱,还没合上后备厢,出租车便踩响引擎一溜烟跑了。

有才抬头观察地形,这是他当侦察兵六年养成的习惯,每到一个新地方先观察地形,看哪里是制高点,哪里易守易攻易走。这个习惯给他平淡无味的行走带来极大的乐趣。

街的拐角处是一座三角形的建筑,这建筑物不高,看屋檐和砖的颜色发白发黑,像是开发西部时淘金者留下的建筑,墙上到处是涂鸦,这些涂鸦都是些不雅图案。

他站在三角楼下面,凝视着眼前的一切,难以置信。这地方也叫美国?住在这样贫民窟似的区域怎么能说日子过得不错呢?他耳边响起魁金伯对凤花现今生活夸耀的口吻。

为了方便找凤花，他就近找了家汽车旅店。放下行李，他将护照和美元放进上衣口袋，听说美国西部的警察会时不时拦着路人查身份。现金也不能放在房间，谁知道打扫房间的是什么人。安排好住处，他拿着写着凤花地址的信封，又拐到了这个叫市场街的地方。

市场街的街面并不宽，街的两旁都是些杂货店，好不容易看到有家卖服装的。有才暗笑，这模特，翘臀傲胸，模样太夸张，果然跟国内大不同。店面没有门牌号，店主是西裔，他断定不会是凤花的店，便继续寻找。

他挨个店铺寻找门牌号，发现大多门店都没有门牌。他正沮丧着，一个靓女仔穿着一件中国旗袍袅娜着向他款款走来。他眼前一亮，这小店，整齐清洁，如淤泥中的出水莲花。这一定是凤花的店了。

他拿着地址跟着女子踏进店去，一个抹着厚厚脂粉的西班牙女人叼着烟凑了上来。

店内的柜台，都是些小装饰，中间的柜台内放着精致的小瓶。有才一凛，这漂亮的小瓶八成是装白粉的。

凤花绝不会卖这些东西！有才赶紧转身，那女人已拿出一盒大麻递给他，另一个年轻的西班牙女子堵住店门，递给他一长条装有精致小瓶的铁盒。

那西班牙女人掀开店面后的挂帘，请他进里屋坐。屋里有几把长榻，长榻上躺着一个面色浮肿的老男人，两女子正跪着给他上烟。

进了毒品窝了！有才尴尬，快速往后退，那两女子堵着门，有才一把挤开女子，夺门而出。

听身后的女子叫骂着他没素质，碰到她的肉体了，威胁着要叫警察。他哼哼着加快了脚步。

有才行至街中心惊魂未定。天擦黑了。他查看了一下地形，往前走怕是死胡同，原路退回意味着今天白来这里了，如果没有结果怎么向叔来交代？

正当他犹豫的当儿，他感觉眼前一黑，墙一般黑影树在面前，这黑影居高临下，如探囊中之物，将他装在上衣口袋的护照连同钱席卷而去。

遭抢劫了！这护照丢了怎么回得了国？有才拔腿朝黑影飞快追去。

有才一边追一边本能地用中国话大声喊叫："抓贼！抓贼！"

街边的小店纷纷走出人来，但没有人跨前一步相助。几多行走的人们停下脚步，观看这场追贼的表演。

有才盯住黑影，一把脱去皮鞋，光着大脚丫追赶。他看清前方是三个身材高大壮实的黑人，穿着一色的带帽黑衣，蒙着脑袋，个子均比自己高出一个半脑袋。他凭着飞毛腿功夫，飞一样追上了他们。其中两人停了下来，拦住了他。

有才气喘吁吁，比画手势喊道："Passport back！"他指了指自己的心窝，加了中文，喊："护照还给我！"

那两人二话不说，朝他挥拳而来，一拳砸在他的面颊鼻子上，另一人踢中了他的裆部，他痛得大喊一声，咸咸的血，滑过嘴角流进了脖子。

有才用中文大喊："敢跟我叫板！"一边使出全身劲朝一方猛踢过去，又用双手死死地卡住另一人的脖子。他对付着眼前的对手，眼睛瞟向前方另一人，眼见那人拐进了街巷。他放下这两大汉，朝那个逃跑的人追去。

那两黑人趁机又向他击来。有才不得不腾出手来左踢右挡，对付两个大汉。那两大汉见有才身手不凡，大叫一声"中国功夫"！拔腿就溜，瞬间拐进了巷道，没了踪影。

有才独自站在街尾喘着粗气。报警！英文不好怎么报？去哪里报？

有才沮丧地叹气，静下来，才感觉脑袋一阵晕眩，全身疼痛。他拖拖着步子，找回鞋。

人们三三两两地走出店来，看着他。站在街边观看的行人纷纷向他围拢。一个棕色皮肤的妇女问他："你没事吧？"

他勉强听得懂，点点头，心下骂道：刚才都躲到哪里去了？

一个南美人用很生硬的英语说着比画着，有才大致能猜出他的意思，你不应该去追，他们万一有枪，你不就找死吗？为追回那点钱丢了性命值得吗？

他摸了一下裤兜，算手下留情，好译通没被抢走！

这些人全是马后炮，没危险了，来装什么好人！他愤愤地转身，一瘸一拐地离去，此地不能久留，回去另想办法！

有才踉跄着，走到三角建筑物前，他习惯性抬头观察，要是发生火力拼搏，在这三角屋顶部署一排机枪，就能完全占领两边街区了。

街灯三三两两亮了。他抬头瞭望的当儿，意外发现这座破旧的建筑上方有一排朝街的窗，窗户飘飘荡荡的是金黄色的中国式窗帘。透过白炽的灯光，他看到了熟悉的中国风格，这些窗帘的布质应该是织锦缎吧，飘柔中有挺括，色彩艳而不俗。

像是见到了披挂着彩旗的橡树，有才感觉自己的心脏有力地搏动着，脸面掀起了一波一波热浪。凤花在这里！他撩起内衣襟将脸面仔细地擦了一遍，借着街边店面玻璃的反光，他看到了自己，方方圆圆的下颌上一张粗糙却饱满的中年男子的脸面。他大咧咧地抹了把脸，沿着窗帘导引的方向，拐到了街的另一面。

一条仅能通过两辆小车的马路，如一把劈柴刀不规则地把街区劈开了两个世界。这边街道整洁而秩序，各种热带水果造型的垃圾筒点缀出热带城市的浪漫气息。

展示窗帘布的是一家纺织品服饰店，店面占据了整整一条街区。Holly Land七色霓虹灯装饰的店名跳出建筑物顶端，挑起了傍晚时分的激情，英文店名的下方标着中文店名"好大陆"。有才心头一热，随着络绎进出的顾客跨进了店堂。

顾客群肤色大都呈棕色，是典型的南美人，操着满口西语漂白肤色人种的便是西班牙系了。这不正是妳来寻找的消费群吗？有才会心一笑，向推着小童的妇人摆摆手打了个招呼。

说是纺织品服饰店，这里几乎囊括了所有纺织品的种类，店面中间是窗帘布的巷道，四周货架上除了床单床罩等四件套，每隔几步就立着服装模特模型，这些模型身上套着的除了牛仔服就是T恤。

有才一眼瞧见了大提花织锦布窗帘，这种大提花织物正是剑杆织机的家常织物，是火凤凰工厂的常规产品。这种面料的产品放在这里该有多大的市场啊！

他看得眼热，便从裤兜里摸出一小张纸和笔，将布的规格一一记了下来，产地、织物规格、水洗标和材质。他在旌旗般飘摇的窗帘布的"巷道"里穿越，一张纸正面反面都被数据填满。翻检产地标时，他欣喜地发现，这些产品大都来自越南制造。他心旌神摇。凤花正站在山坡上，双目噙着泪花，向他依依惜别。

突然，他眼前一黑，一块厚厚的窗帘一样的布状物蒙住了他的脑袋。有才一急，挥舞胳膊想来个金蝉脱壳，无奈双臂已被死死地反扣在一起。

他被推搡着跌跌撞撞地往前走。糟糕，我被绑架了，护照还没着落呢，又遭一劫。想起阿发被打断的双腿，他全身直冒冷汗，阿发还能碰到建设兵团的人相救，这儿异国他乡，连语言都不通，谁来救我？

有才头上蒙着的黑布被解开了，他睁开眼，见身边扭着他胳膊的人并不高大，是些矮矮壮壮的南美人，或墨西哥人。他们把他推到一个他们称之为"Boss"的面前。

　　这个被唤作老板的人脸色蜡黄，长得精瘦，眼睛并无多少精气神。他穿一件CK的黑色T恤，下面的牛仔裤包裹着细瘦的腿，像中国人又不完全像。

　　他瞪着有才，用嗓底的声音喝问道："中国人？干什么来这里偷？"他的话带些闽南口音，他呵斥着，一边捂着胸口使劲咳嗽，咳嗽夹着金属折裂的声音。

　　有才看他是个病人，赶紧上前，欲给他倒水，一边解释道："老板息怒，本人初来乍到，不懂规矩，偷？老板言语过重了，本人只是看得欢喜，随手乱记，这些水洗唛本来就挂在那里，信息是公开的，怎么可以用偷这个字眼呢？"有才反驳道。

　　那人伸出筋瘤结节的手弹开有才，摆摆手道："普通话？不懂不懂！"随即唤道："阿米狗，把阿曼达叫来！"边说边大口地喘气。

　　有才听见了从楼梯上传来的脚步声，这走步的声音，他多少有些耳熟又很遥远。莫不是凤花？他心下一激灵抬起脑袋，脚步声已到了眼前。

　　他们四目相对，是一样的惊讶。

　　怎么抓住的小偷是他？这个叫阿曼达又叫凤花的女人瞪大眼睛看着他，脱口叫道："有才哥！"

　　极度的喜悦传遍全身，有才浑身颤抖，他没想到在这样的场合遇见了凤花。她已不再是当年那个穿着短衫儿一条九分牛仔裤，扎一条大大的马尾辫的云南大山里的姑娘了。

　　越南自卫反击战，他所在的侦察小队遭遇伏击，他被子弹击中滚落山崖，绝处逢生，巧遇正在山里采药材的魁金伯和凤花，将他背回家中悉心照料。告别的那一天，凤花一直跟着他走过了山坡，羞涩地问："有才哥，你会回来看我吗？"有才第一次感觉青春荷尔蒙的涌动，但眼前是他的救命恩人，他不敢有非分之想。兵就是兵，首长就是首长，不拿群众一针一线，更何况……他是伤员，凤花和魁金伯是他的救命恩人。他深深地向凤花鞠躬，挥挥手催她回去，说："我有出息那天一定来看你们，还要把你们接到我的家乡去住一段时间呢!"他相信会有那么一天。

时过境迁,眼前的凤花高高地绾着发髻,耳朵上垂下一串红色的珊瑚耳挂,与脖子上颗粒饱满的珊瑚项链相映显示出她的富贵,香奈儿的衣衫儿妥帖地显现出她凹凸有致的身材,南美风格剪裁的臀型裤子使她尽显妖娆,是东方兼具南美风格的服饰。

有才深深地弯下腰去,"我总算把你找到了!"

凤花用西班牙语向有才身边四个矮壮汉子喝道:"开什么国际玩笑,把我哥抓了!"

四个男子慌忙退下,那个被称为老板的瘦瘦的男子,向有才做了一个请坐的手势,说了一声"抱歉!"颤巍巍地起身欲离去。

凤花忙搀扶起他,说:"老公,这就是我提起过的有才,那年受伤被我和爸背回家的。"

男子的步履有些不稳,一边咳嗽一边说:"你们好好谈谈,我不打扰了!"

凤花搀扶着老公,往店后的休息室走去,一双好看的鹦哥眼回头看一眼有才,那眼神是传递了话的:等我回来。

有才呆呆站立着,他不知道是该祝贺还是担忧,凤花幸福吗?

"坐呀,又不是外人!"凤花的嗓音还是带着大山里的空谷,中气十足。

有才尴尬地笑了笑,扶椅坐下。凤花疑惑地问:"你怎么会出现在这里?在商店做什么,他们会把你抓起来?"

有才舒一口气。尽管凤花擦脂抹粉,唇色太过鲜艳,但是语言里的温暖并没有被时间和金钱销蚀。于是有才便将如何去找魁金伯,得到她结婚并移民美国的信息,又怎样奉如来指示前来找她开辟市场,直至在找她的路上遭抢劫护照被偷,途经这家店被这些纺织品所吸引,而这些大提花布正是工厂的常规产品等一一道来。

他兴奋地说:"如来还让我带一份婚礼的份子钱给你呢!"边说边手忙脚乱地在身上掏,又突然想起护照连同钱都被抢走了,于是遗憾地叹道:"哎,钱和护照一起都被抢走了!份子钱以后再补,眼下最急的是,你能帮我报警找回护照吗?"

"报警?"凤花咯咯地笑,"你以为是国内啊,找公安局报警!这里警察根本管不了这些小混混!"

有才瞪大了眼睛，他想象不出丢了护照怎么补办，补办需要多久。还有，他已身无分文。他求助的目光如草原边境被猎人追杀掉队的黄羊。我需要她的帮助！

　　清早，有才刚进盥洗室准备洗漱，听到有人敲门。敲门声轻轻的，像一只小鹿撞在门上，有节奏地呼吸。他的心莫名地惊喜，会不会是凤花？

　　他照了照镜子，镜子里的自己健壮、胸肌发达，面色黑里透红。他指着镜子里的自己叮嘱道：管住自己！管住这里！他拍了拍莫名支起的内裤，走出盥洗室，套上长裤，坦然地拉开了门。

　　凤花笑吟吟地站在门口，一手拎着一只天蓝色大花的牛皮手绘，一手举着一本红色的护照，她晃了一下护照，"看，这是什么？"

　　他一惊，竟有些发呆，护照怎么到了她手中？

　　凤花跨进门，一屁股坐在床沿上，将护照放回随身带的小包，又掏出一沓美元，"这是你丢的钱，数数看，少不少？"

　　有才忙说："钱是如来让我送你结婚的份子礼，你收下就是，护照还我就行！"

　　凤花把钱一推，说："情领了，钱你留下！"眼芒一转，声音柔和下来："有才哥，你别走了，护照我替你保管吧！"

　　见有才不知所以然的憨态，凤花一把抓起钱，绽开，数了起来。

　　"1200元，没少吧！"她起身，麻利地把钱塞进有才的背包里，重新坐下。

　　"料那几个混混不敢在我面前做手脚！"她哼哼着，有几分颐指气使的霸道。

　　有才晕头转向，如同当年受了重伤，奄奄一息，突被魁金伯和凤花连拖带背从山谷底救起一样，有万分的感激，有几分的不安，也有懵懵懂懂的怀疑。她怎么会跟抢匪有联系？

　　他嘴角牵动，好像怕说错话的孩子小心翼翼。没错，钱的数字分文不差！

　　他牛大的双眸从凤花脸上，移向护照。又移向凤花。

　　凤花举起护照，在他眼前晃成了一片红色的冲击波，"说话呀！"

　　有才猛地被冲击波击打了一般，端起了脸，"你，你跟抢匪什么关系？护照怎么到了你手上？钱一分也不少！"

　　凤花长长的脖颈一扬，"先回答我吧，你愿意留下吗？听那几个小混混说你功夫了得,店里的人又说你查找和记录织物数据的样子,像极了专业侦探!我的公司就缺你这样的人!"

凤花眼眉弯成了月亮,柔和的一片光晕笼罩着有才。她会管理,懂得利用每个人的长短板搭建自己的生意,她潮汐一般的不断运动的大脑,会像月亮抓住大海那样,让对方起伏奔波。有才还是那么健壮,那么朴实,那么单纯,就像在老家云南山里她经常采摘的那种叫"落地生根"的植物,可解毒消肿,活血止痛,拔毒生肌,却从不煊赫声张,默默地扎根在土地。

她记得有才受伤住在她家里的那些日子,有才脚刚能下地,就开始帮着干活了,而且总是找最累最重的活干,一刻也不闲着。

"回答我呀!"凤花一把将有才拉到自己身边坐下,拍了拍他的脸,"发啥愣呢?"

有才腼腆地咧开厚厚的唇,嘿嘿笑道:"护照回来了,可以回国啦!"

凤花紧挨他坐着,他触电般感觉到凤花温热的身体,就像当年凤花给他洗伤口,她的手触及他,他会情不自禁地颤抖一下。他往旁边挪了挪身子。

"你,跟他们是……"有才的眸光蓄着怀疑。

凤花执拗地挪近他,仰头孩子气地笑,"你怀疑我和他们是一个黑帮团伙,我是帮主,对吗?"

"我们没有帮派,但是他们不听警察的,却听我的,这是事实!"凤花从包里掏出一盒喜烟,抽出一根,问:"你还是不抽烟吗?"一边划着了,轻轻地噏了一口,说:"我每天给他们派活,让他们拿我店里的东西到四处去卖,然后每天论件付他们钱,他们每月能从我这里挣不少钱呢,有费了脚力卖不出去的,我也会付他们一些辛苦钱,让他们不至于上街头要饭去。"

"我们是一个小社会!"笑意从她的双颊荡开,"别小觑这支盲流般的人群的力量,他们为利益驱动,舍生忘死,警察也奈何不了他们。"

凤花的声音仿佛被鸭的羽翼轻轻滑过,声言柔和而动听:"正因为这样,我需要你,需要你来管理公司,管理这个小社会,你当过兵,会攻会守,人品又好,而且,而且……"

凤花眸光罩在有才身上,像一洼清泉,泉水荡漾,有才魁壮的身体就落在这荡漾的湖心里。

她把烟头掐灭,索性侧过身子,面对着有才。

见有才扭捏地又往旁挪了挪身体,她任性地抓过有才的手,笑道:"躲

什么呀？还有比生死关系更亲密的情分吗？"

她索性靠紧了有才，像一个叛逆期的少年，有一种你不愿意我偏要的顽皮，双手侵略性地拢住了有才的脖颈。

"九一一发生，坚固的大楼瞬间成了火楼，电视上看到这个画面时，我瞬间明白了过来，人活着完全是一种偶然，说不定哪天就烟灰飞灭了！"凤花眸光火辣，同样火辣的是她的胴体。

有才穿着白色背心，露出训练有素的胸肌和大臂肌肉，浑身散发着男性荷尔蒙的气息。

凤花把有才往自己胸前拢，丰满的胸部紧紧地贴住他发达的胸肌。

有才的心怦怦乱跳，一双手攥成拳，指甲掐得掌心阵阵发疼。

凤花抬起他的胳膊，圈进自己的脖颈，脸上挂了泪，"有才哥，我，我虽然结婚了，可是我的老公，老林，和你一个姓呢，他一直有肺矽病，几乎做不了男人的事。我老公在美越战争期间留下了后遗症，像个咳痨子。我甚至不能让他气喘激动，这种男女之欢的事儿，对于我来讲只能臆想。这么多年，我其实是自己嫁给了自己，都是自己解决冲动和欲望。"

她抬起眼，眼光柔和得就像酷热天飘下的毛毛细雨，"你能不能留下来啊，老林，他不知道哪天说走就走了！"

凤花提起老林，有才浑身打了个战，他的身体好像从迷雾中落到了地面。那个老板，干瘦地佝偻着背，就像一折就断的竹篾，他就坐在有才面前。如果说刚才他还有一线冲动，此刻他完全冷静了下来。他小心地抽出胳膊，双手撑住床沿，半天说不出话来。凤花是个有夫之妇。凤花是我的救命恩人。她有难我必须帮她。我不能有非分之念。我曾经是个老兵，忠诚、服从和责任是我的标签。我现在跟妳来干，不能有别的想头。

一连串的答案闪电而过，有才深吸一口气，眼睛直直盯着地面，"妹子，你知道我不会说话，完成任务我就得走！"

他停顿了一下，眸光从地面拔起，定格在凤花脸上，"如果你需要我帮助，我随叫随到！其他非分之想我是不能啊！我也结婚了，虽然没有孩子，但是水娥，我忘了向你介绍你的嫂子，我对她是有承诺的！"

凤花收住泪，盯着他的眼，不屑地说："结婚？一纸结婚证书说撕就撕了，你把它看得那么重要？"

有才点点头，低声却很清晰地说："我现在做纺织，也是个生意人了，生意人都讲契约、合同，结婚证书就是合同，打破合同需要双方签字同意！"

凤花坐回椅子上，重新点燃烟，揶揄地问："既然你说你是生意人了，生意人讲的是利益。你不喜欢留在美国吗？你可不要错过这个机会哦，我可以为你向美国移民局申请工作签证，你知道每天有多少偷渡客冒着生命危险来到这里，寻求自由与财富之路吗？"

有才缓缓地摇了摇牛大的脑袋，清楚地说："我是小地方出来的人，在台门斗里长大，然后当了兵，后又回到了台门，每天三餐白米饭，顿顿可以喝热老酒，也知足了。我知道自己有几斤几两，能干什么，能给姒来帮上忙已经算不错了。你不认识姒来，他这个人啊，敏感，敏捷，顽强，能不失时机地从天上无数飘荡的像飞天鹅一般的机会中，抓住一只，落在地上，精心饲养，坚持到底，还特讲义气，义气到未婚妻死了，未婚妻的妹妹喜欢他，他就跟她结婚了。"

他看了一眼凤花，凤花很认真地听着，刷长的睫毛下，眸光里是对他的信赖与期待。

有才好像打了鸡血，更来了精气神，继续说道，"我们那儿的人性格有点多样，跌跌坐坐顺势而为，被人打了自嘲是'儿子打老子'，遇到不顺心的事，自己给自己找个台阶下，所谓的阿Q精神。但是要说理想，我们也许不自量力，但是我们会'呆子掘荠荠'（一根筋到底）。"他说了句绍兴普通话，不好意思地笑了。

凤花好像听懂了，摇摇脑袋又点点头。

有才继续说道："我们会一直闷着头掘下去。我们这种'呆子掘荠荠'的精神也是有传统的，比如说不治理好洪水怎么也不回家的大禹；卧薪尝胆十年就为了报仇雪恨的越王勾践；还有深居山间，伺机东山再起的谢安。当然还要算上黑白分明就是要跟敌人斗到底的鲁迅。办好工厂是我们的想头，这想头不实现我们也是不甘心的。"

凤花低下头，柔声说："有才哥，我是第一次听你一口气讲这么多话呢！我理解你，我更尊敬你，来美国这么多年，我只是感到很累，太辛苦了，想找个真正靠得住的男人，累的时候可以靠靠而已。"

有才受了感动，她是我的救命恩人，也是我的妹妹。

他双眼闪亮，动情地说："姒来说了，我们整个集团工厂就是你的靠山，我看了一下，你二楼是个缝纫厂，三楼是仓库，一楼正好是商场，我们给你

供面料，你这里做订制中心，妣来说，从这里订制的产品可以辐射墨西哥，南美。以后古巴市场开放了，还可以直接开发古巴市场。我们的目标是，哪里有人群哪里就有我们的服饰！妣来野心可大呢！他还要我问你越南那边有没有工厂，咱们一起合作办个服装厂！"

凤花站起来兴奋地说："当然有啦，我们这些货哪儿来的？就是老林越南的工厂生产的呀。有钱不赚什么来着？太好了，你怎么今天才来找我呀！"

凤花捶打着有才的胸口："成不了夫妻咱们也是兄妹，以后看你还敢不理我！"

~ 3 ~

阿调一直租住在中国城一个华裔的家庭里。房东是一对年龄30岁上下的夫妻，男主Herry Li开一家旅游公司，做点机票业务，女主Lisa Ren在曼哈顿银行工作。阿调租了他们家车库改成的出租房，每月交1000美元包食宿。他们一起用餐。

"中国总算加入世贸了！你们这些做国际贸易的，从此再不需要受配额的限制了！"他看一眼阿调，说："太不容易了，翻来覆去的，那个叫沈国放的谈判有点技巧，够坚持的！"

今天的早餐是牛奶，两片面包加煎鸡蛋。

阿调倒上牛奶正坐下，"真的？"她端牛奶杯子的手瑟瑟地发颤。牛奶洒了出来。

Herry站起身，说："看新闻！"便走去旁边的客厅打开了电视机，顺手撕掉了挂在墙上的一页昨天的日历。2001年12月11日，今天是个吉日。大红的字好像千年中华就预知了今天的喜庆。

NBC台著名主播Jemmy的新闻讲解风趣幽默：今天中国进入世贸组织这个大家庭了。中国，这个有着与我们美国领土差不多面积的巨大国家，正在成为世界工厂。我们今天的廉价物品哪里来的？正是那个人口众多的国家生产的。那里，家家都开着作坊一样的工厂，争先恐后地把各种各样的产品运到我们这里来，使得我们只需掏99分钱就可以买到一双袜子，一条围巾，一条男人的裤衩，一副女人的胸罩……

"听到了吧！"Herry转过脑袋，对阿调说。

阿调站在他的旁边，正盯着电视，面色绯红，眼底已蓄满了泪，手上的杯子倾斜着,牛奶顺着手背一滴滴滑落在地。

Herry嘿了她一声,她才回过神来,放下牛奶杯,一低头,疾步进了自己的房间。

她反锁上门,扑在床上,拉开被子,蒙住脑袋,抽抽噎噎地哭出了声。渐渐地,随着她的哭诉,眼泪便像开闸放洪的水,哗哗地汹涌而出。

中国终于加入世贸组织了,从此再不需要配额的限制!要不是配额的限制,她怎么会从台湾走货?怎么会被骗得一根鸡毛都没收回?时间是旁观者,所有的过程和结果都需要自己来承担!

泪水冲洗着心头的淤堵,脑中的图像越来越清晰。放下,改变,离开!她将蒙在脑袋上的厚厚的被子推开,站了起来。

自那天跟于美文分开后,她一直在为回程做准备。她终于等到一张下周四的廉价机票。这些东西都可以不要了,她抓起B2延长申请,L1申请,绿卡申请……她将这些材料撕扯成碎片,统统扔进了纸篓。

她盘算着临别美国要做的几件事。自从九一一那天,小鹿在电话里笑着跟她说,他正在大口吃红烧肉呢,她便放下了担忧。她与小鹿的房东有约,除了放寒暑假,她不能干预监护人的监管。现在,趁着小鹿还在学校,她得先去向于美文告个别。她渐渐喜欢上了于美文,她的简单没有心计常让她想起阿凤。于美文说,我啊,是在美国越久越简单了。姐姐阿凤就是那种简单的不设心计的人。

她拨响了于美文的手机。电话里传来于美文欢呼的声音:"太好了!你知道吗,我们也遇到了大麻烦,Jmart公司关闭了大部分连锁店,我们的货被拒收了,当然,他们的借口是货延误了。哪里有延误啦,只是美国被炸怕了,每个进来的货柜都要检查,放货慢得像蜗牛过山。还好,你了解妠总,他总是会把倒霉当机会。哎,不啰唆这些了。你电话来得真巧呢,今天我们的直营店开张,你快过来参加我们的开张仪式吧,地点是……"

阿调充满疑惑与好奇:妠来真开店了,还是在经济这么困难的时期?

时间真是一把砍柴刀,她回忆起妠来,原本那些像野猪毛般扎得她心头流血的往事,被时间剪成了足以填坑的一堆猪毛,有时候某些记忆还能唤醒她某个柔软的部位。

于美文催她:"快,开张仪式还有20分钟就要开始了,我们这里忙得不可

开交呢！"

阿调捏着手机没有放下，直至嘟嘟的声音戛然消失。

阿调叫了金马出租。坐上车，她圆睁着双眼直直地看着窗外，脑子里是对回国后重新开工的盘算。直到司机大声叫她："到了！"

她突然心里发慌起来：面对姒来时，是哭是笑是打是骂？她肯定自己憋不住会哭，现在就开始流泪了。

司机大声地叫："到了！"

她犹犹豫豫地跨出了车。

五大道32街，火凤凰工厂直营店位于帝国大厦斜对面。商店厚重的玻璃门上方，火凤凰几个英文字母由一串霓虹彩灯造型成一只振翅飞翔的凤凰。

九一一过后，美国经济萧条，游人明显减少，往昔热闹的第五大道现在显得空空荡荡，她不明白姒来为什么依然会在这时候开零售店。

阿调一眼看见了姒来，他依然身板笔直，保持着舞蹈演员般的体态，他身着雪白的衬衣，打着红色的领带，脑门上的一个旋涡将头发自然卷起，发丝中有了几缕灰白，如同刻意挑染一般，反倒给他增添了沉稳与气质。

阿调鼻子抽了一下，泪正无缘由地从眼角滑落。她低头抹泪的工夫，姒来不见了。商店陆陆续续涌满了人，竟成了九一一后，纽约街头难得一见的风景。

美国开业不像中国那般锣鼓喧天，但火凤凰服装店开业却热闹如祥云天降。水晶吊灯枝盏繁复，碎芒片片铺陈在柜台和各色服装上，如夏日彩虹绚丽灿烂。钢琴缥缈的乐音旖旎盘旋，将九一一后零售业的萧条甩出了几条街外。

商店中间搭出了一个长条的T形台面。游客和前来购物的，或者过路客，将T台围了几层。

阿调把自己隐蔽在一对高个子的夫妇身后。

只见一个气宇轩昂的金发男子走至台中央介绍："这里的服装来自中国，是火凤凰对美国市场不变的信心和奉献，所有服装的款式都出自中国制造。"

他的话音刚落，音乐起，T台两边一对男女披着时尚面料，舞出一对龙凤造型。龙凤你打我斗，嬉笑谐趣，观众不断爆出阵阵掌声。随之两边款款走出两队模特，绕着"龙凤"展示着最新款式的时尚女装。

曲终，"龙凤"卸下造型，抖落七彩时尚面料，牵手向观众致感谢惠顾。

观众席中有华人，一个男观众显然也是时尚界的，说："这个龙造型的模特还是国内纺织服饰集团的董事长，听说年轻时还是个摇滚狂人。虽已中年，看这身材和台步与年轻人无异。"

另一人附和："做时尚的企业董事长，看秀走秀家常便饭，咱们中国的企业家，大都喜欢亲力亲为。"

阿调认出了夏红。T台上的夏红婷婷玉立高挑挺拔，有一种独立寒枝的孤傲；她浅浅一笑，便如繁花似锦中迎风绽放的牡丹，独领风骚，把一应姿容都比下去了。阿调只是在冷小雷的照片中见过夏红，第一次见夏红真人，远比照片真实而耀眼。

阿调盯着台面，好像瞬间凝固了呼吸与血流的奔涌，像一枚生锈的铁钉，扎在地面失去了知觉。

"让我们掌声请出火凤凰服饰董事长致辞！"主持人激扬的语音敲醒了阿调，爱、恨、嫉妒、怨怼、宽恕、原谅、理解，似乎人类所有的情感此时此刻此瞬间交战着，在她的躯体内纠缠打斗。

阿调发出"啊"的尖叫，这叫声不由自主，她不知发自身体内的哪个角落，哪个部位。自己不应该有这样的失态啊！她慌忙地掉转脑袋，捂住嘴，朝门外退去。

人群挤挤挨挨，她钻过一个大高个男子的腋下，挤到了门口。

她听见好像如来从台上跳了下来，好像撞着了什么人。有人尖叫着责怪他。

她冲出商店疾步离去。

她听见身后传来如来的叫喊："阿调阿调，等等我呀！你怎么会出现在这儿！"

她想停下来，可是，真不知该怎么面对！她加快了脚步，开始飞跑起来。

身后的脚步声越来越近，呼喊越来越清晰，甚至听见了如来的喘息声："你来这里，为什么不提前告诉我……"

她噙着泪，紧咬着牙。一辆出租车迎面而来，她一招手跳上了车。

她趴在车的后窗往后看去，如来已追近了车，眼看招手就能碰到出租车

的后舱了。

突然,她看到两个警察拦住了如来。把他拉出了马路中央,扭着他的手。

泪终于奔涌恣肆地在她脸上流淌:他被警察抓走了?

她推了推出租司机,又指了指后面。她气结地说:"停下!警察把他带走了!"

出租司机点点头,用带印度口音的英文说:"我知道,从后视镜上我看到那个坏蛋要抓你,你拼命要逃的样子我就知道他一定是坏蛋。是我报的警!"

司机扭过脑袋获胜地看她一眼,猛踩油门,车飞快地离去。

阿调使劲拍打着椅背,司机头也不回,说:"别急,小姐,现在你安全了,你去哪里?"

如来好不容易摆脱了警察的盘问,心灰意懒地回到店里。多年来,在T台上展现工厂最新潮的面料,成了他的嗜好,虽然随着忙和年龄的增长,他很少站台了,但是适当的时候,他依然会上上台,尤其是缺少演员,或者别的模特无法表现对服装的激情和品质的时候。每当全身心投入一次展秀,他都会触摸到时尚直击内心的本质。时尚本质就是时与尚的结合体,是最具流动感的行为模式。T台就像停泊在汪洋服饰之海中的一艘航空母舰,承载了他心的年轻,让他有复制、变革与前沿的思绪与冲动:崇高、品质、领先,成为制造时尚的领先者!聚光灯下,他可以感觉自己的血脉贲张,他得以用身体,恣意地呐喊出澎湃的激情。

在并不算高的临时讲台上,他正做好演讲的姿势呢,就敏感地听到了那声叫喊,那是阿调式的呼声,阿调无论兴奋无论悲伤,都会发出这样的声音。随之,他一眼瞧见了台下的涌动,那个容易冲动不计后果往外挤的身影,正是他的阿调,他的老婆。阿调怎么会出现在这里?他的心本能地拉起了警报,不顾观众的惊叫,他跳下台来,追着阿调的影子开始了与出租车的赛跑。

他的狂奔引来了警察的怀疑与追赶,当荷枪实弹的警察向他大喝着站住的时候,他惊讶地回过头去,停了下来。他被警察带到了路边,几辆车从他眼前风驰而过。他沮丧地举目四望,阿调早已消失得没了踪影。他摇了摇脑袋,无可奈何地傻笑,向警察解释,对不起,费心了,我想追上汽车,车上有我的老婆,我有话对她说。警察耸了耸肩。他也耸了耸肩,还摊开了双手。他在纽约已真正学会了水鸭的特技,划动鸭蹼,灵活地穿过水草荆棘的水面。

九一一后,美国的零售业好像下完蛋的老鸡娘,懒懒地孵着窝里的蛋,等待着公鸡的啼鸣。

眼看订单减少,妞来使用了董事会的一票决议权,关了帝国大厦的办公室,减少销售成本,将销售和商店合为一体,近距离触摸时尚把脉市场。

去中间商,工厂直销的广告早已使爱捡便宜的纽约人引颈翘首。第一天开张,店里所有的折扣衣服卖断了档,折扣50%再加买两件送一件,除去工厂价加商店成本后还可获利30%。

于美文喜洋洋地隔着柜台对妞来说:"这样的销售势头,这些退货没出两个月就会被卖断档呢!要通知工厂补些货过来。"

妞来一边心不在焉地回答,一边翻检着手机往店堂的楼上走。

这座复式店铺,楼上是一个备货的仓库,货架上服装分类码得整整齐齐,货架中央放着1张长条桌和12把椅子,兼具了办公室和会议室。妞来算了一下,退掉帝国大厦的办公室,反而节省了三分之一的租金,同时兼具办公和直销,更利于工厂做市场。

阿调的出现,就像乌云中突然钻出了一缕阳光,他分明看到了彩云复合的迹象。脱离警察的盘问,回到办公室,他的心被那缕阳光牵引着,阿调会去哪里呢?他跟阿调的朋友没有什么交集,实在找不出有什么人可以联系。他烦躁地刚要起身,门轻轻推开了。

耳边吴侬软语的上海话:"你去哪里啦?上午你从T台上跳下冲出商店那样子,好像什么灾难发生,吓死人了!"是夏红。

"阿调来了!"妞来回答着起身。

夏红惊讶地睁大了眼睛,"真的?"转而,眼神迷蒙,望着妞来,"我和Morris周六举办结婚典礼,你来吗?"

妞来咧了咧嘴,笑:"当然。祝贺!只要我在这里。"

夏红沉默不语,在圈椅里坐下,手扶着圈椅的扶手,将头埋下。

妞来问:"喜事啊,你怎么不高兴?"

夏红猛地站起,上前一把抱紧了妞来。

妞来不知所措,拍了怕她的背,见夏红的胳膊松了下来,他抽身坐下,

安慰她："Morris人不错，年龄虽然大一些，起码可靠啊，不必担心会离婚被甩了！"

夏红重新在圈椅里坐下，身子向如来这边倾俯，握住了如来的手。这双瘦瘦长长的手曾与她牵手过多少T台！没有一种感情比在一起默契细密地进行同一项工作更容易让人产生爱了。她紧紧地抓着它轻轻地贴向自己的脸颊，说："你不为我悲哀吗？我是为了绿卡！"

如来心里有微澜轻拍，眼神便柔软了下来。他小心地把手抽出，叹了口气，"有时结婚就是为人实现某种目的，这没什么！"

他刚说完，夏红的双眼便如春雨注满的池塘蓄了泪，她双手捂住脸，泪水便从指缝间溢了出来，在手背缓缓洇开，随即稀里哗啦一片。

如来皱了皱眉，拍了拍她的肩，歪了歪嘴，尴尬地耸耸肩。

半晌，夏红抬起头小心翼翼地问："你，你还等阿调？你需要有人照顾啊！"

他点点头。夏红一直在等他离婚，他多少有些内疚。可他从来不觉得友谊必须与肉体和婚姻联系在一起。美和爱的本质是怜悯而绝不是肉体的快乐、欲望的满足。这是他与阿凤经历了生死爱情的感悟。

"哪有一个企业家像你这样古板的，亏你还是做时尚的！"夏红的声音嗔怪而失望。

如来把脑袋移向另一边。这话他听得多了。他不知道为什么连夏红也不懂他。性不是释放激情的唯一通道。轰轰烈烈的纺织，激烈的摇滚都是他激情释放的不同方式。筋疲力尽时歪倒在床上很快进入梦境，从床上弹起时天总是蒙蒙发亮。一天又开始了。他重新抖擞起来。每一天都是如此刺激充满挑战。

他微顿脑袋，自言自语，也许是我自小就把大禹视为自己的祖先，将救火牺牲的父母视为榜样，将抚养我长大的奶奶视为另一个平凡的英雄，我觉得男人就是牺牲和英雄的代名词。一个连生命都可以随时献出去的人会在乎什么？

夏红扑哧笑了，"我看你可以去当和尚！"

他认真地说："只要能让我做纺织，和尚就和尚！"

他曾听一个高僧布道。有人问：你是怎样解决你本身性的需要的。那高僧不紧不慢地说：这太容易了，身体某一部位痒，你坚持不去挠它，这痒很快就消失了。

主宰身体的永远是自己的大脑。他站了起来，眯了眯豆眼。

田野里，一双美丽的凤凰在他头顶上方振翅而起，他光着脚丫，脚下泥泞而柔滑，那是家乡的水稻田，他拔腿深一脚浅一脚地追去，美丽的凤凰渐渐远去，在天空中划成一对圆圆大大深深的眼睛与他对望。那是阿凤的眼。他仰着头伸展双臂向着天空微笑。

他回过神，看了一眼夏红，见她脸涨红着，正呆呆地看着他。

他向她微笑着，那眼神传送着他的声音：一个有野心的男人当然需要女人的安抚和爱，但是当他感觉到那种爱可能成为他的障碍的时候，他会毫不犹豫地跨越障碍。

他拍了拍夏红的肩，大咧咧地说："别在意啊，周六我一定来！"

他拉开门，一溜烟跑下了楼。

阿调会去哪里呢？她怎么突然会来找我？如来眉心一展，走出店门，招手叫住了一辆黄色的士："法拉盛白石桥！"

阿调扒在出租车的后窗，直至车拐出五大道，如来的身影完全吞没在鳞次栉比的高楼间，她才收回了视线。

渐渐平静下来，她开始自责，不应该来找如来，自找不痛快。眼不见不扎心，既然当初选择离开如来，为什么还放不下他呢？真正放不下心的是儿子小鹿。

她一眼看见了地铁7号线的标志。她喊道："停车！"从7号线去法拉盛，步行到小鹿的学校就不远了。

42街地铁站永远像一卷多彩纷杂的线圈。几个南美人吹着排箫，哀怨悠长的乐声弥漫。一只白色塑料桶张着朝大大口，桶底零星地躺着几张零钱。一个消息在路人间传递，美国向阿富汗出兵了。小布什下了毒誓：活捉本·拉登。两个青年小伙擦肩而过，面色白得像结冰的雪，竖起大拇指称布什够爷们。阿调眼前闪亮的是小鹿的那对眼睛，黑得发蓝，像家乡下雨天打在湖面的两洼清水。把小鹿送到美国读书没错，他终是躲过了马老板的一劫！

校长两眼瞪成了一片惊涛："Roy已经转学了，你这个做妈的竟然不

知道？"

阿调满面赤红，所有的冤屈、气恼一波波袭来，她攥着拳，指甲将掌心掐出了血印。这里是美国，所有的不可想象都是可能的案例，自己曾被警察送进了拘留所，又依据什么法律条款被保释了。

她转过身去，生生地吞咽了攻上心头的火焰，让心有了火山喷发后的灼热和抑制。她控制着自己的声调，却依然音节渐次升高，像初上台的歌手，发出高音节时无法控制的连续颤音："你们有什么权力将我的儿子随意转学了？我授权你们了吗？"

校长有着天蓬般的浓眉，他天蓬一抖，现出眼底的一片清晖素芒，"监护人的法律责任是，代理处理被监护人的一切法律问题，Roy的监护人有权替Roy做最佳选择！"

他抓起一支笔，在指尖绕着圈，"我真不理解你们中国父母，孩子未成年，就放到国外来读书，孩子的叛逆期最需要亲人陪伴度过，你们却偏偏把孩子寄宿到别人家里。"

见阿调不语，他丢下笔站了起来，"我相信你们努力工作是为了有更美好的家庭，可是这样让家庭四分五裂，工作的意义在哪里呢？"

"这教育是要与家庭教育配合才可以完成的！"校长扫一眼阿调，眸光冷而锐利。

阿调本能地反击道："如果我自己能带孩子放到你们这里来干什么？你们不是教育先进吗？把我的儿子先进到哪里去了？你得告诉我，我把儿子好好地送到你们这里读书，你们把他转到哪里去了！"

阿调的语调又渐次高亢起来，校长赶紧关上门，按下了锁，招呼阿调："坐下，别急！"

"我想Roy的监护人正是出于负责任的态度才把Roy转了学的，他说他曾给你打了一整天的电话，都没有打通，他断定你一定出了什么事，这才下了决心把Roy送到更适合他成长的学校去。"校长的语速不紧不慢，"前段时间有这么一件事发生，我叫来了Roy的监护人，就Roy的问题进行了长谈。"

那天Emnon进学校来时，面色像公园的河沟上一层厚得流不动的绿苔。

校长安顿老人坐下，从抽屉里取出一把小刀，递给Emnon，"这把刀是今天我们从Roy身上搜出的。"

早上，与小鹿邻桌的同学向校方报告说，她看见一把刀从小鹿的裤兜里滑到地下。小鹿的面色有些慌张，捡起刀时回头看了她一眼。小鹿平时在学校鲜有笑容，有着与年龄不相称的凝重，这把刀更增添了他不可预测的危险，这位女同学义无反顾地向校长报告了。

校长回忆，Emnon接过小刀面色更忧郁了，喃喃说："这是一把日本产水果刀吧，他带到学校来是为了吃水果？他在家很少吃水果，每次我都是把苹果切成小丁拌入色拉中，他才勉强吃一点。"

"不！"校长的目光落在空荡荡的地面，不容辩解地说，"我直接把房东的猜测否定了！"

"这把刀刀刃锋利，绝不是一把简单的水果刀！"校长打开抽屉，取出刀递向阿调，"这把刀被我们没收了，你今天来得太好了，正好可以还给你。"

阿调盯着小刀，面色由红转青再转成灰白，失声道："这把刀是我给他买来防身用的呀！是我在新泽西一家日本店买的，你们凭什么把它缴了？对谁构成威胁了？他伤到谁了？万一有人劫持他怎么对付？你们美国人可以合法持枪，就不能允许我们备一把小刀防身？这也太双重标准了吧！"

校长双眉沉沉地抖了一下，问："什么？双重标准？你说我们有种族歧视吗？"

阿调伸着手指比画着，一个拳头两根手指不同的力和方向。

校长坦然一笑："Emnon和我们校方想的一样，吸毒和持有危险武器都是学校很难控制的行为，一不小心会酿成大祸，这事必须交由警方来处理，但是交给警察教育以前，我们需要征求家长或监护人的意见。"

从时间上推断，Emnon不停打电话时，正好是阿调被关押在拘留所的时间。

Emnon不知小鹿家里发生了什么状况，校长告诉阿调，傍晚Emnon又来到学校，他脸色灰暗，像刚从铁矿场出来，蒙着一层厚厚的铁色尘土。Emnon忧郁地说："我们美国人危险了，全世界与我们为敌。我儿子消失在世贸大厦的尘烟中，我亦不知道明天会不会活着，为了保护这个中国孩子，我联系了我儿子曾就读过的长岛问题青少年教育学校，今晚他们会来接Roy。我总算尽到责了！"

校长向阿调透露，Emnon对孩子的教育心有余悸。他有一段时间和前妻闹离婚，儿子整天在外面鬼混，后来Emnon咬了咬牙把儿子送到长岛那所教化学校去完成学业，直至大学毕业才把儿子从岛上接出来。

校长安慰阿调，"放心，作为监护人，他一定有足够的把握才把你儿子送去那里，据他说，他儿子出来后像脱胎换骨了一样。"

校长说，他甚至记得Emnon的眼神，固执的，不容置疑的，"把Roy送到那儿完成他的学业，是我作为监护人所能做的最好选择！"

校长动容地抽了抽鼻子，"Emnon这样跟我说时，我挺感动的，按常理，没有监护人肯对被监护的孩子自觉担当如此责任，他一定是对你们做父母的感到失望，而Roy的问题又到了成长过程中必须解决的关键时刻。我为Roy有这样的监护人感到幸运！"

阿调眼波里划过几道涟漪，像乌鸦聒噪掠过头顶上的树枝，不知是不是有凶兆。但校长这一番还是解开了她心中的郁结。

"我要回到自己的国家去了，临走前怎么说也得去看看儿子！"阿调颓然地坐下，求助地看着校长。

校长缓缓摇晃着脑袋："恐怕由不得你。那儿是一种全封闭的教育，没有电话，不允许学生与岛外有任何接触。隔绝与外面的一切联系，是为了让那些问题学生不受外界影响，在一个纯净的环境里重新开始！"

阿调眼圈发红，泪水夺眶而出，随即长叹："上帝保佑我的小鹿！"随即脑袋一低，泪水一粒一粒跌落。

Emnon是亲自送儿子到新的学校的吗？她整理了一下心情，软软地站起，虚弱地说："不打扰了，我去找Emnon！"

雪。其实没有下雪，可是透过车窗，阿调明明看到前面飘着雪花。

初冬的阳光惨白无力，风敲着边鼓，远处的地面白花花一片，好像惨淡阳光下待融的雪堆。

前面拐角处就是儿子曾寄宿的房东Emnon的家了。阿调浑身发紧，心提在嗓子眼。自九一一那天跟小鹿通过电话后，她与Emnon只通过一次电话，Emnon说他在世贸废墟找自己的儿子，不便与她说话。

既然儿子是安全的，她便不再替儿子担心。

她曾把Emnon家里的电话给过妞来。Emnon告诉她,妞来来过好几次,小鹿都躲在房间里,不肯下楼见自己的父亲,直到妞来走上楼,进了他的房间,拍拍他的脑袋,小鹿才不情愿地抬起头。

Emnon还告诉她,有一次妞来和小鹿好像有争吵,妞来发火了,出门的时候脸红红的,塞给他一些钱,要他在小鹿身上花点时间,与他多讲讲话谈谈家常。

"停车!"阿调紧张得喘不过气来。她看见前面拐角处的那棵地标似的树,树上挂着白色的飘带,地上是数不清的信件、卡片和白色的菊花。

傍晚的残阳弯着两个人影。没有风,空气也萧瑟,这两个弯着的背影弓着腰,做着祈祷的动作,纹丝不动如两尊石像。

司机是个美裔华人,说:"这儿好像死人了!"

阿调瞪大眼睛,一只脚踏在车外,一只手拉着车门,一只手按着心窝,大气不敢出,眼睛死死盯着前面树下的人影,诧异地叫道:"妞来!"

死人了?妞来为什么会在这里?莫不是小鹿……不祥之兆风卷残云般袭来。她跳出车,朝那弯着的人影狂奔过去,她的声音尖厉带着哭腔边跑边喊:"小鹿不是送去岛上了吗,是不是……"

那两个背影直起身来。一个发胖的老人,空茫的眼,暗淡的光;一个精瘦的汉子,肃穆却惊喜的眼神。

随即,精瘦的汉子张开臂朝着狂奔而来的阿调。

阿调浑身惊颤,有一瞬间,她像一头暴雨中圈回的小羊,浑身发抖,埋着头安静地享受着拢着她的手臂的温暖。随即她一把推开了妞来,问:"谁出事了?不会是咱们的……"

Emnon静静地伫立着,在胸口画着十字。

"咱们的儿子呢?"阿调仰起脸双拳雨点般敲打着妞来的胸。

妞来伸出手指轻轻地按住她的嘴。

天渐渐黑了,路灯霎时亮了,人们从各家院子里陆陆续续走出,他们朝这边走来,手里或举着蜡烛,或拿着一朵小花,静静地在树下摆上鲜花,静静地点燃蜡烛,静静地蹲下,静静地默祷着一个年轻人的名字:Steven。

阿调这才看清,树干上贴着一个阳光灿烂的年轻的脸,他正对左邻右舍微笑致意。

走的是老人Emnon的儿子,九一一后的每个周末,夜幕降临的时候,左邻右舍都会自发地来到这里纪念这位年轻的邻居,默祷他的故事:在九一一的灾难中,他从双子座89层下来,在唯一的一个紧急通道口护送完最后一个逃生的人,他刚要撤离,一面墙轰塌下来,堵死了这个唯一的通道,将这个年轻的生命永远埋进了人们的记忆。

他本可以逃生的,他却把生的机会一次次让给了别人。

如来轻声对阿调说:"Steven走了!"

他把阿调拥进怀里,任阿调的胳膊左推右挡,再也不肯松开臂膀。

暖意像梅雨天后久违的阳光,扑进心田,阿调伸出双手,小心翼翼地探向如来的腰间。

如来内穿全棉浅灰色高支纱T恤,面料柔软如同鸟儿轻柔的羽翼,外套一件黑色西装,挺括、有型,像守护着羽翼的绅士。阿调的手不经意地触及如来腰间,一方小盒子。这是阿凤的"血的眼睛"。一片带血的纸币,多少年过去,如来依然带在身上!

阿调的手触电般缩了回来,全身瞬间蹙缩成一挂小树,遭受雨淋般瑟瑟发抖。

这么多年过去了,他没有忘记阿凤!阿调眼眶有些湿润。她的记忆朝着那个曾经的轨道胆胆颤颤行进,这路径上有姐姐的面容,姐姐的嘶喊,姐姐传递给她的订婚戒指……

她吸了吸鼻子,没有让眼眶里的水珠儿成为泪水溢出眼眶。她缓缓地转过身来,面对如来。

如来惊讶地看着她,似乎意识到什么,他解下心形盒,捧在手上摩挲。他的眼眶发红,牙方肌抖动着,他盯着心形盒看了片刻,放在掌心摩挲着,好像要与之告别,终于还是不舍地放回了腰间。

他恢复了惯有的口吻,跨前一步,关切地问:"你今天来新开的店找我一定有什么要紧事吧!"

阿调回过神来,平静地说:"我要回去了,工厂重新开张,我需要你的合作,针织横机的粗产品织造早晚会成为记忆,我需要用大圆筒新型针织产品帮助工厂复苏和超前。有一天你会看到,一种与体型更熨帖的,更有质感,更灵动的针织面料成为男女职业人士的首选。我需要资金支持!"她的眸光热切而坚定,没有雨后的涟漪。

如来的手轻轻落在她的肩上，暖声说："阿调，我们该好好谈谈了！"

他们向Emnon告别，就像告别一潭被暴风雨打得稀里哗啦的水面。

Emnon的脸面如织布机卡机后，被保全工不小心弄脏的布面，他从被炸的废墟上回来后，还没顾上用毛巾擦一把尘埃的脸。他对着烛光与儿子说着悄悄话：

"你走了100多天了，我每天都会去你工作的地方找你，我刨啊，挖啊，搬开一块块巨石，期盼找到你的一片衣角、一条NIKE鞋带，甚至捡到你的几根发丝……"

他悲怆地咳着，"我很后悔，当你需要陪伴的时候，陪伴你的日子太少，当你成为问题少年的时候，把你送进了问题青少年训练学校。我想你是不是生老爸的气，跟老爸躲迷藏吧？"

如来闷着头，微拢着拳，抚着越来越急促抽搐的鼻翼。稍顿，他抬头，附在阿调耳边，低声说："走吧，别惊扰了他与儿子的对话！"

眼前就是495高速78出口，长岛的尽头，如来拉着阿调的手，弃车而行。

夜的风张开巨大的裁刀，将深黑色的海面剪成了南北两叉，它们兄弟般在纽约港汇合，翻卷着波澜，浩浩荡荡地汇入北大西洋。

如来从口袋里掏出心形盒。夜色朦胧，张着血色眼睛的残缺纸币如一叶小舟，挣脱着束缚要去远航。

如来仪式感地将心形盒捧在掌心，喃喃自语："我们曾经那么相爱，那是一辈子只有一次的疯狂、热烈和神往。我把你带在身边，宗教式地崇拜，向往着财富的实现，当然也是一挂警钟。"他垂下眼睑，"财富始终是心的束缚。飞吧，让我们战胜束缚飞向无限！"

他闭上眼睛，张开两臂，迎着风转着圈，像一头张着翅膀的雄性天鹅。

阿调惊诧地看着眼前的一切，她像一只护着雏鸟的鹰，扑上去一把夺下了心形盒。

她将心形盒捧在手心，用脸贴着它。心形盒微微温暖，带着如来的体温，她听到了阿凤的心跳。

她喃喃自语，姐姐，一切都会好的，我会重新开始，是的，完成你的梦想，去做好一个针织厂。从小你就一直都在保护我，我惭愧，我竟然怀着嫉妒和埋怨，还有长不大的任性，远离了咱们的理想。

她抽了抽鼻子,让眼泪不要打断了自己与姐姐的对话。心形盒好像在她手上动了一下。她将它紧紧地贴在心上,让心形盒与她的心脏一起跳动。她继续诉说着,姐姐,在美国我受了凌辱和失败,我才明白,你为什么会选择如来,我为什么今天要回到如来身边,才明白如来挂在嘴边的关于他的祖先,也是我们的祖先的治水英雄大禹,他的三顾家门而不入是一种多么大的格局。没有一个大的环境,公平和安全的环境我们哪能安生?

她为自己与姐姐的灵魂对话感动得流下了眼泪。她抬眼寻找如来,如来正躬身坐在海边的一块礁石上,海水冲击着礁石,发出哗哗的声响,他一动也不动,像一块裸石。

阿调小心地将心形盒挂在了自己的胸前,心似乎被一叶彩色的鸭的羽翼轻轻滑过,掀起微微的涟漪。她的心轻轻地说,姐姐,你看着我吧,我再也不会苛求把如来拴在手心,像喜欢一只泰迪狗一样,让它整天围着我,顺手就能摸到它温暖的毛发了。

她轻轻地朝如来走去,轻轻地抱住了如来的腰。海风裹挟着寒意,她抱着如来的脑袋,将他贴在自己的心上。她听到了如来有节奏的呼吸,听到了他带着支架的心脏发出有力的搏击声。她突然发现,其实眼前这个男人就是她坚定不移的信念,她的进取,她的出走,她的反抗,她的抗争,都是信念的桅杆在风浪中的曲折颠簸。

"那个交叉口上只有桥墩,没有桥面,桥的那面应该就是小鹿学习的地方!"如来指着不远处隐约可见的桥梁说。

青灰色的树林隐蔽着星星点点的灯光,桥面很巧妙地隐藏在桥墩两侧,只有启动开关,两尊桥面才能拢合。

"我不该自作主张,把未成年的小鹿送到美国来……"阿调眼眸落向被波浪撞击的桥墩。

如来拍拍她的肩,辛酸地说:"这些年苦了你,是我不该缺席了孩子的成长。唉……"他长叹道,"钱丢了能挣回来,唯独孩子成长的年轮却是一道一道地刻,错过了再也不会给你重刻的机会!"

他伸出胳膊拥住了阿调,生怕她突然又从他眼前飞走:"我们只有这一生,没有其他时间了。不准离开我!"

如来的手触及阿调胸前晃着的心形盒,他心头一动,将它托在手心说:

"这些年阿凤跟着我,我并不孤单,她不仅时刻提醒我致富的想念,更让我时刻反省自己,今天做错了什么?听说当年温州抬会的帮主阿萍被枪毙了,害死了多少人啊!"

他叹了口气,拉着阿调走到一棵大树前,坐下。他脱下自己的棉夹克,裹住了阿调。

海风熏甜,丝丝暗潜。阿调心就像浸满了水的海绵,风轻轻一摇,海绵就渗出水来。她匍匐在如来膝头,这几年的辛酸便透迤而出:"唉,不知为什么,越努力赔钱越多,命运好像被诅咒了一般!"

如来拢了拢飘在阿调眼前的几丝碎发,心疼地说:"方向太重要了,怪我没有为你撑起桅杆,保护你!"

阿调抬起头,倔倔地说:"我不需要你保护!"

如来忙赔笑:"合作,不是保护,行了吧!"

他叹道:"合作合作,与谁合太重要了,与对方合作以前一定要先进行资格审查,看对方够不够资格与你合作。就像我奶奶织的乞巧布,放在高档服饰店,就升值为无污染天然布品;放在杂货店,就只能当擦桌布当做饭时挡油腻的围裙卖。"

阿调眨着眼,好像第一次听他长篇大论。

他又拿出了演讲的劲,"我是做销售出道的,也有被骗和引人上钩的时候。骗与吸引别人只有一步之遥,就看动机给对方造成的后果如何,有没有伤害到别人。"

他嘿嘿笑着,习惯性地掏口袋,才记起自己早戒烟了。

"人们常问我钱怎么赚的,羡慕我会报价,总是能拿到大订单。当一厂之主,没有吸引别人的招数怎么让工厂盈利?报价前我总是先检查自己的动机,到底要达到什么目的,再琢磨别人的动机,抓住对方想贪便宜赚钱的心理,掐在对方七寸头上,报一个让对方吞不下又弃不下舍的价格,最后一番明细理论,准保让对方恨不得马上把订单交到你手上。"

他环着阿调,拂动着她胸前的心形盒,轻声说:"感谢阿凤,她就这样看着我,每天都在给我上课。警告我,要用生命来抵制贪婪!"

他记起,夏红曾盯着他的心形盒看,问:"这是定情物吗?"不屑一顾地撇嘴,"一个大男人像小年轻一样,戴这玩意儿!"

他淡淡一笑,没有经历过生死格杀,生离死别,怎么理解其中饱含的人

生训诫?

他眯起眼,看着海面上明明暗暗的波澜,轻声说:"骗局如同柔道,对方只需调动你的贪婪。他跨出第一步,那么顺势一推,其他都是你替他完成的。这个教训不够你用一辈子反省吗?"

阿调缓缓地点头,喃喃自责道:"一脚踩进粪坑,拔出身来,沾了满身臭,还丢了鞋,好在脚还在,刮骨疗伤还能走一阵,哎……"她将脑袋深深埋下去,好像要一头将自己的脑袋埋进沙堆的天鹅。

月色如琼华铺满在海面,沙滩和海天一色,浸润在白银似的月华里,盎然催晨。

阿调揉了揉酸涩的眼,一把抓住如来手腕,"我找到了产品的方向,在销售上跟你合作,我们生产,你的销售团队负责把我们的产品销到世界各地去。这个合作你不吃亏吧!"

如来认真道:"单打独斗的时代早过去了,不准反悔啊,火凤凰正在找好的产品转型呢!"

海上阳光起得早,光线逐渐漂白了空中的黑暗。他们不知不觉相拥着度过了整个长夜。

如来贪婪地吸吮着黎明前的空气,伸了个大大的懒腰,说:"放心回去吧,工厂等着你呢!别担心小鹿,我相信在孤独中成长的树能撑起不一样的天空。再说了,他的祖先的祖先不是治水英雄禹皇帝吗?他爷爷奶奶是救火英雄,他爹又是遨游江湖识水性知天道的鸭司令,这基因,他一定是艘航空母舰了!"

阿调握起拳头捣他:"又说大话了!"

如来哈哈大笑:"说大话其实是给自己设大局,加压力。说出去的大话收不回来了,拼死也得去做。"

他一把拉起阿调,"快走,天亮了!"

时尚密码

2001年岁末

其实于美文早有预感,随着第五大道直营店的开张,帝国大厦的办公室完成了它的历史使命,她亦将结束这段背靠工厂追逐美国梦的职业生涯。她走进帝国大厦去收拾办公用品的时候,脚步机械而麻木,脑袋被往事塞满,如过了点的货柜,找不到可以停靠的港湾。

如来直接把这个决定告诉了她,语气像春节饭桌上的八宝饭,封住了于美文欲出口的怨怼。

"你一直跟着我们干,白天黑夜不分的,该休息休息了!怎么样,给你开个失业证明,你可以领几个月失业金,暂时休整一下。"

她正拿着纸杯喝水,面孔瞬间由红转成灰白,声音有些控制不住地发颤:"你们……不需要我了……明说呗!"

她赌气地转过头去,避免与如来的目光相撞,她克制着自己的冲动,狠劲地把纸杯捏成了薄片,捏着挤扁的纸杯,才得以让发颤的末梢神经有个着

落点。

　　妕来看了她一眼，邀请她在帝国大厦一楼一起吃午餐。妕来点了一桶巴佛罗鸡翅，要了两杯饮料和两个大汉堡。

　　于美文尽量表现出无所谓，可是心还是如棉花糖，虚得一捏就碎，做服装贸易，离开了中国工厂这堵墙，就像断了线的风筝，在空中随风翻跟头，不知会摔在何处。

　　妕来眼睛瞄着她，说："你没见那些给我们下订单的大客户，都直接去了工厂，去中间化应该是常态，所以我们都需要改变。"

　　于美文将大汉堡推开，她根本就没有胃口，低着脑袋，像是自言自语："我读过兔死狗烹的故事，就发生在你们古代越国，那个范蠡功成后摇一挂小舟飘然离开，免了一死。我早该离开的！"

　　妕来微愠，辩解："我们可不是过河拆桥的人！从另一角度说，范蠡多亏了离去，自立门户，成就了商业奇迹。"

　　"我总预感全球要有一场更大的灾难，我们必须做好应对的准备。这样吧，你成立一家时尚公司，资金不够我借你，以后逐单扣还，为我们提供新的面料和最新服装款式，我们按版权付费。换个合作方式而已，工厂还是你的工厂！"妕来嘴里塞进大块汉堡，端起可乐，大口吞了下去。

　　于美文发现妕来吞咽时，那喉结像未烧尽的煤球，烤得他的面孔发红，每一句话都带着激情。于美文扑哧笑了出来，说："你又在煽动我！"

　　"我们不能将产品放在美国这个单一市场上，尽管这是个成熟的市场，但是我们不会在一棵树上吊死，不能只盯着美国市场，这个大家伙变脸比华尔街还快。"他脑海中跳出一串数据，由于美国歧视性的纺织品配额政策，中国销毁了1000多万纱锭，120万人失业，尽管今天中国加入了世贸组织，但是谁会断定夏日的晴空不会雷雨狂炸呢？眼见反倾销大棒又悬在头顶！他想起了Edi满面阴霾到中国来封工厂的情景，他冷然一笑，"我们像草原的地鼠那样到处打洞，就是为了避免这只多变的狮子哪天反身到处追杀我们！"

　　于美文抬眼期期艾艾地看着妕来，他的声音带有激情，总能扇起对方心底的某丝火苗，可是他却是典型的脚底风，没坐几分钟就会风驰而去。果然，刚吞下最后一口汉堡，嘴还没擦呢，他站了起来，留给她一个期待的微笑。

　　经历了九一一的纽约，好像壮汉一夜之间进入了更年期，愁吃愁穿还时常情绪反复易躁易怒。市场依然熙熙攘攘,每个超市都挤满了人。美国大兵进入阿富汗、伊拉克,进入了挥刀断雨的状态,死亡伤亡的数字如止不住的暴风骤雨在天空狂飙。担心遭受更大的恐怖袭击,人们近乎失去理智地往家中囤吃囤喝囤一切生活所需的日常用品。除了水和不可或缺的日用品,人们推着购物车,将牛仔裤、T恤一把把丢进车内,99分店一夜之间如麦当劳加盟,布满了每个街区。

于美文拿着失业金,一天都没有让自己歇着。似来的话句句萦绕在耳。从成衣入手,找新产品、新款式,找属于自己的新客户。她不信自己非得靠在工厂这棵树上吊死。

她习惯性地拖起一只小小的拉杆箱,装满了火凤凰工厂的最新面料样品,在百老汇时尚大厦开始了地毯式的搜索。

她满怀信心,她的流利的英语解释这些布的成分和结构没有问题;她的贸易知识可以毫无纰漏地签订任何协议;她对这里的客户分布如数家珍。

在百老汇1407号时尚大厦,她敲开了一扇扇已知的和未知的服装进出口公司的大门。一个星期下来,她毫无战果。守株待兔是目前服装进出口商不约而同的行为。

这天她拖着拉杆箱跨进了百老汇1410号大楼,许多品牌商聚集在这座楼里。第12层,整层都是Speed的天下,她要求见时尚面料选购经理。前台小姐不以为然地朝旁边的展室一指,让她去里面等候,随之拿起了电话。

步入样品间,她惊叹这里俨然是一个宇宙,各种花色的面料如浩瀚的银河系繁星闪烁。

她打开拉杆箱拿出样品,与挂在样品架上的面料对比了一下。火凤凰的产品无论花型设计还是手感上都有过之而无不及。她信心满满。

她终于听见了由远而近的脚步声。一个金发女郎走着模特步来到她面前。她挑起于美文递给她的面料板,轻轻地摸了一下,随意地甩还给她:"时尚的风向变了,我们不确定这些还能不能流行,我们要等着看消费者信心指数。"

于美文张了张嘴,想出了个与"未雨绸缪"相应的英语词句,却见眼前如秋叶闪过,金发女郎飘然而去。

接下来的几天,她遇到的情况并没有好转。她像移动的木乃伊,贴靠在39

街第七大道楼前稍事休息，抬头看见了一条广告语：欢迎各种时尚面料洽谈。

她深吸了一口气，迟迟疑疑按响了门铃。

门陡地开了，她吓了一跳。一个灰色头发的男子立在她面前，他的眼睛像鼓胀的鲸鱼，明显患有甲状腺亢进症。"我叫Jack！"他彬彬有礼，把于美文领进办公室，说："把你的箱子打开！"

于美文顿时来了精神，她麻利地拿出样品板，把它们一一挂在架子上，开始滔滔不绝地介绍，这是最新款印花，适合夏季的飘逸裙装。

Jack感觉眼前一亮。于美文正打开一板由火凤凰樱河做的最新款仿真丝花型展示。她介绍，"这是给阿玛尼供应的明年春天的印花款。"

Jack打断了她。他迅速走进屋去，打开依墙而立的样品柜，取出两套裙装。他擦了擦桌子，小心地将裙装打开。又从抽屉里取出一把细细软软的棕色衣刷，将裙装抚平。裙装的花型古典优雅，活泛得像在叙说历史和故事，它的版型更像美得惊俗的少妇，在服装展示室的聚光灯照射下，整套裙装像潮汐抓住大海那样，让你的心随之微澜起伏。

于美文说："我们工厂就有这个品质！"

Jack的双眼像盘子里的玻璃球，朝于美文全身七七八八弹射过来，然后对准了于美文的眼球。

"我下各2000套订单。从花型到版式必须做得一模一样。"他手托住了下巴，食指贴着唇的下方，说道："对，必须一模一样！从商标，到水洗唛、挂牌、纽扣，还有衬里和拉链！"

于美文本能地弹了起来："什么？仿造？你们有授权吗？"

Jack将一头毛渣渣的灰发往脑后捋了一下，"有授权轮得到你？早拿到意大利去做了。中国制造？"他轻轻地哼了一声。

于美文赌气地一把将花版收了起来。

"等等！"Jack按住了她的手，"我给你付多一倍的钱！"

于美文手顿了一下，低着脑袋，没精打采地说："你不怕海关没收，我还怕呢，列入黑名单，怎么混！"说完又开始收拾箱子。

Jack慢条斯理地说："我会给你一个货柜的沙发订单，你把做好的裙装放在沙发内就行，没人会拆开沙发布检查里面填塞狗屎还是黄金！"

于美文扫了他一眼，说："那是走私！"

Jack脖颈抬了一下，"走私怎么了？你去看，中国城满街满地摊都是名牌，都是假冒货。它们怎么进来的？别的中国人能做，你就不能做？你不是中国人？"

于美文咬着唇，她早听说国内有那么一批人，时装周拿到样品，交给打版师傅，然后再送往生产厂家，批量生产并贴标，制造出一大批形似而神不似的假冒货，然后就有了满街满地摊的假冒，它们的存在确实是因为有那么一个庞大的消费群体。

她摇了摇头，"我们工厂的老板不会做！"她曾听如来说，早期，他也派人去时装周拍照，找花版，现在他打死也不仿冒人家了，他觉得要人家来仿冒他才够厉害，才够英雄！

"你不接这个单，每套多付你5美元呢！"Jack斜觑着她。

于美文瞪了他一眼，站起身，头往后一扬，决绝地说："假冒不做！"

她刚要去提箱子，Jack已一把提起箱子，打开门，将她的箱子飞了出去，随即恶狠狠地说："滚！"像一只穷凶极恶的美洲豹。

于美文大声喊："你竟这样侮辱我，我要去告你！"

男子牙缝里嘶出了吼吼的声音，"告？你不是卖时尚面料吗？这很时尚啊！"随即抓起摊在桌上的面料一把把丢了出去。

门在她身后重重地撞上了。

于美文又冷又累，羞辱和失望铺天盖地席卷了她，她提着箱子，一脚高一脚低，像空旷草原上一棵孤独的蒲公英，虚无地看着虚无的风将虚无的花絮吹散。

纽约的经纬度与北京相似，入冬的纽约，凛冽的风肆无忌惮。不知坐了多久，于美文全身哆嗦起来。时代广场的灯一如既往地全亮了，巨幅荧光屏上，穿着时尚服饰的模特依然闪亮登场，广场上却少了膜拜的人群。天空中横亘扫来两道世贸大厦的激光造型，塑刻着永不消逝的记忆。

你甘心每天就坐在我们的直营店混吗？别忽略了自己的大学经历，拿出自己的版式来，与工厂合作。如来邪魅地看着她，嬉笑她"大学生不如我这个白墨先生！"激将她是驴是马拉出来遛遛。

她眼前闪现过学校，学校操场的绿色记忆让她有了春的暖意。

大学的毕业典礼在学校操场绿色的草坪上进行，校长做了一番致毕业生的演讲。他那金属般的声音在操场上空如铁戈奔腾：同学们，当你们回到母校的那一天，我检测你们是否成功，唯一的标准就是看你们口袋里钱的数字！

全场的掌声并不配合，于美文举起的手掌落下去时怎么也不合拍。用金钱的多寡来衡量成功的标准跟她在母国受的教育是多么不同！

他们把帽子抛向天空，把学士服揉成一团向操场外掷去。一串气球从她头顶飘过，在遥远的棉花团般的白云间飘散成碎片。

于美文记起了大学时经常给同学们讲《羊皮书》的教授Michael。

Michael祖籍以色列，他光光的头骨像山峰一样料峭，一副无框眼镜后的双眸如正午时分校园内的溪水，闪烁光泽却难以捕捉。偶尔他会夸海口，"我的学生遍布世界各地商界"。

于美文庆幸，Michael对中国学生情有独钟。有一次在阶梯大课堂讲课，他振振有词："你们学国际贸易的不能不知道丝绸之路，丝绸之路的发端就在中国，中国人是世界上最会做生意的民族之一，智慧绝不亚于犹太人！"

他的眸光盯着于美文，于美文心旌神摇，70个人的课堂，只有自己是来自丝绸之路那端的东方人。

Michael眯起眼，演绎了一个嫉妒的神态："上帝偏心眼，特别偏爱中国人，在创造人类的时候，给中国占全球四分之一的人口。交易是跟着人走的，哪里人口多哪里就有大的市场！中国是全球上最理想的市场！"

他说这些时，将微笑的目光落在于美文身上。

离校时，于美文特地要了Michael的联系方式。

何不去找Michael讨教讨教呢？他的头骨峥嵘的脑袋弯弯绕绕着新丝绸之路的智慧。

Michael听到于美文的声音显然很兴奋，他的嗓音有如手工充气的足球，沉沉的，带着沙哑，却依然不减饱满的热情。"来吧，中国姑娘，我退休后就搬回费城住了！"

于美文片刻没有耽搁，坐上灰狗大巴，两小时就从纽约42街到达了费城。

按图索骥,她毫不费劲找到了Michael所住的公寓。

门虚掩着,显然,主人正等待着她的到来。她轻轻推开门,Michael坐在正对着门的沙发上冲着她笑,青筋暴突的手,树根般扎实在沙发扶手上。这是于美文毕业后第一次见他。经年不见,昔日站在讲台上如一堵墙的教授已瘦成了一块门板。

"路好走吧!"他一语双关朗笑着。笑得太使劲,他猛咳起来,嗓底发出金属摩擦的声音,面色憋得惨白发青。他不好意思地握着空拳,将没有血色的唇虚掩住,伸出另一只手指向餐桌:"水,那里有水。"

于美文顺着指点,赶紧跑向桌边。她这才发现,餐桌旁一张橡木沙发上端坐着一个精瘦的老太太,穿着中国式大红绸缎大襟衣服,白成银色的头发绾在脑后,精致地盘着一个中国髻,尽管化着妆,涂着鲜红的口红,却难掩毫无血色的面容。她脸上皱出蒙娜丽莎般的微笑,却连点头的力气都没有。显然,岁月将她老成了一段树根,整张沙发将这树根般的身体吞噬了。她一定是师母了。没等于美文问候,她身后便传来Michael高一声低一声的呼喊。

于美文拧开矿泉水瓶盖递给Michael,正要搬过凳子在Michael身边坐下,却听Michael清了清嗓子说:"来自中国的凤凰,我不能让你坐下,我必须让你不停地工作。你去打开我的衣柜门,最高层格上有一个纸箱,你搬过来,听我给你讲故事。"

顺着Michael的指点,于美文打开了走廊上的壁橱。壁橱里树着一只古色古香的中国式红木立柜。

"搬个凳子,爬上去,最上面一层,右手边。"Michael的声音从客厅传来。

纸箱过于沉重,于美文的双手微微颤抖,她将盒子顶在脑袋上,然后小心翼翼地扶着柜子格,从凳子上跨下来,将盒子抱到了Michael脚下。

"打开纸箱,看到了吗,这个青花蜡染布包裹。"Michael动了动手指,双手始终没有离开沙发扶手。

"就是这个,就是这个!"他的声音如阿里巴巴大盗发现了金矿大门激奋起来。

包裹沉甸甸的,打着结,又用无色天然麻绳一道道环绕着。于美文捧着包裹的手情不自禁颤抖起来。她看一眼Michael,他正盯着包裹,面如青色的雕塑,神圣而庄重。

"现在你就是阿里巴巴,让芝麻开门,看看里面藏着什么金银财

宝！"Michael的声音如这包裹，厚重而古老。

岁月将麻绳搓碎，于美文轻轻一揪，麻绳便如秋菊花瓣般散开，青花色蜡染布上印着时光梭织的道道痕迹。

教授双手紧抓着沙发扶手，如雷雨中扒紧地表的老树，"打开呀！犹豫什么！"他身体向前倾来，古钟般的声音鼓励着盯着包裹发呆的于美文。

于美文双手微微发颤打开了纸箱：一摞摞折叠得整整齐齐的油光纸闪动着诡秘的光在眼前跳跃。

Michael教授呵呵笑着，神秘地说："这里珍藏着时尚密码！"

Michael指挥着于美文："把青花布铺在地上，把这些叠着的纸一层层打开！"

于美文将青花布平整地铺开在地面，打开一沓沓纸张时，手触电般弹了起来。每一层油光纸都是一套裁剪模板，每个模板都有一张手稿设计图和尺寸表，几块不同质地的面料小样依次粘贴在设计图上。不同的花稿和色彩套叠着，立体表现着不同面料上身的效果。

于美文眸光发直，面颊发烫，盯着设计图。每套设计图都标明着服饰的年代。中国春秋战国时期的深衣与胡服，秦汉的桂衣禅衣纹棉女服，魏晋南北朝的直裙袍服，隋唐五代的圆领袍衫和襦裙，宋辽金元褙子、襦袄衫裙半臂背心抹胸与裹肚……更有中国56个民族的裁剪拓本……

眼前满满的秾丽潋滟，美得像是历史复原的魂灵，在现代光影下勾魂摄魄。于美文胸口被挤压得喘不过气，她直起身做了个深呼吸。

Michael端坐着，如一尊秦冢古墓前的戎士，眸光如洞，盯着铺满整个客厅的服装拓片和设计稿。他眨了眨眼，几根稀疏的银色的眉须便飞扬起来。时光梭织，中国古代服饰们正浩浩荡荡穿越历史隧道，向他走来，领头的正是他的母亲。这些服饰轻罗叠袖，衣袂飘扬，舞动出满街霞光，鲜活成现代时尚，飘逸在香榭里舍街时尚大道、百老汇时尚中心、北京的王府井大街……

Michael干咳着，咧出笑："这是我母亲留下来的呢，我母亲是个了不起的服装设计师，她早年在上海生活过一段时间，到各处收集中国古代服饰。她的足迹遍布中国的各个民族乡野。她发现，时尚的密码就藏在中国历朝和各民族的服饰中。全世界的服装变幻无穷，时尚千变万化，但是万变不离其宗，这些演变无不可以从中国的历代服饰中找到模板和色彩。

"我母亲临终前,把她的手稿交给我时,说:'我做了一辈子服装设计,终于明白,古代中国不仅是文明发源地,更是服饰的发祥地,要成为一个伟大的设计师,绕不开中国古代服饰,看有什么机缘,把它们交到中国人手里……'"

于美文眼波里划过惊喜的涟漪,宛如燕尾裁开水面,眼前是一片湖面的开阔与清朗。

"记得我的讲课吗?"Michael又谈起了自己的专业,"我做国际贸易研究也是从中国的古丝绸之路着手的。你们国家的汉武帝派张骞出使西域,开辟了一条沟通中原与中亚西亚欧洲文化、经济的大道。这是国际贸易的发轫。而丝绸正是往返于这条大道的商队经营的主要物品,所以我同时认为丝绸之路是国际贸易专业必须研究的课题。这可能也是受了我母亲的启发。"

窗外腊月的梧桐树落光了翠叶,虬枝光秃,被夕阳的寒意缭绕,如披上了天然的轻纱罗裳,树枝在寒风中轻轻地摇曳,宛如婀娜旖旎的仙子。暮色黄昏了。于美文把服饰裁片小心地放回纸盒。

"我该走了!"于美文看一眼窗外,揉了揉蹲得太久的腿。

Michael回过神来,声音好像从空阔寂静的远古飘来:"我总是说中国人是幸运的,上帝造人时就偏心眼,给了这么多人口。今天,你就是其中的幸运姑娘。让我了却我母亲的心愿吧!"他艰难地抬起手来,又无力地落回到沙发扶手上。

"你开车来的吧?把这箱历史搬回去,让它们去传承与创造……"他抬起眼,灰白的眼眸,如释重负地传递着难以言语的告别。

第二天清晨,于美文正在睡梦中与Michael教授对话呢,一道嗖的声音风一般穿过她的梦境。她翻身起床。一道电光闪过,她抓起手机,一条讣告跳出手机屏面:

我们尊敬的教授Michael与他的夫人于2001年的最后一天离开了我们,告别会将于新年第一天下午在乔治亚教堂举行。

Panstates大学治丧委员会

她重新启动引擎。车驶上了9号公路,往费城方向飞驰。Michael的声音回荡在耳边,渐渐充满了整条公路:姑娘,这里装着时尚密码,历代中国人的智慧。

她拨通了纽约时尚学院的电话,"我要报考春季时尚设计班……"

下 轴

~1~

马老板拉了拉披在身上的绿色毛毯,咬了咬牙站了起来。零下20摄氏度的冬夜,他已在这里蛰伏了整整一个夜晚,被冰寒侵蚀的脸面冰寒寡血,几乎冻成了一坨疙瘩,唯有双眼网着层层血丝,透出绝不言败的霸气。

他抖了抖身上的冰碴,身体慢慢恢复了知觉。此刻他胃囊空空,全身发抖,嗓子和肺部却灼烧般疼痛。这个世界又艰难又残酷。他盯着眼前这座青灰色的铁门,两粒发红的眼珠像随时甩出去的榴弹。

他始终没有机会与冷小雷正面交锋。

阿调有信息传给他,火凤凰起诉昌来美中合资公司冷小雷和Latin的案子已获赢,通过探员的调查,公司已关闭,两人都申请了破产保护,但是,冷小雷个人在加拿大有巨额存款,近年又在韩国购置了房产。最新的追踪报告是,冷小雷有出远门的迹象。

有个屁用,这张赢诉的一纸判决书,不就是一页张扬耻辱的白旗?打官司的钱还不如给我付房租呢!马老板狠狠地朝地下唾道。

替天行道!

马老板突然觉得自己不再落魄,甚至可以豪气地把杀戮的成功祭在祖先的灵台上。

天渐渐放亮,估计冷小雷出门的时间要到了,他猫着腰一步蹿到了大门的灌木丛中,掏出了披在腰间的大麻袋和一大团破布。

万无一失!

马老板连续跟踪了几天,美国基本没有邻里概念,房与房相隔远,邻里与邻里互不关心,这是老天赐我正义行动的机会!

他终于听见了冷小雷与老婆道别的声音。他抖动了一下身体,经过一个夜晚冰天雪地的历练,随着天色透亮,他满血复活,力量重新回到了身上。

他全神贯注。不是不报时候不到,时候一到马上就报。他记起五岁那年,他遭到村里的霸凌男孩一顿暴打,他的母亲知道对方的家族势力大,惹不起,一边为他擦着额头的血一边反复念叨着这句古训。自那时起这句妈妈传递给他的古训就跟了他一辈子。

晨曦如同一堆厚厚的棉絮,压在青灰色的汽车上。大门吃重地拉开了一条缝,探出了冷小雷发着暗光的头顶,他向屋里的女人挥了挥手,带上了门。有冰碴从树上落下的噼啪声。马老板像一头猛狮,一步冲上去,一大团破布严严实实地封住了冷小雷刚要张口大呼的嘴,随即一只大麻袋从头到脚套住了他。

马老板使出全身的蛮力三下五除二地绑住袋口,背起麻袋大步朝停在门口不远处的一辆桑塔纳走去,这是他花了2000美元新买的二手车,专为承载母亲传递给他的这条古训。

从新泽西望去,哈德逊河像一条断断续续的纽带,将曼哈顿毫不费力地拦腰捆绑了,空气中飘散着细细的水雾,阴冷铺陈着,失去了世贸大楼背景的自由女神像形单影只,朦朦胧胧地现出几分孤独与悲凉感。

车驶到哈得逊河畔,在一片树林掩映的河岸停下,寒枝与晨雾浸淫,到处都是影子,一只寒鸦聒噪着,倏地惊起一片阴森。

马老板拖出麻袋。他听见冷小雷哀求的呜呜声。

"我给你几十万办绿卡。"电话里,冷小雷不止一次这么对他说过。

×××的绿卡。家破人亡了绿卡有什么用。他往手心里吐了口唾沫。拽起麻袋拖至浮冰撞击的河湾，水波漫漫，他踏着层层碎冰，将麻袋好不容易拖到了水里。周遭空寂，甚至没有一艘船只驶过。

他大声叱问冷小雷："你知道你为什么会到今天这一步吗？"

麻袋不断滚动扭曲变形。他听见麻袋里传来鼻子不停抽动的泣求声。

"为了保证中国的企业不再上当受骗你必须死亡！"马老板大声吼着。

他的吼声很快被冰冷的寂静吞没。他背起麻袋往河中心泅去。水渐渐没过了胸膛。天上最后一颗星星隐匿了。他奋力地举起扭曲成一团屎状的麻袋，狠狠地朝河中心抛去。

水浪没有溅起水花，只是呜咽成了一头黑色的海底怪兽，吞噬了这团颤抖的呜呜的哀叫。

随着巨大的咕咚的声响，麻袋在水面上下沉浮片刻，冒出一串咕噜噜的水泡，随之渐渐下沉，即刻间消失得无影无踪。

马老板解气地洗洗手，猫着腰，回到岸上。

他跳上汽车，抬腕看表：7点20分。他必须赶上8点30分，纽瓦克机场，大陆航空公司的飞机飞回中国。

他踩响了引擎，哼哼着老祖宗传给他的另一句古训：犯我大汉者，虽远必诛。

早晨的阳光照得他晃眼，他眼睛发涨，揉了揉眼，正要抬手拉下遮光板，两耳像钻进了无数只蚂蟥。蚂蟥迅速进入脑颅，搅得他天昏地暗。随即他的脑袋像被重拳击中，剧烈的疼痛迅速蔓延至原本就不规则跳动的心脏，眼前像蒙上了一层白茫茫的没有颜色的梭织布。

他脑袋一歪，大象般沉重的脑袋趴在了方向盘上。失去控制的车在公路上打转，像被猎人打中的一头灰色狼犬。

耳边有一声声汽车的呼啸与鸣笛，遥远的像喷水织机上的一层气雾。他的儿子小马驹正向他奔来，他向前抻着手臂，一声声呼唤着儿子的名字：别过来……陷阱……他的舌根发硬，发不出声来。

汽车歪歪斜斜往路边冲去。不是不报，时候不到，时候一到，马上就……他的嘴角歪出一丝胜利者的快意。

~2~

华尔道夫酒店堪与白宫的建筑和历史媲美，它紧挨中央公园，是各国政

要和商界要人到达纽约下榻的首选之地。它的安保森严而隐秘，让宾客在平和与徜徉的悠闲舒适气氛中，尽享总统般的安全星级。

明天就要远走巴西了。Latin选中这家饭店作为临行前的住宿，除了安全考量外，更为了在离开他热爱的纽约前再享受一晚权贵的优越。

他从来都认为，钱只有在切身体验的物质享受中才真正体现出价值，否则只能称为纸币而已。Coola公司？让高利贷见鬼去吧！他嘴角掠过一丝冷嘲的讥笑。

丢弃办公室，实现大逃亡。那两只当初从Coola公司搬来的雕刻着无数无头鹰的箱子，像两口没有合上盖的装尸的棺材，张着大口蹲在他办公室的角落，窥视着他，好像随时要将他拖进里面，钉上棺盖。

他无法将两只箱子装满，双倍偿还当初高利贷的100万现金。为了避免囤货快速套现，他和冷小雷把从中国昌来针织厂进的上百个货柜做了减法处理，除了购买了几个房产、保证必要的吃喝玩乐外，他无论如何也凑不起Coola公司所要的那个数。

昨天他与女儿和妻子告别，颇具神圣的仪式感。他拍了拍女儿Tina的肩，眼里突然涌出两颗晶莹颤动的泪珠："你知道为什么你的名字要比正常的字多一个I吗？那是提醒你凡事要比别人多长一只眼睛，时刻提防四周的人和环境。"

Tina刚过完13岁生日，似懂非懂地点点头。

"所有房产都归在你名下了！"他抚摸了一下女儿的脑袋，决绝地转过身去。

他的一只脚刚跨出门时，他的太太一把抱住了他，凄绝地问："你什么时候能够回来，像你父辈们那样踏踏实实地做生意？"

Latin木讷地看着她，咬了咬唇一声不吭。不远处传来教堂的钟响，钟声穿过窗玻璃，发出低沉的当当声。他掰开妻子的手，头也不回地推门出了屋。

酒店气氛轻松而愉快。他要了一杯杜松子勾兑酒，望着进进出出的人百无聊赖。

两瓶酒后,他感觉浑身热烘烘的,原始的生命活力重新在他血液里滋滋燃烧。他卷起袖子,胳膊上两只文青猫头鹰虎视眈眈。

他抬头望向窗外,星空似隐似现,褪了绿叶的白桦树枝在风中摇动,好像张着无数的臂膀欢迎着人们。他推开酒瓶,熏熏然步出饭店。

一队女警察全副武装,骑着高头大马正围绕着中央公园巡逻,马蹄的踢踏声有节奏地叩击着地面,发出催征的鼓点。

纽约从来没有夜晚。

他精神抖擞,自小练就的街头拳脚精神汹汹然回到他的身体。我是流氓我怕谁。那是年轻气盛时迎风哗然的旗帛。他高高地昂着头,向公园走去。

深秋的傍晚,中央公园满地黄叶瑟瑟,风吹动着树枝,便有碎叶如雨落下,迷蒙谲艳,铺陈在天地,缱绻萦绕。他平添了趣意,开始绕着跑道甩起胳膊小跑起来。渐渐地,他加快了脚步,进入他每天必进行的跑步常态。

他双眼闪着荧荧的绿光。到处泼绿般色彩的巴西对他充满诱惑。那儿的生鱼片很好吃。他喜欢吃鱼。他从来都觉得,人生就是不断地下诱饵,要论谁对谁错,错的从来都是上钩的鱼。

他开始浑身冒汗,举了举胳膊放慢了步速。头顶上的毛榉树枝在风的吹动中飒飒作响。他惬意地大口吐着气。

一辆全不锈钢自行车碾轧着落叶,发出细细的嘎嘎声,擦身而过,险些触及他的胳膊,他刚想张口吐脏话,旋即压住了怒张的情绪。他耸了耸肩:明晨就要离去,不招惹是非为安全。

他悻悻地放慢脚步,敏感地察觉身后另有一辆自行车不紧不慢如影相随。

他抬头望了一眼林立的树丛,凭着多年角斗生涯练就的拳打脚踢攀爬腾跃,这地理与环境无法将他逼入绝路。

身后的嘎嘎声随着他的节奏时快时慢,他警觉地停住步子,用凛然的态势猛地转过头去。果然,一辆完全相同的不锈钢自行车不远不近跟随着他。骑车人压低着头上的一顶皮帽,他无法看清对方的面容。

他浑身惊悚,双腿渐渐发软,意识到自己犯了临终妄想症,在不恰当的时候不恰当的地点不恰当地暴露了自己。

他镇定地转过身,往前走去,拖曳着脚步。我被前后夹攻了,唯一的出路是上树、隐蔽、逃遁。

前面的自行车倏忽不见了踪迹，后面的自行车远远近近似隐似现。

他瞅准头顶上方一棵巨大的毛榉树，这棵大树与周遭的大树连成一片，枝杈与枝杈相连，他可以跳跃，寻找足可隐身的大树。虽已年近五十，他依然身手不凡。他屏足气，纵身一跃，抱住了树干，噌噌地往上爬去。

他刚要钻进枝丫，突然从疏疏密密的枝杈间钻出两条扁担蛇，横空里悬着身子，支着硬挺的弓字形向他左右夹攻。

他大惊失色，Coola公司的眼镜蛇！来不及呼叫救命，两条蛇迅速缠紧了他的身体。

他全身血脉贲张，涌向喉结时煞然而止。他面色铁青，两条蛇轻松地盘上了他的喉结处，死死地缠住了他。然后，他感觉一股冰凉的血喷出了他的体内，模糊了他的双眼。

死期到了。我这一生就是冒险。他脑子中闪现过妻子苦哀哀的面容，突然产生了丝丝内疚。

不容他再做任何临终遐想，他的大脑迅速窒息，随之他的身体如铁棍般直直地从树上扑下地面。蛇们咬断了他的胳膊上的静脉，咬断了他的喉管，然后卷起了绵长的身体倏忽间消失得无影无踪。

暗红的血浆流淌在碎石铺砌的林间跑道，血色的枫叶萧萧而舞。

一轮冷月斜斜地嵌在云雾里，骑车人上前，狠狠地将尸体踢进灌木丛，头也不回，跨上自行车，随即将车轮踩出了两片弧光。

暮色四合，清澈的琼华穿透树梢，地上似凝了薄霜。中央公园添了夜的清凉和自然的野趣。

~ 3 ~

Edi掐着时间，从南卡赶到了纽约。15号庭在二楼，他翻阅着出庭顺序表，在第三页上，找到了自己的名字。

10:30，原告许调诉被告Edi.Hufuman。中国河塘纺织厂诉美国海关。

Edi接到诉状通知时，惊讶得下巴都要掉下来，他代表美国海关封的是河塘纺织，代表人是如来，经历了九一一，就像跨过了一个世纪，怎么沉寂经年，突然冒出一个叫许调的前来叫板他，叫板美国海关，为已封的工厂翻案？

时间还早，他环着胳膊饶有兴趣地观察着四周，尽管是被告，他一点也不在意，相反心底冒出冷冷的嘲笑，就像巨大的海洋不断吞噬着水面上翻腾的泡沫，跑到美国的土地上来叫板前FBI特工，叫板美国海关，不如同泡沫撞击大浪吗？他保持着多年职业养成的优越感，脸上挂着一种审视和居高临下的冷笑。

他感觉背后有一股凉气，好像要穿透他的脑袋刺破他的胸膛。他警觉地转过头去。

没错，一双眼睛正盯着他。他职业地读到了这双眼睛传递的信息：不示弱的，顽强的，较劲的，甚至可以用锱铢必较来形容。这眼神他感到陌生却似曾相识。他皱紧双眉，打开记忆的相册搜索，对，这眼神跟妞来有一种神似，莫不是这就是那个叫许调的，与他叫板的原告？

Edi曾听妞来讲起过他的妻子，一个特立独行的女性，不满意妞来把她当成替代，还在意自己的老公有个走秀的模特女友，一直跟妞来较劲，带着孩子离开了妞来买的大房子。

他当时并没有把妞来老婆的故事当八卦听，反而不无惋惜地长叹，对这位未曾谋面的女性产生了一种怜惜和尊敬。

美国的婚姻观就是交易，婚前都得把财产的分配签好协议。自己就离了三次婚，每一个前任都把他当成一座矿藏，各种刨挖掘凿，转身离去时，留给他的是一堆粉碎后的矿渣……

听妞来说他老婆带着儿子离家后从不跟他要钱，还独自撑起了一座工厂，受了不少苦。

他听妞来这么讲时出于好奇，对妞来说，哪天引见一下？妞来闻此，脸色就变了，表情无奈又悲伤：我都不知道她在哪里！

想不到，今天在这里见到了妞来的妻子，而且是起诉他的原告。Edi礼貌地转过身去，对这双弯弓似的眼睛冷箭般射来的眸光，示意地点了点头。

Edi没有错，她就是阿调。阿调捉住他的目光，很平静地问："你就是Edi？"

Edi用欣赏的目光回应了她："我想你就是许调了，妞来最近怎么样？很抱歉封了他的一个老工厂，很久没有他的信息了！"

阿调脸上划过一道闪电，张嘴像要炸出轰响。坐在她身边的一位金发妇女像皮球一样跳了起来，声音不高却如云层深处钻出的响雷："你们不能直接

对话，要通过各自的律师！"

Edi看着这个向他喊话的人。她长着一张德意志人的脸，齐耳的金色短发，披在两扇蘑菇状的耳后，两只淡淡紫罗兰色的珍珠耳环铃铛般挂在耳轮上，像两挂蘑菇的根。她穿着大红色的西服，一条黑色的西裤下踩着一双七寸高的鳄鱼皮鞋，给人一种时尚却又强大的气场。她的眼光犀利地劈向Edi，几乎冲一样上前来，圆如藕段的胳膊斜斜地挡在Edi和阿调中间。

Edi眼芒扫去，阿调身后的长椅上还坐着一排妇女，几乎一色的中国人脸面。

"我是布朗市长律师楼的，你的律师呢？"这个律师的声音像钢珠一般滚向Edi。

Edi的眉毛挑了一下。他听说过这个律师楼，价钱几乎是最昂贵的，每小时的律师费在500至1000美元之间。他瞥了阿调一眼，这女人果然志在必得。

他耸了耸肩，冷冷地回复，"我说过，我自己就是最好的辩护律师！"

他并没有理睬律师，换了一种好奇与热络的眼光看向阿调，好像要从阿调这张典型的中国妇女的脸上，探究出西方的白孔雀与东方的凤凰的不同。他继续问："妣来这家伙最近情况怎么样？"

阿调挪动了一下脚，从律师的手臂后往前探了探脑袋。律师小声阻止着她，她摇晃了一下脑袋，没有理会，又向前跨了一步，逼近了Edi的脸。

她操着带口音的英语大声问："你是怎么调查事实的？你不是告工厂逃配额、走私吗？你们不是嘴巴横阔封了我们工厂吗？这会儿怎么假仁假义关心起妣来了？"

"Stop！"穿着火红西服的律师火冒地制止了她。

Edi依然含着微笑，他全然不把这类的诉讼当回事，让他惊讶的是，这位原告竟能说一口还能听得懂的英语，尽管她说话时下意识地将细细长长的手指伸向衣领和脖颈之间，扯开衣领贴着脖颈的扣子，显然是为了纾解自己紧张的像爆炸桶一样冲出瓶颈的火药味。她的头发似乎是染的，亮得发光的黑色，衬托着略显沧桑的脸，但依然不失一种凄艳的美。她的眼角已绽开皱纹，但依然衬托着一双大大的丹凤眼像盛开的菊花般明亮，横风一冽，双眼便如秋风扫落叶一样向他投来无畏的愤怒。

阿调说话的时候，长椅上的妇女们齐齐站了起来，众星捧月般，在她身后站成了一排，面上的愤怒就像训练过的母狮，齐齐地向他拱来。

阿调的律师张开手臂，做了一个无可奈何的手势，索性在阿调身旁的椅子上坐了下来，脸上掠过幸灾乐祸的浅笑。

"你想听到如来的消息吗？"阿调铺平了声调。

那天，她正在车间，新安装的大圆机，像一个巨大的蚕茧，360度无死角转着圈的机器臂，像是蚕儿们一刻不停地绘制着天仙图，千万根银丝从天而降，吐入暖暖的巢穴，车间回荡着蚕儿们轻咬桑叶般的沙沙声。

一个操作女工拿着一份英文说明书问她："厂长，吃陌生饲料了，这个英文单词什么意思啊，为什么说明书上的图是横接，可是从横针筒入，却怎么也找不到接口呢？"

她刚解释完，见镇长领着几个外地模样的人进车间来参观，她满心欢喜迎了上去。镇长见她的面色有几分特别，龇牙冲她讨好地一笑，又很快别过了脑袋，好像刻意回避着什么。

她想问，今天为什么没叫如来领着，这可是火凤凰入股的工厂！为什么带外人来参观工厂没有事先通知她？她还没张嘴，镇长却佯装没看见，带着客人快速避开了她。

她从心底发出一声"哼"的鼻音，昂起头，故意从镇长面前走过，风一样掠过树枝，当众甩给镇长一脸尴尬。

下午，她接到了镇长的电话，镇长的声音很神秘："你来一趟我办公室！"

她进了镇长办公室，镇长随手关上门，压低了声音说："今天你老公被叫进里头了！"他看了一下阿调，阿调惊讶地蹙起了眉，使劲抿着唇，好看的两条柳叶眉随着额头纹竖了起来。

镇长歪过脑袋，叹："人都是一样的，中国人外国人，递双馒头勿记得，递个拳头永记得。他跟美国人做生意，一定是得罪了什么权贵，被人家指名道姓地举报了，这一下可是国际影响。我怕影响到你，所以……"镇长斜眼看了一眼阿调，随即端正了脑袋，脸上堆出了笑，"镇上今年的GDP全靠你了！"

阿调的声音有些发颤，她停顿了一下，问："为什么？凭什么把他叫进去？"她知道叫进去意味着什么，进去的是什么地方。

"谁都知道河塘纺织厂被美国人点名走私封了。事情过去一阵了，现在上面查他怎么走私的，有没有非法收入，有没有逃税，听说，还要顺带查查，上次火凤凰收购樱河染织，多花了1000万元，这1000万元什么概念？他有没有

台面让利，台下受贿赂呀？蹚着河水走路，哪有不湿鞋的！这一进去，怕是出不来了呢！"镇长同情地看着她，"你可别再出事，现在你可是我们镇上的头块牌子呢！"

那天晚上，果然，月亮斜去了，她还没有等来如来回家的脚步声。第二天，她借口给如来送换洗衣服，去了那"里头"。

她亲见了如来空降似的一夜白发。如来看了她一眼，别转脑袋，做了一个不在意的笑容，说：没事的，你知道我是只淹不死的水鸭子……

她埋下头，使劲将泪憋回去，还是没有憋住，抱歉地说："都是我造的孽，我去上头说说，如果有罪，这罪在我；要说责任，这责任应该由我来担的！"

如来拉长了脸，"说什么呆话，船载千人，撑船一人，我不担当谁担当？"

"人们叫我鸭司令，"他幽默地笑笑，"双掌划清波，出水不带泥。羽毛知独立，黑白太分明。"

阿调双唇翕动，刚要跟着笑，又变调成哭腔，"你……"

没等她再问什么，如来摆摆手提高了声音，"回去回去，现在正是大圆机走偏锋的好机会，可别耽误了时机。"说完扭头就往里走。

"我起诉你，就是向你讨个公道，向全世界，公开给如来一个道歉！"阿调穿着小碎花套裙，外面是一件钉着密密扣子的紫青色外套，一条K金项链上挂着翠色的观音。她盯着Edi的眼睛，脸上没有恐惧，也没有无奈，倒是有一些疲惫，好像战场经年，对死亡与争斗终于生出了些许无所谓的随意。

Edi将身体移开脚步，展开双臂，"你知道，我跟如来关系很好，我们是朋友，我很抱歉听到他因工厂被封而接受审查的消息。但是，碰到国家的利益，我必须这样做。"

"我有充分证据证明你是滥用职权，而且你偏袒一方。你必须道歉！"阿调的下巴扬起，小葱鼻子像会说话的芭比跳跃。

Edi深吸一口气，这女人有充分的自信，且愿意为如来承担所有责任！

穿红色西服的律师像颗子弹一样，横在了他们之间，"停止！"她冲着阿调，拍打着手上的案宗袋，"你没有权利跳过律师直接与被告讨论诉求！"

有上百个席位的纽约高院15号庭很敞亮，顶上的灯隐在护壁天花板内，照得满屋白炽，没有隐秘之处。

法官四十开外，麦色的脸，透出经验和资历，是风华正茂的年龄。她一头短发掩在耳后，棱角分明四四方方的脸，少一些女性的温柔。Edi与法官会意地点了下头，便在左边的被告席上坐下。被告席长长的席位，他孤身一影，这才感到太轻敌了，竟没有把远道而来的原告妇女放在眼里。他转过脑袋向右边望去，原告席上坐的是清一色的妇女，她们作为出庭证人，占据了整条长凳，强大的气场足可将他淹没。他摇了摇脑袋，道歉？捍卫国家利益，他从不需要道歉。

长方的桌闪亮着棕色的光，桌上的天平摆件永远宣示着法律的公正。女法官的面部没有表情。

阿调的律师，一一宣示了证据，她指向做证席的一个身材娇小的妇人说："她叫小琳，是罗干干生前的妻子，当然是她的丈夫生前指使她使用了河塘纺织厂的地址和电话，将货物发往了中国台湾地区，从中国台湾地区转口到纽约的是叫冷小雷和Latin的人，他们才是应该承担法律责任的犯罪方。"

作证席上的小琳被叫到名字，站了起来，一个十来岁的小女孩扯着她的衣襟也一同快快地起立。岁月将小琳的背压得略显弯曲，她抚摸了一下女孩的脑袋，努力地挺直腰杆，清秀的脸面上几道细细的皱纹如同湖面上的涟漪，舒展荡漾，将岁月释然了。她用标准的林格风英语回答："是，我丈夫生前干了这些事，我还带来了当年用过的传真机，是我已故的丈夫设置的厂名与号码，所有这些与妪来无关，与河塘纺织厂无关。但是，我丈夫已经受到了应有的惩罚！当时我们的女儿已经在我的腹中了，她也见证了这些。"证人席上发出一阵浅笑。她从身后拿过一只旅行包，拉开拉链，搬出一台传真机。她将传真机递给律师，说："这就是证据！"

小琳退回自己的位置，温柔地拍着女孩的脸，柔声问："宝贝，是吗？"然后，拉着女儿毫不慌张地坐下，将目光好奇地投向Edi。她奇怪，Edi的脸上写着原则与坦然，怎么就这么大意与武断呢，还自称是妪来的好朋友呢！她并没有丝毫袒护妪来的意思，火凤凰给了她应有的机会和生活保障。罗干干的离世并没有给她造成太多麻烦。绍兴这地方，风俗是一不打和尚，二不打黄胖，三不打孤孀，乡里城里的人并没有为难她，相反对她和女儿充满了同情。如今，她与罗干干的女儿已经小学毕业了，还顺利地考上了市里有名的初中。

律师的声音脆脆的，如珠子落盘，叮当美妙："配额制已经随着历史的进

程消失了，两个从台湾走货到纽约的当事人冷小雷和Latin已相继消失，有证据显示，他们已经非正常死亡。根据美国民事法，Edi有玩忽职守的嫌疑，欠中国，欠如来一个道歉，当然我们还可以追溯经济赔偿！"

法官面转向Edi："你还坚持不要辩护律师吗？法院可以免费给你分派一名！"

Edi缓缓地站了起来，下意识地整饰了一下衣襟，嘴唇一努，脑袋歪向一边，摊摊手掌说："国家有国家的战略，不管你的屁股有多大，我们给你们的纱线编制的凳子就这么小……总有人要抢凳子，总有人被挤下去，总有人受伤甚至死亡……"

他听见原告律师向法官大声喊停，举起大红袖管的胳膊，像一枚喷射的火箭制止了他……

尾　声

　　岛上的日子过得简单而自然。周末休息天，小鹿最喜欢做的事是，去森林里寻找各种野草野花，这看上去不像是大学快毕业的大男生干的，倒像是女学生的偏好。可是他像着了魔一样往森林里钻。

　　他的好朋友，他的下铺同学亨利，对他的行为产生好奇，甚至怀疑他去森林的目的。学校规定，对队友的行为产生好奇或怀疑必须上报教官，学校把这定为每个学员的责任。亨利不想要这个"责任"。

　　周末的清晨，阳光刚刚筛过疏疏虬枝，一簇簇落在窗台上，亨利便听见头顶上方小鹿的铺位，发出窸窸窣窣的声响。他凝神屏气，听小鹿叠好了被子，轻手轻脚地跳下床，踮着脚尖拉开了门，随即门外便传来鞋底快速摩擦地面的声音。

　　亨利毫不犹豫地从床上跃起，跟踪了过去。当然，不是为了报告，只是小鹿的行为激起了他一连串如同大章鱼遭遇背叛时，吐出浓黑的泡沫那样的一连串疑问。

　　五月天，岛上的树林内有着别一样的热闹，石松针铺落满地，松软如人

家屋的床垫,各种鸟儿在松软的绿色床垫上飞起又落下,踮着脚尖儿跳着圆舞曲。

亨利的脚步声惊起了鸟们,各种鸟儿扑棱棱地扑腾起翅膀,林间被点缀了五彩缤纷的色彩,天空蓝的冠兰鸟,蝴蝶花般多彩的蜂鸟,火红色的知更鸟,闪着金褐色的黄鹂……

在一片林洼地带,亨利发现了小鹿。

小鹿一米七八的个子,清瘦如林中的杉树。亨利曾讽谕他的脸面根本看不到爷们样,甚至看不到那种粗犷、狂野、不可调教,怎么就成了须管教的孩子发配到岛上与世隔绝地接受凶猛的教育呢?

亨利每次将横冽的眼锋扫向小鹿发出疑问的时候,小鹿总是毫不谦虚地称自己有爷们传统,甚至是比爷们更男子汉百倍。"我的爷爷的爷爷的爷爷是华盛顿一样的英雄!"小鹿曾经涨红着脸辩解。不过小鹿不喜欢自己的一对丹凤眼,这与他的母亲同出一辙,让他看起来太过秀气又显得天生忧郁。小鹿常常因为自己的皮肤太过娇嫩而暴晒在阳光下,求太阳雨把自己蜕变成亨利一样的麦色皮肤。亨利笑他,每次暴晒都只是烤红薯,浑身上下透着熟透的通红色,没几天掉了皮,又成了一枝细皮嫩肉的秀竹。

"不许你说我秀气!"小鹿曾拉下脸对亨利说。

小鹿脚下摊着一本大开本全白纸张的绘画册,他的周身是一片野生植物,这片植物俨然被管理的模样,间杂着各色野花野草,像一块色彩丰富的调色板。

亨利终于明白,小鹿常常往外跑,原来在这里霸占了一片种植园!

此刻,小鹿正在查看这片种植园。他把身体弯成竹条,拔起一丛开着金色小花的草,把花瓣的汁液涂抹在白色的纸页上,然后在笔记本上写着什么。完毕,他又跳向了一片靛蓝色的花丛,他将靛蓝色的液体挤在白纸上,随手拔起了一丛红色的小花,将两种草叶的汁液涂抹在一起,白纸上便出现了靓丽的绿色。显然,他对植物混合产生的色彩效果产生了兴趣。他又跳向了一丛矢菊……

这家伙在这里开垦野生种植园?亨利嘀咕。怪不得呢,每个周末就找不见他了。玩这些花花草草?变态啊!

正午的太阳火辣辣的,小鹿满头大汗,脱去了衣衫,肌腱凹凸有致的臂膀上扛着细长的脖颈。学校每天有三分之一的军训课,每个学生几乎都有一副铁疙瘩般的肌体,只是小鹿身材颀长,不管如何训练,都是秀气不变。

亨利蹑手蹑脚地走到他身后,拦腰将小鹿抱了起来:"嘿,你这鬼东西,在这里鼓捣什么玩意呢!"

小鹿显然受了惊吓,他的四肢在空中挣扎了一番,突然来了招,他反手撩挠着亨利的胳肢窝。亨利奇痒难忍,松开了手,小鹿翻身而起,狐狸一般蹿向亨利。两个大小伙在洼地上翻滚。小鹿抓起草往亨利脸上涂抹,亨利找空隙,将一块炭色的朽木往小鹿身上扔……

他们终于放开了彼此,隔一步距离坐在一条被雷劈断的树干上,浑身挟裹着林间树叶洒下的斑斑驳驳的阳光。草类植物的气息飘荡过来,他们大口大口地呼吸着。

"这色彩效果太好了,没想到炭木跟红花绿草混合成了这个雷雨的青灰!"小鹿仰着赤条条的上身,指着亨利的大花脸哈哈大笑。

"你像个唱戏的花球!"亨利抹着满脸的混色指着小鹿,"搞什么鬼名堂,出来也不打招呼!"

小鹿坐起,一脸严肃地说:"要毕业了,我这是做职业规划呢!"

他们同是农学专业,还一起做过人类的天然食品的专题。亨利哼着:"跟这花草有什么关系吗?"

小鹿倏地坐起,捡起一截发黑的朽木,说:"教官天天讲,我们出去后要养活自己。我常想,我靠什么不让自己饿死,总得有个绝活吧?我们是学农的,稻米五谷和我有什么的关系?我们家是做纺织的,如果说绝活,我想到的是,怎么样把那些有毒染料变成无污染纺织染料。你记得吗,教官讲自然作物的时候还专门讲到中国的环境污染,那天他带着那种蔑视的口吻讲话,还盯着我的脸,我感觉他在骂我的父母,骂我的祖宗,骂我是个孬种呢,我真想把书本向他脸上砸去,要他闭嘴!"

亨利瞪大眼睛:"你这架势不会想去种草吧!"

小鹿耸了耸肩,轻描淡写地哼:"为什么不能去?当然可以,你没听教官说吗?地球上有三分之一的土地是不毛之地,无作物生长。野草大都有顽强的生命力,我们为什么就不能在荒芜的土地上大批量种植野花野草呢?那种可提取染料的花草,天生就是用来作染色剂的。甚至我们可以种植彩色纤维,用那种直接种植,不需要经过染色的多彩纤维植物代替需要染色的棉花!"

亨利若有其事地点点头，"是啊，那节课，查尔斯教官还讲到你们中国古代从植物中提取丰富的染色剂呢。我真羡慕你们中国有这么长的历史，你们拿花草染出皇帝的袍服的时候，美利坚还没有诞生呢！"

小鹿得意地说："我爸爸常说我爷爷的爷爷的爷爷的祖先比你们的华盛顿更厉害！"

"瞎吹吧！"亨利横他。

"你才瞎吹呢！"

两人谁也不服谁，你一句我一句地互怼着，他们抓起衣服，收拾好本子，一路打闹着往学校走。

明天就要离校了，他们突然觉得对这个岛有太多的不舍。

突然觉得日子过得太快，今天就是毕业生离岛的日子。小鹿的脑袋有些昏昏沉沉，昨天一整晚都在噩梦中，梦见自己跟人打架，醒来回忆，梦里与之打斗的对手竟是久没见面的父亲。

他皱着眉，不想让自己在这个做了噩梦的床上再睡过去，便悻悻地穿衣服。穿上衣服，他一抻腿，就蹬到地面了。

亨利爱赖床，今天破例地也起得早，他正将一只胳膊伸进袖子里去，他用手肘碰碰小鹿："今天要走了？"

小鹿点点头，有些不知所措的样子。不知外面变成了什么样的世界。

亨利穿好衣服，拍拍床沿："哥们，今天不用晨练。"

小鹿点点头。坐了下来，捧着脑袋。

今天要离校了。亨利不知道自己出去后能找什么样的工作。他转身对着小鹿，"咱们出去后能去什么鬼地方啊？"

去哪里？他们面对面，眼睛对着眼睛，鼻尖对着鼻尖，心里有一样的惶惶。

他们一样的年龄，同一年被送到这个地方。亨利被送进这里矫正的原因是常常追女孩子，也常常打其他男同学。

小鹿后来才知道当时Emnon申请把他送到这里是因为小鹿的自闭症，不懂规矩，还有从他的抽屉里发现了白粉盒，说他吸了白粉。另一个特殊原因是他的儿子九一一遇难了，Emnon自己的心理出了问题，自觉不能再当监护人，一时联系不到小鹿的父母。用Emnon的话说，即使联系上又怎么样呢，中国的父母对孩子太不负责了，把未成年的孩子送到遥远的地方。他索性很负责任地自作主张，把小鹿送到了政府和慈善机构出资建的这所青少年行为规范学校。

高中毕业，在他们的行为评定上，他和亨利都获得了A+，顺利地拿到了毕业证书。

校长找他们谈话，问他们是继续在岛上接受封闭式的大学教育，还是送回老地方去？

"在岛上读大学！"他们俩的回答竟是出奇的相似。

亨利说："我还是担心爸爸酒醉后打我，我已经长大了，不知与爸爸对峙会发生什么状况。"

小鹿说："我在中国生活了十几年，在岛上才两年，让我的行为和习惯再巩固巩固吧！"小鹿倒是真心喜欢这种兵营似的生活，还有与这些美国孩子在一起他觉得更简单一些。另外，他担心出去以后，妈妈没时间管他，还会把他送回去温州让外婆管。那就糟了，他自觉国内的大学他一定考不上，而同学们也一定会笑话他，耻笑他一定是在美国混不下去才回去的。

小鹿和亨利选择了同样的专业——农业。他们的理由也大同小异，喜欢大自然，习惯了这里的军事化教育。尽管亨利出生于美国本土，小鹿来自中国，但一点都没有影响他们具有相同的观点而成为好朋友。

今天要分离了，亨利张口想讲些什么。小鹿鼻子挤了一下，好像有发咸的水倒吞进了胃里。

他们都没有流泪，几乎同时扑哧笑了出来。

"You guy，"亨利往小鹿身边挪开，横过眼，"中国会跟美国打仗吗？"

没想到要离别了亨利却向小鹿提出这样的问题。

小鹿不假思索地回答："怎么会呢？两国你来我往的，我爸爸妈妈都在美国有公司。"

亨利顿了一下，说："我想起来了，你是富二代。不像我，单亲，爸爸还酗酒！"

小鹿摇摇脑袋，心里哼哼：什么富二代，比单亲还不如。

见亨利目光转向窗外，惆怅而茫然，小鹿赶紧转移话题，说："中国美国真要开战，咱俩如果在战场上相见，我肯定说'亨利，你把我毙了吧'，那样，你可立功，我也是英雄！"

亨利收回目光，看着小鹿，很严肃地说："现代战争用的是核武器，导弹。美国现在是军事强国，肯定赢，但现在中国核武器也多起来了，中国人多，将来说不定还是中国厉害。但是近距离开打，中国功夫多是空手道、气功，假的；美国是拳击，是实打实的，上来一拳先把对方打趴下，中国打不过美国！"

小鹿浑身的血往脑袋涌，脸面涨得通红。他站起身，摆开摔跤的架势，说："试试看，咱们是不是一样的功夫？同门师宗，海军陆战队教官一手打造的功夫，哪有中国美国之分！"

亨利跟着站起身，趁小鹿不备，猛扑过去。小鹿往后一闪，拦腰抱住了他，趁势抬起胳膊肘往他下颌袭去。

亨利往后一退，撞到了后面的一排橱柜，眼见面盆杯子瓶子朝他头上倾柜砸来，小鹿冲上去挡住了他。

只听稀里哗啦一片声响，橱柜轰然倒下，缸子杯子碗具脸盆等砸向小鹿头部、后背。小鹿用身体护着亨利，一只胳膊护着自己的脑袋。

亨利从小鹿的身下钻出后忙搬开小鹿身上的压着物。

他们俩都哭了，又破涕为笑："傻啊，打得起来吗？"

"我们要分开了！"

"嗯！我们要分开了！"

他们将目光从对方移开，盯向不知何处。

生活教官在外面喊着小鹿的名字："Roy，你父母马上到了！"

小鹿手上没有手机。所有的学生都没有手机。房间里也没有座机。

教官通知小鹿："你的父母会来岛上接你出去！"

他们从高中到大学都在这座岛上度过。他们知道外面已经有了诺基亚、蓝莓、摩托罗拉，苹果也开始叫板了，还有了iPad，互联网把整个世界连在了一起。

外面的世界也许很精彩，岛上的生活单纯而平静，训练这档事每天进行，痛苦并快乐着。这儿不可能有九一一，不必担心恐怖袭击。

亨利打他一拳，小鹿会把头伸过去让他再打一拳，他们心照不宣，这是练习抑或对方心里犯事呢！

教官Ben踏进屋来。小鹿和亨利几乎同时起身向他行军礼。

Ben摆摆手，扫了一眼屋子，声音肃然，"怎么？还没打够？"

他弯下腰来，用那双爬满青藤般的手拢起地下的散着物。

小鹿和亨利忙蹲下，七手八脚一起收拾。

Ben抓起地下一只黑色的橡皮牛，放在手心上，看了一会儿递给小鹿，说："放进包里去，做个纪念！"

这是华尔街的牛的造型，是毕业前Sprint公司总裁来岛上演讲时送给每个学生的礼物。

"艰苦是一种财富，"Ben说，"不管你从哪里来，不管你到哪里去。"

毕业典礼上，Ben也说过同样的话。他讲完话后全体毕业生拍了集体照。

摄影师摆弄着相机、三脚架，还有厚厚的布帘。"Cheers！"大家齐刷刷地把脑袋侧向左边。

校长发完毕业证书，Ben又站回讲台上，用军人特有的那种沙哑的带着金属声的语音重复："记住学校的校训，艰苦是一种财富，每个角色都很重要，每个人又都是可以替代的！"

小鹿睁圆着眼看着Ben。他讲课时，学生们都睁大了眼，没有睡觉的。Ben已近六十了吧，尽管长期服役的生涯在他脸上写下了风雨沧桑，但至今他的擒拿术，整个岛上的学生都不是他的对手。小鹿对他有一种军人般的服从与尊敬。

"结束了，这里的一切。"Ben眸光扫向小鹿，"Roy！"他喊道，"我最后一次命令你。"他陡地提高了嗓门喊道，"立正，向后转，目标，床上，收拾东西！"喊完，挥了挥手迈着孔武有力的步子走出了屋。

时间开始像岛上的蜥蜴飞速溜过。小鹿懒洋洋地，把一件一件物事塞进帆布箱。虽然在岛上远离尘嚣，小鹿还是积累了一些"财富"，其中就有一只木制的小酒桶，上面刻着小鹿的中文名字。那是夏日里，岛上的葡萄熟了，他们跟着生活教官实践酿制葡萄酒用过的，那酒怎么也有点酸涩。回忆起打开木桶品尝自制的葡萄酒，小鹿的嘴里还会陡生唾液。小鹿拿起酒桶看了又看，虽然占地方，但他还是舍不得把它丢掉，他把小木桶往网兜一塞，哐的一声，将洗脸盆丢进了绿色的垃圾桶。

小鹿抓起一本书，一本中英文双语版的《西点军校》。"给你留个纪念！"他递给亨利。

"方块字！"亨利摇摇头。

小鹿说:"你不是跟我学了不少中文了吗,将来你说不定能成个中国通呢!"

亨利紧了紧唇,脑袋重重地顿了一下,"也是,将来会说中文的美国人肯定比会说英文的中国人抢手!"

他接过书郑重其事地塞进了背包。

院子里,又传来生活教官的呼喊:Roy!

"我要走了。"

"嗯!"亨利使劲点点头,脑袋一歪。

他们用了军人式的拥抱,然后退后一步,行了军人式的离别礼。

小鹿一手拖着拉杆箱,一手提着网兜,低着脑袋往外走去。离校门越近,小鹿的脚步越沉重,脑神经突然像拧足了劲的发条,牵扯着他的头皮,阵阵发涨发痛发麻,父母的身影抽筋似的时隐时现。小鹿的脚步显得犹豫而迟疑。他开始怀疑,如果在街上与父母擦肩而过,他们还能认出我吗?

小鹿一眼就看见了如来,他的父亲。他正从小桥那边走来。他个子不高,但是始终高高地昂着头脊梁笔直,似乎由此来显示他并不瘦小的高傲。他走步轻快,呈直线,有些文艺风格,<u>丝丝缕缕的白发并没有掩盖他的真实年龄</u>。

他就是我的爸爸。小鹿自觉与父亲长得并不十分相像,但是小鹿断定凭爸爸走过他身边扇起的那阵风,他就能认出他来。想起小时候爸爸曾对他夸海口,我们是大禹皇帝、治水英雄大禹的后裔。那时,小鹿还不懂那是什么意思,只是拍着掌牙牙学语:我们是大禹的后代的后代的后代的后代……

随着年龄的增长他渐渐明白,那个不知多少辈的祖先是长年光着脚丫在穷山僻壤治水的英雄。据传,他三过家门而不入。尽管他后来知道,他的妞姓祖先其实只是给大禹看坟的,但是So what?不是皇亲国戚会去给不相干的人守灵吗?当小鹿在岛上犯了事,被教官要求闭门思过的时候,他常常不自觉地会想起这个关于祖先的祖先的祖先的故事,他想象不出当他的父亲长年在外奔波很少回家,为什么他的母亲就不能像久远的老祖母那样,宽容地接纳他?接受这个祖先命定般留下来的传统?既然这个祖先被古老文化与全民族的人民尊称为治水英雄和禹皇帝!

他听爸爸夸耀过,这个祖先的故事多少与美利坚的开国元勋华盛顿有相似之处，他们都开天辟地实现了皇位的禅让而不是世袭，甚至除了他们，没有人会提起他们的后裔和后裔的后裔……小鹿情不自禁地对陌生的祖先和多少有些生分的父亲，产生了一种崇敬。

那种抽筋般的疼痛感一点点消失，小鹿习惯性地笔直立正着，心还是像击鼓的棒槌旋在空中，不知道落下鼓面的感受是痛是伤还是欢喜。他的面颊有些发烧。

父亲正在向他走来。越来越近。小鹿甚至感觉到他走路扇起的那阵风，暖暖的，带着家乡的那种飘荡在空气中的油炸臭豆腐的气息。

如来停住了脚步，定定地看着儿子。

小鹿不由自主地低下了脑袋，心怦怦地似乎要跳出了胸膛，他不自在地踢了踢土。

如来轻咳了一下，大声叫道："儿子！"然后迎着小鹿张开了臂膀。

小鹿一只手拉着帆布箱，一只手提着网兜并不放在地下。他双唇紧抿着，双颊现出两洼酒窝，如同波浪中不能平静的水涡微微发颤。他死死地抓着手中物，双脚木桩似的钉在地面。

如来见小鹿迟疑，便笑着飞步上前，一把抱起了儿子，"肯德基、麦当劳大叔把你吹大了？青出于蓝胜于蓝，比爸爸帅多了！"

小鹿的个子比他高出一个脑袋，如连根拔起一棵高高的桦树，如来憋红了脸，掂了掂重量，"嗯，比爸爸重多了！"

小鹿不自在地使劲往地面一蹬，便挣脱了父亲的怀抱，他重新笔直地站立，面朝着天空，"你怎么确定我是你儿子？"他的双眼盯着天边的一朵莲花状的云彩，终于想出了一句自认为还幽默的话，心里却已经开始流泪。

他独自躲在心灵的一个遥远的岛屿，孤独地度过了岛上的春夏秋冬。这里有严酷的训练，有与同学间的格斗，有黑屋的反省，有一片野花野草的梦想，却独独见不到父母慈爱的双眼。

他尽管为这次重逢预设了很多场景，可是面对真实的父亲，所预设的场景都如隔着一堵墙，无法演绎成现实。

他死死地拽紧手中物，手心抓出了一把汗，潮乎乎的，像是咸湿的眼泪。

父亲的双眼在两道篱笆似的双眉下正慈爱而愧疚地注视着他。

小鹿无意识地往后昂了昂脑袋。他记起了8岁那年，父亲给他买的一个变形金刚，父子俩难得在一起做百变金刚的造型。如来放在桌上的大哥大响，

他丢下儿子,丢下手上举着铁胳膊造型的变形金刚,急急地出了门。

小鹿追到门口撒泼似的叫喊:"别丢下我,爸爸!"

如来揉了揉鼻子,低下了头,抽着鼻子。有几滴雨水一样的东西掉在水泥地上,很快就没了踪影。

这是小鹿第一次见父亲流泪。你是我爸爸!这句话在心里像爆炒的豆子,炒熟了,时刻等待出锅。

他有些慌乱。他想解释自己的幽默不够幽默,不像美国同学生来就在幽默的文化里成长。

小鹿动了动唇,把脚下的一颗小石子踢出很远。

好像有凉凉的液体从脸上滑落。他佯装眼睛进了沙子,放下装着橡木桶的网兜,揉了揉眼。

如来又向他走近,若无其事地笑笑,拍了拍他的肩,还是有泪从眼窝里溢出。

"真是对不起,儿子!"他站在儿子面前,仰起脑袋凝视着他。

"没关系!"小鹿避开父亲的眼,脱口说了句英文,没有任何特指。但肯定指同一个时间段发生在彼此间的经历。

"我早想把你接出来读书的!"如来抽了抽鼻子,声线温柔如奶奶织机上的棉线,"可是你知道爸爸这些年……"

小鹿迅速打断了他的话,正视着父亲的眼睛,大声地说:"这是我自己的决定!所有的结果都是我自己选择的结果。"他的面色绯红,情绪有些激动,语言因着慌乱而有些结巴。

如来将深长的叹气无声地吞了进去,"我是坐小飞机到长岛80号出口的小机场直接过来的,你妈妈开车从曼哈顿过来。"

如来抬起手腕看了看表,"如不堵车早该到了。"他好像在为这尴尬场面找救兵。

小鹿指了指前方,说:"到小桥前面去等吧!"车过来还要学校来开合桥面。他不希望同学和教官看到自己与家人团聚的场面。

如来趁机抓起了小鹿脚边的网兜,又去拿小鹿手上的箱子。箱子很沉,军绿色的帆布箱,还是当初来美国时带来的,几经岁月军绿色已褪色成退伍老兵服装的土黄色彩。小鹿紧抓着箱子把手,像一头发倔的长颈鹿,扭过脖颈,

"自己的东西自己拿!"

如来抖了抖肩,笑得声音发涩:"长大了哦!"

他们并排着往前走去。

觉得不太自在,小鹿放慢了脚步。

如来回头招呼:"跟上!"

小鹿快走两步踩到了如来的脚后跟,连声说:"对不起。"

如来终于爆出了粗话;"对不起个屁!"随手夺过小鹿手上的箱子,一手网兜,一手箱子,像个缴获战利品的将军,昂着头,挺着背往前大步走去。

走上小桥的时候,他们都听到了汽车声。他们同时停了下来。

一辆白色的桑塔纳。一双手伸出窗来,远远地向他们招手。

"小鹿!"阿调没有给自己一点打量儿子的时间,歇了车,径直向他们飞奔过来。

她大声喊着:"鹿宝!"走到小鹿面前,张开手臂整个儿环住了小鹿的肩膀。她试图把儿子抱起来,她抱着小鹿的腰,憋红脸,小鹿山一样站立着,也许还憋着一股劲,不让妈妈抱起他。

她搂着小鹿的肩,毫不掩饰地哭了。

止了泪,她捧起小鹿的脸,企图拢到她的胸前。

小鹿不好意思地用手挡了一下。她将手从小鹿脸上挪开,又抓起小鹿的手挽进了臂弯。

小鹿唇角翕动,他的记忆里,这是一家三人第一次走成了一字。如来索性把手里的物事都倒到左手,将右手搭上了小鹿的左肩。

一家三人走在一排连成了一条线,小鹿第一次感觉到家庭的亲情原来是电流一样的东西,温暖,流动,像触电一样令人麻木,忘掉了一切的不愉快。

上了车,阿调急不可待地抖出她的手提包。她挑出一部黑色的蓝莓手机放在小鹿手上,又拿出一台苹果超薄电脑,捧到小鹿面前,"儿子,你这么多年封闭在岛上,什么也没有。都是妈不好,妈妈要好好地补偿你。"说完又拿起一本杂志,一本《生活》杂志,上面有最新款的宝马系列图片,一排广告词醒目而引人入胜:

把你的昨天甩在身后,宝马带你走向尊贵的明天!

"只要你开口,妈妈都会满足你!"阿调紧紧地抓起小鹿的手,将他的胳

膊抬起捧在胸前。

小鹿试着抽出胳膊,没能如愿。

妈妈抓着他的手亲吻着,温湿的泪顺着他的指缝留在他的掌心里,他脑袋一侧,鼻子一酸,再也没能止住泪水的恣意。

这一定是我这么多年积攒的眼泪。小鹿感觉心的门被推开了一条缝,雨和阳光突然涌了进来。许多特别远的东西突然特别近地涌到了眼前。他措手不及,来不及好好地想一想就发生了。

他终于甩开手,挣脱了妈妈的环抱。爸爸已打开了车门。

尕来车开得飞快,他扭过头问:"儿子,大学毕业了,将来的职业规划是什么?"

小鹿眼神定定地落在窗外,一片空旷的原野上,一棵孤独的棕榈树,撑着巨大的伞,因着独立而格外粗壮。

尕来显得兴奋不已,一路都在讲述他的"让有人群的地方就有中国服饰"的庞大计划,讲他的服装秀、他的直营店、他的环保计划和种植七彩棉的愿景。

他拧开收音机,是《拯救地球》。摇滚歌星Michael Jackson的铿锵金声:

> There's a place in your heart 在你心中有个地方,
> In this place you'll feel 在这个地方,
> There's no hurt or sorrow 你感觉不到伤痛或烦忧。
> There are ways to get there 方法很多,
> If you care enough for the living 如果你真心关怀生者,
> Make a little space 营造一些空间。
> Make a better place... 创造一个更美好的地方
> Heal the world 拯救这世界,
> Make it a better place 让它变得更好,
> For you and for me and the entire human race 为你、为我,为了全人类。

听到父亲讲述的关于种植七彩棉的计划,小鹿浑身震颤了一下,脸面晕上了绯红,好像深藏的秘密被人发现。他犹豫片刻,鼓起勇气,拿出背包里的笔记本，憋红脸，叫了一声："爸爸！"

"咱们俩是否可以合作？"他的脸红红的，有些腼腆，声音却是那种不容怀疑的自信，"我大三后就在岛上试验了一片自带天然色彩的植物园。"他翻开他的本子，指着一页页斑斓的色彩说："我采集了上百种野生植物的种子，把它们种在岛上盐碱地，甚至沙质土壤里，进行种植试验。我甚至还将黄须草和马兰进行了嫁接，它们产生了一种独特的血青色。这些群生植物见阳光见雨水就能活，不需要特别的土壤。而且，我还发现一个秘密……"

他合上本子，心脏不断膨胀，挤压得他喘不过气来。"植物和人一样都是又相克又相依的。"他想起小时候，他对爸爸的怨恨，任何玩具都无法弥补成长中缺失爸爸而对自己造成的伤害。直至上了大学，他才渐渐理解，任何动植物，包括人都是相生相克的。他感叹爸爸和自己亦逃避不了这种人类共同的命运。

这是他曾在课堂的讲台上演讲的项目计划书。他调节了自己的音频，"盐碱地虽然难长植物，但是在盐碱水的作用下，色彩便不容易褪色。我甚至将碱水兑上医药酒精进行对比，在酒精和碱的作用下，固色效果更强了。"他戛然而止，将燥热的目光投向父亲。

"我学的是农林专业，除了粮食和农作物，天然野生植物都是我们研究的对象。"教官讲到中国的环境污染时，那种鄙夷的表情如一片乌云从眼前掠过。

"自从教官在课堂上讽刺了中国纺织造成的污染后，我就将开发天然染色剂作为研究课题，我想做一个天然染料试验基地，让纺织染料不再成为污染环境的罪魁祸首，相反，还是改良土地美化环境的一道美丽风景！"

小鹿瞟了一眼父亲。如来专注地听着他，脸上有一种不易察觉的惊喜。

小鹿大声说："我的职业规划是，去非洲开发一片天然染色植物种植基地，如果开发成功，你们有优先采购权。"

如来把车开到安全岛地带，停了下来。他的眼眶湿润，眸光如清晨雨后的北斗星般闪亮，声音有些颤抖，"儿子，爸爸没有听错，你说要去非洲开发天然染料植物种植基地？"他盯着小鹿的眼，生怕儿子突然从他的视野里消失。

"是，爸爸！"小鹿避开如来直视的目光，望着遥远的天际，"不仅仅我一个人！"他眼前晃动着亨利的影子，他还可以与同学一起组成团队，在非洲的

红土地上,驾驶着新一代的拖拉机。

"还可以就地建一座天然染料加工厂。"此时,像有个不断供水的龙头架在他的心底深处,他把对职业的向往和规划一点点清水一样向父亲释放出来。

"好小子!"小鹿感觉肩膀被父亲重重地拍了一下。

妣来将手落在小鹿肩上,眯缝起眼,好像审视一件从未见过的稀有珍宝。然后,他将眸光飘向天边的那片云彩,那片云彩像极了奶奶织的乞巧布:色彩鲜明,织纹条理而清晰。奶奶正沿着乞巧布延伸的路向他走来。"乞巧布乞巧布,没有伊办不到的事,没有伊走不通的路!"奶奶牵起他的手蹒跚前行。他知道讨生活的路充满荆棘,与地球共存亡已是人类唯一的生存之路。

小鹿抖动了一下肩膀,伫立着,亮闪闪的双眸接住了父亲的探寻。

艰苦是一种财富。每个角色都很重要,每个人又都是可替代的。毕业典礼上Ben的话像空气一样灌进他的双耳。

努力,伟大,谦卑。小鹿正视着父亲,心底涌出强有力的亢奋。

阿调摇下车窗,看着这对父子,浓郁的笑意从眉梢间倾泻,双眼盈盈落下泪来……